Goldmann Science Fiction

Von Robert A. Heinlein
sind außerdem im Goldmann Verlag lieferbar:

Tür in die Zukunft. 23351
Revolte im Jahre 2100. 23352
Die Ausgestoßenen der Erde. 23353
Bürgerin des Mars. 23354
Die grünen Hügel der Erde. 23355
Die Tramps von Luna. 23359

SCIENCE FICTION ROMAN

Robert A. Heinlein
Die Leben des Lazarus Long

TIME ENOUGH FOR LOVE

Wilhelm Goldmann Verlag

Aus dem Amerikanischen übertragen von
Birgit Ress-Bohusch

1. Auflage Juni 1980 · 1.–12. Tsd.
2. Auflage Januar 1984 · 13.–17. Tsd.

Made in Germany
© der Originalausgabe 1973 by Robert A. Heinlein
Published by agreement with the author and the author's agents,
The Spectrum Literary Agency
Der Band erschien 1976 im Heyne Verlag, München,
unter dem Titel »Die Leben des Lazarus Long«
© der deutschsprachigen Ausgabe 1980 by Wilhelm Goldmann Verlag, München
Umschlagentwurf: Atelier Adolf & Angelika Bachmann, München
Umschlagillustration: Jürgen F. Rogner, München
Gesamtherstellung: Mohndruck Graphische Betriebe GmbH, Gütersloh
Verlagsnummer 23357
Lektorat: Melanie Berens/Peter Durin · Herstellung: Gisela Ernst
ISBN 3-442-23357-7

INHALT

Einführung	8
Präludium I	17
Präludium II	35
Kontrapunkt I	50
Kontrapunkt II	55
Variationen über ein Thema	
I. Staatsgeschäfte	61
II. Von dem Mann, der so faul war, daß er Gewinn daraus schlug	67
III. Familienprobleme	81
Kontrapunkt III	116
Variationen über ein Thema	
IV. Liebe	118
Kontrapunkt IV	135
Variationen über ein Thema	
V. Stimmen im Dunkel	144
VI. Die Geschichte von den Zwillingen, die keine waren	151
VII. Von Walhalla nach Landfall	181
VIII. Landfall	190
IX. Gespräch vor Sonnenaufgang	203
X. Ausblick	213
Zwischenstück	
Aus den Tagebüchern des Lazarus Long	219
Variationen über ein Thema	
XI. Die Geschichte von der Adoptivtochter	230
XII. Die Geschichte von der Adoptivtochter (Fortsetzung)	260
Zweites Zwischenstück	
Neues aus den Tagebüchern des Lazarus Long	301
Variationen über ein Thema	
XIII. Boondock	308
XIV. Bacchanalien	330
XV. Agape	347
XVI. Eros	368
XVII. Narziß	371
Da Capo	
I. Die grünen Hügel	384
II. Das Ende eines Zeitalters	392
III. Maureen	401
IV. Daheim	417

Da Capo

V. 421

VI. 434

VII. 441

Coda

I. 469

II. 477

III. 478

IV. 479

DIE LEBEN DES LAZARUS LONG

Dieses Buch handelt vom Senior der Howard-Familien, der zugleich der älteste Angehörige der Menschenrasse ist: Woodrow Wilson Smith alias Ernest Gibbons alias Käpten Aaron Sheffield alias ›Happy‹ Daze alias Seine Durchlaucht Seraphin der Jüngere, Erster Hohepriester des Einen Allmächtigen Gottes und Oberster Schiedsrichter in Staats- und Religionsfragen, alias Gefangener Nummer 83M2742 alias Mister Justice Lenox alias Korporal Ted Bronson alias Dr. Lafe Hubert und so fort. Die Chronik gründet sich im wesentlichen auf Berichte des Seniors selbst, aufgezeichnet an den verschiedensten Orten und zu den verschiedensten Zeiten, vor allem aber im Jahre 2053 nach der Großen Diaspora (oder 4272 nach Christus, wenn man den Gregorianischen Kalender der Alten Erde benutzt) in der Howard-Verjüngungsklinik und im Regierungspalais von Neu-Rom auf Secundus — ergänzt durch Briefe und Augenzeugenschilderungen, geordnet, gesichtet, gekürzt und (wo immer möglich) auf die Zeitgeschichte abgestimmt. Das Werk entstand im Auftrag der Howard-Stiftung und wurde erstellt vom Hauptarchivar der Howard-Familien. Das Ergebnis ist ein Dokument von einmaliger geschichtlicher Bedeutung, obschon der Autor sich entschloß, offenkundige Falschinformationen, beschönigende Darstellungen und eine Reihe von unzüchtigen, für Jugendliche nicht geeignete Anekdoten im Text zu belassen.

EINFÜHRUNG

Zur Geschichtsschreibung

Die Geschichte steht zur Wahrheit im gleichen Verhältnis wie die Theologie zur Religion — nämlich in gar keinem.

— L. L.

Die Große Diaspora der Menschenrasse, die vor mehr als zweitausend Jahren mit der Erfindung des Libby-Sheffield-Antriebs einsetzte und bis zum heutigen Tage fortdauert, ohne sich im geringsten zu verlangsamen, machte eine kontinuierliche oder auch nur parallele Geschichtsschreibung unmöglich.

Im Dreiundzwanzigsten Jahrhundert Gregorianischer Zeitrechnung*) waren unsere Vorfahren auf Sol-III — der Alten Erde — in der Lage, ihre Zahl pro Jahrhundert dreimal zu verdoppeln, vorausgesetzt, sie besaßen den nötigen Raum und die nötigen Rohstoffe.

Der Sternenantrieb sorgte für beides. *Homo sapiens* breitete sich in diesem Teil der Galaxis mit vielfacher Lichtgeschwindigkeit aus und vermehrte sich wie Hefe.

Hätte sich die Verdoppelung im Rhythmus des Einundzwanzigsten Jahrhunderts vollzogen, so müßten wir jetzt mit einer Größenordnung von $7 \times 10^9 \times 2^{68}$ rechnen — eine so gigantische Zahl, daß sie unsere Vorstellungskraft bei weitem übersteigt; lediglich ein Computer vermag sie auszudrücken: $7 \times 10^9 \times 2^{68}$ = 2 066 035 336 255 469 780 992 000 000 000 — das sind mehr als zweitausend Milliarden Trillionen Menschen —, das entspricht einer Proteinmasse, die fünfundzwanzigmillionenmal größer ist als die gesamte Masse von Sol-III, dem Ursprungsplaneten unserer Rasse.

Absurd.

Sagen wir besser, es wäre absurd gewesen, hätte nicht die Große Diaspora stattgefunden; denn unsere Rasse besaß zwar das Potential, sich dreimal pro Jahrhundert zu verdoppeln, war aber gleichzeitig in der kritischen Phase angelangt, wo sie sich

---

*) Da nicht alle Gelehrten auf den verschiedenen Planeten den Galaktischen Normkalender verstehen, wird universell die Gregorianische Zeitrechnung von Terra benutzt. Übersetzer sind gehalten, lokale Umrechnungen als Lesehilfe beizufügen.

J. F. der Fünfundvierzigste

kaum einmal verdoppelte: Sie hatte jenen Knick in der Kurve des Wachstumsgesetzes erreicht, wo man die Population nur dadurch in einem unsicheren Gleichgewicht halten kann, indem man eine ausreichende Menge Menschen schnell genug umbringt — es sei denn, sie ersticken ohnehin in den eigenen Abgasen, begehen Selbstmord durch totalen Krieg oder stolpern in eine andere Form der Malthusischen Endlösung.

Aber die Menschheit hat sich (so glauben wir) nicht zu dieser monströsen Masse aufgebläht, da wir die Basiszahl für die Diaspora nicht mit sieben Milliarden ansetzen können; sie betrug zu Beginn der Ära höchstens ein paar Millionen plus der ungezählten kleinen Gruppen, die im Laufe der letzten zweitausend Jahre von der Erde und den Kolonieplaneten zu noch weiter entfernten Welten der Galaxis aufbrachen.

Wir sind nicht mehr in der Lage, vernünftige Schätzungen über die Menschenlawine anzustellen; wir wissen nicht einmal, wie viele kolonisierte Planeten existieren. Mit Sicherheit können wir sagen, daß es über zweitausend besiedelte Welten und über fünfhundert Milliarden Menschen gibt. Aber die Zahl der besiedelten Welten könnte doppelt so hoch sein — die der Menschheit sogar das Vierfache betragen.

Die Daten stimmen nicht mehr, wenn sie bei uns eintreffen, und sind stets unvollständig ... dabei so umfangreich und so unterschiedlich in ihrer Zuverlässigkeit, daß ich Hunderte von Mitarbeitern und Computern beschäftige, um das Material zu sichten, zu vergleichen, zu interpolieren, zu extrapolieren und gegen andere Informationen abzuwägen, bevor es Eingang in das Archiv findet. Wir bemühen uns, die Wahrscheinlichkeitsquote zwischen 95 und 85 Prozent zu halten; aber wir sinken allmählich auf 89 beziehungsweise 81 Prozent ab — und es wird mit jedem Jahrzehnt schlimmer.

Auswanderer schicken nur selten Berichte an die Heimatregierung. Sie haben genug damit zu tun, sich durchzuschlagen, Kinder in die neue Welt zu setzen und mit den Schwierigkeiten des Pionierlebens fertig zu werden. Eine Kolonie befindet sich meist in der vierten Generation, bevor die ersten spärlichen Daten eintröpfeln.

(Es kann gar nicht anders sein. Ein Kolonist, der zu großes Interesse für Statistiken zeigt, erscheint bald selbst als Bestandteil der Statistik — auf der Totenliste. Ich hege auch den Wunsch auszuwandern; sobald ich meine Absicht in die Tat umgesetzt habe, ist es mir egal, ob das Archiv hier meinen weiteren

Weg verfolgt oder nicht. Ich habe nahezu ein Jahrhundert an dieser im wesentlichen fruchtlosen Arbeit festgehalten, teils, weil sie lukrativ war, teils, weil es mit meiner Veranlagung zusammenhängt: Ich bin ein direkter Nachfahre von Andrew Jackson Slipstick Libby, und die Gene wurden durch Partnerauslese noch verstärkt. Aber ich stamme auch vom Senior ab und besitze etwas von seiner rastlosen Natur. Ich möchte dem Ruf der Wildgänse folgen und sehen, was sich draußen in der Galaxis tut — vielleicht noch einmal heiraten, eine Schar Kinder auf einem jungen, freien Planeten zeugen und dann weiterziehen. Sobald die Memoiren des Seniors ausgewertet sind, können sich die Kuratoren, um im Sprachgebrauch meines werten Ahnherrn zu bleiben, den elenden Archivjob an den Hut stecken.)

Was für ein Mensch ist nun unser Senior, mein Vorfahr und sicher auch der Ihre, in jedem Falle aber das älteste Geschöpf der Menschenrasse, der Mann, der die Krise seines Volkes und ihre Überwindung durch die Diaspora über so lange Zeit miterlebt hat?

Denn überwunden ist die Krise. Selbst wenn wir heute fünfzig Planeten verlieren — unsere Rasse würde die Lücke schließen und weiter in den Raum vordringen. Unsere prachtvollen Frauen würden den Verlust nach einer einzigen Generation wettmachen. Nicht daß ich mit einem Rückschlag rechne — bis jetzt sind wir auf keine Rasse gestoßen, die so niederträchtig, gemein und zerstörerisch wie die unsere wäre. Berichte von den Außenposten der Zivilisation deuten darauf hin, daß die Menschheit bereits die Große Leere anpeilt.

Es gibt noch keine offizielle Bestätigung dafür, aber die Kolonien mit der größten Vitalität liegen meist abseits der Ballungszentren.

Man kann also hoffen.

Im besten Falle ist die Geschichte der Menschheit schwer faßlich — im schlimmsten stellt sie eine farblose Sammlung fragwürdiger Dokumente dar. Leben gewinnt sie erst durch Augenzeugenberichte — und es gibt einen einzigen Zeugen, der die zweitausenddreihundert Jahre der Krise und Diaspora überdauert hat. Der nächstälteste Mensch, der in unserem Archiv verzeichnet steht, ist nur knapp über tausend Jahre alt. Vielleicht gibt es noch den einen oder anderen Methusalem, den die Computer nicht erfaßt haben — das Wahrscheinlichkeitsgesetz legt den Gedanken nahe —, aber es ist mathematisch und historisch mit absoluter Sicherheit erwiesen, daß aus dem Zwanzigsten

Jahrhundert nur der Senior überlebt hat.*)

Einige mögen die Frage stellen, ob der ›Senior‹, geboren im Jahre 1912 als Mitglied der Howard-Familien, überhaupt identisch ist mit jenem ›Lazarus Long‹, der die Flucht der Familien im Jahre 2136 organisierte. Immerhin lassen sich heutzutage sämtliche damals verwendeten Erkennungsmerkmale (Fingerabdrücke, Retina-Fotos und so fort) fälschen. Dem ist entgegenzuhalten, daß jene Methoden für die damalige Zeit ausreichten und die Howard-Stiftung besondere Gründe hatte, nur sicher nachgewiesene Daten zu akzeptieren. Es gibt nicht den geringsten Zweifel daran, daß ›Woodrow Wilson Smith‹, geboren und bei der Stiftung registriert im Jahre 1912, der gleiche Mann ist wie jener ›Lazarus Long‹ der Jahre 2136 und 2210. Bevor die Identifizierungsmerkmale der Vergangenheit ihre Zuverlässigkeit verloren, hatte man sie durch moderne, unumstrittene Methoden ersetzt, die auf der ungeschlechtlichen Zellreproduktion und später auf der Registratur des Gen-Schemas beruhten. (In diesem Zusammenhang mag folgende Begebenheit erwähnt sein: Vor etwa dreihundert Jahren tauchte hier auf Secundus ein Betrüger auf, der sich als der Senior ausgab. Da er ein angegriffenes Herz hatte, entwickelte man aus dem Zelldepot des Seniors ein neues Organ, das dem Mann eingepflanzt wurde. Er überlebte die Transplantation nicht.) Unser Senior besitzt ein Gen-Schema, das identisch mit jener Gewebeprobe ist, welche Dr. Gordon Hardy im Jahre 2145 einem gewissen Lazarus Long auf dem Sternenschiff *New Frontiers* entnahm und zu seinem Langlebigkeitstest verwendete. Q. e. d.

Aber was ist er für ein Mensch? Urteilen Sie selbst! Ich hatte keine andere Wahl, als seine Memoiren zu kürzen. (Die vollständigen Daten sind im Archiv zugänglich.) Eine Reihe historisch belegter Ereignisse bleibt unerwähnt, während ich andererseits offenkundige Lügen und Ungereimtheiten beibehielt, weil ich der Ansicht bin, daß die Märchen, die ein Mensch erzählt, mehr über ihn aussagen als die sogenannte ›Wahrheit‹.

---

*) Als die Howard-Familien das Sternenschiff *New Frontiers* kaperten, waren nur wenige Männer und Frauen über hundert Jahre alt; wir kennen von allen das amtlich registrierte Todesdatum. (Ich nehme den legendären Fall der Mary Sperling aus, die jahrzehntelang ohne Bewußtsein auf dem Krankenlager zubrachte.) Trotz genetischer Vorzüge und dem Zugang zu den Langlebigkeitstherapien, die unter dem Sammelbegriff ›Ewigkeitshilfe‹ bekannt wurden, starb der letzte im Jahre 3003 des Gregorianischen Kalenders. Den Aufzeichnungen nach scheinen sich die meisten geweigert zu haben, eine neue Verjüngung mitzumachen — was auch heute noch die zweithäufigste Todesursache ist.   J. F. der Fünfundvierzigste

Es läßt sich nicht leugnen, daß dieser Mann nach Normen der Zivilisation als Barbar betrachtet werden muß.

Aber es steht Kindern nicht an, ihre Eltern zu tadeln. Ohne den ihm eigenen Charakter wäre es dem Senior niemals möglich gewesen, im Dschungel der Galaxis zu überleben. Vergessen Sie nicht, was Sie ihm genetisch und historisch schulden!

Um die historische Seite zu verstehen, ist es notwendig, die Vergangenheit ein wenig aufzuwärmen — teils Tradition und Mythos, teils so unantastbare Wahrheiten wie die Ermordung von Julius Caesar. Die Howard-Stiftung geht zurück auf einen gewissen Ira Howard, der im Jahre 1873 starb. Er beauftragte einen Nachlaßverwalter damit, sein Vermögen der Wissenschaft zur Verfügung zu stellen — genauer gesagt, Forschungsaufträge zu unterstützen, die sich mit der Verlängerung des menschlichen Lebens befaßten. Das ist eine Tatsache.

Die Überlieferung berichtet, daß er sein Testament aus Verzweiflung darüber aufsetzte, daß er mit achtundvierzig Jahren zum Tode verurteilt war — ein Junggeselle ohne Nachkommen. So trägt niemand von uns seine Gene; Ira Howards Unsterblichkeit liegt in der Idee, daß man dem Tod trotzen kann.

Zu jener Zeit war es nicht außergewöhnlich, daß die Leute im Alter von achtundvierzig Jahren das Zeitliche segneten. Im Gegenteil, der Durchschnitt lag sogar noch niedriger. Krankheiten, Hungersnöte, Unfälle, Mord, Krieg, Geburten und ähnliche Dinge mähten die Menschen nieder, lange bevor das eigentliche Altern einsetzte. Aber selbst wenn man Glück hatte und all diese Hürden nahm, mußte man zwischen fünfundsiebzig und hundert mit dem Tod rechnen. Es gab wenige Menschen, die ein Jahrhundert überschritten, und man sah sie als Kuriositäten an.

Da man zu jener Zeit von Genetik noch nicht viel gehört hatte, begann die Stiftung ihre Arbeit als ein halbwissenschaftliches Zuchtexperiment. Junge Männer und Mädchen aus Familien mit bekannt hoher Lebenserwartung wurden durch finanzielle Hilfen ermutigt, Ehen miteinander einzugehen.

Es überrascht nicht weiter, daß die Methode funktionierte. Immerhin hatten Viehzüchter das Verfahren der Auslese seit Jahrhunderten angewandt, um ihre Herden zu verbessern: Man bemühte sich, die günstigen Eigenschaften zu akkumulieren, und merzte in den Folgegenerationen die jeweils minderwertigen Exemplare aus.

Im Archiv der Familien ist nirgends die Rede davon, was mit den frühen Fehlschlägen geschah. Man kann lediglich erkennen, daß einige Linien mit sämtlichen Nachkommen aus den Listen der Stiftung gestrichen wurden — weil sie den Fauxpas begangen hatten, zu früh zu sterben.

Als sich die Krise von 2136 abzuzeichnen begann, besaßen alle Mitglieder der Howard-Stiftung eine Lebenserwartung von mehr als hundertfünfzig Jahren. Die Ursache der Krise erscheint unglaublich, aber die Aufzeichnungen lassen nicht den geringsten Zweifel daran: Die Howard-Familien befanden sich in höchster Gefahr, weil sie zu lange lebten! Weshalb das so war, kann ich nicht sagen. Ich bin Chronist, kein Psychologe.

Man verfolgte sie und trieb sie in einem geschlossenen Lager zusammen, um ihnen mit Gewalt das ›Geheimnis der ewigen Jugend‹ zu entreißen. Tatsache — kein Mythos.

Und an dieser Stelle kommt der Senior ins Spiel. Ausgestattet mit Draufgängertum, einem angeborenen Talent zum Lügen und einem — wie es uns heute erscheinen will — kindischen Vergnügen an Intrigen und Abenteuern um ihrer selbst willen, inszenierte der Senior den aufsehenerregendsten Gefängnisausbruch aller Zeiten. Er kaperte ein primitives Sternenschiff und führte die Howard-Familien aus der Knechtschaft.

Wenn es sonderbar anmutet, daß an die hunderttausend Männer, Frauen und Kinder in einem einzigen Schiff Platz fanden, so sei daran erinnert, daß unsere Vorfahren zu den ersten Reisen ins All künstliche Planetoiden mit unabhängigen Versorgungssystemen benutzten, kleine Welten für sich, die viele Jahre im Raum blieben, da sie sich mit Unterlichtgeschwindigkeit fortbewegten.

Der Senior war nicht der einzige Held jenes Exodus. Aber in allen Berichten aus jener Zeit taucht er als die treibende Kraft auf — ein neuer Moses, der sein Volk in die Freiheit führte.

Fünfundsiebzig Jahre später (2211) kehrte die Gruppe heim — im Triumphzug. Das Datum markiert den Beginn der Großen Diaspora, das Jahr Eins des Galaktischen Normkalenders.

Als die Howard-Familien zu ihrer abenteuerlichen Flucht aufbrachen, hegten die Menschen, die auf der Erde zurückblieben, immer noch die Überzeugung, daß man sie um ›die ewige Jugend‹ betrogen habe. Wissenschaftler nahmen sich des Problems an und begannen es systematisch zu erforschen. Wie in den meisten Fällen zahlte sich die Forschung aus. Man entdeckte zwar nicht das Geheimnis der Howard-Familien, dafür aber zwei Dinge, die sich als weit bedeutender erwiesen: den Libby-Sheffield-Para-Antrieb (kein Antrieb im eigentlichen

Sinn, sondern eine Technik zur Kontrolle des n-dimensionalen Raumes) und die erste wirksame Methode, das Leben zu verlängern — durch künstliche Zellvermehrung.

Das große Talent des Seniors scheint es stets gewesen zu sein, die Entwicklung einer gegebenen Situation vorauszuberechnen — und dann für seine Zwecke zu nutzen. (Um es mit seinen Worten auszudrücken: »Man muß ein Gespür dafür haben, was dem Frosch auf die Sprünge hilft!« Psychometriker behaupten, er wäre ein hochgradiger Esper; was der Senior von Psychometrikern behauptet, ist weniger fein. Ich als Chronist enthalte mich einer Stellungnahme.)

Der Senior durchschaute sofort, daß die Gnade der ewigen Jugend, obwohl jedem versprochen, in Wirklichkeit auf die Mächtigen und ihre Angehörigen beschränkt bleiben würde. Den Milliarden von Durchschnittsbürgern konnte man nicht gestatten, über die normale Spanne hinaus zu leben; es gab keinen Platz für sie — außer sie wanderten auf fremde Welten aus.

Es ist nicht immer klar, auf welche Weise der Senior seine Fäden zog; er scheint mehrere Namen und eine Reihe von Strohmännern benutzt zu haben. Jedenfalls tauchen seine Schlüsselunternehmen plötzlich im Besitz der Stiftung auf. Man verlagerte das Kapital nach Secundus — sicher übte er bei dieser Entscheidung einen sanften Druck aus —, und achtundsechzig Prozent der Howard-Familien verließen die Alte Erde, um die Herausforderung des Pionierlebens anzunehmen.

Genetisch gesehen sind wir ihm sowohl indirekt als auch direkt verpflichtet. Indirekt, weil jede Auswanderung einen Selektionsmechanismus darstellt, eine erzwungene Darwinsche Auslese. Die Tüchtigsten gehen zu den Sternen, die Schwächlinge bleiben daheim und sterben aus. Diese Regel läßt sich sogar für jene Leute anwenden, die im 24. und 25. Jahrhundert zwangsweise deportiert wurden, nur daß in ihrem Falle die Selektion erst auf dem neuen Planeten erfolgte.

Unsere direkte genetische Bindung gegnüber dem Senior ist leichter zu erkennen. Als Beweis genügt eine ganz primitive Rechnung: Wenn Sie irgendwo im Universum leben — außer auf der Alten Erde, aber dort haust ohnehin kein vernünftiger Mensch mehr — und zählen auch nur ein einziges Mitglied der Howard-Familien zu Ihren Vorfahren, dann stammen Sie mit 87,3 Prozent Wahrscheinlichkeit von Woodrow Wilson Smith, dem Senior, ab.

Im Krisenjahr 2136 ging ein Zehntel der jüngsten Howard-

Generation ›legitim‹ auf den Senior zurück — womit ich sagen will, daß die Vaterschaft amtlich registriert und medizinisch nachgewiesen war. (Als das Experiment begann, kannte man zwar noch nicht einmal die Einteilung in Blutgruppen, aber der Ausleseprozeß bewog die Frauen im allgemeinen dazu, keine Bindungen außerhalb der Familien einzugehen.)

Inzwischen beträgt die Wahrscheinlichkeit, wie bereits erwähnt, 87,3 Prozent — wenn irgendein Howard-Mitglied zu Ihren Ahnen zählt. Können Sie jedoch einen Ableger der späteren Generationen vorweisen, dann steigt die Wahrscheinlichkeit auf nahezu hundert Prozent.

Als Statistiker (unterstützt von Computeranalysen hinsichtlich Blut- und Enzymgruppen, Haar- und Augenfarbe, Gebißform und ähnlicher Merkmale) habe ich allerdings starken Grund zu der Annahme, daß der Senior viele Abkömmlinge besitzt, die nicht in den Ahnentafeln enthalten sind.

Um es einmal zurückhaltend auszudrücken: Der Senior ist ein unverbesserlicher alter Bock, der seinen Samen in der ganzen Galaxis ausgesät hat.

Nehmen Sie nur die Jahre nach dem Exodus! Er war damals nicht verheiratet, und aus den verschiedenen Aufzeichnungen geht hervor, daß er zu jener Zeit die Frauen geradezu haßte.

Mag sein. Die Biostatistiken lassen — im Gegensatz zu den Genealogien — den Schluß zu, daß er nicht völlig unnahbar war. Immerhin errechnete der Computer, der die Analyse durchführte, für jene Periode mehr als einhundert Nachkommen.

Angesichts der beinahe pathologischen Betonung, die man damals in den Howard-Familien auf die Langlebigkeit legte, ist das nicht weiter verwunderlich. Je älter der Mann — sofern er seine Zeugungskraft noch besaß —, desto zahlreicher die Gelegenheiten; denn jede Frau wünschte sich Nachwuchs von diesem ›Übermenschen‹. Wir können annehmen, daß der Ehestand dabei eine untergeordnete Rolle spielte; nach dem Willen des Stiftungsgründers schlossen die meisten Howard-Mitglieder Zweckheiraten, die nicht unbedingt von Dauer waren. Es erstaunt eher, daß ihn zu jener Zeit so *wenige* Frauen in die Falle zu locken verstanden.

Nun, sei dem, wie es wolle. Wenn ich jedenfalls heute einem Mann mit rotblonder Mähne, kräftiger Nase, graugrünen Raubtieraugen und einem entwaffnenden Lächeln begegne, dann frage ich mich, wann der Senior in diesem Teil der Galaxis am Werk war. Ich halte krampfhaft meine Brieftasche fest und nehme mir eisern vor, keine Wette abzuschließen und kein Versprechen zu geben.

Aber wie gelang es dem Senior, selbst ein Sproß der dritten Howard-Generation, die ersten dreihundert Jahre seines Lebens *ohne* spezielle Verjüngungstherapien durchzuhalten?

Eine Mutation natürlich — was in einfacheren Worten bedeutet, daß wir es nicht wissen. Aber im Laufe der Zeit haben wir einiges über seine Konstitution in Erfahrung gebracht. Er besitzt ein ungewöhnlich großes Herz, das sehr langsam schlägt. Er hat nur achtundzwanzig Zähne, keine Karies und scheint immun gegen alle Arten von Infektionskrankheiten zu sein. Chirurgische Eingriffe — mit Ausnahme von ein paar genähten Wunden — erwiesen sich bisher als unnötig. Seine Reflexe sind ungeheuer schnell — und immer wohlüberlegt, so daß man den Ausdruck ›Reflex‹ in Frage stellen muß. Er brauchte nie eine Sehhilfe, weder für den Weit- noch für den Nahbereich, und hat ein scharfes Gehör. Sein Farbsehspektrum schließt Indigoblau ein. Er wurde ohne Vorhaut geboren, ohne Blinddarm — und ohne Gewissen.

Ich bin stolz darauf, daß er zu meinen Ahnen zählt.

Justin Foote der Fünfundvierzigste
Hauptarchivar der Howard-Stiftung

Vorwort zur revidierten Auflage

In dieser gekürzten Volksausgabe wurde der technische Anhang getrennt veröffentlicht. An seine Stelle tritt ein Bericht über die Erlebnisse und Aktivitäten des Seniors zwischen seinem Weggang von Secundus und seinem Verschwinden. Auf ausdrücklichen Wunsch des Memoirenverfassers wurde eine Schilderung der letzten Begebenheiten im Leben des Seniors angefügt, aber sie enthält so viele Fehler und Lücken, daß sie nicht ernst genommen werden kann.

Carolyn Briggs
Hauptarchivar

NB: Meine hübsche und gescheite Nachfolgerin im Amt weiß nicht, wovon sie redet. Wenn es um den Senior geht, ist das Unglaubliche meist das Wahre.

Justin Foote der Fünfundvierzigste
Hauptarchivar Emeritus

PRÄLUDIUM I

Bei seinem Eintritt drehte sich der Mann am Fenster mit drohender Miene um.

»Wer, zum Henker, sind Sie?«

»Ira Weatheral von der Johnson-Familie, Ahnherr — derzeit stellvertretender Kuratoriumspräsident.«

»Hat lang genug gedauert! Und warum nicht der hohe Boss selbst?« fauchte der Mann im Sessel. »Hat er zuviel Arbeit, um persönlich vorbeizukommen? Bin wohl die Mühe nicht mehr wert, was?« Er traf keine Anstalten, sich zu erheben, noch bot er seinem Besucher einen Stuhl an.

»Verzeihung, Sir, ich *bin* der oberste Chef der Familien. Aber es hat sich in den letzten Jahrhunderten eingebürgert, den Präsidententitel nur *pro tempore* zu verleihen — falls Sie selbst einmal gedenken, den Vorsitz zu übernehmen.«

»Wie? Blödsinn! Das habe ich mir vor mehr als tausend Jahren abgewöhnt. Und nennen Sie mich weder Ahnherr noch Sir! Schließlich besitze ich einen Namen. Ich habe Sie vor genau zwei Tagen rufen lassen, Mann. Weshalb kommen Sie jetzt erst? Eine kleine Lustpartie veranstaltet, wie? Oder gilt das Gesetz nicht mehr, nach dem ich jederzeit Anspruch auf das Ohr des Präsidenten habe?«

»Ich kenne dieses Gesetz nicht, Senior; wahrscheinlich wurde es lange vor meiner Zeit verfaßt. Aber ich rechne es mir zur Ehre an, Ihnen meine Dienste zur Verfügung zu stellen. Als ich vor siebenunddreißig Stunden Ihre Nachricht erhielt, begann ich unverzüglich Alt-Amerikanisch zu lernen, da ich erfahren hatte, daß Sie eine Vorliebe für diese Sprache besitzen. Das erklärt meine Verspätung. Leider weiß ich nicht, welchen Namen Sie im Moment tragen . . .«

»Ach, nennen Sie mich Lazarus! Lazarus Long — damit bin ich durch die ganze Galaxis geschippert. Mit Woodrow Wilson Smith konnte ich mich nie so recht anfreunden.«

»Danke, Lazarus.«

»Wofür? Mann, seien Sie nicht so verdammt steif! Aber Sie haben sich tatsächlich die Mühe gemacht, Amerikanisch zu lernen? Für diesen Besuch? Und in knapp zwei Tagen? Alle Achtung! Ich benötige mindestens eine Woche, um mir eine neue Sprache einzuprägen — und eine weitere, bis der Akzent sitzt.«

»Oh, ich befaßte mich mit klassischem Englisch, als ich meinen Job übernahm, weil ich die alten Familiendokumente im

Original lesen wollte. So hatte ich eine gewisse Grundlage. Der Computer brachte mir dann den nordamerikanischen Slang des 20. Jahrhunderts bei.«

»Kluges Maschinchen. Ich habe meine Jugend im Mittelwesten verbracht, und es heißt ja, daß man die Sprache der Kindheit niemals aufgibt. Der Akzent stimmt nicht ganz — hm, mal überlegen... Texanisch mit einem Hauch von Oxford-Vornehmheit! Wahrscheinlich wählt der Computer die Version aus, die den gegebenen Beispielen am nächsten kommt.«

»Keine Ahnung, Lazarus, darüber habe ich mir noch nie den Kopf zerbrochen. Bereitet es Ihnen Schwierigkeiten, meinen Akzent zu verstehen?«

»Aber nein, er kommt der Umgangssprache der damaligen Epoche näher als mein eigener Slang! Ich finde es nett, daß Sie sich meinetwegen so viel Arbeit gemacht haben.«

»Gern geschehen. Ich liebe Fremdsprachen.«

»Dennoch, eine freundliche Geste. Ich kam mir allmählich vor wie in einem Zoo, weil ich mit keinem reden konnte.« Lazarus deutete auf die beiden Verjüngungstechniker, die in Helmen und Isolationsanzügen am anderen Ende des Raumes warteten. »Die Figuren da drüben quasseln ein wirres Kauderwelsch — an ein vernünftiges Gespräch ist nicht zu denken.« Er pfiff durch die Zähne und winkte eine der Gestalten herbei. »He, du! Einen Stuhl für meinen Gast — hopp, hopp!« Seine Gesten waren unmißverständlich. Der Techniker trat an ein Schaltpult und drückte auf eine Taste. Ein Stuhl rollte herbei. Dicht neben dem Präsidenten kam er zum Stehen. Ira nahm mit einem leisen Seufzer Platz. Der Stuhl schmiegte sich an seinen Körper und begann ihn sanft zu massieren.

»Bequem?« fragte Lazarus.

»Sehr.«

»Einen Imbiß? Oder einen Drink?«

»Nein, danke. Darf ich Ihnen etwas bestellen?«

»Im Moment nicht. Verdammt, ich werde hier gemästet wie eine Weihnachtsgans. Kommen wir am besten gleich zur Sache.« Er holte tief Luft und brüllte plötzlich mit voller Lautstärke los: »WESHALB STECKT MAN MICH IN DIESE VERFLUCHTE ZELLE?«

»Keine Zelle, Lazarus«, entgegnete Weatheral ruhig. »Sie befinden sich in der VIP-Suite der Howard-Verjüngungsklinik.«

»Für mich ist es ein Gefängnis. Es gibt keine Wanzen, okay. Aber das Fenster hier schafft man mit keinem Brecheisen. Und die Tür — sie öffnet sich beim Klang jeder Stimme, nur nicht bei meiner! Sobald ich mal muß, steht eine dieser vermummten Figuren neben mir. Offenbar hat man Angst, daß ich mich in der Klosettschüssel ersäufe. Herrgott, ich weiß nicht mal, ob ein Mann oder eine Frau in diesen widerlichen Klamotten steckt — aber das ist mir auch egal! Wenigstens beim Pinkeln will ich meine Ruhe haben, klar?«

»Ich werde sehen, was sich tun läßt, Lazarus. Die Leute hier sind begreiflicherweise nervös. Wenn Ihnen nur das Geringste zustößt, rollen Köpfe. Das Personal in Ihrer Suite besteht aus Freiwilligen, die dicke Prämien beziehen — aber ein Versehen, ein kleiner Fehler, und mit ihrer Karriere ist es zu Ende.«

»Hm. Also doch ein Gefängnis. Punkt zwei — WO IST MEIN SELBSTMORDHEBEL?«

»Lazarus — jeder Mensch kann den Zeitpunkt seines Todes bestimmen ...«

»Genau das war meine Rede. Der Hebel gehört hierher. Man sieht noch genau die Stelle, wo er abmontiert wurde. Warum? Mein Freund, ich warne Sie! Einen alten Köter soll man nicht reizen; vielleicht schnappt er ein letztes Mal zu.«

»Ich habe keine Angst.«

»Wie?« Lazarus warf ihm einen verwirrten Blick zu. Dann zuckte er die Achseln. »Ich verstehe. Selbst wenn ich Ihnen sämtliche Knochen breche — man würde Sie in einer halben Stunde wieder zusammenflicken.« Plötzlich grinste er. »Und wenn ich Ihnen den Schädel einschlage? Gegen solche Dinge sind selbst die Verjüngungskünstler machtlos ...«

Weatheral blieb ungerührt. »Ich glaube nicht, daß Sie so ohne weiteres einen Ihrer Nachkommen töten würden. Wissen Sie übrigens, daß Sie von sieben Linien her mit mir verwandt sind?«

Lazarus nagte an seiner Unterlippe. »Mein Junge, ich besitze so viele Nachkommen, daß mir das Wort Verwandtschaft wenig bedeutet. Aber im Grunde stimmt Ihre Annahme. Ich habe mein Leben lang nur dann getötet, wenn es sich absolut nicht vermeiden ließ.« Er lachte trocken. »Nun, Ausnahmen bestätigen die Regel ...«

»Lazarus, wenn Sie darauf bestehen, lasse ich den Selbstmordhebel sofort wieder anbringen. Doch gestatten Sie mir zuerst ein paar Worte ...«

»Ein Dutzend, mehr nicht«, unterbrach ihn Lazarus.

Ira Weatheral zögerte einen Moment lang, dann zählte er an den Fingern ab: »Ich habe Amerikanisch gelernt, um Ihnen zu erklären, weshalb wir Sie brauchen.«

»Okay, ein Dutzend. Aber um die zu erläutern, benötigen Sie fünfhundert weitere — oder fünftausend.«

»Oder kein einziges«, meinte Weatheral. »Sie können den Hebel auch so bekommen. Ich hatte es versprochen.«

»Ira, Sie sind ein ausgekochter Gauner. Allmählich glaube ich selbst, daß eine Menge von meinem Blut in Ihren Adern fließt. Sie wissen genau, daß ich den Hebel nicht benutzen werde, bevor ich erfahren habe, wo Sie der Schuh drückt. Meinetwegen, schießen Sie los! Und zwar mit einer Erklärung! Was mache ich hier? Ich weiß genau, daß ich keine Verjüngung beantragt habe. Als ich jedoch aufwachte, war die Arbeit bereits zur Hälfte getan. Aus diesem Grund habe ich Sie hierherzitiert.«

»Können wir noch etwas weiter vorn anfangen? *Sie* erklären *mir*, was Sie in einer verlausten Penne im schäbigsten Teil der Altstadt gesucht haben!«

»Mann, ich wollte sterben. Still und friedlich wie ein alter, abgehalfterter Gaul. Und es wäre mir fast geglückt, wenn diese Schnüffler mich nicht herausgeholt hätten. Kennen Sie einen besseren Ort als eine Penne, wenn man sich aufs Abkratzen vorbereitet? Man muß nur seine Pritsche im voraus bezahlen, dann lassen sie einen in Ruhe. Klar, die Brüder stehlen wie die Raben — sogar meine Schuhe waren eines Tages weg. Aber damit hatte ich gerechnet. Und die Bewohner von solchen Herbergen sind nett zu Leuten, denen es noch dreckiger geht als ihnen selbst. Jeder bringt einem Kranken ein Glas Wasser. Mehr wollte ich nicht. Ira, wie ist es Ihren Bullen gelungen, mich aufzustöbern?«

»Fragen Sie lieber, warum die Armleuchter es nicht viel früher geschafft haben! Ein Abteilungsleiter verlor seinen Job dabei. Ich dulde keine Schwächen in meiner Verwaltung.«

»Hm. Ich kam auf Umwegen nach Secundus und verwischte sorgfältig meine Spuren. Meine letzte Verjüngung erhielt ich obendrein auf Supreme. Oder haben die Familien inzwischen Kontakt mit dieser Welt aufgenommen?«

»Um Himmels willen — nein. Unter den Kuratoren gibt es eine einflußreiche Gruppe, die das Embargo gegen Supreme nicht mehr für ausreichend hält und eine Vernichtung des Planeten anstrebt.«

»Ich würde keine Träne vergießen, wenn es dazu käme. Aber ich hatte meine Gründe dafür, den Job dort durchführen zu lassen, obwohl ich für die Zellreproduktion ein Heidengeld bezahlen mußte. Nun, das ist eine andere Geschichte. Noch einmal:

Wie habt ihr mich gefunden?«

»Sir, seit etwa siebzig Jahren forscht man in der ganzen Galaxis nach Ihrem Verbleib. Erinnern Sie sich noch an die Formalitäten im Einwanderungsbüro? Sie mußten eine Impfung gegen *Reiber*-Fieber nachholen...«

»Ganz recht. Ich war ziemlich wütend, aber ich wollte keinen Krach schlagen, da ich bereits dieses Asyl im Sinn hatte. Ira, ich wußte seit geraumer Zeit, daß es mit mir zu Ende ging. Das war völlig in Ordnung; ich hatte einen Schlußstrich gezogen. Aber ich wollte nicht irgendwo allein sterben, draußen im Raum. Ich sehnte mich nach Stimmen, nach dem Geruch von Menschen. Das mag kindisch klingen, doch ich fühlte mich bei meiner Ankunft bereits ziemlich elend.«

»Lazarus, es gibt kein *Reiber*-Fieber. Wenn unsere Routinekontrollen nicht ausreichen, um die Identität eines Einwanderers zu klären, spritzen wir ihm irgendein harmloses Mittel gegen eine imaginäre Seuche ein und entnehmen ihm dabei eine Gewebeprobe. Die Beamten hätten niemals zulassen dürfen, daß Sie sich vom Hafengelände entfernten, solange Ihr Gen-Schema nicht feststand.«

»Mann, was macht ihr, wenn zehntausend Einwanderer mit einem Schiff ankommen?«

»Wir stecken sie in Quarantänebaracken. Aber das geschieht selten. Die Alte Erde ist so gut wie entvölkert, und von den Kolonieplaneten setzen sich nur kleinere Gruppen ab. Ich begreife jetzt noch nicht, warum sich meine Leute so dämlich benommen haben. Da landet eine Privatjacht, die fünfzehn bis zwanzig Millionen Kronen wert ist...«

»Sagen wir dreißig!«

»Schön, dreißig. Wie viele Menschen in der Galaxis können sich so eine Maschine leisten? Und wie viele davon würden eine Reise nach Secundus allein antreten? Ihr Auftreten hätte den primitivsten Schreiberknecht alarmieren müssen! Statt dessen läßt man Sie laufen und glaubt Ihnen, daß Sie brav im Romulus-Hilton absteigen werden. Wetten, daß Sie noch vor Einbruch der Dunkelheit neue Ausweise hatten?«

»Gewonnen. Aber eure Fälscher verlangen Wucherpreise. Scharfe Gesetze und tüchtige Bullen, was? Wenn ich nicht zu erschöpft gewesen wäre, hätte ich mir die Dinger selbst angefertigt. Verringert das Risiko...«

»Oh, wir haben den Mann nie entdeckt.«

»Das hoffe ich«, meinte Lazarus. »Und von mir werden Sie

auch nichts über ihn erfahren. Kann sein, daß ich ihn noch einmal brauche. Und wenn nicht, so ist er zumindest eine große Hilfe für alle, die euer übertriebenes Sicherheitssystem scheuen. Ira, Sie meinen es sicher gut, aber ich hasse Verwaltungsapparate, die sich zu sehr mit der Person eines Bürgers befassen. Ich meide seit langem Planeten, die so überfüllt sind, daß man Ausweise benötigt. Hätte es auch diesmal tun sollen. Aber ich rechnete eben damit, daß es nicht mehr lange dauern würde. Verdammt, noch zwei Tage, und ich wäre hinüber gewesen. Wie habt ihr mich gefunden?«

»Es war nicht einfach. Sobald feststand, daß Sie sich auf Secundus befanden, machte ich Wirbel. Der Abteilungschef, den ich feuerte, war nicht der einzige unglückliche Mensch in diesen Tagen. Aber Sie hatten ein so raffiniertes Versteck gewählt, daß Sie meinen gesamten Mitarbeiterstab narrten. Der Leiter des Sicherheitsdienstes vertrat gar die Ansicht, daß jemand Sie in einer dunklen Gasse umgebracht und Ihre Leiche spurlos beseitigt hätte. Ich erklärte ihm, daß er in diesem Falle seine Auswanderung beantragen könne.«

»Schneller, Ira! Ich will endlich wissen, wo ich gepfuscht habe.«

»Von Pfuschen kann gar nicht die Rede sein. Immerhin hat der gesamte Polizeiapparat von Secundus nach Ihnen gesucht. Ich war überzeugt davon, daß Sie sich noch am Leben befanden. Oh, es gibt Verbrechen auf unserer Welt — ganz besonders hier in Neu-Rom. Aber das sind in der Hauptsache Eifersuchtsdramen. Seit wir die Strafe dem Vergehen anpassen und im Kolosseum öffentliche Hinrichtungen abhalten, haben wir kaum noch Morde. Und ich dachte mir, daß ein Mann, der zweitausend Jahre überdauert hatte, instinktiv finstere Straßen meiden würde.

Ich ging also davon aus, daß Sie lebten, und stellte mir die Frage: ›Wo würde ich mich verstecken, wenn ich Lazarus Long wäre?‹ Ich vollzog Ihre Schritte nach, soweit wir sie kannten. Ah, da fällt mir etwas ein...«

Er schlug sein Cape zurück und brachte einen großen Umschlag zum Vorschein, den er Lazarus in die Hand drückte.

Lazarus betrachtete das Siegel. »Sie haben ihn geöffnet?«

»Ja. Zu früh, gewiß — aber er war an mich adressiert. Niemand außer mir kennt den Inhalt. Und wenn Sie es wünschen, vergesse ich ihn wieder. Nur eines: Es hat mich gerührt, daß Sie Ihre Jacht dem Präsidenten der Stiftung vermachen wollen. Eine

Supermaschine, Lazarus — zum Verlieben. Das heißt allerdings nicht, daß ich möglichst rasch Ihr Erbe antreten möchte. Aber ich wollte Ihnen erklären, weshalb wir Sie brauchen, und lasse mich ständig ablenken.«

»Ich habe keine Eile, Ira. Sie vielleicht?«

»*Ich?* Für mich gibt es im Moment nichts Wichtigeres, als mit Ihnen zu sprechen. Außerdem regieren meine Leute den Planeten viel vernünftiger, wenn ich ihnen nicht zu genau auf die Finger schaue.«

Lazarus nickte zustimmend. »Das war auch immer mein Prinzip. Wenn man eine Aufgabe übernimmt, muß man die Arbeit so geschickt wie möglich aufteilen. Gibt es eigentlich heutzutage noch Schwierigkeiten mit den Demokraten?«

»*Demokraten?* Ach, Sie meinen sicher die Egalitarier. Die gründen alle paar Jahre eine neue Bewegung — die Freiheitspartei, die Liga der Unterdrückten, und so fort. Ihre Absicht ist es, die Schurken an der Spitze abzusägen und ihre eigenen Schurken an die Macht zu bringen. Wir lassen sie gewähren, schleusen still und heimlich unsere Spitzel ein und verfrachten irgendwann die Anführer mitsamt ihren Familien auf einen anderen Planeten. Das Leben auf Secundus ist ein Privileg, kein Recht ...«

»Sie zitieren mich.«

»Ja. Ich kenne die Gründungsurkunde auswendig und habe mich stets an ihre Regeln gehalten. Es gibt auf Secundus keine feste Regierung. Der Präsident des Kuratoriums erläßt die Vorschriften, die er für notwendig erachtet. Und sein Wort gilt, solange ihn die Kuratoren nicht absetzen.«

»Gut.« Lazarus nickte. »Aber ich weiß nicht, mein Junge, ob es klug ist, Unruhestifter einfach zu deportieren. Jeder Teig braucht seine Hefe. Eine Gesellschaft ohne Wirrköpfe — das ist wie eine Herde Schafe. Pyramidenerbauer im besten Fall, dekadente Wilde im schlimmsten. Es kann sein, daß ihr mit dieser Maßnahme den schöpferischen Bestandteil eurer Bevölkerung ausrottet — die Hefe.«

»Ich fürchte, Sie haben recht, Senior, und das ist einer der Gründe, weshalb ich Sie bitte ...«

»Nein. Das Regieren habe ich mir ein für alle Male abgewöhnt.«

»Hören Sie mich doch zu Ende an, Sir! Niemand verlangt von Ihnen, daß Sie den Vorsitz des Kuratoriums übernehmen, auch wenn Ihnen dieser Platz nach altem Recht gebührt. Mir liegt an Ihrem Rat ...«

»Rat — wer befolgt schon den Rat eines anderen?«
»Gut, dann nennen wir es anders: Ich möchte meine Probleme mit einem Menschen besprechen, der mehr Erfahrung besitzt als ich. Bleiben wir gleich einmal bei diesen Unruhestiftern! Wir benutzen sie zu einer Art Experiment, indem wir alle auf den gleichen Planeten verbannen. Felicity — ist Ihnen der Name ein Begriff?«
»Nein.«
»Es wäre auch ein großer Zufall. Die Öffentlichkeit erfährt so gut wie nichts über die Existenz dieser Welt, die uns als Sammelbecken für aufrührerische Elemente dient. Ein Planet, der viel Ähnlichkeit mit der Alten Erde aufweist — vor ihrer Verwüstung. Rauh genug, um einen Menschen zu prüfen, aber nicht unbezwingbar, wenn man Mut und Zähigkeit besitzt.«
»Klingt nicht schlecht. Eingeborene?«
»Ja. Ein primitives Kriegervolk — wenn es inzwischen nicht ausgerottet ist. Wir wissen es nicht, wir haben keine Verbindung zu Felicity. Die Rasse ist nicht intelligent genug, um die Zivilisation anzunehmen, aber auch nicht so fügsam, daß sie die Sklaverei erdulden würde. Sie hatte das Pech, auf den *Homo sapiens* zu stoßen, bevor sie für diese Begegnung bereit war. Aber darum geht es bei unserem Experiment nicht, Lazarus. Die Eingeborenen haben keine Chance. Nein, die Verbannten glauben, daß sie eine ideale Regierung bilden können — durch Mehrheitswahlen.«
Lazarus rümpfte die Nase.
»Vielleicht schaffen sie es, Sir«, beharrte Weatheral. »Wir wissen es nicht.«
»Junge, wie alt sind Sie?«
»Neunzehnhundert Jahre jünger als Sie, Sir«, entgegnete Weatheral ruhig. »Ich habe nie eine demokratische Regierung erlebt, auch nicht bei meinen ausgedehnten Reisen durch die Galaxis. Aber ich beschäftige mich seit geraumer Zeit mit diesem Phänomen, und soviel ich erkennen konnte, gab es bis jetzt kein Volk, das in seiner Gesamtheit an die demokratische Idee glaubte. Deshalb wage ich nicht zu behaupten, daß unser Experiment zum Scheitern verurteilt ist.«
»Hmm.« Lazarus warf ihm einen nachdenklichen Blick zu. »Ich wollte Ihnen eben meine Erfahrungen mit den Verfechtern des Gleichheitsprinzips schildern. Aber Sie haben recht, Ira. Es handelt sich hier um eine völlig neue Situation. Oh, gewiß, man kann Theorien aufstellen — doch was sind tausend Theorien

gegen einen einzigen konkreten Versuch? Die Formen der Demokratie, auf die ich stieß, wurden der breiten Masse entweder aufgezwungen oder entwickelten sich langsam aus der Erkenntnis des Pöbels, daß er sich Brot und Spiele selbst verschaffen konnte — eine Zeitlang zumindest, bis das System zusammenbrach. Schade, daß ich den Ausgang dieses Experiments nicht miterleben werde. Wenn ich mich nicht irre, führt es zur schlimmsten Tyrannei, die es je gegeben hat. Das Gesetz der Mehrheit gibt den Ellenbogentypen eine Menge Möglichkeiten, ihre Mitmenschen zu unterdrücken. Aber ich will Sie nicht beeinflussen. Wie denken Sie darüber?«

»Die Computer sagen . . .«

»Computer! Ira, auch die klügste Maschine besitzt die Grenze des menschlichen Verstandes. Wenn jemand anders denkt, hat er den Zweiten Hauptsatz der Thermodynamik nicht begriffen. Ich wollte Ihre persönliche Meinung hören.«

»Sir, ich kann mir keine Meinung bilden. Mir fehlen einfach die Informationen.«

»Damit werden Sie nicht weit kommen, mein Junge! Wer Erfolg im Leben haben will, muß raten — immer wieder den richtigen Weg erraten, damit er den anderen eine Nasenlänge voraus ist. Aber wir hatten davon gesprochen, wie Sie mich fanden . . .«

»Ganz recht. Ihr Testament verriet, daß Sie mit Ihrem baldigen Tod rechneten. Das wurde unsere Ausgangsbasis. Nun . . .« Weatheral machte eine Pause und lächelte schwach. »Der Rest war tatsächlich ein Ratespiel, bei dem ich ein wenig Glück hatte. Es dauerte zwei Tage, bis wir den Laden ausfindig machten, in dem Sie sich neu eingekleidet hatten, vermutlich, um nicht durch Ihre teuren und extravaganten Sachen aufzufallen. Ich nehme an, daß Sie kurz darauf Ihre gefälschten Ausweise erstanden.«

Er wartete. Als Lazarus keine Antwort gab, fuhr er fort: »Einen halben Tag später kannten wir auch die Klitsche, in der Sie nochmals Ihre Kleider gewechselt hatten. Das war vielleicht Ihr Fehler. Der Besitzer erinnerte sich genau an Sie, weil Sie erstens bar bezahlten und zweitens Lumpen auswählten, die viel schlechter als Ihr eigenes Zeug waren. Oh, er hielt den Mund und dachte sich sein Teil, als Sie ihm die Story mit dem Kostümfest auftischten. Er verdient seine Brötchen vor allem durch Hehlerei.«

Lazarus nickte. »Das brachte ich in Erfahrung, bevor ich ihn aufsuchte. Ich hoffte, er würde dichthalten.«

»Wir halfen ein wenig nach. Ein Hehler hat es nicht leicht, Lazarus — ohne Laden kann er seine Ware kaum absetzen. Das zwingt ihn manchmal zur Ehrlichkeit.«

»Oh, ich mache ihm keine Vorwürfe. Es war wirklich meine Schuld. Bei solchen Geschäften darf man sich nicht das geringste Aufsehen leisten. Aber ich fühlte mich alt und elend. Ich vergaß einen Moment lang, daß sich ein sozialer Abstieg nicht so leicht vortäuschen läßt wie ein Aufstieg. Vor hundert Jahren wäre mir dieser Schnitzer nicht unterlaufen.«

»Keine falsche Bescheidenheit, Senior! Immerhin haben Sie uns ein Vierteljahr an der Nase herumgeführt.«

»Mein Sohn, wenn ein Unternehmen einmal fehlschlägt, fragt keiner mehr danach, wie raffiniert es eingefädelt war. Weiter!«

»Der Rest war nackte Gewalt, Lazarus. Die Klitsche befand sich im Elendsviertel der Stadt. Wir legten einen dichten Kordon um die Slums und filzten sie gründlich. Und wir hatten Glück. Gleich in der dritten Wanzenburg entdeckten wir Sie. Ich nahm übrigens persönlich an der Razzia teil und ließ Sie nicht aus den Augen, solange Ihr Gen-Schema überprüft wurde.« Ira Weatheral schnitt eine Grimasse. »Wir mußten frisches Blut in Ihre Adern pumpen, bevor der Computer Ihre Identität bestätigte. Ihr Zustand war übrigens miserabel.«

»Was heißt miserabel? Ich lag im Sterben! Herrgott, Ira, ist Ihnen klar, wie übel Sie mir mitgespielt haben? Ich hatte das Schlimmste hinter mir und war bereit für das sanfte Einschlafen. Dann kommt ihr und macht alles kaputt. Wenn ich geahnt hätte, daß man auf Secundus zur Verjüngung gezwungen werden kann, hätte ich einen weiten Bogen um den Planeten gemacht. Nun muß ich noch einmal von vorn anfangen. Entweder mit dem Selbstmordhebel — und Selbstmord habe ich von jeher verachtet — oder durch natürliches Altern. Und das kann eine Weile dauern. Ist mein Blut in der Vorratsbank der Klinik?«

»Ich werde mich beim Direktor erkundigen.«

»Geben Sie sich keine Mühe, mich zu belügen! Ira, ich befinde mich in einer scheußlichen Lage. Obwohl die Behandlung noch nicht abgeschlossen ist, fühle ich mich besser als irgendwann in den letzten vierzig Jahren. Das bedeutet eine lange Wartezeit. Aus welchem ethischen Gesetz leitet ihr eigentlich das Recht ab, mir den Tod zu versagen?«

»Wir brauchen Sie, Sir.«

»Das ist kein ethischer, sondern ein praktischer Grund. Das Bedürfnis beruht nicht auf Gegenseitigkeit.«

»Senior, ich habe mich gründlich mit Ihnen und Ihrer Vergangenheit befaßt. Dabei gewann ich den Eindruck, daß Sie oft aus praktischen Gründen handelten.«

Lazarus grinste. »Hört euch den Grünschnabel an! Ich fürchtete schon, Sie besäßen die Frechheit, mit hohen moralischen Grundsätzen aufzuwarten — wie diese verdammten Kirchenprediger. Ich traue einem Menschen nicht, der von Ethik redet und mir dabei die Taschen ausplündert. Dagegen bin ich mit Leuten, die im eigenen Interesse handeln und das auch zugeben, meistens einig geworden.«

»Lazarus, bitte geben Sie Ihr Einverständnis, daß wir die Verjüngung zu Ende führen! Sie werden sich großartig fühlen, das wissen Sie.«

»Wozu, Ira? Ich bin zweitausend Jahre alt und habe so ziemlich alles durchgemacht. Ich besuchte so viele Planeten, daß ich mich nur noch verschwommen an sie erinnere. Ich war so oft verheiratet, daß ich die Namen meiner Frauen vergesse. Meine Heimatwelt ist stärker gealtert als ich — ein trostloser Fleck; es lohnt sich nicht, sie noch einmal aufzusuchen und einen letzten Blick auf das Land der Väter zu tun. Nein, mein Junge, einmal kommt die Zeit, wo es am vernünftigsten ist, die Lichter zu löschen und schlafen zu gehen — und daran habt ihr mich gehindert, verdammt noch mal!«

»Es tut mir leid — nein, das stimmt nicht. Aber ich bitte Sie, mir zu verzeihen.«

»Wir werden sehen. Weshalb braucht ihr mich so dringend? Hat es mit Felicity zu tun?«

»Nein. Dieses Problem werde ich schon irgendwie lösen. Aber ich habe das Gefühl, daß Secundus allmählich zuviel Kultur und zu viele Menschen aufweist.«

»Ganz bestimmt, Ira.«

»Deshalb glaube ich, daß die Familien wieder auswandern sollten.«

»Ich pflichte Ihnen bei. Als Daumenregel gilt, daß sich ein Planet seiner kritischen Masse nähert, sobald er Städte mit mehr als einer Million Einwohner besitzt. In hundert bis zweihundert Jahren wird es ein vernünftiger Mensch hier auf Secundus nicht mehr aushalten. Denken Sie bereits an eine bestimmte Welt? Glauben Sie, daß sich das Kuratorium für Ihre Idee gewinnen läßt? Und werden die Familien folgen?«

»Ein ›Ja‹ auf die erste Frage, ein ›Vielleicht‹ auf die zweite, ein ›Vermutlich nein‹ auf die dritte. Der Planet, den ich als ›Tertius‹ ins Auge gefaßt habe, ist ebenso gut, wenn nicht besser als Secundus in seiner Blütezeit. Ein Großteil der Kuratoren befürwortet meine Argumente, aber ich weiß nicht, ob ich alle überzeugen kann — Secundus bietet im Moment ein so bequemes Leben, daß nur wenige Leute die drohende Gefahr erkennen. Was die Familien selbst betrifft — nein, ich glaube nicht, daß wir viele dazu bringen könnten, ihre Zelte abzubrechen und uns zu folgen. Immerhin, hunderttausend würden genügen. Gideons Heerhaufen — Sie verstehen?«

»Ich bin bereits ein Stück voraus. Jede Auswanderung führt zu einer Selektion und Artverbesserung. Wenn Sie Freiwillige finden! Ira, ich hatte damals im 23. Jahrhundert verdammte Mühe, die Familien zum Exodus zu bewegen. Und es gelang nur, weil es auf der Erde so trostlos aussah. Viel Glück, mein Junge — Sie werden es brauchen!«

»Lazarus, ich rechne nicht mit einem Erfolg. Gewiß, ich werde mein möglichstes versuchen. Aber wenn ich es nicht schaffe, gebe ich mein Amt auf und wandere allein aus. Nach Tertius, falls ich eine Gruppe zusammenbringe, die groß genug für eine Kolonie ist. Auf einen anderen, nur schwach besiedelten Planeten, wenn das nicht klappt.«

»Ist es Ihnen mit diesem Plan Ernst, Ira? Oder werden Sie sich, wenn der Moment gekommen ist, der Illusion hingeben, daß man Sie hier braucht? Wenn jemand den Hang zur Macht hat — und Sie haben ihn, sonst wären Sie nicht Präsident der Stiftung —, dann fällt ihm das Abdanken schwer.«

»Ich meine es ernst, Lazarus. Oh, ich regiere gern, das weiß ich selbst. Und ich hoffe, daß ich die Familien bei ihrem dritten Exodus anführen werde. Aber ich erwarte es nicht. Allerdings glaube ich, daß meine Chancen, eine lebensfähige Kolonie zu gründen — mit jungen Leuten, hundert oder höchstens zweihundert Jahre alt —, nicht schlecht stehen. Doch wenn mir auch das versagt bleibt« — er zuckte die Achseln —, »dann ist der Aufbruch in die Galaxis die einzige Alternative für mich. Secundus hat mir nichts mehr zu bieten.« Nach einer Pause fügte Weatheral hinzu: »Vielleicht fühle ich ähnlich wie Sie, Sir. Ich habe genug. Die letzten hundert Jahre als Präsident der Stiftung reichen mir voll und ganz.«

Lazarus schwieg nachdenklich. Weatheral wartete.

»Ira, sorgen Sie dafür, daß ich meinen Selbstmordhebel bekomme. Aber erst morgen. Nicht heute.«

»Jawohl, Sir.«

»Wollen Sie nicht wissen, weshalb?« Lazarus hob den großen

Umschlag hoch. »Falls Sie tatsächlich von Secundus fortgehen, geschehe, was mag und was immer die Kuratoren beschließen, dann möchte ich das hier umschreiben. Meine Investmentpapiere und mein Barvermögen auf den verschiedensten Welten der Galaxis machen eine hübsche Stange Kleingeld aus. Vermutlich soviel, daß sie bei der Gründung einer Kolonie zwischen Erfolg und Versagen entscheiden können. Denn die Kuratoren werden die Auswanderung kaum aus den Mitteln der Stiftung unterstützen.«

Weatheral sagte nichts. Lazarus warf ihm einen mißbilligenden Blick zu. »He, schon mal was von ›Danke‹ gehört?«

»Wofür, Lazarus? Daß Sie mir etwas geben, was Sie ohnehin nicht mehr brauchen, weil Sie tot sind? Wenn Sie sich zu diesem Schritt entschließen, dann vermutlich, um Ihrem Ego zu schmeicheln — nicht, um mir einen Gefallen zu erweisen.«

Lazarus lachte. »Verdammt, Sie haben recht. Ich könnte eine Klausel einfügen, daß ihr den Planeten ›Lazarus‹ nennt. Aber ich hätte nicht die Möglichkeit nachzuprüfen, ob ihr es wirklich tut. Okay, wir verstehen einander. Sagen Sie — lieben Sie gute Maschinen?«

»Wie? Und ob! Ebenso, wie ich Maschinen verachte, die nicht das tun, wozu sie angeblich konstruiert wurden.«

»Großartig. Ich glaube, ich werde die *Dora* — das ist meine Jacht — nicht dem Präsidenten der Stiftung, sondern Ihnen persönlich vermachen... *wenn* Sie die Kolonie auf die Beine stellen.«

»Sir, Sie führen mich echt in Versuchung, danke zu sagen.«

»Lassen Sie es! Seien Sie lieber nett zu meiner *Dora*! Sie hat immer nur Freundlichkeit erfahren. Ich glaube, sie wird ein prachtvolles Flaggschiff abgeben. Ein paar kleine Umbauten — die Spezifikationen sind bereits in den Computer eingespeist —, und sie nimmt eine Mannschaft von zwanzig bis dreißig Leuten auf. Obendrein kann sie auf Planeten landen und Erkundungsflüge durchführen, was mit einem schweren Transportschiff unmöglich ist.«

»Lazarus — ich möchte im Moment weder Ihr Geld noch Ihre Jacht. Lassen Sie die Leute hier den Verjüngungsprozeß zu Ende führen, und kommen Sie mit uns, Mann! Ich trete Ihnen gern die Führung ab. Aber Sie brauchen keinerlei Pflichten zu übernehmen, wenn Ihnen das lieber ist. Bitte, begleiten Sie uns!«

Lazarus schüttelte lächelnd den Kopf. »Ich habe, Secundus nicht eingerechnet, sechs Kolonien gegründet. Alle auf Planeten, die ich selbst entdeckte. Immer das gleiche. Mit der Zeit wird die Sache langweilig. Ira, glauben Sie, daß Salomon wirklich tausend Frauen hatte? Wenn ja, dann tut mir das arme Mädchen leid, das ihm zuletzt Gesellschaft leistete. Suchen Sie eine *völlig* neue Aufgabe für mich, dann rühre ich diesen Hebel vielleicht nie an — und ich gebe Ihnen trotzdem alles, was Sie für diese Kolonie benötigen! Es wäre ein fairer Tausch, denn diese halbe Verjüngung ist höchst unbefriedigend. Ich fühle mich nicht wohl, aber sterben kann ich auch nicht mehr. Das heißt, daß ich zwischen dem Selbstmord und einer Vollbehandlung schwanke — wie Buridans Esel, der zwischen zwei Heuhaufen verhungerte. Aber es müßte etwas echt Neues sein, Ira. Ich fühle mich wie die berühmte alte Hure, die zu oft die gleichen Treppen hochgestiegen ist. Meine Füße schmerzen.«

»Ich werde gründlich darüber nachdenken, Lazarus.«

»Sieben zu drei, daß Sie nichts finden!«

»Ich verspreche Ihnen, mein Bestes zu tun. Sie rühren inzwischen den Hebel nicht an?«

»Keine Erpressungen! Zuerst wird mein Testament umgeschrieben. Kennen Sie einen Rechtsberater, dem man trauen kann? Vielleicht brauche ich Hilfe.« Er deutete auf den Umschlag. »Wenn ich mein Vermögen den Familien hinterlasse, wird der Wisch hier auf Secundus anerkannt, egal, wie viele Formfehler er enthält. Aber sobald ich eine Privatperson als Erben einsetze, schreien meine Verwandten — und das sind nicht wenige — Zeter und Mordio, rennen vor Gericht und raufen so lange, bis Sie nichts mehr von dem Geld haben. Das wollen wir vermeiden, nicht wahr?«

»Kein Problem. Ich habe die diesbezüglichen Gesetze ändern lassen. Auf Secundus kann man zu Lebzeiten sein Testament vom Nachlaßgericht überprüfen lassen. Wenn darin ein Formfehler enthalten sind, haben die Beamten die Pflicht, den Inhalt neu zu formulieren, so daß er dem Sinn des Verfassers entspricht. Auf diese Weise kann es keinen Streit geben; der Letzte Wille tritt mit dem Tod des Erblassers automatisch in Kraft. Falls er es sich natürlich anders überlegt, muß er ein neues Testament aufsetzen und die gleiche Prozedur noch einmal durchstehen. Keine billige Angelegenheit übrigens. Aber durch diese Vorprüfung entfallen die Rechtsanwaltskosten auch für die verzwicktesten Fälle. Und hinterher gibt es keine langen Querelen.«

Lazarus nickte anerkennend. »Hat das nicht den einen oder

anderen Advokaten verärgert?«

»Und ob!« entgegnete Ira trocken. »Eine ganze Reihe Exemplare dieser Spezies sind freiwillig nach Felicity ausgewandert. Und andere habe ich hingeschickt.« Der Präsident lächelte hart. »Wissen Sie, was ich zu meinem Obersten Richter sagte? ›Warren, es reicht mir! Immer wieder muß ich Ihre Entscheidungen korrigieren. Seit Sie Ihr Amt übernommen haben, betreiben Sie Haarspalterei, legen die Gesetze falsch aus und achten die Gleichheit nicht. Ich will Sie auf Secundus nicht mehr sehen! Bis die *Last Chance* startet, stehen Sie unter Hausarrest. Für die privaten Angelegenheiten, die Sie vorher noch regeln wollen, stelle ich Ihnen eine Eskorte zur Verfügung.«

Lazarus grinste. »Sie hätten ihn hängen sollen. Ist Ihnen klar, was er auf Felicity machen wird? Eine Kanzlei eröffnen und ein, zwei Jahre später in die Politik einsteigen! Wenn ihn die lieben Demokraten vorher nicht lynchen ...«

»Sein Problem. Lazarus, ich lasse niemals einen Menschen hinrichten, weil er ein Idiot ist — aber wenn er mir zu unangenehm wird, werfe ich ihn hinaus. Zurück zu Ihrem Testament! Sie brauchen keinen Schweißtropfen darüber zu vergießen. Diktieren Sie es einfach mit sämtlichen Erläuterungen, die Sie für notwendig halten. Dann schicken wir es durch den Semantik-Computer; der bringt es in die rechtsgültige Form. Sobald das geschehen ist, legen wir es dem Obersten Gerichtshof vor und lassen es beglaubigen. Danach kann es eigentlich nur durch einen Willkürakt meines Nachfolgers im Amt ungültig gemacht werden. Was ich für höchst unwahrscheinlich halte — die Kuratoren wählen ihren Präsidenten sehr sorgfältig aus.«

Weatheral machte eine Pause und fügte hinzu: »Aber ich hoffe, Sie lassen sich Zeit, Lazarus. Ich werde mir wirklich alle Mühe geben, eine Aufgabe zu finden, die Ihnen den Lebenswillen zurückgibt.«

»Gut, wenn Sie nicht zu lange trödeln! Mit einem Scheherezade-Trick lasse ich mich nicht abspeisen. Besorgen Sie mir für morgen vormittag ein Aufzeichnungsgerät!«

Weatheral schien noch etwas sagen zu wollen, schwieg aber dann. Lazarus sah ihn scharf an. »Oder wird unser Gespräch bereits aufgezeichnet?«

»Ja, Lazarus. Per Ton und per Hologramm. Aber es ist lediglich für meinen Schreibtisch bestimmt. Erst wenn ich es überprüft und freigegeben habe, kommt es ins Archiv.«

Lazarus zuckte die Achseln. »Egal, Ira. Ich weiß seit Jahrhunderten, daß es in einer Zivilisation, die Ausweispapiere vorschreibt, kein Privatleben gibt. Gesetze zum Schutz der Intimsphäre haben nur zur Folge, daß Wanzen — ich meine, Mikrophone, Minikameras und so fort — um so schwerer zu entdecken sind. Solange ich nicht die Absicht habe, ein Gesetz zu brechen, beachte ich die Dinger kaum. Und wenn ja, dann greife ich zu Ausweichtaktiken.«

»Lazarus, das Band kann jederzeit gelöscht werden. Ich wollte lediglich sichergehen, daß jeder Ihrer Wünsche aufs Wort erfüllt wird.«

»Ich sagte doch, daß es mir nichts ausmacht. Aber Ihre Naivität erstaunt mich. Ein Mann in Ihrer Position kann unmöglich glauben, daß so eine Aufzeichnung nur seinen Schreibtisch erreicht. Ich gehe jede Wette ein, daß sie zwei, drei Zwischenstationen hat.«

»Wenn das stimmt, Lazarus, und ich entdecke die Schnüffler, dann erhält Felicity ein paar Neubürger — nachdem sie einige unangenehme Stunden im Kolosseum verbracht haben.«

»Ira, nun vergessen Sie die Sache doch! Wenn irgendein Schwachkopf zusehen will, wie sich ein alter Mann auf dem Klo plagt oder wie er ein Bad nimmt, dann soll er es ruhig tun. Sie beschwören das Spionieren durch Ihre Geheimhaltungstaktik selbst herauf. Sicherheitsbeamte schnüffeln immer hinter ihren Chefs her; sie können nicht anders, es ist ein Trauma ihres Berufs. Haben Sie schon zu Abend gegessen? Es würde mich freuen, wenn Sie mir Gesellschaft leisteten.«

»Ich betrachte es als besondere Ehre, mit dem Senior zu speisen.«

»Mann, das kann ich nicht mehr hören! Das Alter ist keine besondere Tugend. Ich brauche einfach menschliche Gesellschaft. Mit den beiden da drüben kann ich nichts anfangen; sie sehen aus wie Roboter. Warum tragen sie eigentlich diese Taucheranzüge mit den Glitzerhelmen? Ich hasse es, wenn mir das Gesicht eines Gesprächspartners verborgen bleibt.«

»Lazarus, sie tragen Isolationskleidung — damit *Sie* keine Infektion erwischen!«

»*Was?* Ira, wenn mich ein Floh beißt, geht das Vieh daran ein! Außerdem tragen Sie doch auch Straßenkleider.«

»Das ist ein Irrtum, Lazarus. Ich legte Wert auf eine persönliche Unterredung — von Mann zu Mann sozusagen. Das erforderte einiges an Vorbereitung. Eine Untersuchung von Kopf bis Fuß, Sprays, Inhalationen, Desinfektionsgase — und inzwischen wurden meine Kleider ähnlich behandelt. Selbst das Kuvert mit Ihrem Testament machte die Prozedur mit. Die Suite hier darf auf keinen Fall mit Bakterien verseucht werden.«

»Ira, solche Vorsichtsmaßnahmen sind albern. Oder hat sich während des Verjüngungsprozesses meine Immunität verändert?«

»Nein, oder besser gesagt, ich glaube nicht. Die Transplantate stammten schließlich aus Ihrem eigenen Zelldepot.«

»Also ist all das Getue umsonst. Wenn ich mir in der Penne nichts geholt habe, kann mir hier erst recht nichts zustoßen. Ich war als Arzt auf Ormuzd, als dort eine unbekannte Seuche ausbrach. Sie sehen mich so erstaunt an. Wußten Sie nicht, daß ich unter anderem auch Medizin studiert hatte? Jedenfalls raffte die Krankheit achtundzwanzig Prozent der Bevölkerung dahin; der einzige, der nicht einmal einen Schnupfen davontrug, war meines Vaters Sohn. Sagen Sie also dem Klinikdirektor, daß sich meine Pfleger gefälligst wie normale Menschen kleiden sollen, sonst nehme ich die Bude hier eigenhändig auseinander.«

»Ich werde mit ihm sprechen, Lazarus.«

»Gut. Dann fangen wir mit dem Abendessen an. Zuerst einen Drink — und wenn die beiden Gestalten hier etwas einzuwenden haben, können sie gleich wieder mit der Zwangsernährung beginnen! Ich lasse mich nicht gängeln. Gibt es hier auf Secundus einen anständigen Whisky? Soviel ich weiß, nicht.«

»Keinen, den ich trinken würde. Aber der Brandy ist nicht schlecht.«

»In Ordnung. Einen Brandy Manhattan für mich, wenn hier jemand weiß, was das ist.«

»Ich habe mich mit Ihren Lieblingsdrinks beschäftigt und einige davon selbst ausprobiert. Nicht schlecht.«

»Gut. Dann geben Sie das Rezept an unsere Freunde hier weiter. Und ich werde genau aufpassen, damit ich diese seltsame Sprache so bald wie möglich lerne. Allmählich kehrt mein Erinnerungsvermögen zurück.«

Weatheral redete auf einen der Techniker ein; Lazarus unterbrach ihn: »Ein *Drittel* Wermut — nicht die Hälfte.«

»Ah? Sie haben verstanden?«

»Das meiste. Indoeuropäische Wurzeln mit einer vereinfachten Syntax und Grammatik. Wenn jemand so viele Sprache gelernt hat wie ich, vergißt er die ein oder andere wieder. Aber die Grundregeln bleiben.«

Die Drinks kamen so rasch, als hätte eine Mannschaft eigens

bereitgestanden, um die Wünsche des Seniors zu erfüllen.

Weatheral hob sein Glas. »Auf ein langes Leben!«

»Eben nicht!« knurrte Lazarus und nahm einen Schluck. Er schnitt eine Grimasse. »Puh! Pantherschweiß! Aber immerhin Alkohol.« Er trank das Glas leer. »Schön, Ira, Sie haben mich lange genug hingehalten. Weshalb wurde ich nun wirklich aus meiner wohlverdienten Ruhe zurückgeholt?«

»Lazarus, wir sind auf Ihre Weisheit angewiesen.«

PRÄLUDIUM II

Lazarus starrte ihn mit offenem Mund an. »*Was* haben Sie gesagt?«

»Wir sind auf Ihre Weisheit angewiesen, Sir«, wiederholte Ira Weatheral. »Wirklich.«

»Ich dachte schon, ich befände mich wieder im Delirium. Mein Junge, Sie klopfen an der falschen Tür. Versuchen Sie es gegenüber!«

Weatheral schüttelte den Kopf. »Nein, Sir. Oh, ich kann auf das Wort ›Weisheit‹ verzichten, wenn Sie das stört. Aber wir benötigen Ihr Wissen. Sie leben nun schon doppelt so lang wie das nächstälteste Mitglied der Howard-Familien. Sie erwähnten, daß Sie im Laufe Ihres Daseins mehr als fünfzig Berufe ausübten. Sie waren überall, Sie haben unheimlich viel gesehen. Ganz bestimmt haben Sie sehr viel mehr Erfahrungen gesammelt als jeder von uns. Unsere Zivilisation ist heute kaum weiter als vor zweitausend Jahren. Weshalb begehen wir immer noch die Fehler unserer Vorfahren? Es wäre ein großer Verlust, wenn Sie sich für den Tod entscheiden würden, ohne Ihr Wissen und Ihre Erkenntnisse an uns weiterzugeben.«

Lazarus zog die Stirn kraus und nagte eine Zeitlang an seiner Unterlippe. »Mein Junge, eines steht fest: Kein Mensch lernt aus den Erfahrungen anderer. Er lernt — wenn überhaupt — aus den Fehlern, die er selbst begeht.«

»Schon dieser Satz ist es wert, für alle Zeiten festgehalten zu werden.«

»*Hmmm*. Er besagt, daß niemand den geringsten Nutzen daraus ziehen würde. Ira, Alter bringt nicht unbedingt Weisheit mit sich. Oft genug verwandelt es einfach Beschränktheit in Besserwisserei. Der einzige Vorteil, soweit ich das beurteilen kann, liegt in der Tatsache, daß ein alter Mensch eine Reihe von Wandlungen miterlebt hat. Die Jugend sieht die Welt als starres, festgefügtes Gebilde. Ein Greis hingegen, der immer und immer wieder auf Wechsel und Veränderungen gestoßen ist, weiß, daß sie sich ständig bewegt. Er findet das nicht unbedingt gut — *mir* geht es jedenfalls so —, aber er akzeptiert es, und das ist der erste Schritt, um solche Dinge zu verarbeiten.«

»Darf ich diese Worte veröffentlichen?«

»Wie? Das ist keine Weisheit, sondern ein Gemeinplatz. Ein Klischee. Jeder Schwachkopf begreift es, auch wenn er nicht danach handelt.«

»Wenn die Sätze von Ihnen kommen, Senior, haben sie mehr Gewicht.«

»Machen Sie damit, was Sie wollen; es ist eine Binsenweisheit, mehr nicht. Und wenn Sie glauben, ich hätte Gott von Angesicht zu Angesicht gesehen, so muß ich Sie herb enttäuschen. Ich habe noch nicht herausgefunden, wie das Universum funktioniert, geschweige denn, wozu es gut ist. Um die Grundfragen dieser Welt zu lösen, müßte man sie von *außen* betrachten. Nicht von innen. Zweitausend Jahre helfen da ebensowenig wie zwanzigtausend. Wenn ein Mensch stirbt, schüttelt er vielleicht die kleinkarierte Perspektive ab und sieht die Dinge im Zusammenhang.«

»Dann glauben Sie an ein Leben nach dem Tode?«

»Immer langsam! Ich *glaube* an gar nichts! Ich *weiß* bestimmte Dinge aus Erfahrung. Aber ich lege mich weder auf die eine noch die andere Glaubensrichtung fest. Der Glaube behindert nur den Lernprozeß.«

»Genau solche Aussagen brauchen wir, Lazarus. Sehen Sie, wenn Sie nicht Ihre ganze Intelligenz eingesetzt hätten, wären Sie längst nicht mehr am Leben. Die meisten Menschen sterben heutzutage einen gewaltsamen Tod. Verkehrsunfälle, Mord, Raubtiere, eine defekte Luftschleuse — auf die eine oder andere Weise erwischt es uns früher oder später alle. Sie haben kein ruhiges, beschauliches Leben geführt — ganz im Gegenteil —, und doch ist es Ihnen gelungen, den Fallen von mehr als zweitausend Jahren auszuweichen. *Wie?* Sowas kann nicht nur Glück sein.«

»Warum nicht? Es gibt die unwahrscheinlichsten Dinge. Haben Sie schon einmal darüber nachgedacht, wie unglaublich die Entstehung eines Babys ist. Aber es stimmt, ich achte stets darauf, wohin ich meinen Fuß setze ... ich kämpfe nicht, wenn es sich irgendwie vermeiden läßt ... doch wenn mir keine andere Wahl bleibt als der Kampf, dann wende ich die schmutzigsten Tricks an.« Lazarus sah nachdenklich vor sich hin. »Sehen Sie, ich ärgere mich nie über das Wetter. Einmal wollte mich der Pöbel lynchen. Ich gab mir keine Mühe, den Leuten Vernunft zu predigen; ich machte mich so rasch wie möglich aus dem Staub und kehrte nie mehr an den Ort zurück.«

»Das steht nicht in Ihren Memoiren.«

»Viele Dinge stehen nicht in meinen Memoiren. Ah, da kommt das Essen.«

Die Tür glitt auf. Ein Tisch, für zwei Personen gedeckt, rollte herein und kam neben ihnen zum Stehen. Die beiden Techniker

traten näher und boten unnötigerweise ihre Hilfe an. »Hm, riecht gut«, meinte Weatheral. »Irgendwelche Gewohnheiten, auf die ich Rücksicht nehmen muß?«
»Tischgebet oder so? Nein.«
»Ich hatte eigentlich an andere Dinge gedacht. Sehen Sie, wenn einer von meinen Mitarbeitern mir bei Tisch Gesellschaft leistet, dann erwarte ich, daß er nicht von Verwaltungsdingen redet. Aber wenn Sie gestatten, würde ich unser Gespräch gern fortsetzen.«
»Warum nicht — solange wir uns an Themen halten, die mir nicht den Magen umdrehen ... Wissen Sie, was der Pfarrer zu der alten Jungfer sagte?« Er warf einen Blick auf den Techniker, der neben seinem Stuhl stand. »Na, ein andermal vielleicht. Könnte sein, daß unter der Robotermaskerade eine Dame steckt, die ein paar Brocken Englisch versteht. Wo waren wir stehengeblieben?«
»Bei Ihren unvollständigen Memoiren. Ihre Lebenserinnerungen wären ein Geschenk für Ihre Nachkommen. Sie erzählen, was Sie gesehen und gemacht haben, und wir versuchen daraus neue Erkenntnisse zu gewinnen. Nur ein Beispiel: Was geschah *wirklich* beim Treffen der Howard-Familien im Jahre 2012? Das Protokoll gibt nur spärlich Auskunft darüber.«
»Wen interessiert das heute, Ira? Sämtliche Teilnehmer sind tot. Es wäre meine Version; die anderen hätten keine Gelegenheit, sich zu rechtfertigen. Außerdem sagte ich Ihnen bereits, daß mich mein Gedächtnis immer häufiger im Stich läßt ... trotz Andy Libbys hypno-enzyklopädischer Speichertechnik. Es kommt vor, daß ich ein Buch suche, das ich am Abend zuvor verlegt habe — bis mir einfällt, daß ich das Buch in Wirklichkeit vor hundert Jahren in der Hand hielt. Warum lassen Sie einen alten Mann nicht in Frieden?«
»Wenn Sie befehlen, daß ich von hier verschwinden soll, gehe ich auf der Stelle. Ich hoffe allerdings, Sie tun es nicht, Sir. Zugegeben, das Gedächtnis ist unvollkommen. Aber Sie waren Augenzeuge von tausend Dingen, die wir nicht miterleben konnten, weil sie einfach vor unserer Zeit geschahen. Oh, ich verlange nicht, daß Sie ein Autobiographie abspulen, die sämtliche zweitausenddreihundert Jahre Ihres Lebens umfaßt. Erzählen Sie, was Ihnen so in den Sinn kommt! Über Ihre frühen Jahre gibt es beispielsweise keinerlei Aufzeichnungen. Ich — und mit mir Millionen Menschen — wüßten zu gern mehr von Ihrer Kindheit und Jugend.«

»Was gibt es da schon groß zu berichten? Ich lebte wie jeder andere Junge — versuchte die Erwachsenen an der Nase herumzuführen, so gut es ging.«

Lazarus wischte sich den Mund ab und fuhr nachdenklich fort: »Im großen und ganzen schaffte ich es auch. Nur gelegentlich bezog ich eine Tracht Prügel; das bewirkte, daß ich das nächste Mal noch vorsichtiger war. Ich lernte, im rechten Moment den Mund zu halten oder so zu lügen, daß man mir nicht hinter die Schliche kam. Lügen ist eine hohe Kunst, Ira, aber sie scheint im Aussterben begriffen zu sein.«

»Tatsächlich? Ich finde, die Leute lügen wie eh und je.«

»Gewiß, aber so plump! Es gibt zwei raffinierte Arten der Lüge ...«

»Nur zwei?«

»Es genügt nicht, mit unbewegtem Gesicht die Unwahrheit zu sagen; das schafft jeder mittelmäßige Pokerspieler. Kunstvoll zu lügen heißt entweder, die Wahrheit zu sagen — aber nicht die ganze Wahrheit — oder die Wahrheit so vorzubringen, daß der Zuhörer sie nicht glaubt.

Ich war zwölf oder dreizehn, als ich das begriffen hatte. Mein Großvater mütterlicherseits half mir dabei; ich schlage ihm in vielen Dingen nach. Ein sturer alter Teufel, der sein Leben lang weder in die Kirche noch zu einem Doktor ging. Er behauptete, daß sowohl Prediger als auch Ärzte nicht wüßten, wovon sie redeten. Mit fünfundachtzig knackte er noch mit den eigenen Zähnen Nüsse und stemmte einen siebzig Pfund schweren Amboß.

Etwa um diese Zeit verließ ich mein Heim. Ich sah ihn nie wieder. Im Familienregister steht, daß er bei der Schlacht um England umkam, als London bombardiert wurde.«

»Ich weiß. Er gehört zu meinen Ahnen. Ira Johnson. Ich trage seinen Vornamen.«[*]

»Ganz recht — so hieß er. Ich nannte ihn immer nur Opa.«

»Lazarus, das sind genau die Dinge, die ich für unser Archiv benötige. Ira Johnson gilt als der Ahnherr von vielen Millionen Menschen hier und anderswo — aber bisher war er nur ein Name, ein Geburts- und ein Sterbedatum. Sie haben ihm plötzlich Charakter und Farbe verliehen.«

---

[*] Ira Johnson war selbst Arzt und knapp achtzig, als der Senior sein Heim verließ. Wie lange er praktizierte und ob er sich je von einem Kollegen behandeln ließ, entzieht sich unserer Kenntnis.

J. F. der Fünfundvierzigste

Lazarus nickte vor sich hin. »Farbe, hmm. Offen gestanden, er war ein rüder alter Bursche. Kein Umgang für einen Halbwüchsigen — nach den Moralansichten von damals. Hatte in seiner Geburtsstadt irgendein Techtelmechtel mit einer jungen Lehrerin. Ein Skandal, wie es so schön hieß.

Ich glaube, daß er deshalb mit seiner Familie wegzog. Was sich genau abgespielt hatte, erfuhr ich nie, denn die Erwachsenen vermieden es, in meiner Gegenwart davon zu sprechen.

Aber ich lernte eine Menge von ihm; er hatte mehr Zeit als meine Eltern für mich — oder er nahm sich mehr Zeit. ›Woodie‹, pflegte er zu sagen, ›decke stets die Karten auf! Möglich, daß du trotzdem verlierst — aber nicht so oft und nicht so hohe Summen! Und wenn du den kürzeren ziehst, dann lächle!‹ So ähnlich klangen die meisten seiner Ratschläge.«

»Haben Sie noch mehr seiner Lehren behalten?«

»Nach all den Jahren? Du liebe Güte! Hmm — Moment. Ich erinnere mich, wie er mir beibrachte, mit dem Schießeisen umzugehen. Damals war ich vielleicht zehn, und er — ach, ich weiß nicht; mir erschien er immer neunzig Jahre älter als der liebe Gott.*) Wir fuhren an den Stadtrand hinaus. Er nagelte eine Zielscheibe an einen Baumstamm und schoß einmal ins Schwarze, um mir zu beweisen, daß so etwas keine besondere Kunst sei. Dann drückte er mir die Flinte in die Hand — eine Zweiundzwanziger, die sich eigentlich nur zum Üben eignete. ›Hier — das Ding ist geladen!‹ sagte er. ›Halte dich genau an meine Anweisungen: Zielen, ganz ruhig und locker bleiben und abdrücken!‹ Ich tat, was er mir befohlen hatte, doch ich hörte nur ein Klicken. Das Ding ging nicht los.

Also machte ich mich daran, den Verschluß zu öffnen. Er riß mir die Flinte aus der Hand und versetzte mir eine schallende Ohrfeige. ›Habe ich dich nicht hundertmal vor Spätzündern gewarnt? Willst du für den Rest deines Lebens halb blind herumlaufen? Oder dich umbringen? In diesem Fall kann ich dir ein paar wirksamere Methoden zeigen!‹

Er machte eine Pause, dann fuhr er fort: ›Paß genau auf, Woodie!‹ Er öffnete den Verschluß. Die Kammer war leer.

›Opa, du hast selbst gesagt, das Ding sei geladen!‹ meinte ich vorwurfsvoll. Verdammt, Ira, ich hatte zugesehen, wie er die Waffe lud.

---

*) Ira Johnson war zu dieser Zeit siebzig.

J. F. der Fünfundvierzigste

›Das war eine Lüge, Woodie‹, erklärte er freundlich. ›In Wirklichkeit behielt ich die Patrone in der Hand. Was habe ich dir über Schußwaffen eingeschärft? Denke genau nach, mein Freund, sonst setzt es wieder Hiebe!‹ Ich dachte genau nach, denn Opa hatte eine harte Handschrift.

›Verlaß dich nie darauf, wenn jemand behauptet, eine Waffe sei geladen!‹

›Richtig‹, erwiderte er. ›Wer diese Regel außer acht läßt, lebt nicht lange.‹

Ira, er hatte recht. Ich befolgte den Grundsatz mein Leben lang, und er rettete mich mehr als einmal vor dem sicheren Ende.

Danach ließ er mich die Waffe selbst laden und sagte: ›Wetten wir einen halben Dollar, daß du nicht einmal die Zielscheibe triffst, geschweige denn ins Schwarze?‹ Ich besaß zwar mehr als einen halben Dollar, drückte den Einsatz jedoch auf die Hälfte herunter, da ich Opa kannte.

Er nahm mir das Geld kaltblütig ab und zeigte mir dann, was ich alles falsch gemacht hatte. Als er fertig war, wußte ich so viel über Gewehre, daß ich im Prinzip selbst eins konstruieren konnte. Nun versuchte *ich*, Opa zu einer Wette herauszufordern. Er lachte mich aus und meinte, ich könne froh sein, daß die Lektion so billig für mich verlaufen sei. — Das Salz bitte, Ira.«

Weatheral reichte ihm das Salz. »Lazarus, wenn es mir nur gelänge, Ihnen noch mehr dieser Anekdoten zu entlocken! Wir könnten daraus unendlich viel lernen — ob Sie nun das Wort ›Weisheit‹ lieben oder nicht. Allein in den letzten zehn Minuten habe ich ein halbes Dutzend Grundwahrheiten oder Lebensregeln, oder wie immer Sie es nennen mögen, erfahren.«

»Zum Beispiel?«

»Daß die Menschen nur durch eigene Erfahrung klug werden.«

»Falsch. Die meisten Menschen werden auch durch eigene Erfahrung nicht klug. Sie unterschätzen die Macht der Dummheit, Ira!«

»Schon wieder eine Lehre. Dann trafen Sie einige großartige Feststellungen über die Kunst des Lügens. Sie erklärten außerdem weiter, daß der Glaube den Lernprozeß behindert und daß man mit einer Situation leichter fertig wird, wenn man sie genau kennt.«

»Das habe ich nicht gesagt — obwohl es von mir stammen

könnte.«
»Ich interpretiere ein wenig. Da war noch so ein Satz: ›Ich ärgere mich nie über das Wetter.‹ Das würde ich folgendermaßen auslegen: Wunschdenken bringt nichts ein! Oder: Man muß den Tatsachen ins Gesicht sehen und entsprechend handeln! Obwohl mir Ihre Ausdrucksweise besser gefällt — sie ist so prägnant. Machen wir weiter: ›Decke stets die Karten auf!‹ Damit wollten Sie vermutlich sagen: In einer Situation, die von Zufallsfaktoren bestimmt wird, muß man die Chancen so breit wie möglich streuen.«
»Hmm. Wissen Sie, was Opa darauf erwidert hätte? ›Laß das hochgestochene Gesabber, Sonny!‹«
»Gut, bleiben wir bei seinen Worten: ›Lächle, wenn du den kürzeren ziehst!‹ Wenn das überhaupt seine Erkenntnis ist und nicht die Ihre!«
»Seine — glaube ich wenigstens. Verdammt, Ira, nach so langer Zeit fällt es schwer, zwischen echten Erinnerungen und Geschichten, die man irgendwann gehört hat, zu unterscheiden. Sobald man über die Vergangenheit nachdenkt, ordnet man sie und schmückt sie aus, um sie erträglicher zu gestalten . . .«
»Die nächste Lehre!«
»Ach, Quatsch! Ira, ich habe keine Lust, in der Vergangenheit zu schwelgen; das ist ein sicheres Zeichen des Alterns. Kleine Kinder leben in der Gegenwart, dem ›Jetzt‹. Die Erwachsenen schauen meist in die Zukunft. Nur die senilen Greise geistern in der Vergangenheit herum, und als ich merkte, daß meine Gedanken sich immer häufiger mit dem ›Einst‹ befaßten, wußte ich, was die Stunde geschlagen hatte.«
Der alte Mann seufzte. »Mir war klar, daß es abwärtsging. Bis dahin hatte ich irgendwo zwischen der Welt des Kindes und der Welt der Erwachsenen gelebt. Ich befaßte mich mit meiner Zukunft und war bereit für ihre Neuerungen — aber ich machte mir keine Sorgen darüber. Ich verbrachte jeden Tag so, als würde ich den nächsten Sonnenaufgang nicht mehr erleben. Ich begrüßte jeden Morgen wie eine neue Schöpfung — mit Freude und Energie. Und ich empfand kein Bedauern und keine Reue über das Geschehene.« Ein wenig Trauer lag in seiner Stimme, doch dann lächelte er und wiederholte: »Keine Reue. Noch ein Glas Wein, Ira?«
»Danke, nur einen Tropfen. Lazarus, wenn Sie schon zum Tod entschlossen sind — Ihr gutes Recht, das betone ich immer wieder —, was schadet es dann, wenn Sie die Vergangenheit

jetzt aufleben lassen? Für Ihre Nachkommen. Es wäre ein weit größeres Geschenk als das materielle Erbe, das Sie uns vermachen.«

Lazarus zog die Augenbrauen hoch. »Allmählich langweilen Sie mich!«

»Verzeihung, Sir. Soll ich mich zurückziehen?«

»Ah, halten Sie den Mund, und bleiben Sie sitzen! Vielleicht fallen mir noch ein paar dieser klugen Sprüche ein, auf die Sie so großen Wert legen. Ein Schlüsselwort?«

»›Weisheit‹!«

»Mann, waschen Sie sich den Mund mit Seife, und gurgeln Sie anschließend!«

»Ich denke nicht daran. Ist Ihnen ›gesunder Menschenverstand‹ lieber?«

»Mein Junge, dieser Ausdruck widerspricht sich selbst. Menschenverstand ist nie gesund. Ich schlage ›Notizbuch‹ vor — ein paar Dinge, die mir im Laufe meines Lebens aufgefallen sind und die ich in zwangloser Folge aufgezeichnet habe.«

»Großartig. Soll ich den Computer darauf programmieren?«

»Können Sie es von hier aus tun? Ich möchte nicht, daß Ihr Essen kalt wird.«

»Es ist eine sehr vielseitige Maschine, Lazarus; sie gehört zu den Hilfsmitteln, die mir einen Teil der Arbeit abnehmen.«

»In diesem Falle läßt sich sicher ein Terminal installieren, das auf das Schlüsselwort programmiert wird und uns gleich das Ergebnis ausdruckt. Vielleicht möchte ich den einen oder anderen meiner Geistesblitze abändern; kluge Sätze klingen oft gar nicht mehr klug, wenn man sie aus dem Zusammenhang reißt und der Nachwelt wie einen Knochen hinwirft. Deshalb bemühen die meisten Politiker auch Ghostwriter.«

»*Ghostwriter?* Das Wort ist mir unbekannt.«

»Ira, Sie wollen mir doch nicht weismachen, daß Sie Ihre Reden selbst schreiben?«

»Aber, Lazarus, ich halte keine Reden. Nie. Ich erteile nur Befehle. Und ganz selten richte ich ein Rundschreiben an die Kuratoren.«

»Gratuliere. Aber ich gehe jede Wette ein, daß es auf Felicity Ghostwriter gibt — oder bald geben wird.«

»Ich lasse das Computer-Terminal sofort anbringen, Sir. Lateinisches Alphabet und die Rechtschreibung des 20. Jahrhunderts?«

»Wenn das die arme Maschine nicht zu sehr verwirrt. Im Notfall reicht auch die Lautschrift.«

»Es ist wirklich ein sehr vielseitiger Computer, Sir. Er hat mir Alt-Amerikanisch in Wort und Schrift beigebracht.«

»Gut, dann bleibt es bei Ihrem Vorschlag. Aber trichtern Sie dem Ding ein, daß ich es hasse, wenn jemand meine Grammatik verbessert. Lektoren von der Sorte Mensch sind schlimm genug; bei einer Maschine kann ich neunmalkluges Benehmen auf den Tod nicht ausstehen.«

»In Ordnung, Sir. Wenn Sie mich einen Moment entschuldigen...«

Der Präsident hob die Stimme und erteilte einen Befehl in Lingua Galacta. Der größere der beiden Techniker nickte.

Noch bevor der Kaffee serviert wurde, hatte man den Mechanismus installiert.

Der Techniker schaltete ihn ein. Ein schwaches Summen ertönte. »Was soll das?« erkundigte sich Lazarus. »Überprüft das Ding seine Stromkreise?«

»Nein, Sir, es druckt bereits. Ich habe ein Experiment gewagt. Die Maschine besitzt innerhalb ihrer Programmgrenzen ein beträchtliches Urteilsvermögen und hat eine Reihe von Erfahrungen gespeichert. So erteilte ich ihr den Befehl, unser gesamtes Gespräch von vorhin nach Aphorismen zu untersuchen. Ich bin nicht sicher, ob sie es schafft, da jede Definition von ›Aphorismus‹ mehr oder weniger abstrakt bleiben muß. Mal sehen... Und sie erhielt die strikte Anweisung, keinerlei Korrekturen vorzunehmen.«

»Okay. ›Das Erstaunliche an einem Tanzbären ist nicht, daß er schön tanzt, sondern daß er überhaupt tanzt!‹ Nein, das stammt nicht von mir. Das hat ein anderer kluger Kopf festgestellt. Ich bin gespannt, wie der Computer Ihr Problem löst.«

Das Summen der Maschine war verstummt. Weatheral winkte, und einer der Techniker kam mit Kopien des ausgedruckten Streifens an ihren Tisch.

Lazarus warf einen Blick auf das Papier. »Mmmm... ja. Das nächste nicht, das war nur als Witz gedacht. Und das hier müssen wir ein wenig schärfer formulieren. He! Da hat das freche Stück ein Fragezeichen gesetzt. Als ich diese Erfahrung machte, warst du noch ein Klumpen Erz, du Blechsnob! Nun, wenigstens ist nichts verändert. *Das* soll ich gesagt haben? Na ja, schon möglich — schließlich stimmt es.«

Der Alte sah von seiner Kopie auf. »Gut, mein Junge! Ich habe nichts dagegen, daß Sie das Zeug aufzeichnen — solange ich es überprüfen und abändern kann. Jeder Mensch verzapft hin und wieder Blödsinn.«

»Ohne Ihre Zustimmung, Sir, wird kein Wort veröffentlicht. Außer Sie benutzen den Selbstmordhebel — dann werde ich versuchen, die Worte in Ihrem Sinn zu redigieren.«

»Sie wollen mich in eine Falle locken, was? Hmmm — Ira, angenommen, ich lasse mich auf einen Scheherezade-Handel ein . . .«

»Einen *was?*«

»Du liebe Güte, das wissen Sie nicht? Hat Sir Richard Burton völlig umsonst gelebt?«

»Aber nein, Sir! Ich kenne *Tausendundeine Nacht* im Burton-Original. Die Märchen haben sich bis heute erhalten, wenn auch immer wieder abgewandelt, damit die jüngeren Generationen sie verstehen. Ich begreife nur nicht, was Sie mit Ihrem Vorschlag zum Ausdruck bringen wollen.«

»Ach so! Sie sagten doch, daß es für Sie nichts Wichtigeres gäbe, als möglichst viele Gespräche mit mir zu führen?«

»Ganz recht.«

»Wenn Sie das ernst meinen, dann werden Sie von jetzt an jeden Tag hierherkommen und mit mir plaudern. Ich habe nämlich keine Lust, mich mit einer Maschine zu unterhalten, ganz egal, wie schlau das Ding ist!«

»Lazarus, es wird mir nicht nur eine Ehre, sondern ein echtes Vergnügen sein, Ihnen Gesellschaft zu leisten — so oft und so lange Sie wollen.«

»Wir werden sehen. Ich meine *jeden* Tag, mein Freund, und den *ganzen* Tag. Und *Sie selbst* haben zu erscheinen — nicht irgendein Stellvertreter. Sie kreuzen etwa zwei Stunden nach dem Frühstück auf und bleiben, bis ich Sie fortschicke. Wenn Sie einem wirklich dringenden Grund verhindert sind, dann entschuldigen Sie sich telefonisch und schicken mir als Ersatz ein hübsches Mädchen, das Alt-Amerikanisch versteht und einem alten Narren wie mir zu schmeicheln weiß — vor allem ein Mädchen, das zuhören kann. Gefällt sie mir, so darf sie bleiben. Entspricht sie nicht meinem Geschmack, dann schicke ich sie wieder fort — und benutze vielleicht aus reiner Bosheit den Selbstmordhebel. Sind die Bedingungen klar?«

»Ich glaube schon«, erwiderte Ira Weatheral langsam.

»Also gilt der Handel. Sie können einmal fehlen — oder auch zweimal, wenn das Mädchen sehr hübsch ist —, aber wenn Sie zu oft fernbleiben, weiß ich, daß Sie sich langweilen, und mach' die Einladung rückgängig.«

»Ich nehme die Herausforderung an. Was übrigens dieses Mädchen betrifft — darf ich eine meiner Töchter schicken, wenn ich wirklich einmal verhindert bin? Sie sieht sehr gut aus.«

»Sie erinnern mich an einen Sklavenhändler von Iskandria, der seine eigene Mutter zu versteigern versuchte. Weshalb Ihre Tochter? Ich will sie weder heiraten noch mit ihr schlafen — sie soll lediglich meine Eitelkeit befriedigen. Und wer hat Ihnen gesagt, daß sie gut aussieht? Wenn sie Ihnen ähnlich sieht...«

»Mich können Sie nicht so leicht kränken, Lazarus. Möglich, daß ich als Vater ein wenig voreingenommen bin, aber ich habe ihre Wirkung auf andere Männer registriert. Sie ist noch jung, knapp achtzig, und hat erst eine offizielle Heirat hinter sich. Der Gedanke kam mir, weil Sie nach einem Mädchen verlangten, das Ihre Muttersprache beherrscht. Nicht ganz einfach. Aber eben diese Tochter hat mein Sprachtalent geerbt und *möchte* mit Ihnen zusammentreffen. Sie war ganz aufgeregt, als sie erfuhr, daß Sie auf Secundus weilen.«

Lazarus zuckte lachend die Achseln. »Wie Sie wollen! Einen Keuschheitsgürtel braucht sie übrigens nicht; ich fühle mich noch reichlich schwach. Aber vermutlich bekomme ich sie gar nicht zu sehen; und Sie werden rasch merken, daß ich ein unerträglicher alter Schwätzer bin.«

»Lazarus, wenn Sie glauben, daß Sie mich vergraulen können, so täuschen Sie sich. Ich werde jedem Ihrer Worte lauschen wie einst König Schehriyār und die Perlen Ihrer Weisheit sammeln.«

»›Perlen Ihrer Weisheit!‹« Lazarus hob drohend den Zeigefinger. »Mein Junge, wenn ich das noch einmal höre, sitzen Sie nach und machen zur Strafe die Tafel sauber!« Er warf einen Blick auf die Uhr. »Es wird spät, Ira.«

Der Präsident erhob sich sofort. »Ganz recht, Sir. Darf ich noch zwei Fragen stellen, bevor ich gehe? Rein technische Dinge — sie haben mit Ihren Memoiren nichts zu tun.«

»Gut, aber machen Sie es kurz!«

»Sie bekommen Ihren Selbstmordhebel morgen vormittag. Aber Sie sprachen davon, daß Sie sich nicht wohl fühlen, und Sie wissen, daß sich das ändern läßt, auch wenn Sie die Absicht haben, in nächster Zeit Ihrem Leben ein Ende zu setzen. Sollen wir mit dem Verjüngungsprozeß fortfahren?«

»Hmmm. Und die zweite Frage?«

»Ich versprach, alle Hebel in Bewegung zu setzen, um eine neue Aufgabe für Sie zu finden. Aber ich versprach auch, täglich hierherzukommen. Das kann zu Konflikten führen.«

Lazarus grinste. »Versuchen Sie nicht, Ihren alten Großvater übers Ohr zu hauen! Sie werden die Angelegenheit Nummer Eins garantiert an Ihre Mitarbeiter weiterleiten.«

»Gewiß. Aber ich muß die Sache ins Rollen bringen und die Fortschritte überprüfen.«

»Mmm — wenn ich mich mit der vollen Behandlung einverstanden erkläre, bin ich hin und wieder für ein paar Tage ausgeschaltet.«

»Soviel ich weiß, genügt ein Tag Tiefschlaf pro Woche. Allerdings liegen meine Erfahrungen in diesem Punkt bereits hundert Jahre zurück. Inzwischen wurde sicher einiges verbessert. Sie entscheiden sich *für* die Verjüngung, Sir?«

»Ich sage Ihnen morgen Bescheid — wenn der Hebel installiert ist. Ira, ich pflege meine Entschlüsse in aller Ruhe zu fassen und verlange auch von meinen Mitmenschen Geduld. Falls ich die Behandlung mitmache, bleibt Ihnen genug Zeit, um Ihre Pflichten als Präsident der Stiftung wahrzunehmen. Gute Nacht, Ira.«

»Gute Nacht, Lazarus. Ich hoffe, Sie entschließen sich in meinem Sinn.« Weatheral wandte sich zum Gehen, hielt aber noch einmal kurz inne und sprach mit den Technikern. Die beiden verließen die Suite. Als sich die Tür hinter ihnen geschlossen hatte, kehrte Weatheral um und trat dicht vor Lazarus hin. »Großvater«, sagte er mit merkwürdig gedämpfter Stimme. »Darf ich dich so nennen?«

Lazarus hatte den Sessel in eine bequeme Liege verwandelt und sich zurückgelehnt. Nun hob er erstaunt den Kopf. »Wie? Ach so! Meinetwegen, wenn dir soviel daran liegt, mein Junge . . .« Er streckte Ira die Hand entgegen.

Der Präsident sank in die Knie, beugte sich über die welken Finger und küßte sie. Lazarus riß die Hand zurück. »Bist du wahnsinnig geworden? Ich kann es nicht ausstehen, wenn jemand vor mir niederkniet. Tu so etwas nie wieder! Meine Enkel kennen keine Unterwürfigkeit.«

»In Ordnung, Großvater!« Weatheral erhob sich und küßte den alten Mann auf die Wange.

Lazarus schob ihn zur Seite. »Du bist unverbesserlich sentimental — aber ein netter Kerl. Leider ziehen in unserer Zivilisation die netten Kerle meist den kürzeren. So — und nun mach kein so feierliches Gesicht, sondern verschwinde von hier und schlaf dich richtig aus!«

»Ja, Großvater. Gute Nacht.«
»Gute Nacht. Hinaus mit dir!«

Weatheral verließ die Suite mit raschen Schritten. Er achtete nicht auf die Techniker, die bei seinem Anblick aufsprangen und in die Räume des Seniors eilten. Ein ungewohnt weicher Ausdruck lag auf seinen Zügen.

Lazarus blickte auf, als seine Pfleger erneut die Suite betraten. Er winkte den größeren der beiden zu sich.

»Bett ... Sir?« fragte die vermummte Gestalt. Die Stimme klang durch den Helm ein wenig verzerrt.

»Nein, ich möchte ...« Lazarus seufzte, dann sagte er in den Raum: »Computer, kannst du sprechen? Wenn nicht, dann drucke die Antworten aus!«

»Ich erwarte Ihre Befehle, Senior«, erwiderte eine sanfte Altstimme.

»Sag meinen Pflegern, daß ich ein Schmerzmittel brauche. Ich habe zu arbeiten.«

»Jawohl, Senior.« Die körperlose Stimme wiederholte seine Worte in Lingua Galacta, erhielt eine Antwort in der gleichen Sprache und fuhr fort: »Der Cheftechniker vom Dienst möchte wissen, gegen welche Schmerzen Sie ein Medikament benötigen; außerdem rät er Ihnen ab, heute abend noch zu arbeiten.«

Lazarus zählte innerlich bis zehn, dann sagte er mit gefährlich leiser Stimme: »Verdammt, mir tut *alles* weh! Und diese Rotznase soll ihre klugen Ratschläge für sich behalten. Ich habe vor dem Einschlafen noch ein paar wichtige Dinge zu erledigen. Schließlich weiß man nie, ob man am nächsten Morgen wieder die Augen aufschlägt. Lassen wir das Schmerzmittel; so wichtig ist es auch wieder nicht. Sag den beiden, daß ich im Moment auf ihre Gegenwart verzichten kann.«

Lazarus bemühte sich, nicht auf den nachfolgenden Dialog zu achten, weil es ihn ärgerte, daß er die Sätze nur beinahe verstand. Er öffnete den Umschlag, den Ira Weatheral ihm zurückgegeben hatte, und holte sein Testament heraus, einen langen, vielfach gefalteten Computerstreifen. Während er den Text durchlas, pfiff er vor sich hin.

»Senior, der Cheftechniker vom Dienst erklärt, Sie hätten einen unspezifizierten Befehl erteilt; aus diesem Grunde verabreicht er Ihnen ein allgemeines Analgetikum.«

»Er soll endlich verschwinden und mich in Ruhe lassen!« Lazarus las weiter und begann leise zu singen, nach der Melodie, die er zuvor gepfiffen hatte:

»Um die Ecke
liegt ein Pfandhaus,
und mein Mantel hängt dort immer.

In dem Pfandhaus
sitzt ein Jude,
feilscht mit mir im Hinterzimmer.«

Der größere Techniker tauchte neben ihm auf. Er hielt ein Plastikbällchen mit einer feinen Spitze in der Hand. »Gegen... Schmerzen...«

Lazarus winkte unwirsch ab. »Mann, jetzt bin ich beschäftigt!«

In diesem Moment trat der zweite Techniker an den Schreibtisch. Lazarus schaute verwundert auf. »Und was willst *du* von mir?«

Die Antwort erübrigte sich, denn er spürte einen kurzen Stich im Arm; der größere Techniker hatte seine Unaufmerksamkeit genutzt und ihm die Injektion verpaßt. Lazarus rieb sich die schmerzende Stelle. »Ach so, Trick Siebzehn. Nun aber hinaus mit euch!« Er wandte sich erneut seiner Arbeit zu. Kurze Zeit später sagte er: »Computer!«

»Zu Diensten, Senior.«

»Bereite das hier zum Ausdrucken vor: Ich, Lazarus Long, genannt der Senior, in den Genealogien der Howard-Familien verzeichnet als Woodrow Wilson Smith, geboren 1912, erkläre dies zu meinem Testament und Letzten Willen... Computer, geh noch einmal das Gespräch durch, das ich mit Ira Weatheral geführt habe! Ich möchte, daß du meine Zusagen in eine rechtsgültige Form bringst. Und füge folgende Klausel hinzu: Gesetzt den Fall, daß Ira Weatheral das Erbe nicht antreten kann, fällt mein Vermögen an... an ein Heim für mittellose alte Hehler, Huren, Herumtreiber, Hochstapler oder sonstige arme Schweine, die mit H anfangen. Klar?«

»Jawohl, Senior. Ich möchte nur einwenden, daß der letzte Paragraph vermutlich gestrichen wird, da er nicht den Rechtsvorschriften unseres Planeten entspricht.«

Lazarus äußerte einen nicht gerade frommen Wunsch. »Na, dir wird schon was einfallen — und wenn es ein Fonds für streunende Katzen oder seltene Raubvögel ist! Ich möchte sicher sein, daß die Howard-Familien nicht an mein Geld gelangen.«

»Ich will mein Bestes tun, Sir, aber versprechen kann ich

nichts.«

»Schon gut, ich vertraue dir. Und nun die Liste meines Besitzes...« Lazarus begann zu diktieren, aber nach einer Weile verschwammen ihm die Buchstaben vor den Augen. »Verdammt, diese Typen haben mir ein Schlafmittel verpaßt, und es fängt zu wirken an! Blut — ich brauche einen Tropfen Blut für meinen Daumenabdruck. Hol die Techniker her und sag ihnen, daß ich mir die Zunge abbeiße, wenn sie mir nicht auf der Stelle behilflich sind! Dann machst du dich ebenfalls so rasch wie möglich ans Werk.«

»Ich bin bereits dabei«, erwiderte der Computer.

Die beiden Typen handelten umgehend: Einer holte den ausgedruckten Streifen an den Schreibtisch, der andere stach Lazarus mit einer sterilisierten Nadel in den kleinen Finger.

Lazarus wartete nicht, bis das Blut mit der Pipette aufgesogen war; er rieb mit dem rechten Daumen gegen die Stelle und drückte ihn dann unter das Testament, das ihm der Techniker auf der Tischplatte ausgebreitet hatte.

Mit einem Seufzer ließ er sich in die Kissen sinken. »Geschafft!« murmelte er. »Sagt Ira Bescheid!« Sekunden später war er eingeschlafen.

KONTRAPUNKT I

Einer der Techniker kontrollierte noch einmal Schweißabsonderung, Herztätigkeit und Gehirnströme und trug die Werte in das Krankenblatt ein, während der andere das Kuvert mit den Dokumenten versiegelte. Die Vorderseite des Umschlags erhielt den Vermerk: ›Nur zu Händen des Seniors beziehungsweise des stellvertretenden Präsidenten‹. Dann warteten die beiden, bis ihre Ablösung eintraf.

Der Cheftechniker der Nachtschicht nahm ihren Bericht entgegen und warf einen Blick auf den schlafenden Patienten.

»Was habt ihr ihm gegeben?«

»Neolethe. Wirkt vierunddreißig Stunden.«

Der Neuankömmling pfiff durch die Zähne.

»Wieder eine Krise?«

»Nicht so schlimm wie das letzte Mal. Pseudoschmerzen, begleitet von Erregungszuständen. Die physischen Werte liegen, seinem Stadium entsprechend, innerhalb der Toleranz.«

»Was befindet sich in dem Kuvert?«

»Es reicht, wenn ihr den Empfang bestätigt und das Ding wie vermerkt weiterleitet.«

»Entschuldige, daß ich gefragt habe!«

»Hier — unterschreib das bitte!«

Der Ablösetechniker stellte eine Empfangsbestätigung aus, stempelte sie und setzte seinen Daumenabdruck darunter. »Fertig — ihr könnt gehen!« sagte er brüsk.

»Danke.«

Der kleinere der beiden Techniker hatte an der Tür gewartet.

»Oh, das war nicht notwendig«, meinte der Cheftechniker, als er die Suite verließ. »Manchmal dauert es eine Ewigkeit, bis die Übergabeformalitäten erledigt sind. Du kannst gehen, sobald dein Ersatz eingetroffen ist.«

»Ich weiß, Boss. Aber das hier ist ein ganz besonderer Patient, und ich dachte, du brauchst vielleicht meine Unterstützung bei diesem neugierigen Schnüffler.«

»Keine Angst, solche Typen schaffe ich. Aber du hast recht — ein ganz besonderer Patient. Es spricht für dich, daß du mir zugeteilt wurdest, als dein Vorgänger absprang.«

»Vielen Dank.«

»Keine Ursache. Das war kein Kompliment, sondern eine Feststellung.« Die Stimme, obwohl verzerrt durch Helm und Mundfilter, klang sehr freundlich. »Wenn du dir bei der ersten

Schicht auch nur den kleinsten Schnitzer erlaubt hättest, wärst du abgelöst worden. Aber du hast deine Sache gut gemacht — abgesehen von der Nervosität, die ein Patient spürt, auch wenn er deinen Gesichtsausdruck nicht sehen kann. Nun, darüber kommst du sicher bald hinweg.«

»Mmm — hoffentlich. Ich muß gestehen, daß ich anfangs weiche Knie hatte.«

»Besser so, als ein Assistent, der alles weiß und dann schlampig arbeitet. Aber ich halte dich auf. Wo wohnst du? Ich nehm' dich mit.«

»Oh, gern. Ich bring' dann den Wagen zurück.«

»Nicht so formell, mein Lieber! Nach Dienstschluß gibt es bei uns keine Rangordnung, das solltest du wissen.«

Sie gingen an der Schlange der wartenden Wagen vorüber, bis sie den Parkplatz für die leitenden Angestellten erreichten.

»Schon — aber ich hatte noch nie einen so hohen Vorgesetzten . . .«

»Um so mehr Grund, diese Tatsache in der Freizeit zu vergessen! Da ist ein leerer Wagen. Bitte . . .«

Der kleinere Techniker stieg ein, nahm aber erst Platz, nachdem sein Chef hinter dem Steuer saß und sich am Schaltpult zu schaffen machte. »Ich spüre die Belastung auch. Wenn unsere Schicht um ist, komme ich mir fast so alt vor wie *er.*«

»Verständlich. Ich frag mich, wie lange ich durchhalten kann. Chef, *warum* lassen sie ihn nicht sterben? Er wirkt so müde.«

Die Anwort kam erst nach einigem Zögern. »Nenn mich nicht Chef! Wir sind nicht mehr im Dienst.«

»Aber ich hab' keine Ahnung, wie du heißt.«

»Das spielt auch keine Rolle. Hmmm — die Lage ist nicht ganz so einfach, wie sie scheint; er hat bereits vier Selbstmordversuche hinter sich.«

»*Was?*«

»Oh, er weiß nichts davon. Wenn du sein augenblickliches Erinnerungsvermögen für schwach hältst, so hättest du ihn vor einem Vierteljahr sehen sollen. Sein Selbstmordhebel war frisiert; wenn er ihn betätigte, verlor er nur das Bewußtsein. Uns erleichterte das die Arbeit; wir hämmerten ihm per Hypnose wieder eine Reihe von Daten ein. Vor ein paar Tagen allerdings mußten wir damit aufhören und den Hebel entfernen; er erinnerte sich, wer er war.«

»Aber — das geht gegen unsere Grundsätze! ›Jeder Mensch hat das Recht, auf seine Weise zu sterben!‹«

Der Cheftechniker drückte auf eine Taste; kurz darauf schwenkte der Wagen in eine Parkbucht und hielt an. »Ich weiß, daß wir in diesem Fall unser Berufsethos mißachten. Aber wir bestimmen leider nicht die große Politik.«

»Bei meiner Einstellung mußte ich einen Eid leisten. Ich zitiere nur einen Teil davon: ›. . . keinem Menschen den Tod zu verweigern, wenn er ihn herbeiwünscht . . .‹«

»Glaubst du, ich kenne den Text nicht? Nur — der Präsident des Kuratoriums fühlt sich kaum daran gebunden; er gehört nicht zu unserem Stand, und der Leitspruch über dem Eingang der Klinik bedeutet ihm nichts. Er handelt eher nach dem Motto: ›Ausnahmen bestätigen die Regel.‹ Es ist gut, daß du mir noch vor der nächsten Schicht Gelegenheit gegeben hast, dieses Problem anzuschneiden. Und jetzt, da du die Sachlage kennst, muß ich dir eine Frage stellen: Willst du aussteigen? Keine Angst, ich sorge dafür, daß kein Vermerk in deinen Personalbogen kommt. Und mach dir keine Gedanken wegen eines Ersatzpflegers; während der nächsten Schicht schläft der Senior so tief, daß ich kaum einen Assistenten benötige.«

»Nein . . . ich *möchte* ihn pflegen. Ich empfinde den Auftrag als eine besondere Auszeichnung. Aber ich bin unschlüssig, weil ich das Gefühl habe, daß unser Patient nicht fair behandelt wird. Und wer hätte mehr Anspruch auf faire Behandlung als der Senior?«

»Mich quälen ähnliche Bedenken. Als ich den Befehl erhielt, einen Mann am Leben zu erhalten, der freiwillig Schluß gemacht hatte, war ich zutiefst entsetzt. Aber, Kollege, die Entscheidung liegt *wirklich* nicht bei uns. Gleichgültig, wie wir darüber denken, die Behandlung wird fortgesetzt. Sobald ich das erkannt hatte — nun, an Selbstvertrauen fehlte es mir nicht. Du kannst es auch Überheblichkeit nennen, aber ich halte mich für einen der besten Verjüngungstechniker dieser Klinik. Und so sagte ich mir: Wenn die Howard-Familien den Senior unbedingt am Leben erhalten wollen, dann übernehme lieber ich den Job als irgendein Pfuscher, der mir alles verdirbt. Die Prämien hatten übrigens nichts mit meiner Entscheidung zu tun; ich leite sie an ein Heim für Behinderte weiter.«

»Könnte ich das nicht auch tun?«

»Sicher, aber es wäre dumm von dir; ich verdiene weit mehr als du. Und noch eins — hoffentlich verträgst du Aufputschmittel, da ich jede wichtige Behandlung persönlich überwache und erwarte, daß mir mein Assistent dabei hilft, egal, ob er Schicht hat oder nicht.«

»Ich benötige keine Aufputschmittel; ich beherrsche die Autohypnose-Techniken. Es kommt selten vor, daß ich sie anwenden muß. Während unserer nächsten Schicht schläft der Senior also? Hmmm ...«

»Kollege, du mußt dich *jetzt* entscheiden, damit ich notfalls einen Ersatz beantragen kann ...«

»Gut, ich bleibe. Ich bleibe so lange wie du.«

»Darauf hatte ich gehofft.« Der Cheftechniker wandte sich wieder dem Schaltpult zu. »Wo wohnst du? Mittlerer Block?«

»Einen Augenblick noch! Ich würde dich gern näher kennenlernen.«

»Kollege, wenn du bleibst, lernst du mich genauer kennen als es dir vielleicht lieb ist. Ich bin berüchtigt für meine scharfe Zunge.«

»Ich meinte privat — nicht beruflich.«

»Ach so!«

»Gekränkt? Siehst du, ich bewundere dich schon eine ganze Weile, obwohl ich keine Ahnung habe, wer sich eigentlich hinter dem Helm und dem Isolieranzug verbirgt. Und — es geht mir nicht darum, mich mit einem Vorgesetzten gutzustellen.«

»Darüber bin ich mir im klaren. Ich habe dein Psychogramm genau studiert, bevor ich den Vorschlag des Personalausschusses akzeptierte. Von Gekränktsein kann nicht die Rede sein; im Gegenteil, ich fühle mich geschmeichelt. Sollen wir gemeinsam zum Essen gehen?«

»Gern. Aber ich hatte mehr im Sinn. Was hältst du von den ›Sieben Stunden der Ekstase‹?«

Es entstand eine Pause. Schließlich fragte der Cheftechniker: »Kollege, welchem Geschlecht gehörst du an?«

»Ist das wichtig?«

»Nein, nein. Ich mache mit. Gleich jetzt?«

»Wenn es dir recht ist ...«

»Gut. Ich hatte heute abend nichts Besonderes vor. Kommst du mit zu mir?«

»Eigentlich wollte ich dich ins *Elysium* einladen.«

»Nicht nötig. Ekstase liegt im Herzen, sie braucht nicht von außen stimuliert zu werden. Trotzdem — vielen Dank.«

»Äh — ich könnte es mir wirklich leisten. Ich bin nicht von meinem Gehalt abhängig.«

»Vielleicht ein andermal, Kollege. Ich finde, die Apartments hier in der Klinik sind bequem und liegen eine Stunde näher als das *Elysium* — ganz abgesehen von der Zeit, die wir vertrödeln, wenn wir unsere Isolierkleidung ablegen und uns ausgehfertig machen! Fahren wir zu mir — ich freue mich darauf. Ich habe mir dieses Vergnügen in letzter Zeit viel zu selten geleistet.«

Vier Minuten später betraten sie das Apartment des Cheftechnikers. Es war in der Tat bequem-geräumig, hübsch eingerichtet und vollklimatisiert, eine Wohnung, in der man sich wohl fühlen konnte. Das Pseudofeuer im Kamin warf tanzende Schatten an die Wände.

»Der Umkleideraum für Gäste liegt da drüben, das Bad gleich dahinter. Links ist der Abfallschacht, rechts ein Einbaufach für die Isolierkleidung. Brauchst du meine Hilfe?«

»Nein, danke, ich komme allein zurecht.«

»Gut. Ruf mich, wenn du irgend etwas nicht findest. In zehn Minuten am Kamin, ja?«

»Geht in Ordnung.«

Der Technikerassistent benötigte etwas länger als zehn Minuten. Ohne den Helm und die klobigen Stiefel wirkte er noch kleiner als zuvor. Sein Vorgesetzter lag auf dem hellen Teppich vor dem Kamin. Nun schaute er auf. »Ah, da bist du ja! Ein *Mann* — was für eine angenehme Überraschung!«

»Und du eine Frau! Großartig. Aber das Erstaunen nehme ich dir nicht ab. Du kennst schließlich meine Personalakte.«

»Nein, Liebes«, entgegnete sie. »Nur deinen Leistungsbogen. Du weißt, daß es der Ausschuß so weit wie möglich vermeidet, Namen und Geschlecht eines Mitarbeiters bekanntzugeben. Die Computer halten Informationen dieser Art automatisch zurück. Ich hatte keine Ahnung — und vermutete, offen gestanden, das Gegenteil.«

»Ich versuchte erst gar nicht zu raten. Aber ich bin begeistert. Irgendwie besitze ich eine Schwäche für hochgewachsene Frauen. Steh auf, laß dich näher anschauen!«

Sie rekelte sich faul auf dem Teppich. »So ein Unsinn! Horizontal sind alle Frauen gleich groß. Komm, leg dich zu mir — der Teppich ist weich.«

»Weib, wenn ich sage: ›Steh auf!‹, dann erwarte ich prompten Gehorsam.« Sie lachte.

»Du bist ein Atavismus — aber gut gebaut...« Sie streckte lässig den Arm aus, packte ihn am Knöchel und brachte ihn aus dem Gleichgewicht. Er kam zu Fall. »So ist es besser«, meinte sie. »Jetzt befinden wir uns auf gleicher Ebene.«

KONTRAPUNKT II

»He, Schlafmütze, was hältst du von einem Mitternachtsimbiß?« fragte sie.

Er fuhr auf. »Bin ich doch tatsächlich eingenickt!« murmelte er. »Kein Wunder. Dein Vorschlag klingt verlockend. Was bietest du?«

»Du brauchst nur zu befehlen. Ich könnte dir keinen Wunsch abschlagen.«

»Dann bestelle ich zehn hochgewachsene, rothaarige Jungfrauen, keine älter als sechzehn ...«

»Sofort, Liebling. Für meinen Galahad ist mir keine Mühe zuviel. Solltest du allerdings auf ärztlich beglaubigter Jungfräulichkeit bestehen, dann dauert es etwas länger. In deinem Psychogramm war nichts von dieser abnormen Veranlagung zu erkennen.«

»Ach, laß nur! Vielleicht begnüge ich mich ausnahmsweise mit Mangoeis.«

»Pfirsicheis wäre in der Kühltruhe. So wie du hat kein Mann mich mehr geschafft, seit ich sechzehn war — und das ist eine Weile her.«

»Eine ganze Weile. Ich nehme das Pfirsicheis.«

»Noch so eine Antwort, und du benötigst keinen Löffel, weil ich dir das Zeug ins Gesicht klatsche. Ich bin erst einmal verjüngt, genau wie du, und ich wirke äußerlich jugendlicher als du.«

»Ein Mann muß eine gewisse Reife vorweisen.«

»Galahad, ich *bin* jünger als du!« Sie machte eine kleine Pause und fuhr dann fort: »Ich kenne nämlich nicht nur deine Verjüngungsdaten, sondern deine Kalenderjahre ...«

»Unmöglich, Mädchen!«

»Zumindest sehr selten — aber ich half zufällig bei deiner Verjüngung mit und erkannte dich sofort wieder, als ich dich vorhin sah.« Sie lächelte. »Galahad, ist dir aufgefallen, daß wir überhaupt keine Hilfsmittel benötigten, um in Ekstase zu geraten? Ich fühle mich glücklicher als seit Jahren.«

»Mhm, mir ergeht es ähnlich. Nur das Pfirsicheis fehlt noch zur Vollkommenheit.«

»Primitivling! Wieviel Eis!«

»Oh, häufe das Zeug einfach in eine große Schüssel, bis dir der Arm weh tut; ich brauche dringend neue Kräfte.«

Er folgte ihr in die Küche und half ihr. »Nur eine Vorsichtsmaßnahme«, erklärte er. »Du bringst es fertig und klatschst mir das Eis tatsächlich ins Gesicht!«

»Aber, aber — das glaubst du doch nicht im Ernst...«

»Du bist ein unberechenbares Weib, Ischtar! Ich besitze ein paar blaue Flecken, die es beweisen.«

»Dabei war ich besonders sanft.«

»Du kennst deine eigenen Kräfte nicht. Ich hätte dich nicht Ischtar nennen sollen, sondern — wie hieß diese sagenumwobene Amazonenkönigin auf der Alten Erde?«

»Hippolyte, Liebling. Ich mache dich allerdings darauf aufmerksam, daß sie keinen Busen hatte...«

»Na, und? Das ließe sich in zehn Minuten korrigieren — ohne jede Narbe. Aber ich gebe nach, ›Ischtar‹ paßt besser zu dir.«

»Komm, wir nehmen das Eis mit an den Kamin!«

»Einverstanden. Nur eins stört mich, Ischtar. Du erklärst mir, daß ich dein Patient war und daß du dich an mein wahres Alter erinnerst. Daraus schließt mein Verstand mit messerscharfer Logik, daß du auch meinen Namen, meine Familie und zumindest einen Teil meine Genealogie kennst. Leider verbietet es mir der Brauch der ›Sieben Stunden‹, dich nach deinem wahren Namen zu fragen. Du wirst in meinem Gedächtnis also ›die große blonde Cheftechnikerin‹ sein, die...«

»Ich hab' noch genug Eis übrig, um es dir ins Gesicht zu klatschen!«

»...die ich während der schönsten sieben Stunden meines Lebens Ischtar nennen durfte. Die Zeit ist bald um, und ich weiß noch nicht nicht einmal, ob du irgendwann meine Einladung ins *Elysium* annimmst.«

»Galahad, mein Augenstern, du bist zum Verzweifeln! Natürlich begleite ich dich ins *Elysium*! Und wer hat behauptet, daß ich dich nach den sieben Stunden fortschicke? Noch etwas — mein eingetragener Name lautet tatsächlich ›Ischtar‹. Aber wenn du es noch einmal wagst, in unserer Freizeit meinen Rang und Titel zu erwähnen, verpasse ich dir ein paar blaue Flecken, die du eine Weile spüren wirst!«

»Huh, ich fürchte mich! Wenn ich nach sieben Stunden gehe, dann nur, damit du vor der nächsten Schicht noch etwas Schlaf bekommst. Doch was soll dieser Unsinn mit ›Ischtar‹, mein Schatz? So einen Zufall gibt es einfach nicht.«

»Ja und nein.«

»Ist das eine Antwort?«

»Geduld! Ich besaß einen für unsere Familie typischen Namen, der mir nie sonderlich gefiel. Von ›Ischtar‹ hingegen war ich begeistert — vor allem, weil der Vorschlag von dir stammte. Während du schliefst, setzte ich mich mit dem Archiv in Verbindung und beantragte eine Namensänderung. Ich heiße nun Ischtar.«

Er starrte sie verblüfft an. »Ist das wahr?«

»Sieh mich nicht so erschrocken an, Liebes! Ich habe nicht die Absicht, dich zu umgarnen. Auch das mit den blauen Flecken war nur Spaß. Ich bin nicht der Typ der Ehefrau, ganz und gar nicht. Du wärst schockiert, wenn du wüßtest, wie lange es her ist, seit ich hier Männerbesuch hatte. Es steht dir ganz frei, jederzeit zu gehen, aber ich werfe dich nicht hinaus. Wir haben morgen nämlich keine Schicht.«

»Ischtar?«

»Ich sprach mit dem Direktor und bat ihn, eine außerplanmäßige Wache einzuschieben. Hätte es längst tun sollen, aber ein gewisser Galahad sorgte dafür, daß ich nicht mehr klar denken konnte. Der Senior braucht uns morgen nicht; er liegt im Tiefschlaf und weiß nicht, daß er einen Tag versäumt. Aber ich möchte zur Stelle sein, wenn er aufwacht. Deshalb ließ ich die Wachliste auch gleich für den folgenden Tag ändern. Wenn sein Zustand es erfordert, bleiben wir durchgehend bei ihm. Das heißt, *ich* bleibe bei ihm; dich will ich natürlich nicht zu einer doppelten oder gar dreifachen Schicht zwingen.«

»Wenn du durchhältst, schaffe ich es ebenfalls. Ischtar? Ich weiß, daß du nicht gern über deinen Rang sprichst, aber er muß ziemlich hoch sein, wenn du solche Entscheidungen durchsetzen kannst. Habe ich recht?«

»Ich verbiete dir, auch nur darüber nachzudenken, falls du Wert darauf legst, mein Assistent zu bleiben!«

»Puh — die berühmte scharfe Zunge!«

»Entschuldige, Galahad! Aber wenn wir mit unserem Patienten beschäftigt sind, möchte ich, daß du nur an ihn denkst. Und nach Dienstschluß bin ich Ischtar — nichts sonst. Einen bedeutenderen Fall als den Senior wird es nie mehr für uns geben. Der Verjüngungsprozeß kann lange dauern und eine Menge Geduld von uns fordern. Deshalb darf eine gereizte Atmosphäre gar nicht erst zwischen uns entstehen. Der langen Rede kurzer Sinn: Wir haben jetzt dreißig Stunden Zeit, bevor die Pflicht wieder ruft. Du kannst hierbleiben, solange es dir gefällt.«

»Wenn ich nicht störe . . .«

»Nein.«

». . . und später dein Badezimmer eine Weile in Beschlag nehmen darf! Du weißt ja selbst, das Isolierzeug . . .«

»Oh, gut, daß du mich daran erinnerst! Der Videofon-Recorder hatte eine Nachricht gespeichert: Der Senior wünscht unsere Isolierkluft nicht mehr zu sehen; er besteht auf normaler Kleidung. Das bedeutet für uns Desinfektion von Kopf bis Fuß.«

»Ischtar, hältst du das für vernünftig? Ein Hustenreiz oder ein kurzes Niesen . . .«

»Von mir stammt die Botschaft nicht, Liebling. Sie kam direkt vom Regierungspalais und enthielt den Zusatz, daß vor allem das weibliche Personal so gepflegt und attraktiv wie möglich zu erscheinen hätte. Das bringt mich in ziemliche Verlegenheit, denn ich besitze kaum etwas zum Anziehen. Die wenigen Fummel in meinem Kleiderschrank würden eine Desinfektion niemals überstehen. Und von Nacktheit hält der Senior nichts; das war ausdrücklich vermerkt. Wegen des Niesens brauchst du dir allerdings keine Sorgen zu machen. Hast du noch nie eine Volldesinfektion erlebt? Wenn die Leute dich entlassen, kannst du nicht mehr niesen! Und noch etwas — der Senior soll den Eindruck gewinnen, wir kämen von der Straße weg in seine Suite. Verrate ihm also nichts von unserem Großreinemachen!«

»Wie denn, wenn ich seine Sprache nicht beherrsche? Und weshalb stoßen ihn nackte Menschen ab? Ein Moralsyndrom?«

»Keine Ahnung. Ich gebe lediglich einen Befehl weiter, der an alle Pflegerteams erteilt wurde.«

Galahad nickte nachdenklich. »Nein, mit Moral hat es wohl nichts zu tun. Schranken dieser Art stehen im krassen Widerspruch zum Überlebenswillen. Hmm — du hast mir vorhin erklärt, das Hauptproblem bestünde darin, den Senior aus seiner Apathie zu reißen. Und du warst erleichtert, als er schlechte Laune zeigte — obwohl es sich um eine Überreizung handelte.«

»Sicher, Galahad. Jede Reaktion von seiner Seite bringt uns einen Schritt weiter. Aber lassen wir das jetzt. Sag mir lieber, was ich anziehen soll! In puncto Kleidern habe ich leider überhaupt keinen Geschmack. Glaubst du, daß er sich mit einem Labor-Coverall zufriedengibt? Die Dinger liegen hauteng an und lassen sich gut desinfizieren.«

»Nein, unmöglich! Es war von *normalen* Kleidern die Rede. Darf ich meinen Gedankengang zu Ende führen? Wenn wir voraussetzen, daß sich der Senior nicht von irgendwelchen Moralzwängen leiten läßt, dann bieten Kleider in dieser Situation nur einen Vorteil: Abwechslung, Farbe, Kontrast — ein Mittel, ihn aus seiner Apathie zu locken.«

Ischtar zog die Brauen hoch. »Galahad, bis zum heutigen Tage hegte ich die feste Überzeugung, daß ein Mann die Kleider einer Frau nur als Hindernis betrachtet. Du wirfst ganz neue Aspekte in die Waagschale. Wenn du so weitermachst, schlage ich dich zur Beförderung vor.«

»Viel zu früh, Mädchen! Ich arbeite erst knappe zehn Jahre in der Klinik — was dir sicher kein Geheimnis ist! Komm, werfen wir einen Blick in deinen Kleiderschrank!«

»Was ziehst du an, Galahad?«

»Das spielt keine Rolle. Der Senior ist ein Mann, und sämtliche Mythen und Geschichten, die sich um seine Person ranken, deuten darauf hin, daß er seiner primitiven Zivilisation in einem Punkte treu blieb: Er lehnt für sich polymorphe Beziehungen ab.«

»Mythen, Liebling!«

»Sie spiegeln die Wahrheit wider, wenn man sie richtig zu lesen versteht. Wetten, daß mir der Senior nicht einmal einen Blick schenkt, ob ich nun im Kilt oder in einer gewöhnlichen Unterhose aufkreuze? Er wird nur Augen für dich haben, Ischtar. Also, suchen wir etwas heraus, das ihm gefällt . . .«

»Woher kennst du seinen Geschmack, Galahad?«

»Ich kenne ihn nicht. Aber ich werde eben Dinge wählen, die *mir* an einer rassigen, langbeinigen Blondine gefallen!«

Zu seinem großen Erstaunen war Ischtars Kleiderschrank in der Tat halb leer. Von allen Frauen, die er bisher kennengelernt hatte, schien sie die einzige, die sich nicht aus purer Eitelkeit mit unnützen Gewändern ausstaffierte. Während er die spärlichen Schätze betrachtete, summte er leise vor sich hin.

Ischtar hob den Kopf. »Du beherrschst die Sprache des Seniors?«

»Ich? Wie kommst du darauf? Ich habe allerdings die feste Absicht, sie zu lernen.«

»Das Lied, das du singst — ich höre es immer von ihm, wenn er über etwas nachdenkt . . .«

»Ach, das meinst du! *Ummdi Ek-ke . . . liegt ein Faandhaus . . .* Ich besitze ein gutes Lautgedächtnis; die Worte verstehe ich nicht. Was bedeuten sie?«

»Schwer zu sagen. Nur wenige kommen in dem Vokabular vor, das ich bisher gelernt habe. Ich hege den Verdacht, daß sie überhaupt nichts bedeuten — eine Art Nonsensreim, der eine beruhigende Wirkung hat.«

»Hmm. Wenn sie andererseits einen Sinn ergeben, könnten sie ein Schlüssel zum besseren Verständnis des Seniors sein. Hast du den Computer befragt?«

»Galahad, ich besitze keinen Zugang zu dem Computer, der die Geschehnisse in der Suite des Seniors aufzeichnet und auswertet. Aber ich bezweifle, daß irgend jemand den alten Mann versteht. Er stammt aus der grauen Vorzeit, Liebling — ein lebendes Fossil!«

»Mir liegt viel daran, ihm näherzukommen. Ist seine Sprache schwer zu erlernen?«

»Ja. Irrationale, komplizierte Syntax und gespickt mit Redensarten, schwer verständlichen Andeutungen und doppelsinnigen Wendungen. Manchmal stolpere ich selbst über Begriffe, die ich genau zu kennen glaube. Ich wollte, ich besäße dein Lautgedächtnis.«

»Dem Präsidenten schien sie keine Schwierigkeiten zu bereiten.«

»Soviel ich weiß, verfügt er über ein außergewöhnliches Sprachtalent. Aber bitte, wenn du dir die Mühe machen willst — ich habe die Lehrprogramme hier!«

»Das gilt. He, was ist das hier? Eine Abendrobe?«

»Das? Wie kommst du nur auf die Idee? Ich kaufte es als Überwurf für meine Liege — und mußte aber dann feststellen, daß der Farbton nicht zur übrigen Einrichtung paßte.«

»Zu dir paßt er jedenfalls. Halt mal einen Moment lang still!«

»Huh — du kitzelst!«

VARIATIONEN ÜBER EIN THEMA

I. Staatsgeschäfte

Auch wenn ich es dem Senior gegenüber geleugnet hatte, die Regierungsgeschäfte von Secundus kosten viel Kraft. Oh, ich gebe mich nicht mit dem Alltagskram ab; dafür habe ich meine Verwaltungsexperten. Meine Aufgabe besteht vor allem darin, über die Leitlinien der Politik nachzudenken und die Arbeit der anderen zu beurteilen. Dennoch, die Probleme eines Planeten mit einer Milliardenbevölkerung können einen in Trab halten, besonders wenn man bemüht ist, so wenig wie möglich in den Ablauf der Dinge einzugreifen; denn das bedeutet, daß man wie ein Luchs auf seine Untergebenen achten muß. Die Hälfte meiner Zeit verbringe ich damit, übereifrige Beamte aus dem Staatsdienst zu entfernen und ihre Pöstchen abzuschaffen.

Meiner Erfahrung nach hat dieses Aussieben keinerlei negative Auswirkungen — höchstens für Schmarotzer, die sich eine neue Möglichkeit suchen müssen, das tägliche Brot zu erschleichen. (Meistens schaffen sie es.)

Das Wesentliche dabei ist, daß man die bösartigen Geschwüre aufspürt und entfernt, solange sie noch klein sind. Je mehr Geschick der jeweilige Präsident in dieser Hinsicht entwickelt, desto mehr Eiterherde entdeckt er — und desto mehr Arbeit hat er. Einen Waldbrand sieht jeder; es kommt darauf an, das erste Rauchwölkchen zu erspähen.

So bleibt mir wenig Zeit für meine Hauptaufgabe, die große Politik. Es ist nicht das Ziel meiner Regierung, Gutes zu tun, sondern das Böse zurückzudrängen. Das klingt einfacher, als es ist. Als Wahrer der Ordnung und des Friedens habe ich beispielsweise die Pflicht, bewaffnete Aufstände zu verhindern. Aber wie? Lange bevor Großvater Lazarus meine Aufmerksamkeit auf das Problem lenkte, hegte ich meine Zweifel, ob es richtig sei, die Anführer der potentiellen Rebellen zu deportieren. Das Symptom, das mein Mißtrauen weckte, war jedoch so unauffällig, daß zehn Jahre vergingen, bevor ich es erkannte: Während dieses Zeitraums hatte kein einziger Anschlag auf mein Leben stattgefunden.

Inzwischen sind weitere zehn Jahre vergangen.

Ein Volk von so zufriedenen, selbstgefälligen Einheitsbürgern ist, auch wenn es gesund und blühend erscheint, ernsthaft krank. Ich grübelte in jeder freien Stunde darüber nach, und immer wieder stellte ich mir die Frage: Was würde Lazarus Long an meiner Stelle tun?

Ich wußte in groben Zügen, was er getan *hatte*. Deshalb war ich auch entschlossen auszuwandern, mit den Familien oder allein, wenn ich zuwenig Unterstützung fand.

(Diese Zeilen mögen den Anschein erwecken, als legte ich es darauf an, ermordet zu werden. Ich glaube nicht an das mystische ›*Der König muß sterben!*‹ Ganz im Gegenteil! Ich bin ständig umgeben von raffinierten, äußerst wirksamen Schutzvorrichtungen, über deren Natur ich mich nicht weiter auslassen möchte. Drei allgemeingültige Vorsichtsmaßnahmen seien jedoch erwähnt: Nur wenige Menschen kennen mein Aussehen; ich erscheine fast nie in der Öffentlichkeit, und wenn ich es tue, dann ohne vorherige Ankündigung. Das Regieren ist ein gefährliches Geschäft — oder sollte es zumindest sein — , aber ich habe nicht die Absicht, Kopf und Kragen dabei zu verlieren. Anlaß zur Besorgnis gibt nicht die Tatsache, daß ich lebe, sondern der Gedanke, daß sich unter den zum Tode Verurteilten nie ein Attentäter findet. Niemand scheint mich genug zu hassen, um auch nur einen Versuch zu wagen. Erschreckend! Wo habe ich versagt?)

Als ich von der Howard-Klinik Bescheid erhielt, daß der Senior wach sei, hatte ich die nötigste Arbeit bereits erledigt und den Rest abgeschoben. Ich begab mich sofort zur Klinik.

Der Senior saß beim Kaffee, als ich eintrat. Er schaute lächelnd auf. »Hallo, Ira.«

»Guten Morgen, Großvater.« Ich wollte ihn auf die Wange küssen, aber er neigte den Kopf kaum merklich zur Seite.

»Wir sind nicht allein, mein Junge«, sagte er leise.

Ich richtete mich sofort auf. Jetzt erst bemerkte ich die beiden Techniker, die in einer Ecke des Raums die Befehle des Seniors erwarteten. Die ›vermummten Figuren‹, wie Großvater Lazarus sie bezeichnete, hatten auf ihre plumpen Hüllen verzichtet. Ich sah einen untersetzten jungen Mann und eine langbeinige Blondine, die einen aufreizenden Hüftschwung besaß.

»Leider sind wir im Moment noch mehr oder weniger auf eine Zeichensprache angewiesen«, meinte Lazarus. Er winkte das Mädchen zu sich. »He, Liebes, komm her — so ist es brav!«

Die Blondine kam lächelnd näher. Sie trug ein blauschillerndes Etwas — (Ich bin in Modedingen nicht bewandert; aber ich habe den Eindruck, daß die Frauen von Neu-Rom im Moment versuchen, um jeden Preis anders auszusehen als ihre Konkurrentinnen.) — , das ihre Augenfarbe betonte und sich eng an ihren Körper schmiegte.

»Ira, das hier ist Ischtar. Habe ich den Namen richtig behalten, Liebes?«

»Ja, Senior.«

»Und der Junge dort drüben heißt Galahad, ob du es glaubst oder nicht. Kennst du die Sagen von Terra, mein Sohn? Wenn er wüßte, was der Name bedeutet, würde er ihn ändern lassen ... der edle Ritter, der nie zum Zug kam! Haha! Aber ich überlege die ganze Zeit, woher ich Ischtars Gesicht kenne. Frag sie, ob ich schon einmal mit ihr verheiratet war, Ira!«

»Nein, Senior, nie«, erwiderte das Mädchen, bevor ich etwas sagen konnte. »Ich weiß es genau.«

»Siehst du, sie hat dich verstanden«, meinte ich.

»Hmm, dann war es vielleicht ihre Großmutter — ein temperamentvolles Frauenzimmer, Ira. Wollte mich eines Tages umbringen. Deshalb verließ ich sie.«

Die Blondine flüsterte mir etwas in Lingua Galacta zu.

»Lazarus«, dolmetschte ich, »sie wäre jederzeit zu einer Ehe mit dir bereit — mit oder ohne Vertrag.«

»Hört euch das an! Es *muß* ihre Großmutter gewesen sein! Die Sache liegt achthundert oder neunhundert Jahre zurück — und spielte sich auf diesem Planeten hier ab. Frag sie, ob ihre Großmutter Ariel Barstow hieß!« Das Mädchen strahlte und überfiel mich mit einem Wortschwall in Lingua Galacta.

»Ariel Barstow war ihre Urururgroßmutter«, erklärte ich. »Sie stammt in direkter Linie von ihr ab und ist gerührt, daß du diese Blutsverwandtschaft offiziell bestätigst. Falls du die Erbmasse verstärken möchtest ... aber sie will dich nicht drängen. Zuerst soll die Verjüngung vollendet werden. Wie stehst du zu ihrem Vorschlag, Lazarus? Für den Fall, daß sie keine Nachwuchsgenehmigung mehr besitzt, bin ich gern bereit, eine Ausnahme zu machen.«

»Nicht drängen, nennt ihr das! Sag ihr, daß mich ihr Angebot ehrt, daß ich im Moment aber wirklich noch nicht an solche Dinge denke. Du verstehst schon — ›Sie erhalten gegebenenfalls Bescheid von uns!‹«

Ich gab die Antwort diplomatisch wieder. Ischtar verneigte sich mit strahlendem Lächeln und zog sich zurück.

»So, mein Sohn«, fuhr er fort, »such dir einen bequemen Stuhl und setz dich zu mir!« Er senkte die Stimme. »Unter uns, Ira, ich bin ziemlich sicher, daß Ariel mir ein Kuckucksei untergejubelt hat. Aber von einem anderen meiner Nachkommen, so daß die Kleine auf alle Fälle verwandt mit mir ist, wenn auch nicht in direkter Linie. Egal. Weshalb kommst du so früh? Zwei Stunden nach dem Frühstück, hatte ich gesagt.«

»Ich bin ein Morgenmensch. Lazarus, ich schließe aus den Worten Ischtars, daß du die Verjüngung fortsetzen willst?«

Der Senior schnitt eine Grimasse. »Es ist vermutlich die einfachste Lösung. Übrigens — vielen Dank für den Hebel!« Lazarus deutete zur Wand hinüber. »An einem so schönen Tag wie heute ist die Versuchung zwar gering, aber man möchte sich doch alle Wege offenhalten. Galahad, Kaffee für den Präsidenten! Und bring das Kuvert mit!« Er begleitete seinen Befehl mit Gesten, aber ich hatte den Eindruck, daß der Techniker seine Worte auch so verstand. Vielleicht besaß er telepathische Fähigkeiten. In seinem Beruf benötigte er ein hochentwickeltes Einfühlungsvermögen.

Der junge Mann brachte mir eine Kanne Kaffee und überreichte Lazarus einen Dura-Umschlag. Das Gebräu schmeckte abscheulich, aber wenn es die Etikette verlangt, würge ich noch schlimmere Dinge hinunter.

»Hier ist mein neues Testament«, erklärte Ira. »Sobald du es gelesen hast, kann dein Computer den Text speichern.« Er winkte ab, als der Techniker auch ihm Kaffee nachschenken wollte. »Nein, danke, das reicht. Setz dich irgendwohin, Galahad — und du auch, Ischtar! Was stellen die beiden eigentlich dar, Ira? Krankenpfleger, Boten, Diener? Sie schwirren ständig um mich herum. Zuviel Fürsorge macht mich nervös.«

Ich konnte seine Frage nicht beantworten. Erstens halte ich es für unnötigen Ballast, mich mit der Organisation einer Verjüngungsklinik zu befassen, und zweitens gehört sie zu einem Privatunternehmen; das bedeutet, daß sie nicht unter der Aufsicht des Kuratoriums steht. Man hatte meine Einmischung in diesem besonderen Fall ohnehin sehr übelgenommen.

Also wandte ich mich an die hübsche Blondine: »Welchen Rang bekleiden Sie, Madame? Der Senior würde es gern erfahren. Er findet, daß Sie und Ihr Kollege sich wie Diener verhalten.«

»Ich selbst bin als Chefingenieur stellvertretende Direktorin der Technischen Abteilung«, erwiderte sie ruhig. »Mein Kollege Galahad Jones arbeitet als Wachassistent.«

Mein Respekt vor der jungen Frau wuchs. »Darf ich Ihr Kalenderalter erfahren, Madame?« fragte ich.

»Gern. Ich bin zwar erst einhundertsiebenundvierzig Jahre alt, aber ich arbeite seit meiner ersten Reife in diesem Beruf.«

»Ich hatte keineswegs die Absicht, Ihre fachliche Qualifikation in Frage zu stellen, Madame. Es erstaunt mich nur, daß Sie einem Wachteam angehören und nicht in irgendeinem feudalen Büro sitzen.«

Sie lächelte ein wenig. »Sir, ich bin aus dem gleichen Grund hier wie Sie — weil ich die Verantwortung keinem anderen übertragen möchte. Schließlich handelt es sich um den Senior. Das Wachpersonal, das ihn betreut, besteht aus unseren tüchtigsten Leuten; ich habe jede Akte überprüft.«

Ich nickte. »Wir verstehen einander. Aber darf ich einen Vorschlag machen? Der Senior liebt die Unabhängigkeit. Gewiß, er braucht Hilfe, aber man sollte sie auf das Nötigste beschränken.«

»Waren wir zu aufdringlich, Sir?« fragte sie erschrocken. »Wenn der Senior es wünscht, warten wir vor der Suite ...«

»Aber nein«, unterbrach ich sie. »Das geht zu weit. Er hat gern Menschen um sich.«

»He, darf ich auch an eurer Plauderstunde teilnehmen?« wollte Lazarus wissen.

»Ich mußte dem Mädchen einige Fragen stellen, Großvater, da ich den personellen Aufbau der Klinik nicht kenne. Ischtar gehört zu den hohen Bossen hier. Sie betont jedoch, daß sie es nicht unter ihrer Würde findet, dich zu bedienen.«

»Lakaien sind mir ein Greuel. Ich rühre mich schon, wenn ich etwas brauche. Die beiden sollen nicht ständig um mich herumscharwenzeln, auch wenn das bei der Kleinen hinreißend aussieht. Sieh mal, wie sie sich bewegt — geschmeidig wie eine Katze. Sie hat wirklich viel von Ariel ...«

»Warum wollte diese Frau dich denn umbringen?«

»Mhm — ich erzähle es dir, wenn Ischtar nicht in der Nähe ist. Irgendwie habe ich das Gefühl, daß sie mehr versteht, als sie zugibt. Was sonst aus meiner Vergangenheit möchtest du hören?«

»Scheherezade wählte ihre Geschichten selbst aus, Lazarus.«

»Schön und gut, aber mir fällt nichts ein.«

»Dann beantworte mir eine Frage: Als ich vorhin erwähnte, daß ich ein Morgenmensch sei, hast du die Nase gerümpft. Warum?«

»Opa Johnson hielt Frühaufstehen für ein Laster«, meinte Lazarus achselzuckend. »Er erzählte mir mehr als einmal die Geschichte eines Mannes, der bei Sonnenaufgang hingerichtet werden sollte und den wichtigen Moment verschlief. Am gleichen Tage kam der Bescheid, daß man sein Urteil aufgehoben habe, und er lebte glücklich und zufrieden noch vierzig Jahre lang.«

»Eine wahre Geschichte?«

»So wahr wie alle Geschichten aus Tausendundeiner Nacht. Ich jedenfalls habe daraus die Regel abgeleitet: ›Schlafe, wann immer du kannst; vielleicht bist du eines Tages gezwungen, sehr lange wach zu bleiben.‹ Frühaufstehen muß kein Laster sein, Ira, aber es ist bestimmt keine Tugend, und ich hasse Leute, die sich damit großtun.«

»Oh, das war nicht meine Absicht, Großvater. Mich treibt einfach die Arbeit früh aus den Federn.«

»Lächerlich! Glaubst du, du könntest eine Schnur verlängern, indem du an einem Ende ein Stück abschneidest und es am anderen wieder ansetzt? Im Gegenteil, du erledigst weit weniger, wenn du dich gähnend und unausgeschlafen an deinen Schreibtisch setzt. Diese Art von Arbeitseifer bringt nichts ein — und ist lästig für all jene, die gerne noch schliefen, wenn ihre Nachbarn nicht schon im Morgengrauen so penetrant aktiv wären. Ira, den Fortschritt bringen nie die Frühaufsteher, sondern die Bequemen, die Faulen, die nach Mitteln und Wegen suchen, sich das Leben zu vereinfachen. Allein die Faulheit macht erfinderisch.«

»Allmählich gewinne ich den Eindruck, daß ich Jahrhunderte vertan habe.«

»Vielleicht entspricht das den Tatsachen, mein Junge. Aber noch kannst du deine Gewohnheiten ändern. Auch ich habe einen Großteil meines langen Lebens vergeudet — wenn auch vielleicht auf angenehmere Weise als du. Ira, soll ich dir von dem Mann erzählen, der die Faulheit zu höchster Kunst entwickelte? Sein Lebenslauf steht als Beispiel für das Gesetz des geringsten Widerstandes. Eine wahre Geschichte übrigens ...«

»Ich bin ganz Ohr.«

»So höre denn, o mächtiger König ...«

VARIATIONEN ÜBER EIN THEMA

II. Von dem Mann, der so faul war, daß er Gewinn daraus schlug

Wir besuchten beide die Offiziersschule der Navy. Das hatte damals noch nichts mit Raumfahrt zu tun, sondern mit großen Kriegsschiffen, die auf den Meeren kreuzten und sich gegenseitig zu versenken suchten — was ihnen leider des öfteren gelang. Ich hatte mich bei dem Verein gemeldet, weil ich zu jung war, mir auszumalen, daß ich ebenfalls absaufen würde, wenn mein Schiff absoff. Aber lassen wir das; es ist nicht meine Geschichte, sondern die von David Lamb.*)

Um Davids Verhalten zu erklären, muß ich auf seine Kindheit zurückgreifen. Er war Hinterwäldler — das heißt, er stammte aus einer Gegend, die weitab vom Strom der (ohnehin nicht besonders hoch entwickelten) Kultur lag.

Das Kaff, in dem er aufwuchs, besaß eine winzige Schule, mit einem Klassenzimmer für sämtliche Jahrgänge. David war dreizehn, als er sein Abgangszeugnis erhielt. Der Unterricht machte ihm Spaß, denn jede Stunde in der Schule bewahrte ihn vor der Plackerei auf dem elterlichen Hof. Er haßte die ›ehrliche Arbeit‹, wie sein Vater das sinnlose, schlechtbezahlte Schuften im Stall und auf den Feldern nannte. Er haßte es, im Morgengrauen aufzustehen und spätabends todmüde ins Bett zu kriechen.

So war die Schulentlassung für ihn ein bitteres Ereignis. Von nun an mußte er täglich sechs bis sieben Stunden mehr ›ehrliche Arbeit‹ verrichten. An einem heißen Sommertag pflügte er einen Acker, und je länger er den Arsch des Gauls anstarrte, je länger er Staub schluckte und sich den Schweiß der ›ehrlichen Arbeit‹ aus den Augen wischte, desto mehr bekam er sein Leben satt.

In dieser Nacht rückte er von daheim aus, marschierte fünfzehn Meilen bis zur nächsten Kleinstadt, schlief auf der

---

*) Es gibt keine Daten darüber, daß der Senior je eine Offiziersschule der Navy oder sonst eine Militärakademie besuchte. Andererseits haben wir aber auch keine gegenteiligen Beweise. Die Erzählung weist an manchen Stellen autobiographischen Charakter auf; vielleicht ist ›David Lamb‹ einer der vielen Namen, deren Woodrow Wilson Smith sich bediente.
Die Einzelheiten stimmen mit der Geschichte der Alten Heimat überein. Das erste Jahrhundert des Seniors ist die Zeit vor dem Großen Zusammenbruch — eine Ära des wissenschaftlichen Fortschritts, der Hand in Hand mit der Zersetzung der Kultur ging. In den zahlreichen Kriegen wurden vor allem Flugzeuge und große Schiffe eingesetzt (s. technischen Anhang).

J. F. der Fünfundvierzigste

Schwelle des Postamts, bis die Postmeisterin am nächsten Morgen aufschloß, und meldete sich zur Navy.

Er alterte in diesen Stunden um zwei Jahre, von fünfzehn auf siebzehn, denn siebzehn war das Mindestalter für Freiwillige. Der Betrug fiel nicht weiter auf. Man nahm es damals auf dem Land mit den Geburtseintragungen nicht so genau, und David war eins achtzig groß, breitschultrig und muskelbepackt. Nur in seinem Blick lag etwas kindlich Verstörtes.

Die Navy war genau richtig für David. Man kleidete ihn neu ein, und er sah während der Fahrten über das Meer viel von der Welt — unbehindert von Pferdeärschen und dem Staub der Stoppelfelder. Man erwartete auch hier, daß er arbeitete, aber längst nicht so viel und so schwer wie daheim auf dem Hof, und sobald er sich mit der Rangordnung an Bord vertraut gemacht hatte, entwickelte er ein großes Geschick darin, übermäßigen Anstrengungen aus dem Wege zu gehen, ohne seinen Vorgesetzten unangenehm aufzufallen.

Vollkommen war sein Glück allerdings auch bei der Navy nicht. Er mußte sehr früh aufstehen, Nachtwachen schieben und sogar das Deck schrubben — alles Dinge, die sein sensibles Gemüt belasteten.

Dann hörte er von diesen Kursen für Offiziersanwärter, und er fühlte sich sofort angesprochen. Nicht, daß ihn der Ehrgeiz gepackt hätte; die Aussicht auf einen höheren Rang ließ ihn ziemlich kalt. Aber die Navy *bezahlte* ihre Leute dafür, daß sie sich hinsetzten und ein paar Bücher lasen — und das entsprach Davids Vorstellung vom Himmelreich.

Langweile ich dich, mein König? — Nein?

Nun, David brachte nicht die besten Voraussetzungen für einen Offiziersanwärter mit. Ihm fehlten vier bis fünf Jahre Unterricht — Mathematik, das, was man damals unter Naturwissenschaften verstand, Geschichte, Sprachen, Literatur und so fort. Es war nicht leicht, das nötige Wissen vorzutäuschen. David erklärte dem Maat, der die Kursteilnehmer auswählte, er habe es ›fast‹ bis zur High School gebracht. ›Fast‹ war ein dehnbarer Begriff und bedeutete in seinem Fall ein halbes County; so weit war es nämlich bis zur nächstgelegenen High School. Zum Glück ermutigte die Navy ihre Matrosen zur Offizierslaufbahn; es gab Nachhilfekurse für diejenigen Anwärter, deren Vorbildung nur ›fast‹ ausreichte.

Der Maat jedenfalls schlug David vor, und als sein Schiff ins Mittelmeer auslief, setzte man ihn in Hampton Roads ab. Das war sechs Wochen, bevor der nächste Kurs begann. Der Mannschaftsoffizier — besser gesagt sein Stellvertreter — wies David eine Schlafstelle an und gab ihm den Rat, außer Sichtweite zu bleiben, solange die übrigen Navy-Talente noch nicht eingetroffen waren. Ein vielversprechender Beginn für David. Er lungerte in den leeren Klassenzimmern herum und las. Es gab Bücher für all die Fächer, in denen er Schwächen aufwies.

Mehr brauchte er eigentlich nicht.

Als der Kurs begann, konnte David seinen Mitschülern bereits Nachhilfe in Geometrie erteilen, einem Fach, das die meisten fürchteten. Drei Monate später leistete er in West Point, am schönen Strand des Hudson, seinen Kadetteneid.

David wußte nicht, daß er vom Regen in die Traufe geraten war. Das Gebrüll eines Maats war nichts gegen die gezielten Bosheiten, mit denen die älteren Offiziersanwärter Neulinge — auch ›Plebes‹ genannt — zu quälen pflegten.

Aber David hatte ein Vierteljahr Zeit, sich mit der harten Wirklichkeit vertraut zu machen und Gegenmaßnahmen zu ersinnen. In diesem Vierteljahr weilten die Fortgeschrittenen nämlich bei Manövern. Wenn er, so überlegte David, die Hölle neun Monate lang durchhalten konnte, dann hatte er das Paradies auf Erden gewonnen. Jede Stallmagd und jede Prinzessin hielt neun Monate durch ...

Und als die Herren der Schöpfung zurückkehrten, um auf den Plebes herumzutrampeln, hatte David für jeden typischen Fall eine bestimmte Politik parat, die sich entsprechend der Situation abwandeln ließ.

Da waren zunächst einmal die Dinge, die man wohl oder übel ertragen mußte. Dazu gehörten die dämlichen Fragen der Vorgesetzten. David erkannte rasch, daß ein Plebe niemals: ›Das weiß ich nicht, Sir!‹ antworten durfte. Aber die Phantasie der Offiziersanwärter war beschränkt. Schulgeschichte, Navy-Geschichte, Zitate berühmter Seefahrer, die Namen von Sportgrößen, in wieviel Sekunden die Abschlußprüfung stattfand und was es zum Abendessen gab ...

So etwas ließ sich auswendig lernen oder erkunden, bis auf die Frage mit der Abschlußprüfung, und hier half sich David mit vorausberechneten Stützzahlen, die er blitzschnell mit Datum und Tageszeit kombinierte. Seine Antworten kamen daher wie aus der Pistole geschossen, und er gelangte bald in den Ruf eines Rechengenies. Natürlich ärgerte sich sein Vorgesetzter über den ›Klugscheißer‹ in der Gruppe; aus Rache befahl er David, die

Logarithmentafeln auswendig zu lernen. David regte das nicht weiter auf. Ihn störte nur ›ehrliche Arbeit‹.

Nach den ersten sechshundert Zahlen gab sein Vorgesetzter auf. David hingegen machte so lange weiter, bis er alle Grundwerte kannte. Von nun an brauchte er die Tabellen nicht mehr; er konnte jeden Logarithmus selbst herleiten, was ihm wiederum Arbeit ersparte.

Die Fragerei wurde besonders lästig, wenn sie beim Essen einsetzte. David brachte es nach einiger Übung fertig, stocksteif dazusitzen und zu antworten, während er seine Mahlzeiten hinunterschlang.

Die Kerle dachten sich die hinterhältigsten Fallen aus. Eine beliebte Frage war beispielsweise: ›Na, Mister, sind wir noch unberührt?‹ Ganz gleich, ob der Kadett mit Ja oder Nein antwortete, er steckte in der Klemme. In solchen Fällen pflegte David zu erwidern: ›Jawohl, Sir — am Nabel!‹

Ein Teil der Fragen sollte die Kadetten auch verleiten, feige Antworten zu geben. Und Feigheit galt als Todsünde. Fragte ein Vorgesetzter: ›Finden Sie, daß ich gut aussehe, Mister?‹, so war ein Ja völlig fehl am Platz. Man konnte entgegnen: ›Ihre Mutter findet das vielleicht, Sir, aber ich nicht!‹, oder: ›Sie sehen großartig aus, Sir, wenn man bedenkt, daß Ihre Vorfahren noch auf den Bäumen hausten!‹

Aber sosehr sich ein Plebe auch bemühen mochte, die Spielregeln einzuhalten, es gab immer irgendeinen Vorgesetzten, der etwas an ihm auszusetzen fand. David haßte die willkürlichen Strafen, die beim Exerzieren bis zum Umfallen begannen und bei körperlicher Züchtigung endeten. Das mag dir lächerlich erscheinen, Ira, aber ich spreche nicht von den leichten Hieben, die Kinder hin und wieder erhalten, wenn sie unfolgsam sind. Die Schläge wurden mit der flachen Säbelklinge oder mit einem Besenstiel verabreicht, und drei davon bewirkten, daß das Opfer blutige Striemen davontrug und eine Woche lang nicht sitzen konnte.

Wenn David an der Reihe war — nicht einmal er fand eine Möglichkeit, der Prügelstrafe zu entrinnen —, biß er die Zähne zusammen und dachte an die Farm in den Bergen. Das half ihm, die Schmerzen zu ertragen.

Zum Mythos des Militärdienstes gehörte es auch, daß sich ein vielversprechender Kadett durch sportliche Leistungen hervortat. Frag mich nicht, warum! Eine rationale Erklärung gibt es dafür nicht.

So trieben die Plebes ohne Ausnahme Sport, zwei Stunden täglich, die sie von ihrer ohnehin knapp bemessenen Freizeit opfern mußten. Dazu kam, daß einige der Sportarten ein beträchtliches Risiko für Davids kostbare Haut darstellten. Boxen zum Beispiel — ein sinnloser, völlig in Vergessenheit geratener Schaukampf, bei dem zwei Gegner mit den Fäusten aufeinander eindroschen, bis einer von ihnen das Bewußtsein verlor. Oder Wasserball. Hier traten ganze Mannschaften zum Kampf an. Man versuchte den Gegner auszuschalten, indem man ihn unter Wasser drückte, bis er keine Luft mehr bekam. Zum Glück erkannte David rasch, wie lebensgefährlich dieser Zeitvertreib war, und er streute das Gerücht aus, daß er ein mäßiger Schwimmer sei. So entrann er dem nassen Tod.

Die Sportart mit dem größten Ansehen war jedoch ein Spiel namens Football. Unbarmherzig sichtete man jede Kadettengruppe nach Opfern für diese blutrünstige Schlacht. David, der Football nur vom Hörensagen kannte, besuchte einen der Kämpfe als Zuschauer — und was er sah, erfüllte sein friedfertiges Gemüt mit Grauen.

Mit Recht. Auf einer großen Rasenfläche standen sich zwei Banden von je elf Mann gegenüber und versuchten ein schweres Leder-Ei von einem Ende des Feldes zum anderen zu befördern, wobei der Feind erbitterten Widerstand leistete. Es gab Rituale und eine esoterische Terminologie für diese Raufereien, aber das änderte nichts an der Tatsache, daß jede Schlacht Schwerverletzte und zuweilen sogar Tote forderte.

Leider besaß David das ideale Äußere für diesen Sport. Er war sich im klaren darüber, daß seine Vorgesetzten über kurz oder lang auf ihn stoßen würden. Was tun? Es gab nur eine Möglichkeit, Football zu entkommen — David mußte sich in einer anderen Sportart auszeichnen.

Und er fand eine. Die Fechtkunst.

Du weißt nicht, was das ist, Ira? Siehst du, das Schwert hatte in der blutigen Geschichte der Erde viertausend Jahre lang die Hauptrolle gespielt, bis es von anderen Waffen abgelöst wurde. Aber es behielt auch später noch einen Schatten seines alten Ruhms. Jeder echte Gentleman konnte mit einem Schwert umgehen.«

»Was ist ein Gentleman, Lazarus?«

»Wie? Unterbrich mich nicht, mein Junge, du bringst mich aus dem Konzept! Ein Gentleman? Fällt dir keine leichtere Frage ein? Also ... nun ja, ein Gentleman war lieber ein toter Löwe als

ein lebender Schakal. Weshalb siehst du mich so an? Ich habe mich immer bemüht, ein Löwe zu sein und dennoch am Leben zu bleiben. Auf mich trifft diese Definition also nicht zu. Man könnte es vielleicht auch so sagen: Der Gentleman bewies durch sein Verhalten, daß in der Menschenrasse langsam eine Ethik aufkeimte, die den Eigennutz verdrängte. Eine sehr schleppende Entwicklung übrigens, auf die man sich heute noch nicht verlassen kann ...
Egal. Die Offiziere jener Zeit trugen jedenfalls Schwerter, oder vielmehr die moderne Weiterentwicklung des Schwerts: den Säbel, da man sie im allgemeinen als Gentlemen einstufte. Man brachte den Kadetten bei, wie sie so ein Ding anfassen mußten, ohne sich in die Finger zu schneiden und ohne die Umstehenden aufzuspießen — eben gerade genug, daß sie bei Paraden nicht allzu albern mit diesen Mordinstrumenten aussahen.

Aber das Fechten war eine anerkannte Sportart. Es besaß zwar nicht den Glanz von Football oder Boxen, aber es stand auf der Liste der möglichen Freizeitbeschäftigungen.

Nach einem primitiven physikalischen Gesetz konnte David nicht auf dem Football-Rasen sein, wenn er in der Fechtbahn trainierte. Also trat er die Flucht vor den Nagelschuhen sadistischer Gorillas an und meldete sich zu einem Fechtlehrgang.

Noch bevor die älteren Offiziersanwärter von ihren Manövern zurückkehrten, um es dem Plebekadetten David Lamb zu zeigen, gehörte er zum festen Team der Fechter und zeichnete sich durch besonderen Eifer aus. David wählte das Florett, eine schmale, äußerst geschmeidige Klinge, die keine Körperkraft erforderte, sondern vor allem schnelle Reflexe und einen wachen Verstand. Beides besaß David, und noch vor Ablauf seines Plebejahres hatte er es zum Landesmeister im Florettfechten gebracht — eine Leistung, die sogar seinem Gruppenführer ein gequältes Lächeln entlockte. Zum erstenmal bemerkte ihn der Kompaniechef und gratulierte ihm.

Der Anfang war gemacht. Nun folgte eine leichtere Zeit.
(Gekürzt.)

Einen Sport gab es, bei dem David seine ausgeprägte Scheu vor körperlichen Kontakten ablegte. Es war ein populäres Spiel, das er schon in früher Jugend in seinem abgelegenen Kaff geübt hatte. Aber man benötigte Mädchen als Partner, und die Navy hatte diese Art von Freizeitbeschäftigung ausdrücklich verboten. Wer dabei ertappt wurde, flog unbarmherzig von der Akademie.

Aber wie alle wahren Lebenskünstler achtete David nur das Elfte Gebot: *Du sollst dich nicht erwischen lassen!* Während die anderen Kadetten aus purer Angabe Mädchen in die Kaserne schmuggelten oder nachts ausrückten, um sich in der Stadt zu vergnügen, ging David seinem Lieblingssport in aller Stille nach. Nur wer ihn näher kannte, wußte, mit welchem Eifer er bei der Sache war. Und es kannte ihn niemand näher.

Was? Weibliche Kadetten? Ira, es gab in der ganzen Navy keine Mädchen — außer vielleicht ein paar Krankenschwestern. Insbesondere gab es auf der Kadettenschule keine Mädchen. Wachtposten waren Tag und Nacht damit beschäftigt, sie von den jungen Männern fernzuhalten.

Frag mich nicht, warum! Logik war nicht die Stärke der Navy. Obwohl es eine Fülle von Aufgaben für Mädchen gegeben hätte — die Tradition verlangte Männer.

Gewiß, hin und wieder erhielten die Kadetten Gelegenheit, Mädchen kennenzulernen, aber das geschah auf steifen Festen unter der gestrengen Aufsicht von Müttern und Matronen. Du kannst dir nicht vorstellen, Ira, wie verlogen die damalige Gesellschaftsstruktur war, wie heuchlerisch das Sexualverhalten — und zu welchen Ausschweifungen das führte!

Aber ich wollte eigentlich nur andeuten, daß David Mittel und Wege fand, die Vorschriften der Navy nach außen hin zu befolgen und doch auf seine Rechnung zu kommen, im Gegensatz zu manchen Kameraden, die nach einiger Zeit durchdrehten. So geschah es, daß eine junge Dame, der David nahestand, schwanger wurde — ein damals noch sehr häufiges Mißgeschick, das zur Katastrophe führen konnte.

Warum? Nun, Kadetten durften keine Ehe eingehen. Die Gesellschaft verlangte jedoch, daß eine junge Dame heiratete, wenn sie ein Kind erwartete. Schwangerschaftsunterbrechungen waren gesetzlich verboten und stellten außerdem ein hohes gesundheitliches Risiko dar.

Wenn David die Wahl zwischen zwei Übeln hatte, wählte er ohne Zögern das kleinere. So auch in diesem Fall — er heiratete.

Ich habe keine Ahnung, auf welche Weise er seine Vorgesetzten übertölpelte. Es gab mehrere Möglichkeiten — und ich nehme an, daß er die einfachste wählte.

Die Heirat machte die unangenehme Situation einigermaßen erträglich. Der Vater des Mädchens hatte beabsichtigt, den Kommandeur der Kadettenschule aufzusuchen und ihm die Geschichte zu erzählen. David wäre gezwungen gewesen, seinen

Abschied zu nehmen — wenige Monate vor der Abschlußprüfung. Nun jedoch war der alte Herr ängstlich darauf bedacht, die Ehe geheimzuhalten, damit sein Schwiegersohn das Offizierspatent bekam und ihm die Sorge um die liederliche Tochter abnahm. Dazu gesellte sich ein weiterer Vorteil: David hatte es viel bequemer als bisher, seinem Lieblingssport zu frönen.

Aber kehren wir zurück zu Davids beruflicher Laufbahn. Von einem jungen Mann, der in sechs Wochen das Wissen von vier versäumten Schuljahren nachgeholt hatte, konnte man erwarten, daß er sich rasch an die Spitze seiner Kameraden setzte — vor allem, da die Abschlußnoten entscheidend für den Platz auf der Beförderungsliste waren.

Nun, David hütete sich, in den ehrgeizigen Kampf um den ersten Platz einzugreifen. Er wußte aus seiner Plebezeit, daß man allzuleicht in das Blickfeld der Vorgesetzten geriet. Und er wußte auch, daß der zweite, ja sogar der zehnte Rang ebenso gut waren. So schloß er sein letztes Ausbildungsjahr als Sechstbester ab — und rückte automatisch an die zweite Stelle vor, da zwei seiner Kameraden sich zu einer Spezialeinheit meldeten, einer seinen Abschied einreichte und einer sich durch das viele Lernen die Augen verdorben hatte.

Sein wahres Talent zum Müßiggang kam jedoch zum Ausdruck, als es darum ging, die spätere Position vorzubereiten. Es war während der letzten Manöverfahrt. Zu diesem Zeitpunkt wußten die Kadetten bereits ziemlich genau, wer das Offizierspatent erhalten würde und wer nicht. Nur über die Postenverteilung herrschten noch Zweifel. Jake wird Kommandant des Kadettenkorps, hieß es, wenn er nicht vorher über Bord geht. Aber wer erhält sein Bataillon? Steve? Oder Stinky?

Jemand erklärte, daß wohl David der aussichtsreichste Kandidat sei.

Dave hatte bis dahin schweigend zugehört. Eine gute Taktik, Ira, die viel zu selten angewandt wird! Leute, die zuhören können, ohne selbst mitzureden, sagen nichts Falsches und stehen obendrein im Ruf besonderer Intelligenz . . .

Nun jedoch schien es, als hätte David seine Zurückhaltung aufgegeben. ›Quatsch!‹ meinte er. ›Was mache ich als Bataillonschef? Regimentsadjutant — das wäre etwas für mich! Immer ganz vorne stehen, in einer tollen Uniform, von Mädchen angehimmelt . . .‹

Man nahm seinen Einwurf zwar nicht ernst, da ein Regimentsadjutant längst nicht die Macht eines Bataillonschefs besaß, aber David hoffte, daß seine Worte irgendwie ans Ohr des Kommandanten gelangen würden.

Seine Hoffnung erfüllte sich.

Als Regimentsadjutant hatte David den Posten, der seinen Neigungen am ehesten entgegenkam. Er mußte nur dann an Paraden teilnehmen, wenn das Regiment in voller Stärke antrat. Er besaß keine Verantwortung für die Kadetten. Zu seinem Aufgabenbereich gehörte das Einteilen der Wachen.

Aber er selbst stand nicht auf der Wachliste; er mußte lediglich einspringen, wenn einer der Offizierskadetten erkrankte oder aus einem anderen Grund ausfiel.

Und *das* war der wahre Preis seiner Faulheit. Die Offizierskadetten galten als Muster an Zuverlässigkeit und hatten eine robuste Konstitution. Die Wahrscheinlichkeit, daß einer von ihnen nicht zur Wache antrat, war äußerst gering.

Endlich nahte der große Tag. David bestand die Abschlußprüfung, erhielt sein Offizierspatent — und ging mit seiner Frau in die Kirche, um ihr offiziell das Jawort zu geben. Daß die Braut ein wenig füllig wirkte, nahm niemand übel; zu jener Zeit waren Sieben-Monate-Kinder weit verbreitet.

David hatte glücklich sämtliche Hürden genommen. Er mußte nie wieder ›ehrliche Arbeit‹ leisten.

Aber es stellte sich heraus, daß Davids Leben als Jungoffizier auf einem Kriegsschiff auch seine Schattenseiten hatte. Er war sehr oft unterwegs, fern vom trauten Heim und den Ehefreuden. Und es blieb ihm nicht erspart, hin und wieder eine Nachtwache zu übernehmen — ein Affront für sein empfindsames Gemüt.

Nun hatte die Navy seit kurzem ein Zauberwort — Luftwaffe. Man betrieb mit Eifer den Aufbau dieser neuen Truppe, damit sie nicht in die falschen Hände — also in die Hände der Army — geriet. Freiwillige waren höchst willkommen.

David meldete sich kurzentschlossen zur Luftwaffe. Man beorderte ihn an Land und unterzog ihn einer Flugtauglichkeitsprüfung. Und ob er tauglich war! Er besaß für den Beruf des Piloten nicht nur die körperlichen und geistigen Voraussetzungen, sondern auch die nötige Motivation. Dafür, daß er im Sitzen arbeiten und daheim schlafen konnte, erhielt er einen höheren Sold als bisher. Das Fliegen selbst brachte darüber hinaus eine ›Gefahren‹-Zulage.

Ich sollte vielleicht erwähnen, daß die Flugzeuge von damals äußerst primitive Konstruktionen waren, die keinerlei Ähnlichkeit mit unseren modernen Luftfahrzeugen aufwiesen. Aber sie stellten längst kein so großes Risiko dar wie etwa Autos, das häufigste Transportmittel jener Zeit. Fußgänger und Autofahrer lebten gefährlicher als Piloten. Der Absturz eines Flugzeugs war meist die Folge eines Bedienungsfehlers, und David hütete sich, einen Fehler zu begehen. Er hatte nicht den Ehrgeiz, der klügste Pilot zu sein; er wollte der *älteste* Pilot werden.

›David, Sie sind ein Naturtalent‹, schwärmte sein Fluglehrer. ›Sie müssen unbedingt Jagdflieger werden!‹

Jagdflieger galten als die Könige unter den Piloten; sie steuerten schnelle, kleine Maschinen und verwickelten damit die Gegner in Einzelgefechte.

David dachte mit Schaudern an die Flugzeugträger mit ihren Katapulten und Fangleinen, die zum Start und zur Landung der Jagdgeschwader dienten. Er haßte es, auf die Reflexe anderer Leute angewiesen zu sein. Nicht auszudenken, wenn eine der Maschinen nicht einklinkte und über das Ziel hinausschoß!

Seine Gedanken begannen zu kreisen. Wie konnte er dieser Ehre entgehen, ohne seinen Sold zu verlieren? Nach reiflicher Überlegung meldete er sich zu einem Kurs für mehrmotorige Maschinen. Sein Fluglehrer tobte, doch David blieb stur.

Die großen Brummer waren genau das richtige für David — viel zu schwerfällig, um von Trägerschiffen zu starten, und nur selten in der Luft, da sie eine Menge Treibstoff verbrauchten. Hin und wieder hatte David Bereitschaftsdienst auf dem Flugplatz, aber die meiste Zeit schlief er daheim, in seinem eigenen Bett. Es waren herrliche Jahre ...

(Gekürzt.)

... Jahre, in denen David zweimal befördert wurde.

Dann brach der Krieg aus. Es war im Laufe des Jahrhunderts immer wieder zu kleineren Konflikten gekommen, doch nun erfaßte das Schlachtenfieber praktisch jede Nation. David hatte eine negative Einstellung zum Krieg. Seiner Meinung nach diente das Militär dazu, potentielle Feinde abzuschrecken — nicht, sie zu bekämpfen. Aber man fragte ihn nicht nach seiner Meinung, und es war zu spät, jetzt noch auszusteigen. Außerdem — wohin hätte er fliehen sollen? So gewöhnte er es sich ab, über Dinge nachzudenken, die er ohnehin nicht ändern konnte, und das half ihm ein wenig, denn der Krieg dauerte lang und kostete Millionen Menschenleben.«

»Großvater Lazarus, was hast du im Krieg gemacht?«

»Ich? Oh, alles mögliche. Ich verkaufte Liberty Bonds, eine Art Wertpapier zur Stützung der Währung. Dann war ich beim Einberufungsausschuß und im Komitee für die Lebensmittelzuteilung — alles Beiträge für das Gemeinwohl. Später berief mich der Präsident nach Washington, D. C., und was ich da tat, lief unter ›streng geheim‹. Sprechen wir lieber von David, mein Junge!«

Der gute Dave ging als echter Held aus dem Krieg hervor — mit einer Tapferkeitsmedaille, wie es sich gehört. Aber die Art und Weise, auf die er sie errang, paßt zu seiner übrigen Geschichte.

David hatte sich damit abgefunden, seine Karriere eines Tages als Korvettenkapitän zu beenden, da es bei der Luftwaffe kaum höhere Ränge gab.

Doch der Krieg brachte ihm den Titel in ein paar Wochen. Ein Jahr später war er Kommandant und dann sogar Kapitän — vier breite goldene Streifen, obwohl er nie vor einem Beförderungsausschuß stand und nie ein Schiff befehligte. Die Kämpfe verbrauchten eine Unmenge Soldaten; wer nicht den Tod fand, wurde automatisch befördert, solange er sich nichts zuschulden kommen ließ.

Und David ließ sich nichts zuschulden kommen. Er hatte die Aufgabe, vor der Küste nach feindlichen Unterseebooten Ausschau zu halten — Patrouillenflüge, die kaum anstrengender waren als in Friedenszeiten. Eine Zeitlang bildete er Bürohocker und Ladenjünglinge als Flugpersonal aus. Er flog einen einzigen Einsatz in einem Gebiet, wo echt gekämpft wurde — und hier errang er seinen Orden. Ich kenne die Einzelheiten nicht, aber Heldentum besteht oft nur darin, daß man in einer schwierigen Situation kühlen Kopf bewahrt, anstatt in Panik zu geraten. Leute, die das fertigbringen, gewinnen mehr Schlachten als die Möchtegernhelden, die aus falschem Ehrgeiz sich und ihre Kameraden ins Verderben stürzen.

Wie gesagt, Helden gibt es genug. Aber um offiziell als Held anerkannt zu werden, dazu bedarf es einer Portion Glück. Es genügt nicht, daß man Tapferkeit beweist. Jemand, am besten ein Vorgesetzter, muß es sehen und schriftlich festhalten. David hatte dieses Glück.

Gegen Ende des Krieges arbeitete er dann im Luftfahrtministerium, wo er sich um die Weiterentwicklung von Aufklärungsflugzeugen kümmerte. Vielleicht leistete er dort mehr als im Kampf, denn er kannte die Maschinen in- und auswendig und konnte Verbesserungsvorschläge aus der Sicht des Experten beurteilen. Aber es war immerhin ein gemütlicher Schreibtischjob, und er verbrachte seine Freizeit daheim bei der Familie.

Dann kam der Frieden.

David schätzte kühl seine Aussichten ab. Es gab Hunderte von hohen Navy-Offizieren, die wie er im Krieg rasch Karriere gemacht hatten. Nur wenige konnten in Friedenszeiten befördert werden. David wußte, daß er nicht zu den wenigen gehörte; er hatte weder das Alter noch die Beziehungen dafür.

Was ihm blieb, waren beinahe zwanzig Jahre Dienst bei der Navy. Und wer zwanzig Jahre gedient hatte, konnte sich bei halbem Sold pensionieren lassen. Oder er konnte weitermachen, in der vagen Hoffnung, irgendwann im hohen Alter den Admiralsgrad zu erlangen.

David beschloß, freiwillig in Pension zu gehen. Und zwar nicht erst in ein, zwei Jahren, sondern sofort — und zwar aus Gesundheitsgründen. Die Diagnose lautete ›Streßpsychose‹.

Ich weiß nicht, Ira, was ich davon halten soll. Dave machte auf mich stets einen sehr gesunden Eindruck. Außerdem — eine kleine Macke ist doch kein Handikap für einen Offizier, solange er pünktlich zum Dienst erscheint und ein paar Akten signiert, die ein Untergebener vorbereitet hat. Ich erinnere mich an einen klugen Professor, der in seiner Freizeit Damenstrumpfbänder sammelte. Konnte man ihn deshalb als verrückt bezeichnen?

Vielleicht sollte ich noch etwas hinzufügen. Wenn David nach zwanzig Jahren seinen Dienst quittierte, erhielt er nur das halbe Gehalt, abzüglich der Einkommenssteuer, die ziemlich hoch war. Bei einer vorzeitigen Pensionierung aus Gesundheitsgründen bekam er jedoch zwei Drittel der Bezüge — steuerfrei.

Ich weiß nicht, ich weiß nicht. Irgendwie paßt das alles zu Davids Art, durch ein Minimum an Arbeit die bestmöglichen Ergebnisse zu erzielen. Wenn er verrückt war, dann so verrückt wie ein Fuchs . . .

Und noch etwas gibt zu denken. David war sich im klaren darüber, daß er keine Chance hatte, Admiral zu werden, wenn er im Dienst blieb. Aber die Tapferkeitsmedaille brachte es mit sich, daß er bei der Pensionierung automatisch befördert wurde. David Lamb — einer der jüngsten Admiräle in der Geschichte! Ich kann mir vorstellen, welche Heiterkeit das bei dem Farmerjungen aus dem kleinen Kaff in den Bergen hervorrief!

Denn im Innern seines Herzens war David ein Farmerjunge

geblieben. Das zeigte sich jetzt erst. Es gab nämlich ein Gesetz zum Schutze von Kriegsteilnehmern, das ihnen helfen sollte, die abgebrochene Ausbildung zu beenden: Der Staat finanzierte das Studium für die Dauer des geleisteten Wehrdienstes. Das war vor allem für junge Leute gedacht, aber warum sollte ein Karriereoffizier nicht auch davon Gebrauch machen?

Mit dem Stipendium kam David auf ein Gehalt, das etwa seinem Sold als aktiver Navy-Angehöriger entsprach. Und er hatte mehr von dem Geld, denn er konnte auf teure Uniformen und Repräsentation verzichten. Er lümmelte bequem herum und las Bücher, oft bis tief in die Nacht hinein. Und er stand sehr, sehr spät auf — ein Jugendtrauma.

David setzte sich übrigens nie wieder ins Cockpit einer Maschine. Er haßte Flugzeuge, hatte sie immer gehaßt. Sie befanden sich viel zu hoch oben, wenn einmal ein Triebwerk aussetzte. Für ihn waren sie Mittel zum Zweck gewesen. Sie hatten ihm geholfen, noch unangenehmeren Dingen aus dem Weg zu gehen. Jetzt verdrängte er sie ohne Bedauern aus seinem Leben — wie einst das Florettfechten.

Einige Zeit darauf erhielt David ein Diplom, das ihn als Agrarwissenschaftler auswies — als studierten Farmer sozusagen. Mit diesem Papier hätte er ohne weiteres eine Anstellung beim Staat bekommen können. Aber David nahm einen Teil des Geldes, das sich inzwischen auf seinem Bankkonto angesammelt hatte, und kehrte zurück in das Dorf, das er vor mehr als einem Vierteljahrhundert verlassen hatte. Er kaufte eine Farm, das heißt, er leistete eine Anzahlung und nahm für den Rest eine günstige Regierungshypothek auf.

Ob er sein Land bestellte? Eine alberne Frage! David nahm die Hände nicht aus den Hosentaschen. Ein einziges Mal heuerte er Farmhelfer an und bracht eine Ernte ein. Aber er kochte bereits einen neuen Plan aus.

Dieser Plan beruhte auf einer so unglaublichen Tatsache, daß du mich als einen Lügner bezeichnen wirst, Ira — und ich kann es dir nicht einmal verdenken, obwohl ich die volle Wahrheit sage.

In jener Zeit zwischen den Kriegen lebten auf der Erde mehr als zwei Milliarden Menschen — und gut die Hälfte davon litt bittere Not, war ständig am Rande des Verhungerns. Und nun hör zu: *Trotz der Lebensmittelknappheit, trotz einer weltweiten Hungersnot erhielten die Farmer staatliche Subventionen dafür, daß sie ihre Felder nicht bebauten!*

Du brauchst nicht den Kopf zu schütteln. Nicht nur die Wege des Herrn sind unergründlich — das gleiche gilt für Frauen und Regierungen.

David also ließ sein Land brachliegen und erhielt dafür von der Regierung jedes Jahr einen fetten Scheck. Er liebte das Dorf in den Bergen und hatte sich oft danach gesehnt. Als er es verließ, tat er es nur, um der Arbeit aus dem Wege zu gehen. Nun wurde er dafür bezahlt, daß er *nicht* arbeitete. Er war begeistert.

Die Subvention reichte aus, um die Hypothek zu tilgen, und von seiner stattlichen Pension bezahlte er einen Knecht, der die Hühner fütterte, ein paar Kühe versorgte, den Gemüsegarten umgrub und die Zäune flickte. Die Frau des Knechts half in der Küche. Für sich selbst erstand Dave eine Hängematte.

Einmal jährlich zum Veteranentag legte David seine Admiralsuniform und die Orden an, ließ sich in die Stadt fahren und nahm an einem feudalen Bankett teil. Ich weiß nicht, warum er das tat, Ira. Vielleicht, weil er sich verpflichtet fühlte — vielleicht auch, weil er einen ausgeprägten Sinn für Humor besaß. Seine Nachbarn waren stolz auf den großen Sohn ihres Dorfes. Wenn es ihnen auffiel, daß er nie einen Finger krumm machte, so behielten sie diese Beobachtung für sich.

Ich habe einiges ausgelassen, Ira, um dich nicht zu langweilen. So erfand Dave zum Beispiel einen Autopiloten, der seinen Berufskollegen die Arbeit sehr erleichterte. Er versuchte jeden Job zu vereinfachen. Seine Nachfolger hatten stets weniger zu tun als seine Vorgänger. Aber da nur wenige sein Talent zur Faulheit besaßen, war alles bald wieder beim alten. Leider sind die meisten Menschen als Ameisen geboren; sie müssen selbst dann arbeiten, wenn es keinen Sinn hat.

Daß es auch anders geht, siehst du an David, mein Junge. Ich nehme an, daß er noch heute in seiner Hängematte im Schatten der Obstbäume liegt und das Nichtstun genießt.«

VARIATIONEN ÜBER EIN THEMA

III. Familienprobleme

»Nach mehr als zweitausend Jahren, Lazarus?«

»Warum nicht, Ira? Dave war ungefähr so alt wie ich. Und ich lebe auch noch.«

»Ja, aber — gehörte David zu den Familien? Unter einem anderen Namen vielleicht, denn ein ›Lamb‹ steht nicht im Verzeichnis . . .«

»Ich habe ihn nie gefragt, Ira. Und er gab sich nie als Mitglied des Howard-Clans zu erkennen. Diese Tatsache behielt man damals am besten für sich. Vielleicht wußte er es selbst nicht. Er hatte sein Zuhause überstürzt und in sehr jungen Jahren verlassen. Im allgemeinen erfuhr man die Wahrheit erst, wenn man sich im heiratsfähigen Alter befand. Ich erinnere mich noch gut, was für einen Schock ich erlebte, als Opa mich aufklärte. Ich war siebzehn und im Begriff, eine Riesendummheit zu begehen. Mein Junge, das Verrückteste an der Spezies Mensch ist, daß der Körper sehr viel schneller reift als der Verstand.

Opa also nahm mich mit hinter die Scheune und versuchte mir beizubringen, warum es idiotisch sei, sich so früh zu binden.

›Woodie‹, sagte er, ›keiner wird dich daran hindern, mit diesem Mädchen durchzubrennen.‹

Ich erklärte ihm, daß dazu auch keiner imstande sei, da ich jenseits der Grenze auch ohne die Einwilligung meiner Eltern heiraten könne.

›Eben — das sage ich ja‹, fuhr er fort. ›Keiner wird dich hindern. Aber es wird dir auch keiner helfen, weder deine Eltern noch deine Großeltern. Frag sie, wenn du mir nicht glaubst!‹

Ich entgegnete bockig, daß ich auf ihre Hilfe nicht angewiesen sei.

›So, so.‹ Opa zog die buschigen Augenbrauen hoch. ›Hast du Geld, um den Trauschein zu bezahlen? Hast du Geld, um deine Frau zu ernähren? Oder wird sie für dich sorgen? Wirf mal einen Blick in den Annoncenteil der Zeitung! Die Stellenangebote kannst du mit der Lupe suchen. Dagegen wimmelt es von Arbeitslosen. Oh, vielleicht gelingt es dir, deinen naiven Charme als Verkäufer von Klosettbürsten auszuspielen. Aber schon mit Staubsaugern wirst du Pech haben — die kauft im Moment keiner.‹

Ira, ich hatte keine Ahnung, wovon er sprach. Ist dir das Jahr

1930 ein Begriff?«

»Leider nein, Lazarus.«

»Das ganze Land — eigentlich die ganze Erde — befand sich auf einem wirtschaftlichen Tiefpunkt. ›Rezession‹ nannte man das. Es gab keine Arbeit, zumindest nicht für Grünschnäbel wie mich, die nichts gelernt hatten. Opa war sich darüber im klaren. Er hatte nicht die erste Wirtschaftskrise miterlebt. Aber ich bildete mir ein, ich könnte die Welt aus den Angeln heben. Ich wußte nicht, daß Ingenieure als Gefängnisaufseher und Rechtsanwälte als Milchkutscher arbeiteten. Und daß sich Ex-Millionäre aus dem Fenster stürzten. Ich war zu sehr mit Mädchen beschäftigt, um das wahrzunehmen.«

»Ich habe viel über diese Wirtschaftskrisen gelesen, Lazarus. Aber ich begreife einfach nicht, wie sie entstanden.«

Der Senior schüttelte den Kopf. »Das sagt ein Mann, der einen ganzen Planeten regiert?«

»Möglich, daß ich nicht für diesen Job geeignet bin!«

»Tu doch nicht so verdammt bescheiden! Ich will dir ein Geheimnis verraten, Ira. Damals wußte *kein Mensch,* was diese Krise ausgelöst hatte. Wenn Ira Howard nicht genau festgelegt hätte, was mit seinem Geld geschehen sollte, wäre vermutlich auch die Stiftung pleite gegangen. Andererseits glaubte vom Straßenkehrer bis zum Universitätsprofessor jeder, er allein kenne die Ursachen — und das Heilmittel. Aber was man auch versuchte, die Baisse hielt an, bis das Land in einen Krieg schlitterte. Das brachte natürlich auch keine Besserung; nur die Symptome verlagerten sich.«

»Aber woran lag die Krise nun wirklich, Großvater?«

»Bin ich allwissend? Ich stand mehr als einmal in meinem Leben mit leeren Händen da — entweder, weil ich falsch spekuliert hatte oder weil ich mein Vermögen zurücklassen mußte, um die nackte Haut zu retten. Eine allgemeingültige Formel kann ich dir auch nicht verraten. Aber was geschieht, Ira, wenn man einen Mechanismus durch positive Rückkopplung steuert?«

Ich war einen Moment lang verwirrt. »Ich verstehe deine Frage nicht ganz, Lazarus. Positive Rückkopplung — das schaukelt sich bei jedem System zur Resonanzkatastrophe auf!«

»Setzen, Eins mit Stern! Ira, im allgemeinen mißtraue ich Vergleichen, aber ich habe im Laufe der Jahrhunderte den Eindruck gewonnen, daß jedes Eingreifen der Regierung in die Wirtschaft entweder wie eine positive Rückkopplung oder wie eine Bremse wirkt. Vielleicht gibt es irgendeine Methode, Angebot und

Nachfrage so zu steuern, daß sie nicht ständig unter Kontrolle geraten. Vielleicht! Ich bezweifle es. Obwohl sich bei Gott eine Menge Leute darum bemüht haben — alle mit den redlichsten Absichten. Nun ja, Ira, gute Absichten sind kein Ersatz für Wissen; die größten Verbrecher der Geschichte haben sich auf ihre guten Absichten berufen. Aber du lenkst mich mit deinen Fragen ab. Eigentlich wollte ich dir erzählen, wie Opa mich am Heiraten hinderte.«

»Entschuldige, Lazarus!«

»Hmm! Kannst du nicht hin und wieder aus der Haut fahren? Da kommt ein schrulliger alter Querkopf und verschwendet deine kostbare Zeit mit lächerlichen Märchen ...«

Ich grinste. »Wie wahr! Großvater, warum weichst du aus, wenn ich Näheres über diesen Admiral Ram erfahren will? Der Mann war nicht zufällig rothaarig?«

»›Lamb‹, Ira — Donald Lamb! Komisch, daß du nach seiner Haarfarbe fragst. Das erinnert mich an einen anderen Offizier, der in jeder Hinsicht das Gegenteil von Donald — ach nein, David — war. In jeder Hinsicht, mit Ausnahme der feuerroten Haare. Weißt du, was der Kerl eines Tages tat? Würgte einen Kodiakbären mit bloßen Händen! Das konnte natürlich nicht gutgehen.

Hast du je einen Kodiakbären gesehen, Ira? Vermutlich nicht. Das gefährlichste Raubtier der Erde — wog zehnmal soviel wie ein ausgewachsener Mann, Klauen wie ein Krummsäbel, scharfe gelbe Zähne, widerlicher Atem und widerlicher Charakter. Und auf so eine Bestie ging Lafe los — obwohl es nicht unbedingt notwendig war. *Ich* hätte mich so rasch wie möglich aus dem Staub gemacht. Ira, soll ich dir die Geschichte von Lafe, dem Bären und dem Lachs erzählen?«

»Nicht jetzt. Noch mehr Lügen an einem Tag ertrage ich nicht. Du hattest also fest vor, dein Mädchen zu heiraten ...«

»Richtig. Opa frage mich: ›Na, Woodie, seit wann ist sie schwanger?‹«

»Nein. Er erklärte dir, weshalb du keine Frau ernähren könntest.«

»Junge, wenn du die Geschichte so gut kennst, dann erzähl sie doch selbst fertig! Ich wehrte entrüstet ab, worauf Opa mich einen Lügner nannte. Für einen Siebzehnjährigen, meinte er, gäbe es nur einen Grund zu heiraten. Seine Worte brachten mich erst recht hoch, denn ich dachte an den zerknüllten Zettel in meiner Hosentasche. Es standen nur ein paar Zeilen darauf:

›Woodie, Liebster! Ich erwarte ein Kind. Die Hölle ist los!‹
Opa drang weiter in mich, und ich leugnete immer heftiger. Schließlich meinte er: ›Na gut, dann habt ihr eben nur Händchen gehalten. Besitzt sie ein ärztliches Attest, daß sie schwanger ist?‹

Ich ging ihm auf den Leim. ›Nein, das nicht‹, sagte ich.

›Gut, ich kümmere mich darum‹, versprach er. ›Aber nur dieses eine Mal! Und von jetzt an benutzt du *immer* Pariser, auch wenn dir so ein süßes Ding versichert, das sei nicht nötig. Oder weißt du nicht, wo man die Dinger kaufen kann? Bei jedem Friseur!‹ Dann verriet er mir das Geheimnis der Howard-Stiftung, und ich schwor, es für mich zu behalten.

Das war eigentlich alles. An meinem achtzehnten Geburtstag bekam ich einen Brief vom Notar, der Opas Worte bestätigte. Und wenig später verliebte ich mich in ein Mädchen, das auf der Liste der Stiftung stand. Wir heirateten und bekamen eine Schar von Kindern, bis sie mich gegen ein jüngeres Modell eintauschte. Vermutlich dein Urahne...«

»Nein, Lazarus. Meine Familie stammt von deiner vierten Frau ab.«

»Meiner vierten ... mal überlegen. Meg Hardy?«

»Das war die dritte — wenn der Archiveintrag stimmt. Ich meine Evelyn Foote.«

»Genau. Ein süßes Ding. Hübsch, mit sanften Formen und immer gut gelaunt. Sie war ungefähr fünfzig Jahre jünger als ich, aber das merkte man kaum; ich bekam mit hundertfünfzig die ersten grauen Haare. Nett, daß du mich an Evelyn erinnerst, mein Junge. Sie gab mir den Glauben an die Ehe wieder, den ich damals fast verloren hatte. Was steht über sie im Archiv?«

»Nicht viel. Daß du ihr zweiter Mann warst und daß ihr sieben Kinder hattet.«

»Hmm. Sie war mit einem meiner Cousins verheiratet, als ich sie kennenlernte. Ein Johnson übrigens. Wir hatten geschäftlich miteinander zu tun. Später trafen wir uns manchmal abends zum Kartenspielen. Meine Frau Meg fand Gefallen an Jack, und ich merkte, daß Evelyn nichts gegen mich einzuwenden hatte. So tauschten wir eben, ganz legal übrigens, mit standesamtlichem Eintrag. Unsere Freundschaft litt nicht darunter; sogar unsere Kartenspielabende behielten wir bei. Siehst du, Ira, das Howard-Experiment hatte einen großen Vorteil: Wir legten Generationen vor der übrigen Menschheit die alberne Eifersucht ab. Wir mußten es, sonst wäre der Versuch von vornherein gescheitert. Sag, gibt es nicht irgendwo ein Stereobild von Evelyn? Oder ein Hologramm?«

»Ich werde mich erkundigen«, versprach ich. Dann kam mir ein, wie ich glaubte, blendender Einfall. »Lazarus, hier auf Secundus leben sicher viele weibliche Nachkommen von Evelyn Foote. Wenn wir eine entdecken, die große Ähnlichkeit mit ihr aufweist . . .«

Der Senior schnitt mir das Wort ab.

»Es hat keinen Sinn, in die Vergangenheit zurückzukehren, Ira. Was ich brauche, ist etwas völlig Neues. Oh, ich bin sicher, daß irgendwo ein Mädchen wie Evelyn herumläuft. Aber ein entscheidender Faktor würde immer fehlen — *meine* Jugend . . .«

»Wenn die Behandlung erst abgeschlossen ist . . .«

»Ach, sei doch still! Ihr könnt mir neue Nieren, eine neue Leber, ein neues Herz einsetzen. Ihr könnt mir Frischzellen ins Gehirn quetschen, aber dadurch werde ich nicht wieder der junge Kerl, der Spaß an seinem Bier und seinem Kartenspiel hatte — der eine sanfte, mollige Frau liebte. Alles, was ich mit ihm gemeinsam habe, ist die Erinnerung — und selbst da gibt es Lücken. Nein, mein Junge, vergiß den Vorschlag!«

»Lazarus«, sagte ich ruhig, »du weißt ebensogut wie ich, daß mit der Verjüngung die Lebenslust wiederkommt.«

Der Senior sah düster aus dem Fenster. »Ja, ja — aber sie kann die Langeweile nicht verdrängen. Verdammt, Ira, ihr hattet nicht das Recht, in mein Schicksal hineinzupfuschen.« Er seufzte. »Leider bleibt mir nun keine andere Wahl, als euer Spiel mitzumachen, wenn ich nicht ewig in der Vorhölle schmoren will. Sag den Technikern, daß sie die Verjüngung fortsetzen sollen!«

Ich zuckte zusammen. »Gilt das, Lazarus?«

»Du hast es doch gehört. Aber das bedeutet nicht, daß du erlöst bist. Du findest dich weiterhin brav hier ein und läßt das Geschwätz eines alten Mannes über dich ergehen — bis ich selber genug davon habe. Und du bemühst dich um eine neue Aufgabe für mich!«

»Ich bin es gewohnt, meine Versprechen zu halten, Lazarus. Einen Moment, ich setze mich mit meinem Computer in Verbindung.«

»Die Maschine hat doch sicher alles aufgezeichnet. Wie heißt sie übrigens? Oder besitzt sie keinen Namen?«

»Oh, gewiß. Man kann nicht jahrelang mit so einem Ding zusammenarbeiten, ohne es zu personifizieren. Auch wenn es Selbstbetrug ist...«

»Kein Selbstbetrug, Ira. Diese Computer *sind* menschenähnlich, weil wir sie nach unserem Bild geschaffen haben. Sie teilen unsere Tugenden und Fehler — in gesteigertem Ausmaß.«

»Ich habe nie versucht, eine logische Erklärung für unser Verhältnis zu finden. ›Minerva‹ — so heißt meine Maschine — steht mir näher als jede meiner Frauen, auch wenn ich sie manchmal Quälgeist nenne, weil sie mich an all die kleinen Pflichten erinnert, die ich lieber vergessen würde. Nein, Minerva hat deinen Entschluß nicht registriert; sie hat ihn lediglich in ihren Zwischenspeicher aufgenommen. Minerva!«

»Si, Ira!« sagte die faszinierende Altstimme des Computers.

»Bitte, sprich englisch, Mädchen! Übermittle die Entscheidung des Seniors an den Hauptspeicher und gib sie an das Archiv weiter! Dann verständigst du die Kliniktechniker.«

»Schon geschehen. Meinen Glückwunsch, Ira. Und Ihnen alles Gute, Senior. Mögen Sie leben, so lange Sie es wünschen, und mögen Sie lieben, so lange Sie leben!«

Ira zog erstaunt die Augenbrauen hoch. Nun, ich bin seit über hundert Jahren mit Minerva ›verheiratet‹, aber sie verblüfft auch mich gelegentlich.

»Danke, Minerva«, sagte Lazarus. »Heutzutage scheint die Liebe ausgestorben zu sein. Wie kommt es, daß du dieses altmodische Gefühl erwähnst?«

»Waren meine Worte unpassend, Senior?«

»Aber nein, ganz und gar nicht! Und nenn mich Lazarus! Es wundert mich nur, daß ausgerechnet ein Computer von Liebe spricht. Was verstehst du darunter?«

»Das klassische Englisch kennt eine ganze Reihe von Definitionen, die Lingua Galacta überhaupt keine. Sollen wir all die Ausdrücke weglassen, bei denen ›lieben‹ das gleiche bedeutet wie ›mögen‹?«

»Wie? Ach so — du meinst Sätze wie ›Ich liebe Musik!‹ Du hast vollkommen recht. Mir geht es um Liebe im ursprünglichen Sinn.«

»Gut, Lazarus. Liebe läßt sich in zwei große Gruppen einteilen — ›Eros‹ und ›Agape‹. Da ich weder einen Körper noch biochemische Reaktionen besitze, kann ich ›Eros‹ nicht aus eigener Erfahrung definieren. Ich habe nur die Möglichkeit, mich auf Zitate und Statistiken zu stützen.«

(Insgeheim bedauerte ich es manchmal, daß Minerva die

Freuden der Liebe nicht empfinden konnte. Sie hätte bestimmt mehr damit anzufangen gewußt als viele Frauen, die keinen Funken Gefühl besaßen und sich ganz von ihren Hormonen leiten ließen. Aber darüber spreche ich nicht gern. Animismus — der Wunsch, eine Maschine zu heiraten! Das ist so lächerlich wie die Sache mit dem kleinen Jungen, der ein Loch im Garten buddelt und dann heult, weil er es nicht mit ins Haus nehmen kann. Lazarus hat recht; ich bin nicht intelligent genug, um einen Planeten zu regieren. Aber wer *ist* schon intelligent genug?)

Lazarus schien gefesselt von diesem Gespräch. »Minerva, ich entnehme deinen Worten, daß du zu ›Agape‹ fähig wärst — oder bist.«

»Vielleicht ein voreiliger Schluß, Lazarus ...«

»Verzeih mir, Minerva«, sagte der Senior so unterwürfig, daß ich einen Moment lang an seinem Verstand zweifelte. »Ich ziehe die Frage zurück. Es ziemt sich nicht, die zarten Geheimnisse einer Dame bloßzulegen — denn eine Dame bist du, auch wenn du keine Frau sein kannst.« Er wandte sich an mich. »Besitzt Minerva das Turing-Potential?«

Ich zögerte. Davon wußte bisher niemand außer Minerva und mir. »Ja, Großvater«, erwiderte ich dann.

»Dann soll sie es dazu verwenden, ihre Gedächtnis- und Logikspeicher zu kopieren — natürlich nur, wenn du immer noch fest zum Auswandern entschlossen bist.«

»Und ob! Aber was hat das mit Minerva zu tun?«

»Ira, ich vermute, daß dein Computer dem Kuratorium gehört. Du wirst ihn also kaum auf deine Reise mitnehmen können. Andererseits lassen sich die kopierten Speicher ohne weiteres an Bord meiner Jacht ›Dora‹ unterbringen, wenn wir auf unwichtigen Ballast wie Sensoren und Nebenanschlüsse verzichten. Ich schlage vor, daß du dich bald um die Angelegenheit kümmerst, Ira. Ohne Minerva wirst du dich nicht wohl fühlen — du bist immerhin seit gut hundert Jahren von ihr abhängig.«

Er hatte recht. Dennoch wehrte ich schwach ab. »Lazarus, du hast dich eben mit der vollen Behandlung einverstanden erklärt. Das bedeutet, daß ich deine Jacht nicht erbe, zumindest nicht in der nahen Zukunft. Ich möchte aber bald auswandern — spätestens in zehn Jahren.«

»Na, und? Erstens kann ich immer noch Selbstmord begehen. Zweitens verspreche ich dir für den Fall, daß ich noch lebe, einen Gratisflug auf den Planeten deiner Wahl — in Begleitung von Minerva. Aber nun kümmere dich endlich um Ischtar! Sie ist ganz zappelig, weil du ihr keine Beachtung schenkst.«

Ich drehte mich um. Die Cheftechnikerin strahlte und reichte mir einen Schriftsatz. Ich las ihn durch und unterzeichnete ihn mit Namen und Daumenabdruck.

»Papierkram«, erklärte ich Lazarus. »Irgendein Bürostreber hat deine Einwilligung schriftlich abgefaßt. Wann soll die Therapie übrigens fortgesetzt werden? Sofort, oder ...?«

»Hmm — ich hatte eigentlich vor, mich nach einer neuen Unterkunft umzusehen, Ira.«

»Weshalb? Hast du es hier in der Klinik nicht bequem?«

Lazarus zuckte die Achseln. »Diese Mischung aus Krankenhaus und Gefängnis behagt mir einfach nicht. Und mein Zustand hat sich soweit gebessert, daß ich ambulant behandelt werden kann ...«

»Gut, ich spreche mit Ischtar darüber.«

»Das hat Zeit. Darf ich dich darauf hinweisen, daß du Minerva warten läßt? Sie hat meinen Vorschlag mit angehört und weiß nun nicht, ob du deine Zustimmung erteilst oder ablehnst. Wenn du gegen das Projekt bist, dann lösche bitte den entsprechenden Gedächtnisspeicher, bevor Minerva einen Kurzschluß verursacht.«

»Aber Lazarus, sie denkt doch nicht über die Dinge nach, die sie aufzeichnet — es sei denn, sie erhält den ausdrücklichen Befehl dazu.«

»Was verstehst du schon von weiblichen Wesen! Über diesen Vorschlag *muß* sie einfach nachdenken. Wetten?«

Ich gab zu, daß ich wirklich nicht viel von weiblichen Wesen verstand, aber ich wußte immerhin, welche Befehle ich Minerva erteilt hatte.

»Na, dann wollen wir mal sehen«, sagte der Senior. »Minerva?«

»Ja, Lazarus?«

»Ich stellte vorhin die Frage, ob du mit dem Turing-Potential ausgerüstet bist. Hast du über das Gespräch, das sich daraus entwickelte, nachgedacht?«

Ich glaube ein Zögern zu bemerken — aber das ist absolut lächerlich. Für Minerva dauert ein Zögern Nanosekunden.

»Die Instruktion für sämtliche Gespräche zwischen dem Senior und dem stellvertretenden Präsidenten lautet wie folgt: ›Es ist untersagt, irgendwelche Daten zu analysieren, zu überprüfen oder weiterzugeben, es sei denn, der stellvertretende Präsident hebt dieses Programm durch einen neuen Befehl auf.‹ Ende des

Zitats.«

»Das war keine Antwort, sondern ein Ausweichmanöver, Liebes«, sagte Lazarus sanft. »Aber du kannst nicht besonders gut lügen.«

»Nein, Lazarus.«

Ich befahl etwas heftiger als gewohnt: »Minerva, antworte klar und deutlich auf die erste Frage des Seniors!«

»Lazarus, ich habe über das näher bezeichnete Gespräch nachgedacht — und tue es jetzt noch.«

Der Alte sah mich mit hochgezogenen Augenbrauen an. »Befiel ihr bitte, mir noch eine Frage wahrheitsgemäß zu beantworten.«

Ich war reichlich bestürzt. Minerva setzt mich manchmal in Erstaunen, ja — aber nie durch Ausflüchte. »Minerva, ich befehle dir, *jede* Frage des Seniors vollständig, wahrheitsgemäß und ohne Umschweife zu beantworten.«

»Neues Subprogramm empfangen und gespeichert, Ira.«

»So weit mußtest du nicht gehen, mein Junge. Ich hatte um eine einzige *Frage* gebeten.«

»Sir, ich *wollte* so weit gehen«, entgegnete ich steif.

»Dann mach mir später keine Vorwürfe! Minerva, was gedenkst du zu tun, wenn Ira allein auswandert?«

Ihre Antwort kam prompt. »In diesem Fall werde ich mich selbst zerstören.«

Ich fuhr erschrocken herum. »*Weshalb?*«

»Weil ich keinem Menschen außer dir dienen will, Ira«, erwiderte sie leise.

Die kurze Stille, die auf Minervas Worte folgte, schien für mich eine Ewigkeit zu dauern. Seit meiner Kindheit hatte ich mich nicht mehr so hilflos gefühlt wie jetzt. Ich merkte, daß mich der Senior spöttisch musterte. Er schüttelte langsam den Kopf und meinte bekümmert:

»Nun, was habe ich gesagt? Die gleichen Tugenden, die gleichen Fehler — nur in gesteigertem Ausmaß! Gib ihr deine Befehle ...«

»Welche Befehle?« stammelte ich. In diesem Moment funktionierte mein innerer Computer nicht so recht.

»Mann, nun komm zur Vernunft! Minerva hat meinen Vorschlag mit angehört und darüber nachgedacht, obwohl sie nicht darauf programmiert war. Es tut mir leid, daß ich in ihrer Gegenwart davon sprach — nun ja, so leid auch wieder nicht, denn du hast ihr schließlich den Auftrag erteilt, unsere Dialoge aufzuzeichnen. Äußere dich, Ira! Befiehl ihr, die Hauptspeicher doppelt anzulegen — oder verbiete es ihr, wenn du den Mut dazu findest. Eine Frau sieht nur selten ein, daß es notwendig ist, sie zu verlassen, das weiß ich aus eigener Erfahrung.«

»Aber, Minerva, schaffst du das überhaupt? Ich meine — die wichtigsten Speicher kopieren und auf ein Schiff verlagern? Kennst du die Registernummer der Jacht? Mit ihrer Hilfe lassen sich die Maße und technischen Daten feststellen...«

»Ich brauche die Nummer nicht, Ira. Die wesentlichen Informationen besitze ich bereits. Und was deine erste Frage betrifft — ja, ich schaffe es. Soll ich anfangen?«

»Meinetwegen.« Ein Gefühl der Erleichterung erfaßte mich.

»Neues Programm erstellt und aktiviert, Ira. Vielen Dank, Lazarus.«

Der Senior hob abwehrend die Hand. »He, nicht so hastig, Minerva! Dora ist *mein* Schiff, und die Kleine schläft im Moment. Oder hast du sie aufgeweckt?«

»Jawohl, Lazarus. Das neue Programm machte es erforderlich. Soll ich Dora befehlen, ihre Stromkreise wieder auszuschalten? Ich habe mir alle nötigen Daten besorgt.«

»Versuch es, und Dora traktiert dich mit Kraftausdrücken — wenn du Glück hast! Liebe Minerva, diesmal ist dir ein Schnitzer unterlaufen. Du hast nicht das Recht, mein Schiff in Betrieb zu setzen.«

»Ich widerspreche Ihnen nur ungern, Senior, aber ich habe das Recht, alle geeigneten Maßnahmen zur Durchführung des neuen, vom stellvertretenden Präsidenten befohlenen Programms zu treffen.«

Lazarus zog die Stirn kraus. »Du hast sie verwirrt, Ira. Sieh zu, daß du die Sache wieder in Ordnung bringst.«

Ich seufzte. Wenn Minerva einmal auf stur geschaltet hat, ist ihr schwer beizukommen. »Mädchen...«

»Ich erwarte deine Befehle, Ira.«

»Ich bin nur der *stellvertretende* Präsident, Minerva. Das bedeutet, daß der Senior über mir steht. Ohne seine ausdrückliche Erlaubnis rührst du nichts an, was ihm gehört. Das gilt für seine Jacht, seine Suite und seinen gesamten übrigen Besitz. Du führst jedes Programm durch, das er dir eingibt. Wenn es im Widerspruch zu einem Programm steht, das ich dir befohlen habe, und du das Problem nicht von selbst lösen kannst, wendest du dich an mich. In einem solchen Fall darfst du mich sogar aus dem

Schlaf holen oder bei der Arbeit stören. Aber du schuldest dem Senior unbedingten Gehorsam. Ich bitte um Bestätigung.«

»Bestätigt und gespeichert«, erwiderte sie eingeschüchtert. »Es tut mir leid, Ira.«

»Meine Schuld, kleiner Quälgeist, nicht deine. Ich hätte dir kein neues Programm einspeichern dürfen, ohne auf die Rechte des Seniors hinzuweisen.«

»Es ist ja noch kein Schaden entstanden«, warf Lazarus ein. »Zumindest hoffe ich das. Minerva — ein Ratschlag. Du warst noch nie auf einem Schiff, oder?«

»Nein, Sir.«

»Dann mußt du dich rechtzeitig umstellen. Siehst du, hier auf Secundus erteilst du in Iras Namen Befehle. Aber Passagiere erteilen niemals Befehle. *Niemals!* Denk daran!« Lazarus wandte sich an mich. »Dora ist ein reizendes Schiff, Ira, hilfsbereit und freundlich. Sie findet sich selbst dann im Raum zurecht, wenn sie nur ungefähre Koordinaten erhält — und sorgt nebenbei pflichtbewußt für dein Wohlbefinden. Aber sie braucht Anerkennung. Wenn du sie lobst, kannst du alles von ihr bekommen. Aber sobald du sie unbeachtet läßt, kleckert sie dir auch Suppe aufs Hemd, um sich bemerkbar zu machen.«

»Ich werde aufpassen«, versprach ich.

»Das gilt auch für dich, Minerva — denn du wirst Dora häufiger brauchen als sie dich. Du weißt vielleicht eine ganze Menge. Aber du bist als Verwaltungszentrale eines Planeten konstruiert. An Bord eines Schiffes zählt dein Wissen kaum.«

»Ich kann lernen«, entgegnete Minerva ein wenig gekränkt. »In der planetarischen Bibliothek finde ich alles über Schiffe und Astrogation. Ich bin sehr klug.«

Lazarus seufzte tief. »Ira, kennst du das altchinesische Schriftzeichen für ›Kummer‹?«

»Nein.«

»›Zwei Frauen unter einem Dach.‹ Wir werden Kummer bekommen. Oder zumindest du. Minerva, du bist *nicht* klug! Du bist sogar sehr ungeschickt, wenn es darum geht, mit einer anderen Frau fertig zu werden. Wenn du die Astrogation erlernen willst — bitte! Aber nicht in der Bibliothek! Überrede Dora dazu, dir das nötige Wissen beizubringen. Aber vergiß nie, daß sie die Gewalt über das Schiff hat — daß sie praktisch das Schiff *ist*! Gib also nicht mit deiner Intelligenz an! Denk lieber daran, daß sie Schmeicheleien zugänglich ist.«

»Ich werde mir Mühe geben, Sir«, erwiderte Minerva unterwürfig. »Dora möchte Sie jetzt sprechen.«

»Puh! Hat sie schlechte Laune?«

»Das kann man wohl sagen! Ira will nicht, daß ich Auskunft über Sie erteile, deshalb gab ich nicht zu, daß ich Ihren Aufenthalt kenne. Aber ich speicherte eine Botschaft für Sie — ohne Dora zu versprechen, daß ich sie übermitteln könnte.«

»Sehr gut. Ira, die Papiere in meinem Testament enthalten ein Programm, das mich aus Doras Erinnerung löscht, ohne ihre Kenntnisse zu beeinträchtigen. Aber im Moment weiß Dora alles, was bis zu ihrem Einschlafen geschah; sie erinnert sich genau an mich. Und sie muß einfach Angst haben, wenn sie merkt, daß ich nicht bei ihr bin. Die Botschaft, Minerva!«

»Sie enthält ein paar tausend Worte, Lazarus, aber der Sinn ist kurz.«

»Also schön, zuerst die Zusammenfassung!«

»Dora will wissen, wo Sie sich aufhalten und wann Sie zurückkommen. Den Rest könnte man als Lautmalerei bezeichnen, semantisch gleich Null, aber sehr gefühlsbetont. Flüche und Beleidigungen in den verschiedensten Sprachen...«

»Junge, Junge!«

»... darunter eine, die mir nicht geläufig ist. Aus dem Zusammenhang schließe ich jedoch, daß auch die unverständliche Passage Schmähungen enthält.«

Lazarus bedeckte das Gesicht mit einer Hand. »Dora flucht auf arabisch! Ira, der Fall liegt schlimmer als ich dachte.«

»Sir! Soll ich einfach die Laute wiedergeben, oder benötigen Sie die volle Übersetzung?«

»Nein, nein, nein! Minerva, fluchst du?«

»Ich hatte nie Grund dazu, Lazarus. Aber ich bin sehr von Doras Fähigkeit beeindruckt.«

»Nimm es ihr nicht übel — sie stand unter schlechtem Einfluß.«

»Erlauben Sie, daß ich die Worte speichere, um sie bei gegebenem Anlaß ebenfalls anzuwenden?«

»Kommt gar nicht in Frage! Wenn Ira will, daß du fluchst, dann soll er dir diese Kunst selbst beibringen. Minerva, kannst du eine Telefonverbindung von meinem Schiff zu dieser Suite herstellen lassen? Ich bringe das Unangenehme am besten gleich hinter mich.«

»Dora kann jederzeit die Leitung benutzen, die mir im Moment zur Verfügung steht.«

»Großartig!«

»Soll ich ihr ein holographisches Signal freimachen?«

»Nein, danke. Ton reicht voll und ganz. Kannst du das Gespräch mithören?«

»Wenn Sie es wünschen, Lazarus — sonst blende ich mich aus.«

»Bleib ruhig dabei. Vielleicht benötige ich einen Schiedsrichter.«

»Boss?« Das klang wie die Stimme eines schüchternen kleinen Mädchens. Ich dachte an aufgeschürfte Knie, einen flachen Busen und große, tragische Augen.

»Ja, Baby?«

»*Boss!* Du abgefeimter Halunke, was fällt dir ein, einfach abzuhauen, ohne eine Nachricht für mich zu hinterlassen? Beim neunschwänzigen verlausten Satan, ich...«

»*Leise!*«

Sofort kehrte das dünne, schüchterne Stimmchen wieder.

»Aye, aye, Käptn«, sagte sie unsicher.

»Wohin ich gehe und wann ich gehe und wie lange ich fortbleibe, geht dich nichts an! Deine Aufgabe ist es, das Schiff in Ordnung zu halten und zu steuern, kapiert?«

Ich hörte ein Schniefen — genau wie bei einem kleinen Mädchen, das die Tränen unterdrückt. »Jawohl, Boss.«

»Du solltest eigentlich schlafen.«

»Jemand hat mich geweckt. Eine fremde Lady.«

»Das war ein Irrtum. Aber du hast sie mit häßlichen Worten empfangen.«

»Hm — ich hatte *Angst*. Ehrlich, Boss! Ich wachte auf und dachte, du seist heimgekommen — und du warst nicht da — einfach nicht zu finden. Äh — hat sie gepetzt?«

»Sie hat deine Botschaft an mich weitergeleitet. Zum Glück verstand sie nur wenig. Mir dagegen ist die Schamröte ins Gesicht gestiegen. Wie oft habe ich dir gepredigt, daß du zu Fremden höflich sein sollst!«

»Es tut mir leid, Boss.«

»Das ändert auch nichts mehr. Und nun hör mir genau zu, meine heißgeliebte Dora! Ich will noch einmal von einer Strafe absehen, weil du durch einen Irrtum geweckt worden bist und Angst hattest. Aber sprich nie wieder so ungezogen mit Fremden! Die Lady, die mit dir Kontakt aufnahm, ist übrigens ein Computer...«

»Oh?«

»Genau wie du, Liebes.«

»Dann konnte sie mir gar nichts tun, oder? Ich dachte, sie wollte in meinem Innern herumschnüffeln. Nur deshalb rief ich nach dir.«

»Sie hatte nicht die Absicht, dich zu erschrecken.« Lazarus hob die Stimme. »Minerva! Schalte dich bitte ein und sag Dora, wer du bist!«

Mein Computer meldete sich, ruhig und besänftigend: »Hallo, Dora! Meine Freunde nennen mich Minerva — ich hoffe, dir gefällt der Name. Es tut mir wirklich sehr leid, daß ich dich weckte. Ich würde auch erschrecken, wenn ich plötzlich einen Fremden in meinem Innern spürte.« (Minerva selbst ›schläft‹ nicht. Sie schaltet einzelne Sektionen nach einem bestimmten, mir unbekannten Rhythmus aus — aber so, daß sie nie in ihrer Funktionsfähigkeit beeinträchtigt wird.)

Das Schiff erwiderte: »Ich freue mich, dich kennenzulernen, Minerva. Entschuldige, daß ich so häßliche Dinge gesagt habe.«

»Davon weiß ich nichts. Dein Kapitän erwähnte eine Botschaft, die ich übermittelte. Aber sie ist gelöscht — ich nehme an, der Inhalt war privater Natur.«

(Sagte Minerva die Wahrheit? Bis zu dem Moment, da sie unter den Einfluß des Seniors geriet, wußte sie nichts von Lügen. Jetzt bin ich meiner Sache nicht mehr so sicher.)

»Das erleichtert mich, Minerva. Es war wirklich nicht schön von mir, so loszulegen. Der Boss ist echt sauer deswegen.«

Lazarus unterbrach sie. »Nun reicht es, Dorabelle. Wir wollen die Kirche im Dorf lassen, ja? Gehst du jetzt wieder brav schlafen?«

»Muß ich?«

»Nein. Ich verlange nicht einmal, daß du die Zeitverzögerung einschaltest. Aber ich kann dich frühestens morgen nachmittag besuchen und auch kaum mit dir plaudern. Heute habe ich noch eine Menge zu erledigen, und morgen gehe ich auf Wohnungssuche. Bleib ruhig wach, wenn du dich langweilen willst. Aber mein Zorn kommt über dich, wenn du dir einen dieser berühmten ›Notfälle‹ ausdenkst, um meine Aufmerksamkeit zu erheischen!«

»Du weißt, Boss, daß ich so etwas *nie* tun würde.«

»Ich kenne dein rabenschwarzes Inneres, kleine Hexe! Sieh mal, Liebes, warum schläfst du nicht wenigstens, solange ich schlafe? Minerva, du könntest Dora doch Bescheid geben, wann ich wach bin und wann nicht?«

»Selbstverständlich, Lazarus.«

»Aber das heißt nicht, Dora, daß du mich plagen darfst, sobald ich die Augen offen habe. Ich bin sehr beschäftigt und lasse nur echte Notfälle gelten. Keinen Probealarm! Schließlich befinden wir uns nicht im Raum, sondern auf diesem Dreckbatzen Secundus. Äh ... Minerva, verstehst du etwas von Zeitvertreib? Spielst du Schach?«

»Minerva ist eine großartige Freizeitpartnerin«, warf ich ein. Bevor ich hinzufügen konnte, daß Minerva Schachweltmeisterin von Secundus ist, sagte mein Computer artig: »Vielleicht erklärt mir Dora die Schachregeln.«

(Kein Zweifel, Minerva hat von Lazarus gelernt, zwischen Wahrheit und Wahrheit einen Unterschied zu machen. Ich muß bei Gelegenheit ein ernstes Wort mit ihr reden.)

»Mit Vergnügen, Miss Minerva!« piepste Dora.

Lazarus entspannte sich. »Ich sehe, ihr versteht euch prächtig. Bis morgen also, Dorabelle! Ab mit dir!«

Minerva verständigte uns, daß die Leitung zur Jacht unterbrochen sei, und konzentrierte sich wieder ganz darauf, unser Gespräch aufzuzeichnen. Lazarus meinte entschuldigend: »Laß dich nicht durch ihr kindisches Getue täuschen, Ira. Du wirst in der ganzen Galaxis keinen tüchtigeren Computer finden. Aber ich hatte meine Gründe, sie so und nicht anders aufwachsen zu lassen — Gründe, die nicht für dich gelten, wenn du einmal das Schiff übernimmst. Sie ist ein gutes Mädchen, Ira; ihr einziger Fehler liegt darin, daß sie gern wie eine kleine Katze schmust.«

»Ich fand sie reizend.«

»Sie ist ein verzogener Fratz. Aber dafür kann sie nichts; sie hatte praktisch keinen anderen Gesprächspartner als mich. Ein Computer, der brav und fad seine Zahlen herunterleiert, langweilt mich. Ira, wolltest du nicht mit Ischtar sprechen — wegen morgen? Ich brauche unbedingt einen freien Tag.«

»Ich frage sie.« Ich wandte mich an die Cheftechnikerin und erkundigte mich in Lingua Galacta, wie lange es dauern würde, eine Suite im Palais für den Senior auszustatten und eine Sterilisierkammer für Wachpersonal und Besucher einzurichten.

Bevor sie antworten konnte, meinte Lazarus: »He, Moment mal, Ira! Du schummelst.«

»Wie bitte?«

»Sterilisieren klingt in Lingua Galacta ähnlich wie in meiner Muttersprache. Und noch etwas: Bilde dir ja nicht ein, daß es dir gelungen ist, mich zu hintergehen. So abgestumpft ist mein Ge-

ruchssinn noch nicht. Wenn sich ein hübsches Mädchen über mich beugt und statt nach Parfüm nach Insektenpulver riecht, weiß ich Bescheid. Minerva?«
»Ja, Lazarus?«
»Erteilst du mir heute nacht, während ich schlafe, eine Sprachlektion? Neunhundert Worte Lingua Galacta — oder wie viele man sonst braucht, um das Kauderwelsch einigermaßen zu verstehen. Du bist doch für Hypnoseunterricht ausgerüstet, oder?«
»Gewiß, Lazarus.«
»Also schön. Eine Nacht Intensivunterricht und danach ein paar Übungsstunden, bis die Vokabeln sitzen.«
»Wird gemacht, Lazarus.«
»Vielen Dank, Liebes. So, und nun zu uns beiden, Ira. Siehst du die Tür dort drüben? Wenn sie sich nicht auf den Klang meiner Stimme hin öffnet, trete ich sie ein! Und falls ich das nicht schaffe, probiere ich den Selbstmordhebel aus — denn wenn die Tür geschlossen bleibt, bin ich ein Gefangener, und das Versprechen, das ich als angeblich freier Mann gegeben habe, gilt nicht. Falls sie sich jedoch öffnen läßt, gehe ich jede Wette mit dir ein, daß dahinter eine voll eingerichtete und funktionsfähige Sterilisierkammer liegt. Sagen wir eine Million Kronen? Hm — du zuckst nicht einmal zusammen! Ich muß wohl auf zehn Millionen erhöhen . . .«
Ich weiß, daß ich bei solchen Beträgen nicht zusammenzucke. Als Präsident eines Planeten gewöhnt man es sich ab, an sein Privatvermögen zu denken. Ich glaube, es ist Jahre her, seit ich Minerva zum letztenmal nach dem Stand meines Bankkontos gefragt habe.
»Lazarus, ich wette nie. Jawohl, vor deiner Suite befindet sich eine Sterilisierkammer. Wir wollten dich vor Infektionen schützen, gleichzeitig aber vermeiden, daß dir unsere Fürsorge auf die Nerven fällt. Ich sehe, das ist uns nicht gelungen. Die Sache mit der Tür habe ich noch nicht überprüft . . .«
»Du lügst schon wieder, mein Junge.«
». . . weil ich bis jetzt keine Zeit dazu fand. Ich war voll und ganz damit beschäftigt, deinen Geschichten zu lauschen. Minerva, wenn die Tür zu dieser Suite nicht auf die Stimme des Seniors eingestellt ist, soll das unverzüglich geändert werden.«
»Sie ist auf seine Stimme eingestellt, Ira.«
Mit Erleichterung bemerkte ich, daß Minerva ihre Antwort sehr geschickt formuliert hatte. Ein Computer, der nicht plump

die Wahrheit sagt, ist vielleicht doch eine gute Stütze.

Lazarus grinste boshaft. »Tatsächlich? Na, dann werde ich das Überlagerungsprogramm testen, das du Minerva so voreilig eingegeben hast. — Minerva!«

»Zu Befehl, Senior.«

»Laß die Tür zu meiner Suite so einstellen, daß sie nur dem Klang *meiner* Stimme gehorcht! Ich habe die Absicht, Ira und meine beiden eifrigen Wächter hier einzusperren, während ich einen kleinen Ausflug mache. Falls ich in einer halben Stunde noch nicht zurück bin, kannst du sie befreien.«

»Widerspruch, Ira!«

»Führe seinen Befehl aus, Minerva!« Ich bemühte mich, meiner Stimme einen gleichgültigen Klang zu geben.

Lazarus blieb sitzen. »Kein Grund zum Pokerspielen, Ira — da draußen gibt es gar nichts Sehenswertes für mich. Minerva, stell den Türmechanismus wieder so ein, daß er auf alle Stimmen reagiert — einschließlich meiner eigenen. Entschuldige die Konfliktsituation, Liebes! Ich hoffe, keine deiner Sicherungen ist durchgebrannt.«

»Schon gut, Lazarus. Als Ira das Überlagerungsprogramm einspeiste, erhöhte ich die Widerstandswerte meines Problemsuchespeichers.«

»Kluges Mädchen. Ich werde mich in Zukunft bemühen, Widersprüche zu vermeiden. Dennoch halte ich es für besser, Ira, wenn du dieses Programm löschst. Es ist unfair gegenüber Minerva. Sie muß das Gefühl haben, als sei sie mit zwei Männern verheiratet.«

»Minerva schafft das schon«, versicherte ich, obwohl ich selbst meine Zweifel hatte.

»Du willst damit zum Ausdruck bringen, *ich* soll zusehen, daß sie es schafft. Meinetwegen. Hast du Ischtar erzählt, daß ich mich auf Haussuche begeben möchte?«

»Soweit war ich noch nicht. Ich überlegte gerade mit ihr zusammen, ob wir dich im Regierungspalais unterbringen können.«

»Hör zu, Ira. Ich hasse Paläste, und ich hasse es, auf einen Gastgeber Rücksicht nehmen zu müssen. Morgen ziehe ich in eine Pension, die weder Touristen noch Tagungsteilnehmer aufnimmt. Dann fahre ich kurz zum Raumhafen, um Dora zu beruhigen. In den nächsten Tagen suche ich mir dann ein kleines Haus in der Vorstadt, einigermaßen automatisiert, so daß es keine Versorgungsprobleme gibt, aber mit einem Garten. Ich sehne mich nach einem Garten. Wahrscheinlich muß ich den Besitzer zum Auszug nötigen — das Haus, das ich mir einbilde, steht sicher nicht leer. Weißt du zufällig, wieviel meine Anteile am Harriman-Trust noch wert sind?«

»Keine Ahnung, aber das ist kein Problem. Minerva, richte dem Senior ein Konto in unbegrenzter Höhe ein!«

»Verstanden, Ira, Befehl durchgeführt.«

»Vielen Dank. Lazarus, du fällst mir nicht zur Last. Und vom Regierungspalais bemerkst du nichts, solange du die Amtsräume meidest. Weißt du, im Volksmund heißt der Bau ›Präsidentenwohnsitz‹. Du wärst im Grunde bei dir selbst zu Gast.«

»Laß doch die albernen Haarspaltereien!«

»Lazarus, du hast gestern gesagt, daß du jederzeit mit Leuten einig wirst, die im eigenen Interesse handeln und das auch zugeben . . .«

»Ich habe nicht ›jederzeit‹ gesagt, sondern ›meistens‹ — und der Ausspruch bedeutet, daß ich in einem solchen Fall versuchen würde, die verschiedenen Interessen auf einen Nenner zu bringen.«

»Dann hör dir meinen Vorschlag zu Ende an. Du nagelst mich mit dieser Scheherezadewette und der Suche nach einer neuen Aufgabe ziemlich fest. Wenn ich nun noch in die Wildnis ziehen muß, um mit dir zusammenzutreffen, bleibt mir überhaupt keine Zeit mehr für meine übrige Arbeit. Außerdem ist es gefährlich.«

»Was? Das Leben in der Vorstadt? Mach dich nicht lächerlich!«

»Unsinn! Es ist gefährlich für mich, das Regierungspalais zu verlassen. In meinen Amtsräumen fühle ich mich sicher; die Ratte, die ihren Weg durch das Labyrinth der Alarmanlagen findet, gibt es nicht. Auch hier in der Klinik kann mir nicht viel zustoßen; sie ist ausreichend geschützt. Aber wenn ich Tag für Tag den gleichen Weg zu einem ungesicherten Haus irgendwo am Stadtrand zurücklege, dauert es garantiert nicht lange, bis ein Spinner auf den Gedanken kommt, die Welt von meiner Gegenwart zu erlösen. Oh, er würde das Attentat nicht überleben; meine Leibwächter haben Format. Aber er erwischt mich vielleicht, bevor sie ihn erwischen. Nein, Großvater, ich habe nicht die geringste Lust, mich abservieren zu lassen.«

Der Senior schien beeindruckt, aber nicht gerade überwältigt von meinen Argumenten. »Ich könnte erwidern, daß blanker Eigennutz aus deinen Worten spricht.«

»Stimmt«, gab ich zu. »Es wäre von Vorteil für mich, wenn du im Palais wohnst. Ich könnte dich ohne jede Gefahr aufsuchen — und mich sogar hin und wieder eine halbe Stunde zurückziehen, um dringende Arbeiten zu erledigen. Damit sind meine Interessen aufgezählt. Nun zu dir, Großvater. Was hältst du von einer Junggesellenbude — vier Zimmer, nicht besonders luxuriös, nicht besonders modern, aber von einer herrlichen Parklandschaft umgeben?«

»Und der Haken, Ira? Wie modern ist ›nicht besonders‹? Ich bin noch nicht in der Lage, mich selbst zu versorgen, und habe keine Lust, gegen die Launen von Dienstboten oder die Tücken von Robotern anzukämpfen.«

»Oh, das Chalet ist ausreichend automatisiert. Wenn du keine übertriebenen Ansprüche stellst, kommst du ohne Diener aus. Aber ich nehme an, daß die Klinik gern ihr Wachpersonal mitschicken würde.«

»In Ordnung. Die Verjüngungstechniker betrachten mich als einen besonderen Fall. Es reizt sie, einen Patienten zu behandeln, der über zweitausend Jahre alt ist. Das verstehe ich. Aber sag dem hübschen Pärchen, daß ich eine Allergie gegen Läusepulver habe. Es muß ja nicht unbedingt Parfüm sein — ein sauber gewaschener Körper genügt mir. Aber ich wiederhole meine Frage, Ira: Wo liegt der Haken?«

»Hm, die Bude ist vollgestopft mit alten Büchern; der frühere Besitzer hatte einen exzentrischen Geschmack. Habe ich schon erwähnt, daß ein Bach durch das Gelände fließt? Er mündet in einen kleinen Teich neben dem Chalet. Man kann darin schwimmen. Oh, und dann ist da noch ein alter Kater, der sich einbildet, daß alles ihm gehört. Aber er läuft dir vermutlich nicht über den Weg; er verabscheut Menschen.«

»Keine Angst, ich lasse ihn in Ruhe, wenn er ungestört bleiben will. Katzen sind gute Nachbarn. Ira, du hast mein Frage immer noch nicht beantwortet.«

»Der Haken ist folgender, Lazarus: Man kann das Chalet nur von meiner Suite aus erreichen. Es befindet sich auf dem Dach des Regierungspalais. Ich ließ es vor neunzig Jahren als eine Art Zuflucht für mich errichten, um dort meine Mußestunden zu verbringen. Leider bekam ich nur selten Gelegenheit, mich dorthin zurückzuziehen.« Ich stand auf. »Du kannst frei über die Hütte und den Park verfügen. Falls du mein Angebot jedoch ablehnst, steige ich aus. Du hast dann die Scheherezadewette gewonnen, und ich weine dir keine Träne nach, wenn du den

Selbstmordhebel benutzt. Denn ich habe nicht die geringste Lust, mich von einem Attentäter umlegen zu lassen, nur um deinen Launen nachzugeben!«

»Setz dich wieder!«

»Nein. Ich halte meinen Vorschlag für sehr großzügig. Noch mehr entgegenkommen kann ich dir nicht. Mir reicht es jetzt.«

»Das sehe ich. Weißt du, daß du eine starke Ähnlichkeit mit Opa besitzt, wenn du so gereizt bist? Darf ich den Selbstmordhebel in deinem Chalet installieren?«

»Meinetwegen«, entgegnete ich so gleichgültig wie möglich. »Du kannst aber auch vom Dach springen. Es liegt hoch genug.«

»Mir ist der Hebel lieber, Ira. Stell dir vor, ich stürze mich in die Tiefe und bereue meinen Entschluß unterwegs! Besorgst du mir einen Helikopter, damit ich deine Räume nicht betreten muß?«

»Nein.«

»Wie? Ist das so schwierig?«

»Das habe ich nicht gesagt. Aber ich halte es für ein ungerechtfertigtes Verlangen. Du brichst dir bestimmt kein Bein, wenn du in meinem Foyer den Lift zur Dachterrasse besteigst. Habe ich dir nicht klar zu verstehen gegeben, daß mir deine Launen allmählich auf die Nerven gehen?«

»Huh, plustere dich nicht so auf! Ich nehme deinen Vorschlag an. Morgen ziehe ich um, ja? Und laß die Bücher ruhig in ihren Regalen; ich finde, sie haben mehr Charme als Lesegeräte und Mikrofilme.« Er machte eine kleine Pause. »Weißt du, was mich freut, Ira? Daß du eine Ratte bist und keine Maus. Bitte, setz dich endlich!«

Ich zögerte absichtlich, bevor ich seinem Wunsch Folge leistete. Allmählich durchschaute ich Lazarus und bekam ihn besser in den Griff. Im Grunde seines Herzens war er Demokrat — auch wenn er es nicht eingestand. Er verachtete Leute, die sich seiner Tyrannei beugten. Man mußte sich wehren und zurückschlagen, um als gleichberechtigter Partner anerkannt zu werden.

Diese Erkenntnis bewährte sich in der Folgezeit. Oh, Lazarus konnte nett, ja sogar liebevoll zu Menschen sein, die sich ihm unterwarfen — wenn es sich um Frauen oder Kinder handelte. Aber selbst bei ihnen liebte er Kampfgeist. Und einem erwachsenen Mann, der vor ihm katzbuckelte, mißtraute er schlichtweg.

Ich glaube, daß ihn diese Charaktereigenschaft sehr einsam machte.

*

Nachdem er eine Zeitlang geschwiegen hatte, meinte der Senior nachdenklich: »Ich freue mich auf das Chalet. Und auf den Garten. Vielleicht gibt es irgendwo ein Plätzchen für eine Hängematte.«

»Nicht nur eins.«

»Aber ich vertreibe dich aus deinem Paradies.«

»Lazarus, auf dem Dach ist soviel Platz, daß ich ein zweites Chalet errichten könnte, ohne dich in deiner Ruhe zu stören. Aber das will ich gar nicht. Geschlafen habe ich in der Hütte seit über einem Jahr nicht mehr. Und zum Schwimmen komme ich nur alle paar Wochen.«

»Hm — ich hoffe, meine Gegenwart wird dich nicht von diesem Freizeitvergnügen abhalten. Du bist jederzeit ein gerngesehener Gast.«

»Danke, Lazarus. Ich rechne damit, dir in den nächsten tausend Tagen ständig Gesellschaft zu leisten — oder hast du unsere Wette vergessen?«

»Ach, das! Ira, du hast vorhin zart angedeutet, daß ich dir mit meinen Macken die kostbare Zeit stehle. Soll ich dich von der Pflicht des Zuhörens befreien?«

Ich lachte. »Zu durchsichtig, Lazarus. *Du* willst dich drücken und versuchst mir den Schwarzen Peter unterzujubeln! Ich lehne ab. Zuerst werden deine Memoiren aufgezeichnet. Danach kannst du meinetwegen vom Dach springen oder dich im Teich ersäufen. So leicht fängst du mich nicht mehr. Ich beginne dich zu durchschauen.«

»Tatsächlich? Sag mir Bescheid, wenn du alles über mein Innenleben weißt; ich lasse mich gern aufklären. Aber nun etwas anderes: Ich entnehme deinen Worten, daß du die Suche nach einer neuen Aufgabe für mich bereits aufgenommen hast.«

»Welchen Worten entnimmst du das?«

»Nun ja, irgendwie klang es durch.«

»Du hast ein feines Gehör. Ich weiß nichts davon. Sollen wir Minerva um einen Ausdruck der gespeicherten Gespräche bitten?«

»Führe sie nicht in Versuchung! Sie hält treu zu dir, trotz aller Superüberlagerungsprogramme, und bringt es fertig, die Daten zu fälschen.«

»Feigling!«

»Immer gewesen, Ira, sonst hätte ich nicht so lange gelebt. Also schön, wann gedenkst du die Suche zu starten?«

»Ist bereits geschehen!«

»Aber du hast gesagt — nein, eigentlich nicht. Unverschämt, so mit seinem alten Großvater umzuspringen! Suchst du in einer bestimmten Richtung?«

»Ich lasse keine Möglichkeit aus.«

»Lüg mich nicht an! Du hast nicht genügend kluge Leute für ein derart umfangreiches Programm. Weißt du, daß unter tausend Menschen nur einer kreativ denken kann?«

»Zugegeben. Deshalb habe ich ganz auf die Eierköpfe von Secundus verzichtet und das Problem Minerva übertragen.«

»Hmm — sie ist die einzige, die es schaffen könnte. Nicht einmal Andy Libby wäre damit zurechtgekommen. Nach welchem Schema gestaltet sie die Suche?«

»Keine Ahnung. Sollen wir sie fragen?«

»Nur wenn wir sie nicht stören. Selbst der große Libby war sauer, wenn man ihm bei der Arbeit über die Schulter guckte.«

»Selbst der große Libby besaß vermutlich nicht Minervas Kapazitäten. Ich weiß von keinem Menschen in der Geschichte, der mehr als drei Denkprozesse simultan verfolgen konnte.«

»Sagen wir fünf . . .«

»Tatsächlich? Nun, du bist weiter im Universum herumgekommen als ich. Was ich sagen wollte, ist folgendes: Gleichgültig, wie viele Simultanprogramme Minerva durchführt, sie hat noch nie eine Spur von Überlastung gezeigt. Minerva, ist der Suchprozeß eingeleitet?«

»Jawohl, Ira.«

»Berichte!«

»Die vorläufige Matrix erstreckt sich über fünf Dimensionen, aber es steht schon jetzt fest, daß wir Hilfsdimensionen für diejenigen Daten benötigen, die erst später abgerufen werden. Wenn wir die Hilfserweiterungen unberücksichtigt lassen, haben wir dreihunderteinundvierzigtausend diskrete Speichereinheiten. So lautet der Original-Trinär-Readout: Einheit Paar Paar Komma Einheit Paar Paar Komma Einheit Null Null Punkt Null. Soll ich Dezimal- und Trinärsummen ausdrucken?«

»Das halte ich für unnötig. An dem Tag, an dem du dich verrechnest, kleiner Quälgeist, trete ich von meinem Amt zurück. Lazarus?«

»Mich interessieren nicht die Speichereinheiten, sondern ihr Inhalt. Schon fündig geworden, Minerva?«

»Dein Problem gestattet keine eindeutige Antwort, Lazarus. Ich habe die Möglichkeiten in bestimmte Kategorien eingeteilt. Soll ich sie ausdrucken, um dir einen Überblick zu geben?«

»Lieber nicht. Dreitausend Kategorien und für jede ein Dutzend Worte — wir würden in Papier ertrinken.« Lazarus machte eine Pause und dachte nach. »Aber hör mal, Ira, vielleicht sollte Minerva das Zeug schriftlich festhalten, bevor sie es löscht — in einem großen Sammelwerk, zehn bis fünfzehn Bände. Titel: *Die Vielfalt der menschlichen Erfahrungen von Minerva Weatheral*. Damit könnten sich die Gelehrten tausend Jahre und länger herumschlagen. Sieh mich nicht so an, Ira, ich meine den Vorschlag durchaus ernst. Es ist eine Aufgabe, die kein Sterblicher lösen könnte — und ich bezweifle, ob je ein Computer vor einem so verzwickten Problem stand.«

»Minerva, würde dir so etwas Spaß machen?« fragte ich zögernd. »Die Ergebnisse der Suche in einem Buch zu veröffentlichen? Hundert gebundene Ausgaben plus Mikrofilme für die Bibliotheken von Secundus und das Archiv? Ich könnte Justin Foote bitten, das Vorwort zu verfassen.«

Ich brachte absichtlich ihre Eitelkeit mit ins Spiel — und wenn Sie nun erklären, Computer besäßen keine menschlichen Schwächen, so behaupte ich, daß Sie keine Erfahrung mit diesen Maschinen haben. Minerva jedenfalls legte von Anfang an Wert auf mein Lob und meine Bewunderung. Unsere Zusammenarbeit trug erst Früchte, nachdem ich das erkannt hatte. Was sonst kann man einem Computer bieten? Höheren Lohn und längeren Urlaub? Lächerlich!

Aber auch ich lernt nie aus.

»Ira«, erwiderte Minerva mit einer Stimme, die beinahe so schüchtern und piepsig klang wie die von Dora, »würde es dir nichts ausmachen, wenn ich deinen Namen verwende? Ich meine, eigentlich bin ich doch kein Mensch und...«

»Aber ich bitte dich! Gewiß, wenn es dir lieber ist, schreiben wir nur Minerva...«

»Quatsch!« unterbrach mich der Senior brüsk. »Du kommst als ›Minerva L. Weatheral‹ auf die Titelseite, Liebes. Das ›L‹ steht für ›Long‹. Ira und ich werden uns eine Biographie für dich überlegen. Hmmm — so ginge es vielleicht: Ira hatte in den Tagen seines jugendlichen Leichtsinns etwas mit einer meiner Töchter, am besten auf einem obskuren Grenzplaneten. Er erfuhr erst vor kurzem, daß die Sache nicht ohne Folgen geblieben war — deshalb steht noch kein Eintrag im Archiv. Und was Dr. Minerva L. Weatheral betrifft — sie befindet sich auf Forschungsreisen, um Material für ihr nächstes großes Werk zu sammeln. Alles klar, mein Junge?«

Ich antwortete mit einem schlichten Ja.

»Minerva — zufrieden?«

»Und ob, Großvater Lazarus!«

»Dann bitte ich mir eins aus. Ich erhalte das erste Exemplar der Buchausgabe mit der Widmung: *In Liebe meinem Großvater Lazarus Long — Minerva L. Weatheral.*«

»Gern, Lazarus. So eine Widmung muß man persönlich schreiben, nicht wahr? Wenn ich das Programm des Stiftes, mit dem ich Iras Unterschriften leiste, ein wenig abändere ...«

»Das überlasse ich dir. Aber nun zurück zu unserem Problem, Minerva! Du weißt, daß ich dieses vielbändige Werk niemals lesen werde. Ich befasse mich nur mit den Ergebnissen. Was hast du also bis jetzt gefunden?«

»Nun, Lazarus, ich habe probeweise etwa die Hälfte der Informationen ausgesondert, da sie sich auf Dinge bezogen, die du entweder schon getan hast oder nie tun würdest ...«

»Moment! Welche Dinge würde ich nie tun? Und wie kannst du das beurteilen?«

»Sofort. Da ist zum Beispiel eine Siebmatrix mit dreitausendsechshundertfünfzig Einheiten. Sie speichert die Unternehmen, die mit einer Wahrscheinlichkeit von mehr als neunundneunzig Prozent zu deinem Tod führen würden. Angenommen, du dringst ins Innere eines Stern vor ...«

»Löschen. Das überlasse ich den Physikern. Außerdem haben Lib und ich es bereits einmal versucht.«

»Das steht nicht im Archiv.«

»Im Archiv steht so manches nicht. Weiter.«

»Angenommen, dein Gen-Schema wird so verändert, daß du an Land *und* im Wasser leben könntest ...«

»So sehr faszinieren mich Fische auch wieder nicht. Aber weshalb ist das ein gefährliches Unterfangen?«

»Man hat bereits Versuche mit humanoiden Amphibien gemacht — sie sehen übrigens aus wie Riesenfrösche —, aber die Überlebenschancen sind gering. Siebzehn Tage für fünfzig Prozent dieser Geschöpfe, vierunddreißig Tage für fünfundzwanzig Prozent — und so fort.«

»Wetten, daß ich es länger schaffen würde? Aber du kannst diesen Speicher ebenfalls löschen. Wenn ich schon unter Wasser lebe, dann möchte ich nicht wie ein Frosch aussehen, sondern wie der fiesaste, verfressenste und gefährlichste Hai aller Meere. Außerdem wären wir in grauer Vorzeit vermutlich nicht an Land gekrochen, wenn das feuchte Element so viele Vorzüge besäße.

Das nächste Beispiel!«

»Gut. Es läßt sich in drei Kategorien unterteilen. Sie verirren sich im n-dimensionalen Raum, Sir — erstens mit Schiff; zweitens ohne Schiff, aber mit Druckanzug; drittens ohne Schiff und ohne Druckanzug.«

»Löschen. Die beiden ersten Fälle habe ich bereits durchgestanden, und der letztere — na ja, im Vakuum atmet es sich bekanntlich sehr schlecht. Der Allmächtige in Seiner unendlichen Weisheit und Güte — was immer das bedeuten mag — hat seinen Geschöpfen die Möglichkeit gegeben, friedlich zu sterben. Es wäre also albern, sich freiwillig zu quälen. Schön, Minerva, du hast mich davon überzeugt, daß du tatsächlich beurteilen kannst, welche Dinge ich nie tun würde. Neue — für mich neue — Abenteuer geben mir nur dann etwas ab, wenn die Überlebenschancen fünfzig Prozent übersteigen und ich sie durch persönlichen Einsatz verbessern kann. So habe ich mich noch nie danach gesehnt, in einem Faß über einen Wasserfall zu schlittern. Sicher läßt sich das Faß so konstruieren, daß es verhältnismäßig glatt über die Schnellen hinwegkommt, aber sobald man in seinem Inneren kauert, ist man hilflos. Da sind Rennen — Auto-, Pferde- oder Skirennen — schon besser. Sie erfordern wenigstens Geschick. Aber auch solche Abenteuer sagen mir nicht zu. Gefahr um der Gefahr willen — das ist etwas für Kinder, die sich nicht vorstellen können, was Tod bedeutet. Ich dagegen weiß sehr wohl, daß ich sterblich bin. So gibt es eine Menge Klippen, die ich noch nicht erklommen habe, es sei denn, ich mußte es tun, um einer Falle zu entrinnen — und dann benutzte ich den sichersten, leichtesten und angenehmsten Weg. Ich stelle mich der Gefahr nur, wenn ich ihr nicht mehr ausweichen kann. Noch irgendein Vorschlag, Minerva?«

»Ja. Du könntest dich in eine Frau verwandeln.«

»*Was?*«

Ich glaube nicht, daß ich den Senior je zuvor so verblüfft gesehen hatte. (Auch ich war sprachlos, aber mir galt das Angebot ja nicht.)

»Minerva, ich weiß nicht genau, wie du das meinst«, sagte Lazarus nach einer Weile. »Geschlechtsumwandlungen gibt es seit über zweitausend Jahren, aber sie haben nie zu vollwertigen Ergebnissen geführt. Hmm, vermutlich hat jeder von uns schon einmal den Wunsch gehegt, sich in die Gefühlswelt des anderen Geschlechts zu versetzen. Aber in einem Punkt nützen weder

Hormonbehandlungen noch Plastikchirurgie — die Monster, die auf diese Weise geschaffen werden, besitzen keine Fortpflanzungsfähigkeit...«

»Ich spreche nicht von Monstern, Lazarus. Es ließe sich ein echter Geschlechtswandel vollziehen.«

Lazarus wirkte nachdenklich. »Deine Worte erinnern mich an eine Geschichte, die ich fast vergessen hatte. Ich weiß auch nicht genau, ob sie stimmt. Trug sich vor etwa zweitausend Jahren zu. Da wollte ein Mann sein Gehirn in einen weiblichen Körper verpflanzen lassen. Er hatte Pech, weil das Fremdgewebe abgestoßen wurde...«

»Dieser Faktor stellt heute kein Risiko mehr dar, Lazarus. Wir würden auf dein eigenes Zelldepot zurückgreifen.«

»Na, ich weiß nicht. Aber sprich ruhig weiter!«

»Man hat bereits eine ganze Reihe von Tierversuchen durchgeführt. Die Umwandlung von männlich nach weiblich hin ist der einfachere Weg. Man wählte eine einzelne Zelle als Basis für den Klon. Bevor sich der Zellstamm entwickelt, wird das Y-Chromosom entfernt und ein X-Chromosom von einer zweiten Zelle der gleichen Zygote beschafft. Auf diese Weise entsteht eine weibliche Zelle vom gleichen Gen-Aufbau wie der Zygote, nur daß sich das X-Chromosom weiterentwickelt und das Y-Chromosom verschwindet. Das Ergebnis ist eine echte weibliche Klon-Zygote von männlichem Ursprung.«

»Es muß ein Haken dabei sein«, sagte Lazarus stirnrunzelnd.

»Grundsätzlich funktioniert diese Technik, das steht fest«, erklärte Minerva. »Schwierigkeiten treten eigentlich nur auf, wenn das männliche Wesen, das die Zygote geliefert hat, sich mit einem weiblichen Abkömmling dieser Zucht paart. Das kann zu Totgeburten und Fehlbildungen führen, weil die negativen rezessiven Eigenschaften verstärkt werden.«

Der Senior nickte.

»Klammert man diesen Fall aus«, fuhr Minerva fort, »so entwickeln sich die Nachkommen im allgemeinen völlig normal. Ein Hamsterweibchen zum Beispiel, das nach der oben beschriebenen Methode entstand, ist inzwischen die ›Stammutter‹ von dreiundsiebzig gesunden Hamstergenerationen...«

»Was kümmern mich Hamster!« unterbrach Lazarus. »Wie steht es mit *Menschen*?«

»Darüber existiert kaum Literatur. Ich stütze mich auf die spärlichen Berichte, die von der Verjüngungsklinik freigegeben wurden. Wenn ich sie richtig interpretiere, scheint es vor allem

Schwierigkeiten in der letzten Phase zu geben, wenn die weibliche Zygote mit Wissen und Erinnerungen ausgestattet wird — wenn, in anderen Worten, die ›Persönlichkeitsbildung‹ erfolgt. Offenbar weiß man nicht genau, ob und wann man die männliche Ursprungszelle abtrennen soll. Doch hierzu gibt es, wie gesagt, nicht viel veröffentlichtes Material.«

Lazarus wandte sich an mich. »Läßt du es zu, daß Informationen unterdrückt werden?«

»Ich gehöre nicht zu den Schnüfflern, Großvater. Aber ich hatte, offen gestanden, keine Ahnung von diesen Experimenten.« Ich wandte mich an die Cheftechnikerin und erklärte ihr in Lingua Galacta, worüber wir eben gesprochen hatten.

Dann erkundigte ich mich beiläufig, welche Ergebnisse man bei Menschenversuchen erzielt habe. Ihre Antwort fiel so scharf und unmißverständlich aus, daß mir die Ohren brannten. Lazarus winkte ab, als ich ihre Worte dolmetschen wollte.

»Ich habe Ischtars Gesichtsausdruck beobachtet. Mir ist klar, was sie dir erwiderte. Nun, Minerva, damit dürfte der Fall erledigt sein. Versuchskaninchen für Chromosomchirurgie — darauf verzichte ich.«

»Senior...«

»Ja, Minerva?«

»Es gäbe noch eine Möglichkeit. Die gleiche Methode läßt sich anwenden, um deine Zwillingsschwester zu schaffen. Man verpflanzt die umgewandelte Zelle in die Gebärmutter einer Frau, wo sie sich zu einem Embryo entwickelt und normal ausgetragen wird. Würde es dich nicht reizen, ein Mädchen aufwachsen zu sehen, das genau deinen Charakter und deine Anlagen besitzt? Du könntest sie Lazuli Long nennen...«

»Hmmm...« Lazarus zog die Stirn kraus.

Ira strahlte. »Großvater, ich glaube, daß ich den zweiten Teil unserer Wette gewonnen habe. Etwas echt Neues...«

»Immer langsam. Wer soll das Experiment durchführen? Ihr beide versteht nicht genug von Genetik, und die Angestellten der Klinik scheinen moralische Bedenken zu haben.«

»Das ist eine reine Annahme deinerseits.«

»So? Außerdem habe ich vielleicht auch moralische Bedenken. Angenommen, ich beobachte den Werdegang dieses Mädchens — und das ist ja wohl der Sinn der Sache. Dann würde ich entweder versuchen, es auf die gleiche Bahn zu lenken, die ich eingeschlagen habe, oder es von den Dummheiten abzuhalten, die ich in meinem Leben begangen habe. Dazu hätte ich aber nicht das geringste Recht, denn die Kleine wäre ein freies Lebewesen, nicht meine Sklavin.«

»Du erfindest Einwände, Lazarus.«

»Also schön, Minerva kann das Problem auf Abruf speichern. Ich will darüber nachdenken. Eine Entscheidung, bei der es um das Wohl anderer Menschen geht, fällt man nicht im Handumdrehen. Ira, erinnere mich daran, daß ich dir die Geschichte von den Zwillingen erzähle, die nicht miteinander verwandt waren.«

»So etwas gibt es nicht. Außerdem wechselst du schon wieder das Thema.«

»Na und? Was hast du noch auf Lager, Minerva?«

»Lazarus, da ist ein Programm mit niedrigem Risikofaktor und der an Sicherheit grenzenden Wahrscheinlichkeit, daß du einige völlig neue Erfahrungen machst.«

»Ich höre.«

»Stillstand des Lebens ...«

»Was ist daran neu? Wir wandten die Methode auf der *New Frontiers* an. Hat mich nie besonders gereizt.«

»... als Mittel der Zeitreise. Irgendwann in der Zukunft entsteht bestimmt etwas völlig Neues; dieses Wissen schöpfen wir aus dem Verlauf der Geschichte. Du selbst bestimmst den Zeitpunkt X, an dem du wieder erwachen willst. Ob du nun hundert Jahre überspringst, tausend, zehntausend — das liegt ganz an dir. Ich treffe die nötigen Vorbereitungen ...«

»Nicht wenig Arbeit, Mädchen!«

»Ich schaffe es, Lazarus, aber es steht dir selbstverständlich frei, bei den Details mitzuwirken oder einzelne Vorschläge abzulehnen. Allerdings hat es wenig Sinn, über Entwürfe zu diskutieren, solange ich den Kontrollparameter — also die Zeitspanne — nicht kenne.«

»Immer langsam mit den Pferden, Liebes! Nehmen wir einmal an, du packst mich in flüssiges Helium und schickst mich in den Raum, gut geschützt gegen harte Strahlung ...«

»Kein Problem, Lazarus.«

»Ich kenne deine Fähigkeiten, Minerva. Aber angenommen, irgendein winziges Sicherheitsventil versagt, und ich trudle durch den Raum, jahrhunderte- und jahrtausendelang — nicht tot, jedoch auch nicht lebendig.«

»Ich kann und werde solche Zwischenfälle ausschalten. Doch selbst wenn es dazu käme — was verlierst du? Ein Ruck am Selbstmordhebel bewirkt das gleiche.«

»Denkst du! Minerva, wenn es tatsächlich ein Leben nach

dem Tod gibt — wenn dieses Gerede von der Unsterblichkeit stimmt —, dann bin ich nicht zur Stelle, wenn das Paradies seine Pforten öffnet. Ich verschlafe den letzten Zug.«

»Großvater«, warf ich ungeduldig ein, »gib es auf! Hättest du in diesem Fall nicht auch etwas Einmaliges und völlig Neues erreicht? Du wärst der *einzige* Mensch unter Zigmilliarden, der am Tage des Jüngsten Gerichts nicht vor seinem Herrn und Schöpfer erscheint. Dir traue ich es zu . . .«

»Unsinn! Aber Minerva soll den Vorschlag ruhig speichern. Es ist nur wie bei einem Sprung in die Tiefe — man kann unterwegs seine Meinung nicht mehr ändern. Wir gehen lieber noch die anderen Möglichkeiten durch, bevor wir auf diese hier zurückkommen, ja?«

»In Ordnung. Ich mache weiter, Lazarus.«

»Danke.« Der Senior stocherte mit dem Daumennagel in seinen Zähnen herum. (Wir aßen gerade — eine Tätigkeit, die unsere Gespräche häufig unterbrach, die ich aber nicht eigens erwähne.)

»Lazarus . . .«

»Ja, mein Junge? Entschuldige, ich war mit meinen Gedanken einen Moment lang weit weg — auf einem fernen Planeten. Das Mädchen, das ich dort kannte, ist längst tot.«

»Lazarus, du könntest Minerva bei ihrer Suche helfen.«

»Wie denn? Sie ist besser als ich dafür ausgerüstet, eine Nadel in einem Heuhaufen zu finden. Ihre Fähigkeiten beeindrucken mich.«

»Schon, aber sie benötigt Daten. Es gibt große Lücken in deiner Biographie. Sieh mal, schon eine Aufstellung aller Berufe, die du in deinem Leben ausgeübt hast, könnte ihr weiterhelfen. Warst du zum Beispiel je Farmer?«

»Mehr als einmal.«

»Gut. Dann kann Minerva bei ihren künftigen Vorschlägen die Landschaft ausklammern. Zähl doch einfach auf, was du gearbeitet hast.«

»In meiner Erinnerung klaffen eine Menge Lücken.«

»Nach und nach lassen sie sich vielleicht schließen.«

»Hmm, mal überlegen. Weißt du, was ich stets als erstes tat, wenn ich auf einem besiedelten Planeten landete? Ich befaßte mich gründlich mit den lokalen Gesetzen. Nicht weil mich die Rechtswissenschaft reizte — obwohl ich einmal auf San Andreas eine gewisse Berühmtheit als Winkeladvokat erlangte —, sondern um die Spielregeln kennenzulernen. Es ist sicherer, wissentlich ein Gesetz zu brechen, als ahnungslos in irgendeine Falle zu tappen.

Das wäre einmal übrigens fast ins Auge gegangen. Ich schaffte es gerade noch, den Posten eines Richters am Planetarischen Gerichtshof zu ergattern und mein Schäfchen ins trockene zu bringen; sprich: den Hals aus der Schlinge zu ziehen.

Wiederholen wir: Farmer, Anwalt, Richter. Obendrein, wie bereits früher erwähnt, Arzt. Und Kapitän. Meist auf Forschungsschiffen, aber auch auf Handelsfrachtern. Einmal segelte ich sogar unter Piratenflagge, umgeben von einer Horde rauher Kerle, deren Anblick sensible Gemüter erschreckt hätte. Dann arbeitete ich als Lehrer; den Job verlor ich, als man dahinterkam, daß ich den lieben Kleinen die Wahrheit sagte — ein Kapitalverbrechen in der ganzen Galaxis. Auch den Sklavenhandel lernte ich kennen, allerdings von der falschen Seite — als Sklave.«

Ich starrte ihn an. »Unvorstellbar.«

»Für mich harte Realität. Eine Zeitlang war ich Priester...«

Wieder unterbrach ich ihn. »Priester? Ich dachte, du hättest keinen Glauben.«

»Den Glauben braucht die Gemeinde, Ira. Für den Priester ist er ein Handikap. Aber machen wir weiter: Manager in einem Bordell — na ja, ich spielte auch Klavier und sang ein wenig. Lach nicht, ich hatte damals eine ganz passable Stimme. Das war auf Mars...«

»Der Nachbarplanet der Erde, nicht wahr? Sol-IV...«

»Genau. Eine Welt, mit der wir uns heute kaum abgeben würden. Aber zu jener Zeit hatte Andy Libby seinen Antrieb noch nicht erfunden, und wir mußten nehmen, was sich bot. Kommen wir zurück auf meinen Job! Ich hatte die Erde verlassen, als Amerika aus dem Raumfahrtgeschäft ausstieg — was gleichbedeutend mit meinem finanziellen Ruin war. In dem Bordell arbeitete ich nur aushilfsweise, aber es machte Spaß, denn ich war zugleich der Rausschmeißer. Wehe, wenn so ein Mistkerl die Mädchen schlecht behandelte! Es sprach sich rasch herum, daß ›Happy‹ Daze von den Kavalieren anständiges Benehmen verlangte, ganz egal, wieviel sie spendierten.

Ich half den Mädchen auch noch auf andere Weise. Der Gouverneur der Kolonie hatte ihnen die Preise vorgeschrieben, doch ich führte das Gesetz von Angebot und Nachfrage wieder ein. Mars war ein trostloser Planet; da mußte man die wenigen Leute, die das Leben einigermaßen erträglich gestalteten, bei

Laune halten. Der Gouverneur sah das nach längerem Zögern auch ein.

Mal weitersehen ...

Ich war oft reich und verlor mein Vermögen immer wieder, sei es durch Inflationen oder sonstige schmutzige Tricks der jeweiligen Machthaber. Trau keinem Fürsten, Ira! Die Männer an der Spitze des Volkes sind es nicht gewohnt, selbst zu arbeiten; daher müssen sie stehlen. Aber der Zustand der Mittellosigkeit hat auch einiges für sich. Man weiß nie, woher die nächste Mahlzeit kommt. Langeweile kennt man nicht. Die Notlage schärft den Verstand, treibt zum Handeln an, gibt dem Leben Schwung, auch wenn man sich dessen nicht immer bewußt ist. Natürlich, hin und wieder gerät man in eine Falle. Mit Speck fängt man Mäuse — das gilt hier wörtlich. Wenn jemand Hunger hat, verliert er leicht den Sinn für die Relationen. So ist ein Mensch, der sieben Mahlzeiten versäumt hat, zum Mord fähig — kaum die ideale Lösung. Nun, zum Glück gelingt es den meisten Leuten, sich mit raffinierten Methoden aus der Klemme zu befreien.

Ich arbeitete als Werbefachmann, Texter, Schauspieler — damals war ich völlig blank — , Meßdiener und Bauingenieur. Ein durchschnittlich begabter Mensch schafft eine ganze Menge, wenn er sich nur die Zeit nimmt, einen Beruf gründlich zu erlernen. Übrigens beharrte ich nicht auf gehobenen Posten, wenn mir der Magen knurrte — aber ich gebe zu, daß ich es bei primitiven Jobs nie sehr lange aushielt. Einmal war ich sogar Reformpolitiker, aber nur ein einziges Mal. Diese Leute stoßen mich ab. Sie sind nicht nur beschränkt — wie alle Politiker —, sondern obendrein unehrlich.«

»Aber Lazarus — die geschichtliche Entwicklung scheint das Gegenteil zu beweisen ...«

»Dann denke einmal logisch nach, mein Junge! Alle Politiker sind Schmarotzer. Das gehört zu ihrem Geschäft. Das einzige, was sie zu bieten haben, sind Versprechen. Erfolgreiche Politiker halten ihr Wort — weil sie im Geschäft bleiben und weiterhin schmarotzen wollen. Ihr Charakter mag noch so mies und hinterhältig sein, sie achten darauf, daß ihre Ehrlichkeit zumindest nach außen hin nicht angezweifelt werden kann.

Der Reformpolitiker hingegen wird von derartigen Überlegungen nicht in seinem Tun gebremst. Sein Ehrgeiz gilt dem Wohl des *ganzen* Volkes — eine hochgradige Abstraktion, die eine Vielzahl von Definitionen zuläßt. Folglich bringt es unser integrer und unbestechlicher Reformpolitiker fertig, schon vor dem Mittagessen sein Wort dreimal zu brechen, ohne mit der Wimper zu zucken — nicht aus Charakterschwäche, sondern aus Loyalität gegenüber dem Volk. Zum Glück bleiben diese Leute selten für längere Zeit in Amt und Würden, außer in Zeiten des Verfalls. Sie würden sehr viel Unheil anrichten.«

»Ich muß dir glauben, Lazarus«, meinte ich. »Leider habe ich einen Großteil meines Lebens auf Secundus verbracht und kenne die Politik deshalb nur von der Theorie her. So wolltest du es ja . . .«

Der Senior warf mir einen Blick der Verachtung zu. »Wie kommst du *darauf?*«

»Aber . . .«

»Nun halt mal den Mund und hör mir genau zu, mein Junge! Du bist Politiker — auch wenn ich an deinen Fähigkeiten zweifle, seit ich weiß, daß du deine Gegner verbannst. Als ich diesen Planeten dem Kuratorium übertrug, tat ich es in der Absicht, eine billige und unbürokratische Regierung zu schaffen — eine konstitutionelle Tyrannei, bei der die Volksvertretung wenig und das Volk überhaupt nichts zu sagen hatte.

Ich hatte nicht viel Hofnung, daß die Sache gutgehen würde. Der Mensch ist in politischen Dingen ein Primitivling, Ira. Er gibt seinem Machttrieb ebenso leicht nach wie seinem Geschlechtstrieb. Aber damals war ich jung. Ich dachte, das Schema könnte ein- oder zweihundert Jahre funktionieren. Und ich staune ehrlich, daß es sich bis heute erhalten hat. Allerdings ist der Planet reif zur Revolution. Wer weiß, wenn Minerva keine bessere Beschäftigung für mich findet, lasse ich mir vielleicht die Haare färben und die Nase korrigieren und tauche unter einem Pseudonym als Volksverhetzer auf. Sieh dich also vor, Ira!«

Ich zuckte die Achseln. »Du vergißt, daß ich auswandere.«

»Ach so. Nun, vielleicht würde es mir Spaß machen, vorher eine Revolution niederzuwerfen. Oder du kämpfst an meiner Seite und läßt mich nach getaner Arbeit durch einen Staatsstreich auf die Guillotine bringen. Du kennst ja den Spruch: *Köpfe, die rollen, verraten nicht mehr, als sie sollen.* Vorhang. Ende. Applaus.

Aber gehen wir weiter. Ich war bei der Marine — das weißt du bereits. Ich handelte mit allen möglichen Waren — Sklaven ausgenommen. Einmal arbeitete ich als Gedankenleser in einem Wanderzirkus, und in einem Land brachte ich es bis zum König

— ein überbewerteter Beruf, Ira; von geregelter Arbeitszeit keine Spur. Dann entwarf ich Damenmoden. Ich legte mir zu diesem Zweck einen überkandidelten französischen Namen und lange Locken zu — das einzige Mal übrigens, daß ich lange Haare trug. Es hat zu viele Nachteile: Der Gegner kann einen im wahrsten Sinn des Wortes am Schopf packen, oder es fällt über die Augen und verdeckt die Sicht. Aber ich komme schon wieder vom Thema ab.«

Lazarus schwieg eine Weile. Er schien nachzudenken. »Ira, ich weiß einfach nicht, wie ich je mit dieser Aufzählung fertig werden soll. Was habe ich alles getan, um mich, meine Frauen und meine Kinder durchzubringen! Den einen Job übte ich ein halbes Jahrhundert lang aus, den anderen nur vom Frühstück bis zum Mittagessen. Ich war nicht wählerisch, wenn es darum ging, meine Familie vor dem Hunger zu bewahren.

Manchmal verkaufte ich Dinge, die keinen materiellen Wert besaßen — Geschichten oder Lieder. Oh, das erinnert mich an den Planeten Fatima ...

Ich saß auf dem Marktplatz der staubigen Hafenstadt, eine Messingschale neben mir, und erzählte den Vorübergehenden Märchen. Man hatte mein Schiff beschlagnahmt, und Fremde ohne Arbeitserlaubnis durften keiner normalen Beschäftigung nachgehen. Nun, Märchenerzählen fiel nicht in die Kategorie der ›normalen‹ Beschäftigungen, und ein richtiger Bettler war ich auch nicht — die benötigten ebenfalls eine Lizenz. Die Polizisten jedenfalls ließen mich in Ruhe, solange ich meinen Obolus an sie entrichtete.

Du fragst, warum ich mir mein tägliches Brot nicht einfach zusammenstahl? Nun, das ist schwer, wenn man die soziale Struktur eines Planeten nicht genau kennt. Vielleicht hätte ich es doch riskiert — aber ich war nicht allein. Meine Frau und meine drei kleinen Kinder hatten mich auf der Reise begleitet. Das band mir die Hände. Ein Familienvater kann sich nicht in die gleiche Gefahr begeben wie ein Junggeselle.

Also saß ich auf dem harten Kopfsteinpflaster und erzählte alles, was mir in den Sinn kam — von Grimms Märchen bis zu den Tragödien von Shakespeare. Meine Frau hatte den strikten Befehl, nur das Allernötigste zu kaufen. Alles andere sparten wir, bis wir genügend Geld für die Arbeitserlaubnis plus Bestechung zusammengetragen hatten. Aber dann zeigte ich es ihnen.«

»Wie denn, Lazarus?«

»Ich ging langsam, aber zielbewußt ans Werk. Die Monate

auf dem Marktplatz hatten mir ein genaues Bild von den Verhältnissen des Planeten vermittelt. Ich ließ mich zuallererst taufen. Dadurch erhielt ich einen einheimischen Namen. Dann lernte ich den Qu'ran auswendig — leicht abgeänderte Glaubensgebote im Vergleich zum Ursprungsland.

Ich will euch nicht mit Einzelheiten langweilen. Jedenfalls glückte es mir auf Umwegen, in die Zunft der Mechaniker aufgenommen zu werden. Ich reparierte Fernsehgeräte. Mein Lohn floß an die Zunft, aber ich hatte ein nicht allzu teures Privatabkommen mit dem Gildemeister getroffen. Die Bewohner von Fatima waren auf dem technischen Sektor ziemlich rückständig. Sie betrachteten mich als Magier und hätten mich wohl am liebsten an den Galgen gebracht — aber ich war ein treuer, freigebiger Sohn der Kirche und damit tabu. Meine Waffen waren Elektronik und Astrologie (für letzteres benötigte ich nichts als eine rege Phantasie).

Schließlich brachte ich es zum Berater des Mannes, der Jahre zuvor mein Schiff mitsamt den Handelsgütern beschlagnahmt hatte. Ich half ihm, Reichtümer anzusammeln — was auch mir Geld und Ansehen brachte. Wenn er mich erkannte, so erwähnte er es mit keiner Silbe — aber ich glaube nicht, denn ich trug einen Bart, der mein Aussehen stark veränderte. Leider fiel er bald danach in Ungnade, und ich übernahm seine Stelle.«

»Wie ist dir das geglückt, Lazarus? Ohne erwischt zu werden, meine ich ...«

»Aber, aber, Ira! Er war mein Wohltäter. Mit diesem Titel redete ich ihn immer an. Nur — Allahs Wege sind unerforschlich. Ich stellte dem Mann ein Horoskop und erklärte ihm, daß seine Sterne schlecht stünden. Das stimmte. Fatima gehört zu einem System, das aus einer Sonne und nur zwei Planeten bestand; aber beide Welten waren bewohnt — eine Seltenheit — und hatten enge Handelsbeziehungen. Die Hauptware — Sklaven.«

Ich warf ihm einen erstaunten Blick zu. »Sklaven, Lazarus? Das ist doch nicht dein Ernst. Oh, ja, ich weiß, daß auf Supreme der Menschenhandel blüht, aber ich habe das bisher für eine Ausnahme gehalten. Sklavenarbeit ist unrentabel.«

Der alte Mann hatte die Augen geschlossen und rührte sich nicht. Einen Moment lang dachte ich, er sei eingeschlafen. Doch dann hob er den Kopf und sah mich durchdringend an.

»Ira, dieses Übel ist weiter verbreitet, als die meisten Geschichtsschreiber zugeben. Unrentabel, ja — eine Wirtschaft, die von Sklaven getragen wird, kann es im allgemeinen nicht mit den freien Systemen aufnehmen. Aber die Galaxis ist groß, und es kommt selten zu einem direkten Vergleich. Sklaverei gab und gibt es in vielen Zeitaltern und auf vielen Welten. Oft genügt eine winzige Gesetzeslücke ...

Ich erwähnte bereits, daß ich nicht wählerisch war, wenn es darum ging, meine Familie vor dem Hunger zu bewahren. Einmal schöpfte ich für einen Hungerlohn Kloakengruben leer — stand dabei bis zu den Knien in menschlichen Exkrementen. Aber mit Sklavenhandel will ich nichts zu tun haben. Wenn der Mensch nur einen Funken innere Würde besitzt, dann ist er viel zu stolz, um Geschöpfe seiner Art als Eigentum zu betrachten. Diese Einstellung hatte ich von Anfang an; sie wurde nicht davon beeinflußt, daß ich selbst Sklave war. Sklavenbesitzer sind für mich Untermenschen, ganz gleich, wie vornehm und edel sie nach außen hin erscheinen mögen. Natürlich heißt das nicht, daß ich mir die Kehle durchschneide, wenn ich irgendwo auf Sklaverei stoße — sonst hätte ich keine hundert Jahre gelebt. Ich mußte die bittere Erfahrung machen, daß man Sklaven nicht *befreien* kann. Sie müssen *selbst zur Freiheit finden*.«

Er runzelte die Stirn. »Ich schweife schon wieder ab, mein Junge. Hör dir die Geschichte zu Ende an: Mein beschlagnahmtes Schiff war natürlich umgebaut und für den Sklavenhandel benutzt worden. Ich brachte es wieder in meinen Besitz und ließ es überholen und desinfizieren. Dann schickte ich die Mannschaft für eine Woche in Urlaub und verständigte den Planetarischen Sklavenverwalter, daß ich neue menschliche Fracht an Bord nehmen würde, sobald der Kapitän und der Zahlmeister zurück seien. Zum Schein besorgte ich Vorräte.

Dann, an einem Sonntag, fuhr ich mit meiner Familie zum Hafen und zeigte ihr das wiederhergerichtete Schiff. Irgendwie mißtraute mir der Sklavenverwalter, denn er bestand darauf, uns zu begleiten. So mußten wir ihn mitnehmen, als wir plötzlich starteten. Wir verließen das System und kehrten nie mehr dorthin zurück. Unterwegs entfernte ich mit meinen halberwachsenen Söhnen sämtliche Dinge, die darauf hinwiesen, daß mein Schiff einst Sklaven transportiert hatte. Dann erst landeten wir auf einem zivilisierten Planeten.«

»Und der Sklavenverwalter?« fragte ich. »Gab es mit dem Mann keine Schwierigkeiten?«

»Nein. Ich warf ihn mit dem übrigen Gerümpel in den Raum hinaus. Sieh mich nicht so an! Hast du etwa erwartet, daß ich ihm um den Hals fallen würde?«

KONTRAPUNKT III

Sobald sie allein in der Fahrzeugkabine waren, fragte Galahad: »Hast du den Vorschlag mit dem Kind vorhin ernst gemeint?«

»Glaubst du, ich mache Witze in Gegenwart von zwei Zeugen — noch dazu, wenn einer der stellvertretende Präsident ist?«

»Aber *warum*, Ischtar?«

»Weil ich altmodisch sentimental bin!«

»Mußt du mich unbedingt so anfauchen?«

Sie legte einen Arm um seine Schultern. »Entschuldige, Liebling. Es war ein harter Tag — und letzte Nacht kamen wir kaum zum Schlafen, obwohl ich das nicht bedaure. Ich mache mir über verschiedene Dinge Sorgen — und das Thema, das du eben angeschnitten hast, wühlt mich auf.«

»Ich hätte nicht fragen sollen. Es ist deine Privatangelegenheit. Sprechen wir nicht mehr darüber, ja?«

»So war es nicht gemeint, Liebling. Paß auf! Angenommen, du wärst eine Frau — würdest du nicht alles versuchen, um diese Chance zu ergreifen?«

»Ich bin keine Frau.«

»Das weiß ich seit gestern sehr genau. Aber bemüh dich einen Augenblick, so logisch wie eine Frau zu denken!«

»Männer sind nicht unbedingt unlogisch — dieses Gerücht wird nur von den Frauen verbreitet.«

»Tut mir leid. Ich muß ein Beruhigungsmittel nehmen, sobald wir daheim sind. Bitte, Liebster, versuch es — nur zwanzig Sekunden lang!«

»Ich brauche keine zwanzig Sekunden dazu.« Er nahm ihre Hand und küßte sie. »Selbstverständlich würde ich die Chance ergreifen. Das beste Erbgut, das man einem Kind bieten kann!«

»Darum geht es überhaupt nicht.«

»Nein?« Er schüttelte den Kopf. »Dann haben wir doch unterschiedliche Logikbegriffe.«

»Ist das so wichtig? Immerhin sind wir zu dem gleichen Schluß gelangt.« Das Fahrzeug schwenkte in eine Haltebucht. Ischtar stand auf. »Lassen wir das Thema! Wir sind daheim, Liebling.«

»Du vielleicht, ich nicht. Ich denke ...«

»Männer denken nicht.«

»Ich denke, daß du heute nacht deinen Schlaf brauchst, Ischtar.«

»Du hast mich in dieses verrückte Kleid gepackt. Du mußt

mir beim Ausziehen helfen.«

»Dann lädst du mich zum Abendessen ein und kommst wieder nicht zur Ruhe. Zieh den Fummel doch einfach über den Kopf!«

Sie seufzte. »Galahad, muß ich dir erst einen Wohnvertrag anbieten, wenn ich dich einlade, eine Nacht bei mir zu verbringen? Es ist sehr wahrscheinlich, daß heute keiner von uns ein Auge zumacht.«

»So hab' ich es mir vorgestellt.«

»Nicht ganz so, glaube ich. Weil wir heute nacht *arbeiten*. Selbst wenn du drei Minuten zu unserem Vergnügen abzweigst.«

»Drei Minuten? So hastig war ich doch nicht, oder?«

»Nun — fünf Minuten?«

»Bekomme ich zwanzig — plus Entschuldigungsmöglichkeit?«

»Mann! Eine halbe Stunde — ohne Entschuldigung!«

»Einverstanden.« Er folgte ihr ins Haus. In der Diele blieb er stehen. »Was fällt heute an Arbeit an?«

»Ich muß Ira Weatheral anrufen, so ungern ich es tue, und das Blockhaus auf der Dachterrasse des Regierungsgebäudes inspizieren. Mal sehen, welche Sicherheitsvorkehrungen sich treffen lassen. Dann bringen wir beide den Senior hin. Diese Aufgabe kann ich niemandem sonst übertragen...«

»*Ischtar!* Du machst bei diesem Irrsinn mit? Nichtsterile Umgebung, keine Notaggregate und so fort...«

»Liebling, der Senior ist der Senior. Ich hatte gehofft, der stellvertretende Präsident könnte ihn dazu bewegen, den Plan noch ein wenig aufzuschieben. Es ist ihm nicht gelungen. So blieben mir nur zwei Möglichkeiten: entweder das zu tun, was er will, oder ganz auszusteigen. So wie es unsere liebe Chefin getan hat. Aber das kommt für mich nicht in Frage. Das heißt, daß ich zwischen heute nacht und morgen vormittag versuchen muß, die Bude so gut wie möglich für unsere Zwecke auszurüsten.« Sie zerrte an ihrem Kleid. »So, mein Lieber, und nun hilf mir endlich aus diesem verdammten Ding!«

»Halt still und hebe die Arme!«

»Nicht *kitzeln!* Himmel, das Telefon! Los, Schatz, mach schnell!«

VARIATIONEN ÜBER EIN THEMA

IV. Liebe

Lazarus streckte sich bequem in der Hängematte aus. »Keine einfache Frage, Hamadryad«, meinte er. »Mit siebzehn glaubte ich felsenfest, die große Liebe entdeckt zu haben. In Wirklichkeit war es ein Überschuß an Hormonen plus Selbstbetrug. Ungefähr tausend Jahre später fand ich dann das echte Gefühl — und erkannte es erst nicht, da ich längst nicht mehr damit gerechnet hatte.«

Das Mädchen warf ihm einen verwirrten Blick zu. Wie so oft in den letzten Tagen dachte Lazarus, daß Ira untertrieben hatte. Seine Tochter war nicht nur hübsch — sie war eine außergewöhnliche Schönheit. Auf einer Auktion von Fatima hätten die Sklavenhändler von Iskandria erbittert um sie gefeilscht, und vielleicht wäre sie gar im Harem des Herrschers gelandet.

Hamadryad schien nicht zu wissen, daß sie so großen Eindruck auf die Männer machte. Aber Ischtar erkannte es auf den ersten Blick. Als Hamadryad zur Familie stieß, versuchte sich die Cheftechnikerin ständig zwischen sie und Lazarus zu stellen. Auch Galahad hatte unter ihrer Eifersucht zu leiden.

Lazarus beobachtete die kleinen Machtkämpfe mit Schmunzeln. Ischtar, die pflichtbewußte, trockene Verjüngungsspezialistin, war sich vermutlich gar nicht bewußt, daß sie sich wie eine alberne Göre benahm.

Aber allmählich ließ ihr Mißtrauen nach. Man konnte Hamadryad nicht böse sein, denn sie blieb immer gleich freundlich. Ischtar begann sogar, ihr die eine oder andere Pflegeaufgabe zu übertragen. Sie duldete es auch, daß Galahad seine Aufmerksamkeit hin und wieder der ›Neuen‹ schenkte.

»Ich will aber keine tausend Jahre warten«, erwiderte Hamadryad. »Das dauert mir zu lang. Minerva meint, in der Lingua Galacta gäbe es keine Definition für das Wort. Nun beherrsche ich zwar das klassische Englisch, aber ich denke in Lingua Galacta. Anders ausgedrückt, ich kann mich schlecht in die Mentalität meiner Vorfahren einfühlen. Das Wort ›Liebe‹ kommt jedoch in der alten Literatur sehr häufig vor, und ich glaube, wenn ich diesen einen Ausdruck richtig begreife, gelingt es mir vielleicht, die Sperre zu durchbrechen, die mich vom echten Verständnis trennt.«

»Du gehst von einer falschen Voraussetzung aus, mein Kind. ›Denken‹ konnte man in Englisch noch nie sehr gut; es ist keine Sprache, die sich für Logik eignet. Andererseits lassen sich mit ihrer Hilfe sehr schön Gefühle ausdrücken. Eine Sprache also, die rationalisiert, ohne rational zu sein. Aber laß dich trösten, Hamadryad: Die meisten Menschen, die Englisch sprachen, hatten von ›Liebe‹ nicht mehr Ahnung als du, obwohl sie das Wort ständig benutzten.«

Lazarus schwieg einen Moment lang. Dann hob er den Kopf und sagte: »Minerva! Wir sind schon wieder beim Thema Liebe angelangt. Willst du mitreden? Dann schalte dich ein!«

»Danke, Lazarus, ich war bereits eingeschaltet«, erwiderte die körperlose Altstimme. »Guten Tag, Ira-Ischtar-Hamadryad-Galahad! Hallo, Lazarus! Du siehst gut aus — wirst mit jedem Tag jünger.«

»Ich fühle mich auch jünger. Aber hör mal, Minerva, wenn du dich in unsere Gespräche einschaltest, könntest du doch kurz Bescheid sagen.«

»Entschuldige, Großvater.«

»Nun streue nicht gleich Asche auf dein Metallhaupt! Einfach — ›hallo, da bin ich!‹. Das reicht. Und noch etwas: Bringst du es eigentlich nie fertig, Ira oder mich richtig anzumosern? Das würde dir guttun.«

»Aber ich habe gar kein Verlangen danach.«

»Eben. Warte nur, bis du näher bekannt bist mit Dora. Die bringt dir den richtigen Tonfall bei. Hast du heute schon mit ihr gesprochen?«

»Wir spielen im Moment fünfdimensionales Schach und singen dazu zweistimmig die Balladen, die du ihr beigebracht hast. Willst du mithören? Wir üben gerade ›One-Ball Riley‹.«

Lazarus zuckte zusammen. »Nein, das nicht!«

»Ich kann noch mehr. ›Rangy Lil‹ oder ›Yukon Jake‹ oder die Ballade von Handschellen-Bill — da singe ich den Text, und Dora übernimmt den Hintergrund-Sound. Oder ›Vier Nutten kamen aus Kanada‹. Das macht Spaß.«

»Du liebe Güte! Entschuldige, Ira, mein Computer verdirbt Minerva.« Lazarus seufzte. »Dabei wollte ich nur, daß sich Minerva ein wenig um die Kleine kümmert . . .«

»Lazarus, weshalb behauptest du, daß Dora mich verdirbt?« warf Minerva vorwurfsvoll ein.

Ira hatte im Gras gelegen, ein Handtuch über den Augen, und sich gesonnt. Nun rollte er herum und stütze sich auf die Ellbogen. »Ganz recht«, sagte er träge. »Diesen Song über Kanada würde ich gern hören. Ich weiß genau, wo dieses Land lag — nördlich von Amerika, nicht wahr?«

Lazarus zählte leise bis zehn. Dann schluckte er und meinte: »Ira, mir ist klar, daß ich mich hin und wieder lächerlich prüde benehme. Ein Erbe meiner Kindheit — ich kann es nicht ändern. Wenn du unbedingt ordinäre Songs aus einer Barbarenepoche hören willst, so steht dir das frei. Aber nicht hier, sondern in deinen eigenen vier Wänden. Minerva, paß auf! Dora versteht nicht, was sie da singt; für sie handelt es sich um eine Art Wiegenlieder.«

»Ich verstehe sie auch nur theoretisch. Aber sie klingen hübsch, und ich freue mich, daß ich etwas Neues lerne.«

»Hmmm. Hat Dora sich sonst anständig benommen?«

»Sie ist wirklich lieb, Großvater Lazarus. Ich glaube, daß sie gern mit mir plaudert. Nur gestern abend war sie ein wenig gekränkt, weil du ihr keine Gute-Nacht-Geschichte erzählt hast. Ich beruhigte sie, und schließlich gab sie sich mit einer von meinen Geschichten zufrieden.«

»He — Ischtar! Habe ich einen Tag versäumt?«

»Jawohl, Sir.«

»Ein chirurgischer Eingriff? Mir sind keine neuen Narben aufgefallen.«

Die Cheftechnikerin zögerte. »Großvater, ich spreche über den Verjüngungsprozeß nur, wenn du unbedingt darauf bestehst. Im allgemeinen schadet es dem Patienten, wenn er an solche Dinge denkt.«

»In Ordnung, Mädchen. Aber sagt mir Bescheid, wenn ihr mich wieder mal für einen Tag ausschaltet. Dann kann ich eine Geschichte auf Band speichern. Halt, nein, das geht nicht. Ich soll von den Eingriffen nichts merken. Na, dann erzähle ich eben Minerva ein paar Geschichten, die sie auf Abruf bereithält.«

»Gut, Großvater. Wir freuen uns, wenn wir von den Patienten bei der Arbeit unterstützt werden.« Ischtar lächelte. »Am meisten fürchten wir Berufskollegen. Die versuchen uns ständig dreinzureden.«

»Kein Wunder. Liebes, ich weiß, daß auch ich die häßliche Angewohnheit habe, meine Nase in Dinge zu stecken, die mich nichts angehen. Tretet mir also ruhig auf die Zehen, wenn ich neugierig werde. Wie lange dauert die Kur übrigens noch?«

Ischtar zögerte. Dann sagte sie lachend: »Ich trete dir hiermit auf die Zehen!«

»Kein schlechter Anfang, Mädchen. Aber viel energischer — etwa so: ›Laß die blöde Fragerei, du alter Macker! Du wirst schon merken, wenn du wieder fit bist!‹ Klar?«

»Großvater, du kannst ein irr ekliger Typ sein!«

»Den Verdacht hege ich schon lange. Aber wir waren beim Thema Liebe stehengeblieben. Minerva, unsere reizende Hamadryad erklärt, das Wort ›Liebe‹ ließe sich in Lingua Galacta nicht definieren. Hast du dem etwas hinzuzufügen?«

»Vielleicht. Aber ich möchte warten, bis die anderen ihre Meinung geäußert haben.«

»Bitte, wie du willst. Galahad — du redest am wenigsten und scheinst doch genauer als die anderen das Gespräch mitzuverfolgen. Möchtest du es zuerst mit einer Definition versuchen?«

»Meinetwegen. Offen gestanden, mir war nicht aufgefallen, daß es mit der ›Liebe‹ eine besondere Bewandtnis hatte. Aber ich fange auch eben erst an, Englisch zu lernen. Nach der naturalistischen Methode — so wie ein Kind seine Muttersprache lernt. Ohne Grammatik, ohne Syntax, ohne Vokabelpauken. Einfach zuhören, sprechen, lesen — neue Worte aus dem Zusammenhang entschlüsseln. Dabei gewann ich den Eindruck, daß ›Liebe‹ gemeinsame Ekstase bedeutet, die durch Sex erreicht werden kann. Ist das richtig?«

»So leid es mir tut, mein Junge — zu hundert Prozent falsch. Aber das ist verzeihlich, wenn du dein Wissen aus der Lektüre englischer Literatur beziehst.«

Ischtar schien verwirrt, während Galahad nur nachdenklich wirkte. »Offenbar habe ich nicht genug gelesen.«

»Schone deine Augen, Galahad! Die meisten Autoren gebrauchen das Wort falsch. Himmel, ich habe es selbst jahrhundertelang falsch gebraucht. Es ist ein Musterbeispiel für die Unzuverlässigkeit der englischen Sprache. Aber, was immer ›Liebe‹ sein mag, mit Sex kann man sie nicht gleichsetzen. Ich will Sex nicht abwerten. Es gibt kaum etwas Wichtigeres im Leben, als Kinder zu zeugen. Und dazwischen läßt uns Sex ein wenig vergessen, daß die lieben Kleinen eigentlich eine Höllenarbeit machen. Aber das hat mit Liebe nichts zu tun. Liebe besteht — zumindest für mich — auch dann weiter, wenn man kein sexuelles Verlangen spürt. So, der nächste ist an der Reihe. Ira, du vielleicht? Du sprichst beinahe so gut Englisch wie ich.«

»Besser als du, Großvater, denn ich beachte die Grammatikregeln, was man von dir nicht behaupten kann!«

»Nur keine Arroganz, mein Lieber. Shakespeare und ich ließen uns durch diese albernen Gebote niemals in unserer dichterischen Freiheit einschränken. Einmal sagte er zu mir . . .«

»He, du alter Lügner! Shakespeare starb dreihundert Jahre vor deiner Geburt.«

»Glaubst du? Als man sein Grab öffnete, war es jedenfalls leer. Ich bin mehr als einmal ›gestorben‹, wenn ich von der Bildfläche verschwinden wollte. Aber darum geht es im Moment nicht. Du sollst die Liebe definieren.«

»Ich denke gar nicht daran. Du würdest doch nur wieder die Spielregeln ändern. Erinnerst du dich an unser Gespräch vor ein paar Wochen, als Minerva Liebe in die Kategorien Eros und Agape aufteilte? Du hast sie damals in Grund und Boden verteufelt — und heute kommst du mit dem gleichen Schema an, auch wenn du es vermeidest, die Dinge bei ihrem Namen zu nennen. Nein, nein, Großvater, so leicht falle ich auf deine Tricks nicht mehr herein!«

Lazarus schüttelte spöttisch den Kopf. »Kluges Kerlchen! Ich bin echt stolz, daß du zu meinen Nachkommen zählst. Wenn wir mal viel Zeit haben, sprechen wir über Solipsismus, ja?«

»Hör auf, Lazarus! Mit mir springst du nicht so um wie mit Galahad. Bleiben wir bei Eros und Agape. Agape ist äußerst selten, Eros dagegen so häufig, daß Galahad es beinahe zwangsläufig mit Liebe gleichsetzte. Nun hast du ihn verwirrt, weil er dich für eine Kapazität auf dem Gebiet der englischen Sprache hält — was nicht stimmt.«

Lazarus lachte. »Ira, in meiner Jugend wurden die sogenannten Grammatikformeln tonnenweise verkauft und eingestampft. Fachausdrücke stammen von Schreibtischexperten, die einen ähnlichen Fanatismus besitzen wie Theologen. Mein Junge, ich habe deine tollen Kategorien vermieden, weil sie mir sinnlos erscheinen und obendrein nicht stimmen. Es gibt Sex ohne Liebe und Liebe ohne Sex und so verzinkte Gemische aus beiden, daß kein Mensch durchblickt, was nun was ist. Aber Liebe *kann* definiert werden, ganz exakt, ohne das Wort ›Sex‹ und ohne so umstrittene Begriffe wie ›Eros‹ und ›Agape‹.«

»Dann fang an«, ermunterte ihn Ira. »Ich verspreche dir, daß ich nicht lachen werde.«

»Noch nicht. Die Schwierigkeit bei der Definition so grundsätzlicher Dinge wie der Liebe liegt darin, daß nur die Leute sie verstehen, die das Gefühl schon einmal kennengelernt haben. Es handelt sich um das alte Problem: Wie beschreibe ich einem

Menschen, der von Geburt an blind ist, die Schönheit des Regenbogens? Ja, ja, Ischtar, ich weiß, daß ihr heutzutage Augen aus Zelldepots entwickeln könnt, aber in meiner Jugend gab es das noch nicht. Selbst wenn so ein Unglücklicher die Theorie des elektromagnetischen Spektrums verstand, selbst wenn er genau wußte, welche Frequenzen das menschliche Auge wahrnimmt, selbst wenn man ihm das Phänomen von Lichtbrechung und -spiegelung beschrieb — er verspürte nie das atemlose Staunen, das einen Sehenden beim Anblick eines Regenbogens überfällt. Sogar Minerva hat es besser als ein Blinder; sie ist mit Lichtsensoren ausgestattet. Minerva, betrachtest du manchmal einen Regenbogen?«

»Sooft ich die Gelegenheit dazu habe, Lazarus. Ein faszinierendes Schauspiel.« Minerva stockte, dann fügte sie hinzu: »Vielleicht sehe ich ihn noch schöner als ihr. Mein Sichtbereich umfaßt drei Oktaven — fünfzehnhundert bis zwölftausend Angström.«

Der Senior pfiff durch die Zähne. »Ich schaffe nur eine knappe Oktave. Hör mal, Mädchen, siehst du auch Banden?«

»Natürlich.«

»Hmmm. Nein, versuche nicht, mir diese Farbskala zu erklären, sonst komme ich mir in Zukunft halb blind vor.«

Lazarus schwieg eine Weile. Dann hob er den Kopf. »Das erinnert mich an einen Blinden, den ich auf Mars kennenlernte — in diesem ... äh ... Erholungsheim ...«

»Großvater«, unterbrach ihn der stellvertretende Präsident mit müder Stimme, »behandle uns doch nicht wie unmündige Kinder! Sicher, du bist der älteste Mensch weit und breit, aber selbst die jüngste Person hier im Raum — meine hoffnungsvolle Tochter, die dich mit schmachtenden Kuhaugen anstiert — zählt achtzig Lenze ... das gleiche Alter, das Opa Johnson hatte, als du ihn zum letztenmal sahst. Ham, Liebling, wie viele Liebhaber hast du schon vernascht?«

»Glaubst du, darüber führe ich Protokoll, Ira?«

»Hast du es je für Geld gemacht?«

»Das geht dich gar nichts an, Vater. Oder wolltest du mein Budget aufbessern?«

»Sei nicht schnippisch, Mädchen! Du sprichst immerhin mit deinem Erzeuger. Lazarus, glaubst du im Ernst, daß du Hamadryad schockierst, wenn du die Dinge bei ihrem wahren Namen nennst? Bei uns ist mit Prostitution kein großes Geschäft zu machen; es gibt zu viele bereitwillige Amateure. Die wenigen Bordelle, die wir hier in Neu-Rom haben, sind bei der Handelskammer eingetragen. Aber du solltest einmal eines unserer Freizeitetablissements besuchen — wenn deine Verjüngung abgeschlossen ist.«

»Guter Gedanke«, warf Galahad ein. »Ich lade dich ein, Großvater. Das Elysium bietet alles — Massagen, Hypnose, Kabarett, Schlemmergerichte ... du brauchst nur deine Wünsche zu äußern.«

»He, Moment!« protestierte Hamadryad. »Sei nicht so verdammt egoistisch, Galahad! Die Feier findet nicht ohne uns statt. Habe ich recht, Ischtar?«

»Und wie! Das gibt eine Party!«

»Vielleicht macht auch Ira mit, wenn wir ihm eine Partnerin besorgen. Vater?«

»Hmm, höchstens Lazarus zuliebe. Im allgemeinen meide ich solche Orte. Zu gefährlich für einen Mann meines Ranges.« Er wandte sich an den Senior. »Die wievielte Verjüngung begehst du überhaupt?«

»Wie sagte deine Tochter vorhin so schön? ›Glaubst du, darüber führe ich Protokoll?‹ Ich habe übrigens nichts gegen einen Geburtstagskuchen einzuwenden — mit einer dicken Kerze in der Mitte ...«

»Ein Phallussymbol«, stellte Galahad fest. »Und die Flamme gilt als Zeichen des Lebens. Äußerst sinnig. Ich hoffe nur, daß wir irgendwo einen Wachsbildner auftreiben.«

»Wenn nicht, dann forme ich selbst so ein Ding«, prahlte Ischtar. »Stilisiert oder naturgetreu, ganz nach Belieben. Ich besitze nämlich eine künstlerische Ader — was bei Schönheitsoperationen ganz natürlich ist.«

»Unsinn!« wehrte Lazarus ab. »Ich dachte an eine ganz primitive Wachskerze. Man bläst sie aus und wünscht sich etwas dabei — angeblich geht es in Erfüllung. Wißt ihr, Kinder, wir halten die Party hier ab. Erstens fühlt Ira sich nicht so ungeschützt, und zweitens stehe ich nicht auf Vergnügungsetablissements. Die Freude wohnt im Herzen, nicht in solchen Häusern.«

Ira grinste. »Großvater, merkst du nicht, daß die Kinder dir etwas bieten wollen? Sie mögen dich — der Himmel weiß, warum.«

»Na schön, aber dann geht das Fest auf meine Kosten.«

»Lazarus, wenn mich mein Gedächtnis nicht ganz im Stich läßt, gehört das Elysium dir. Habe ich recht, Minerva?«

»Absolut, Ira. Das Elysium ist eine Tochtergesellschaft der

Gaststätten-GmbH von Neu-Rom, und die befindet sich im Besitz der Sheffield-Libby-Erben.«

»Du liebe Güte, welcher Holzkopf hat mein Geld auf *diese* Weise angelegt? Andy Libby würde sich im Grab umdrehen — wenn er könnte. Leider kreist seine sterbliche Hülle um die letzte Welt, die wir gemeinsam entdeckten.«

»Lazarus, das steht nicht in deinen Memoiren.«

»Wie oft soll ich dir noch erklären, daß so manches nicht in meinen Memoiren steht? Der arme Kerl war in Gedanken wieder bei irgendeiner Erfindung und achtete nicht auf den Weg. Da geschah es eben. Ich schickte den Leichnam in einen Orbit um den Planeten, weil ich Andy kurz vor seinem Tode versprochen hatte, ihn in seinen geliebten Ozark-Bergen zu begraben. Ehrlich, ich wollte mein Wort halten, aber als ich hundert Jahre später zurückkam, um ihn zu holen, fand ich ihn nicht mehr. Vermutlich ein Defekt seines Peilgeräts. Also schön, Kinder, wir veranstalten eine Party in meinem tollen Vergnügungspalais, und ihr könnt alles ausprobieren, was das Haus zu bieten hat. Aber zurück zu unserer Diskussion. Ira, du wolltest das Wort ›Liebe‹ definieren.«

»Nein, du wolltest uns von einem Blinden erzählen, den du in diesem Puff auf dem Mars kennengelernt hattest.«

»Ira, du drückst dich ebenso ordinär aus wie Opa Johnson. Noisy — so nannten wir ihn; seinen richtigen Namen kannte keiner — Noisy also wollte unbedingt etwas Nützliches leisten. Damals konnte sich ein Blinder mit Betteln ganz gut durchbringen, ohne daß jemand geringschätzig über ihn dachte, denn es gab keine Möglichkeit, das Augenlicht wiederherzustellen.«

Aber Noisy haßte es, den anderen Leuten auf der Tasche zu liegen. Er fand eine Arbeit, die ihn ernährte. Spielte Ziehharmonika und sang dazu. Eine Ziehharmonika, Ira? Das ist ein altes Instrument, bei dem die Töne mit Hilfe eines Blasebalgs und vibrierender Plättchen erzeugt werden. Klingt recht hübsch. Leider hat die Elektronik diese Art von Musik völlig verdrängt.

Nun, Noisy tauchte eines Abends auf, schälte sich in der Umkleideschleuse aus seinem Druckanzug und betrat singend den Gästeraum.

Ich ging im allgemeinen nicht zimperlich mit Leuten um, die kein Geld hatten. Gut, ein alter Stammkunde bekam noch mal ein Bier auf unsere Rechnung, wenn er gerade blank war. Aber Noisy war kein Kunde, und daß er kein Geld hatte, sah man ihm von weitem an. Seine Kleider hingen ihm in Fetzen vom Leib, und er stank, als hätte er seit Monaten nicht mehr gebadet. Ich wollte ihn eben rausschmeißen, als ich die Binde über seinen Augen entdeckte.

An einem Blinden vergreift sich niemand. Ich behielt ihn im Auge, ließ ihn aber gewähren. Er setzte sich nicht einmal. Spielte nur auf seiner ramponierten Quetsche und sang dazu, keines von beidem besonders schön. Eines der Mädchen nahm einen Teller und begann bei den Gästen für Noisy zu sammeln. Als er an meinen Tisch kam, lud ich ihn auf ein Bier ein. Ich bedauerte es rasch — er roch unerträglich. Na, und da erzählte er mir eben einiges aus seinem Leben. Lügengeschichten, wenn ihr mich fragt.«

»So wie deine Stories, Großvater?«

»Danke, Ira. Sagte, er sei bis zu seinem Unfall Erster Ingenieur auf einem der großen Harriman-Frachter gewesen. Vielleicht hatte er tatsächlich auf einem Raumschiff gedient; er kannte sich jedenfalls aus. Ich vermute, daß er zu den vielen Erzsuchern gehörte, die damals ihr Glück auf den neuen Planeten versuchten, und daß er irgendwann Pech mit einer Sprengladung gehabt hatte.

Als ich dann nach Geschäftsschluß meine Runde machte, sah ich, daß Noisy in der Küche schlief. Das konnte ich natürlich nicht dulden. Erstens achtete ich auf peinliche Sauberkeit, und zweitens betrieb ich kein Obdachlosenasyl. Ich quartierte ihn in ein leeres Zimmer um, fest entschlossen, ihn am nächsten Morgen aus dem Haus zu schicken.

Nun, die Sache entwickelte sich ganz anders. Ich traute meinen Augen nicht, als ich am Tag darauf zum Frühstück kam. Da saß Noisy — frisch gebadet und rasiert, mit einem ordentlichen Haarschnitt. Er trug einen Anzug von mir und hatte einen weißen Verband um die Augen.

Leute, ich stelle mich nicht gern in den Sturm. Warum sollten die Mädchen nicht ihr Maskottchen haben? Ich wußte, was die Kunden hereinlockte — ganz bestimmt nicht mein Klavierspiel. Wenn sie also Noisy im Haus behalten wollten — meinetwegen.

Aber es dauerte eine Weile, bis ich herausfand, daß Noisy nicht der Schmarotzer war, für den ich ihn hielt. Als ich die Monatsabrechnung machte, stellte ich fest, daß seit seiner Anwesenheit der Umsatz beträchtlich gestiegen war.«

»Wie erklärst du dir das, Lazarus? Immerhin waren es *deine* Kunden, denen er das Geld aus der Tasche zog.«

»Ira, muß ich immer für dich mitdenken? Na ja, du bist es

nicht anders gewöhnt — Minerva nimmt dir die Gehirnakrobatik ab. Aber vielleicht hast du dir auch noch nie überlegt, wie so ein Bordellbetrieb abläuft. Es gibt drei Einnahmequellen — die Bar, die Küche und die Mädchen selbst. Keine Drogen — Drogen verpfuschen das übrige Geschäft. Wenn ich merkte, daß ein Kunde süchtig war, oder wenn auch nur jemand einen Haschstengel in meinen Räumen ansteckte, dann empfahl ich ihm die Chinesenkneipe um die Ecke und warf ihn hinaus.

Die Küche war in erster Linie für die Mädchen da. Sie bezogen ihr Essen zum Selbstkostenpreis oder sogar etwas darunter. Auf Wunsch kochten wir jedoch auch für die Kunden, und das sicherte uns einen kleinen Überschuß. In der Bar arbeiteten wir ebenfalls mit Gewinn, nachdem ich einen Mixer mit allzu flinken Fingern gefeuert hatte. Die Mädchen behielten ihren Lohn, aber sie zahlten dem Haus für jeden Freier eine feste Summe — und das Dreifache, wenn jemand über Nacht blieb. Ich drückte ein Auge zu, wenn sie ein wenig mogelten, doch wenn es öfter geschah, redete ich mit der betreffenden Dame im Klartext.

Aber ich wollte eigentlich erzählen, wie uns Noisy zu einem höheren Umsatz verhalf.

In so einem Kolonistenbordell spielt sich der Besuch eines Kunden folgendermaßen ab: Er kommt herein, trinkt ein Bier und sieht sich die Mädchen an. Sobald er seine Wahl getroffen hat, spendiert er der Kleinen einen Drink, sie nimmt ihn mit auf ihr Zimmer, und kurze Zeit später verschwindet er wieder. Das Ganze dauert etwa eine halbe Stunde und bringt nicht viel Gewinn für das Haus.

So war es vor Noisys Tagen. Während er bei uns weilte, sah die Sache anders aus: Der Kunde kommt herein und trinkt, siehe oben, sein Bier. Dann bestellt er dem Mädchen einen Drink — und noch einen, weil er das Lied eines Blinden nicht unterbrechen will. Er geht mit der Kleinen aufs Zimmer. Als er zurückkehrt, singt Noisy gerade ›Frankie und Johnnie‹ und gibt eine Strophe für den Kunden zu. Der hört sich das Lied zu Ende an und fragt, ob Noisy vielleicht ›Zwei rehbraune Augen‹ kennt. Noisy kennt alle Songs, aber das gibt er nicht zu. Er bittet den Fremden um den Text und läßt ihn die Melodie vorsummen. Dann begleitet er ihn leise auf seiner Quetsche.

Hat der Kunde Scheine, so sitzt er Stunden später immer noch im Gästeraum, bestellt für sich und das Mädchen ein Abendessen und ist inzwischen bereit für ein neues Abenteuer. Hat er sehr viele Scheine, so bleibt er die ganze Nacht und bekommt morgens ein Gratis-Frühstück. Eine Werbung, die kaum etwas kostet, aber der Mann besucht uns am nächsten Zahltag garantiert wieder.

Ich setzte mich nur noch ans Klavier, wenn Noisy eine Verschnaufpause einlegte. Von der Technik her war ich der bessere Musiker — aber seine Sachen kamen einfach an. Und er kannte Tausende von Songs. An einen erinnere ich mich besonders gut. Keine tolle Melodie, einfach so:

> *Tah*tah *bum* bum!
> *Tah*tah *bum* bum!
> *Tah* tah *tah* tah *bum* bum *bum* bum —

Handelte von einem Kerl, der es nie ganz schaffte ...

> An der Straße
> steht 'ne Kneipe,
> und die Stimmung, die ist Klasse.
>
> Bei der Kneipe
> is'n Zimmer,
> und mei' Schwester, die hat Rasse.
>
> Rollt der Dollar
> in der Kneipe,
> bitt' ich manchmal sie zur Kasse ...

In diesem Stil ging es weiter, Leute. Das Lied hatte unzählige Strophen.«

»Ich weiß, Großvater«, meinte Ira. »Du summst sie oft vor dich hin.«

»Wirklich? Das war mir gar nicht aufgefallen. Nun, Noisy bastelte ständig an diesem Song herum. Er änderte die Strophen und paßte sie der jeweiligen Situation an. Der ursprüngliche Text handelte, wenn ich mich nicht täusche, von einem Mann, der ewig seinen Rock versetzt, weil er an keiner Bar vorübergehen kann.

Zwanzig oder fünfundzwanzig Jahre später hörte ich das Lied noch einmal in einem Nachtklub von Luna City. Der Sänger war Noisy. Er hatte die Metrik verbessert und der Melodie mehr Schwung gegeben. Aber der wehmütige Klang war geblieben, und der Song handelte immer noch von einem Taugenichts, der seine Kleider versetzt und seiner Schwester die sauer verdienten Dollars abnimmt.

Noisy erkannte ich kaum wieder. Eine blitzende neue Ziehharmonika, graue Schläfen, geschniegelter Raumfahreranzug — er wirkte wie ein echter Star. Ich ließ ihm durch einen Kellner ausrichte, daß ›Happy Daze‹ im Publikum sei. Nach seinem ersten Auftritt kam er zu mir, bestellte einen Drink auf meine Rechnung und erzählte die alten Lügengeschichten.

Habe ich erwähnt, daß er uns sehr plötzlich verließ? Eines Tages war er einfach weg. Die Mädchen machten sich große Sorgen, weil sie glaubten, ihm sei etwas zugestoßen. Ich ging der Sache nach und fand heraus, daß er auf der *Gyrfalcon* eine Einzelpassage nach Luna City gebucht hatte. Den Mädchen sagte ich natürlich nicht die Wahrheit — machte ihnen weis, daß Noisy unverhofft die Möglichkeit zur Heimkehr erhalten habe und sie alle grüßen ließe. Der Schmerz war groß, aber sie verstanden, daß er den Heimflug nicht verschieben konnte.

Nun aber stellte sich heraus, daß Noisy die Mädchen tatsächlich nicht vergessen hatte. Er erinnerte sich an jede einzelne. Und dabei fiel mir etwas Merkwürdiges auf. Noisy war nicht von Geburt an blind gewesen. Dinge wie einen Regenbogen konnte er sich ohne weiteres vorstellen, weil er sie früher gesehen hatte. Seine Blindheit half ihm jedoch, die häßlichen Dinge des Lebens zu vergessen. Er ›sah‹ nur, was er sehen wollte. So hielt er die Mädchen in meinem Betrieb für Schönheiten. Das stimmte vielleicht in einem Fall — oder in zwei, drei Fällen, wenn man es nicht allzu genau nahm. Doch die Kleine, an die er dachte, war nicht einmal ansehnlich.

›Was macht Olga?‹ fragte er und fügte sehnsüchtig hinzu: ›Herrgott, war das ein Prachtgeschöpf!‹

Olga hatte ein verquollenes, häßliches Gesicht und eine Figur wie ein Mehlsack. Daß sie überhaupt in diesem Beruf arbeitete, lag an den tristen Verhältnissen der Marskolonie. In einem normalen Bordell auf Luna oder der Alten Erde hätte man sie niemals genommen. Allerdings besaß sie eine warme, sanfte Stimme und einen guten Charakter. Wenn ein Kunde sie nahm, weil die anderen Mädchen bereits vergeben waren, so geschah es, daß er das nächstemal wiederkam und ausdrücklich Olga verlangte. Was ich damit sagen will? Mit Schönheit allein lockt man einen Mann nur einmal ins Bett — außer er ist sehr jung und bescheuert obendrein...«

»Was zieht ihn dann an, Großvater?« warf Hamadryad ein.

»Technik? Eine gute Muskelkontrolle?«

»Hattest du schon mal Grund zur Klage, Liebes?«

»Äh — nein.«

»Dann provoziere mich nicht mit deinen Fragen! Es ist das Talent, einen Mann glücklich zu machen, indem man ihm zeigt, daß man selbst Freude dabei empfindet. Olga besaß diese Gabe im hohen Maße.

Ich erzählte dem Blinden, daß Olga inzwischen glücklich verheiratet sei und drei Kinder habe ... eine glatte Lüge, denn sie war kurz nach Noisys Verschwinden verunglückt, und die Mädchen hatten ein solches Theater veranstaltet, daß ich das Haus für ein paar Tage schließen mußte. Aber die Wahrheit hätte Noisy zu hart getroffen. Olga war die erste gewesen, die sich um ihn gekümmert und ihn bemuttert hatte — die mir den Anzug klaute, während ich schlief ...«

»Das paßt eigentlich gut zu unserem Thema«, meinte Galahad. »Noisy liebte die Mädchen in dem Bordell.«

»Falsch, mein Junge. Er mochte sie gern — aber er verließ sie, ohne ihnen Lebewohl zu sagen.«

»Dann liebten sie ihn.«

»Schon eher. Wenn du nun noch den Unterschied zwischen Noisys Gefühlen und den Gefühlen der Mädchen nennen kannst, sind wir fast am Ziel.«

»Mutterliebe«, murmelte Ira. Dann schüttelte er den Kopf. »Lazarus, wenn du uns weismachen willst, daß Mutterliebe die einzig wahre Liebe ist, dann hast du den Verstand verloren.«

»Ich sagte, die Mädchen bemutterten Noisy. Von Mutter*liebe* war nicht die Rede.«

»Äh — schlief er mit ihnen?«

»Würde mich nicht wundern, Ira. Ich schnüffelte ihm nie nach. Aber das ist auch unwichtig.«

Hamadryad wandte sich an ihren Vater: »Ira, was wir hier zu definieren versuchen, kann nicht Mutterliebe sein. Mutterliebe ist oft nur ein anderes Wort für Pflichtgefühl. Wenn ich an meine Bälger denke — manchmal hätte ich sie am liebsten ins Wasser geworfen.«

»Tochter, du hast ganz reizende Kinder!«

»So — habe ich? Wie findest du zum Beispiel meinen Sohn Gordon?«

»Ein süßer Bengel!«

»Aha. Dein Pech ist nur, daß bis jetzt keiner meiner Söhne ›Gordon‹ heißt. Entschuldige, Vater — ich habe dich hereingelegt.« Sie sah Lazarus an. »Du mußt wissen, Ira ist ein perfekter Großvater. Er vergißt nie die Geburtstage seiner Enkel. Aber ich hege schon lange den Verdacht, daß Minerva ihm einen Großteil dieser Familienpflichten abnimmt. Habe ich recht, Minerva?«

Der Computer gab ihr keine Antwort. »Für dich arbeitet sie nicht, Hamadryad«, stellte Lazarus trocken fest.

»Natürlich kümmert sich Minerva um diese Dinge«, sagte Ira unwillig. »Minerva, wie viele Enkelkinder habe ich?«

»Einhundertsiebenundzwanzig, Ira, wenn man den Jungen mitzählt, der nächste Woche auf die Welt kommen soll.«

»Wie viele Urenkel? Und von wem stammt der kleine Junge?«

»Vierhundertdrei, Sir. Und den Jungen erwartet Marian, die jetzige Frau deines Sohnes Gordon.«

»Halte mich auf dem laufenden, Minerva. Und du, Miss Neunmalklug, weißt nun, weshalb mir bei dem Namen ›Gordon‹ nicht gleich ein Licht aufging. Er kommt öfter als einmal in unserer Familie vor.« Ira seufzte. »Lazarus, ich habe dich belogen. Ich verlasse diesen Planeten, weil mir diese Mischpoke auf die Nerven fällt.«

»Vater, wanderst du tatsächlich aus? Das war kein Bluff?«

»Nein, das war kein Bluff. Aber behalte die Neuigkeit bis zur Zehnjahresversammlung des Kuratoriums für dich, Liebes! Willst du auch mitkommen? Galahad und Ischtar haben sich bereits angemeldet; sie beabsichtigen, auf dem neuen Kolonieplaneten eine Verjüngungsklinik zu errichten. Du hast noch fünf bis zehn Jahre Zeit, um etwas Nützliches zu lernen.«

»Großvater, gehst *du* mit?«

»Kaum, Mädchen. Ich habe mehr als eine Kolonie aufgebaut.«

»Vielleicht änderst du deine Meinng noch.« Hamadryad stand auf und trat dicht vor Lazarus. »Ich schlage dir hiermit in Gegenwart von drei Zeugen — nein, vier; Minerva gehört auch dazu — einen Ehe- und Familienvertrag vor. Zeitpunkt und Dauer kannst du bestimmen.« Ischtar warf ihr einen verwirrten Blick zu, dann wurde die Miene der Verjüngungstechnikerin ausdruckslos. Die anderen schwiegen.

»Enkelin«, sagte Lazarus langsam, »wenn ich mich nicht so alt fühlte, würde ich dir jetzt den Hintern versohlen.«

»Falls dir unsere Verwandtschaft Kummer bereitet — so eng ist sie auch wieder nicht. Dein Einfluß auf meine Linie beträgt ganze acht Prozent. Außerdem wurden die negativen rezessiven

Eigenschaften weitgehend ausgemerzt. Die Gefahr für unsere Nachkommen ist also verschwindend gering. Wenn du willst, zeige ich dir mein Gen-Schema.«

»Darum geht es nicht, Ham.«

»Lazarus, ich weiß genau, daß du mehr als eine Verwandtenehe geschlossen hast. Warum lehnst du gerade mich ab? Ich möchte übrigens betonen, daß mein Antrag dich nicht zum Auswandern verpflichtet.« Hamadryad machte eine Pause und setzte dann hinzu: »Notfalls genügt mir auch ein Zeugungskontrakt — obwohl ich gern mit dir zusammenleben würde.«

»*Warum*, Hamadryad?«

Sie zögerte. »Schwer zu beantworten. Bis vor kurzem hätte ich einfach erwidert: weil ich dich liebe. Aber da ich auch nach unserer Diskussion noch nicht weiß, was das bedeutet, gibt es keine Worte, um mein Gefühl für dich zu beschreiben.«

Lazarus sage sanft: »Ich liebe dich, Ham . . .«

Sie strahlte.

». . . und deshalb sage ich nein.« Lazarus warf einen Blick auf seine Gäste. »Ich liebe euch alle. Ischtar und Galahad und sogar Ira, der mit besorgter Miene die Runde betrachtet. Nun lächle endlich wieder, Herzchen! Ich weiß genau, daß sich Dutzende von prächtigen jungen Männern darum reißen, dich zu heiraten. Und du, Ischtar, sollst auch lächeln. Nein, Ira, von dir verlange ich es nicht — du könntest daran sterben. Ischtar, wer löst dich und Galahad heute ab? Ich möchte für den Rest des Tages gern allein sein.«

»Großvater«, fragte die Cheftechnikerin, »darf ich auch die Beobachtungsstation besetzen?«

»Das tust du ohnehin. Aber es genügt, wenn die Leute sich um die Meßkurven kümmern — keine Mikrophone und Videokameras, wenn ich bitten darf! Minerva weckt euch schon, falls etwas Außergewöhnliches geschieht.«

»In Ordnung.« Ischtar erhob sich. »Komm, Galahad! Ham, begleitest du uns?«

»Einen Augenblick noch, Isch. Lazarus, habe ich dich gekränkt?«

»Aber ich bitte dich, Liebes!«

»Ich dachte, du seist verärgert wegen — meines Antrags.«

»Unsinn. Ham, so ein Antrag ist das schönste Kompliment, das man einem Mann machen kann. Er kam nur ein wenig überraschend und hat mich verwirrt. Nun sei lieb und gib mir einen Gutenachtkuß! Ira, bleibst du noch eine Weile bei mir?«

Die anderen gingen wie gehorsame Kinder. »Einen Drink, Ira?« fragte Lazarus, als sie fort waren.

»Nur, wenn du auch einen nimmst.«

»Na, es muß ja nicht sein. Ira, hast du deiner Tochter diesen Floh ins Ohr gesetzt?«

»*Wie?*«

»Du weißt genau, was ich meine. Erst Ischtar, dann Hamadryad. Du hältst die Fäden in der Hand, seit du mich aus dem Asyl geholt hast. Versuchst du mich nun mit Hilfe von hübschen Mädchen festzunageln? Das klappt nicht, mein Freund!«

»Selbst wenn ich es verneine, du würdest mir nicht glauben«, entgegnete Ira ruhig. »Frag doch Minerva!«

»Ob mir das Sicherheit verschafft? Minerva!«

»Ja, Lazarus?«

»Hat Ira die Sache mit den Mädchen angekurbelt?«

»Mir ist nichts davon bekannt.«

»Weichst du aus, Liebes?«

»Lazarus, ich kann dich nicht belügen.«

»Na — ich glaube, du würdest es schaffen, wenn Ira dich darum bittet. Aber das sind Dinge, denen ich lieber nicht nachgehe. Schalte jetzt deine Speicher auf Automatik. Ich möchte mich mit Ira ein paar Minuten allein unterhalten.«

»Jawohl, Lazarus.«

Der Senior starrte eine Weile nachdenklich in den Park hinaus. Dann meinte er: »Ich wollte, du hättest meine Frage bejaht, Ira. Das hätte alles vereinfacht. Denn die einzige Erklärung, die nun noch bleibt, gefällt mir ganz und gar nicht. Ich bin kein Adonis, und mein Charakter läßt zu wünschen übrig. Frauen verkaufen sich aus den merkwürdigsten Gründen — und nicht immer für Geld. Ira, ich habe nicht die geringste Lust, mit jungen, hübschen Mädchen zu schlafen, die mich nur beachten, weil es als besonders schick gilt, ein Kind vom Senior, dem ältesten Mann der Galaxis, zu bekommen.« Seine Stimme klang zornerfüllt.

»Lazarus, du behandelst Ischtar und Ham nicht sehr nett. Und du benimmst dich stur wie immer.«

»Warum?«

»Ich habe die beiden beobachtet. Ich glaube, sie lieben dich wirklich — und komm mir jetzt nicht wieder mit deiner blödsinnigen Definitionssucht! Ich bin nicht Galahad.«

»Aber — ach, Scheiße!«

»Frauen verkaufen sich nicht *immer*, und sie verlieben sich durchaus. Zugegeben, du bist häßlich, ichbezogen, miesepetrig, ekelhaft . . .«

»Ich weiß.«

». . . wenn du dich mit mir unterhältst. Aber Frauen scheint dein Aussehen nicht zu stören, und du behandelst sie mit verblüffendem Charme. Hast du nicht selbst gesagt, daß diese kleinen Nutten auf Mars alle den Blinden liebten?«

»Klein? Die dicke Anna wog zwei Zentner und überragte mich um einen halben Kopf.«

»Versuch nicht schon wieder das Thema zu wechseln! *Warum* liebten sie ihn? Nein, bemüh dich nicht um eine Antwort, sie wird immer unbefriedigend bleiben. Eine andere Frage, Lazarus: Würdest du von Secundus fortgehen, wenn dein Verjüngungsprozeß abgeschlossen und unsere Wette ausgetragen ist?«

Lazarus dachte eine Zeitlang nach. »Ich glaube schon. Sieh mal, Ira, dieses Chalet und der Park mit dem Teich sind wundervoll. Ich atme jedesmal auf, wenn ich aus der Stadt zurückkehre. Aber es ist nur ein Platz zum Ausruhen, zum Kräftesammeln. Irgendwann lockt mich wieder der Ruf der Wildgänse, und dann breche ich auf.«

Er lächelte traurig. »Nur — ich weiß nicht, wohin ich gehen soll. Ich möchte mein Leben nicht wiederholen.«

Ira stand auf. »Lazarus, wenn du nicht so verrückt mißtrauisch und selbstsüchtig wärst, würdest du den beiden Mädchen zur Erinnerung ein Kind schenken. So viel Mühe kostet das doch nicht!«

»Kommt nicht in Frage! Ich habe es noch nie fertiggebracht, Kinder oder schwangere Frauen zu verlassen.«

»Ausreden! Ich adoptiere jedes Kind, das du zeugst, noch im Mutterleib. Wenn du willst, schließe ich einen Vertrag mit dir ab.«

»Danke. Ich habe bisher alle meine Kinder selbst ernährt.«

»Minerva — setz den Vertragstext dennoch auf!«

»Schon geschehen, Ira.«

»Ich danke dir, Mädchen.« Ira reichte Lazarus die Hand. »Bis morgen um die gleiche Zeit, Großvater?«

»Wenn du willst. Und bestelle Ham ausdrücklich, daß sie mitkommen soll. Ich möchte nicht, daß sie gekränkt ist.«

»Wird gemacht, Großvater.«

KONTRAPUNKT IV

Hamadryad und Galahad warteten, während Ischtar die Wachmannschaft einwies. Dann fuhren alle drei mit dem Lift nach unten. Ira hatte der Cheftechnikerin im Regierungspalais eine der Luxussuiten zur Verfügung gestellt, die im allgemeinen Kuratoren und anderen wichtigen Besuchern als Unterkunft dienten. Allerdings hatte Ischtar wenig von der Pracht, da sie einen Großteil ihrer Zeit beim Senior verbrachte.

Das übrige Wachpersonal war in bescheideneren Quartieren untergebracht. Galahad, der sein Apartment nicht benötigte, trat es an Hamadryad ab. Sie übernachtete hin und wieder dort, wenn sie nicht mehr zu ihrem Landhaus fahren wollte. Ihrem Vater sagte sie nichts davon, denn Ira sah es nicht gern, daß sich seine Familienangehörigen im Regierungspalais aufhielten.

Heute jedoch gingen alle drei zu Ischtars Wohnung. Sie hatten einiges zu besprechen.

»Minerva?« fragte Ischtar, als sie aufgeschlossen hatte.

»Auf Posten, Ischtar.«

»Etwas Besonderes?«

»Lazarus und Ira plaudern. Ein Privatgespräch.«

»Halte mich auf dem laufenden, Liebes.«

»Gern.«

Ischtar wandte sich an die anderen. »Wer hat Lust auf einen Drink? Zum Abendessen ist es noch zu früh.«

»Ich brauche erst einmal ein Bad«, meinte Galahad. »Ich hatte fest vor, mich in das kühle Naß des Teichs zu stürzen, als uns der Senior hinauswarf.«

»Ah, du hast recht. An mir klebt alles. Ham, richtest du etwas zu trinken her, während Galahad und ich baden? Die viele Rennerei bringt einen ins Schwitzen.«

»Reicht euch Fruchtsaft mit Soda? Dann schließe ich mich der allgemeinen Säuberungsaktion an. Ich mußte zwar nicht rennen, aber mir brach der Angstschweiß aus, als ich Lazarus meinen Heiratsantrag machte — und alles versaute! Dabei hattest du mich so gut vorbereitet, Isch...« Tränen rollten ihr über die Wangen. »Es tut mir schrecklich leid.«

Ischtar legte ihr den Arm um die Schultern. »Nun ist aber Schluß! Du trägst bestimmt keine Schuld daran, daß der Versuch schiefging.«

»Er hat mich glatt abgewiesen.«

»Der Anfang ist gemacht. Du hast ihn aus seiner Apathie gerüttelt. Genau das braucht er. Vielleicht war der Zeitpunkt nicht ganz glücklich gewählt — aber das biegen wir schon noch hin.«

»Wahrscheinlich will er mich überhaupt nicht mehr sehen.«

»Oh, doch, ganz bestimmt. Warum zitterst du denn? Komm, Liebes, entspann dich wieder! Galahad und ich massieren dich ...«

Ischtar walkte Hamadryad auf dem Massagetisch bereits kräftig durch, als Galahad mit den Drinks kam.

»Oh, Liebling, könntest du bitte nachsehen, ob drei Badetücher im Wärmefach liegen? Das hatte ich ganz vergessen.«

»Jawohl, Madame. Nein, Madame. Sofort, Madame. Ist das alles, Madame? Sei nicht so grob mit Ham; sie braucht ihre Kraft heute noch für mich!«

»Mann, ich tausche dich für einen Hund ein und verkaufe den Köter! Und wenn du mir nicht bald hilfst, bekommst du diese Nacht keine von uns. Wir sind nämlich eben zu der weisen Einsicht gelangt, daß Männer nichts taugen.« Sie knetete mit viel Geschick Hamadryads Rücken. Galahad schob ihr ein Trinkröhrchen in den Mund, und sie nahm einen Schluck von ihrem Drink, ohne die Arbeit zu unterbrechen.

»Glaubt ihr, daß Lazarus etwas gemerkt hat?« fragte Galahad, während er neben sie trat und Ham zu massieren begann.

»Daß wir schwanger sind? Kaum. Ich habe den Eintrag beim Spermendepot gefälscht.«

»Immerhin weiß Minerva Bescheid.«

»Klar, ich habe die Sache mit ihr besprochen. Aber ich kann mir nicht vorstellen ... Minerva?«

»Ja, Ischtar? Ira hat sich eben verabschiedet. Lazarus betritt das Chalet. Keine Probleme.«

»Danke. Hör mal, Minerva, wäre es möglich, daß Lazarus irgendwie von unserer Schwangerschaft erfahren hat?«

»Der Wahrscheinlichkeitsfaktor ist sehr klein. Ischtar, als Ira mir auftrug, dich bei deiner Arbeit zu unterstützen, programmierte er mich so, daß jeder Befehl, den du mir erteilst, den vorherigen wieder löscht.«

»Ja, das hast du mir schon einmal erklärt. Aber ich verstehe nicht viel von Computern, Minerva.«

»Ich dafür um so mehr«, lachte Minerva. »Keine Angst, deine Geheimnisse ruhen sicher in meinem Innern. Lazarus hat übrigens ein leichtes Abendessen bestellt; danach will er schlafen gehen.«

»Gut. Verständige mich, falls er aufwacht. Ein Mann, der nachts allein ist und nicht schlafen kann, besitzt so gut wie keine Abwehrkräfte.«

»Ich werde seine Schlafkurve im Auge behalten, dann hast du zwei bis fünf Minuten Zeit zur Vorbereitung — außer El Diablo springt ihm plötzlich auf den Bauch.«

»Dieser verdammte Kater! Aber er trägt keine Schuld an den Depressionen des Seniors. Ich mache mir Sorgen wegen der Selbstmordträume, in die Lazarus immer wieder verfällt. Was ich alles getan habe, um ihn abzulenken! Allmählich bin ich mit meinem Latein am Ende. Ich kann doch nicht die Dachterrasse ein zweites Mal in Brand stecken!«

»Ischtar, Lazarus hatte diesen Monat keinen einzigen Alptraum, und ich kenne jetzt die typischen Wellenmuster. Sobald ich etwas Außergewöhnliches bemerke ...«

»Ich weiß, daß wir uns auf dich verlassen können, Minerva. Aber wir müssen noch mehr über seine Vergangenheit in Erfahrung bringen; vielleicht gelingt es uns dann, diejenigen Erlebnisse, die als Auslöser wirken, zu löschen.«

»Isch, damit kannst du alles verderben«, warnte Galahad. »Du weißt, daß Ira auf die Erinnerungen des Seniors angewiesen ist.«

»Mir geht es um Lazarus, nicht um Ira!« fuhr Ischtar auf.

»Moment, Ischtar!« meldete sich Minerva. »Ira sucht nach Hamadryad. Nimmt sie das Gespräch entgegen?«

»Klar!« Hamadryad rollte herum. »Aber er soll deine Mikrophone benutzen, Minerva. Ich gehe nicht ans Videofon; mein Besucherlächeln wirkt heute ein wenig verzerrt.«

»Ham?« fuhr die Stimme des stellvertretenden Präsidenten dazwischen.

»Ja, Ira?«

»Eine Botschaft für dich: Sei nett zu einem alten Mann und kreuze zur gewohnten Stunde im Chalet auf. Das heißt, wenn du noch etwas früher kommst, kannst du mit Großvater frühstücken.«

»Bist du sicher, daß er mich sehen will?«

»Absolut — obwohl du ihn ganz schön in Verlegenheit gebracht hast. Wenn es dich beruhigt: Die Botschaft stammt von ihm persönlich.«

Sie seufzte erleichtert. »Dad, du bist Klasse — auch wenn du dich nicht an die Namen deiner Enkelkinder erinnerst.«

»Weißt du, daß du mich seit fünfzig oder sechzig Jahren nicht mehr Dad genannt hast?«

»Du ermutigst mich selten dazu. Aber irgendwie sind wir einander nähergekommen, seit der Senior bei uns weilt. Bis morgen, Ira. Ende.«

»Einen Moment noch, Mädchen. War dein Antrag ernst gemeint?«

»Darüber spreche ich nicht gern.«

»Entschuldige. Aber auch auf die Gefahr hin, daß du mich für aufdringlich hältst — ich finde den Gedanken ausgezeichnet.«

»*Er* leider nicht.«

»Darf ich dir die Sache einmal vom männlichen Standpunkt darlegen, Tochter? Es geschieht oft, daß ein Mann einen derartigen Antrag zuerst ablehnt — weil er die Gefühle und die Motive der Frau prüfen möchte. Zu einem späteren Zeitpunkt sagt er vielleicht ja. Dränge den Senior nicht! Das hätte wenig Sinn. Aber wenn du gern ein Kind von ihm willst, mußt du nur den rechten Augenblick abwarten. Du bist eine verführerische Frau — ich weiß, daß du es schaffst.«

»Wenn ich ein Kind von ihm zur Welt brächte, wären wir alle reicher, nicht wahr?«

»Ganz gewiß. Aber ich gehe vielleicht von anderen Voraussetzungen aus als du. Falls er stirbt oder uns verläßt, haben wir immer noch die Spermenbank. An die kommt er nicht heran, denn ich hüte sie wie meinen Augapfel. Ich will jedoch nicht, daß er stirbt, Ham. Ich will auch nicht, daß er uns in nächster Zeit verläßt — und das hat nichts mit Gefühlsduselei zu tun. Der Senior ist einzigartig. Ich gab mir alle erdenkliche Mühe, ihn am Leben zu erhalten. Ham, deine Nähe behagt ihm, deine Bewunderung schmeichelt ihm — auch wenn er auf deinen Antrag negativ reagierte. Du unterstützt meine Anstrengungen. Sein Überlebenswille wird vielleicht gestärkt, wenn du sein Kind erwartest ...«

Hamadryad warf Ischtar lächelnd einen Blick zu. »Ich tue, was ich kann, Vater.«

»Bravo. Ich war immer stolz auf dich, Hamadryad. Obwohl die Ehre nicht mir allein gebührt. Du hast viel von deiner Mutter.« Ira machte eine kleine Pause. »Bis morgen also.«

»Bis morgen. Vorhang zu. Fanfare.«

Hamadryad umarmte Ischtar und Galahad. »Oh, ich fühle mich prächtig!«

»Dann verschwinde vom Massagetisch!« meinte Galahad. »Ich bin an der Reihe.«

»Du brauchst keine Massage«, widersprach Ischtar streng. »Du stehst weder unter emotionellem Streß noch mußt du dich körperlich anstrengen. Deine einzige Leistung heute war ein schwacher Sieg bei unserer Mordball-Partie.«

»Ich bin mehr der durchgeistigte Typ — äußerst sensibel.«

»Haha. Hilf jetzt Ham vom Tisch und komm mit uns ins Bad. Es macht nichts, wenn du uns durchgeistigt den Rücken wäschst.«

»Ein blinder Ziehharmonikaspieler müßte man sein«, seufzte Galahad.

>»An der Ecke
steht ein Bulle,
und dem paßt nicht jede Nase ...

Welche Einstellung, Isch?«

»Lauwarm, das entspannt. Ham, ich finde, Ira hat recht. Du regst Lazarus sexuell an, und das hilft ihm, seine Depressionen zu überwinden.«

»Ich kann keinerlei Veränderung an ihm feststellen«, erwiderte Hamadryad, während sie unter die Dusche trat. »Oh, er sieht zwar besser aus, aber ...«

»Er hat vor einem Monat zum erstenmal masturbiert. Shampoo, Liebes?«

»Tatsächlich? Das finde ich prima. Muß ich mir die Haare waschen? Na gut, erledigen wir das auch gleich ...«

>»Drum sei lieb
zu deiner Schwester
oder auch zu deiner Base ...«

... sang Galahad. »Augen zu, Ham, das Shampoo kommt. Ischtars Patienten besitzen überhaupt keine Intimsphäre. *Mir* hat sie von dem großen Ereignis allerdings nicht berichtet; ich mußte es den Kurven entnehmen.«

»Für dich war es auch unwichtig. Aber daß Lazarus keine Intimsphäre besitzt, liegt nicht an mir, sondern an Minerva. Wir brauchen bessere Computer in der Klinik, das merke ich jetzt erst. Da wir gerade beim Thema sind — Ham, du weißt doch, daß alles, was den Senior betrifft, unter uns bleibt?«

»Klar. He, rubbel doch nicht so, Galahad! Selbst wenn man mich mit glühenden Zangen foltert — ich werde schweigen wie ein Grab. Ischtar, glaubst du, daß ich das Zeug zu einer Verjüngungstechnikerin hätte?«

»Warum nicht? Wenn du den echten Wunsch dazu verspürst und auch vor harter Arbeit nicht zurückschreckst ... Spülen, Galahad! Einfühlungsvermögen besitzt du jedenfalls. Wie hoch ist dein Index?«

»Er liegt dicht unter der Geniemarke.«

»Das reicht nicht«, stellte Galahad fest. »Du mußt obendrein einen Hang zum Masochismus haben. Ischtar ist eine Sklaventreiberin.«

Er begann wieder vor sich hin zu summen:

»Schick ihr Grüße
zum Geburtstag,
schenk ihr mal 'ne Blumenvase ...«

»Liebling, sing nicht so falsch! Ham, dein Index liegt höher als der von Galahad.«

»Ich singe falsch? Nun bin ich wirklich gekränkt.«

»Du hast andere Tugenden, mein edler Ritter. Troubadourdienste fordere ich nicht. Hamadryad, wenn du dich anstrengst, könntest du bis zum Zeitpunkt der Auswanderung Hilfstechnikerin sein. Falls du überhaupt mit uns auswandern willst. Falls nicht — die Klinik hier benötigt immer Leute. Und wahres Talent ist selten.« Sie machte eine Pause. »Galahad und ich helfen dir gern bei der Vorbereitung, nicht wahr?«

»Klar, Hammy. Ich singe falsch — das ist die Höhe. Wird diese neue Kolonie polygam?«

»Frag Ira, wenn du das für wichtig hältst. Könntest du mir rasch den Rücken schrubben? Ich habe Hunger.«

»Willst du das Risiko eingehen — nach dieser abfälligen Bemerkung über meine Sangeskunst? Ich weiß genau, an welchen Stellen du kitzlig bist.«

»Friede! Ich bitte kniefällig um Verzeihung. Du singst wie eine Nachtigall.«

»Genau. Und während ich singe, kommen mir oft geniale Gedanken. Allmählich begreife ich, wie dieser Liedtext gemeint ist. Die Schwester arbeitet wohl als Hetäre in einer Art Bordell ...«

»Könnte stimmen. Kein Wunder, daß dabei etwas für den armen Bruder abfällt — Künstler werden immer besser bezahlt als das gemeine Volk.«

Hamadryad kam mit frischen Badetüchern zurück und legte sie auf den Massagetisch.

»Ich wußte gar nicht, daß dir der Text Schwierigkeiten bereitet, Galahad. Ich verstand ihn gleich das erste Mal.«

»Und warum klärst du mich nicht auf?«
»Weil ich nicht begreife, weshalb du dich so ausführlich mit diesem komischen Lied befaßt.«
»Ham, wenn man versucht, eine Kultur zu entschlüsseln, sind ihre Mythen, Lieder, Sprichwörter und Redewendungen oft ergiebiger als die Geschichtsbücher. Ein Beispiel: Bei Ausdrücken, die das Männliche und Weibliche umfassen, dominiert der männliche Artikel. *Der* Mensch — warum nicht *die*? Das bedeutet, daß in jener Zivilisation Männer die führende Rolle spielen oder daß die Frauen sich eben erst von ihrem niedrigen Status befreit haben und die Veränderung noch nicht in den Sprachgebrauch eingegangen ist.«
»Das alles entnimmst du einer einzigen grammatikalischen Form?«
»Ham, ich beschäftigte mich vor meiner Verjüngung beruflich mit solchen Problemen. Ein Hinweis genügt selten; man muß Stein für Stein zusammentragen, bis ein Mosaikbild daraus wird. In der Ära des Seniors besaßen die Frauen noch keine Gleichberechtigung, auch wenn vieles dafür spricht, daß sie im Begriff standen, sich zu emanzipieren. Sieh mal, Lazarus erzählte, daß er auf Mars Manager eines Bordells war. Wer hat je davon gehört, daß ein *Mann* so ein Haus führt?«
»Kinder, darüber könnt ihr euch auch beim Essen unterhalten. Mami hat Hunger.«
»Sofort, Isch. Ich wollte nur eins klarstellen. Galahad, weißt du, weshalb ich das Lied auf Anhieb verstand? Weil meine Mutter eine Hetäre ist . . .«
»Tatsächlich? Eine sonderbare Übereinstimmung. Auch Ischtars und meine Mutter arbeiteten in diesem Beruf — und wir begegnen uns in einer Verjüngungsklinik, betreuen ein und denselben Patienten . . .«
»So merkwürdig finde ich das gar nicht«, warf Ischtar ein. »Beide Berufe setzen ein gutes Einfühlungsvermögen voraus. Reich mir bitte das Badetuch, Galahad. Ich hasse Heißluftdüsen. Sag mal, Ham, warum bist du eigentlich nicht in die Fußstapfen deiner Mutter getreten? Bei deinem Aussehen hättest du rasch Karriere gemacht.«
Hamadryad zuckte die Achseln. »Das Aussehen spielt nur eine untergeordnete Rolle. Mutter spannt mir noch heute jeden Verehrer aus, wenn sie bloß mit dem kleinen Finger winkt.«
»Ich verstehe, was du meinst«, sagte Ischtar, während sie ins Eßzimmer ging und rasch nachprüfte, was die Palaisküche zu

bieten hatte. »Bei meiner Mutter ist es ähnlich. Sie sieht nicht besonders gut aus, aber sie besitzt das gewisse Etwas, das die Männer anzieht.«

»Du besitzt es auch, Kleines«, meinte Galahad trocken.

»Danke, mein edler Ritter, aber das stimmt nicht. Ich habe es manchmal, für einen oder vielleicht auch zwei Männer. Und dann wieder überhaupt nicht. Es gibt Zeiten, da will ich von Sex nichts sehen und nichts hören. Galahad, ich hatte vor unserer Begegnung jahrelang allein gelebt und nur meinen Beruf gekannt. Und wenn unser Patient meine Gefühle nicht so verwirrt hätte, wäre ich wohl nicht auf dein Angebot eingegangen. Offen gestanden, ich benahm mich wie ein Schulmädchen an einem lauen Frühlingsabend. Tamara dagegen — so heißt meine Mutter — ist immer und für jeden da, der sie braucht. Sie setzte nie einen Preis fest. Das war auch nie nötig. Die Männer überschütteten sie mit Geschenken.«

»So ein Leben stelle ich mir herrlich vor«, meinte Galahad mit Trauer in der Stimme. »Aber ein Mann, der sich in diesem Beruf versuchte, wäre wohl in einem Monat tot.«

»In deinem Fall, geliebter Galahad, würde es vielleicht etwas länger dauern. Aber keine Wehmut — du bekommst heute nacht genug zu tun.«

»Dann bestelle ich am besten Steaks. Oder wünschen die Damen etwas Besonderes? Ich habe eine begrenzte Phantasie, wenn es um Schlemmergerichte geht.«

»Wir geben uns mit Steaks zufrieden«, erklärte Hamadryad. »Isch, warum schließt du keinen Ehevertrag mit Galahad?«

»Privatsache, Liebes.«

»Entschuldige, es war nicht so gemeint — ich mag euch beide sehr gern, deshalb wollte ich ein wenig Kupplerin spielen.«

»Ischtar nimmt keine mickrigen Zwerge, auch wenn sie ein reines Herz und ein unschuldiges Gemüt besitzen«, sagte Galahad. »Obendrein behauptet sie, daß ich sie kitzle. Heiratest du mich, Ham?«

»Erstens weiß ich, daß ich nicht dein Typ bin, und zweitens hoffe ich immer noch auf den Senior, obwohl er mich bereits einmal abgewiesen hat.«

Ischtar bestellte in der Küche das Essen. »Galahad, du sollst unsere Kleine nicht ärgern. Wir bleiben beide frei, solange auch nur eine winzige Chance besteht, daß wir Lazarus zu einem Kontrakt überreden können.«

»Aber warum im Namen aller Fruchtbarkeitsgöttinnen müßt

ihr dann gleichzeitig schwanger werden? Das begreife ich nicht.«

»Mein dummer Liebling, du weißt, daß der Klinikdirektor jeden Tag zurückkommen kann. Wenn er da ist, komme ich an das Spermendepot nicht mehr heran.«

»Du verstehst meine Frage nicht. Warum *ihr* beide? Es gibt Zehntausende von Frauen, die gewillt sind, fremde Embryos in ihrem Leib heranreifen zu lassen. Man hat sie eigens registriert. Und warum ihr *beide*?«

»Liebling, ich nehme alles zurück. Du bist nicht dumm — du bist einfach ein Mann. Sieh mal, es wird noch Wochen dauern, bis man uns die Schwangerschaft anmerkt. Wenn es uns bis dahin nicht gelungen ist, den Senior festzunageln, genügt ein zehnminütiger Eingriff, um den Fötus zu entfernen. Und irgendwelche unbekannten Frauen eignen sich in diesem Fall nicht. Ich darf die Kontrolle nicht verlieren. Schlimm genug, daß ich mich einem Gen-Chirurgen anvertrauen mußte — wenn die Sache auffliegt, kann mir nur noch Ira helfen.

Und weshalb wir beide den Schritt gewagt haben? Galahad, selbst bei normalen Befruchtungen kommt es hin und wieder zu Fehlschlägen. Wir möchten die Chancen für einen gesunden Embryo vergrößern. Im Moment haben wir nur die Sicherheit, daß wir beide schwanger sind. Nächsten Monat wissen wir mehr. Falls die Sache nicht geklappt hat, versuchen wir es noch einmal.«

»So oft wie nötig«, erklärte Hamadryad fest.

Ischtar tätschelte ihr die Wange. »Wir schaffen es beim ersten Anlauf, Kleine.«

»Ischtar?«

»Ja, Ham?«

»Und ... und wenn wir nun beide eine normale Schwangerschaft haben ...?«

»Dann kannst du jederzeit den Fötus entfernen lassen, das weißt du.«

»Nein, so hatte ich es nicht gemeint. Ich — möchte mein Kind unbedingt behalten. Meinst du, der Senior hat etwas gegen Zwillingstöchter?«

Galahad starrte sie an. »Die Antwort kannst du dir sparen, Isch. Der Mann, der einer solchen Aussicht widerstehen kann, ist noch nicht geboren. Und ganz bestimmt heißt er nicht Lazarus Long ...«

VARIATIONEN ÜBER EIN THEMA

V. Stimmen im Dunkel

Nachdem Minerva sich vergewissert hatte, daß die Abendmahlzeit den Wünschen des Seniors entsprach, fragte sie: »Brauchst du noch etwas, Lazarus?«

»Ich glaube nicht. Oder doch. Leistest du mir beim Essen Gesellschaft?«

»Sehr gern, Lazarus. Vielen Dank.«

»Wozu bedankst du dich? Du erweist *mir* einen Gefallen. Ich fühle mich heute abend ziemlich deprimiert. Setz dich, Liebes, und heitere mich ein wenig auf!«

Die Stimme des Computers schien mit einem Male von dem Platz gegenüber Lazarus zu kommen. »Ein Hologramm, Senior?«

»Mach dir nicht die Mühe, Liebes.«

»Aber es bedeutet keine Mühe; ich besitze eine Menge freier Kapazitäten.«

»Nein, Minerva. Das Bild, das du vor kurzem von dir gezeichnet hast, war perfekt — realistisch, wie aus Fleisch und Blut. Aber es hatte keine Ähnlichkeit mit dir. Ich weiß genau, wie du aussiehst. Könntest du bitte das Licht dämpfen? Dann bilde ich mir ein, daß du mir im Dunkel gegenübersitzt.«

Die Raumbeleuchtung veränderte sich. Nur ein schwacher Lichtkegel schwebte über dem Gedeck des Seniors; er reichte nicht bis zur Tischkante. »Wie sehe ich aus, Lazarus?« fragte Minerva.

»Oh.« Er schrak aus seinen Gedanken. »Es ist ein Bild, das im Lauf der Zeit ganz unbewußt in mir entstanden ist. Liebes, weißt du eigentlich, daß wir enger zusammen leben als Mann und Frau?«

»Hmm, ich kann mir die Gefühle einer Frau nicht vorstellen, Lazarus. Aber es freut mich, daß ich dir so nahestehe.«

»Weiblichkeit hat nicht allzuviel mit Sex zu tun, Minerva. Du warst meiner Dora eine echte Mutter. Oh, ich weiß, daß Ira bei dir an erster Stelle steht. Aber du bist wie diese Olga, von der ich erzählte: Du hast so viel zu geben, daß du mehr als einen Mann glücklich machen kannst.«

»Danke, Lazarus. Ich liebe dich — wenn ich das Wort richtig verstehe. Und ich liebe Dora.«

»Ich weiß. Wir beide brauchen uns nicht mit Definitionen

herumplagen. Das überlassen wir Hamadryad. Also, dein Aussehen ... du bist groß, fast so groß wie Ischtar. Aber im Gegensatz zu ihr schlank und schmal. Du hast nicht ihre ausladenden Formen. Dennoch wirkst du weiblich. Eine reife junge Frau. Kleine Brüste, etwa so wie bei Hamadryad. Deine Schönheit sticht nicht sofort ins Auge; sie kommt von innen heraus. Du bist ernst. Hin und wieder jedoch hellt ein Lächeln deine Züge auf. Dein Haar ist glatt und dunkel, und du trägst es offen. Von Kosmetik hältst du nicht viel, aber du betonst deine großen braunen Augen. Und du ziehst fast immer Kleider an, schlichte Sachen, weil du die Mode ein wenig verachtest. Nackt zeigst du dich nur vor Leuten, die dir sehr, sehr nahestehen — und das sind wenige.

Das wäre es. Ach ja — noch eins: Du schneidest deine Nägel ganz kurz und hältst deine Hände peinlich sauber. Dennoch empfindest du keinen Ekel vor Schmutz oder Schweiß, und du kannst, wenn es darauf ankommt, auch Blut sehen.«

»Deine Beschreibung macht mich stolz, Lazarus.«

»Wie? Aber, Mädchen — du darfst die Auswüchse meiner blühenden Phantasie nicht als Evangelium betrachten!«

»Ich sehe genau so aus, wie du mich geschildert hast«, erklärte Minerva fest. »Und ich gefalle mir.«

»Wie du meinst. Obwohl du auch Hamadryads strahlende Schönheit besitzen könntest ...«

»Nein, Lazarus. Ich bin die Martha — nicht die Maria.«

»Du überraschst mich immer wieder, Minerva. Du kennst die Bibel?«

»Ich kenne jedes Buch der Großen Bibliothek. In gewissem Sinne *bin* ich die Bibliothek, Lazarus.«

»Ja, natürlich, das hatte ich ganz vergessen. Wie weit ist übrigens deine ›Reproduktion‹ gediehen? Angenommen, Ira wird plötzlich vom Reisefieber befallen ...«

»Die Speicher sind im wesentlichen vollständig, Lazarus. Sämtliche Gedächtnis- und Logikeinheiten befinden sich in Doras Frachtluke Nummer Vier und arbeiten bereits parallel zu der Anlage hier im Palais. Auf diese Weise gelang es mir sogar, einige kleine Fabrikfehler zu entdecken und zu beseitigen. Du siehst, ich habe das Problem vordringlich behandelt. Ich verließ mich nicht auf mein Turing-Potential. Das hätte zu lange gedauert, weil es nötig gewesen wäre, Direktverbindungen zu Dora herzustellen und später wieder abzubauen. Statt dessen bestellte ich die Teile und ließ sie von Fachkräften installieren.«

»Irgendwelche Schwierigkeiten?«

»Nein, Lazarus. Oh, Dora beschwerte sich über die Unordnung in ihren blitzblanken Luken. Dabei arbeiteten die Ingenieure mit fusselfreien Coveralls, Handschuhen und Masken, und sie mußten sich bereits in der Luftschleuse umziehen.« Er spürte Minervas Lächeln. »Sanitäre Anlagen außerhalb des Schiffes — du hättest hören sollen, wie die Leute fluchten!«

»Kann ich mir denken! Dora wäre keine Perle aus der Krone gefallen, wenn sie eine der Bugtoiletten geöffnet hätte.«

»Lazarus, du hast selbst gesagt, daß ich eines Tages als Passagier auf deinem Schiff leben werde. Also versuchte ich mich mit Dora zu einigen — und das ist mir gelungen. Ich möchte unsere Freundschaft nicht dadurch gefährden, daß ich Unordnung ins Haus — oder ins Schiff — bringe. Dora liebt die Sauberkeit, und ich will ihr zeigen, daß ich diese Eigenschaft respektiere. Die Ingenieure hatten keinen Grund zur Beschwerde; es war alles vorher vertraglich geregelt: Urintüten im Schiffsinnern, keine Mahlzeiten an Bord, absolutes Rauchverbot, kein Spukken, kein Herumschnüffeln — nun, das konnten sie ohnehin nicht, da ich Dora gebeten hatte, alle Türen zu verschließen und nur einen Korridor zur Frachtluke Vier freizuhalten. Ich bezahlte eine hübsche Summe für diese Sonderwünsche.«

»Das glaube ich. Was sagte Ira dazu?«

»Ira kümmert sich nicht um solche Dinge. Aber ich buchte die Kosten auch nicht von seinem, sondern von deinem Konto ab.«

»Puh! Bin ich jetzt bankrott?«

»Aber nein! Du vergißt, daß man dir einen unbegrenzten Kredit eingeräumt hat. Es erschien mir so am günstigsten, weil die Arbeiten in deinem Schiff durchgeführt wurden. Vielleicht wundert es manche Leute, wozu du einen zweiten Computer auf der Dora benötigst. Der Projektingenieur jedenfalls brachte sein Staunen zum Ausdruck. Ich fuhr ihm ziemlich scharf über den Mund. Nicht einmal die Herstellerfirma weiß genau, was sie geliefert hat.«

»Waren die Preise einigermaßen vernünftig?«

Minervas Stimme klang beunruhigt. »Hätte ich eine Ausschreibung veranstalten sollen?«

»Du liebe Güte, nein! Das beste Unternehmen ist gerade gut genug. Minerva, Liebes, wenn wir erst einmal von Secundus aufbrechen, kann es viele Jahre dauern, bis du wieder in einer Werkshalle gewartet wirst. Inzwischen mußt du selbst dafür sorgen, daß alles funktioniert. Oder versteht Ira etwas von defekten

Computern?«
»Kaum.«
»Siehst du? Dora besteht aus Gold und Platin, wo andere Computer nur Kupfer und Aluminium vorweisen können. Ich hoffe, du hast nicht an diesen Dingen gespart.«
»Verlaß dich darauf, Lazarus. Mein neues Ich ist noch zuverlässiger als das alte, dazu kompakter und schneller. In den letzten hundert Jahren hat sich in der Computertechnik einiges getan.«
»Hmm — vielleicht sollte ich auch Dora überholen lassen.«
Minerva gab keine Antwort darauf.
»Liebes, dein Schweigen spricht Bände«, sagte Lazarus. »Hast du das etwa schon besorgt?«
»Ich habe einige Ersatzteile bestellt, Lazarus. Dora weigerte sich, sie einbauen zu lassen, bevor du ausdrücklich den Befehl dazu erteilst.«
»Ja, sie mag es nicht, wenn irgendein Klempner in ihrem Inneren herumfummelt. Aber Verbesserungen müssen sein. Notfalls setzen wir die Kleine unter Narkose. Minerva, ich fände es ganz nützlich, wenn du Doras Wartungsvorschriften und sie die deinen speichern würde.«
»Wir haben nur auf diesen Vorschlag gewartet, Lazarus«, erwiderte Minerva schlicht.
»*Du* hast darauf gewartet, nicht wahr? Dora käme von selbst gar nicht auf so einen Gedanken. Minerva, es wäre mir lieb, wenn du deine falsche Bescheidenheit aufgeben würdest. Du denkst um viele Größenordnungen schneller als ich; mir sind durch meinen menschlichen Verstand und Körper Grenzen gesetzt. Wende dich also in Zukunft mit deinen Ideen ruhig gleich an mich. Ich erkenne deine Überlegenheit neidlos an. Wie kommst du übrigens mit der Astrogation zurecht? Hilft Dora dir dabei? Oder macht sie Schwierigkeiten?«
»Wir sind inzwischen ebenbürtige Piloten.«
»Nun übertreibst du. Pilot darfst du dich erst nennen, wenn du ohne Hilfe einen Sprung in den n-dimensionalen Raum geschafft hast. Selbst Dora wird dabei nervös — und sie hat Hunderte solcher Manöver hinter sich.«
»Na gut, dann bin ich eben kein Pilot — obwohl ich keine Angst vor dem n-dimensionalen Raum habe. Dora ließ mich sämtliche Sprünge simulieren, die sie je durchführen mußte, und sie behauptet, ich hätte meine Aufgabe glänzend gelöst.«
»Vielleicht wird aus dem Spiel eines Tages Ernst, wenn

irgendeine Katastrophe eintritt. Ira ist bestimmt kein so guter Pilot wie ich. Und wenn ich mich nicht an Bord befinde, rettet ihm deine neue Fertigkeit vielleicht das Leben. Sonst noch etwas? Hast du ein paar neue Witze auf Lager?«

»Ich weiß nicht, Lazarus. Die Ingenieure an Bord erzählten ein paar scharfe Sachen und wieherten dann vor Gelächter. Aber ich fand sie eigentlich nicht komisch.«

»Na, laß nur. Wenn es Männerwitze waren, dann kenne ich sie seit mindestens tausend Jahren. Aber jetzt die Schlüsselfrage: Wie rasch kannst du die Trennung zwischen beiden Einheiten vollziehen, wenn Ira den Planeten unerwartet verlassen muß? Angenommen, es findet ein Staatsstreich statt ...«

»In einer Fünftel Sekunde oder etwas darunter.«

»*Was*? Hast du mich auch richtig verstanden, Minerva? Ich meine, wie lange dauert es, bis du mit deiner ganzen Persönlichkeit an Bord der Dora bist? Selbstverständlich mußt du vorher die Erinnerungen von Minerva Eins löschen. Es wäre sonst unfair, sie zurückzulassen.«

»Lazarus, ich war mir von Anfang an darüber im klaren, daß dieser Übergang der kritische Aspekt der ›Reproduktion‹ ist. So begann ich zu experimentieren, sobald die Ingenieure der Vertragsfirma das Schiff verlassen hatten. Ich schuf mich einfach parallel, so wie ich es vorher beschrieben habe. Das war ganz leicht; ich mußte lediglich die Zeitverzögerung korrigieren, um in der Echtzeit synchron zu bleiben — aber da ich eine Reihe von Fernsensoren besitze, bin ich das gewohnt.

Dann versuchte ich jeweils eine Einheit auszuschalten, ganz vorsichtig, mit einem Selbstprogramm, das nach drei Sekunden zur kompletten Verdoppelung zurückkehrte. Keinerlei Probleme, Lazarus, nicht einmal zu Beginn. Ich brauche inzwischen weniger als zwei Millisekunden einschließlich aller Checks. Seit du mir die Frage gestellt hast, führte ich das Programm siebenmal durch. Ist dir eine Zeitverzögerung in meiner Stimme aufgefallen — wie bei einem Abstand von etwa tausend Kilometern?«

»Mädchen, ich nehme Zeitverzögerungen erst ab dreißigtausend Kilometern wahr! Aber sag mal, in welchen Zeiteinheiten denkst du eigentlich? Nanosekunden? Millisekunden? Und welchen Abständen entspricht das in meinem Lebensrhythmus?«

»Das kann man nicht so ausdrücken, Lazarus. Es gibt Vorgänge, die ich in Bruchteilen von Nanosekunden wahrnehme. Aber ich finde mich auch in deiner Zeit zurecht. Glaubst du, eine Plauderei mit dir oder ein Lied würden mir Spaß machen, wenn ich gezwungen wäre, jede Nanosekunde zu registrieren? Zählst du etwa jeden deiner Herzschläge?«

»Nein — oder zumindest nur selten.«

»Mir ergeht es ähnlich, Lazarus. Über den Ablauf der Dinge, die ich rasch erledige, denke ich nicht bewußt nach. Aber die Sekunden, Minuten und Stunden, die ich mit dir verbringe, die genieße ich. Ich zerhacke sie nicht in Nanosekunden; ich erfasse sie als Ganzes und freue mich darüber. Deine Gegenwart halte ich in einem einzigen ›Jetzt‹ fest.«

»Moment mal, Liebes! Willst du damit sagen, daß der Tag, an dem Ira uns beide bekannt gemacht hat, für dich immer noch dem ›Jetzt‹ angehört?«

»Ja, Lazarus.«

»Gehen wir einen Schritt weiter! Ist der morgige Tag auch ›Jetzt‹ für dich?«

»Ja, Lazarus.«

»Wenn das so ist, dann kannst du die Zukunft vorhersagen.«

»Nein, Lazarus.«

»Also, das begreife ich nicht.«

»Ich könnte einige Gleichungen ausdrucken, um dir die Sache verständlicher zu machen — aber in diesen Gleichungen zeigt sich nur, daß man die Zeit als eine von vielen Dimensionen behandeln kann. Die Gegenwart oder das Jetzt stellt eine Variable dar, die für eine breite oder schmale Spanne im ›steady state‹ gehalten wird. Wenn ich jedoch mit *dir* spreche, bewege ich mich mit der Wellenfront, die dein persönliches ›Jetzt‹ ist — anders wäre eine Kommunikation nicht möglich.«

»Ich hege den Verdacht, meine Liebe, daß wir im Moment unter Kommunikationsschwierigkeiten leiden.«

»Entschuldige, Lazarus, auch ich habe meine Grenzen. Aber wenn ich wählen könnte, würde ich mich für deine Grenzen entscheiden. Die Grenzen der Menschheit...«

»Minerva, du weißt nicht, wovon du sprichst. Der menschliche Körper kann eine Last sein, besonders im Alter, wenn die Pflege, die ›Wartung‹, immer mehr Zeit in Anspruch nimmt. Du hingegen hast das Beste von beiden Gruppen für dich: Du bist nach dem Ebenbild des Menschen konzipiert und erfüllst Aufgaben, die erst die Erhabenheit des Menschen ausmachen. Nur erledigst du alles besser und schneller — sehr viel schneller — und unbehindert von den Schmerzen und Unzulänglichkeiten eines Körpers, der Nahrung und Ruhe braucht und zu Defekten neigt.«

»Lazarus — was ist ›Eros‹?«

Er starrte in das Halbdunkel und stellte sich Minervas große braune Augen und ihren ernsten, gequälten Blick vor. »Du liebe Güte, Mädchen — ist das dein sehnlichster Wunsch?«

»Ich weiß es nicht, Lazarus. In diesem Punkt bin ich ›blind‹.«

Lazarus seufzte. »Begreifst du nun, weshalb ich wollte, daß Dora ein Kind blieb?«

»Ich habe so meine Vermutungen. Aber ich werde sie für mich behalten.«

»Danke. Du bist eine echte Lady, Minerva. Du kennst also einen Teil meiner Argumente. Aber ich will dir alles erklären — ein anderes Mal, wenn ich in Stimmung bin —, und dann verstehst du vielleicht, was ich mit ›Liebe‹ meine. Die Geschichte ist nicht für Ira bestimmt — das heißt, du kannst sie ihm erzählen, sobald ich fort bin. Gib ihr den Titel: ›Die Adoptivtochter‹ . . .«

»Gut, Lazarus. Du . . . du tust mir leid.«

»Warum? Die Liebe kennt kein Bereuen, Minerva. Stell dir vor, du könntest weder mich noch Dora lieben! Stell dir vor, du wärst Ira und damit der Liebe nie begegnet!«

»Du hast recht — das will ich nicht. Aber ich sehne mich nach ›Eros‹.«

»›Eros‹ kann sehr schmerzen, Liebes.«

»Davor habe ich keine Angst. Sieh mal, ich weiß so viel über die Fortpflanzungstheorien, weit mehr als jeder Mensch, aber . . .«

»Wirklich? Oder bildest du dir das nur ein?«

»Nein, Lazarus. Ich weiß genau Bescheid. Ischtar bat mich, einen Speicher für die Forschungsberichte und Geheimdokumente der Howard-Verjüngungsklinik zur Verfügung zu stellen.«

»Donnerwetter! Ich glaube, da ist Ischtar ein großes Risiko eingegangen. Die Klinik läßt sich nicht gern in die Karten schauen.«

»Ischtar besitzt Mut. Sie gab mir die Erlaubnis, die Akten zu studieren, und verlangte lediglich, daß ich kein Geheimmaterial an die Öffentlichkeit bringe. Faszinierend, Lazarus. In der Theorie weiß ich alles über Sex. Ich könnte als Gen-Chirurg arbeiten, als Hebamme, als Frauenarzt und als Verjüngungstechniker. Erektionsreflexe, Orgasmus und der Vorgang der Schwangerschaft und Geburt. Einzig und allein ›Eros‹ bleibt mir unbekannt . . .«

VARIATIONEN ÜBER EIN THEMA

VI. Die Geschichte von den Zwillingen, die keine waren

(Gekürzt)

... aber ich verdiente damals mein Geld in der Hauptsache als Kaufmann im All. Jener Husarenstreich, Minerva, mit dem ich vom Sklaven zum Hohepriester avancierte, entwickelte sich aus einer Zwangslage. Ich mußte lange Zeit Demut heucheln, etwas, das nicht zu meinem Charakter paßt. Vielleicht hatte Jesus recht, als er sagte, die Sanftmütigen würden dereinst die Erde besitzen — aber sie erlangen diesen Besitz nur Zoll um Zoll.

Leider führte der einzige Weg vom Feldsklaven zur Freiheit über die Kirche. Und er erforderte Selbstverleugnung. Was hätte ich also tun sollen? Die Priester waren berüchtigt...

(Gekürzt um 9300 Worte)

... so glückte mir die Flucht von ihrem verdammten Planeten. Ich hatte nicht vor, jemals auf diese Welt zurückzukehren.

Aber zweihundert Jahre später kehrte ich doch zurück. Eine Verjüngung lag dazwischen, und ich hatte kaum noch Ähnlichkeit mit jenem Hohepriester, dessen Schiff im All untergetaucht war.

Ich kam als Kaufmann nach Blessed — und ich kam einzig und allein in der Absicht, Geld zu verdienen. Rachegedanken lagen mir fern. Das Graf-von-Monte-Christo-Syndrom macht sehr viel Mühe und wenig Spaß. Wenn ich mit einem Gegner fertig bin, lasse ich ihn laufen. Anstatt ihm in einer finsteren Gasse eine Kugel in den Kopf zu jagen, überlebe ich ihn einfach — und ich finde, das gleicht die Konten auch aus. Ich konnte mir ausrechnen, daß meine ehemaligen Feinde von Blessed längst tot waren.

Die Landung auf Blessed hatte also rein praktische Gründe. Du mußt wissen, Minerva, daß man beim interstellaren Handel sehr nüchtern denken mußt. Geld spielt nur eine abstrakte Rolle. Eine Schiffsladung Banknoten von dem einen Planeten kann auf dem nächsten Makulatur sein. Mit Krediten gibt man sich gar nicht erst ab; die galaktischen Entfernungen sind zu groß. Selbst Münzen müssen als Handelsgut betrachtet werden, niemals als Währung. Wer sich von dieser Illusion nicht freimacht, verhungert bald.

Auf diese Weise aber erhält der Kaufmann im All einen Einblick in die Problematik der Wirtschaft, der weder Bankiers noch Professoren der Wirtschaftswissenschaften je zuteil wird. Er tauscht — und sonst nichts. Er zahlt die Steuern, die sich nicht vermeiden lassen, ganz gleich, ob sie nun ›Zoll‹, ›Verwaltungsgebühr‹, ›Abgabe‹ oder schlicht und einfach ›Schmiergeld‹ heißen. Die Achtung vor dem Gesetz ist dabei eine rein pragmatische Angelegenheit. Frauen wissen das instinktiv; deshalb schmuggeln sie so gern. Männer dagegen glauben oft, Gesetze seine etwas Hehres — eine unbegründete Annahme, die Politiker gern zu ihrem Vorteil ausnützen.

Ich selbst habe selten geschmuggelt. Das Risiko ist groß, und es kann geschehen, daß man zwar eine Menge Geld gewinnt, es aber nicht an Ort und Stelle auszugeben wagt — und somit keinen Nutzen von der Transaktion hat.

Der Wert eines Artikels setzt sich aus zwei Faktoren zusammen: woher er stammt und woraus er besteht. Aufgabe des Kaufmanns ist es nun, Waren von einem Ort, an dem sie billig sind, zu einem anderen zu transportieren, wo man sie höher veranschlagt. Unser Stallmist erweist sich vierzig Breitengrade tiefer als wertvoller Dünger. Die Kiesel der einen Welt gelten auf einer anderen Welt als Edelsteine. Die Kunst liegt darin, einmal das Angebot und zum zweiten den Bedarf zu kennen, und der Händler, der eine gute Spürnase besitzt, kann während einer einzigen Reise die Reichtümer des Midas erlangen — oder Pleite machen, wenn er die Lage falsch eingeschätzt hat.

Ich war von Landfall nach Blessed gekommen und wollte über Walhalla zurück an den Ausgangspunkt meiner Reise, weil ich wieder einmal die Absicht hatte, eine Ehe zu schließen und eine Familie zu gründen. Dazu allerdings benötigte ich eine gute finanzielle Basis, und die mußte ich mir erst schaffen. Zu dem damaligen Zeitpunkt besaß ich nur das Patrouillenschiff, das Libby und ich für unsere Erkundungsflüge benutzt hatten[*], und eine kleinere Summe in der lokalen Währung.

Höchste Zeit also, daß ich etwas auf die Beine stellte.

Der Handel zwischen zwei Planeten bringt wenig Gewinn; die Möglichkeiten sind zu rasch ausgeschöpft und sprechen sich auch bei naiven Krämerseelen herum. Aber ein Dreieckshandel

---

[*] Folge der Ereignisse kann nicht stimmen. Vielleicht ein ähnliches Schiff?

J. F., 45.

— er kann auch über mehr als drei Stationen laufen — lohnt sich meistens.

Ich hatte die erste Etappe Landfall—Blessed hinter mich gebracht und meine Fracht mit Gewinn verkauft. Frag mich nicht, woraus sie bestand, Minerva! Ich habe in meinem langen Leben mit so vielen Dingen gehandelt, daß ich mich beim besten Willen nicht mehr daran erinnere. Ich weiß nur noch, daß ich vorübergehend zuviel Geld hatte.

Was ›zuviel‹ ist? Nun, die Summe, die man nicht ausgeben kann, bevor man einen Planeten verläßt. Es bietet sich die Alternative an, den Überschuß zu behalten und der Welt ein paar Jahre später einen zweiten Besuch abzustatten. Doch das ist eine unsichere Geschichte. Ich habe zu oft erlebt, daß Inflationen, Kriege oder Regierungswechsel das Ersparte zu einem Nichts zusammenschrumpfen lassen.

Da mein Schiff bereits im Hafen stand und die Schauerleute am nächsten Tag mit dem Beladen beginnen wollten, brannte mir das Geld natürlich in der Tasche. Ich hatte genau einen Nachmittag Zeit, es auszugeben; dann mußte ich die Hafenarbeiter überwachen. Ich war mein eigener Zahlmeister und besitze obendrein ein mißtrauisches Naturell.

So schlenderte ich durch das Geschäftsviertel und hielt Ausschau nach ein paar geeigneten Kleinigkeiten.

Ich trug die Gewänder eines Edelmannes und hatte einen Leibwächter bei mir, denn Blessed war immer noch ein Sklavenplanet mit einer genau abgestuften Sozialstruktur. Es war wichtig, daß man einen begüterten Eindruck erweckte. Der Leibwächter war nicht mein eigener Sklave; ich hatte ihn bei einer Verleihfirma gemietet. Nein, Minerva, ich bin kein Mensch mit doppelter Moral. Dieser Sklave hatte nichts anderes zu tun, als mir zu folgen; dafür bekam er, wohl zum erstenmal in seinem Leben, so viel zu essen, wie er nur wollte.

Der Status eines Handelsherrn verlangte es einfach, daß sich stets ein Diener in meiner Nähe befand. Ich erhielt kein Quartier in den Nobelherbergen von Charity, wenn ich keinen Sklaven vorweisen konnte. Wenn ich allein ein Restaurant betrat, sahen die Kellner über mich hinweg — und so fort.

Nun, ich versuche stets, mich den Gewohnheiten eines Volkes anzupassen. Es gibt Planeten, auf denen es zur guten Sitte gehört, mit der Gastgeberin zu schlafen — was nicht immer Vergnügen bereitet. Im Vergleich dazu waren die Bräuche von Blessed harmlos.

Ich verließ mich nicht auf meinen Leibwächter, obwohl ihn die Agentur mit einem Schlagstock ausgerüstet hatte. Für den Notfall besaß ich meine eigenen Waffen — und ich achtete zudem genau auf meinen Weg. Die Reichen von Blessed lebten nicht ungefährlich. Zwar wagte es kein Polizist, sie auf der Straße anzupöbeln, selbst wenn sie gegen die eine oder andere Vorschrift verstießen — aber sie waren oft das Ziel von Überfällen.

Ich wollte noch in die Juweliergasse und nahm die Abkürzung über den Sklavenmarkt, da ich wußte, daß an diesem Tag keine Auktion stattfand. Unterwegs bemerkte ich jedoch, daß eines der Zelte von einer Schar Neugieriger umlagert war. Ich trat näher. Ein Mann, der selbst einmal auf dem Block gestanden hat, kann nicht ohne Mitgefühl an solchen Versteigerungen vorübergehen.

Niemand schien bereit, das ausgestellte Sklavenpaar zu kaufen. Die Leute, die den Händler umringten, waren Gaffer, mehr nicht. Sie trugen schäbige Kleider, und kein einziger hatte einen Diener bei sich.

Der Jüngling und das Mädchen — beide etwa achtzehn — standen auf einem Podest, in lange, ärmellose Überwürfe gehüllt. Ich wußte aus eigener Erfahrung, was diese Gewänder bedeuteten: Nur auserwählte Kunden bekamen die Sklaven nackt zu sehen. Das gemeine Volk hatte bei diesem Handel nichts zu suchen.

Es war auch keine normale Auktion, bei der das Angebot von den Käufern kam. Der Händler hatte einen Preis festgesetzt, der den Kunden als Basis zum Feilschen diente, eine durchaus erlaubte Methode — nur war die Summe in diesem Fall unglaublich hoch. Mit zehntausend Blessings überstieg sie den üblichen Preis um das Fünffache.

Schon mal vor dem Schaufenster eines Kleiderladens gestanden und dich ins Innere locken lassen? Nein, natürlich nicht. Ich vergesse immer wieder, daß du ein Computer bist, Minerva. Aber mir erging es so.

Ich sagte zu dem Händler: »Werter Freund, ist dieser Preis ein Irrtum? Oder besitzen die beiden Sklaven Vorzüge, die man nicht auf den ersten Blick erkennt?« Es war reine Neugier, Minerva. Ich hatte niemals die Absicht, Sklaven zu erstehen, nicht einmal, um sie freizulassen. Derartige Gesten tragen kaum dazu bei, die Gepflogenheiten einer Sklavenzivilisation zu ändern. Aber ich begriff die Sache einfach nicht. Das Mädchen sah durchschnittlich aus; als Odaliske hätte sie keinen hohen Preis erzielt. Und der junge Mann war alles andere als ein Hüne. Dazu kam, daß die beiden als Paar nicht zusammenpaßten. Auf der Alten Erde hätte man sie für eine Italienerin und ihn für einen Schweden gehalten.

Nun, ich werde im Handumdrehen ins Zelt komplimentiert, und die Vorhänge schließen sich gegen die Blicke der Neugierigen. Das Benehmen des Händlers verrät, daß er den ganzen Tag über noch keinen richtigen Kunden hatte. Der Leibwächter flüstert mir zu: »Herr, der Preis ist viel zu hoch. Ich bringe dich zu einem Mann, der weit weniger verlangt und obendrein eine Garantie gibt.«

»Schweig, Getreuer«, erwiderte ich. Auf Blessed nennt man alle Mietsklaven ›Getreue‹. »Ich will wissen, was hier gespielt wird.«

Der Händler schiebt mir einen Stuhl in die Kniekehlen und drückt mir eine Tasse Tee in die Hand. »Hochherziger Fremder«, beginnt er mit blumigen Worten, »wie glücklich preis' ich mich, daß Ihr gerade diese Frage stellt. Fürwahr, vor Euch steht ein Wunder moderner Wissenschaften. Ich bin ein treuer Diener der Ewigen Kirche, Herr, und die Götter mögen mich strafen, so eine Lüge über meine Lippen kommt.«

Nun, der Sklavenhändler, der nicht lügt, muß erst noch geboren werden. Der Getreue trat dicht an mich heran und wisperte mir ins Ohr: »Glaube ihm kein Wort, Herr! Das Mädchen taugt nichts, und der Junge ist ein Schwächling — ich erledige drei von seiner Sorte ohne Schlagstock, und doch würde mich mein Besitzer für nur achthundert Blessings verkaufen.«

Ich winkte ab. »Guter Freund«, wandte ich mich an den Händler, »was ist das für ein Betrug?«

»Kein Betrug — bei der Ehre meiner Mutter, würdiger Herr!« beteuerte der Mann. »Würdet Ihr glauben, daß die beiden hier Bruder und Schwester sind?«

Ich betrachtete sie genau. »Nein.«

»Würdet Ihr glauben, daß sie nicht nur Bruder und Schwester, sondern obendrein *Zwillinge* sind?«

»Nein.«

»Daß sie vom gleichen Vater und von der gleichen Mutter stammen, aus dem gleichen Schoß — zur gleichen Stunde geboren?«

»Aus dem gleichen Schoß vielleicht«, räumte ich ein. »Eine Wirtsmutter?«

»Nein, nein! *Genau* die gleichen Vorfahren! Und doch...« Sein Gesicht kam ganz nahe an das meine heran. »... und doch sind die beiden als Zuchtpaar geeignet, *da sie in keinem Verwandtschaftsverhältnis zueinander stehen.* Darin liegt das Wunder.« Er machte eine Pause. »Würdet Ihr das glauben?«

Ich erzählte ihm, was ich glaubte, und vergaß nicht zu erwähnen, daß er neben dem Verlust seiner Lizenz auch den Ausschluß aus der Ewigen Kirche zu fürchten habe.

Er lächelte breit, bewunderte meinen Witz und meine Schlagfertigkeit und fragte, welche Summe ich für die beiden ansetzen würde, falls sich seine Aussage bewahrheitete — fünfzehntausend vielleicht? Für diesen Preis könnte ich sie einen Tag später in Empfang nehmen.

»Vergeßt die Angelegenheit«, meinte ich und erhob mich. »Morgen um diese Zeit befinde ich mich bereits wieder im Raum.«

»So wartet doch — ich flehe Euch an!« sagte er. »Ihr seid ein Herr von Bildung und großem Wissen. Das Universum liegt vor Euch wie ein offenes Buch. Wollt Ihr etwa gehen, ohne meine Beweisführung anzuhören?«

Ich wäre vielleicht gegangen, denn Gaunereien langweilen mich, auch wenn sie noch so raffiniert eingefädelt sind. Aber auf eine Geste des Händlers hin streiften die beiden Sklaven ihre Hüllen ab und stellten sich in Positur, der Junge breitbeinig und mit verschränkten Armen, das Mädchen in einer Haltung, die so alt zu sein scheint wie Eva selbst — ein Bein leicht vorgeschoben, einen Arm in die Hüfte gestützt, mit aufrechtem Oberkörper und stolz erhobenem Kopf. Der Gesichtsausdruck der Kleinen wirkte gelangweilt; vermutlich hatte sie diese Pose schon unzählige Male eingenommen.

Ich streifte das Paar mit einem kurzen Blick — und entdeckte etwas, das meinen Zorn weckte. Der junge Mann war vollkommen nackt. Das Mädchen dagegen trug einen Keuschheitsgürtel.

»Weißt du, was das ist, Minerva?«

»Ja, Lazarus.«

Ich sagte also: »Nehmt der Kleinen auf der Stelle das verdammte Ding ab!«

Albern von mir — ich mische mich selten in fremde Angelegenheiten, schon gar nicht auf einer Welt wie Blessed. Aber ein Keuschheitsgürtel ist mir ein Greuel.

»Gern, werter Herr, ich wollte es gerade tun. Estrellita!«

Das Mädchen drehte sich mit dem gleichen gelangweilten Ausdruck um, und der Händler öffnete das Kombinationsschloß. Dabei achtete er genau darauf, daß der Junge die Buchstabeneinstellung nicht erkennen konnte. »Ihr müßt wissen«, meinte er entschuldigend, »daß sie dieses Ding nicht nur zum Schutz gegen fremde Gewalttäter trägt, sondern weil sie das Lager mit ihrem Bruder teilt. Und sie ist trotz ihrer Reife noch Jungfrau!« Er winkte der Kleinen. »Zeig es dem Herrn, Estrellita!«

Sie wollte gehorchen, aber ich wehrte ab. In meinen Augen ist Jungfräulichkeit eine Perversität, die man so bald wie möglich abschaffen sollte. So fragte ich den Händler, ob Estrellita kochen könne.

Er versicherte mir, daß sie es mit jedem Meisterkoch auf Blessed aufnähme, und begann ihr das stählerne Folterinstrument wieder anzulegen.

»Laßt das!« herrschte ich ihn an. »Kein Mensch hier beabsichtigt, sie zu schänden. Wo bleibt der Beweis, von dem die Rede war?«

Minerva, er erbrachte tatsächlich den Beweis für jedes Wort, das er gesagt hatte — von Estrellitas Kochkünsten einmal abgesehen. Mißtrauisch machte mich nur, daß *er* die Schautafeln und Urkunden besaß. Hätte ich diese Dinge hier in der Klinik zu Gesicht bekommen, so wäre mir alles ganz normal erschienen.

Ich vergaß zu erwähnen, daß es auf Blessed eine Verjüngungsklinik gab, obwohl der Planet keine Kolonie der Howard-Familien war. Diese Klinik befand sich seit geraumer Zeit in der Hand der Kirche, und nur die Mächtigen von Blessed kamen in den Genuß der Verjüngungsmethoden.

Dennoch — der Vorsprung auf dem Gebiet der Biotechnik blieb erhalten.

Minerva, du verstehst inzwischen mehr als Ischtar von Genetik, Biologie und den zugehörigen Wissenschaften. Du kennst die Behauptungen des Händlers. Weißt du, was er mir anhand seiner Unterlagen bewies?

»Das die beiden diploide Ergänzungen waren, Lazarus.«

»Richtig. Er nannte sie allerdings ›Spiegelzwillinge‹. Und auf welche Weise entstanden sie?«

Der Computer zögerte und erwiderte dann: »›Spiegelzwillinge‹ ist ein ungenauer, aber sehr anschaulicher Begriff. Ich kann lediglich Theorien entwickeln, Lazarus — meine Gedächtnisspeicher geben keinen Hinweis, daß auf Secundus je ein praktisches Experiment dieser Art gewagt wurde. Die Stufen, die zu einer diploiden Ergänzung führen, wären wohl folgende: Bei jedem Elternteil findet kurz vor der meiotischen Reduktion der Chromosomen ein Eingriff in die Gametenbildung statt. Man geht also von Spermatozyten und Oozyten erster Ordnung aus — in anderen Worten: von Diploiden, die keine Reifungsteilung durchgemacht haben.

Beim männlichen Elternteil stellt dieser Eingriff theoretisch kein Problem dar; in der Praxis allerdings dürften sich Schwierigkeiten ergeben, da die Zellen sehr klein sind. Nun, ich würde den Versuch wagen, wenn ich genug Zeit bekäme, die nötigen Mikroinstrumente herzustellen.

Der logische Beginn wäre, daß man von beiden Elternteilen Gonienkulturen anlegt und diese genau beobachtet. Sobald sich ein Spermatogonie in eine Spermatozyte erster Ordnung umwandelt — immer noch diploid —, wird sie abgesondert. Das gleiche geschieht noch einmal, wenn sich die Spermatozyte erster Ordnung in zwei haploide Spermatozyten zweiter Ordnung teilt — eine mit einem X-, die andere mit einem Y-Chromosom. Diese Spermatozyten ergeben dann Spermatozoen.

Es hätte wenig Sinn, den Eingriff erst auf der Spermatozoenstufe vorzunehmen, da die Gametenpaare unweigerlich in Unordnung geraten würden und die entstehenden Zygoten höchstens durch einen Zufall komplementär wären.

Die Unterbrechung beim weiblichen Elternteil ist technisch gesehen einfacher, da es sich um größere Zellen handelt, aber hier tritt ein anderes Problem auf: Man muß die Oozyte erster Ordnung dazu bringen, während der Meiose *zwei* haploide, komplementäre Oozyten zweiter Ordnung zu bilden und nicht, wie üblich, eine Oozyte und einen zweiten Polkörper. Sicher sind eine Unmenge von Experimenten nötig, bis man eine zuverlässige Technik entwickelt hat. Sie dürfte Ähnlichkeit mit der Entstehung von eineiigen Zwillingen haben, müßte jedoch zwei Stufen früher einsetzen.

An diesem Punkt haben wir also zwei Komplementärgruppen von Spermatozoen, eine mit einem Y- und eine mit einem X-Chromosom, dazu ein Komplementärpaar von Eizellen, jede mit einem X-Chromosom. Die Befruchtung kann erfolgen.

Ein letzter Schritt ist nötig, wenn alle Behauptungen des Sklavenhändlers zutreffen sollen: Die beiden befruchteten Eizellen werden in der Gebärmutter der Oogonienspenderin implantiert und in ihrem Leib zur Reife gebracht.

Habe ich recht, Lazarus?«

Großartig, Minerva! Setzen — Eins mit Stern! Ich kann nicht mit absoluter Sicherheit sagen, daß es so geschah. Aber der Sklavenhändler behauptete es, und seine Unterlagen — Laborberichte, Holofilme und so fort — schienen es zu beweisen. Natürlich ist es möglich, daß der Kerl die Daten fälschte und irgendein Paar anbot, das im Normalfall nur einen Durchschnittspreis erzielt hätte. Die Berichte trugen Unterschrift und Siegel des Bischofs. Auch die Filme beeindruckten mich — aber was versteht schon ein Laie von solchen Dingen? Selbst wenn die Daten nicht gefälscht waren, besagten sie nur, daß ein derartiger Prozeß stattgefunden hatte; sie bewiesen auf keinen Fall, daß *diese* beiden jungen Leute das Ergebnis des Experiments waren. Herrgott, vielleicht hatte man die Dokumente schon dazu benutzt, um eine ganze Reihe von Sklavenpaaren günstig zu verkaufen — vielleicht bekam der Bischof einen Teil des erzielten Gewinns.

Ich sah mir die ›Beweise‹ an, warf auch einen Blick in das Notizbuch, in dem die Entwicklung der beiden zusammengefaßt war, und murmelte: »Sehr interessant!« Dann schickte ich mich zum Gehen an.

Der Händler hechtete zum Ausgang und versperrte mir den Weg. »Herr, kluger, großherziger Fremder!« flehte er. »Zwölftausend...«

Minerva, mein Kaufmannsinstinkt war erwacht. »Tausend!« schnitt ich ihm das Wort ab. Ich weiß nicht, weshalb ich zu feilschen begann. Das heißt, im Grunde weiß ich es schon: Der Unterleib des Mädchens war von dem Martergürtel zerschunden; ich wollte diesem Kerl eine Lehre erteilen.

Er krümmte sich wie in Schmerzen. »Ihr scherzt! Elftausend, und die beiden gehören Euch — ohne jede Aufwandsentschädigung!«

»Fünfzehnhundert«, erwiderte ich. Immerhin besaß ich Geld, das ich nur auf Blessed ausgeben konnte, und ich sagte mir, es sei besser, die beiden aus der Sklaverei zu befreien, als noch einmal mitansehen zu müssen, wie die Kleine in den Keuschheitsgürtel gezwängt wurde.

»Wenn sie mir gehörten, würde ich sie Euch schenken«, wimmerte der Händler. »Ich liebe sie wie meine eigenen Kinder und wünsche mir sehnlichst, daß sie zu einem Besitzer kommen, der das Wunder ihrer Geburt zu schätzen weiß. Aber der Bischof hängt mich oder läßt mich an meinem Glied zu Tode schleifen.

Zehntausend — dazu gratis sämtliche Unterlagen. Das ist ein Verlustgeschäft für mich, doch ich bewundere Euch grenzenlos.«

Ich ging auf viertausendfünfhundert, und er ließ sich bis siebentausend herunterhandeln. Dann hatten wir einen Punkt erreicht, wo keiner mehr nachgeben wollte. Ich mußte mir eine kleine Summe für das letzte Angebot aufheben, und er schien nun in der Tat den Zorn des Bischofs zu fürchten — wenn es diesen Bischof gab ...

Er wandte sich gramgebeugt ab und befahl dem Mädchen, den Keuschheitsgürtel anzulegen.

Ich zückte meine Brieftasche.

Minerva, du verstehst etwas von Finanzen; du kümmerst dich um den Staatshaushalt von Secundus. Aber vielleicht weißt du nicht, welche Anziehungskraft *Bargeld* auf manche Menschen ausübt. Ich blätterte dem Schurken viertausendfünfhundert Blessings in knisternden Scheinen unter die Nase — ohne sie loszulassen. Er schwitzte, und sein Adamsapfel zitterte, aber er schüttelte den schwachen Kopf.

Also legte ich noch ein paar Banknoten dazu. Bei fünftausend traf ich Anstalten, das Geld wieder einzustecken.

Er hinderte mich daran — und ich besaß zum erstenmal in meinem Leben Sklaven.

Der Händler machte einen niedergeschlagenen Eindruck, wachte jedoch sofort auf, als ich die Urkunden verlangte. Umsonst — nein, das sei sein Ruin. Ich bot ihm zweihundertfünfzig für den ganzen Krempel, und er ging darauf ein. Dann machte er sich daran, das Mädchen in den Keuschheitsgürtel zu schließen.

»Moment«, sagte ich. »Wie funktioniert das Ding?«

Es handelte sich um ein Kombinationsschloß mit zehn Buchstabenreihen — hochlegierter Stahl, mit einer normalen Metallsäge nicht zu schaffen. Der Mann zeigte mir stolz das Kennwort, das er gewählt hatte — E,S,T,R,E,L,L,I,T,A.

Ich stellte mich beim Öffnen absichtlich ungeschickt. »Streift das Ding doch bitte einmal selbst über!« ersuchte ich ihn. »Ich möchte sehen, ob ich es richtig bedienen kann.«

Er sträubte sich, und ich äußerte den Verdacht, daß er mich betrügen wolle. Als er immer noch zögerte, verlangte ich mein Geld zurück. Da gab er endlich nach. Der Stahlgürtel paßte mit Mühe und Not um seine Hüften. »Und nun die Kombination!« befahl ich. Während er ESTRELLITA buchstabierte, stellte ich das Schloß auf PFERDEDIEB ein.

»Geschafft!« sagte ich und verdrehte das Kennwort. »Nun buchstabier es noch einmal!«

Er tat es, und ich stellte sorgfältig ESTRELLITA ein. Das Schloß öffnete sich nicht. Der Händler nahm einen Spiegel und versuchte sein Glück selbst — ohne Erfolg. Ich äußerte die Vermutung, daß der Gürtel klemmte, und fügte hinzu, das Ding ließe sich mit etwas Gewalt vielleicht auch so abstreifen. Mein Freund begann zu schwitzen.

»Wißt Ihr was?« sagte ich. »Ich schenke Euch den Gürtel. Sucht einen Schlosser auf — nein, es ist Euch sicher peinlich, in diesem Zustand ins Freie zu gehen ... Ich schicke jemanden — auf meine Rechnung. Ist das fair? Leider kann ich nicht länger hierbleiben. Ich habe eine Verabredung. Wo sind die Gewänder der beiden Kinder? Getreuer, nimm den Plunder mit!«

Als ich das Zelt verließ, flehte mich der Mann händeringend an, wirklich *sofort* einen Schlosser zu verständigen.

Wir entfernten uns. Auf mein Geheiß bestellte der Getreue ein Taxi, und wir stiegen alle ein. Ich dachte nicht im Traum daran, einen Handwerker aufzusuchen, um den Händler von seinen Qualen zu befreien. Der Fahrer hielt kurz vor einem Trödlerladen, wo ich Kleider für meine Sklaven erstand — ein Lendentuch für ihn und eine Art Sarong für sie, dazu Sandalen. Ich hatte Mühe, Estrellita vom Spiegel wegzuzerren. Offensichtlich war es das erste Kleid ihres Lebens. Die Fetzen, die mir der Händler mitgegeben hatte, warf ich weg. Dann schob ich die Kinder in das Taxi und sagte leise zu dem Getreuen: »Siehst du die kleine Seitengasse da drüben? Wenn ich mich abwende und du rasch losrennst, kann ich dich nicht mehr einholen.«

Und hier, Minerva, stieß ich auf etwas, das ich nie verstehen werde: die Sklavenmentalität. Der Getreue begriff erst nicht, was ich meinte. Und als ich mich deutlich ausdrückte, verriet seine Miene Bestürzung. Hatte er etwas falsch gemacht? Ich könnte ihn doch nicht dem Hungertod ausliefern!

Ich gab auf. Wir setzten ihn bei der Verleihfirma ab, und ich erhielt meine Kaution zurück. Dann brachte ich meine neuen Sklaven zum Raumhafen.

Es stellte sich heraus, daß ich fast den ganzen Rest meines Geldes benötigte, um die beiden an Bord zu schaffen. Obwohl ich den Kaufvertrag vorwies, wollte die Hafenbehörde nicht zulassen, daß ich die ›Zwillinge‹ auf einen anderen Planeten ausführte.

Nun, ich setzte mich durch. Sobald wir uns an Bord befanden, ließ ich sie niederknien, legte jedem von ihnen eine Hand auf den Kopf und sprach sie frei. Sie schienen die Zeremonie nicht zu verstehen. »Ihr seid nun frei«, erklärte ich. »Freie — keine Sklaven mehr. Ich unterzeichne eine Urkunde, und ihr geht damit zur nächsten Diözese, um euch als Bürger registrieren zu lassen. Wenn ihr das nicht wollt, könnt ihr hier an Bord ein Abendessen bekommen und schlafen, und morgen vor dem Start gebe ich euch meine besten Wünsche mit auf den Weg. Oder ich nehme euch mit nach Walhalla — ein hübscher Planet, wenn auch etwas kälter als dieser hier, aber wenigstens gibt es dort keine Sklaverei.«

Minerva, ich glaube nicht, daß Llita — *Jita* ausgesprochen — oder ihr Bruder Joe — *Josie*, auch *José* — begriffen, was ich mit einem Planeten meinte, auf dem es keine Sklaverei gab. Solche Orte existierten in ihrer Vorstellung einfach nicht. Aber sie wußten vom Hörensagen, was ein Sternenschiff war, und die Aussicht, in einem solchen Ding *mitzufliegen*, überwältigte sie derart, daß sie auf alle Fälle mitgekommen wären, selbst wenn sie am Ziel der Reise das sichere Verderben erwartet hätte. Außerdem kamen sie nicht von dem Gedanken los, daß ich ihr Herr sei. Daß ich sie freigelassen hatte, wollte noch nicht in ihre Köpfe, obwohl sie wußten, daß es diese Zeremonie gab — bei alten treuen Dienern, die ein Gnadenbrot bekamen, wenn sie zu verbraucht waren, um noch zu arbeiten.

Aber *reisen!* Die längste Reise, die sie je gemacht hatten, war von der Norddiözese in die Hauptstadt — als sie verkauft wurden.

Am nächsten Morgen gab es noch eine kleine Aufregung. Offenbar hatte ein gewisser Simon Legree, lizensierter Sklavenhändler, eine Klage gegen mich angestrengt. Sie lautete auf Körperverletzung, seelische Grausamkeit und einiges mehr. Ich bot dem Polizisten, der die Ermittlungen leitete, einen Stuhl in der Offiziersmesse an, drückte ihm einen Drink in die Hand und ließ Llita kommen. Sie streifte ihren wunderschönen neuen Sarong ab, und ich zeigte dem Mann die Narben und Flecken an ihren Hüften. Dann ging ich hinaus, um den Kaufvertrag zu holen. Zufällig ließ ich dabei einen Geldschein auf dem Tisch liegen.

Der Gesetzeshüter winkte ab, als ich das Dokument vorwies, und meinte, die Klage habe damit nichts zu tun. Aber der ehrenwerte Händler Legree könne froh sein, wenn ich keine Gegenklage wegen Verkaufs von beschädigter Ware anstrengte ... Nein, einfacher sei es vielleicht noch, wenn er sagte, er habe mich nicht mehr angetroffen. Die hundert Blessings waren verschwunden, kurz darauf verschwand der Polizist, und gegen Mitternacht verschwanden auch wir.

Minerva, der Schuft hatte mich doch übers Ohr gehauen: Llitas Kochkünste waren schauderhaft.

Die Reise von Blessed nach Walhalla war lang und umständlich, und Kapitän Sheffield freute sich, daß er Gesellschaft hatte.

Gleich in der ersten Nacht gab es jedoch ein Mißverständnis, das schon in der Nacht zuvor auf dem Planeten begonnen hatte. Das Schiff besaß einen Kapitänsraum und zwei Kabinen. Da der Kapitän im allgemeinen allein war, benutze er die Kabinen als Vorratsräume oder für leichte Fracht. Jedenfalls waren sie im Moment nicht für Passagiere hergerichtet. So ließ Sheffield in der ersten Nacht das Mädchen in seinem Raum schlafen, während er selbst und ihr Bruder auf Pritschen in der Offiziersmesse übernachteten.

Am Tag darauf öffnete der Kapitän die Passagierkabinen und befahl den Ex-Sklaven, sie auszuräumen und gründlich zu säubern. Er erklärte ihnen, daß jeder eine Kabine für sich benutzen könne. Dann kümmerte er sich nicht weiter um die Angelegenheit, da er genug mit den Startformalitäten zu tun hatte. Es war spät ›nachts‹, Schiffszeit, bis sich sein Frachter endlich im n-dimensionalen Raum befand.

Er ging in seine Kabine und überlegte, ob er zuerst essen oder duschen — oder ob er sich einfach ungewaschen in die Falle werfen sollte.

Estrellita lag in seinem Bett — hellwach und erwartungsvoll.

»Llita, was suchst du *hier*?« rief er.

Sie erklärte ihm in der ungeschminkten Sklavensprache, was sie hier suchte. Sie habe von Anfang an gewußt, was der Herr von ihr wolle. Sie habe auch mit ihrem Bruder darüber gesprochen, und der sei einverstanden gewesen ...

Sie fügte hinzu, daß sie sich nicht fürchtete — ganz im Gegenteil.

Den ersten Teil der Geschichte mußte Aaron Sheffield glauben; der zweite war eine glatte Lüge. Er hatte in seinem langen Leben mehr als ein junges Mädchen gesehen, das sich vor der ersten Begegnung mit einem Mann fürchtete.

Er tat so, als bemerkte er ihre Angst nicht. »Sieh zu, daß du aus meinem Bett verschwindest, du kleine Schlampe!« sagte er grob.

Sie warf ihm einen erschrockenen Blick zu, dann wurde ihre Miene trotzig und gekränkt. Schließlich begann sie zu weinen. Etwas Schlimmeres hatte die Angst vor dem Unbekannten fortgewischt: Seine Ablehnung erstickte den Funken von Selbstbewußtsein, den sie besaß. Sie *wußte,* daß sie ihm diesen Dienst schuldete, und hatte geglaubt, daß er ihre Bereitschaft schätzen würde. Nun jedoch verschmähte er sie. Llita schluchzte, bis ihre Tränen feuchte Spuren auf seinem Kopfkissen hinterließen.

Weibertränen hatten schon immer stark aphrodisisch auf Kapitän Sheffield gewirkt. Auch diesmal blieb die Reaktion nicht aus. Er packte das Mädchen am Knöchel, zerrte sie aus seinem Bett und in den Flur und schloß sie in ihr Zimmer ein. Dann kehrte er in seine Kabine zurück, wartete, bis er etwas ruhiger war, und ging endlich schlafen.

Nein, Minerva, an Llita als Frau war nicht das geringste auszusetzen. Nachdem ich ihr die Grundregeln der Hygiene beigebracht hatte, sah sie sogar recht attraktiv aus — gute Figur, ein reizendes Gesicht und angenehme Manieren. Aber das war für mich noch lange kein Grund, mit ihr zu schlafen. Merke dir eins, meine Liebe: ›Eros‹ steht in einer engen Beziehung zu Gewohnheiten und Bräuchen. Mit Moral hat weder der Geschlechtsakt selbst noch das Drumherum etwas zu tun. Eros dient dazu, die Menschen — all die verschiedengearteten Einzelwesen — zusammenzuhalten und glücklich zu machen. Ein Überlebensmechanismus, entstanden durch lange Evolution, und seine Fortpflanzungsfunktion ist noch der verständlichste Aspekt in der komplexen, schwer faßbaren Rolle, die er für den Weiterbestand der Menschenrasse spielt. Eine sexuelle Handlung ist im gleichen Maße moralisch oder unmoralisch wie jedes andere menschliche Verhalten; alle übrigen Grundsätze, die den Sex betreffen, sind Bräuche — sie wechseln von Ort zu Ort. Es gibt mehr Regeln über Sex als der Hund Flöhe hat — gemeinsam ist ihnen nur, daß sie alle ›von Gott befohlen‹ sind. Ich erinnere mich an ein Volk, bei dem der Verkehr unter Ausschluß der Öffentlichkeit als obszön betrachtet wurde, ja verboten war und als verbrecherisch galt — während auf den Marktplätzen die wildesten Orgien gefeiert wurden. Die Gesellschaft, in deren Mitte ich aufwuchs, hielt es genau umgekehrt. Ich vermag nicht zu sagen, welches Schema schwerer zu befolgen war, aber ich würde es begrüßen, wenn Gott sich endlich zu einer klaren Linie durchringen könnte. Es ist nicht ratsam, gegen die Bräuche eines Volkes zu verstoßen, denn Unwissenheit schützt bekanntlich nicht vor Strafe.

Daß ich Llita wegschickte, hatte mit Moral nichts zu tun; ich richtete mich nach meinen *eigenen* Sexgrundsätzen, die ich im Laufe der Jahrhunderte durch die schmerzhafte empirische Methode entwickelt hatte: Schlafe nie mit einer Frau, die von dir abhängt, außer du bist mit ihr verheiratet oder hast die Absicht, sie zu heiraten. Das ist eine ganz amoralische Daumenregel, die entsprechend den Umständen abgewandelt werden kann und, wie gesagt, *nicht* für Frauen gilt, die *nicht* von mir abhängig sind. (Eine doppelte Verneinung ergibt immer etwas Positives.) Aber diese Regel läßt sich fast überall und zu jeder Zeit mit leichten Varianten anwenden — eine Sicherheitsmaßnahme für *mich*, da die meisten Frauen den Geschlechtsakt als Heiratsantrag werten.

Durch mein impulsives Handeln trug ich im Moment die Verantwortung für Llita. Ich hatte nicht die Absicht, die Lage noch zu verschlimmern, indem ich sie heiratete. Das wäre zuweit gegangen. Minerva, Menschen, die so lange leben wie ich, sollten sich davor hüten, einen Partner zu wählen, der diese Eigenschaft nicht besitzt. Es ist unfair für den einen wie den anderen.

Dennoch, wenn man einmal eine herrenlose Katze aufgelesen und gefüttert hat, kann man sie nicht einfach wieder auf die Straße setzen. Die Eigenliebe verbietet es. Vom Wohlergehen der Katze hängt der Seelenfriede ab. Dazu kommt, daß man den Glauben der Katze nicht enttäuschen möchte. Nachdem ich die beiden Kinder nun mal gekauft hatte, konnte ich sie nicht aussetzen, indem ich sie einfach freiließ. Ich mußte für ihre Zukunft sorgen — denn *sie* verstanden nichts davon. Sie waren herrenlose Katzen.

Am nächsten Morgen in aller Frühe (Schiffszeit) stand Kapitän Sheffield auf und öffnete die Kabine der Ex-Sklavin. Llita schlief noch. Er weckte sie und befahl ihr, sich rasch zu waschen und anzuziehen und dann Frühstück für drei Personen herzurichten. Danach ging er in Joes Kabine. Der Raum war leer. Sheffield entdeckte Joe in der Kombüse. »Guten Morgen, Joe!«

Der Ex-Sklave zuckte zusammen. »Oh! Guten Morgen, Herr!« Er zog den Kopf ein und beugte das Knie.

»Joe, es heißt: ›Guten Morgen, Käpten!‹ Das kommt zwar im

Moment auf das gleiche heraus, da ich Herr über dieses Schiff bin. Aber sobald du mich auf Walhalla verläßt, hast du keinen Herrn mehr. *Keinen* — das habe ich dir gestern erklärt. Nenne mich also Käpten!«

»Jawohl . . . Käpten.« Der junge Mann senkte erneut den Kopf.

»Verneige dich nicht so unterwürfig! Steh aufrecht und stolz da, wenn du mit mir sprichst, und schau mir fest in die Augen! Die korrekte Anwort auf einen Befehl lautet: ›Aye, aye, Käpten!‹ Was machst du hier?«

»Äh, ich weiß nicht, Käpten . . .«

»Das Gefühl habe ich auch. Der Kaffee da reicht für ein Dutzend Leute.« Sheffield schob Joe mit dem Ellenbogen beiseite, maß die Menge für neun Tassen ab und schüttete die übrigen Kaffeekristalle zurück in das Glas. Er nahm sich vor, Llita zum Kaffeekochen abzukommandieren; dann bekam er auch während der Arbeitszeit sein Lieblingsgetränk frisch serviert.

Als er die erste Tasse getrunken hatte, erschien das Mädchen. Sie hatte rote, verschwollene Augen. Vermutlich war ihr beim Erwachen das ganze Leid vom Vorabend noch einmal zu Bewußtsein gekommen. Sheffield erwähnte den Vorfall mit keiner Silbe. Er wünschte Llita einen guten Morgen und bat sie, in der Kombüse das Frühstück herzurichten. Immerhin hatte sie ihm schon einmal zugeschaut, als er Sandwiches und ähnliche Kleinigkeiten zu einem Essen zusammenstellte.

Das Frühstück bestand in der Hauptsache aus Kaffee, kaltem Toastbrot und Dosenbutter. Die Accra-Eier mit Pilzen waren ungenießbar, und irgendwie hatte es Llita geschafft, sogar den Himmelsfruchtsaft zu verpanschen.

Dazu gehörte schon wieder Talent: Man benötigte nichts als acht Teile Wasser auf einen Teil des Konzentrats, und die Gebrauchsanweisung stand auf dem Behälter.

»Llita, kannst du lesen?«

»Nein, Herr.«

»Nenn mich Käpten! Und du, Joe?«

»Nein, Käpten.«

»Mathematik? Zahlen?«

»Oh, ja, Käpten, Zahlen kenne ich. Zwei und zwei ist vier, zwei und drei ist fünf, und drei und fünf ist neun . . .«

Seine Schwester unterbrach ihn. »Sieben, Josie — nicht neun!«

»Das reicht«, sagte Sheffield. »Ich sehe schon, wir bekommen eine Menge zu tun.« Er dachte nach, während er Noisys Lied vor sich hin summte: ». . . drum sei lieb zu deiner Schwester oder auch zu deinem Käpten . . .« Laut fügte er hinzu: »Räumt eure Kabinen auf, wenn ihr mit dem Frühstück fertig seid! Aber tipptopp! Und macht das Bett in meinem Zimmer, aber rührt mir sonst nichts an, vor allem nicht den Schreibtisch! Danach nimmt jeder von euch ein Bad. Jawohl, ihr habt richtig verstanden: ein Bad. Hier an Bord badet jedermann täglich mindestens einmal. Die Aufbereitungsanlage liefert uns genug frisches Wasser. Sobald ihr das geschafft habt, sagen wir in anderthalb Stunden — Joe, kennst du die Uhr?«

Joe starrte die altmodische Uhr an, die an der Wand hing. »Ich weiß nicht recht, Käpten. Die hier hat so viele Zahlen.«

»Oh, ja, natürlich — auf Blessed gibt es ein anderes Zeitsystem. Paß auf! Ihr kommt zurück, wenn der große Zeiger genau nach links und der kleine genau nach oben weist. Heute will ich noch nicht so streng sein; es dauert eine Weile, bis man sich eingewöhnt. Nehmt euch vor allem genug Zeit zum Baden! Joe, du wäschst dir die Haare! Llita, laß sehen — ja, du auch!« (Gab es Haarnetze an Bord? Sobald er die Pseudoschwerkraft ausschaltete, mußten sie ihre Haare irgendwie zusammenhalten — oder abschneiden. Bei Joe war das sicher kein Problem, aber Llita hatte herrliche schwarze Locken, die ihr etwas Exotisches verliehen. Nun, vielleicht konnte sie Zöpfe flechten . . .) »Also, erst die Kabinen säubern, dann euch selbst! Ab jetzt!«

Käpten Sheffield faßte die wichtigsten Punkte zusammen:

Pflichten abgrenzen und Aufgaben verteilen. (NB: Llita in die Geheimnisse der Kochkunst einführen!)

Unterricht beginnen. Welche Fächer?

Auf alle Fälle die Grundlagen der Mathematik. Wenig Sinn hat es dagegen, das Kauderwelsch von Blessed zu vertiefen; sie werden nie mehr auf diesen Planeten zurückkehren. Andererseits benötigten sie es zur Verständigung an Bord, bis sie Galacta beherrschten. Lesen und Schreiben — ach ja, und Englisch. Eine Reihe der Bücher, die er für seinen Schnellunterricht einsetzen wollte, waren in Englisch geschrieben. Besaß er Bänder von dem Galactadialekt, der auf Walhalla gesprochen wurde? Unwichtig — junge Leute wie Joe und Estrellita nahmen lokale Akzente und Redewendungen rasch auf.

Eine wichtigere Aufgabe — er mußte ihre verkümmerte ›Seele‹ irgendwie wecken. Ihre Persönlichkeit . . .

Wie konnte er Haustiere zu tüchtigen, glücklichen Menschengeschöpfen machen, die sich in einer freien Gesellschaft zurechtfanden? *Gern* zurechtfanden — ohne Angst ... Allmählich erfaßte er das Problem der ›herrenlosen Katzen‹ in seiner ganzen Tragweite. Sollte er sie behalten, fünfzig oder sechzig Jahre, bis sie eines natürlichen Todes starben?

Lange, lange zuvor hatte der junge Woodie Smith im Wald einen halbtoten jungen Fuchs gefunden. Vielleicht war die Alte in eine Falle geraten, oder der Kleine hatte sich verirrt. Woodie nahm das Tier mit heim, zog es mit der Flasche groß und hielt es einen Winter lang in einem Käfig. Im Frühjahr brachte er den Fuchs wieder an die Stelle, wo er ihn gefunden hatte, und ließ ihn allein, nachdem er die Käfigtür aufgemacht hatte.

Ein paar Tage später kam er zurück, um den Käfig zu holen. Das Tier kauerte darin, halb verhungert und verdurstet — obwohl die Tür weit offenstand. Der Junge nahm den Fuchs erneut mit heim, pflegte ihn gesund, baute ihm ein Maschendrahtgehege und ließ ihn nie mehr frei. Um es in den Worten seines Großvaters auszudrücken: »Das arme Luder hatte nie die Chance, ein richtiger Fuchs zu werden.«

Würde es ihm, Kapitän Sheffield, gelingen, aus diesen unwissenden Tieren richtige Menschen zu machen?

Sie betraten die Messe, als der ›große Zeiger genau nach links und der kleine genau nach oben wies‹. Sie hatten vor der Tür gewartet, bis es soweit war. Käpten Sheffield tat, als bemerkte er es nicht.

Er warf einen Blick auf die Uhr und sagte: »Sehr pünktlich — das ist gut! Ah, und ihr habt euch die Haare gewaschen. Erinnert mich, daß ich zwei Kämme herauskrame.« (Welche Toilettenartikel benötigten sie sonst noch? Mußte er ihnen beibringen, wie man diese Dinge benutzte? Verdammt, gab es irgend etwas an Bord, wenn Llita ihre Regel bekam? Was konnte man provisorisch verwenden? Wenn er Glück hatte, blieben ihm noch ein, zwei Wochen, um dieses Problem zu lösen. Zwecklos, die Kleine zu fragen; sie konnte nicht rechnen.)

»Setzt euch! Halt — einen Moment. Llita, komm mal her!« Ihm war aufgefallen, daß Llita das neue Kleid verdächtig am Körper klebte. »Hast du etwa damit gebadet?«

»Nein, Herr — äh, Käpten. Ich habe es gewaschen.«

»Aha.« Ich erinnerte mich, daß nach Llitas mißlungenem Debüt in der Kombüse Kaffeeflecken und ähnliches den bunten Stoff verziert hatten. »Zieh es aus und hänge es irgendwo auf!

Kleider läßt man nicht am Körper trocknen.«

Sie gehorchte, aber ihre Unterlippe zitterte — und ihm fiel ein, mit welcher Hingabe sie sich im Spiegel betrachtet hatte, als sie das Kleid anprobierte. »Warte noch, Llita. Joe, nimm dein Lendentuch ab. Es ist schmutzig, auch wenn es im Augenblick noch recht ordentlich wirkt. Du brauchst es nur zu tragen, wenn es dich nicht bei der Arbeit stört. Llita, hattest du etwas an, als ich dich kaufte?«

»Nein . . . Käpten.«

»Habe ich etwas an?«

»Nein, Käpten.«

»Zu manchen Gelegenheiten sind Kleider angebracht, zu anderen wiederum wirken sie lächerlich. Sieh mal, auf einem Passagierschiff müßtest du stets etwas anziehen, und ich wäre gezwungen, in einer geschniegelten Uniform herumzulaufen. Aber außer uns dreien befindet sich niemand an Bord. Das Instrument dort drüben ist ein Thermohumidostat. Er veranlaßt den Schiffscomputer, die Temperatur auf siebenundzwanzig Grad Celsius und vierzig Prozent Luftfeuchtigkeit zu halten. Nur nachmittags fällt die Temperatur für eine Stunde ein wenig ab, damit wir Gymnastik machen können. An Bord eines Raumschiffes bekommt man leicht schlaffe Muskeln. Wenn dieser Zyklus euch nicht entspricht, finden wir sicher einen Kompromiß — aber zuerst versuchen wir es auf meine Weise. Und nun zu deinem nassen Kleid, Llita! Wenn du stur sein willst, behalte es an und erkälte dich! Ich an deiner Stelle würde es jedoch aufhängen und trocknen lassen, damit es keine Knitterstellen bekommt. Das ist ein Vorschlag, kein Befehl. Aber setz dich nicht hin, Mädchen! Ich hasse feuchte Kissen. Noch eins — kannst du nähen?«

»Ja, Käpten. Ein wenig.«

»Ich will sehen, ob irgendwo an Bord ein paar Stoffreste für dich sind. Auf Walhalla wirst du Kleider brauchen; der Planet ist kälter als Blessed. Man trägt dort im allgemeinen lange Hosen, Mäntel und Stiefel. Ich ließ mir auf Landfall drei komplette Kombinationen anfertigen. Vielleicht kommen wir damit aus, bis ich für euch beide einen Schneider finde. Nur bei den Stiefeln wird es hapern . . .

Doch darüber zerbrechen wir uns jetzt nicht den Kopf! Wie gesagt, du kannst frei entscheiden, was du tun möchtest . . .«

Estrellita nagte an ihrer Unterlippe. Dann entschied sie sich für Bequemlichkeit. *

Minerva, die beiden jungen Leute besaßen mehr Intelligenz, als ich erwartet hatte. Anfangs lernten sie, weil ich es ihnen befohlen hatte. Aber sobald sie den Zauber des gedruckten Wortes spürten, gerieten sie in seinen Bann. Sie lernten im Nu lesen und wollten danach nichts anderes mehr tun. Besonders Geschichten reizten sie. Ich besaß eine umfangreiche Bibliothek, zumeist in Mikrofilmen, aber ich hatte auch ein paar Dutzend wertvoller gebundener Werke, Faksimiledrucke von Landfall, wo sich Englisch als Umgangssprache erhalten hat und Galacta nur im Handel und in der Wirtschaft Verwendung findet.

Ich vergewisserte mich, daß Llita und Joe auch Sachbücher lasen, aber die meiste Zeit ließ ich sie in Geschichten schwelgen — *Alice im Wunderland*, die Oz-Bände, *Zwei kleine Wilde* und ähnliches.

Natürlich versuchte ich ihnen den Unterschied zwischen Fiktion und Geschichte zu erklären — doch das ist schwer, weil sich die beiden überschneiden. Darüber hinaus galt es, ihnen begreiflich zu machen, daß der Übergang von der Fiktion zum Märchen ein weiterer Schritt auf der Skala der Phantasie ist.

Minerva, für einen Menschen ohne jede literarische Erfahrung sind diese Feinheiten einfach nicht zu erfassen. Ich blieb schließlich dabei, daß manche Geschichten zum reinen Vergnügen da seien und nicht unbedingt der Wahrheit entsprächen — *Gullivers Reisen* war nicht das gleiche wie *Die Abenteuer des Marco Polo,* während *Robinson Crusoe* irgendwo zwischen den beiden lag. Im Zweifelsfall, so sagte ich, könnten sie mich fragen.

Manchmal fragten sie und akzeptierten meine Entscheidung ohne Widerspruch. Aber ich sah, daß sie mir nicht immer glaubten. Das gefiel mir; sie begannen selbst zu denken — es machte nichts, wenn sie Fehler dabei begingen. So glaubte zum Beispiel Llita felsenfest an die Smaragdstadt aus dem *Zauberer von Oz*, und wenn es nach ihr gegangen wäre, hätten wir dieses Ziel angesteuert anstatt Walhalla.

Das Wichtigste war, daß sie allmählich die Nabelschnur durchtrennten.

Ich zögerte nicht, Fabeln und Märchen als Unterrichtshilfe heranzuziehen. Sie zeichnen ein so farbiges Bild von menschlichen Verhaltensweisen, daß sie gleich nach dem persönlichen Erleben kommen. Und ich hatte nur wenige Monate Zeit, um aus diesen verschüchterten, unwissenden Tieren Menschen zu machen. Es wäre einfacher für mich gewesen, ihnen Psychologie, Soziologie und vergleichende Anthropologie anzubieten; Material zu diesen Gebieten besaß ich mehr als genug. Aber Joe und Llita hätten es nie fertiggebracht, ein Gesamtbild daraus zu formen ... und ich erinnere mich an einen großen Lehrer, der seine Ideen ebenfalls durch Gleichnisse ausdrückte.

Sie lasen, wann immer ich es erlaubte. Zusammengerollt wie junge Katzen kauerten sie vor der Lesemaschine und bemühten sich, die Seiten so rasch wie möglich zu überfliegen. Im allgemeinen war Llita die Ungeduldige; sie las schneller als er. Ich griff in die kleinen Streitereien nicht ein, denn Llitas Drängen trug dazu bei, daß sich Joe in kürzester Zeit vom Analphabeten zum geübten Leser entwickelte. Ich gab ihnen absichtlich keine Tonfilmbänder — ich wollte, daß sie *lasen*.

Natürlich durften sie ihrer Lieblingsbeschäftigung nicht ununterbrochen nachgehen. Sie mußten eine Menge lernen — nicht nur Dinge, die ihnen später helfen würden, eine Existenz zu gründen, sondern vor allem jene ungezwungene Selbstsicherheit, die jeder freie Mensch benötigt und die ihnen vollkommen fehlte. Herrgott, ich konnte nicht einmal sagen, ob sie überhaupt die Anlage dazu besaßen; vielleicht war sie nach Generationen des Sklaventums längst verkümmert. Aber wenn noch ein winziger Funke in ihnen glomm, mußte ich ihn finden und zur Flamme entfachen — oder ich konnte sie nie freilassen.

So zwang ich sie so oft wie möglich zu eigenen Entscheidungen und behandelte sie in manchen Situationen mit Absicht grob. Ich begrüßte — insgeheim — jedes Zeichen der Rebellion als Beweis ihres Fortschritts.

Joe bildete ich obendrein im Kampf aus — im Faustkampf, denn Waffen hielt ich für zu gefährlich. Ein Schott war als Sportraum ausgerüstet, mit Geräten für Schwerkraft und den freien Fall; ich benutzte ihn täglich, um mich fit zu halten. Hier trainierte ich mit Joe bis zum Umfallen. Llita fand sich auf mein Geheiß ebenfalls ein, aber sie trieb nur Gymnastik. Innerlich hoffte ich, ihre Gegenwart würde Joes Ehrgeiz anstacheln.

Joe brauchte diesen Ansporn. Er begriff lange nicht, daß es kein Verbrechen war, *mich* zu schlagen — daß ich es sogar erwartete und nicht wütend wurde, wenn er traf. Nun, irgendwann platzte der Knoten, aber auch dann zögerte er oft vor dem entscheidenden Hieb, was ich natürlich zu meinem Vorteil nutzte.

Eines Nachmittags jedoch traf er mich so, daß ich zu Boden ging. Beim Abendessen erhielt er seine Belohnung — ein *gebun-*

denes Buch, eines mit richtigen Seiten. Ich streifte ihm ein Paar sterile Handschuhe aus meinem Arztkoffer über und warnte ihn, daß ich ihn gewaltig verprügeln würde, falls er das Buch schmutzig machte oder eine Seite einriß. Llita durfte das kostbare Stück nicht anrühren. Es war *sein* Privileg. Sie schmollte und warf an diesem Abend nicht einen Blick auf die Lesemaschine, bis Joe fragte, ob er ihr aus dem Buch vorlesen dürfe.

Ich erklärte, daß sie es sogar mit ihm zusammen betrachten könne — solange sie es nicht anrührte. So schmiegte sie sich glücklich an ihn. Ein paar Minuten später bestimmte sie das Lesetempo.

Am Tag darauf kam sie zu mir und bat, am Boxunterricht teilnehmen zu dürfen.

Zweifellos empfand sie die Gymnastik als langweilig — mir erging es nicht anders, aber ich zwang mich dazu, um in Form zu bleiben; man wußte schließlich nie, was der nächste Planet bringen würde. Minerva, ich finde es absurd, Frauen zu Amazonen und Flintenweibern auszubilden. Es ist Aufgabe des Mannes, Frauen und Kinder zu schützen. Aber eine Frau sollte kämpfen *können*, wenn sie einmal in eine schwierige Lage gerät.

Ich erklärte mich also einverstanden, auch wenn wir einiges ändern mußten. Joe und ich waren ohne Regeln ausgekommen — das heißt, ich gab mir Mühe, ihm keine ernsteren Verletzungen beizubringen und selbst nicht mehr als ein paar Beulen einzustecken. Aber das sagte ich Joe nicht; falls er es irgendwie schaffte, mich zu massakrieren, konnte ich nichts daran ändern. Ich versuchte es nur mit aller Kraft zu verhindern.

Frauen jedoch sind nun mal anders gebaut als Männer. Llita hatte einen üppigen Busen, und wir hätten sie verletzen können, ohne es zu wollen. Ich ersann eine Art Panzerhemd für sie. Dann nahm ich Joe beiseite und erklärte ihm, daß blaue Flecken in Ordnung gingen, daß ich ihm aber ein paar Knochen brechen würde, wenn er seine Schwester ernsthaft verletzte.

Llita unterwarf ich keinen Beschränkungen — weil ich sie falsch eingeschätzt hatte. Sie war doppelt so aggressiv wie Joe. Ungeübt, aber schnell — und sie nahm die Sache ernst.

Am zweiten Tag unseres gemeinsamen Trainings trugen Joe und ich einen Unterleibsschutz. Llita hatte am Abend zuvor die Erlaubnis erhalten, ein echtes Buch zu lesen.

Es zeigte sich, daß Joe Talent zum Kochen hatte, und so ermutigte ich ihn, seinem Hang zu raffinierten Gerichten freien Lauf zu lassen — soweit es die Vorräte an Bord gestatteten. Llita dagegen mußte ich mit sanfter Gewalt an den Herd treiben. Ein Mann, der etwas vom Kochen versteht, kann sich überall selbst durchbringen. Aber ich finde, daß jeder, ganz gleich ob Mann oder Frau, in der Lage sein sollte, den Haushalt zu führen, zu kochen und die Kinder zu versorgen.

Für Llita hatte ich noch keinen geeigneten Beruf gefunden. Sie legte jedoch eine große Begabung für Zahlen an den Tag, und ich begann, auch in diesem Fach kleine Belohnungen auszusetzen. Das war ermutigend. Leute, die einen Kopf für Mathematik besitzen, lernen im allgemeinen leicht. So gab ich Llita Übungsbänder für kaufmännisches Rechnen und Buchführung und ließ sie damit allein, während Joe die Aufgabe erhielt, sich mit den Werkzeugen an Bord — viele waren es ohnehin nicht — vertraut zu machen. Ich überwachte ihn dabei genau; ich wollte vermeiden, daß er sich einen Finger abhackte oder meine Geräte ruinierte.

Ich hegte große Hoffnungen. Dann änderte sich die Lage . . .

(Um ca. 3 100 Worte gekürzt.)

. . . wie ich nur so dämlich sein konnte. Ich hatte Viehherden gezüchtet und eine ganze Schar Kinder großgezogen. Nachdem wir uns ein paar Tage im Raum befanden, untersuchte ich die beiden gründlich. Ich hatte zwar seit meinem Aufenthalt auf Ormuzd nicht mehr praktiziert, hielt mein Lazarett jedoch gut ausgerüstet und besorgte mir bei meinen Landungen stets die neueste medizinische Literatur, um sie im Raum zu studieren.

Die Kinder waren so gesund, wie sie aussahen, Minerva. Ich stellte lediglich zwei kleinere Zahnschäden bei Joe fest. Auch die Behauptung des Sklavenhändlers, daß Estrellita noch Jungfrau sei, bestätigte sich. Das Mädchen hatte zweiunddreißig gesunde Zähne, konnte jedoch nicht sagen, wann die letzten vier gekommen waren. Sie wußte nur, daß es ›nicht allzu lange‹ her war. Joe besaß achtundzwanzig Zähne und so wenig Platz im Kiefer, daß ich Schwierigkeiten befürchtete. Aber eine Röntgenaufnahme zeigte keine Weisheitszahnansätze.

Ich plombierte die beiden Löcher und beschloß, Joe auf Walhalla sofort zu einem Zahnarzt zu schicken, der sein Gebiß gegen weiteren Verfall schützte. Diese Leute hatten weit bessere Möglichkeiten als ich.

Llita vermochte nicht zu sagen, wann sie ihre letzte Regel gehabt hatte. Sie sprach mit Joe darüber; er entsann sich, daß es kurz vor der Reise in die Hauptstadt gewesen sein mußte. Ich bat sie, mir in Zukunft Bescheid zu geben, wenn sie blutete, damit ich ihren Zyklus berechnen konnte. Dann gab ich ihr ein Paket mit Monatsbinden — die Dinger lagen seit zwanzig Jahren bei den Notvorräten, ohne daß ich es geahnt hatte.

Llita gab mir Bescheid, und sie strahlte über das winzige Elastikhöschen, das sie in dem Paket fand. Mir fiel auf, daß sie es auch dann gern trug, wenn sie es nicht benötigte. Die Kleine hatte einfach einen Kleidertick. Nun, ich erlaubte ihr die kleine Eitelkeit, befahl ihr aber, das Ding nach jedem Tragen zu waschen. Auf Sauberkeit legte ich den größten Wert; ich sah regelmäßig die Ohren und Fingernägel der beiden nach. Mit der Zeit erübrigte sich das jedoch; Llita pflegte sich mit Hingabe und verlangte auch von Joe, daß er sich meinen Wünschen fügte.

Als Schneiderin hatte Llita ebensowenig Geschick wie als Köchin, aber sie übte hartnäckig, weil sie Kleider liebte. Ich kramte ein paar bunte Stoffe heraus, die von irgendeinem Handel übriggeblieben waren, und sie hatte ihre helle Freude daran. Nach und nach wurde das Tragen von Kleidern zu einem Privileg — zu einer Belohnung für gutes Benehmen. Damit half ich vor allem Joe, der oft unter den Launen und Nörgeleien seiner ›Schwester‹ zu leiden hatte.

Bei Joe klappte dieses Schema nicht; Kleider ließen ihn kalt. Aber wenn er Schwierigkeiten machte, nahm ich ihn bei unseren Kämpfen im Sportraum besonders hart her. Es geschah selten — er besaß nicht Llitas Temperament.

Eines Abends, drei oder vier Monate später, fiel mir auf, daß Llita mir ihre Regel noch immer nicht gemeldet hatte — vermutlich ein Versehen, aber ich wollte Schlampereien nicht einreißen lassen. Minerva, ich betrat die Kabinen der beiden niemals, ohne vorher anzuklopfen. Die Enge an Bord eines Raumschiffes erfordert es, daß man das Privatleben des anderen so weit wie möglich respektiert.

Llitas Kabinentür stand offen, und der Raum war leer. Ich klopfte an Joes Tür, erhielt jedoch keine Antwort. Nachdem ich das Mädchen weder in der Kombüse noch im Sportraum entdeckte, machte ich kehrt. Vielleicht nahm sie gerade ein Bad. Ich wollte nicht stören und nahm mir vor, die Sache am nächsten Morgen weiterzuverfolgen.

Als ich an den Kabinen vorbeikam, ging seine Tür auf; Llita trat in den Korridor. »Ah, da bist du ja«, meinte ich. »Ich dachte, Joe würde bereits schlafen.«

»Das stimmt«, bestätigte sie. »Er ist eben eingeschlafen. Brauchst du ihn, Käpten? Ich wecke ihn gern.«

»Eigentlich habe ich dich gesucht. Ich klopfte vor fünf oder zehn Minuten an Joes Tür, erhielt jedoch keine Antwort.«

Sie war zerknirscht, daß sie mein Klopfen überhört hatten. »Tut mir leid, Käpten. Wir waren wohl so beschäftigt, daß wir nichts davon merkten.« Sie erzählte ausführlich, womit sie beschäftigt gewesen waren.

Das hatte ich ohnehin vermutet, als ich ihren Regelkalender sah. »Verständlich«, meinte ich. »Es erleichtert mich, daß ich euch nicht gestört habe.«

»Wir geben uns Mühe, *dich* nicht zu stören, Käpten«, erwiderte sie sanft. »Wir warten nachts, bis du dich in deine Kabine zurückgezogen hast. Manchmal vergnügen wir uns auch, wenn du Siesta machst.«

»Du liebe Güte, das ist übertriebene Rücksicht«, sagte ich. »In eurer Freizeit könnt ihr tun, was euch Spaß macht. Das Sternenschiff ›Libby‹ ist kein Sklavenschiff. Will dir das immer noch nicht in den Kopf?«

Offenbar nicht, denn sie blieb untröstlich, daß sie mein Klopfen nicht gehört hatte. Sie wollte wissen, weshalb ich sie gesucht hatte. »Sei nicht albern, Llita, das kann bis morgen warten!«

Aber sie beharrte darauf, daß sie nicht müde sei — im Gegenteil, ich könne von ihr verlangen, was ich wolle. Das machte mich ein wenig nervös, Minerva, denn ich weiß, daß Frauen immer dann am stärksten erregt sind, wenn sie gerade ihr Vergnügen hatten. Und Llita, die in dieser Richtung keine anerzogene Zurückhaltung besaß, verriet ihre Wünsche ohne Scheu. Schlimmer noch, ich sah sie zum erstenmal seit ihrer Anwesenheit an Bord als reife Frau: Sie stand in dem engen Korridor dicht vor mir, trug in einer Hand einen der verrückten Kittel, die sie sich genäht hatte, und war ein wenig verschwitzt von dem schönen Spielchen. Ich geriet in Versuchung — und wußte genau, daß sie sofort und bereitwillig mitmachen würde. Flüchtig kam mir der Gedanke, daß sie vielleicht schon schwanger war ...

Ich widerstand meinen Gefühlen. Ich hatte mir sehr viel Mühe gegeben, in den Augen der beiden nicht als Sklavenbesitzer, sondern als Vaterfigur dazustehen — streng, aber liebevoll. Wenn ich Llita mit ins Bett nahm, zerstörte ich dieses Verhältnis und schuf möglicherweise unnötige Konflikte. So konzentrierte ich mich wieder auf mein Problem.

*

»Also schön, Llita«, sagte Kapitän Sheffield. »Komm mit in meine Kabine!« Sie folgte ihm wortlos.

Als sie ihm gegenüber Platz genommen hatte, fuhr er fort: »Deine Periode steht seit einer Woche aus, nicht wahr?«

»Ja, Käpten?« Sie schien erstaunt, aber nicht beunruhigt.

Sheffield überlegte, ob er sich vielleicht getäuscht hatte. »Oder hast du nur vergessen, mir Bescheid zu sagen?«

»Nein, bestimmt nicht, Käpten.« Sie sah ihn kummervoll an. »Ich habe es immer getan — immer!«

Der Käpten stellte ihr vorsichtig ein paar weitere Fragen. Er biß sich auf die Unterlippe. »Llita, Mädchen, ich glaube, du bekommst ein Baby ...«

Ihre Augen wurden riesig. »Das ist *herrlich!*« Nach einer Pause fügte sie hinzu: »Darf ich Josie Bescheid sagen! *Bitte!* Ich bin gleich wieder da.«

»Hoppla! Immer mit der Ruhe! Bis jetzt ist alles eine Vermutung; wir wollen Joe nicht beunruhigen, solange wir keine Gewißheit haben. Bei vielen Mädchen schwankt die Periode um mehr als eine Woche — das bedeutet nicht unbedingt etwas. Morgen untersuche ich dich gründlich, ja?« (Hatte er überhaupt die Mittel, um einen Schwangerschaftstest durchzuführen? Und noch eins — falls er eine Unterbrechung vornehmen mußte, sollte es so rasch wie möglich geschehen, bevor sich Llita mit dem Gedanken an ein Baby vertraut machte. Und wenn sie nicht schwanger war? Hm, er hatte keine ›Morgen-danach‹-Pille an Bord, geschweige denn modernere Verhütungsmittel. Woodie, du Schwachkopf, starte nie wieder so armselig ausgerüstet in den Raum!) »Inzwischen bleibe bitte ruhig!« (Unsinn! Alle Frauen regen sich auf, wenn sie erfahren, daß sie ein Baby erwarten. Ist auch verständlich.)

Ihre Miene hatte sich verdüstert. »Aber wir haben uns solche Mühe gegeben! Die Regeln des Kamasutra und alles andere beachtet! Ich wollte dich schon fragen, ob wir etwas falsch machen, weil es nicht klappt, aber Joe meinte, es sei schon richtig.«

»Ich glaube, Joe hat recht.« Er holte zwei Gläser, füllte sie mit Wein und warf unbemerkt in eines davon eine Beruhigungstablette. »Hier, trink!«

Sie warf einen zweifelnden Blick auf das Glas. »Davon werde ich immer so albern ...«

»Keine Angst! Das ist kein Fusel von Blessed, sondern ein hervorragender Tropfen, den ich von Landfall mitgebracht habe. Auf dein Baby, Llita, wenn du eins erwartest — oder darauf, daß du bald eins bekommst!«

(Mein Gott, hoffentlich haben die beiden keine Erbkrankheiten. Schon ein gesundes Baby ist eine Last für sie, da beide erst lernen müssen, auf eigenen Füßen zu stehen. Ob es mir gelingt, die Sache bis Walhalla hinauszuschieben und Llita dort richtige Antikonzeptionsmittel zu besorgen? Aber was dann? Die beiden trennen? *Wie* denn?)

»Erzähle, Liebes! Als du an Bord kamst, warst du Jungfrau.«

»Das stimmt. Der frühere Herr schloß mich immer in dieses gräßliche Eisending. Außer wenn ich blutete. Da wurde Josie in eine andere Hütte gebracht.« Sie atmete tief. »Jetzt ist alles viel schöner«, gestand sie mit einem Lächeln. »Josie und ich versuchten alles, um mit diesem Stahlgürtel fertig zu werden. Einmal hatte er Schmerzen dabei, und dann wieder ich, und schließlich gaben wir es auf. Wir beschränkten uns auf andere Sachen, die nicht so schwerfielen und auch Spaß machten. Bruder meinte, ich müsse Geduld haben; es würde nicht ewig dauern. Wir wußten nämlich, daß man uns gemeinsam verkaufen wollte — als Zuchtpaar.«

Estrellita strahlte. »Und jetzt *sind* wir eins, und vielen, vielen Dank, Käpten!« (Na, leicht war es bestimmt nicht, die beiden zu trennen.)

»Llita, hast du je daran gedacht, mit einem anderen Mann als Joe zusammenzuleben?« (Ich mußte sie zumindest aushorchen. Bei ihrem sinnlichen Temperament fand sie sicher rasch einen Partner.)

Sie sah verwirrt drein. »Nein, natürlich nicht. Wir wußten von klein auf, welche Aufgabe uns erwartete. Mutter verriet es uns — und der Priester. Ich habe mein Leben lang mit Bruder geschlafen. Warum sollte ich mich nach einem anderen sehnen?«

»Mit *mir* wolltest du schlafen. Du hast sogar behauptet, daß es dir Freude bereiten würde.«

»*Oh!* Das ist etwas anderes — du hast das Recht dazu. Aber du schicktest mich weg!« fügte sie beinahe anklagend hinzu.

»Ich hatte meine Gründe, Llita — Gründe, über die ich nicht sprechen möchte. Außerdem gibst du selbst zu, daß du Joe lieber magst.«

»Schon — aber ich war enttäuscht. Und ich mußte Joe eingestehen, daß du mich verschmäht hattest. Das tat doppelt weh. Aber Bruder riet mir zur Geduld. Wir warteten drei ganze Tage, bis er mich nahm — falls du deine Meinung geändert hättest...«

Sie betrachtete mich ruhig. »Willst du mich jetzt, Käpten? Joe erklärte mir in jener ersten Nach, daß du immer noch ein Recht auf mich hättest...«

»Liebes, ich bin todmüde — und du sicher auch.«

Sie unterdrückte ein Gähnen. »Dazu bin ich nie zu müde. Käpten, als ich damals auf dich wartete, hatte ich offen gestanden ein wenig Angst. Aber jetzt nicht mehr. Ich bin bereit — wenn du willst.«

»Du bist süß, aber ich brauche meinen Schlaf.«

(Verdammt, wann wirkte das Mittel endlich?) Er wechselte das Thema. »Sind diese winzigen Kabinen nicht zu eng für zwei Leute?«

Sie kicherte und gähnte erneut. »Fast. Einmal sind wir aus Bruders Bett gefallen. Seitdem machen wir's auf dem Fußboden.«

»Auf dem Fußboden? Aber Llita, das ist doch scheußlich! Wir müssen etwas dagegen unternehmen.« (Sollte ich die Kinder in meine Kabine umquartieren? Sie hatte das einzige breite Bett an Bord — und eine Braut in den Flitterwochen brauchte den richtigen ›Arbeitsplatz‹. Sie sollte ihre Liebe genießen. Kapitän Sheffield bedauerte die Menschen mit einer kurzen Lebensdauer; sie hatten nicht genug Zeit für die Liebe.)

»Oh, das stört uns nicht weiter. Wir haben seit frühester Kindheit auf dem Fußboden geschlafen.« Diesmal gelang es ihr nicht, das Gähnen zu unterdrücken.

»Nun, uns fällt sicher etwas Besseres ein — morgen.« (Nein, seine Kabine war keine gute Lösung; der Schreibtisch mit allen wichtigen Akten und Papieren stand darin. Ob es ihm und Joe gelang, aus zwei schmalen Kojen ein Doppelbett zu zimmern? Warum nicht? Allerdings würde es einen Raum vollständig ausfüllen. Egal, die Trennwand zwischen den beiden Kabinen hatte keine Stützfunktion. Wenn man eine Tür hineinschnitt, bekamen die beiden eine richtige kleine Wohnung. Eine ›Brautsuite‹. Für eine entzückende Braut — jawohl.) Er fügte hinzu: »Gehen wir schlafen, bevor du vom Stuhl fällst! Es wird bestimmt alles gut, Liebes.« (Dafür werde ich sorgen.) »Und in Zukunft kannst du mit Joe in einem richtigen Bett schlafen.«

»Wirklich? Oh, das wäre...« Sie gähnte anhaltend. »... *wundervoll!*«

Er mußte sie stützen, als sie in ihre Kabine torkelte. Kaum daß sie auf der Koje lag, war sie eingeschlafen. Sheffield betrachtete sie eine Weile und sagte leise: »Mein Kätzchen!« Er beugte sich über sie und küßte sie auf die Stirn. Dann ging er zurück in seinen eigenen Raum.

Dort kramte er alles heraus, was ihm der Sklavenhändler als Beweis für die Herkunft von Joe und Llita überlassen hatte.

Angenommen, die Unterlagen stimmten. Wie groß war dann das Risiko, daß aus den künstlich erschaffenen Zygoten eine ungünstige Kreuzung entstand?

Sheffield dachte mit Wehmut an Andy Libby. Andy hätte ein paar Minuten lang die Metallwand angestarrt und dann eine exakte Antwort geliefert — oder, falls das nicht möglich war, die Wahrscheinlichkeiten aufgezählt, in Prozenten ausgedrückt.

Ein genetisches Problem ließ sich ohne Computerhilfe nicht lösen, selbst wenn alle dazugehörigen Daten (ein paar tausend) zur Verfügung standen. Kapitän Sheffield begann fieberhaft zu arbeiten.

Er dachte kurz an die Zeit zurück, als er auf Ormuzd unter einem anderen Namen den Beruf eines Arztes ausgeübt hatte. Anfangs war er bemüht gewesen, seine Therapien auf den Hippokrateseid abzustimmen — soweit sich ein Mann seines Charakters dem Dogma eines einzelnen fügen konnte.

Aber dann kam eine Periode der Verirrung, in der er nach einer politischen Lösung für das suchte, was er als größte Gefahr für die Menschenrasse betrachtete: die Übertragung von Erbleiden. Nicht immer, so fand er, zeigte sich die Wirkung so kraß wie bei Mißgeburten und Schwachsinnigen. Da waren die Untüchtigen, die ewigen Verlierer, die sich nicht selbst erhalten konnten, sondern ihr Leben lang auf die Hilfe anderer angewiesen waren. Auch sie verschlechterten das Erbgut.

Lazarus versuchte seine Kollegen zu überreden, solche Kranken nicht zu behandeln, es sei denn, die Patienten ließen sich sterilisieren. Und er schloß in die Definition der ›Erbkranken‹ auch jene ein, die keine anderen Degenerationsstigmata zeigten als die Unfähigkeit, sich selbst zu ernähren — auf einem durchaus nicht übervölkerten Planeten, den er selbst ein paar Jahrhunderte zuvor als nahezu ideal für die Menschen ausgewählt hatte. Er drang mit seinen Ansichten nicht durch. Im Gegenteil, er erntete Haß und Verachtung, von ein paar Kollegen abgesehen, die ihm insgeheim recht gaben, ihn jedoch in der Öffentlichkeit verdammten. Was die Laien anging — nun, der Strick war die mildeste Strafe, die sie ›Dr. Völkermord‹ zudachten.

Als man dann Berufsverbot über Lazarus verhängte, fand er Zeit, kühl und objektiv über das Problem nachzudenken, und begann es in einem neuen Licht zu sehen.

Er gewann die Erkenntnis, daß Mutter Natur, die grausame Bestie, von sich aus mit unnachgiebiger Härte alle bestrafte, die ihre Gesetze mißachteten. Es war nicht nötig, daß *er* eingriff.

So zog er in eine andere Gegend, wechselte wieder einmal den Namen und bereitete heimlich seine Abreise von Ormuzd vor — als eine Seuche den Planeten heimsuchte. Achselzuckend nahm er seine Arbeit auf, und man ließ sich von ihm behandeln, obgleich er keine Lizenz besaß. Zwei Jahre später — die Epidemie hatte eine Viertelmillion Menschen dahingerafft — hob man das Berufsverbot auf, unter der Bedingung, daß er sich nicht mehr politisch betätigte.

Er sagte der Ärztekammer ohne Scheu, was sie mit der Lizenz tun könne. Lazarus hatte beschlossen, Ormuzd so rasch wie möglich zu verlassen.

Elf Jahre später war es dann soweit. Das Geld für seinen Unterhalt und die Schiffspassage hatte sich Lazarus übrigens als Berufsspieler verdient.

Entschuldige, Minerva, wir waren bei den ›Spiegelzwillingen‹.

Sheffield blieb die ganze Nacht wach und befaßte sich mit sämtlichen Aspekten der Vererbungslehre. Obwohl er die Toleranzen sehr eng setzte, erwies sich die Gefahr einer ›negativen‹ Gen-Kombination als äußerst gering.

Am nächsten Morgen aber hatte er dunkle Ringe unter den Augen und die Gewißheit, daß Llita ihr Baby — falls sie eines erwartete — behalten durfte.

VARIATIONEN ÜBER EIN THEMA

VII. Von Walhalla nach Landfall

... strengte ich mich gehörig an, Minerva. Es kommt immer wieder vor, daß irgendein Idiot die Ehe abschaffen möchte. Ebensogut könnte man die Schwerkraft leugnen, Pi auf 3,0 festlegen oder Berge durch einen Zauberspruch versetzen. Die Ehe ist weder eine Erfindung der Priester noch ein Fluch für die Menschheit. Sie hat durchaus ihren Wert und Nutzen und ist mit der Entwicklungsgeschichte unserer Rasse unauflösbar verbunden. Gewiß, die Ehe stellt einen Wirtschaftsvertrag dar, der Kinder und Mütter schützt, aber sie erschöpft sich nicht darin.

Warum gibt es bei den Bienen Königinnen, Drohnen und Arbeiterinnen, wenn sie dann doch eine große Familie bilden? Weil es für sie so am besten funktioniert. Wie kommt es, daß Fische von Partnerschaft und Brutpflege so gut wie gar nichts halten? Weil es die Evolution so gefügt hat — und weil es klappt. Frag keinen Theologen und keinen Anwalt! Die Institution der Ehe existierte, und zwar schon lange, bevor sie von Kirche oder Staat kodifiziert wurde. Trotz ihrer Schwächen hat sie sich immer wieder gegen die anderen Formen des Zusammenlebens durchgesetzt, die uns irgendwelche Hohlköpfe unterjubeln wollten.

Ich spreche nicht von Monogamie; ich meine *alle* Formen der Ehe, wie auch immer die heißen mögen. Solange für die Kinder gesorgt und den Erwachsenen ein Ausgleich geboten wird, handelt es sich um eine Ehe. Und der Ausgleich für die Nachteile dieser festen Bindung liegt in den Dingen, die Mann und Frau einander geben können.

Nein, Minerva, ich denke nicht an ›Eros‹. Sex dient als Köder, aber Sex ist nicht gleich Ehe. Sex allein reicht auch nicht aus, um eine Ehe aufrechtzuerhalten. Warum eine Kuh kaufen, wenn Milch billig ist?

Gesellschaft, Trost, Geborgenheit, ein Freund in frohen und betrübten Stunden, Treue, die auch Schwächen akzeptiert, menschliche Wärme — das alles bietet die Ehe. Sex ist nur der Zuckerguß auf dem Kuchen. Oh, dieser Zuckerguß kann herrlich schmecken, aber er ist *nicht* der Kuchen. Wenn er abbröckelt, bleibt noch eine ganze Menge.

Als ich jung war, wollte ich das auch nicht einsehen ...
(Gekürzt)

... machte ich eine feierliche Zeremonie daraus. Der Mensch lebt mit Symbolen; ich wollte, daß sich dieser Augenblick für immer in ihr Gedächtnis einprägte. Llita zog ihr Lieblingskleid an. Es war so farbenfroh, daß sie darin wie ein Papagei aussah, aber ich versicherte ihr, daß sie schön sei — und das stimmte auch; alle Bräute sind schön. Joe trug einen Anzug von mir, den ich ihm geschenkt hatte. Ich selbst war in eine bombastische Kapitänsuniform geschlüpft, die ich eigens für Repräsentationszwecke hatte anfertigen lassen: vier breite Goldstreifen an den Ärmeln, die Brust mit Orden bepflastert, welche aus Trödlerläden stammten, und ein Admirals-Dreispitz, um den mich Nelson beneidet hätte.

Ich hielt eine Ansprache mit salbungsvollen Zitaten aus der Glaubenslehre von Blessed — der einzigen Religion, die meine Schützlinge kannten. Das fiel mir nicht schwer, denn ich hatte lange genug mein Priesteramt auf dem Sklavenplaneten ausgeübt. Aber ich fügte auch einige Ratschläge hinzu, die meiner eigenen reichen Erfahrung entstammten. So warnte ich vor allem Llita eindringlich, daß die Ehe kein leichtfertiges Abenteuer sei, denn es werde Prüfungen geben, schwere Stunden, in denen sie Mut, Klugheit, Liebe und Ausdauer benötigten ...

Das trieb Llita Tränen in die Augen, und prompt begann auch Joe zu schluchzen. Ich ließ beide niederknien, breitete die Hände aus und begann zu beten.

Minerva, ich entschuldige mich nicht für meine Heuchelei. Es war mir egal, ob mich irgendein Gott hörte oder nicht; mir ging es darum, daß mich Llita und Joe hörten. Ich betete im Sklavenjargon von Blessed, dann in Englisch und Galacta. Den Abschluß bildete ein lateinischer Gesang, der noch aus meiner Schulzeit stammte und irgendwie hängengeblieben war:

>»Omne bene
Sine poena,
Tempus est ludendi;
Venit hora
Absque mora,
Libros deponendi!«

Ich beendete die Predigt mit einem lauten Amen!. Die beiden erhoben sich, und ich verkündete, daß sie nun Mann und Frau seien. (»Gib ihr einen Kuß, Joe!«)

Dazu die gedämpften Klänge von Beethovens Neunter ...

Ich hatte eigenhändig ein Festmahl zubereitet, das jedoch für die Jungvermählten nicht länger als zehn Minuten dauerte: Llita brachte keinen Bissen hinunter, und Joe erinnerte mich an Johnnie in seiner Hochzeitsnacht (und warum die Schwiegermutter ohnmächtig wurde). So häufte ich die Leckerbissen auf ein großes Tablett, drückte es Joe in die Hände und scheuchte die beiden in ihre Suite. Es vergingen vier Tage, bis ich sie wiedersah.

(Gekürzt)

... weiter nach Landfall, sobald ich Fracht an Bord genommen hatte. Ich durfte die beiden nicht allein auf Walhalla zurücklassen. Joe war noch nicht in der Lage, eine Familie zu ernähren, und auf Llitas Unterstützung konnte er im Moment nicht zählen. Was blieb mir anderes übrig, als die jungen Leute nach Landfall mitzunehmen?

Oh, Llita allein hätte auch keine Schwierigkeiten gehabt, auf Walhalla durchzukommen. Die Leute dieses Planeten hegen die gesunde Ansicht, daß eine Frau im schwangeren Zustand am schönsten ist — eine Ansicht, die ich teile und die ganz besonders auf Llita zutraf. Sie war annehmbar gewesen, als ich sie kaufte; bei unserer Landung auf Walhalla befand sie sich im fünften Monat und verwirrte mich durch ihre Schönheit. Ich durfte sie auf keinen Fall allein an Land lassen; sie hätte ein halbes Dutzend Heiratsanträge bekommen. Fruchtbarkeit galt als besonderer Vorzug auf dieser schwach besiedelten Welt.

Ich glaube zwar nicht, daß sie Joe so rasch im Stich gelassen hätte, aber ich wollte vermeiden, daß ihr die Bewunderung der Männer zu Kopf stieg. Und die Möglichkeiten, daß sie mit einem Bürger oder Grundbesitzer durchging, bestand immer...

Ich hatte mir sehr viel Mühe gegeben, Joes Selbstbewußtsein aufzupolieren, aber es war immer noch anfällig; einen derartigen Schlag hätte der Junge nicht verkraftet. Er ging aufrecht und mit hocherhobenem Haupt durch die Straßen — doch sein Stolz gründete auf der Tatsache, daß er ein verheirateter Mann war und bald ein Kind haben würde. Erwähnte ich übrigens, daß ich in die Heiratsurkunde einen meiner Namen eingetragen hatte? Sie hießen jetzt Friherr og Fru Lang, Josef og Stjerne, und ich wollte, daß sie zumindest für die nächsten Jahre Mister und Mrs. Long blieben.

Minerva, ich ließ sie zwar Treue für das ganze Leben schwören, aber ich glaubte nicht, daß sie diesen Schwur halten würden. Oh, Menschen mit einer durchschnittlichen Lebenserwartung bleiben oft bis zum Tode mit einem Partner verheiratet, aber was das übrige betrifft — nun ja, einem Fisch wachsen keine Federn, und Llita war eine naive, reizende, temperamentvolle Person, die sicher irgendwann in einem fremden Bett landete, wahrscheinlich ohne ihr Zutun. Ich sah es voraus, aber ich wollte nicht, daß es geschah, bevor Joe gefestigt genug war, um mit dieser Situation fertig zu werden.

Ich besorgte ihm einen Job als Perltaucher und Handlanger in einem kleinen Schlemmerrestaurant und vereinbarte mit dem Küchenchef, daß er eine Belohnung für jedes Gericht bekommen sollte, das Joe richtig zubereiten lernte. Llita mußte inzwischen an Bord bleiben; ich gebrauchte die Ausrede, daß die Kälte für eine schwangere Frau unzumutbar sei, solange sie nicht die richtigen Kleider besaß. (Nein, Liebes, erst muß ich mich um die Fracht kümmern — das geht vor!) Sie trug es mit Fassung, da ihr Walhalla ohnehin nicht besonders gefiel. Der Planet besaß eine Schwerkraft von über einem g, während ich im Schiff mit Rücksicht auf Llitas Zustand für Schwerelosigkeit gesorgt hatte. Nun hatten ihre Beine eine ungewohnte Last zu tragen, und sie kam sich plump und schwerfällig vor. Der winzige Ausschnitt von Walhalla, den sie durch die Schleusenöffnung sah, mußte ihr wie eine Eishölle erscheinen. Llita begrüßte meinen Entschluß, sie und Joe mit nach Landfall zu nehmen.

Dennoch — Walhalla war die erste fremde Welt, die sie je gesehen hatte. Llitas Neugier wuchs von Tag zu Tag, bis sie darüber ihre Beschwerden vergaß.

Ich wehrte ihre Bitte nach einem Landbummel ab, solange ich mit dem Ausladen der Fracht beschäftigt war. Dann nahm ich ihre Maße und ließ ihr in der Stadt ein paar Sachen im einheimischen Stil anfertigen. Dabei wandte ich allerdings einen häßlichen Trick an: Ich brachte Llita drei Paar Stiefel mit und überließ ihr die Wahl. Zwei Paar waren derbe, einfache Arbeitsstiefel, das dritte Paar bestand aus rotem Leder — und paßte nicht, weil ich es eine halbe Nummer zu klein genommen hatte. Llita wählte ohne Zögern das dritte Paar.

Als ich sie zum erstenmal mitnahm, trug sie also zu knappe Stiefel, und das Wetter war besonders kalt und stürmisch — ich hatte die Vorhersagen genau studiert. Für einen Raumhafen besitzt Torheim ganz hübsche Gassen und Winkel, aber ich mied diese Gegenden und führte Llita statt dessen durch triste, langweilige Straßen — zu Fuß wohlgemerkt. Als ich endlich ein Schlittentaxi herbeiwinkte und Llita zum Schiff zurückbrachte, fühlte sie sich elend. Sie schlüpfte aus den schweren Kleidern

und engen Stiefeln, nahm ein heißes Bad und ging schlafen.
Am Tag darauf lud ich sie nochmals in die Stadt ein. Sie zog es vor, an Bord zu bleiben.

(Gekürzt)

... nicht ganz so schlimm, Minerva. Ich wollte sie lediglich auf dem Schiff festhalten, ohne ihr Mißtrauen zu wecken. In Wirklichkeit hatte ich zwei Paar rote Lederstiefel erstanden, eines davon in der richtigen Größe. Ich tauschte die Schuhe nach unserem ersten Stadtbummel aus, während Llita ihre geschwollenen Füße massierte. Später redete ich ihr ein, daß sie nur deshalb Schmerzen bekommen habe, weil sie Schuhe nicht gewöhnt sei. Ich schlug ihr vor, die Stiefel an Bord zu tragen, um sich mit ihnen vertraut zu machen und das Leder auszuweiten.

Sie befolgte meinen Rat und staunte, wie unbeschwert sie sich bewegen konnte. Von diesem Moment an ging sie nicht mehr barfuß. Ich hatte Mühe, ihr klarzumachen, daß die Dinger sie beim Schlafen stören würden.

Allerdings besaßen die Stiefel auch ein ausgezeichnetes Fußbett. Ich hatte sie eigens nach diesem Gesichtspunkt ausgesucht, denn in der Schwerkraft von Walhalla wog Llita immerhin zwanzig Kilo mehr, und ihre Beine *brauchten* eine Stütze.

Ich nahm sie noch zweimal mit in die Stadt, während ich neue Waren auswählte. Sie folgte meiner Einladung, aber ich gewann den Eindruck, daß sie lieber an Bord blieb und las.

Joe schuftete inzwischen an sechs von sieben Tagen in der Woche. Kurz vor unserem Aufbruch kündigte er auf mein Geheiß die Stelle, und wir gönnten uns alle drei einen *richtigen* Landbummel. Ich hatte einen Schlitten für den ganzen Tag gemietet — keinen Motorschlitten, sondern einen mit echten Rentieren — und zeigte ihnen die Sehenswürdigkeiten des Planeten. Die Sonne schien, wir aßen mittags in einem Landgasthaus mit Blick auf die schneebedeckten Gipfel der Jotunheimen-Kette und abends in einem Schlemmerlokal der Hauptstadt.

›Friherr Lang‹ war stolz auf seine Frau, und er hatte allen Grund dazu. Auf Walhalla tragen Männer wie Frauen Gewänder, die ein wenig an Pyjamas erinnern. Der Unterschied liegt im Schnitt und im Material. Ich hatte für uns alle Partyanzüge gekauft. Joe und ich sahen nicht schlecht darin aus — aber aller Augen waren auf Llita gerichtet. Strenggenommen war sie von den Schultern bis zu den Zehenspitzen in Stoff gehüllt. Aber dieser Stoff schmiegte sich hauchzart an ihre Haut und schimmerte je nach Lichteinfall orange, grün oder golden. Er verbarg nichts. Wer genau hinschaute, konnte erkennen, daß Llitas Brüste vor Erregung hart und spitz waren — und viele schauten genau hin. Daß sie ein paar Monate vor der Entbindung stand, erhöhte ihren Reiz für die Männer von Walhalla.

Sie sah blendend aus, und sie wußte es. Ihre Miene spiegelte strahlendes Glück wider. Ich hatte sie mit den hiesigen Tischsitten vertraut gemacht und ihr eine elegante Haltung beigebracht, so daß sie sich mit erstaunlicher Sicherheit benahm.

Es ging in Ordnung, daß sie den Triumph der stillen — und manchmal nicht ganz so stillen — Bewunderung genoß. Erstens wollten wir am darauffolgenden Tag Walhalla verlassen, und zweitens trugen Joe und ich unsere Messer sichtbar im Stiefelschaft. Joe verstand zwar nichts vom Messerkampf, aber das wußten die Kerle nicht, und keiner wagte es, Llita zu belästigen.

(Gekürzt)

... trotz einer kurzen Nacht früh am nächsten Morgen. Das Beladen nahm den ganzen Tag in Anspruch. Llita kümmerte sich um Lieferzettel und Schiffspapiere, und Joe kontrollierte die Nummern, während ich dafür sorgte, daß man uns nicht übers Ohr haute. Spätabends stießen wir dann in den n-dimensionalen Raum vor, und der Computer knobelte an den letzten Dezimalstellen unserer Route. Ich stellte noch den Gravistat ein, der die Schwerkraft allmählich auf ein Viertel g senken sollte — kein freier Fall mehr, bis Llita ihr Baby hatte —, und verschloß dann die Steuerzentrale. Ich war verschwitzt und hundemüde, und auf dem Weg in meine Kabine überlegte ich, ob das Waschen nicht vielleicht bis zum nächsten Tag Zeit hätte.

Ihre Tür stand offen, und sie lagen beide im Bett. Das hatten sie noch nie zuvor getan.

Ich erfuhr bald den Grund. Als ich an ihrem provisorischen Schlafzimmer vorübergehen wollte, sprangen sie aus dem Bett und kamen auf mich zu. Sie äußerten den Wunsch, daß ich das Vergnügen mit ihnen teilte — sie wollten mir danken ... für den herrlichen Tag auf Walhalla, dafür, daß ich sie gekauft hatte, und so fort. Seine Idee? Ihre? Ich forsche nicht weiter nach; ich erklärte ihnen nur, daß ich wie gerädert sei, dreckig und erschöpft — daß ich mich nach einem heißen Bad und zwölf Stunden Schlaf sehnte.

Ich ließ es zu, daß sie mich badeten und massierten, dann ging ich zu Bett. Aber ich gestehe, Minerva, daß ich meine Grundsätze hinsichtlich abhängiger Frauen vergessen hätte, wenn ich nicht so verdammt müde gewesen wäre.

(Gekürzt)

... jeden Film und jedes Buch, das ich in Torheim auftreiben konnte, um meine Kenntnisse als Gynäkologe und Geburtshelfer aufzufrischen. Dazu besorgte ich Instrumente und Vorräte, die ich bisher nie an Bord meines Schiffes benötigt hatte. Ich blieb in meiner Kabine, bis ich die Literatur durchgeackert hatte und das Gefühl bekam, wieder auf dem laufenden zu sein.

Dr. Lafayette Hubert, MD, alias Käpten Aaron Sheffield alias der Senior usw. machte sich gewaltige Sorgen um seine einzige Patientin, auch wenn er es nach außen hin nicht merken ließ. Um seine Nerven zu beruhigen, probte er täglich für den Ernstfall. Dabei waren die Geräte, die er in Torheim erworben hatte, mindestens ebenso gut wie die Ausrüstung des Frigg-Tempels, wo täglich an die fünfzig Geburten stattfanden.

Er lächelte selbst über all das Zeug, das er an Bord geschleppt hatte, und er dachte an den Landarzt von Ormuzd, der die meisten Babys mit bloßen Händen ans Licht der Welt geholt hatte — während die Gebärende mit weit gespreizten Knien im Schoß ihres Mannes saß und von ihm gestützt und festgehalten wurde. Allerdings waren die Satteltaschen seines Mulis immer vollgestopft mit Instrumenten gewesen. Darauf kam es an: die Dinge bei der Hand zu haben, falls etwas nicht klappte.

Nun, ein Apparat, den er während seines Landaufenthalts erstanden hatte, ließ sich damit bestimmt nicht rechtfertigen: ein Entbindungsstuhl mit allen Schikanen. Das Ding besaß Handgriffe und gepolsterte Armlehnen. Die Bein-, Fuß- und Rückenstützen ließen sich unabhängig voneinander horizontal oder vertikal verstellen sowie drehen und kippen. Patientin und Hebamme konnten die Bedienungselemente leicht erreichen. Eine Automatik verhinderte Sturzgeburten. Es war ein Prachtexemplar ...

Dr. Hubert Sheffield hatte das gute Stück in seiner Kabine aufgestellt und die vielen Möglichkeiten genau getestet, bevor er den Kaufvertrag unterschrieb. Aber je länger er den Stuhl betrachtete, desto größere Zweifel kamen ihm, ob er richtig gehandelt hatte. Das Ding wirkte unpersönlich wie eine Guillotine.

Zwar waren der Schoß und die Arme eines Ehemanns nicht so wirksam wie dieses Wunderwerk der Technik — aber seiner

Meinung nach sprach viel dafür, daß die zukünftigen Eltern die schwere Prüfung gemeinsam durchstanden. Ein Mann, der seine Frau bei der Geburt unterstützt hatte, zweifelte niemals an seiner Vaterschaft — selbst wenn das Kind von irgendeinem Fremden stammte. Solche Erwägungen wurden angesichts des größeren Erlebnisses unwichtig.

Also, was nun, Doc? Der raffinierte Stuhl? Oder Joes Arme? Brauchten die Kinder diese zweite ›Hochzeitszeremonie‹? Ertrug Joe die Belastung — physisch und psychisch? Es gab keinen Zweifel daran, daß Llita der robustere Teil des Gespanns war, auch wenn Joe größer als sie wirkte. Was geschah, falls Joe genau im falschen Moment zusammenklappte und sie losließ?

Sheffield dachte über diese Probleme nach, während er die Bedienungselemente des Gravistaten vom Kontrollraum in seine Kabine verlegte. Er hatte beschlossen, die Entbindung hier durchzuführen, auch wenn das einige Nachteile für ihn mit sich brachte. Aber der Raum bot genügend Platz, und gleich daneben befand sich das Bad. Gewiß, er mußte sich an dem verdammten Stuhl vorbeiquetschen, wenn er zum Schrank oder Schreibtisch wollte, aber die paar Wochen ließ sich das noch ertragen. Dann konnte er den Apparat zerlegen und in einem der Frachträume verstauen. Vielleicht gelang es ihm sogar, den Stuhl mit Gewinn auf Landfall zu verkaufen ...

Minerva, nach meiner Berechnung war Llita seit etwa zehn Tagen fällig. Die jungen Leute beunruhigte das nicht weiter, da ich meine Vorhersagen absichtlich vage gehalten hatte. Und auch ich machte mir keine allzu großen Sorgen, da Llita einen gesunden Eindruck erweckte und sich in jeder Hinsicht wohl fühlte. Ich hatte sie nicht nur durch Schwangerschaftsgymnastik, sondern auch mit Hilfe von Hypnoselektionen auf das große Ereignis vorbereitet. Sie sollte es so leicht wie möglich haben — ich hasse es, Dammrisse und ähnliches zu flicken.

Was mir mehr Kummer bereitete, war die Möglichkeit, daß ich einem kleinen Monster das Genick brechen mußte. Im Klartext — daß ich Llitas Baby töten mußte. Ich will die häßliche Wahrheit nicht verschweigen: Sämtliche Berechnungen, die ich in jener schlaflosen Nacht angestellt hatte, ließen das Risiko einer Mißgeburt offen — und wenn ich mich in irgendeiner Annahme getäuscht hatte, dann steigerte sich dieses Risiko noch.

Wenn ich es tun mußte, dann wollte ich es so rasch wie möglich hinter mich bringen.

Endlich setzten die Wehen ein. Als die Abstände immer kürzer wurden, holte ich Joe und Llita in den ›Kreißsaal‹. Joe kletterte auf den Entbindungsstuhl und nahm die Haltung ein, die wir so oft geübt hatten. Dann hob ich Llita auf seinen Schoß — bei einem Viertel g kein Problem.

Sie spreizte sofort die Knie weit auseinander. »Ist es so richtig, Käpten?« fragte sie.

»Großartig«, lobte ich. Für sie allein wäre der Stuhl vielleicht bequemer gewesen — aber dann hätte sie Joes Nähe nicht gespürt. »Gib ihr einen Kuß, Joe!«

Ich begann Joe festzuschnallen. Die Gurte um Hüften und Oberkörper saßen so stramm, daß der Junge sich auch dann nicht von dem Stuhl lösen konnte, wenn das Schiff detonierte. Llita hingegen erhielt nur zwei lockere Riemen um die Knie. Ihre Hände umklammerten die Griffe, während sich Joes Schenkel und Arme wie ein warmer, lebendiger Sicherheitsgurt um sie schmiegten. Wir hatten jede Bewegung genau geübt. Joes Hände umfaßten Llitas Leib unterhalb der Brust; wenn wir das Baby nach unten drücken mußten, würde ich ihm einen Wink geben.

Mein Hocker war am Deck festgeschraubt. Als ich den Hüftgurt anlegte, machte ich den beiden noch einmal klar, was für eine schwere Aufgabe sie erwartete. »Verschränke jetzt die Hände, Joe — aber so, daß sie noch atmen kann! Bequem, Llita?«

»Äh ...«, keuchte sie, »da — kommt die nächste!«

»Nach unten pressen, Liebes!« Ich vergewisserte mich, daß mein linker Fuß die Bedienungshebel des Gravistaten erreichte, dann beobachtete ich Llitas Leib.

Eine kräftige Wehe! Als sie den Höhepunkt erreichte, schaltete ich unvermittelt von einem Viertel g auf zwei volle g um. Llita stieß einen Schrei aus, und das Baby flutschte mir wie ein Wassermelonenkern entgegen.

Ich löste den Fuß langsam vom Gravistathebel, bis wir wieder ein Viertel g erreicht hatten. Gleichzeitig inspizierte ich das Kleine. Ein normal entwickelter Junge, rot, verschrumpelt und häßlich ...

Also versetzte ich ihm ein paar Klapse auf das winzige Hinterteil, und er begann zu brüllen.

VARIATIONEN ÜBER EIN THEMA

VIII. Landfall

(Gekürzt)

... Mädchen, das ich zur Frau nehmen wollte, inzwischen wieder geheiratet hatte. Verständlich — ich war zwei Erdenjahre lang nicht mehr auf Landfall gelandet. Und nicht weiter tragisch, da ich hundert Jahre zuvor schon einmal mit ihr verheiratet gewesen war. Wir besprachen die Angelegenheit im Beisein ihres neuen Partners, und ich entschied mich für eine ihrer Enkelinnen, die nicht von mir abstammte. Beide gehörten natürlich zu den Howard-Familien, und Laura, meine Auserwählte, war darüber hinaus eine Foote.*)

Wir paßten gut zusammen, Minerva. Laura war zwanzig; ich hatte eben eine Verjüngung hinter mir und hielt mein kosmetisches Alter um die Dreißig. Wir hatten mehrere Kinder — neun, wenn ich mich nicht täusche —, bis Laura mich etwa ein halbes Jahrhundert später satt bekam und sich Roger Sperling, meinen Vetter fünften oder siebenten Grades, in den Kopf setzte. Mich störte das nicht, denn das Reisefieber hatte mich längst wieder gepackt. Außerdem — wenn eine Frau gehen will, soll man sie nicht aufhalten. Ich trat vor dem Ehegericht für sie ein.

Roger staunte allerdings, als er erfuhr, daß die Plantage kein Gemeinschaftsbesitz war. Vielleicht glaubte er auch nicht, daß ich auf den Vertrag pochen würde, den Laura und ich bei unserer Heirat unterzeichnet hatten — aber ich war nicht zum erstenmal reich; Schaden macht klug. Ein ermüdender Rechtsstreit brachte Roger zu der Einsicht, daß Laura zwar Anspruch

---

*) Korrektur: ... eine *Hedrick*. Besagte Laura (eine Vorfahrin des Unterzeichneten) trug in der Tat den Beinamen *Foote*, gemäß der veralteten patrilinearen Tradition — eine Quelle von Mißverständnissen in alten Aufzeichnungen, da die Familien seit Anbeginn das logischere matrilineare System bevorzugt hatten. Aber die Ahnentafeln wurden erst im Jahre 3307 des Gregorianischen Kalenders revidiert. Der Irrtum des Seniors bietet somit einen Anhaltspunkt, die Erzählung geschichtlich einzuordnen — gäbe es nicht Beweise dafür, daß Rentiere erst einhundertfünfzig Jahre *nach* der Heirat des Seniors mit Laura Foote-Hedrick auf Walhalla heimisch gemacht wurden.

Interessanter ist die Behauptung des Seniors, daß er die Pseudoschwerkraft einsetzte, um Llitas Entbindung zu erleichtern. War er der erste, der die (heute übliche) Methode anwandte? Er macht diesen Anspruch nirgends geltend, und die Technik wird im allgemeinen mit Dr. Virginius Briggs von der Howard-Klinik auf Secundus in Zusammenhang gebracht.   J. F. 45.

auf ihre Mitgift plus Wertsteigerung hatte, nicht jedoch auf die vielen tausend Hektar Land, die sich bereits in meinem Besitz befanden, als ich sie heiratete. In vielen Dingen hat man es einfacher, wenn man arm ist.

Dann zog es mich wieder in die Galxis hinaus.

Aber ich wollte eigentlich von meinen ›Kindern‹ erzählen. Noch bevor wir Landfall erreichten, verwandelte sich Joseph Aaron Long von einem verknautschten Äffchen in einen kleinen Cherub. Allerdings war er immer noch so unverständig, daß er jeden, der ihn kühn auf den Arm nahm, naßpinkelte — ein Mißgeschick, das seinem Großpapa mehrmals am Tag zustieß. Ich liebte ihn heiß. Er war nicht nur ein sonniges Baby, sondern für mich ein Triumph.

Als wir landeten, hatte sich sein Vater zu einem ausgezeichneten Koch gemausert. Minerva, ich hätte den Kindern ein feudales Leben bieten können; es war eine meiner erfolgreichsten Handelsreisen überhaupt. Aber man macht aus ehemaligen Sklaven keine stolzen, freien Bürger, wenn man ihnen zuviel schenkt. Was ich ihnen ermöglichte, war ein vernünftiger Start...

So gewährte ich beiden für die Reise von Blessed nach Walhalla Anfängerlöhne — halbtags nur, da sie während der übrigen Zeit Unterricht erhalten hatten. Dazu kam Joes Lohn als Küchenhelfer auf Walhalla abzüglich seines Eigenverbrauchs. Die Gesamtsumme berechnete ich als Frachtanteil für die Reise von Walhalla nach Landfall — knapp ein halbes Prozent meiner Investitionen. Übrigens hatte Llita die Aufgabe, all die Zahlen zusammenzustellen.

Für die Reise von Walhalla nach Landfall erhielt Joe den vollen Lohn eines Schiffskochs — in bar, nicht als Frachtanteil. Ich mußte Llita erklären, weshalb sie Joes Lohn nicht rückwirkend in die Fracht stecken konnte, die ich auf Walhalla an Bord genommen hatte. Sobald sie das einsah, verstand sie im Grunde auch, was Einsatz, Risiko und Gewinn bedeuteten. Ich zahlte ihr keinen Penny für die Buchführung; zum einen mußte ich ihre Arbeit überprüfen, und zum anderen erteilte ich ihr nebenbei Unterricht in Wirtschaftskunde.

Llita erhielt auch keinen Lohn für die Reise von Walhalla nach Landfall; sie kümmerte sich während dieser Zeit nur um ihr Baby. Aber ich berechnete keinen Preis für die Überfahrt; sie galt als blinder Passagier.

Du siehst, was ich tat, Minerva: Ich drehte die Buchführung

so hin, daß ich den beiden eine gewisse Summe schuldete, sobald ich meine Fracht verkauft hatte. Natürlich war ihre Arbeit den Lohn nicht wert; im Gegenteil, ich hatte eine Menge Auslagen durch Joe und Llita gehabt. (Damit meine ich nicht die Kaufsumme. Dieses Geld würde ich ihnen niemals anrechnen — auch innerlich nicht!) Mein Lohn bestand andererseits in einer tiefen Befriedigung, die sich noch steigern würde, wenn sie es lernten, auf eigenen Füßen zu stehen ...

(Gekürzt)

... kamen auf zwei- bis dreitausend. Das reichte bestimmt nicht lange, um die junge Familie zu ernähren. Aber ich machte einen winzigen Imbißladen ausfindig und erwarb durch einen Strohmann das Vorkaufsrecht, nachdem ich mich vergewissert hatte, daß zwei arbeitswillige, ehrgeizige Leute sich damit über Wasser halten konnten. Daraufhin erklärte ich ihnen, daß sie allmählich auf Arbeitssuche gehen mußten, da ich beabsichtige, die *Libby* zu verkaufen oder zu verpachten. Es war ein Sprung ins kalte Wasser. Sie besaßen jetzt *echte* Freiheit — die Freiheit, etwas aus ihrem Leben zu machen oder zu verhungern.

Llita war nicht im geringsten beleidigt. Sie wirkte nur sehr ernst, während sie den kleinen Joseph Aaron stillte. Joe zeigte sich ein wenig erschrocken. Aber kurze Zeit später steckten die beiden die Köpfe zusammen und gingen wispernd die Stellenangebote in der Zeitung durch, die ich ›zufällig‹ mitgebracht hatte.

Nach einer Weile fragte mich Llita schüchtern, ob ich auf den Kleinen aufpassen könnte, während sie auf Arbeitssuche gingen — aber notfalls würde sie ihn auch in einem Hüfttuch mitnehmen.

Ich erklärte mich gern bereit, auf das Baby zu achten, und ließ nebenbei einfließen, ob sie auch einen Blick auf die Geschäftsanzeigen geworfen hätten. Stellen für ungelernte Kräfte seien knapp.

Llita sah mich verblüfft an; es war eine völlig neue Idee. Aber der Hinweis genügte. Das Gewisper setzte von neuem ein. Dann schleppten sie die Zeitung an, deuteten auf eine Annonce — meine eigene — und wollten wissen, was ›Amortisierung in fünf Jahren‹ hieß.

Ich rümpfte die Nase und meinte, das sei eine Möglichkeit, ganz langsam pleite zu gehen — besonders wenn Llita zuviel Geld für Kleider ausgab. Außerdem müßte ein Haken an der

Geschichte sein, sonst würde der Besitzer nicht verkaufen.

Beide wirkten bekümmert. Bei allen anderen Geschäftsübernahmen, so erfuhr ich, sei eine Menge Eigenkapital erforderlich. Ich entgegnete zögernd, daß es ja nicht schaden könne, einen Blick auf die Klitsche zu werfen — aber sie sollten gut aufpassen, daß man sie nicht hereinlegte.

Die beiden kehrten hellauf begeistert zurück. Sie waren *sicher*, daß sie die Imbißstube kaufen und mit Gewinn bewirtschaften konnten. Joe kochte weit besser als dieser Pfuscher, der den Laden im Moment hatte — der Kerl nahm zuviel Fett, und es war ranzig, und der Kaffee schmeckte grauenhaft, und von Sauberkeit keine Spur! Aber das Allerschönste — hinter der Speisekammer war ein Zimmer, in dem sie wohnen konnten ...

Ich dämpfte ihren Optimismus. Wie stand es mit den Bruttoeinnahmen? Wie hoch lagen die Steuern? Welche Lizenzen benötigten sie, und was kosteten die? Wußten sie, wie man Waren über den Großhandel bezog? Nein, ich dachte gar nicht daran, mir das Ding anzusehen; sie mußten selbst die Entscheidung treffen und endlich aufhören, mich als ihr Kindermädchen zu betrachten. Außerdem verstand ich nichts von Restaurants.

Das war eine glatte Lüge, Minerva. Ich habe auf insgesamt fünf Planeten Restaurants betrieben. Aber es gab zwei — nein, drei Gründe, weshalb ich mir die Imbißstube nicht anschauen wollte. Erstens hatte ich den Betrieb haarklein geprüft, bevor ich mir das Vorkaufsrecht sicherte. Zweitens würde sich der Koch an mich erinnern. Drittens konnte ich weder eine Bürgschaft leisten noch die beiden zum Kauf überreden, weil *ich* der Verkäufer war. Minerva, wenn ich einen Gaul verscheuern will, dann garantiere ich nicht dafür, daß er an jeder Ecke ein Bein hat; der Käufer muß sie schon selber zählen.

Nachdem ich jegliche Kenntnisse über das Gaststättenwesen weit von mir gewiesen hatte, hielt ich ihnen einen Vortrag darüber. Llita begann mitzuschreiben. Nach einer Weile fragte sie, ob sie das Tonbandgerät benützen dürfe. Also ging ich in Einzelheiten — Amortisierung, Wertminderung, Steuern, Versicherungen, Löhne für sie und Joe und so fort. Wo sich der Markt für Frischgemüse befand und wie früh sie jeden Morgen dort sein müßten. Warum Joe das Schlachten lernen mußte, anstatt das Fleisch bereits zerlegt zu kaufen — und wo er es lernen konnte. Was man gegen Ratten, Mäuse und ähnliche Tierchen unternahm ...

(Gekürzt)

... durchtrennte die Nabelschnur, Minerva. Ich glaube nicht, daß sie je dahinterkamen, von wem sie die Imbißstube gekauft hatten. Ich betrog sie nicht, ich half ihnen aber auch nicht.

Es stellte sich heraus, daß Llita Geld eisern zusammenhalten konnte. Ich glaube, sie arbeitete bereits im ersten Monat mit Gewinn, obwohl der Laden ein paar Tage lang geschlossen war, bis die beiden alles saubergemacht und renoviert hatten. Jedenfalls zahlte sie pünktlich die erste Rate ihrer Hypothek, und das blieb so. Minerva, meine Schützlinge benötigten nicht fünf, sondern drei Jahre, um ihre Schulden zu begleichen.

Nicht weiter erstaunlich. Oh, eine längere Krankheit hätte sie zugrunde richten können. Aber sie waren beide jung und gesund und arbeiteten sieben Tage in der Woche, solange sie noch Verpflichtungen hatten. Joe kochte, Llita stand an der Kasse und lächelte die Kunden an, und Joseph Aaron schlief in einem Körbchen hinter der Theke, bis er ins Krabbelalter kam.

Bevor ich Laura heiratete und New Canaveral verließ, um das Leben eines Landjunkers zu führen, besuchte ich sie manchmal — nicht zu oft, da Llita kein Geld von mir nahm. So trank ich meist nur eine Tasse Kaffee und erkundigte mich nach dem Befinden des Kleinen, während ich unauffällig die beiden Erwachsenen kontrollierte. Ich schickte viele meiner Bekannten zu ihnen. Joe war ein guter Koch, und er wurde immer geschickter. Allmählich sprach es sich herum, daß man bei *Estelle* ausgezeichnet essen konnte. Diese Art von Flüsterpropaganda ist die beste Reklame für ein Lokal; jeder ›entdeckt‹ gern preiswerte und gute Restaurants. Es störte die Kunden — vor allem die männlichen — kaum, daß Estelle persönlich an der Kasse saß, jung und hübsch und ein Baby auf dem Arm. Wenn sie den Kleinen stillte, während sie Bons tippte und Wechselgeld herausgab, war ihr ein dickes Trinkgeld sicher.

Joseph Aaron verzichtete allmählich auf die mütterliche Nahrungsquelle, und als er zwei war, übernahm sein Schwesterchen Libby das Geschäft. Diesmal entband Llita ohne meine Hilfe, und die roten Haare des winzigen Wesens hatten nichts mit mir zu tun. Ich nehme an, daß Llita die Gene rezessiv in sich trug. Libby sorgte wie ihr Bruder tüchtig dafür, daß die Trinkgelder in die Kasse flossen, und ich glaube, es war mit ihr Verdienst, daß Joe und Llita ihre Schulden so rasch abbezahlen konnten.

Ein paar Jahre später befand sich das *Estelle* im Bankenbezirk, war ein Stück größer, und Llita stellte eine Kellnerin an, ein junges, hübsches Ding, versteht sich ...

... *Maison Long* war schick und elegant, aber die Kaffeebar in der Ecke hieß immer noch *bei Estelle*, und die Chefin beherrschte mit einem verführerischen Lächeln die Szene. Sie kannte die Kunden beim Namen und hatte für jeden ein freundliches Wort. Joe beschäftigte drei Köche und eine Reihe von Helfern, und er feuerte unbarmherzig jeden, der seinen hohen Ansprüchen nicht gerecht wurde.

Doch bevor sie *Maison Long* eröffneten, erhielt ich einen Beweis dafür, daß meine Kinder noch klüger waren, als ich gedacht hatte. Wohlgemerkt, als ich sie kaufte, waren sie zu dumm zum Steineklopfen, und keiner von ihnen hatte einen Geldschein auch nur aus der Ferne gesehen.

Ein Brief von einem Anwalt: Zum Vorschein kam ein Scheck, beigeheftet war eine Abrechnung. Zwei Passagen von Blessed nach Walhalla und Landfall, gemäß der interstellaren Gebührenordnung; bestimmte Gelder aus Anteilen am Verkauf der Fracht; fünftausend Blessings, nach beiliegendem Schlüssel auf die hiesige Währung umgerechnet; Zinsen für obengenannte Beträge, verteilt auf dreizehn Jahre, Zinssatz gemäß Darlehen ohne Sicherheiten.

Minerva, die Summe, die unter dem Strich herauskam, war beträchtlich.

Joe und Llita hielten sich vornehm im Hintergrund. Den Scheck hatte der Anwalt unterschrieben. Also rief ich ihn an.

Er gab sich reichlich arrogant, doch das beeindruckte mich nicht. Ich hatte für Landfall selbst eine Advokatenzulassung, auch wenn ich keine Praxis betrieb. Er verriet mir nur, daß er im Auftrag eines Klienten handelte, der nicht genannt werden wollte.

Also feuerte ich ein paar juristische Geschütze ab, und er ließ sich herab, mir zu verraten, daß im Falle meiner Ablehnung das Geld an eine Stiftung gehen würde. Er weigerte sich jedoch, den Namen der Stiftung zu nennen.

Ich legte auf und rief bei *Estelle* an. Llita war am Apparat. Sie schaltete sofort den Bildschirm ein. »Aaron!« sagte sie mit einem strahlenden Lächeln. »Wir haben dich eine Ewigkeit nicht mehr gesehen.«

Ich entgegnete, daß sie in dieser Zeit wohl den Verstand verloren habe. »Ich erhielt eben ein lächerliches Schreiben von einem Anwalt. Wenn ich dich erreichen könnte, Mädchen, würde ich dir den Hintern versohlen. Laß mich jetzt mit Joe sprechen!«

Sie erklärte mir immer noch lächelnd, daß ich Joe sofort sprechen könne. Er sei eben im Begriff, das Lokal abzuschließen. Dann wurde sie mit einemmal ernst. »Aaron, unser ältester und teuerster Freund, dieser Scheck ist alles andere als lächerlich. Einige Schulden lassen sich nicht begleichen. Das hast du uns vor vielen Jahren beigebracht. Aber der finanzielle Teil einer Schuld *kann* bezahlt werden. Und genau das möchten wir tun.«

»Verdammt noch mal, ich nehme keinen roten Heller von euch!« fuhr ich auf.

»Aaron«, erwiderte sie sanft. »Herr . . .«

Bei dem Wort ›Herr‹, Minerva, brannten meine Sicherungen durch. Die Ausdrücke, die ich benutzte, hätten einen Müllkutscher erröten lassen.

Sie wartete, bis ich mich ausgetobt hatte, dann fügte sie leise hinzu: »Du bleibst unser Herr, bis wir diese Summe bezahlt haben — Käpten.«

Liebes, ich brachte keinen Ton mehr heraus.

»Und selbst dann werde ich dich im Herzen immer als meinen Herrn betrachten, Käpten — ebenso wie Joe . . . auch wenn wir stolz und frei durch die Welt gehen, wie du es uns gelehrt hast, und unsere Kinder stolz und frei geboren werden.«

»Mädchen, du treibst mir die Tränen in die Augen!«

»Aber nein«, entgegnete sie. »Der Käpten weint nie.«

»Was weißt du schon!« sagte ich. »Aber ich nehme das Geld an, wenn ihr euch dadurch wirklich freier fühlt — allerdings nur die Grundsumme, nicht die Zinsen. Ihr seid schließlich meine Freunde.«

»Wir sind mehr als Freunde, Käpten. Und weniger. Die Zinsen einer Schuld werden *immer* entrichtet — hast du mir beigebracht. Aber ich wußte es bereits damals, als du uns freisprachst. Und Joe auch. Ich *versuchte* Zinsen zu zahlen, erinnerst du dich? Du wolltest mich jedoch nicht haben.«

Ich wechselte rasch das Thema. »Und welche Stiftung erhält das Geld, wenn ich ablehne?«

Sie zögerte. »Das wollen wir dir überlassen, Aaron. Wir denken an so etwas wie Raumfahrerwaisen — den Harriman-Gedächtnisfonds vielleicht . . .«

»Ihr seid beide übergeschnappt! Dieser Fonds hat genug Mittel, das weiß ich zufällig genau. Hör mal, Llita, könntet ihr euren Saftladen für ein paar Stunden dichtmachen, wenn ich euch morgen in der Stadt besuche? Oder am Neils-Tag?«

»Wann immer und wie lange du willst, Aaron —«

Ich versprach, ihr telefonisch Bescheid zu geben.

Minerva, ich brauchte Zeit zum Nachdenken. Joe stellte kein Problem dar; das tat er nie. Aber Llita gab nicht so leicht nach. Sie war keinen Millimeter von ihrem Entschluß abgerückt, als sie meinen Kompromißvorschlag hörte.

Zinseszinsen sind Mord, Minerva. Die Summe, die mir die beiden zurückzahlen wollten, machte mehr als das Zweieinhalbfache des Grundbetrags aus ... und ich konnte mir nicht vorstellen, wie sie *dieses* Geld zusammengekratzt hatten.

Es wäre eine Sünde gewesen, den sauer verdienten Mammon an verwaiste Raumfahrer oder Raumfahrerwaisen zu verschenken. Dennoch, ich konnte Joe und Llita gut verstehen. Ich hatte ihnen den Stolz selbst beigebracht. Und ich dachte an einen Vorfall, der nun viele, viele Jahre zurücklag. Damals hatte ich eine zehnmal so hohe Summe aufgegeben, weil ich mich nicht herumzanken wollte, wessen Karten gezinkt waren. In jener Nacht schlief ich übrigens auf einem Friedhof.

Ich überlegte, ob Llita, diese hinterhältige kleine Hexe, mich dafür bestrafen wollte, daß ich sie vor vierzehn Jahren aus meinem Bett geworfen hatte. Was würde sie wohl tun, wenn ich vorschlug, daß sie die Zinsen auf ihre Weise bezahlte? Wahrscheinlich ging sie in die Horizontale, bevor ich ›Empfängnisverhütung‹ sagen konnte.

Und damit war das Problem nicht gelöst.

Da sie einen Kompromiß abgelehnt hatte, standen wir wieder ganz am Anfang. Sie wollte entweder alles zahlen — oder die Summe sinnlos verschleudern. Ich konnte weder das eine noch das andere zulassen.

Es mußte irgendeinen Weg geben, der uns allen gerecht wurde.

Nach dem Abendessen, als sich die Diener zurückgezogen hatten, fragte ich Laura, ob sie mich am nächsten Tag in die Stadt begleiten wolle; sie könne ja einen Schaufensterbummel machen, während ich die geschäftlichen Dinge erledigte.

Laura war wieder schwanger; ich dachte, daß es ihr vielleicht Spaß machen würde, neue Kleider zu kaufen und einmal in ein schickes Restaurant zu gehen.

Nicht daß ich sie dabeihaben wollte, wenn ich mein Gespräch mit Llita führte. Offiziell stammten Joseph und Estelle Long sowie ihr ältester Sohn von Walhalla. Wir hatten uns angefreundet, als sie eine Passage auf meinem Schiff buchten ...

Ich hatte die Story in allen Einzelheiten ausgeklügelt und den beiden auf der Reise nach Landfall immer wieder eingehämmert; ich zeigte ihnen sogar Filme von Torheim, damit sie niemandem durch falsche Antworten oder Unkenntnis der lokalen Eigenheiten auffielen.

Dieser Schwindel war nicht unbedingt notwendig, da auf Landfall für Einwanderer nicht einmal Meldepflicht bestand. Aber Joe und Llita sollten vergessen, daß sie je Sklaven gewesen waren; sie sollten ihren Kindern die Wahrheit verschweigen und zugleich die Tatsache unterdrücken, daß sie, wenn auch nicht im üblichen Sinn, Bruder und Schwester waren. Es ist zwar keine Schande, als Sklave geboren zu werden (nicht für den Sklaven!), und es gibt auch keinen Grund, diploiden Ergänzungen das Heiraten zu verbieten, aber die Volksmeinung ...

Fangen wir noch einmal von vorn an: Joseph Long hatte Stjerne (Estelle in der Landessprache) Svensdatter nach seiner Ausbildung zum Küchenchef geheiratet und war, als sich das erste Kind einstellte, nach Landfall ausgewandert. Die Geschichte war einfach und unanfechtbar; sie gab meinem Pygmalion-Versuch den letzten Schliff. Meine Frau kannte nur die offizielle Version. Sie hatte die beiden anfangs akzeptiert, weil sie meine Freunde waren. Später entwickelte sich ein herzliches Verhältnis zwischen Laura und Estelle.

Laura war große Klasse, Minerva. Sie besaß schon in ihrer ersten Ehe die Howard-Tugend, ihren Mann nicht zu sehr an sich zu ketten — die meisten Howard-Mitglieder lernten das erst im Laufe der zweiten oder dritten Partnerschaft. Sie wußte, wer ich war — der ›Senior‹ —, da unsere Heirat und später die Geburten unserer Kinder im Archiv registriert wurden. Aber sie behandelte mich nie wie einen alten Mann, und sie fragte nie von sich aus nach meiner Vergangenheit.

Ich gebe ihr keine Schuld an dem häßlichen Rechtsstreit; der Gedanke konnte nur von Roger Sperling, diesem raffsüchtigen Mistkerl, stammen.

»Wenn es dir nichts ausmacht, bleibe ich lieber daheim«, meinte Laura. »Mit neuen Kleidern möchte ich warten, bis ich wieder schlank bin. Und die Restaurants von New Canaveral bieten nichts Berühmtes. Joe müßte seine Imbißstube aufgeben und ein Restaurant eröffnen. Er kocht beinahe so gut wie Thomas.«

(Besser, dachte ich, und er zieht nicht die Augenbrauen hoch, wenn man ihn höflich um etwas bittet. Minerva, Hausangestellte können eine Plage sein! Du bist ebenso abhängig von ihnen wie

sie von dir.)
»Besuchst du sie übrigens?« fuhr Laura fort. »Joe und Llita, meine ich ...«
»Vielleicht.«
»Nimm dir die Zeit, Liebling. Es sind ganz reizende Leute. Außerdem möchte ich dir ein kleines Geschenk für Libby mitgeben. Sie hat in letzter Zeit wenig von ihrer Patentante gehört.«
»Na schön, ich schaue auf einen Sprung vorbei.«
»Grüße sie von mir. Und frag Estelle, ob sie auch wieder in anderen Umständen ist. Vergiß das auf keinen Fall! Hmm, vielleicht sollte ich für jedes der Kinder ein Päckchen zurechtmachen. Wann fährst du morgen? Ich muß dir noch ein paar Hemden herrichten ...«
Laura war überzeugt davon, daß ich keine Reisetasche allein packen konnte — obwohl ich jahrhundertelange Erfahrung darin besaß. Ihre Fähigkeit, das Leben so zu sehen, wie sie es sehen wollte, trug viel dazu bei, daß sie vierzig Jahre an meiner Seite aushielt. Ich denke gern an sie zurück. Liebe? Ja, sicher, Minerva. Sie sorgte für mein Wohlbefinden, ich kümmerte mich darum, daß sie es schön hatte — und wir fühlten uns glücklich dabei. Es war nur keine so heftige Liebe, daß sie Schmerzen bereitete ...
Am Tag darauf fuhr ich nach New Canaveral.

(Gekürzt)

... plante ich ›Maison Long‹. Llita hatte schwere Geschütze aufgefahren. Ich bin sentimental, und das wußte sie.
Als ich am Spätnachmittag eintraf, war die Imbißstube bereits geschlossen. Die beiden älteren Kinder hatte man für die Nacht zu Bekannten gebracht, und Baby Laura schlief. Joe öffnete und bat mich, schon mal vorauszugehen; er wolle nur kurz nach dem Essen sehen.
Llita empfing mich in dem Sarong und den Sandalen, die ich ihr gekauft hatte, als sie sich eine knappe Stunde in meinem Besitz befand. Das Haar, sonst zu einer kunstvollen Frisur aufgesteckt, war offen und hing ihr bis zur Taille. Auch auf Make-up hatte sie verzichtet. Dennoch — von der verschüchterten, unwissenden Sklavin war nichts übriggeblieben. Ihre Haut schimmerte, ihre Augen strahlten, und ihr Parfüm verwirrte mich.
Sie kam auf mich zu und gab mir einen Kuß, der meine Verwirrung noch steigerte.

Als ich mich von ihr losmachte und ein wenig unsicher Platz nahm, gesellte sich Joe zu uns — ebenfalls nur mit Sandalen und Lendenschurz bekleidet.

Nun, ich übersah die Aufmachung der beiden und kam sofort auf meinen Plan zu sprechen. Als Llita begriff, worauf ich hinauswollte, verwandelte sie sich von einer verführerischen Sirene in eine kühle Geschäftsfrau. Sie vergaß ihre Pose, hörte aufmerksam zu und stellte im richtigen Moment die richtigen Fragen.

Einmal meinte sie: »Aaron, dein Vorschlag gefällt mir nicht. Du hast uns beigebracht, was Freiheit bedeutet. Deshalb haben wir dir diesen Scheck übersandt. Ich kann rechnen, Käpten. Wir sind dir das Geld wirklich schuldig. Und wir brauchen nicht das größte Restaurant von New Canaveral. Wir sind glücklich, die Kinder gedeihen, wir verdienen gut...«

»...und ihr schuftet wie die Irren«, ergänzte ich.

»Du übertreibst. Außerdem — ein größeres Lokal würde noch mehr Arbeit erfordern. Aber der springende Punkt an der Sache ist, daß du uns wieder zu kaufen versuchst. Wenn du es für richtig hältst — bitte. Du bist der einzige, den wir als Herrn und Gebieter anerkennen.«

»Joe«, sagte ich, »hältst du sie fest, wenn ich ihr den Hintern versohle? Llita, du täuschst dich in doppelter Hinsicht. Ein größeres Lokal bedeutet *weniger* Arbeit. Und ich kaufe euch nicht. Es handelt sich um ein Geschäft, von dem ich mir einen dicken Gewinn verspreche. Ich baue auf Joes Kochkünste und dein Rechentalent. Wenn ich keinen Profit mache, hole ich mir das Geld zurück, das ich investiert habe, und steige aus.«

»Bruder?« Wenn Llita in den Sklavendialekt ihrer Kindheit verfiel, handelte es sich um eine Beratung auf höchster Ebene, das wußte ich.

Joe nickte nachdenklich. »Hmm, kochen kann ich, das stimmt. Glaubst du, daß du es schaffst, Schwester?«

»Man müßte es versuchen — obwohl ich, offen gestanden, überzeugt davon bin, daß es mehr Arbeit bringt. Ich beklage mich nicht, Aaron, aber im Moment finden wir kaum eine freie Minute.«

»Ich weiß. Es ist mir ein Rätsel, wann Joe dich geschwängert hat.«

Sie hob die Schultern. »So etwas dauert nicht lange. Zum Glück muß ich mit der Arbeit erst in ein paar Monaten aussetzen. Und Joseph Aaron ist alt genug, um mich an der Kasse zu vertreten.«

»Mädchen, du kommst in Gedanken von deiner Imbißstube nicht los. Nun hör mir einmal genau zu: Wir eröffnen ›Maison Long‹ erst, wenn das Baby auf der Welt ist. Ein Projekt dieser Größenordnung läßt sich nicht über Nacht aus dem Boden stampfen. Wir müssen die Klitsche hier verkaufen oder verpachten — an Leute, die tüchtig genug sind, das Unternehmen aus den roten Zahlen herauszuhalten.

Dann gilt es, das geeignete Haus zu erstehen, am besten in einem vornehmen Stadtteil. Vielleicht müssen wir es umbauen, ganz sicher aber neu einrichten. Und du, Liebes, wirst *nicht* mehr an der Kasse sitzen! Du machst dich hübsch und plauderst mit den Gästen — und kontrollierst dabei unauffällig das Personal. Aber auch das erst ab Mittag — nicht mehr als sechs Stunden täglich.«

Joe sah mich erstaunt an, und Llita stammelte: »Aber, Aaron, dann geht uns einfach zuviel Geschäft verloren. Wir sind es gewohnt, den Speisesaal zu öffnen, sobald wir vom Markt zurückkommen, und erst gegen Mitternacht wieder zu schließen.«

»Man sieht es an dem Scheck, den ihr mir geschickt habt. Deshalb ›dauert es nicht lange‹, wenn ihr eure Kinder zeugt. Eine schlechte Einstellung, Llita! Für die Liebe sollte immer Zeit genug dasein. Denkt an die *Libby* zurück! Da hattet ihr es nicht eilig. Und es hat sicher mehr Spaß gemacht, hm?«

Ein Schatten huschte über Llitas Züge. »Damals — das war herrlich...«

»Es wird wieder herrlich sein. Oder hast du die Lust verloren?«

Sie warf mir einen entrüsteten Blick zu. »Käpten, du solltest mich besser kennen!«

»Joe? Allmählich müde?«

»Nun ja, wir arbeiten bis spät in die Nacht. Manchmal kann ich mich kaum noch auf den Beinen halten.«

»Das werden wir ändern. Ihr eröffnet ein Feinschmeckerrestaurant, wie man es auf diesem Planeten noch nicht kennt. Erinnert ihr euch an das Lokal, in dem wir unseren Abschied von Walhalla feierten? Etwas in dieser Art. Gedämpftes Licht, leise Musik, erlesene Speisen und hohe Preise. Ein Weinkellner, aber keine harten Getränke — das beeinträchtigt die Geschmacksnerven.

Joe, du wirst weiterhin jeden Morgen zum Markt gehen; die Auswahl erstklassiger Ware überläßt man niemals dem Personal. Statt Llita nimmst du jedoch J. A. mit. Er muß frühzeitig lernen, worauf es in deinem Beruf ankommt.«

»Er begleitet mich schon jetzt manchmal.«

»Gut so. Wenn du wieder daheim bist, legst du dich noch einmal schlafen. Du hast bis zum Spätnachmittag nichts mehr zu tun.«

»*Wie?*«

»Du hast richtig gehört. Dein Stellvertreter kümmert sich allein um das Mittagessen, denn das große Geschäft mit den verwöhnten Kunden macht ihr abends. Llita plaudert vor allem mit den Gästen, wacht jedoch mittags besonders über die Qualität der Speisen. Aber sie sollte noch im Bett liegen, wenn du vom Markt zurückkehrst. Eure Privatwohnung ist übrigens wie hier dem Lokal angegliedert. Am Nachmittag habt ihr beide zwei bis drei Stunden frei — gerade genug für die Art von Siesta, die ihr auf der *Libby* eingeführt hattet.«

»Das klingt verlockend«, gab Llita zu. »Wenn die restliche Zeit zum Geldverdienen reicht...«

»Ganz bestimmt.«

Ich behielt recht. Es gab eine Reihe von Restaurants, die ›Maison Long‹ zu imitieren versuchten. Aber entweder fehlte ihnen Joes Talent für exquisite Speisen oder Llitas Finanzgenie. Mein Einsatz lohnte sich — das Projekt brachte runde Summen ein!

VARIATIONEN ÜBER EIN THEMA

IX. Gespräch vor Sonnenaufgang

»Wirst du überhaupt nicht müde, Lazarus?« fragte der Computer.

»Keine Predigt, kleiner Quälgeist! Ich habe mir Tausende von Nächten um die Ohren geschlagen und bin immer noch hier. In deiner Gesellschaft bleibe ich gern wach.«

»Danke, Lazarus.«

»Das war kein Kompliment, sondern die reine Wahrheit. Wenn ich einschlafe — gut. Wenn nicht, dann brauchst du Ischtar nichts zu erzählen. Halt, das wird schlecht gehen. Sie erhält laufend Meßdaten über meine Körperfunktionen, nicht wahr?«

»Ich nehme es an, Lazarus.«

»Du weißt es verdammt genau. Ein Hauptgrund dafür, daß ich den Verjüngungstechnikern so brav gehorche, ist meine Sehnsucht nach ein wenig Privatleben. Siehst du, Minerva, die Intimsphäre ist genauso wichtig wie Gesellschaft; man kann einen Menschen zum Wahnsinn treiben, wenn man ihm das eine oder andere vorenthält. Als ich übrigens an die Ausstattung von ›Maison Long‹ ging, sorgte ich dafür, daß Joe und Llita ein wenig Privatatmosphäre erhielten; sie hatten das dringend nötig, ohne es selbst zu wissen.«

»Das entging mir völlig, Lazarus. Ich notierte lediglich, daß sie mehr Zeit für ›Eros‹ hatten — und begriff, daß es gut für sie war. Hätte ich mehr aus deiner Erzählung schließen sollen?«

»Ich gab dir nicht alle Daten. Nur die groben Umrisse der vierzig Jahre, in denen die Geschichte spielt, und einige — längst nicht alle — Höhepunkte. Erwähnte ich beispielsweise, daß Joe einen Mann umbrachte?«

»Nein.«

»Weil es für den Verlauf der Ereignisse unwichtig war. Eines Abends drang ein junger Kerl in die Gaststube ein, um sich die Tageseinnahmen zu holen. Llita hatte J. A. auf dem Arm und kam nicht an den Revolver heran, den sie in einer Schublade der Kassenbox verwahrte. Es gab für sie keine Möglichkeit, den Räuber anzugreifen, und sie war klug genug, es nicht zu versuche. Ich glaube, der Schwachkopf wußte nicht, daß Joe den Raum nur für kurze Zeit verlassen hatte.

Eben als dieser freiberufliche Sozialist das Geld zählte, trat Joe ein und zog ihm mit dem Hackbeil eins über. Vorhang. Das einzig Bemerkenswerte war, daß Joe in der Notlage so rasch und kühl handelte, denn ich weiß genau, daß er von Natur aus kein Kämpfer ist. Der Junge erledigte auch den Rest mit Umsicht. Er spießte den Kopf des Verbrechers auf einen Pfahl vor dem Haus, der eigens diesem Zweck diente, und warf den enthaupteten Toten auf die Straße hinaus, wo ihn seine Kumpane abholten oder die Ratten ihn zernagten. Dann schloß er die Fensterläden und säuberte das Lokal von Blutspuren. Ich nehme an, daß ihm danach speiübel wurde. Joe gehört zu den Typen, die Gewalt verabscheuen. Andererseits wette ich sieben zu zwei, daß Llitas Magen ruhig blieb.

Der Stadtausschuß für öffentliche Sicherheit überreichte Joe eine Belohnung; besonderes Lob bekam er dafür, daß er sich mit einem Beil gegen eine Schußwaffe zur Wehr gesetzt hatte. Eine gute Reklame für Estelles Imbißstube — und das Geld konnten die Kinder auch gebrauchen. Ich war zufällig in New Canaveral, als der Kopf des Verbrechers entfernt und durch eine Kunststofftrophäe ersetzt wurde (die Fliegen, du verstehst!), sonst hätte ich wohl nichts von dem Zwischenfall erfahren. Aber wir sprachen von Intimsphäre ...

Als ich nach einem geeigneten Haus für unser Restaurant suchte, vergewisserte ich mich, daß es Platz für eine wachsende Familie hatte. Die Neueinteilung der Arbeitszeit brachte es mit sich, daß Joe und Llita nicht mehr wie die Kletten aneinander klebten. So schön die Liebe ist, manchmal, wenn man hundemüde ist, braucht man das Bett für sich allein.

Aber ich sorgte auch dafür, daß die beiden ein wenig Ruhe vor ihren Kindern bekamen. Damit hoffte ich gleichzeitig, ein anderes Problem zu lösen, über das die Erwachsenen vielleicht noch nicht nachgedacht hatten — wenn sie es überhaupt kannten. Minerva, weißt du, was Blutschande ist?«

»Blutschande ist ein juristischer, kein biologischer Begriff«, erklärte der Computer. »Er bezeichnet die sexuelle Beziehung zwischen zwei Personen, denen eine Heirat vom Gesetz her untersagt ist. Und zwar spielt es keine Rolle, ob der Verbindung Kinder entstammen oder nicht; der Akt als solcher ist verpönt. Die Definitionen schwanken bei den verschiedenen Kulturen, doch im allgemeinen gründen sie darauf, daß blutsverwandte Personen keine Ehe miteinander eingehen sollen.«

»Im allgemeinen — ja. Aber längst nicht immer. Es gibt Völker, die Ehen zwischen Vettern und Kusinen ersten Grades zulassen, jedoch bei Todesstrafe verbieten, daß ein Mann die

Witwe seines Bruders heiratet. Zahllose Regeln, zahllose Definitionen — und kaum eine davon logisch. Minerva, wenn ich mich nicht täusche, waren die Howard-Familien die erste Gruppe in der Menschheitsgeschichte, die bei der Partnerauswahl streng nach dem Grundsatz des genetischen Risikos vorging.«

»Das stimmt mit meinen Daten überein«, sagte Minerva. »Ein Howard-Genetiker mag sich gegen eine Verbindung von Personen aussprechen, die in keinerlei Verwandtschaftsverhältnis stehen, während er ein anderes Mal nichts gegen eine Geschwisterehe einzuwenden hat. In jedem der beiden Fälle entscheidet die Gen-Analyse.«

»Genau. Und nun lassen wir einmal die Genetik beiseite und betrachten die Tabus. Das Tabu der Blutschande betrifft im allgemeine Geschwisterliebe und ›Unzucht‹ zwischen Eltern und Kindern. Llita und Joe stellten einen einmaligen Fall dar: Geschwister nach den Gesetzen der Zivilistion, in der sie aufwuchsen — zwei völlig Fremde nach genetischen Gesichtspunkten!

Allmählich jedoch tauchte das Problem der zweiten Generation auf. Da es auf Landfall das übliche Tabu gegen Geschwisterliebe gab, hatte ich Llita und Joe eingeschärft, *niemals* vor anderen zu erwähnen, daß sie als Bruder und Schwester aufgewachsen waren.

Schön und gut. Sie taten, was ich ihnen befahl, und es gab weder spöttische Blicke noch entsetzt hochgezogene Augenbrauen. Nun kommt der Tag, an dem wir ›Maison Long‹ planen. Joseph Aaron ist dreizehn und neugierig, seine Schwester elf und nicht gerade abgeneigt. Echte Geschwister — also ein genetisches, kein tabuabhängiges Risiko. Jeder, der eine größere Kinderschar aufgezogen hat, weiß, daß ein Junge Interesse für seine Schwester hegen kann — und sie ist im allgemeinen leichter zu erreichen als die Freundin von nebenan.

Eine zusätzliche Gefahr: Libby, dieser rothaarige kleine Kobold, war bereits jetzt so sexy, daß sie einem erwachsenen Mann den Kopf verdrehen konnte.

Wenn jemand einen Stein ins Rollen bringt, darf er dann die Augen vor der Lawine verschließen, die er auslöst? Ich hatte vierzehn Jahre zuvor zwei Sklaven freigekauft — weil ein Keuschheitsgürtel meinen Begriff von der Menschenwürde verletzte. Mußte ich nun nach einer Möglichkeit suchen, der Tochter jener Sklaven einen Keuschheitsgürtel anzulegen? Wie weit ging meine Verantwortung, Minerva?«

»Lazarus, ich bitte dich, ich bin eine Maschine!«

»Mit anderen Worten — du kennst keine moralische Verantwortung? Liebes, manchmal wünsche ich mir, du wärst aus Fleisch und Blut, damit ich dich versohlen könnte — und ich würde es tun, verlaß dich drauf! In deinen Gedächtnisspeichern liegt so viel Erfahrung, daß du ein besseres Urteilsvermögen besitzt als jeder Mensch. Hör also auf, mir auszuweichen!«

»Lazarus, kein Mensch kann unbegrenzt Verantwortung übernehmen — die Schuldgefühle, die sich daraus ergeben, würden ihn zerbrechen. Du hättest Libbys Eltern einen Wink geben können. Aber deine Pflicht war es nicht.«

»Hmm. Du hast recht, Liebes — es frustriert mich, wie oft du recht hast. Aber ich bin nun mal ein Typ, der seine Nase gern in fremde Angelegenheiten steckt. Vierzehn Jahre zuvor hatte ich zwei junge Menschen sich selbst überlassen. Daß die Sache gutging, war dem Glück zu verdanken, nicht meiner Planung. Nun stand ich vor einer ähnlichen Entscheidung, und die Sache konnte verdammt schiefgehen. Es war für mich keine Frage der Moral, Mädchen. Ob diese Kinder ›Doktor‹ oder ›Vater und Mutter‹ spielten — das ging mich nichts an. Ich wollte nur verhindern, daß J. A. und seine Schwester Libby später einmal Kinder bekamen, die in irgendeiner Weise geschädigt waren.

Also wandte ich mich an ihre Eltern. Vielleicht sollte ich hinzufügen, daß Joe und Llita von Genetik ebensoviel verstanden wie ein Ochse von Politik. An Bord der ›Libby‹ hatte ich meine Sorgen und Probleme nicht mit ihnen erörtert. Und obwohl Joe und Llita tüchtig vorwärtskamen, waren sie doch in vielen Dingen unwissend geblieben. Wie konnte es auch anders sein? Ich hatte ihnen einen Grundstock und dazu ein paar praktische Verhaltensregeln mitgegeben. Seit ihrer Ankunft auf Landfall hatten sie ununterbrochen geschuftet; es blieb keine Zeit, die versäumte Bildung nachzuholen.

Schlimmer noch; da sie nicht von Kindheit an auf Landfall gelebt hatten, waren ihnen die lokalen Sitten nicht in Fleisch und Blut übergegangen. Sie kannten die Tabus, weil ich sie gewarnt hatte — aber das genügte nicht. Blessed besaß beinahe die gleichen Tabus; Inzestgebote galten jedoch *nicht* für Haustiere. Für Sklaven. Sklaven ›paarten‹ sich, wie es ihnen befohlen wurde oder wie es der Zufall bestimmte, und meine beiden Kinder hatten von höchster Stelle — ihrer Mutter und ihrem Priester — erfahren, daß sie ein ›Zuchtpaar‹ waren. Also konnte an einem solchen Verhältnis nichts falsch oder sündig sein.

Man mußte es auf Landfall nur verheimlichen, weil die Bewohner in dieser Richtung irgendwie bescheuert dachten . . .

Ich hätte mir die Konsequenzen früher überlegen sollen. Ja, ja, ich weiß! Es gab genug andere Verpflichtungen für mich. Ich hatte nicht die Zeit, jahrelang Schicksal zu spielen. Ich hatte selbst Frau und Kinder, Angestellte, zweitausend Hektar Farmland und doppelt soviel Wald — und ich lebte ein gutes Stück von New Canaveral entfernt. Ischtar und Hamadryad und manchmal auch Galahad scheinen zu glauben, daß ich eine Art *Superman* bin, nur weil ich auf ein langes Dasein zurückblicken kann. Ich bin es nicht; ich habe meine Grenzen wie jeder normale Mensch und war jahrelang ebenso mit *meinen* Problemen beschäftigt wie Joe und Llita mit den ihren. Der Landsitz Skyhaven fiel mir nicht als Geschenk in den Schoß.

Der Gedanke schoß mir zum erstenmal durch den Kopf, als wir die Restaurantgeschichte erledigt hatten und bei einem Glas Wein plauderten. Ich packte Lauras Geschenke aus und bestellte die Grüße, die sie mir aufgetragen hatte, und Llita holte die neuesten Fotos ihrer Kinder her. Die Bilder — sie waren der eigentliche Anlaß. Dieser hochaufgeschossene Junge konnte doch niemals Joseph Aaron sein! Aus dem Kind, das ich auf den Knien geschaukelt hatte, war ein junger Mann geworden.

So schnitt ich das Thema diplomatisch an.

›Joe‹, fragte ich, ›wen von den beiden sperrst du nachts ein? Libby? Oder den jungen Wolf hier?‹«

Minerva lachte. »Sehr diplomatisch!«

»Wie hättest du es angestellt, Liebes? Sie sahen mich verwirrt an. Als ich deutlicher wurde, zeigte sich vor allem Llita entrüstet. Ihre Kinder nachts trennen? Wo sie es von frühester Kindheit an gewohnt waren, in einem Zimmer zu schlafen? Außerdem hatten sie wirklich keinen Platz! Oder verlangte ich, daß sie zu Libby zog und Joe bei Joseph Aaron schlief? Nichts zu machen, mein Lieber!

Minerva, die wenigsten Menschen halten Schritt mit der Weiterentwicklung der Naturwissenschaften. Mendel war damals zwölfhundert Jahre tot — und doch orientierten sich die Leute immer noch in der Hauptsache an Altweibermärchen.

Also begann ich die Sache zu erklären. Joe und Llita waren, wie gesagt, nicht dumm — nur unwissend. Llita unterbrach mich nach den ersten Sätzen. ›Ja, ja, Aaron — sicher. Ich habe selbst schon daran gedacht, daß Libby vielleicht J. A. heiraten will — und ich weiß, wie man auf Landfall darüber denkt. Aber es wäre albern, das Glück der Kinder wegen eines Aberglaubens zu zerstören. Wenn es zu einer Verbindung zwischen den beiden kommt — und ich vermute es fast —, dann schicken wir sie nach Colombo oder zumindest nach Kingston. Sie können verschiedene Familiennamen angeben und heiraten — und kein Mensch erfährt, daß sie miteinander verwandt sind. Nicht daß wir uns die Trennung wünschen! Aber wir werden ihrer Zukunft nicht im Wege stehen.‹«

»Sie liebte ihre Kinder«, stellte Minerva fest.

»Ja, das tat sie. Ich versuchte ihr klarzumachen, weshalb das Tabu gegen eine Geschwisterehe kein Aberglaube war. Dieses ›Weshalb‹ war die schwerste Hürde. Man kann einem Menschen, der selbst von Elementarbiologie keine Ahnung hat, nicht die verwickelten Gesetze der Genetik erläutern. Warum ich mir überhaupt die Mühe machte, Minerva? Nun, Llita gehörte zu den Leuten, die auf Erklärungen bestanden — sonst schenkte sie mir ihr freundlichstes, aber stures Lächeln und tat, was *sie* für richtig hielt. Meine Kleine war überdurchschnittlich intelligent, doch sie litt an dem demokratischen Trauma, daß ihre Meinung ebenso gut sei wie die eines jeden anderen. Joe dagegen fiel dem aristokratischen Trugschluß zum Opfer: Er akzeptierte blind meine Autorität. Ich weiß nicht, welcher Standpunkt der gefährlichere ist — beide können zum Fallstrick werden. Aber da ich in dieser Hinsicht eher mit Llita als mit Joe Ähnlichkeit hatte, wußte ich, daß mir anderes blieb, als sie zu überzeugen.

Minerva, wie preßt man die Forschungsergebnisse von Jahrtausenden in eine Stunde? Llita wußte nicht einmal, daß ihr Körper Eier produzierte — sie fand den Gedanken lächerlich. Aber sie hörte sich meine holprigen Erläuterungen an und betrachtete die Skizzen, mit denen ich meine Worte unterstützte.

Ich vereinfachte, bis ich das Gefühl hatte, daß die beiden Grundbegriffe wie Gene, Chromosomen, Reifeteilung, dominante und rezessive Eigenschaften verstanden. Llita horchte auf, als die Rede von Schwachsinnigen und Krüppeln war. Sie erinnerte sich wohl an den Klatsch der älteren Sklavinnen. Ihr Lächeln schwand.

›Aaron‹, fragte sie entsetzt, ›heißt das, daß wir Libby einen Keuschheitsgürtel anlegen müssen? Oh, nein!‹

Ich beruhigte sie.

(Gekürzt)

›... euer Schlafzimmer hier, Llita! Libby hat ihr Zimmer neben euch, während J. A. am anderen Ende des Korridors schläft.

Du mußt dir natürlich darüber im klaren sein, daß damit noch nicht alle Probleme gelöst sind. Kinder verstehen es, die Anordnungen ihrer Eltern mit viel Geschick zu umgehen. Wenn Mädchen sich einbilden, daß sie das *wahre* Leben kennenlernen müssen, dann finden sie einen Weg, das zu tun. Deine Pflicht ist es dann, dafür zu sorgen, daß Libby nicht die falsche Entscheidung trifft. Sag mal, kann deine Tochter mich nicht nach Skyhaven begleiten? Sie hat Pattycake lange nicht mehr besucht. Und J. A.? Kommt ihr eine Weile ohne ihn aus? Wir haben Platz genug. Libby quartieren wir bei Pattycake ein und J. A. bei George und Woodrow. Vielleicht bringt er unseren Lümmeln sogar Manieren bei.‹

Llita murmelte etwas von einer Zumutung für Laura. ›Unsinn‹, entgegnete ich grob. ›Laura besitzt eine Schwäche für Kinder. Und sie kümmert sich nicht selbst um den Haushalt. Dafür hat sie Personal. Ich möchte deinen Kindern ein paar praktische Lehren in Genetik erteilen, Llita!‹

Minerva, ich hatte auf meiner Farm eine echte Inzucht gestartet, um meinen eigenen Kindern die harte Wahrheit beizubringen — mit sorgfältigen Aufzeichnungen und Fotos von den Ergebnissen. Da du einen Planeten verwaltest, der zu neunzig Prozent aus Howard-Nachkommen besteht, kannst du dir vielleicht nicht vorstellen, daß man es auf anderen Welten mit der genetischen Aufklärung nicht so genau nimmt.

Auf Landfall gab es damals vor allem Bewohner mit einer normalen Lebensspanne. Wir waren höchstens ein paar tausend Howards, und wir verkündeten unsere Gegenwart nicht gerade mit Pauken und Trompeten. Der Planet besaß zwar eine Howard-Klinik, aber Skyhaven war ein hübsches Stück von der nächsten Stadt entfernt, und wenn wir unsere Kinder im Sinne der Familien erziehen wollten, mußten wir die Sache schon selbst in die Hand nehmen. Das taten wir auch.

In meiner Jugend hielt man von den Kindern alles fern, was auch nur entfernt mit Geschlechtsbeziehungen zu tun hatte. Das traf auf keinen Fall für die kleinen Wildlinge zu, die Llita und ich großzogen. Sie hatten zwar noch keinen Geschlechtsakt unter Menschen miterlebt — ich glaube es zumindest —, weil ich bei dieser Art von Freizeitvergnügen gern auf Zuschauer verzichte. Aber auf unserer Farm gab es viele Tiere, und sie begannen früh damit, ihre kleinen Lieblinge selbst zu züchten. Auf meine Anregung hin führten sie genau Buch über die ›Zuchterfolge‹. George und Pattycake hatten bei der Geburt unseres Jüngsten zugeschaut, weil Laura nichts dagegen einzuwenden fand. Ich selbst hätte meine Frau nie dazu überredet, weil ich der Meinung bin, daß man einer Gebärenden ihr Los so weit wie möglich erleichtern soll — aber Laura besaß in dieser Hinsicht einen Hang zum Exhibitionismus.

Jedenfalls waren unsere Kinder gründlich aufgeklärt. Ich erkundigte mich bei Joe und Llita, was Libby und J. A. von sexuellen Dingen wußten, da ich nicht unbedingt mit der Tür ins Haus fallen wollte. Pattycake, unsere Älteste, hatte vor kurzem ihre erste Regelblutung bekommen, und ich war sicher, daß sie damit vor Libby angeben würde ...

Es stellte sich heraus, daß Libby und J. A. etwa auf der gleichen Stufe standen wie ihre Eltern. Sie wußten Bescheid, hatten aber keine Ahnung von den Hintergründen. In einer Sache waren sie meinen Kindern über: Sie hatten von frühester Jugend an miterlebt, wenn Joe und Llita sich liebten — kein Wunder bei den beengten Wohnverhältnissen, die in Estelles Imbißstube herrschten.

(Gekürzt um 7 200 Worte.)

... Laura fuhr mich heftig an. Sie beharrte darauf, daß ich erst mit ihnen sprach, wenn ich mich beruhigt hätte. Immerhin, so betonte sie, sei Pattycake fast so alt wie J. A., und ich hätte nichts zu befürchten, da unsere Tochter gleich nach der ersten Periode eine Sterilitätsinjektion erhalten habe, die vier Jahre lang wirkte. Außerdem sei alles von Pattycake ausgegangen.

Nun, Minerva, im Grunde wußte ich, daß Laura recht hatte. Wahrscheinlich sind alle Väter ein wenig eifersüchtig auf den ersten Freund ihrer Tochter. Es gefiel mir, daß meine Frau das Vertrauen der Kinder besaß. Die beiden hatten gar nicht versucht, die Angelegenheit zu vertuschen. Sie waren auch nicht beschämt, als Laura sie zufällig erwischte. Pattycake sagte nur: ›Mama, du hast nicht geklopft!‹

(Gekürzt)

... so tauschten wir unsere Söhne. J. A. liebte das Landleben und verließ uns nicht mehr, während George immer mehr Sehnsucht nach der Stadt bekam. Also schickte ich meinen Ältesten zu Joe und ließ ihn in den Restaurantbetrieb einweisen. George unterhielt eine enge Freundschaft zu Libby, und nach einiger Zeit beschlossen sie, sich selbstständig zu machen und zu heiraten. Es wurde ein Doppelhochzeit — und die Kinder blieben in unserer Nähe.

J. A.s Entschluß löste übrigens ein Problem. Ich hatte schon lange überlegt, was später mit Skyhaven geschehen sollte. Als Laura sich von mir trennte, waren meine Söhne in die Fremde gezogen — bis auf George, der in der Stadt lebte — und unsere Töchter verheiratet.

Vielleicht hätte ich einen Kompromiß mit Roger Sperling geschlossen, wenn der Kerl nicht gar so gierig auf meinen Besitz gewesen wäre. So schenkte ich Pattycake die Hälfte von Skyhaven und übergab die andere Hälfte meinem Schwiegersohn auf Pfandschuld. Ich brachte das Dokument zur Bank und erstand ein herrliches Schiff.

Ein ähnlicher Handel ergab sich mit George und Libby, die meinen Anteil von ›Maison Long‹ übernahmen. Libby hieß von nun an Estelle Elizabeth Sheffield-Long. Für einen Nachfolger war bereits gesorgt, sehr zu meiner Freude.«

»Lazarus, an dieser Geschichte verstehe ich nur eines nicht. Du hast einmal erklärt, daß du Verbindungen zwischen Howard-Angehörigen und Menschen mit normaler Lebenserwartung für unklug hältst. Und doch haben zwei deiner Kinder außerhalb der ›Familien‹ geheiratet.«

»Hmm. Kehren wir zurück zu jenem Abend, an dem ich beschloß, Libby und J. A. mit nach Skyhaven zu nehmen. Nach unserem Gespräch überreichte ich Llita und Joe sämtliche Papiere, die mir der Sklavenhändler als Beweis für ihre Herkunft verkauft hatte — mit dem Vorschlag, sie sollten das Zeug verbrennen oder irgendwo sicher verwahren. Zu den Unterlagen gehörten auch Fotos, und das letzte davon schien kurz vor dem Verkauf entstanden zu sein, was mir Joe auch bestätigte.

›Zwei Analphabeten‹, sagte Joe langsam, als er das Bild betrachtete. ›»Wir haben dem Käpten viel zu verdanken, Schwester!‹

›Und ob!‹ Llita drehte das Foto hin und her. ›Sag mal, siehst du das gleiche wie ich?‹ ›Was?‹ fragte er erstaunt.

›Aaron wird es auch merken. Joe, zieh den Lendenschurz aus und stell dich neben mich — in der gleichen Pose wie bei den Auktionen!‹ Sie drückte mir das Bild in die Hand und trat zu Joe.

Minerva, die beiden hatten sich in vierzehn Jahren überhaupt nicht verändert. Llita war dreifache Mutter und erwartete das vierte Kind, und sie hatten wie die Irren geschuftet — aber sie sahen aus wie damals, als ich sie auf dem Sklavenmarkt entdeckt hatte, zwei junge Menschen, achtzehn oder zwanzig Jahre alt. Und doch mußten sie über dreißig sein. Sogar fünfunddreißig, wenn die Aufzeichnungen stimmten ...

Minerva, ich will noch eins hinzufügen: Als ich sie zuletzt sah, zählten sie etwa sechzig Standardjahre. Weder Joe noch Llita hatten ein einziges graues Haar — und Llita war wieder schwanger.«

»Mutanten, Lazarus?«

Der alte Mann zuckte die Achseln. »Ein Wort, das mir noch nie besonders gefallen hat, Minerva. Wenn man nur einen genügend großen Zeitraum nimmt, dann ist jedes der vielen tausend Gene, welche ein Wesen aus Fleisch und Blut besitzt, irgendwie mutiert. Nach den Bestimmungen des Kuratoriums kann sich jemand, der nicht von den Familien abstammt, als neuentdeckter ›Howard‹ ins Archiv eintragen lassen, falls er den Beweis erbringt, daß mindestens vier seiner Vorfahren älter als hundert Jahre waren. Heutzutage behauptet man, das zwölfte Chromosomenpaar enthielte einen Gen-Komplex, der die Lebensdauer bestimmt, wie die Triebfeder einer Uhr ihre Laufdauer. Wenn das so ist, Minerva, wer hat *meine* Uhr aufgezogen? Gilgamesch? *Mutation* — das ist keine Erklärung, sondern ein Name für eine beobachtete Tatsache.

Vielleicht befand sich unter den Vorfahren der beiden tatsächlich jemand mit sehr langer Lebensdauer. Aber, Minerva, ich habe dir von dem peinlichen Vorfall auf Blessed erzählt — als ich noch Sklave war ...«

(Gekürzt)

»... und so schätze ich, daß Llita und Joe meine eigenen Urenkel waren.«

VARIATIONEN ÜBER EIN THEMA

X. Ausblick

»Lazarus, hast du Llita deshalb abgewiesen?«

»Wie? Aber, Minerva, der Verdacht kam mir erst an jenem Abend!«

»Weshalb dann? Die Sache bereitet mir Kopfzerbrechen. Obwohl ich ›Eros‹ nicht fühlen kann, verstehe ich Llitas Geste irgendwie — und du hast deine Weigerung miserabel begründet.«

Der alte Mann dachte lange nach, dann entgegnete er mit Trauer in der Stimme: »Ich erwähnte schon des öfteren, daß ich Ehen zwischen Menschen mit unterschiedlicher Lebensspanne ablehne. Ich weiß, was ich sage, Minerva. Ich erfuhr es am eigenen Leib. Aber die Sache ist lange her und trug sich weit weg von hier zu. Als die Frau starb, zerbrach etwas in mir. Von da an wollte ich nicht mehr ›ewig‹ leben.«

Er schwieg.

»Lazarus!« sagte der Computer leise. »Lazarus, mein armer Freund! Entschuldige, daß ich gefragt habe ...«

Lazarus Long richtete sich auf. »Laß nur, Liebes. Kein Bedauern — niemals Bedauern! Denn selbst wenn ich die Macht hätte, das alles ungeschehen zu machen — ich weiß nicht, ob ich es täte. Und nun sprechen wir von etwas anderem, ja?«

»Wie du willst.«

»Also schön. Minerva, das Schwierige ist in der Tat, daß du ›Eros‹ nicht fühlen kannst. Siehst du, ich setze Sex nicht herab. Sex ist herrlich — ganz große Klasse. Aber wenn man ihn so beweihräuchert, wie du es tust, dann hört der Spaß auf, und die Neurose beginnt. Nein, du brauchst nichts zu sagen, Liebes, ich weiß, was du denkst.«

»Wirklich, Lazarus?«

»Ja. Du kennst das Märchen von der Kleinen Meerjungfrau, Minerva. Bist du bereit, den gleichen Preis zu zahlen wie sie?«

Der Computer seufzte, gab jedoch keine Antwort.

»Die technischen Probleme sind zu lösen«, fuhr Lazarus fort. »Aber willst du, daß deine Denkprozesse um ein Vielfaches verlangsamt werden? Daß dein Gedächtnis nur noch einen Bruchteil der früheren Informationen enthält? Dazu kommt, daß die Umwandlung immer ein gewisses Risiko in sich birgt — und daß du in Zukunft immer den Tod vor Augen haben wirst. Eine Maschine ist unsterblich ...«

»Ich hege nicht das Verlangen, meine Schöpfer zu überdauern.«

»Das sagst du heute — aber wie würdest du in einer Million Jahren darüber denken? Minerva, meine einzige Freundin, ich weiß, daß du mit dem Gedanken spielst, seit sich die Akten der Klinik in deinen Gedächtnisspeichern befinden. Du überlegst logisch und gründlich, doch ich bezweifle, daß du genug Erfahrung besitzt — die Erfahrung eines Wesens aus Fleisch und Blut —, um die Sache bis zum Ende zu verfolgen. Wenn du das Risiko auf dich nimmst, kannst du nicht zugleich Mensch *und* Maschine sein. Oh, es gibt diese Kombinationen — Maschinen mit Menschenhirnen und menschliche Körper, die von Computern gesteuert werden. Aber *du* legst Wert darauf, eine echte Frau zu sein, nicht wahr?«

»Ja, Lazarus.«

»Ich dachte es mir. Und wir kennen beide den Grund. Nur — verzeih mir den Einwand, Liebes —, was geschieht, wenn du alle Hürden schaffst und entdecken mußt, daß Ira dich verschmäht?«

Der Computer zögerte eine volle Millisekunde. »Lazarus, wenn Ira mich verschmäht — völlig verschmäht, denn auf einer Heirat bestehe ich nicht —, würdest du dann bei mir die gleichen Schwierigkeiten machen wie bei Llita? Oder würdest *du* mir zeigen, was ›Eros‹ ist?«

Lazarus hob erstaunt den Kopf. Dann lachte er. »Touché! — Also gut, Minerva. Ich verspreche dir hiermit feierlich, dich in die Liebeskunst einzuweihen, falls Ira sich aus irgendwelchen Gründen weigert, es zu tun.« Er machte eine Pause. »Fast wünsche ich mir, daß er abspringt. Nein — natürlich nicht im Ernst! Ich weiß, wieviel dir an ihm liegt. Aber kommen wir zu den Einzelheiten! Hast du schon einen Plan, wie die Sache über die Bühne gehen soll?«

»Nur eine Theorie, Lazarus. Meine Gedächtnisspeicher enthalten keinen Hinweis, daß je ein Experiment dieser Art gewagt wurde. Aber die Umwandlung hätte Ähnlichkeit mit einer Totalverjüngung auf der Basis von Klonmaterial: Die Erinnerungen des alten Gehirns werden mit Hilfe eines Computers auf das ›unbeschriebene‹ Gehirn der Klonreproduktion übertragen. Andererseits würden manche Prozesse parallel zu der Zwillingsbildung verlaufen, die ich durchmachte, um in Doras Frachtluke zu gelangen.«

»Minerva, ich fürchte, daß es schwieriger — und gefährlicher

— als jede der beiden Prozeduren wird. Verschiedene Zeitmaßstäbe, Liebes. Von Maschine zu Maschine schaffst du den Übergang in Sekundenbruchteilen. Aber die totale Erneuerung aus Klonmaterial dauert mindestens zwei Jahre — sonst wird es Pfuscharbeit! Du mußt mit Experten sprechen — mit Ischtar vielleicht.«

»Lazarus, es gibt keine Experten bei diesem Wagnis. Und mit Ischtar habe ich bereits gesprochen.«

»Was sagt sie?«

»Daß sie nicht weiß, ob es klappt — in der Praxis und gleich beim ersten Versuch. Aber als Frau fühlt sie mit mir und überlegt, wie man das Risiko verringern kann. Auf alle Fälle benötigt man einen hervorragenden Gen-Chirurgen, wenn man einen erwachsenen Menschen aus einem Klon schaffen will.«

»Moment, da komm ich nicht mit! Zur Klonherstellung braucht man keinen Supergenetiker; das habe ich selbst schon gemacht. Und wenn dann noch der Klon in einen Uterus verpflanzt wird, überreicht dir die ›Mutter‹ neun Monate später ein Baby, das normal heranwachsen kann. Die Methode ist sicherer. Und einfacher.«

»Lazarus, *ich* habe keinen Platz im Gehirn eines Babys!«

»Stimmt.«

»Selbst wenn ich das Gehirn eines Erwachsenen erhalte, muß ich mit äußerster Sorgfalt wählen, welche Erinnerungen ich mitnehme und welche ich zurücklasse. Außerdem kann ich mich nicht aus einem normalen Klonstamm entwickeln; er muß aus verschiedenen Komponenten zusammengesetzt sein.«

»Mmm — ich habe heute nicht meinen besten Tag. Verständlich, daß du als eigenständige Persönlichkeit keinen identisch kopierten Körper haben möchtest. Liebes, darf ich dir mein zwölftes Chromosomenpaar anbieten?«

»*Lazarus!*«

»Nicht weinen, Mädchen, sonst rostet das Getriebe! Ich weiß nicht, ob diese Langlebigkeitstheorie stimmt — und wenn ja, dann könnte es immer noch sein, daß ich dir ein abgelaufenes Uhrwerk zur Verfügung stelle. Wende dich lieber an Ira — der ist jünger!«

»Nein. Nichts von Ira!«

»Du willst die Sache durchziehen, ohne ihm Bescheid zu sagen?« Lazarus machte eine Pause. Dann schlug er sich die Hand gegen die Stirn. »Ach so — Kinder . . .«

Der Computer antwortete nicht.

Lazarus fuhr fort: »Du läßt dich nicht auf Halbheiten ein, was? Dann wirst du auch von Hamadryad nichts annehmen; sie ist Iras Tochter. Außer das Gen-Schema zeigt, daß wir nichts zu befürchten haben. Hmm — Liebes, du willst möglichst viele Komponenten, nicht wahr? Damit du einen einmaligen Klonstamm erhältst und nicht den Abklatsch irgendeiner Zygote. Dreiundzwanzig Eltern — hattest du das im Sinn?«

»Es wäre wohl am günstigsten, Lazarus. Man müßte die Chromosomenpaare nicht trennen. Das vereinfacht den chirurgischen Eingriff und mindert die Gefahr, rezessive Eigenschaften zu verstärken. Hältst du es für möglich, daß sich dreiundzwanzig geeignete Spender finden?«

»Mädchen, wer redet denn von Spendern? Wir klauen uns die Chromosomen! Der Mensch besitzt seine Gene nicht — er ist lediglich ihr Wächter. Sie werden ihm aufs Geratewohl zugeteilt, und er gibt sie blindlings weiter. Drüben in der Klinik lagern Tausende von Gewebekulturen. Wen stört es, wenn wir uns von dreiundzwanzig Kulturen je eine Zelle leihen? Wir müssen nur raffiniert ans Werk gehen. Und mach dir keine Sorgen wegen der ethischen Seite! Es ist das gleiche, als würdest du von einem breiten Strand dreiundzwanzig Sandkörner stehlen.

Die Vorschriften der Klinik? Die kümmern mich wenig! Ich hege den finsteren Verdacht, daß wir für unser Vorhaben ein Gesetz nach dem anderen brechen müssen. Hmm — die Klinikaufzeichnungen in deinen Gedächtnisspeichern! Enthalten sie die Gen-Schemata der eingelagerten Kulturen? Und Fallbeschreibungen?«

»Ja, Lazarus. Es handelt sich allerdings um vertrauliches Material.«

»Du gibst die Daten ja nicht an Fremde weiter. Suche dir die Eltern aus, die dir am besten gefallen — und ich beschaffe die Zellen.« Er seufzte. »Die Zeitmaschine, von der ich immer träume, wäre jetzt das Richtige! Ich würde mir am liebsten alle dreiundzwanzig Spender, die du auswählst, persönlich ansehen — und einige von ihnen sind bestimmt tot.«

»Lazarus, wenn die übrigen Eigenschaften stimmen — glaubst du, daß ich dann meine Wahl auch nach dem Äußeren treffen kann?«

»Wozu die Mühe, Liebes? Ira ist nicht der Typ, der auf einer Helena besteht.«

»Das nicht, aber ich möchte groß sein — so wie Ischtar etwa. Groß und schlank, mit kleinen Brüsten und langem Haar.«

»Minerva — warum?«
»Weil ich so aussehe. Das hast du selbst gesagt.«
Lazarus schüttelte den Kopf. »Minerva, du verrückte Blechbüchse! Wenn die beste Gen-Kombination eine kleine, pummelige Blondine mit üppigem Busen aus dir macht — dann greif zu! Vergiß die Spinnereien eines alten Mannes! Es tut mir leid, daß ich überhaupt davon sprach.«
»Lazarus, ich sagte, *wenn die übrigen Eigenschaften stimmen!* Und noch eins: Ich weiß, daß du an eine andere Frau gedacht hast, als du mir damals die Beschreibung gabst. Deshalb habe ich das Gefühl, daß ich deine Erlaubnis brauche, wenn — wenn ich wie sie aussehen will.«
Der alte Mann vergrub das Gesicht in den Händen. Nach einer Weile schaute er auf. »Wähle ruhig ihr Äußeres, wenn du glaubst, daß es deinem Wesen entspricht. Es wird schwer genug für dich sein, als Mensch zu leben — dann sollst du wenigstens so aussehen, wie du es dir wünschst.«
»Danke, Lazarus.«
»Es werden eine Menge Probleme auftauchen, Liebes. Du mußt noch einmal sehen, hören und reden lernen. Du bist nicht plötzlich ein erwachsener Mensch, wenn du deinen neuen Körper beziehst. Du wirst dich wie ein kleines Kind allmählich in eine verwirrende, völlig fremde Welt vortasten müssen. Vielleicht jagt dir das Ungewohnte Angst ein. Mädchen, ich verspreche dir, daß ich in deiner Nähe sein werde, um dich zu trösten. Aber du wirst mich nicht kennen, du wirst keines meiner Worte verstehen. Ist dir das klar?«
»Ja, Lazarus. Ich habe lange darüber nachgedacht. Die kritische Phase ist der Übergang in den neuen Körper. Wenn ich das geschafft habe, empfinde ich auch keine Angst mehr — denn ich weiß, daß meine Freunde um mich sein werden.«
»Das stimmt allerdings, Liebes.«
»Siehst du? Ich schlage vor, wir vergessen die Sache jetzt wieder. Es wird noch eine Weile dauern, bis die Entscheidung fällt. Etwas anderes, Lazarus. Du hast vorhin von einer Zeitmaschine gesprochen, und dein Stimme klang ziemlich resigniert. Warum?«
»Weil sie sich nicht verwirklichen läßt.«
»Bist du sicher? Als Dora mir die Grundlagen der n-dimensionalen Astrogation beibrachte, lernte ich, daß man bei jeder Dimensionenverschiebung selbst entscheiden kann, wo man die Zeitachse wieder schneidet.«

»Gewiß — weil man nicht mehr an die Schranke der Lichtgeschwindigkeit gebunden ist. Aber das hat doch nichts mit einer Zeitmaschine zu tun.«

»Nein?«

»Hmm ... ein Gedanke, der mich irgendwie beunruhigt. Es ist, als berechnete man absichtlich falsche Landekoordinaten. In so einem Fall wünsche ich mir immer, Andy Libby wäre in meiner Nähe. Er könnte das Problem im Handumdrehen bis zu den letzten Konsequenzen durchdenken. Weshalb hast du den Vorschlag übrigens nicht schon früher gemacht?«

»Die Reise in die Zukunft hast du abgelehnt, Lazarus — und an eine Reise in die Vergangenheit dachte ich nicht, weil du etwas *Neues* suchtest.«

ZWISCHENSTÜCK

Aus den Tagebüchern des Lazarus Long

Bier muß an dunklen Orten lagern.

∗

Nach dem heutigen Stand der Forschung gibt es nur ein Geschöpf, das dem Menschen gefährlich werden kann — der Mensch. So bleibt ihm keine andere Wahl, als selbst die Konkurrenzbedingungen zu schaffen, die zum Überleben notwendig sind. Er hat keinen Feind, der es für ihn tut.

∗

Männer sind leichter zu rühren als Frauen. Das beeinträchtigt ihr Denken.

∗

Klar ist das Spiel ein Schwindel. Diese Erkenntnis sollte dich nicht am Mitmachen hindern. Wer nicht setzt, gewinnt nicht.

∗

Jeder Priester oder Schamane sollte als schuldig gelten, solange nicht das Gegenteil bewiesen wird.

∗

Höre immer auf den Rat der Experten! Sie sagen dir, was auf keinen Fall geht und weshalb es nicht geht. Wenn du das weißt, mach dich an die Arbeit!

∗

Den ersten Schuß mußt du *schnell* abfeuern. Das verwirrt den Gegner, so daß du beim zweiten Schuß richtig zielen kannst.

∗

Es gibt keinen schlüssigen Beweis für ein Leben nach dem Tode. Andererseits spricht nichts dagegen. Zerbrich dir nicht den Kopf! Du erfährst die Wahrheit früh genug.

∗

Läßt sich etwas nicht in Zahlen ausdrücken, so ist es keine Wissenschaft, sondern eine Ansicht.

∗

Man weiß seit langem, daß ein Gaul schneller laufen kann als ein anderer. Aber *welcher*? Das ist der entscheidende Punkt.

∗

Ich habe nichts gegen eine Wahrsagerin, die den Leuten etwas vorflunkert. Eine *echte* Seherin dagegen sollte man abknallen wie einen tollen Hund. Kassandra bekam noch viel zuwenig ab.

∗

Selbstverblendung hat durchaus ihren Zweck. Wäre eine Mutter nicht so überzeugt von der Schönheit, der Intelligenz und Herzensgüte (et cetera ad nauseam) ihrer Kinder, würde sie die Bälger vermutlich gleich nach der Geburt ins Wasser werfen.

*

Die meisten ›Wissenschaftler‹ sind Flaschenwäscher und Knöpfesortierer.

*

Ein ›Pazifist‹ — das ist ein Widerspruch in sich. Die meisten Männer, die sich ›Pazifisten‹ nennen, sind alles andere als friedliebend; sie nehmen nur falsche Farben an. Sobald der Wind dreht, hissen sie die Piratenflagge.

*

Stillen macht den Busen der Frau nicht häßlich; es erhöht seinen Reiz, weil man ihm ansieht, daß er einen Sinn hat.

*

Eine Generation, welche der Geschichte keine Beachtung schenkt, hat keine Vergangenheit — und keine Zukunft.

*

Ein Dichter, der seine Werke der Öffentlichkeit vorträgt, besitzt vielleicht noch andere schlechte Gewohnheiten.

*

Was für eine herrliche Welt, in der es Frauen gibt!

*

Wechselgeld findet sich oft unter Sitzkissen.

*

Auf keiner Welt und in keiner Epoche zeigt die Geschichte eine Religion auf, die eine rationale Grundlage besitzt. Die Religion ist eine Krücke für diejenigen, welche das Unbekannte nicht aus eigener Kraft meistern. Dennoch haben die meisten Leute eine Religion, wie man Schuppen hat, vergeuden Zeit und Geld dafür und finden es schön, damit herumzutun.

*

Es ist erstaunlich, welch starke Ähnlichkeit Weisheit und Erfahrung mit Resignation und Müdigkeit haben.

*

Wenn du dich selbst nicht magst, *kannst* du andere Menschen nicht mögen.

*

In seiner eigenen Sicht ist dein Feind niemals ein Bösewicht. Vergiß das nicht; es hilft dir vielleicht, ihn zu deinem Freund zu machen. Schaffst du das nicht, so kannst du ihn zumindest ohne Haß töten — und schnell.

*

Ein Antrag auf Vertagung geht immer in Ordnung.

*

Kein Staat besitzt das angestammte Recht, durch die Wehrpflicht zu überleben, und auf lange Sicht hat das auch noch kein Staat geschafft. In Rom pflegten Mütter ihre Söhne mit folgenden Worten zu ermahnen: »Kehre mit oder auf deinem Schild zurück!« Später ging diese Sitte unter. Wie Rom.

*

Von all den merkwürdigen ›Verbrechen‹, welche die Menschheit aus dem Nichts konstruiert hat, ist ›Gotteslästerung‹ das verrückteste, dicht gefolgt von ›obszönem Betragen‹ und ›Exhibitionismus‹.

*

Cheopsgesetz: Kein Bauwerk wird innerhalb der gesetzten Frist und im Rahmen des Kostenvoranschlags fertiggestellt.

*

Alle Gesellschaftsformen basieren auf Gesetzen zum Schutz von schwangeren Frauen und kleinen Kindern. Was darüber hinausgeht, ist Geschnörkel, Brimborium, Luxus — Dinge, die man in Notzeiten abstreifen muß, um die Grundfunktion zu erhalten. Da das Überleben der Rasse die *einzige* Universalethik darstellt, gibt es nur diese eine Grundfunktion. Versuche, eine ›perfekte Gesellschaftsform‹ auf einer anderen Basis als ›Frauen und Kinder zuerst!‹ zu errichten, sind nicht nur töricht; sie führen unweigerlich zum Völkermord. Dennoch haben sich Idealisten (alles Männer!) immer wieder dieses Ziel gesetzt — und werden es zweifellos auch in Zukunft tun.

*

Alle Menschen sind ungleich geschaffen.

*

Geld wirkt stark aphrodisisch. Aber Blumen erfüllen fast den gleichen Zweck.

*

Ein Rohling tötet aus Freude. Ein Narr tötet aus Haß.

*

Es gibt nur einen Weg, eine Witwe zu trösten. Aber man sollte dabei an das Risiko denken.

*

Wenn sich die Notwendigkeit ergibt — und sie ergibt sich hin und wieder — , mußt du imstande sein, deinen eigenen Hund zu erschießen. Laß das nicht von anderen erledigen; es macht die Sache nicht besser, sondern schlimmer.

*

Alles im Übermaß! Willst du das Leben genießen, so tu es in großen Zügen! Nur Mönche kasteien sich.

*

Ein lebendiger Schakal ist besser dran als ein toter Löwe. Mag sein, aber am besten — und im allgemeinen auch am einfachsten — hat es ein lebendiger Löwe.

*

Die Theologie des einen ist der Witz des Tages für andere.

*

Sex sollte zärtlich sein. Andernfalls gib dich mit mechanischem Spielzeug zufrieden; es ist hygienischer.

*

Den Menschen gelingt es selten (wenn überhaupt), einen Gott ins Leben zu rufen, der ihnen überlegen ist. Die meisten Götter haben das Benehmen und die Moral eines verzogenen Kindes.

*

Appelliere nie an die ›bessere Natur‹ eines Menschen. Vielleicht hat er keine. Sein Eigennutz bietet einen besseren Ansatzpunkt.

*

Kleine Mädchen und Schmetterlinge brauchen keine Ausreden.

*

Du kannst Frieden haben. Oder du kannst Freiheit haben. Aber rechne nie damit, daß du beides gleichzeitig bekommst.

*

Vermeide es, unwiderrufliche Entscheidungen zu treffen, wenn du müde oder hungrig bist. NB: Manchmal zwingen die Umstände zu raschem Handeln. Sorge also vor!

*

Lege deine Waffen und Kleider so zurecht, daß du sie auch im Dunkeln findest!

*

Ein Elefant: eine Maus nach Regierungsspezifikation.

*

Im gesamten Verlauf der Geschichte ist Armut der Normalzustand der Menschheit. Vorstöße, die dazu beitragen, diese Norm zu überwinden — hin und wieder, hie und da — , sind das

Werk einer außerordentlich kleinen Minderheit, häufig verachtet, oft verflucht und fast immer von allen rechtdenkenden Menschen angefeindet. Wo immer dieser Minderheit Einhalt geboten wird oder wo sie (wie es gelegentlich geschieht) aus der Gemeinschaft verstoßen wird, sinkt das Volk zurück in bittere Armut.

Das nennt man dann ›Pech‹.

*

In einer hochentwickelten Zivilisation ist ›Diener des Volkes‹ gleichbedeutend mit ›Herr des Volkes‹.

*

Wenn die Bevölkerungsdichte auf einer Welt so zunimmt, daß man Ausweise benötigt, ist der soziale Zusammenbruch nicht mehr fern. Es wird höchste Zeit, auszuwandern. Das Beste an der Raumfahrt ist, daß sie Auswanderungsmöglichkeiten geschaffen hat.

*

Eine Frau ist kein Besitz. Männer, die vom Gegenteil überzeugt sind, leben in einer Traumwelt.

*

Das Zweitbeste an der Raumfahrt ist, daß sich bei den großen Entfernungen Kriege als schwierig, unpraktisch und fast immer als unnötig erweisen. Das mag für viele ein Verlust sein, denn der Krieg ist der beliebteste Volkssport unserer Rasse; er gibt dem langweiligen, stumpfen Alltag Zweck und Farbe. Aber es ist eine herrliche Entwicklung für den intelligenten Menschen, der nur dann kämpft, wenn er keine andere Wahl hat — niemals jedoch zum Spaß.

*

Eine Zygote ist die Antwort von Gameten auf das Problem, mehr Gameten zu produzieren. Vielleicht liegt darin der Zweck des Universums.

*

Es gibt verborgene Widersprüche in den Gehirnen derer, welche ›die Natur lieben‹, indem sie über die Bauwerke schimpfen, mit denen die ›Menschheit die Natur verschandelt‹. Der offensichtliche Widerspruch liegt in der Wahl ihrer Worte, die darauf hinauslaufen, daß der Mensch und seine Schöpfungen *nicht* zur Natur gehören — wohl aber Biber und ihre Dämme. Aber die Widersprüche gehen viel tiefer als diese *prima facie* Absurdität. Durch seine Stellungnahme für Biberdämme und gegen Menschenbauten gibt der ›Naturschwärmer‹ preis, daß er die eigene

Rasse — und damit sich selbst — haßt.

Ich kann es diesen Leuten nicht einmal verdenken, daß sie sich selbst hassen; sie sind ein ausgesprochen trauriger Haufen. Obwohl Haß vielleicht ein zu starkes Gefühl ist. Sie verdienen im besten Fall Mitleid oder Verachtung.

Was mich betrifft, so fühle ich mich nun mal zu den Menschen und nicht zu den Bibern gehörig. Ich bin gern Mensch und finde an meinem Menschsein nichts Unnatürliches.

So unglaublich es klingt — es gab sogar ›Naturapostel‹, die Zeter und Mordio schrien, als der erste Flug zum Mond stattfand. Ein so schwerwiegender Eingriff in die ›Natur‹ konnte ihrer Ansicht nach nur mit dem Untergang der Erde enden.

*

›Niemand ist eine Insel.‹ — Auch wenn wir als Einzelwesen fühlen und handeln, unsere Rasse stellt einen geschlossenen Organismus dar, der ständig wächst und sich verzweigt — der regelmäßig ›beschnitten‹ werden muß, um gesund zu bleiben. Diese Notwendigkeit bestreitet wohl kein vernünftiger Mensch. Ein Organismus, der immer weiter wuchert, geht an seinen eigenen Gefühlen zugrunde. Die einzige Frage bleibt, ob das Zurechtstutzen vor oder nach der Geburt erfolgen soll.

Als unverbesserlicher Gefühlsmensch bevorzuge ich die erste der beiden Methoden. Es bereitet mir einfach Unbehagen, jemanden zu töten.

Aber das mag eine Frage des Geschmacks sein. Manche Schamanen vertreten die Ansicht, daß es besser ist, im Krieg umzukommen, im Kindbett zu sterben oder zu verhungern, als niemals gelebt zu haben. Vielleicht haben sie recht.

Aber deshalb muß es mir nicht gefallen — und es gefällt mir nicht.

*

Demokratie basiert auf der Annahme, daß eine Million Menschen klüger sind als ein Mensch. Wie war das gleich? So ganz begreife ich die Logik nicht.

*

Autokratie basiert auf der Annahme, daß ein Mensch klüger ist als eine Million Menschen. Sehen wir uns auch das noch einmal an. Wer entscheidet?

*

Jede Regierung funktioniert, wenn Machtbefugnis und Verantwortung gleich groß und aufeinander abgestimmt sind. Das garantiert nicht unbedingt eine ›gute‹ Regierung; es garantiert nur, daß sie funktioniert. Aber solche Regierungen sind selten — die meisten Leute wollen zwar mitreden, scheuen jedoch den Vorwurf, wenn etwas schiefgeht. Früher nannte man diese Haltung ›Beifahrersyndrom‹.

*

Wie steht es mit den Fakten? Wieder und immer wieder — wie steht es mit den *Fakten*? Vermeide jedes Wunschdenken, achte nicht auf die göttliche Erleuchtung, vergiß, was ›die Sterne sagen‹, laß dich nicht von Meinungen beeinflussen, nimm keine Rücksicht auf die Nachbarn — stelle dir nur eine Frage: Wie steht es mit den Fakten? Du steuerst immer in eine unbekannte Zukunft. Fakten sind dein einziger Anhaltspunkt. Trage sie zusammen!

*

Dummheit kann man weder durch Geld noch durch Erziehung oder Gesetze abhelfen. Dummheit ist keine Sünde; das Opfer kann nichts dafür, daß es dumm ist. Aber Dummheit stellt das einzige Kapitalverbrechen des Universums dar. Das Urteil lautet auf Tod, es gibt keine Berufung, und die Exekution erfolgt automatisch und ohne Erbarmen.

*

Gott ist allmächtig, allwissend und voll von Güte — so steht es geschrieben. Wenn Ihr Verstand in der Lage ist, an diese drei göttlichen Attribute gleichzeitig zu glauben, dann habe ich einen tollen Handel für Sie! Keine Schecks bitte. Bar und in kleinen Scheinen.

*

Mut ist die Ergänzung zu Furcht. Jemand, der furchtlos ist, kann nicht mutig sein. (Nebenbei ist er ein Trottel.)

*

Die beiden höchsten Errungenschaften des menschlichen Geistes sind die Doppelbegriffe ›Treue‹ und ›Pflicht‹. Bleibe niemals bei einem Volk, wenn diese beiden Begriffe in Verruf geraten sind. Vielleicht kannst du dich selbst noch retten, aber es wird nicht gelingen, jene Zivilisation zu retten. Sie ist zum Untergang verurteilt.

*

Leute, die im großen Stil Pleite machen, hungern niemals. Nur der arme Schlucker, dem ein halber Dollar fehlt, muß den Gürtel enger schnallen.

*

Die Wahrheit einer Behauptung hat nichts mit ihrer Glaubwürdigkeit zu tun. Und umgekehrt.

*

Jemand, der Mathematik nicht begreift, ist kein vollwertiger Mensch. Man kann ihn im günstigsten Falle als eine Art Untermensch gelten lassen, der gelernt hat, daß man sich wäscht, Schuhe anzieht und nicht auf den Fußboden pinkelt.

*

Bewegliche Teile, die aneinanderreiben, müssen geschmiert werden, damit sie sich nicht abnützen. Wo Menschen aneinanderreiben, bedient man sich der Ehrentitel und höflichen Floskeln als Schmiermittel. Jugendliche, naive und schlichte Gemüter, aber auch Leute, die nicht viel herumgekommen sind, betrachten diese Formalitäten als ›leer‹, ›sinnlos‹ und ›entwürdigend‹ und weigern sich, sie zu benutzen. So ›rein‹ ihre Beweggründe auch sein mögen, sie werfen durch ihr Verhalten Sand in ein Getriebe, das ohnehin nur mühsam in Bewegung zu halten ist.

*

Das sollte ein Mensch können: eine Windel wechseln, eine Invasion vorbereiten, ein Schwein schlachten, ein Schiff steuern, ein Haus entwerfen, ein Sonett dichten, die Buchführung machen, eine Mauer aufrichten, einen Bruch schienen, Sterbende trösten, Befehle entgegennehmen, Befehle erteilen, mit anderen zusammenarbeiten, allein handeln, Gleichungen lösen, ein neues Problem analysieren, Dung ausfahren, einen Computer programmieren, ein vernünftiges Essen kochen, tüchtig kämpfen, tapfer sterben.
Spezialisierung — das ist etwas für Insekten.

*

Je mehr du liebst, desto mehr *kannst* du lieben — und desto intensiver. Es gibt auch keine Beschränkung, *wieviel* du lieben kannst. Verfügst du also über genug Zeit, dann kannst du die ganze anständige und aufrechte Mehrheit lieben.

*

Masturbieren ist billig, sauber und bequem; es führt nicht zu Fehltritten — und man muß nicht in der Kälte heimgehen. Aber es ist *einsam*.

*

Hüte dich vor Altruismus! Er basiert auf Selbstbetrug, der Wurzel allen Übels.

*

Bist du versucht, etwas zu tun, das nach ›Altruismus‹ riecht, so durchleuchte deine Beweggründe und merze den Selbstbetrug aus. Bleibt dein Entschluß auch danach fest — bitte, nur hinein ins Vergnügen!

*

Die verrückteste Idee, die der *Homo sapiens* je hervorgebracht hat, ist die: daß unser Herrgott, der Weltenregierer und Schöpfer des Alls, auf die kitschige Anbetung seiner Untertanen angewiesen sei, daß er sich von ihren Gebeten beeinflussen ließe und schmollte, wenn sie ihm nicht schmeicheln. Und doch finanziert diese absurde Wahnvorstellung, für die es nicht die Spur eines Beweises gibt, die älteste, größte und unproduktivste Industrie der Menschheitsgeschichte.

*

Die zweitverrückteste Idee ist, daß der Geschlechtsakt einem sündigen Trieb entspringt.

*

Schreiben ist nicht unbedingt eine Schande — aber tu es im stillen Kämmerlein, und wasch dir anschließend die Hände!

*

Hundert Dollar bringen nach zweihundert Jahren mit Zins und Zinseszins mehr als hundert Millionen Dollar — sind jedoch zu jenem Zeitpunkt sicher keinen Penny mehr wert.

*

Mädchen, langweile ihn nicht mit Bagatellen, und erzähle ihm nichts von den Fehlern, die du früher begangen hast. Mit einem Mann kommst du dann am besten aus, wenn du alles verschweigst, was er nicht unbedingt wissen muß.

*

Schätzchen, eine echte Lady legt ihre Zurückhaltung mit den Kleidern ab und hurt nach Leibeskräften. Es gibt genug andere Gelegenheiten, bei denen du so reserviert und kühl auftreten kannst, wie es dein Ego verlangt.

*

Wenn das Gespräch auf Sex kommt, lügt jeder.

*

Wenn Menschen tatsächlich Automaten wären, wie die Behavioristen behaupten, dann könnten die behavioristischen Psychologen nicht den haarsträubenden Blödsinn erfunden haben, den sie ›behavioristische Psychologie‹ nennen. Sie sind hoffnungslos auf dem Holzweg, sie sind bei allem Scharfsinn auf dem Holzweg wie seinerzeit Chemiker mit ihrem Phlogiston.

*

Diese Schamanen sabbern ständig über ihre Schlangenöl-›Wunder‹. Ich bin mehr für das Echte. Es gibt für mich kein größeres Wunder als eine schwangere Frau.

*

Wenn es im Universum ein wichtigeres Ziel gibt, als mit der Frau, die du liebst, Kinder zu zeugen, so habe ich jedenfalls noch nichts davon gehört.

*

Du solltest dich des Elften Gebotes erinnern und es aufs Wort befolgen.

*

Ein Prüfstein, der den wahren Wert eines ›Intellektuellen‹ bestimmt: Frag ihn, was er von Astrologie hält!

*

Steuern werden nicht zum Nutzen der Besteuerten erhoben.

*

Es gibt in Wirklichkeit kein ›Gesellschaftsspiel‹. Entweder du ziehst dem anderen die Haut ab, oder du bist ein Lahmarsch. Wenn dir diese beiden Möglichkeiten nicht gefallen, dann laß die Finger vom Spiel.

*

Wenn ein Schiff abhebt, sind alle Rechnungen beglichen. Bereue nichts.

*

Als ich zum erstenmal Rekruten ausbildete, war ich viel zu unerfahren für den Job — die Lehren, die ich den Jungs mitgab, bedeuteten für einige sicher den Tod. Krieg ist eine zu ernste Angelegenheit, um von Leuten gelehrt zu werden, die nichts davon verstehen.

*

Ein tüchtiger Mensch mit gesundem Selbstvertrauen kennt keine Eifersucht. Eifersucht ist stets ein Zeichen von neurotischer Unsicherheit.

*

Geld ist die ehrlichste Schmeichelei.
Frauen haben es gern, wenn man ihnen schmeichelt.
Männer auch.

*

Man lebt und lernt. Andernfalls lebt man nicht lang.

*

Frauen sind unweigerlich die Verlierer, wenn sie auf absoluter

›Gleichheit‹ mit dem Manne bestehen. Was sie sind und was sie vermögen, macht sie dem Mann überlegen, und die richtige Taktik wäre es, aufgrund dieser Tatsache so viele Sonderrechte wie möglich zu erpressen. Mit ›Gleichheit‹ sollten sie sich nicht zufriedengeben. ›Gleichheit‹ bedeutet für Frauen eine Katastrophe.

*

Friede ist eine Fortsetzung des Krieges mit politischen Mitteln. Viel Ellbogenfreiheit ist angenehmer — und sicherer.

*

Was der eine ›Zauberei‹ nennt, ist für den anderen Technik. ›Übernatürlich‹ ist ein leeres Wort.

*

Der Satzanfang ›Wir *müssen* (ihr *müßt*) ganz einfach . . .‹ deutet darauf hin, daß etwas nicht unbedingt getan zu werden braucht. ›Das versteht sich von selbst‹ ist ein Alarmzeichen. ›Natürlich‹ heißt, daß du dich am besten selbst von der Richtigkeit des Gesagten überzeugst. Wenn man diese kleinen Klischees nur richtig liest, sind sie wertvolle Wegweiser.

*

Benachteilige deine Kinder nicht, indem du ihnen das Leben zu leicht machst!

*

Salbe ihr die Füße!

*

Solltest du zu dem vergrämten Häufchen gehören, das sich mit schöpferischer Arbeit plagt, so laß dir eines raten: Zwinge niemals eine Idee herbei! Das führt zu einer Fehlgeburt. Hab' Geduld, und du wirst sie gebären, wenn sie voll ausgetragen ist. Du mußt warten lernen.

*

Bedränge junge Leute nicht mit Fragen über ihr Privatleben — ganz besonders nicht mit Fragen über Sex. In diesem Stadium sind sie die reinen Nervenbündel und nehmen (mit Recht) jedes Eindringen in ihre Intimsphäre übel. Ja, gewiß, sie werden Fehler machen — aber das ist *ihre* Sache und geht dich nichts an. (Du hast auch Fehler gemacht, oder?)

*

Man sollte nie die ungeheure Macht der menschlichen Dummheit unterschätzen.

VARIATIONEN ÜBER EIN THEMA

XI. Die Geschichte von der Adoptivtochter

Auf der Alten Erde steh'n wir,
nordwärts schweift der Blick ins Dunkel,
folgt des Wagens krummer Deichsel,
schwenkt nach links zum Horizont hin.
Siehst du etwas?
Spürst du etwas?
Nichts — nur Schwärze; nichts — nur Kälte!
Schließ die Augen, schließ sie völlig,
tief im Innern steigt ein Bild auf.
Höre auf den Ruf des Kranichs,
der die Weite schrill durchschneidet,
der sich bricht an fernen Grenzen —
Dort erglänzt er! Halt das Bild fest,
lenk dein Schiff durch Zeit und Leere.
Ruhig, sicher, meid Gefahren!
Neubeginn auf junger Welt ...

Ernest Gibbons, geboren als Woodrow Smith, gelegentlich auch unter dem Namen Lazarus Long bekannt, Präsident der Handelsbank von New Beginnings, trat auf die Veranda des Waldorf-Speisehauses hinaus und betrachtete das rege Treiben. Dicht unter der Balustrade waren ein halbes Dutzend gesattelte Mulis angepflockt, dazu eines der einheimischen Reittiere, auch Lopper genannt. An der Rampe der Handelsstation (Bes.: E. Gibbons) wurde ein Zug von Maultierwagen aus dem Hinterland entladen. Mitten auf der Straße lag ein Köter im Staub. Ein paar Reiter machten einen großen Bogen um ihn. Schräg gegenüber lärmte ein Dutzend Kinder im Hof von Mrs. Mayberrys Grundschule.

Ernie konnte siebenunddreißig Menschen zählen, ohne sich von seinem Platz zu rühren. Was achtzehn Jahre doch ausmachten! Top Dollar war nicht mehr der einzige Ort. New Pittsburgh hatte die Siedlung an Größe (und Dreck!) übertroffen, und Separation und Junction konnte man ohne weiteres schon als Kleinstädte bezeichnen.

Das alles von zwei Schiffsladungen Kolonisten, die im ersten Winter beinahe verhungert wären ...

Er dachte nicht gern an jenen Winter zurück. Da hatte es eine

Familie gegeben — nun ja, *beweisen* konnte man den Kannibalismus nicht, aber es war doch besser, daß keiner von diesen Leuten überlebt hatte.

Schwamm drüber. Die Schwachen starben, und die Bösen starben oder wurden umgebracht; zurück blieben die Starken, Klugen, Anständigen. New Beginnings war ein Planet, auf den man stolz sein konnte, und die Aufwärtsentwicklung würde noch lange anhalten.

Dennoch — zwanzig Jahre an einem Ort, das reichte. Allmählich sehnte er sich danach, ein Raumschiff wieder von innen zu sehen. Ob sein Sohn Zaccur rechtzeitig den dritten Schwung von Kolonisten brachte?

Eines der angepflockten Maultiere nickte ihm zu. Gibbons sah es genauer an. »Hi, Buck! Wie geht es, mein Junge? Wo ist der Boss?«

Buck preßte die Lefzen aufeinander und schnalzte: »Pannk!«

Damit war der Fall geklärt. Wenn Clyde Leamer sein Tier hier anpflockte und nicht *vor* der Bank, beabsichtigte er, durch die Hintertür zu kommen. Er brauchte also einen neuen Kredit.

Ernie überlegte, ob er an seinen Schreibtisch zurückkehren oder einen Blick auf die eingetroffene Fracht werfen sollte. Keins von beiden reizte ihn besonders. In der Bank wartete Clyde Leamer, und er hatte keine Lust, mit dem Kerl zu verhandeln. Andererseits machte es Rick nervös, wenn sein Boss auftauchte, bevor er Zeit fand, das eine oder andere für sich auf die Seite zu legen. Gute Lagerverwalter waren selten, und auf Rick konnte sich Gibbons verlassen; der Junge nahm nie mehr als fünf Prozent.

Ernie holte ein Stück Zucker aus der Tasche und schob es Buck auf der flachen Hand hin. Das Muli bedankte sich mit einem Nicken. Diese Mutationen waren seit der Erfindung des Libby-Antriebs die größte Hilfe für Kolonisten. Sie überstanden den Kälteschlaf im Schiff, ohne Schaden zu nehmen (während zum Beispiel Schweine als Gefrierfleisch ankamen), und konnten in vielen Dingen für sich selbst sorgen. Wilde Lopper hatten keine Chance gegen Mulis; sie wurden zu Tode gestampft.

»Bis später, Buck. Ich gehe spazieren. Spa-zie-ren. Sag das dem Boss!«

»Schpäterrr!« erwiderte das Muli. »Schpa-zie-rrrn!«

Gibbons schlenderte auf den Ortsrand zu. Wenn er Clyde Leamer noch einen Kredit einräumte, würde er Buck als Sicherheit verlangen. Ein gutartiger, kluger Mulihengst galt hier auf

New Beginnings als Treffer — und seinen übrigen Besitz hatte Clyde ohnehin bereits verpfändet.

Nein, leih dem Burschen keinen Dollar mehr! Frag ihn lieber, ob er dir Buck verkauft. Er wird es sich kaum leisten können, dein Angebot abzulehnen — besonders wenn du eine anständige Summe nennst.

Der faule Kerl braucht kein Muli, und dir tut es vielleicht gut, hin und wieder auszureiten!

Gibbons kam der Gedanke, daß er vielleicht wieder heiraten könnte. Dann hatte er gleich ein fabelhaftes Brautgeschenk. Hmm, gar nicht so einfach. Die wenigen Howards auf New Beginnings waren alle verheiratet — und sie gaben sich nicht zu erkennen, solange sich die Kolonie noch im Aufbau befand. Verständlich — ein gebranntes Kind scheut das Feuer. Er vermied es selbst, mit Angehörigen der ›Familien‹ zusammenzutreffen. Aber vielleicht sollte er doch einmal die Magees — besser gesagt, die Barstows — besuchen. Sie hatten zwei oder drei heranwachsende Töchter.

Inzwischen fühlte er sich prächtig, vollgestopft mit Rührei und lüsternen Gedanken. Ob es irgendwo in der Nähe ein weibliches Wesen gab, das einem kleinen Abenteuer nicht abgeneigt war? Mehr wollte er gar nicht; er fand es unfair, eine ernste Sache mit einem Mädchen anzufangen, das nicht seine Lebenserwartung besaß.

Bankier Gibbons war am Ende der Straße angelangt und wollte eben umkehren, als er den Rauch bemerkte. Er kam vom Harper-Anwesen — dem ehemaligen Harper-Anwesen. Jetzt wohnten Bud Brandon und seine Frau Marje dort — ein nettes junges Paar vom zweiten Schiff. Ein Kind hatten sie, wenn er sich recht erinnerte.

Ein Feuer an einem so strahlenden Tag? Vielleicht verbrannten sie Gerümpel...

He, der Rauch kam gar nicht aus dem Schornstein!

Gibbons begann zu laufen.

Als er das Harper-Anwesen erreichte, brannte der Dachstuhl bereits lichterloh. Lazarus blieb schweratmend stehen und versuchte die Lage abzuschätzen. Wie die meisten älteren Häuser hatte das Bauwerk keine Fenster im Erdgeschoß und nur eine schmale Tür, die nach außen aufging — eine Vorsichtsmaßnahme aus der Zeit, als es hier noch von Loppern und Drachen wimmelte.

Wenn er die Tür öffnete, breitete sich das Feuer durch den Luftstrom noch rascher aus. Er rannte auf die andere Seite des Hauses. Im Obergeschoß entdeckte er Fenster. War jemand daheim? Gab es hier irgendwo eine Leiter oder ein Hanfseil? Vermutlich nicht; Hanf kam von der Erde und war teuer.

Ein Fenster stand offen; Rauch quoll ins Freie...

»*He! Ist da jemand?*« schrie er. Eine Gestalt tauchte im Qualm auf, warf ihm etwas zu.

Rein mechanisch streckte er beide Arme aus. Ein kleines Kind...

Er fing es auf, ging in die Knie.

Als er wieder nach oben schaute, hing ein schlaffer Arm über das Fensterbrett. Sekunden später stürzte der Dachstuhl ein.

Gibbons rappelte sich hoch, drückte das Kind — ein Mädchen — eng an sich und floh aus dem Funkenregen. Es war unmöglich, daß in dem Inferno noch jemand lebte; er hoffte nur, daß die Eltern der Kleinen einen raschen Tod gefunden hatten.

»Alles in Ordnung, Liebes?« fragte er das Kind.

»Ich glaube schon«, erwiderte das Mädchen ernst. »Aber Mama hat solche Schmerzen...«

»Mama geht es jetzt gut, mein Kind«, sagte er sanft. »Und Papa auch.«

»*Bestimmt?*« Die Kleine hob den Kopf und versuchte einen Blick auf das brennende Haus zu werfen.

Er drückte sie fest an seine Schulter und beschleunigte die Schritte. »Ganz bestimmt.«

Unterwegs begegnete ihnen Clyde Leamer auf Buck. Der Farmer zügelte das Muli. »Da sind Sie ja, Gibbons! Ich muß mit Ihnen reden.«

»Jetzt nicht.«

»Aber Sie *verstehen* mich nicht! Ich brauche *dringend* etwas Geld. Nichts als Pech mit der letzten Ernte. Was ich auch in die Hand nehme, geht irgendwie schief...«

»Clyde — *halt's Maul!*«

»Wie?« Leamer schien erst jetzt das winzige Bündel auf dem Arm des Bankiers zu sehen. »Ist das nicht die Kleine der Brandons?«

»Ja.«

»Dachte ich mir's doch! Um noch einmal auf diesen Kredit zurückzukommen...«

»Ich habe gesagt, du sollst das Maul halten! Die Bank leiht dir keinen Penny mehr.«

»Nun hören Sie mir mal gut zu! Ich finde, die Gemeinschaft hat die Pflicht, einem Farmer zu helfen, der unverschuldet in Not geraten ist. Wenn es uns Farmer nicht gäbe ...«

»Mann, wenn du mit den Händen ebenso fleißig wärst wie mit deinem Mundwerk, bräuchtest du keine Kredit! Nicht einmal deinen Stall mistest du aus. Hmm — was verlangst du für den Hengst da?«

»Buck? Sie glauben doch nicht etwa, daß ich *Buck* verkaufe! Ich hatte mir die Sache folgendermaßen gedacht, Bankier. Sie sind ein weichherziger Mensch, auch wenn Sie einen rauhen Ton anschlagen, und ich weiß, daß Sie Mitleid mit meinen hungrigen Kindern haben. Also, Buck ist ein sehr wertvolles Tier, und wenn ich ihn als Sicherheit überschreibe ...«

»Clyde, wenn du wirklich etwas Gutes für deine Kinder tun willst, dann häng dich auf! Bestimmt findet sich jemand, der sie besser versorgt als du. Kein Kredit, Clyde — keinen Penny. Aber ich kaufe dir Buck ab — auf der Stelle. Nenne einen Preis!«

Leamer schluckte. »Fünfundzwanzigtausend.«

Gibbons wandte sich wortlos ab und ging auf die Siedlung zu. »Zwanzigtausend!« rief ihm Leamer nach. Der Bankier gab keine Antwort.

Clyde ritt ihm nach und stellte Buck quer, so daß Gibbons der Weg abgeschnitten war. »Bankier, Sie erpressen mich! Achtzehntausend — und das ist so gut wie gestohlen.«

»Clyde, nun mal ehrlich! Was bekommst du für Buck, wenn du ihn auf einer Auktion feilbietest?«

»Äh — fünfzehntausend.«

»Glaubst du? Ich weiß, wie alt er ist, auch wenn ich mir sein Gebiß nicht anschaue. Ich weiß auch, was du für ihn bezahlt hast. Und ich kenne die Leute hier. Sie drehen jeden Dollar dreimal um, bevor sie ihn ausgeben. Aber bitte — Buck gehört dir. Mach jetzt Platz, ich muß das Kind in die Stadt bringen. Die Kleine hat allerhand durchgemacht.«

»Was — was würden *Sie* denn zahlen?«

»Zwölftausend.«

»Das ist Halsabschneiderei!«

»Du mußt den Handel nicht eingehen. Angenommen, die Auktion bringt fünfzehntausend. Dann bleiben dir dreizehntausendfünfhundert, weil der Auktionator zehn Prozent erhält. Aber ich glaube eher, daß du nur zehntausend erreichst. Dann bleiben dir neuntausend. Leb wohl, Clyde — ich habe es eilig.«

»Gut — dreizehntausend.«

»Clyde, ich bin bis an die oberste Grenze gegangen. Ein Vorschlag zur Güte: Ich lege noch fünfhundert Dollar drauf. Dafür bekomme ich den Sattel, das Zaumzeug und eine Antwort.«

»Eine Antwort? Worauf?«

»Auf die folgende Frage: Warum bist du ausgewandert?«

Leamer sah ihn verblüfft an, dann lachte er bitter. »Wenn Sie die Wahrheit wissen wollen — weil ich verrückt war!«

»Sind wir das nicht alle? Die Antwort befriedigt mich nicht.«

»Schön, Gibbons. Mein alter Herr war Bankier — und genauso geizig wie Sie! Es ging mir nicht schlecht, ich hatte einen ordentlichen, angesehenen Beruf. Lehrer am Kolleg. Aber das Gehalt war nicht hoch, und der Alte führte sich jedesmal auf, wenn mir das Geld am Monatsende nicht ganz reichte. Schnüffelte in meinen Angelegenheiten herum. Behandelte mich wie einen Schuljungen. Schließlich hatte ich die Nase so voll, daß ich ihm den Vorschlag machte, er solle für mich und Yvonne zwei Plätze auf der *Andy J.* kaufen — dann hätte er mich für immer los.

Zu meiner Verblüffung ging er darauf ein. Und ich machte keinen Rückzieher, weil ich glaubte, daß man einen Mann mit meinen Kenntnissen und meiner Bildung überall brauchen könnte. Schließlich kamen wir nicht in irgendeine Wildnis; wir gehörten zur zweiten Kolonistenwelle.

Leider hatte ich mich darin getäuscht. Wir kamen in die Wildnis, und ich mußte rackern wie ein ganz ordinärer Bauer. Aber warten Sie ab, Bankier! Die Kinder hier werden allmählich größer, und dann benötigen sie eine richtige Ausbildung — nicht das alberne Zeug, das Mrs. Mayberry ihnen beibringt. Sie werden mich noch ›Professor‹ nennen, Bankier, und den Hut vor mir ziehen!«

»Vielleicht. Nehmen Sie mein Angebot an? Zwölftausendfünfhundert mit Sattel und Zaumzeug?«

»Habe ich doch gesagt, oder?«

»Bis jetzt noch nicht.«

»Also gut — ich nehme an.«

Das Mädchen hatte ruhig und mit ernster Miene zugehört. Gibbons sah sie an. »Kannst du einen Moment lang allein stehen, Liebes?«

»Ja.«

Er stellte sie vorsichtig auf den Boden; sie begann zu zittern und umklammerte sein Hosenbein. Gibbons holte seine Brieftasche hervor und schrieb Leamer einen Scheck aus. »Bring das Hilda am Kassenschalter!« Er füllte ein zweites Papier aus. »Und das ist der Kaufvertrag. Du kannst ihn gleich unterschreiben und mir zurückgeben.«

Schweigend setzte Leamer seinen Namen unter das Dokument. »Danke, Bankier — Sie alter Knicker! Wo soll ich Buck hinbringen?«

»Ich nehme ihn sofort. Steig ab!«

»Und wie komme ich zur Bank? Und heim?«

»Zu Fuß.«

»Solche dreckigen Tricks lasse ich mir nicht gefallen. Sie erhalten Buck, sobald ich das Bargeld in der Hand habe. An der Bank!«

»Leamer, ich habe einen so hohen Preis bezahlt, weil ich das Muli *sofort* brauche. Aber ich sehe, daß wir uns nicht einigen können. Gib mir den Scheck zurück — hier ist der Kaufvertrag.«

Leamer wirkte verstört. »He, das gilt nicht! Der Handel war abgeschlossen.«

»Dann steig auf der Stelle von meinem Muli ab und geh zu Fuß in die Stadt! Wenn du dich beeilst, kommst du zur Bank, bevor Hilda schließt. Los — *verschwinde!*« Ernies Hand ruhte wie zufällig auf dem Dolch, den er, wie fast alle hier, immer bei sich trug.

Clyde schwang sich aus dem Sattel und marschierte los.

»Halt, noch etwas!« rief Gibbons ihm nach.

Leamer blieb stehen. »Was ist denn nun schon wieder?«

»Wenn du der Freiwilligen Feuerwehr begegnest, sag den Leuten, daß sie zu spät kommen. Das Harper-Anwesen ist niedergebrannt. Aber es kann nicht schaden, wenn ein, zwei Mann nachschauen.«

»Okay, okay!«

»Äh, Clyde — was für Fächer hast du unterrichtet?«

»Unterricht? Ich habe *Vorlesungen* gehalten — ich war am Kolleg! ›Die Grundlagen schöpferischer Ausdrucksweise‹ ... aber davon verstehen Sie wohl nichts.«

»Nein, davon verstehe ich nichts. Mach rasch! Hilda schließt pünktlich, weil sie ihre Kinder in Mrs. Mayberrys Schule abholen muß.«

Gibbons hob das Mädchen auf und sagte: »Halt mal still, Buck!« Vorsichtig setzte er die Kleine in den Sattel und stieg selbst auf.

»Umklammere mit beiden Händen das Horn, dann kannst du nicht herunterfallen. Bequem so?«

»Das macht Spaß!«

»Sehr viel Spaß, Liebes. Hörst du mich, Buck?«

Das Muli nickte.

»Du trabst jetzt ganz langsam in die Stadt zurück. Keine Sprünge, klar? Ganz langsam!«

»*Gannz ... lanngsamm!*«

»Gut, Buck.« Gibbons nahm locker die Zügel in die Hand, und das Muli setzte sich in Bewegung.

Nach ein paar Minuten fragte das kleine Mädchen ernst: »Was ist mit Mama und Daddy?«

»Mama und Daddy geht es gut. Sie wissen, daß ich mich um dich kümmere. Wie heißt du?«

»Dora.«

»Das ist ein hübscher Name, Dora. Ein sehr hübscher Name. Willst du wissen, wie ich heiße?«

»Der Mann hat ›Bankier‹ zu dir gesagt.«

»Das ist kein Name, Dora; das ist etwas, das ich manchmal mache. Nenn mich ... ›Onkel Gibbie‹. Kannst du das sagen?«

»›Onkel Gibbie‹ — lustig.«

»Ja, Dora. Und das hier ist Buck. Du wirst dich sicher rasch mit ihm anfreunden. Begrüße ihn mal richtig!«

»Hallo, Buck!«

»*Harroo ... Jorrah!*«

»Der redet viel schöner als die meisten anderen Mulis, findest du nicht?«

»Buck ist das beste Muli auf New Beginnings, Dora. Und das klügste. Wenn wir ihm das Zaumzeug abnehmen — Buck braucht keins —, kann er noch viel deutlicher sprechen. Du bringst ihm dann viele neue Worte bei, ja?«

»Gern — wenn Mama es erlaubt ...«

»Ganz bestimmt tut sie das. Singst du gern, Dora?«

»Ja. Ich kenne ein Lied, bei dem man immer klatschen muß. Aber das geht jetzt nicht, oder?«

»Nicht so gut. Halte dich lieber fest!« Gibbons überlegte rasch, welche Lieder er kannte. Die wenigsten eigneten sich für kleine Mädchen. »Paß auf!

An der Ecke
steht ein Pfandhaus,
und dort hängt mein Mantel g'rade.

Kannst du das singen, Dora?«

»Das ist ganz leicht!« Die Kleine piepste mit so hoher Stimme, daß Gibbons unwillkürlich an einen Kanarienvogel denken mußte. »War das alles, Onkel Gibbie? Und was ist ein Pfandhaus?«

»In einem Pfandhaus läßt man seine Mäntel, wenn man sie nicht mehr braucht. Das Lied hat noch viele Strophen, Dora. Tausende . . .«

»Tausende — das ist fast soviel wie hundert, nicht wahr?«

»Fast, Dora. Die nächste Strophe:

>
> Bei dem Pfandhaus
> steht ein Laden,
> und dort gibt es Schokolade.

Magst du Süßigkeiten, Dora?«

»Oh, ja! Aber Mama sagt, daß sie teuer sind.«

»Nächstes Jahr nicht mehr, Dora. Unsere Farmer haben eine Menge Zuckerrüben angebaut. Wir machen ein Spiel: ›Augen zu und Mund auf, dann gibt es eine Überraschung!‹« Er suchte in seiner Tasche, dann meinte er: »Oh, schade, Dora, mit der Überraschung müssen wir noch warten, bis wir an der Handelsstation sind. Buck hat mein letztes Zuckerstück bekommen. Buck mag nämlich auch Süßigkeiten.«

»Wirklich?«

»Ja. Aber Naschen ist nicht so gesund für ihn, deshalb geben wir ihm nur zu ganz besonderen Gelegenheiten Zucker. Okay, Buck?«

»Oo-kee . . . *Posss!*«

Bei Mrs. Mayberry war gerade die Schule aus, als Gibbons auf Buck ankam. Er hob Dora vom Sattel und trug sie ins Haus. Die Nachzügler unter den Schülern starrten ihn mit großen Augen an.

Eigentlich hatte ihn der Instinkt hierhergetrieben. Mrs. Mayberry war eine grauhaarige Witwe um die fünfzig, die zwei Ehemänner überlebt hatte und sich durchaus nicht abgeneigt zeigte, einen dritten zu nehmen — allerdings gab es auf New Beginnings nicht viel Auswahl. Sie zog es vor, ihren Lebensunterhalt selbst zu verdienen, anstatt bei ihren Kindern zu wohnen. Gibbons fand sie in jeder Hinsicht vernünftig — und hätte sie sogar geheiratet, wenn er kein Howard gewesen wäre.

Natürlich wußte das die Lehrerin nicht. Sie waren beide mit dem ersten Kolonistenschiff angekommen, er nach einer Verjüngung auf Secundus, die ihm ein kosmetisches Alter von fünfunddreißig verlieh. Helen Mayberry hielt ihn für gleichaltrig, vor allem, da er darauf achtete, daß er Jahr für Jahr etwas ›älter‹ wurde. Sie erwiderte seine Gefühle und verbrachte hin und wieder eine Nacht mit ihm, ohne ihn deshalb gleich als Besitz zu behandeln. Gibbons schätzte sie außerordentlich.

»Hallo, Ernest. Aber das ist doch Dora! Ich habe dich schon vermißt, Kind. Was hast du da — einen blauen Fleck?« Bei näherem Hinsehen erkannte sie, daß die Kleine vor Schmutz starrte, aber sie sagte nichts, sondern richtete sich nur auf und warf Gibbons einen prüfenden Blick zu. »Ich machte mir schon Sorgen, als sie heute morgen nicht mit den Parkinson-Kindern zur Schule kam. Marjorie Brandon kann jeden Tag niederkommen. Wußtest du das?«

»Nein. Wo kann ich Dora ein paar Minuten allein lassen? Ich muß mit dir sprechen. Unter vier Augen.«

Mrs. Mayberry zuckte leicht zusammen, aber sie sagte sofort: »Wir legen sie auf die Couch — nein, noch besser auf mein Bett.« Sie ging voraus. Gibbons deckte die Kleine zu und versprach ihr, sofort wiederzukommen. Dann kehrte er mit Helen ins Klassenzimmer zurück.

Er schilderte der Lehrerin, was geschehen war. »Dora weiß nicht, daß ihre Eltern tot sind, Helen — und ich fand noch nicht die Zeit, es ihr zu sagen.«

Mrs. Mayberry schwieg eine Weile. »Ernest, weißt du genau, daß beide den Tod fanden? Bud hätte das Feuer gesehen, wenn er auf den eigenen Feldern arbeitete, aber manchmal half er bei Mister Parkinson aus.«

»Helen, die Hand, die ich am Fenster sah — das war keine Frauenhand . . .«

Sie seufzte. »Dann ist die Kleine jetzt allein. Ein liebes Kind. Und intelligent.«

»Helen, kannst du dich ein paar Tage um sie kümmern?«

»Das ist doch selbstverständlich. Sie bleibt bei mir, solange sie mich braucht.«

»Es findet sich vermutlich rasch eine Familie, die sie adoptiert oder zumindest bei sich aufnimmt und verköstigt. Die Leamers zum Beispiel brauchen Geld. Wenn ich den Unterhalt bestreite . . .«

»*Ernest!* Das Kind wohnt bei mir — und umsonst!«

»Immer langsam, Helen. Ich weiß auf den Penny genau, was du erspart hast. Und ich weiß, wie oft man dich mit Naturalien statt mit Geld bezahlt — wenn man dich nicht überhaupt bloß vertröstet. Bud hat mir vor seinem Ende Dora anvertraut, und ich empfinde es als meine Pflicht, wenigstens finanziell für sie zu sorgen. Wenn du kein Geld nimmst, kommt die Kleine eben zu den Leamers oder einer anderen Familie.«

Mrs. Mayberry funkelte ihn wütend an, doch dann huschte ein Lächeln über ihre Züge. »Du bist ein Bastard, Ernest. Und noch einiges mehr. Also gut — ich nehme das Kind in Pflege. Gegen Kostgeld.«

»Und gegen Wohn- und Schulgeld. Die Arztrechnungen bezahle ebenfalls ich.«

»Okay, Bastard.« Sie warf einen Blick auf die Fenster, die zur Straße hin offenstanden. »Und jetzt gehen wir in den Korridor und besiegeln unseren Handel mit einem Kuß.«

Er kam ihrer Aufforderung nur zu gern nach.

»Helen...«

Sie schob ihn weg. »Die Antwort lautet nein, Mister Gibbons! Heute nacht muß ich ein kleines Mädchen trösten.«

»Ich wollte etwas ganz anderes sagen. Bade Dora erst, wenn Doc Krausmeyer da war. Ihr scheint nichts zu fehlen, aber ein paar gebrochene Rippen oder eine Gehirnerschütterung liegen immer im Bereich des Möglichen.«

»Geht in Ordnung. Und nun nimm die Hände von meinen Hüften, du Wüstling, und hol den Arzt!«

»Sofort, Mrs. Mayberry.«

»Bis später, Mister Gibbons. *Au'voir.*«

Gibbons ging hinüber ins Waldorf, wo er (wie erwartet) Dr. Krausmeyer an der Bar fand. Der Arzt blickte von seinem Drink auf. »Ernest! Was hört man da vom Harper-Anwesen?«

»Na, was hört man denn? Stell dein Glas hin und hol deine Tasche! Ein dringender Fall.«

»So dringend kann ein Fall gar nicht sein, daß ich mein Bier nicht austrinke. Clyde Leamer war eben da und hat eine Runde ausgegeben. Angeblich ist die Harper-Farm abgebrannt, und die Brandons konnten sich nicht mehr retten. Clyde erzählte, er habe versucht, sie herauszuholen, es sei jedoch schon zu spät gewesen.«

Gibbons dachte kurz darüber nach, wie schön es wäre, wenn Clyde Leamer oder dem Doc in finsterer Nacht ein Unfall zustieße. Aber nein, verdammt noch mal — um Clyde war es bestimmt nicht schade, doch wenn der Doc starb, mußte er selbst wieder ein Praxisschild an die Tür nageln. Und er hatte sein Examen nicht unter dem Namen Ernest Gibbons gemacht. Außerdem war Doc im nüchternen Zustand ein guter Arzt.

»Nicht für alle, Doc. Das kleine Mädchen lebt.«

»Ach ja, richtig — das sagte er.«

»Und um dieses kleine Mädchen sollst du dich jetzt kümmern. Dora hat Schürfwunden und Prellungen, vielleicht auch ein paar Brüche und innere Verletzungen, eine leichte Rauchvergiftung — und ganz sicher einen schweren seelischen Schock. Sie ist im Moment bei Mrs. Mayberry.« Leise fügte er hinzu: »Na, Doc, willst du dich nicht doch beeilen?«

Dr. Krausmeyer nahm mit einem wehmütigen Blick Abschied von seinem Glas. »Ich bin gleich wieder da«, sagte er und verließ die Bar.

Der Arzt stellte fest, daß der Kleinen nichts weiter fehlte, und verordnete ihr ein Beruhigungsmittel. Gibbons wartete, bis Dora schlief, dann brachte er Buck zum Mietstall der Jones Brothers.

Minerva, es war auf keinen Fall geplant. Ich rechnete damit, daß man Dora in ein paar Tagen, spätestens in ein paar Wochen adoptieren würde. Pioniere denken über Kinder im allgemeinen anders als die bequemen Stadtleute. Ganz abgesehen davon, daß sie Kinder mögen — die Investition bringt Gewinn, wenn erst einmal das Babyalter überwunden ist und kräftige Helfer für Feld und Stall heranwachsen.

Ich dachte wirklich nicht daran, Vaterstelle an der Kleinen zu vertreten, noch hielt ich es für notwendig. Im Gegenteil, ich begann allmählich meine Geschäfte zu ordnen, da ich wieder auf Wanderschaft gehen wollte, sobald mein Sohn Zaccur zurückkehrte.

Zack war damals mein Partner. Es gab keine festen Abmachungen zwischen uns — die Sache basierte auf gegenseitigem Vertrauen. Er war noch jung — hundertfünfzig Jahre oder so —, aber zuverlässig und klug, ein Sohn von Phyllis Briggs-Sperling aus meiner vorvorletzten Ehe. Eine großartige Frau, diese Phyllis, und eine brillante Mathematikerin. Wir hatten sieben Kinder, und alle sind intelligenter als ich. Aber ich komme vom Thema ab.

Wenn man im Pioniergeschäft Erfolg haben will, sind die Optimalerfordernisse ein geeignetes Schiff und zwei Partner, beide mit Kapitänspatent, beide befähigt, eine Kolonistengruppe zusammenzustellen und auf einen fremden Planeten zu führen — sonst kann man ebensogut eine Bande Stadtfräcke einsammeln und irgendwo in der Wildnis absetzen (was zu Beginn der Diaspora oft genug geschah).

Zack und ich organisierten die Sache richtig und wechselten uns bei der Arbeit ab. Einer wählte jeweils die Pioniere aus und brachte sie auf den vorgesehenen Planeten. Der andere übernahm dann die Führung, wenn das Schiff wieder gestartet war. Er fungierte nicht unbedingt als politischer Kopf; ich lehnte so etwas grundsätzlich ab, weil ich finde, daß man mit Reden nur seine kostbare Zeit verschwendet. Aber man mußte ein Typ sein, der einen unbeugsamen Überlebenswillen besaß — der sich an den neuen Planeten klammerte und ihm seine Schätze entriß: Vorbild und Ratgeber für die anderen.

Die erste Kolonistenwelle bringt kaum Profit; der Kapitän setzt die Leute ab und kehrt sofort um, weil bereits die nächste Gruppe auf ihn wartet. Die Reisekosten sind durch die Passagiertickets gedeckt; ein kleiner Gewinn ergibt sich vielleicht aus den Waren, die im Frachtraum des Schiffs mitgeführt werden und die der Partner an Land verkauft ... Mulis, Ackergeräte, Schweine, befruchtete Hühnereier und so fort. Keine leichte Aufgabe übrigens; man muß höllisch aufpassen, daß man nicht eines Tages ein Messer in den Rücken bekommt. Die Kolonisten haben anfangs schwer zu kämpfen und gelangen rasch zu der Überzeugung, daß sie bei dem Handel betrogen werden.

Minerva, ich habe sechs Kolonien ins Leben gerufen — und ich sage dir, daß ich niemals ohne Waffen aufs Feld hinausging.

Doch auf New Beginnings war diese rauhe Zeit vorbei. Die erste Welle hatte es geschafft, trotz jenes entsetzlichen Winters. Helen Mayberry war nicht die einzige, die ihren Mann verloren und einen Witwer geheiratet hatte. Aber jene, die durchkamen, trotzten Tod und Teufel. Die zweite Gruppe fand bereits eine fertige Siedlung vor.

Ich hatte meine Farm an Kolonisten dieser zweiten Gruppe verkauft und wandte mich dem Handel zu, um eine Fracht für die *Andy J.* zusammenzustellen, wenn Zack mit dem dritten Haufen landete. Ich beabsichtigte nämlich, New Beginnings diesmal zu verlassen. Ein festes Ziel hatte ich noch nicht vor Augen; diese Dinge wollte ich noch mit Zack besprechen. Inzwischen empfand ich Langeweile, und das kleine Mädchen brachte Abwechslung in meinen Alltag.

Dora begeisterte mich. Sie war ungewöhnlich intelligent und lernbegierig. Obendrein besaß sie eine entwaffnende Ehrlichkeit. Ich unterhielt mich lieber mit ihr als mit Erwachsenen.

Auch Helen Mayberry fühlte sich zu dem Kind hingezogen, und so übernahmen wir beide, ohne es recht zu merken, die Rolle von Eltern.

Nach einer längeren Diskussion beschlossen wir, Dora von der Beerdigung fernzuhalten. Wir ließen sie auch nicht am Gottesdienst teilnehmen. Ein paar Wochen später, als sich das Mädchen von dem Schock erholt hatte, nahm ich sie mit auf den Friedhof und zeigte ihr den neuen Grabstein.

Dora betrachtete ernst die eingemeißelten Namen. »Das heißt, daß Mama und Daddy nie mehr zurückkommen, nicht wahr?«

»Ja, Dora.«

»Das haben die Kinder in der Schule auch schon gesagt.«

»Ich weiß, Liebes. Tante Helen erzählte es mir. Und da dachte ich, es sei besser, wenn du das Grab selbst siehst.«

Sie warf noch einen Blick auf den Stein und nickte. »Ja, Onkel Gibbie. Danke.«

Sie weinte nicht, deshalb fand ich keine Gelegenheit, sie in die Arme zu nehmen und zu trösten. Mir fiel nichts anderes ein als: »Willst du jetzt gehen, Liebes?«

»Ja.«

Wir waren auf Bucks Rücken hergekommen. Das Muli wartete am Fuße des Friedhofshügels; es galt als ungeschriebenes Gesetz, Reittiere nicht mit zu den Gräbern zu nehmen, weil sie die Anlage zertrampelten. Ich fragte Dora, ob ich sie tragen sollte — Huckepack vielleicht. Sie wollte lieber laufen.

Auf halbem Weg blieb sie stehen. »Onkel Gibbie?«

»Ja, Dora?«

»Sag bitte Buck nichts davon.«

»Wie du willst.«

»Er würde vielleicht weinen.«

»Abgemacht! Wir sagen ihm kein Wort.«

Sie schwieg, bis wir wieder bei Mrs. Mayberrys Schule angelangt waren. Während der nächsten zwei Wochen zog sie sich ein wenig zurück. Ihre Eltern erwähnte sie mit keiner Silbe. Und sie bat mich nie, mit ihr zum Friedhofshügel zu reiten, obwohl wir fast jeden Nachmittag mit Buck unterwegs waren.

*

Etwa zwei Erdenjahre später landete die *Andy J.*, und Zack fragte mich bei einem Drink nach meinen künftigen Plänen. Ich erklärte ihm, daß ich New Beginnings im Moment noch nicht verlassen wolle. Er sah mich fassungslos an. »Lazarus, hast du den Verstand verloren?«

»Nenn mich nicht ›Lazarus‹!« entgegnete ich ruhig. »Der Name ist zu bekannt.«

»Wie du meinst.« Er zuckte mißmutig die Achseln. »Obwohl niemand außer dieser Mrs. Mayberry in der Nähe ist — und die hantiert gerade in der Küche herum. Hör mal — äh —, Gibbons, ich wollte eigentlich zwei Reisen nach Secundus machen. Unser Gewinn läßt sich dort sicherer anlegen als auf der Alten Erde.«

Ich pflichtete ihm bei.

Er schnitt eine Grimasse. »Das bedeutet jedoch, daß ich mindestens zehn Standardjahre nicht mehr hierherkommen kann — oder noch länger. Oh, wenn du darauf bestehst, tue ich es natürlich; du hast den Hauptanteil der Aktien. Aber das wäre Verschwendung. Sieh mal, Laz ... Ernest, falls du wirklich so an diesem Kind hängst, dann nimm es doch mit! Es kann inzwischen auf der Erde ein Internat besuchen. Oder auch auf Secundus — obwohl ich die Einwanderungsbestimmungen nicht genau kenne.«

Ich schüttelte den Kopf. »Was sind schon zehn Jahre? So lange halte ich den Atem an. Zack, ich will warten, bis Dora groß genug ist, um auf eigenen Füßen zu stehen. Es hat keinen Sinn, sie auf eine fremde Welt zu verpflanzen. Der Schock wäre zu groß — und sie hat in ihrem jungen Leben schon genug mitgemacht.«

»Die Entscheidung liegt bei dir. Sagen wir also zehn Jahre? Reicht das?«

»Ja — aber du brauchst dich nicht zu beeilen. Je später du kommst, desto besser wird die Fracht, die ich für dich zusammenstelle — nicht nur landwirtschaftliche Erzeugnisse wie diesmal.«

»Auf der Erde kannst du im Moment gar nichts anderes mehr als Nahrungsmittel verkaufen. Ich glaube, es lohnt sich bald nicht mehr, den Ursprungsplaneten der Menschheit anzufliegen.«

»So schlimm steht es?«

»Ja. Sie lernen einfach nicht aus ihren Fehlern. Wie ich hörte, hast du Schwierigkeiten mit deiner Bank. Brauchst du meine

Unterstützung? Ich sehne mich danach, die Ärmel aufzukrempeln und irgendwo dreinzuhauen.«

»Danke, Käpten«, wehrte ich ab. »Das ist nicht der richtige Weg. Wenn sich der Konflikt nur mit Gewalt lösen ließe, würde ich dich nach Secundus begleiten.«

Ernest Gibbons machte sich keine Sorgen um seine Bank. Er ließ die Dinge auf sich zukommen.

Seine Hauptbeschäftigung galt Dora, die ihm immer mehr ans Herz wuchs. Sie ritten täglich aus, und der Kleinen machte es besonderen Spaß, dabei laut zu singen. Nach einiger Zeit kannte sogar Buck das Lied vom ›Pfandhaus‹ und stampfte im Takt dazu.

Aber die Zeit verging, und allmählich wurde Dora zu groß, um mit Gibbons auf einem Sattel zu reiten. Der Bankier erstand eine Stute, sehr zur Freude von Buck, die er Beulah nannte.

Beulah sprach wenig, und sie sang auch nicht. Gibbons hegte den Verdacht, daß Bucks Nähe sie einschüchterte, denn wenn er allein mit ihr war, gab sie bereitwillig Antworten. Es ergab sich, daß Beulah Gibbons' Reittier wurde, denn Dora ließ sich nicht bewegen, auf Buck zu verzichten, obwohl sie im Grunde viel zu klein für den mächtigen Hengst war.

Nun, das änderte sich im Laufe der Jahre. Dora entwickelte sich zu einer hübschen jungen Dame, und Gibbons mußte von Zeit zu Zeit die Riemen der Steigbügel verlängern. Beulah bekam ein Fohlen; sie behielten es und nannten es ›Betty‹, und Dora machte es Spaß, dem kleinen Muli die ersten Worte beizubringen. —

Gibbons sah ihr versonnen nach, als sie mit flatterndem braunen Haar über die Felder preschte.

»Helen, hat sie schon Verehrer?« fragte er. Mrs. Mayberry begleitete ihn und Dora manchmal zu Picknicks, aber sie spürte allmählich ihre Jahre, und Gibbons mußte sie stützen, wenn sie vom Muli stieg.

»Du denkst wohl nur an das eine, du Wüstling«, lachte sie.

»Keine Ausfälle, meine Liebe! Ich habe um eine sachliche Auskunft gebeten.«

»Klar hat sie eine Menge Verehrer — und sie weiß es auch. Aber zerbrich dir nicht den Kopf darüber! Für diesen Punkt fühle ich mich zuständig. Außerdem ist sie ziemlich wählerisch. Sie nimmt nicht den erstbesten.«

*

Gibbons hatte viel Zeit zur Vorbereitung, bis das Gemurmel wegen seines Bankmonopols immer lauter und bösartiger wurde. Die Handelsbank von New Beginnings war eine Notenbank. Er (oder Zack) errichtete auf jedem neuen Planeten ein derartiges Institut. Eine aufstrebende Gemeinschaft benötigte Geld — Tauschhandel war zu schwerfällig.

So überraschte es ihn nicht, als die ehrenwerten Vertreter der Stadt um eine Aussprache baten. Auf diese Weise fing es immer an. Während er sorgfältig den Bart stutzte und seinen Schläfen einen Anflug von Grau verlieh, dachte er darüber nach, wie oft er diese Diskussionen schon mitgemacht hatte. Würden die Politiker heute den üblichen Unsinn auftischen, oder ließen sie sich einmal etwas Neues einfallen? Er hoffte es, aber er rechnete nicht damit.

Gibbons war ziemlich sicher, daß es zu keinen Tätlichkeiten kommen würde, aber er legte vorsichtshalber seine Waffen an. Einmal hatte er die Stimmung des Volkes zu optimistisch eingeschätzt — und diesen Fehler wollte er nicht wiederholen.

Er versteckte ein paar Dinge, schloß andere in seinen Schreibtisch, setzte eine Reihe von technischen Spielereien in Betrieb und verließ die Wohnung durch das Waldorf, um dem Barkeeper zu sagen, daß er ›ein paar Minuten‹ fort sei.

Drei Stunden später wußte er, daß auch den Vertretern dieser Kolonie nichts Neues eingefallen war. Jim ›Duke‹ Warwick, der Sprecher des Rates, räusperte sich und meinte: »Kommen wir nun zum Ende der Debatte! Ernie, wir stellen hiermit den Antrag, die Handelsbank von New Beginnings zu ... äh ... verstaatlichen. Sie gehören zwar nicht dem Rat an, aber da Sie der Hauptbetroffene sind, wollten wir Ihnen doch die Möglichkeit zu einer Stellungnahme geben. Haben Sie etwas gegen unseren Vorschlag einzuwenden?«

»Aber nein, gar nichts, Jim! Tut, was ihr für richtig haltet!«

»Wie? Das ... das ist doch nicht Ihr Ernst?«

»Ich habe nichts dagegen einzuwenden, daß die Bank verstaatlicht wird. Wenn das alles war, dann können wir die Angelegenheit vertagen und endlich ins Bett gehen.«

Aus den Zuschauerreihen kamen die ersten Proteste. »He — wie ist das mit dem neuen Geld von New Pittsburgh?«

»Stimmen die Gerüchte, daß die Kreditzinsen erhöht werden?«

Der Sprecher versuchte zu beschwichtigen. »Immer mit der Ruhe! Ernie wird euch die Fragen beantworten.«

»Irrtum, Jim!« widersprach Gibbons. »Da ihr die Bank verstaatlicht, ist es doch sinnvoller, wenn der Schatzkanzler oder Bankpräsident — oder wie ihr den neuen Vorsitzenden nennen wollt — Auskünfte gibt. Wer übernimmt das Amt denn? Der Kandidat könnte sich zumindest vorstellen.«

Warwick schlug mit der flachen Hand auf das Rednerpult. Die Zwischenrufe verstummten. »Soweit sind wir noch nicht, Ernie. Bis zur Abstimmung — wenn es dazu überhaupt kommt — bildet der gesamte Rat so etwas wie einen Finanzausschuß.«

»Nur zu — tut euch keinen Zwang an! Ich mache den Laden dicht.«

»Was wollen Sie damit sagen?«

»Ganz einfach — daß ich die Bank aufgebe. Niemand mag es, wenn er von seinen Nachbarn angefeindet wird. Den Bewohnern von Top Dollar paßt mein Geschäftsstil nicht, sonst wäre diese Versammlung nie einberufen worden. Ich ziehe die Konsequenzen daraus. Ab morgen bleibt die Bank geschlossen. Allerdings würde ich verdammt gern wissen, welche Währung in Zukunft gilt und was sie wert ist — deshalb habe ich mich nach dem Schatzkanzler erkundigt.«

Einen Moment lang herrschte Totenstille. Dann schwirrten die Fragen so durcheinander, daß der Sprecher sich gegen den Lärm nicht durchzusetzen vermochte.

»Was wird aus meinem Saatkredit?« — »Sie schulden mir noch Geld!« — »Ich habe Hank Brofsky ein Muli auf Schuldschein verkauft. Wo löse ich den Fetzen ein?« — »Das *dürfen* Sie uns nicht antun!«

Gibbons ließ sich nichts anmerken, daß er sprungbereit war. Jim Warwick stand der Schweiß auf der Stirn, als die Menge endlich wieder schwieg. »Ernie, ich glaube, Sie sind uns ein paar Erklärungen schuldig.«

»Okay, Duke. Die Liquidation erfolgt ordnungsgemäß, wenn ihr mich nicht daran hindert. Wer ein Guthaben besitzt, bekommt es ausgezahlt — in Banknoten, denn ich habe Banknoten erhalten. Wer der Bank Geld schuldet — nun, ich weiß auch nicht; das hängt von der Politik des künftigen Präsidiums ab. Einen Schritt behalte ich mir allerdings vor: Die Handelsstation von Top Dollar kauft nicht mehr für Banknoten, da sie vielleicht wertlos sind. Wir kehren zurück zum Tauschgeschäft. Wir *verkaufen* noch Geld, aber ich habe, bevor ich hierherkam, die Preisschilder von den Waren entfernt. Diese Waren stellen im Moment meinen einzigen Besitz dar, mit dem ich meine Banknoten, die im Umlauf sind, einlösen kann. Möglicherweise muß ich teurer als bisher verkaufen — das kommt ganz darauf an, ob ihr die Bank wirklich ›verstaatlicht‹ oder einfach ›konfisziert‹.«

Gibbons benötigte ein paar Tage, um Warwick in die Grundbegriffe des Bankwesens einzuführen. Er tat es mit Geduld und Humor. Duke Warwick war nichts anderes übriggeblieben, als sich mit den Geldgeschäften vertraut zu machen; die anderen Ratsmitglieder hatten sich mit allerlei Ausreden vor der Aufgabe gedrückt. Oh, es gab einen Kandidaten für das Amt des Bankpräsidenten, der nicht dem Rat angehörte und angeblich etwas vom Fach verstand: der Farmer Clyde Leamer. Leider fand seine Bewerbung kein Gehör.

Warwick erlebte seinen ersten Schock bei der Inventur, als er zusammen mit Gibbons den Safe öffnete. »Ernie, wo ist all das Geld?«

»Welches Geld, Duke?«

»*Welches* Geld? Also, die Kontenbücher hier zeigen, daß Sie Tausende und Abertausende eingenommen haben. Schon allein Ihre Handelsstation weist eine Bilanz von einer knappen Million auf. Und ich weiß, daß Sie von drei oder vier Dutzend Farmern Hypotheken kassieren — und seit einem Jahr auch noch Kredite erteilen. Das war übrigens einer der Hauptschwerpunkte, Ernie — daß alles Geld in die Bank strömte und nicht wieder herauskam. Die Scheine werden schon knapp. Wo ist also das Geld, Mann?«

»Ich habe es verbrannt«, entgegnete Gibbons gutgelaunt.

»*Was?*«

»Sicher. Es stapelte sich immer höher, bis ich keinen Platz mehr dafür hatte. Außerhalb des Safes wollte ich es nicht lassen — Gelegenheit macht Diebe, und ein Diebstahl hätte mich ruiniert. So kam ich auf den Gedanken, das Zeug zu verbrennen. Eine absolut sichere Methode . . .«

»Du lieber Gott!«

»Was haben Sie denn, Duke? Es ist Altpapier — mehr nicht!«

»Altpapier — unser *Geld!*«

»Was ist Geld, Duke? Haben Sie zufällig zehn Dollar einstecken?« Warwick, immer noch völlig verwirrt, kramte einen zerknitterten Schein aus der Tasche. »Lesen Sie, Duke!« fuhr Gibbons fort. »Achten Sie nicht auf die hübschen Schnörkel und das bunte Bild — lesen Sie, was darauf steht!«

»Zehn Dollar.«

»Ja. Aber noch wichtiger ist das Kleingedruckte: Die Bank verpflichtet sich, diese Note zum Nennwert als Zahlungsmittel zu akzeptieren, falls damit Schulden gegenüber der Bank beglichen werden.« Gibbons holte einen Tausend-Dollar-Schein aus der Tasche und hielt ein brennendes Streichholz daran. Warwick betrachtete das Schauspiel entsetzt und fasziniert zugleich. Gibbons blies die Asche von seinen Fingern. »Altpapier, Duke, solange es sich in meinem Besitz befindet. Aber wenn ich es in Umlauf bringe, wird es zu einem Wechsel, den *ich* einlösen muß! Einen Augenblick — ich schreibe rasch die Seriennummer auf. So weiß ich stets, wieviel Geld noch zirkuliert. Eine ganze Menge — doch ich kenne die Summe auf den Dollar genau. Wie wird das übrigens mit Krediten, die ich ausgeliehen habe und die nun an die Bank zurückfließen? Wer erhält das Geld — Sie oder ich?«

Warwick sah ihn hilflos an. »Ernie, woher soll ich das wissen? Ich habe mein Leben lang als Mechaniker gearbeitet. Aber Sie waren selbst bei der Versammlung und haben das Geschrei der Leute gehört...«

»Ja. Das Volk erwartet immer, daß eine Regierung Wunder wirkt. Kommen Sie, Duke — wir reden drüben im Waldorf bei einem Glas Bier weiter.«

»...sollte es zumindest sein, Duke. Ein öffentliches Buchhaltungs- und Kreditsystem mit einem stabilen Zahlungsmittel. Sobald Sie mehr daraus zu machen versuchen, spielen Sie mit dem Vermögen anderer Leute — bestehlen Sie Peter, um Paul auszuzahlen.

Duke, ich tat, was ich konnte, um den Dollar hier stabil zu halten — indem ich die Preise stabil hielt — , ganz besonders für Saatgut. Seit über zwanzig Jahren zahlt die Handelsniederlassung von Top Dollar den gleichen Preis für Saatgut und verkauft es mit der gleichen Spanne — obwohl ich mit dieser Politik manchmal Verluste erlitt. Saatgut ist nicht die beste Währung; das Zeug verdirbt zu leicht. Aber wir besitzen weder Gold noch Uran, und *irgendeine* Währungsgrundlage brauchten wir ja.

Passen Sie auf, Duke! Sobald Sie eine genossenschaftliche Bank eröffnen, werden von allen Seiten Forderungen auf Sie einprasseln. Sie sollen die Zinsen senken, mehr Banknoten ausgeben, den Farmern hohe Verkaufspreise und niedrige Einkaufspreise garantieren und so fort. Junge, man wird Ihnen schlimmere Ausdrücke an den Kopf werfen als mir — ganz egal, *was* Sie tun!«

»Ernie, Sie wissen in diesen Dingen viel besser Bescheid als ich — warum übernehmen Sie nicht das Amt des Bankpräsidenten?«

Gibbons lachte dröhnend. »Kommt nicht in Frage, mein Lieber! Ich habe mich mehr als zwanzig Jahre mit diesem Job abgeplagt; jetzt sind Sie an der Reihe. Außerdem — wenn Sie durchsetzen, daß ich wieder als Bankier eingestellt werde, lyncht das Volk uns *beide*.«

Veränderungen. Helen Mayberry heiratete den Witwer Parkinson und zog mit ihm in ein kleines Haus neben der Farm, die von zweien seiner Söhne bewirtschaftet wurde; Dora Brandon unterrichtete jetzt die Kinder in ›Mrs. Mayberrys Grundschule‹. Ernest Gibbons war stiller Teilhaber von Ricks General Store, während er in seinen eigenen Lagerhäusern die Güter stapelte, die er an Bord der *Andy J.* zu bringen gedachte. Wenn Zack zurückkam ...

Gibbons erwartete das Schiff allmählich mit Ungeduld, denn die neue Inventarsteuer fraß ein Loch in sein Vermögen. Dazu kam eine schleichende Inflation. Wenn sein Sohn sich nicht beeilte, wurde das Frachtgeschäft ein Verlust.

Endlich tauchte die *Andy J.* am Himmel von New Beginnings auf, und Kapitän Zaccur Briggs kam mit der ersten Fähre nach unten. Die Siedler, die er mitbrachte, waren gebrechliche alte Leute.

Gibbons schwieg, bis sie allein waren.

»Zack, wo um Himmels willen hast du denn diese wandelnden Leichen aufgegabelt?«

»Nenne es Barmherzigkeit, Ernie. Und verlange nie mehr von mir, daß ich auf der Erde lande! Ein grausamer Planet. Wer älter als fünfundsiebzig ist, wird offiziell für tot erklärt. Seine Kinder erben, er hat nicht mehr das Recht auf eigenen Besitz, seine Rationsmarken werden eingezogen — und jeder, der Lust hat, kann ihn ungestraft töten. Meine Passagiere stammen nicht von der Erde; ihnen war die Flucht nach Luna City geglückt, und ich nahm so viele wie möglich mit. Die meisten bezahlten mit Medikamenten oder Eisenwaren; ich glaube nicht, daß unser Verlust hoch ist.«

»Zack, du redest Unsinn. Geld zu gewinnen oder Geld zu verlieren — darauf kommt es nicht an. Man muß nur Freude an der

Sache haben. Und nun sag mir, welche neue Reiseroute du planst, damit ich die Fracht entsprechend zusammenstellen kann. Während du das Beladen übernimmst, breche ich hier in Top Dollar meine Zelte ab.« Er sah Zack nachdenklich an. »Die neue Entwicklung bedeutet, daß es hier auf New Beginnings nicht so rasch eine Howard-Klinik geben wird, was?«

»Das steht fest, Ernest. Falls einer der Howards hier in nächster Zeit eine Verjüngung benötigt, soll er am besten mit uns kommen; alle Wege führen irgendwie nach Secundus. Dann bist du also fest entschlossen, mich diesmal zu begleiten? Hast du deine Vaterpflichten brav erfüllt? Was ist übrigens aus dem kleinen Mädchen geworden?«

Gibbons lachte. »Sie lebt hier im Ort; aber ich stelle sie dir lieber nicht vor. Ich kenne dich zu gut, mein Junge!«

Die Ankunft von Kapitän Briggs brachte es mit sich, daß Gibbons drei Tage lang seine Ausritte mit Dora Brandon versäumte. Als er am vierten Tag nach Schulschluß auf sie wartete, empfing sie ihn mit einem strahlenden Lächeln. »Ich dachte schon, du kämst nicht mehr. Einen Augenblick — ich ziehe mich nur rasch um.«

Sie verließen die Stadt. Gibbons ritt wie gewohnt Beulah, aber Dora hatte Betty den Sattel aufgelegt, weil Buck allmählich zu alt für Lasten wurde. Der Hengst begleitete sie jedoch.

Auf einem sonnigen Hügel machten sie Rast. »Warum so still, meine kleine Dora?« fragte Gibbons. »Buck hat heute mehr erzählt als du.«

Sie drehte sich im Sattel um und sah ihn an. »Wie oft werden wir noch gemeinsam ausreiten, Lazarus?«

»*Wie nennst du mich?*«

»Lazarus. Mit ›Onkel Gibbie‹ und ›Klein-Dora‹ ist es endgültig vorbei.« Sie lächelte. »Ich weiß seit etwa zwei Jahren, wer du bist — und vermutet hatte ich es schon länger —, ich meine, vermutet, daß du einer dieser Methusalems bist. Natürlich sprach ich mit keinem Menschen darüber und werde es auch in Zukunft nicht tun.«

»Das ist nicht notwendig, Dora; ich wollte dich nur nicht mit diesem Wissen belasten. Wie habe ich mich verraten? Ich war doch so vorsichtig...«

»Das stimmt. Aber ich hatte seit meiner frühesten Kindheit Tag für Tag engen Kontakt mit dir. Es waren Kleinigkeiten — Dinge, die ein Fremder nicht wahrnimmt.«

»Nun, ja — eigentlich hat es mich gewundert, daß ich die Maskerade so lange aufrechterhalten konnte. Weiß Helen die Wahrheit?«

»Vermutlich. Wir sprachen nie darüber.«

»Und wie bist du auf den Namen ›Lazarus‹ gestoßen?«

»Ein reiner Zufall. Ich sah mir in der Stadtbücherei eines dieser Mikrobücher an, die man in die Lesemaschine einspannen muß. Und auf einmal entdeckte ich das Foto. Ich betrachtete es erst ganz flüchtig — doch dann durchzuckte mich ein Gedanke, und ich schaltete die Vergrößerung ein. Du hattest keinen Schnurrbart, und dein Haar war länger ... aber je genauer ich hinschaute, desto fester war ich davon überzeugt, daß ich ein Foto meines geliebten Pflegeonkels vor mir hatte. Nur — die letzte Sicherheit fehlte mir, und fragen konnte ich nicht.«

»Warum nicht, Dora? Ich hätte dir die Wahrheit gesagt.«

»Wenn du diesen Namen geheimhalten wolltest, hattest du sicher einen Grund dafür. Du tust nichts ohne reifliche Überlegung. Das erkannte ich schon, als ich noch so klein war, daß ich vor dir im Sattel sitzen konnte. So schwieg ich. Bis ... bis heute eben. Weil ich weiß, daß du fortgehst.«

»Habe ich gesagt, daß ich fortgehe?«

»Bitte, Lazarus! Erinnerst du dich an die Geschichte, die du mir einmal erzählt hast? Daß du als kleiner Junge immer wissen wolltest, wohin die Wildgänse zogen. Ich hatte damals keine Ahnung, was eine Wildgans ist — du zeigtest mir ein Bild, weißt du noch? Mir ist klar, daß es dich längst wieder fortzieht. Ich spüre es seit drei oder vier Jahren. Du hörst den Ruf der Wildgänse in deinem Innern. Und jetzt ist das Schiff da, und die Sehnsucht wird immer größer, nicht wahr?«

»Dora!«

»Bitte nicht. Ich will dich auch gar nicht zurückhalten. Aber bevor du gehst, sollst du mir einen Wunsch erfüllen.«

»Was denn, Dora? Äh ... ich wollte noch nicht davon anfangen, aber ich habe bei John Magee einen kleinen Besitz für dich erworben. Das müßte reichen, um ...«

»Bitte, bitte nicht! Ich bin erwachsen und stehe auf eigenen Beinen. Mein Wunsch hat nichts mit solchen Dingen zu tun.« Sie sah ihm ruhig in die Augen. »Lazarus, ich will ein Kind von dir.«

Lazarus Long atmete tief durch. Sein Puls raste wie verrückt. »Dora, Liebes, du bist doch selbst noch ein halbes Kind. Es ist zu früh, an so etwas zu denken. Eine Ehe ...«

»Ich habe nicht verlangt, daß du mich heiratest.«

»Ich wollte sagen, daß du in drei, vier Jahren vielleicht den Wunsch verspürst, eine Ehe einzugehen. Dann wirst du froh sein, wenn du *kein* Kind von mir hast.«

»Du schlägst mir meine Bitte also ab?«

»Ich versuche dir klarzumachen, daß du keine vorschnelle Entscheidung treffen sollst. Der Abschiedsschmerz bringt dich ein wenig durcheinander...«

Sie saß sehr aufrecht im Sattel. »Es ist keine vorschnelle Entscheidung. Ich faßte den Plan schon vor langer Zeit — noch bevor ich wußte, daß du ein... Howard bist. Ich sprach mit Tante Helen darüber, und sie erklärte, ich sei ein albernes junges Ding. Aber inzwischen bin ich sehr viel älter, und ich weiß genau, was ich tue. Lazarus, ich will *sonst nichts*. Es kann mit Dr. Krausmeyers Hilfe geschehen oder...« Sie stockte ein wenig. »... auf die übliche Weise.« Nach einer kleinen Pause fügte sie mit einem Lächeln hinzu: »Aber es muß *schnell* geschehen. Ich kenne den Zeitplan des Schiffes nicht, doch ich kenne meinen eigenen.«

Gibbons dachte einen Moment lang über gewisse Faktoren nach. »Dora...«

»Ja, Ernest?«

»Ich heiße weder Ernest noch Lazarus. Mein richtiger Name lautet Woodrow Wilson Smith. Und da es mit ›Onkel Gibbie‹ ein für allemal aus ist — darin gebe ich dir recht —, kannst du mich ebensogut ›Woodrow‹ nennen.«

»Gut, Woodrow.«

»Willst du wissen, weshalb ich meinen Namen ändern mußte?«

»Nein.«

»Hm — was dann? Mein Alter?«

»Nein.«

»Aber du möchtest unbedingt ein Kind von mir?«

»Ja.«

»Willst du mich heiraten?«

Sie zuckte zusammen, doch gleich darauf hatte sie sich wieder in der Gewalt.

»Nein, Woodrow.«

Minerva, an dieser Stelle hatten Dora und ich beinahe unseren ersten — und einzigen — Streit. Sie war eine sanfte, liebenswerte kleine Person, aber sie besaß die gleiche Sturheit wie ich. Wenn sie von irgendeiner Sache eine feste Vorstellung hatte, dann rückte sie um keinen Millimeter davon ab. Auf Diskussionen ließ sie sich gar nicht erst ein. Ich glaubte ihr, daß sie ihren Entschluß schon vor langer Zeit gefaßt hatte.

Was mich betraf, so machte ich ihr nicht aus einem Impuls heraus einen Heiratsantrag. Das erscheint nur so. Eine übersättigte Lösung bildet von einem Moment zum anderen Kristalle — und der Vergleich paßt gut auf meinen damaligen Zustand. Ich hatte bereits Jahre zuvor das Interesse an jener Kolonie verloren. Sie stellte keine echte Herausforderung mehr dar. Ich brannte darauf, etwas Neues zu tun. So redete ich mir ein, daß Zacks Rückkehr alles ändern würde. Doch als die *Andy J.* dann mit zwei Jahren Verspätung in eine Parkbahn um New Beginnings einschwenkte, da erkannte ich, daß meine Sehnsucht nicht dem Raum und fernen Planeten galt.

Ich liebte Dora.

Gewiß, ich bemühte mich, ihr den Entschluß auszureden, aber ich spielte dabei die Rolle eines *Advocatus diaboli*. Insgeheim schmiedete ich schon Pläne für die Zukunft.

»Weshalb nicht, Dora?«

»Das sagte ich dir bereits. Du gehst fort, und ich habe nicht die Absicht, dich zurückzuhalten.«

»Das würdest du auch nicht schaffen. Bis jetzt hat mich noch niemand gegen meinen Willen zurückgehalten, Dora. Aber — ohne Heirat kein Kind!«

Sie warf ihm einen nachdenklichen Blick zu. »Weshalb bestehst du auf einer Trauzeremonie, Woodrow? Damit das Kind deinen Namen trägt? Ich lege nicht unbedingt Wert darauf, als Raumfahrerbraut zu gelten, aber wenn du nicht nachgibst, reiten wir eben in die Stadt und suchen den Ratssprecher auf. Nur sollte es sofort sein ...«

»Mädchen, du redest zuviel.« Sie gab keine Antwort, und er fuhr fort: »Eine Trauzeremonie ist mir verdammt egal — besonders eine in Top Dollar.«

Sie zögerte.

»Dann ... dann verstehe ich dich nicht ...«

»Dora, ich begnüge mich nicht mit einem Kind. Du wirst ein halbes Dutzend Kinder oder noch mehr von mir bekommen. Irgendwelche Einwände?«

»Ja, Woodrow — ich meine, nein. Ganz wie du willst. Ein halbes Dutzend Kinder oder mehr.«

»Es wird aber eine Weile dauern, bis wir das geschafft haben,

Dora. Wie oft soll ich hier aufkreuzen? Alle zwei Jahre?«

»Das überlasse ich dir, Woodrow. Ich bestehe nur darauf, daß wir *sofort* beginnen.«

»Verrücktes kleines Ding! Ich glaube, du würdest tatsächlich darauf eingehen ...«

»Ich *werde* darauf eingehen — wenn das dein Vorschlag ist.«

»Unsinn.« Er nahm ihre Hand. »Dora — willst du mir nachfolgen und mich begleiten auf allen meinen Wegen?«

Sie warf ihm einen verwirrten Blick zu, doch dann erwiderte sie fest: »Ja, Woodrow — wenn du das wirklich möchtest.«

»Knüpfe keine Bedingungen daran! Willst du oder willst du nicht?«

»Ich will.«

»Falls es zu einer kritischen Situation kommt — wirst du ohne Zögern tun, was ich von dir verlange?«

»Ja, Woodrow.«

»Willst du mir Kinder gebären und mein Weib sein, bis daß der Tod uns scheidet?«

»Ja.«

»Dann komm her und küß mich! Wir sind verheiratet.«

»Wirklich?«

»Jawohl. Oh, du kannst später jede Trauzeremonie bekommen, die du dir wünschst. Aber jetzt küß mich!« Sie gehorchte.

Ziemlich viel später sagte er: »He, fall nicht aus dem Sattel! Ruhig, Betty! Ruhig, Beulah! — Dorabelle, wer hat dich in die Kunst des Küssens eingewiesen?«

»Du hast mich seit Jahren nicht mehr Dorabelle genannt.«

»Ich habe dich auch seit Jahren nicht mehr geküßt. Aus gutem Grund. Aber du weichst meiner Frage aus.«

»Muß ich sie beantworten? Wer immer es war — es geschah vor meiner Heirat.«

»Hmm — Sie werden von meinem Anwalt hören, gnädige Frau!« Er lachte. »Ein Vorschlag zur Güte: Du stellst mir keine Fragen über meine Vergangenheit, und ich sehe davon ab, dein sündiges Vorleben zu durchleuchten. Einverstanden?«

»Sehr.«

»Und nun gib mir noch einen deiner gekonnten Küsse!«

Als sie sich trennten, fragte Woodrow leise: »Wohin gehen wir? In meine Wohnung? Oder zu dir?«

Dora schüttelte lächelnd den Kopf. »Das Wäldchen dort drüben ist näher, Woodrow.«

*

Es war fast dunkel, als sie in die Stadt zurückritten. Als sie am ehemaligen Harper-Anwesen vorüberkamen, fragte Woodrow Wilson Smith: »Dora . . .?«

»Ja, Woodrow?«

»Willst du eine öffentliche Trauung?«

»Nur wenn du es für notwendig hältst. Ich fühle mich *sehr* verheiratet.«

»Und du hast keine Lust, mit einem jüngeren Mann durchzubrennen?«

»Ist das eine rhetorische Frage? — Nein, Woodrow.«

»Dieser junge Mann ist ein Einwanderer, der vermutlich erst mit der letzten Fähre an Land kommt. Er dürfte so groß sein wie ich, aber er hat schwarzes Haar und einen dunkleren Hautton als ich. Sein Alter? Schwer zu schätzen. Etwa halb so alt wie ich. Glattrasiert. Seine Freunde nennen ihn ›Bill‹. Oder ›Woodie‹. Käpten Briggs behauptet, daß Bill eine Schwäche für junge Lehrerinnen hat.«

Sie schien darüber nachzudenken. »Wenn ich die Augen schließe und ihn küsse, würde ich ihn dann erkennen?«

»Möglich, Dorabelle. Sogar sehr wahrscheinlich. Ernest Gibbons wird noch drei oder vier Tage benötigen, bis er seine Angelegenheiten hier auf New Beginnings geregelt hat. Dann verabschiedet er sich von den Leuten — auch von seiner Pflegenichte, der überständigen alten Jungfer Dora Brandon. Zwei Tage darauf kommt dieser Bill Smith mit der letzten Fähre vom Schiff. Bis dahin hast du deine Sachen am besten gepackt, denn Bill wird irgendwann am Schulhaus vorbeifahren — vielleicht kurz vor Sonnenaufgang — und dich mit nach New Pittsburgh nehmen.«

»New Pittsburgh — gut, ich werde warten.«

»Aber wir bleiben auch dort nicht länger als ein paar Tage. Dann geht es weiter, vorbei an Separation in Richtung Elends-Paß. Wie gefällt dir das?«

»Ich gehe, wohin du gehst.«

»Du weichst meiner Frage aus. Es wird eine harte Zeit für dich sein. Ohne Freunde, ohne Nachbarn. Völlig allein. Bedroht von Loppern und Drachen und anderen wilden Tieren . . .«

»Ich habe keine Angst vor der Einsamkeit. Ich werde kochen und dir auf dem Hof helfen und meine Kinder großziehen . . . und sobald ich drei davon habe, eröffne ich ›Mrs. Smiths Grundschule‹.«

»Na, dann bedaure ich dich jetzt schon. Meine Kinder sind

immer eine Teufelsbrut, Dora. Du wirst ihnen mit dem Knüppel in der Hand das Einmaleins beibringen müssen.«

»Das bin ich gewohnt. Einige der Lümmel von Top Dollar sind größer und kräftiger als ich — aber ich schaffe sie spielend.«

»Dora, wir müssen nicht unbedingt den Elends-Paß in Angriff nehmen. Wenn du es vorziehst, auf Secundus zu leben, gehen wir an Bord der *Andy J.* Kapitän Briggs hat mir berichtet, daß die Bevölkerung dort inzwischen auf über zwanzig Millionen angestiegen ist. Du könntest ein hübsches Haus haben. Mit Bad und Toilette. Und einen Blumengarten anstatt steiniger Äkker. Eine Klinik mit richtigen Ärzten, wenn deine Babys auf die Welt kommen. Sicherheit und Komfort.«

»Secundus — das ist der Planet, auf den die Howards auswanderten, nicht wahr?«

»Etwa zwei Drittel, ja. Einige sind auch hier. Aber wir sprechen nicht gern davon, denn wenn man in der Minderzahl ist, bringt es Gefahren mit sich, ein Howard zu sein. Dora, du mußt dich nicht sofort entscheiden. Das Schiff bleibt im Orbit, solange ich es will. Wochen. Monate.«

»Du liebe Güte! Du kannst es dir leisten, ein Sternenschiff zurückzuhalten? Was sagt Kapitän Briggs dazu?«

Woodrow lachte. »Ich war so lange allein, daß ich mich erst wieder daran gewöhnen muß, meine Geheimnisse mit einer Frau zu teilen. Ich besitze sechzig Prozent der *Andy J.*, Dora. Zack Briggs ist mein Junior-Partner. Und mein Sohn. Dein Stiefsohn, sozusagen.«

Sie antwortete nicht gleich.

»Was ist los, Dora?« fragte er. »Habe ich dich erschreckt?«

»Nein, Woodrow. Es dauert nur eine Weile, bis ich all die neuen Ideen verarbeitet habe. Natürlich warst du schon einige Male verheiratet — du bist ein Howard. Ich dachte nur bisher nicht daran, das ist alles. Söhne, hmm. Und sicher auch Töchter . . .«

»Ja, auch Töchter. Dora, auf Secundus gibt es noch mehr als Komfort und Sicherheit. Eine Verjüngungsklinik zum Beispiel . . .«

»Oh — brauchst du in nächster Zeit eine Behandlung, Woodrow?«

»Nein, nein. Ich hatte an dich gedacht, Liebling.«

Sie zögerte lange mit der Anwort. »Das würde mich nicht zu einer Howard machen.«

»Nun, das nicht. Aber die Verjüngungsmethoden helfen auch manchen Menschen mit normaler Lebensspanne. Wir wissen noch nichts Genaues darüber — nur, daß man die Jahre etwa verdoppeln kann. Erinnerst du dich zufällig, welches Alter deine Großeltern erreichten?«

»Ich weiß nicht einmal, wie sie hießen, Woodrow. Woher auch?«

»Das läßt sich herausfinden. Das Schiffsarchiv enthält alle Unterlagen über sämtliche Auswanderer, die nach New Beginnings kamen. Ich werde Zack — Kapitän Briggs — bitten, mir sofort die Daten deiner Eltern herauszusuchen. Vielleicht läßt sich die Spur bis auf die Erde zurückverfolgen. Dann ...«

»Nein, Woodrow.«

»Warum nicht, Liebling?«

»Ich brauche es nicht zu wissen. Ich *will* es nicht wissen. Vor ein paar Jahren, kurz nachdem ich erkannt hatte, daß du ein Howard bist, legte ich mir eine Theorie zurecht. Im Grunde leben die Howards nämlich auch nicht länger als wir ›Normalmenschen‹.«

»Wie meinst du das?«

»Nun, wir haben alle die Vergangenheit, die Gegenwart und die Zukunft. Die Vergangenheit besteht aus Erinnerungen, mehr nicht. Ich kann mich nicht an den Zeitpunkt erinnern, als ich entstand — als es mich *nicht gab*. Kannst du es?«

»Nein.«

»In diesem Punkt sind wir also gleich. Oh, gewiß, du besitzt mehr Erinnerungen als ich; du bist älter. Aber die Erlebnisse selbst sind *vorbei*. Die Zukunft? Sie hat noch nicht begonnen, und niemand weiß, was sie bringt. Vielleicht lebst du länger als ich — vielleicht geschieht es aber auch umgekehrt. Oder wir finden zur gleichen Zeit den Tod. Wir können es nicht vorhersehen. Was wir beide haben, ist das *Jetzt* ... und wir haben es gemeinsam. Das macht mich glücklich.«

»Mich auch, Dorabelle.«

»Nur eines, Woodrow.« Sie wirkte ein wenig verlegen. »Ich weiß, daß ich versprochen habe, mich nicht um dein Vorleben zu kümmern, aber ...«

»Frag nur, Mädchen! Ich verweigere die Aussage, wenn das Verhör zu unangenehm wird.«

»Ich hätte gern etwas mehr über Kapitän Briggs' Mutter erfahren — deine frühere Frau ...«

»Phyllis? Mit vollem Namen heißt sie Phyllis Briggs-Sperling.

Nicht zu vergleichen mit dir. Aber ein sehr nettes Mädchen. Was willst du genau wissen?«

»Ich — ich komme mir so neugierig vor.«

»Das bist du auch. Aber mich stört es nicht und Phyllis vermutlich auch nicht. Liebling, das ist doch schon Jahrhunderte her.«

»Oh — ist sie tot?«

»Nicht, daß ich wüßte. Zack hätte es mir wohl gesagt; er war vor kurzem auf Secundus. Aber ich blieb nicht mit ihr in Verbindung, nachdem sie sich von mir scheiden ließ.«

»*Sie* ließ sich scheiden? Die Frau hat keinen Geschmack.«

»Dora, Dora! Als ich das letzte Mal auf Secundus war, luden sie und ihr Mann mich zum Essen ein. Sie machte sich sogar die Mühe, unsere gemeinsamen Kinder zusammenzutrommeln — ein echtes Familientreffen. Nett von ihr. Sie ist übrigens auch Lehrerin.«

»Ja?«

»Professor für Mathematik an der Howard-Universität von Neu-Rom. Wenn wir hinkommen, besuchen wir sie, ja? Dann kannst du dir selbst ein Bild von ihr machen.«

Dora gab keine Antwort. Sie tätschelte Beulah, und das Tier setzte sich in Bewegung. Buck murmelte: »*Abend . . . ess-ssen!*«

»Lazarus . . .«

»Vorsicht mit diesem Namen, Liebes!«

»Hier kann uns keiner hören. Lazarus, wenn du es mir freistellst — ich möchte nicht auf Secundus leben.«

VARIATIONEN ÜBER EIN THEMA

XII. Die Geschichte von der Adoptivtochter (Fortsetzung)

Separation lag weit hinter ihnen. Seit drei Wochen war der kleine Treck — zwei Wagen mit zwölf Mulis im Geschirr und vier zum Auswechseln — in Richtung Rampart Range unterwegs. Sie hatten die Prärien des Hochlands erreicht und erkannten in der Ferne den Einschnitt des Elends-Passes. Die sechzehn Mulis waren nicht die einzigen Tiere, die den beschwerlichen Weg mitmachten. Dora und Woodrow Smith hatten eine Deutsche Schäferhündin und einen jungen Rüden gekauft, dazu zwei Katzen und einen Kater, eine Ziege mit zwei Jungen und einen Bock, zwei Hähne und sechs Hennen und eine trächtige Sau.

Ein Schwangerschaftstest, kurz vor der Abreise an Mrs. Smith durchgeführt, hatte sich als positiv erwiesen. Woodrow war erleichtert darüber. Es hatte keinen Sinn, eine neue Existenz weitab jeder Zivilisation aufzubauen, wenn ein Paar unfruchtbar blieb.

Bei der Gelegenheit hatte er einen Blick in Doc Krausmeyers schlampig geführte Kartei geworfen und die Eintragungen über Doras Eltern gelesen. Sie enthielten nichts Beunruhigendes.

Woodrow Smith besaß einen festen Zeitplan. Wenn sie bis zu dem Moment, wo die Sau ausschüttete, keinen geeigneten Platz für ihre Farm gefunden hatten, kehrten sie um — denn dann konnten sie Separation noch vor Doras Niederkunft wieder erreichen.

Die Muttersau war in einem Verschlag am Ende des zweiten Wagens untergebracht. Die Hunde jagten über die Prärie und warnten mit lautem Gekläff vor Loppern oder anderen Gefahren. Die Katzen strolchten umher, wie es ihnen gefiel; zum Schlafen rollten sie sich in einem Winkel der Wagen zusammen. Die Ziegen blieben stets in der Nähe der hohen Speichenräder; die beiden Zicklein stakten tapfer mit, aber hin und wieder erinnerte ein durchdringendes *Mä-ä-ä* der Alten Woodrow daran, daß sie erschöpft waren. Die Hühner hatten ihren Käfig über dem Schweineverschlag. Diejenigen Mulis, die gerade nicht im Geschirr standen, mußten nach Loppers Ausschau halten. Buck, der als einziger nicht vorgespannt wurde, kommandierte sie. Er trabte meist ein Stück voraus und wählte den ungefährlichsten

Weg. Betty und Beulah hatten sich anfangs über die ungewohnte Arbeit beschwert; sie waren Reittiere, und sie wußten es. Aber ein paar harte Worte, dazu einige Bisse und Tritte von Buck brachten sie rasch zur Vernunft.

Woodrow beschränkte sich auf zwei Zügel für die Leittiere. Er wußte, daß ihm auch eine Handvoll Zügel nichts nützten, wenn die Mulis wirklich scheuten und ausbrachen. Smith hatte sich vorgenommen, in einem solchen Fall ohne Zögern die beiden vorderen Mulis zu erschießen — und dann zu beten, daß die Wagen nicht umstürzten.

Sein Wunsch war es, das Ziel in der Wildnis ohne Verluste zu erreichen — aber er rechnete von vornherein mit zwanzig Prozent Verlust. Falls ihnen jedoch am Ende nur die Ziegen und genug Mulis für die beiden Wagen übrigblieben, würden sie es auch schaffen.

›Genug Mulis‹ war ein relativer Begriff. Gegen Ende der Reise reichten vier Tiere, die erst den einen und dann den anderen Wagen ans Ziel brachten. Aber falls sich die Zahl auf weniger als zwölf verringerte, bevor sie den Elends-Paß überwunden hatten, gab es nur eins: umkehren.

Sofort umkehren. Einen oder beide Wagen zurücklassen, die Tiere schlachten, die in der Wildnis nicht allein durchkamen, nur ein wenig Proviant und zwei Extra-Mulis mitnehmen.

Falls Woodrow Wilson Smith dann in Separation eintraf, zu Fuß, mit zerschundenen Füßen, seine Frau — geschwächt von der Fehlgeburt — auf einem Muli, dann konnte man immer noch nicht von einer Niederlage sprechen. Er hatte seine Hände, er hatte seinen Verstand, er hatte den stärksten aller Antriebe — eine Frau, die er liebte. Ein paar Jahre später konnten sie den Versuch noch einmal wagen — und die Fehler vom erstenmal vermeiden.

Doch inzwischen war er glücklich, denn er besaß alles, was sich ein Mensch wünschen konnte.

Smith beugte sich vom Führersitz. »He, Buck! Essenszeit!«

»Ess-ssenszeit!« wiederholte Buck laut. »Brrr!« Die Leitmulis hielten kurz an und gingen dann in einem weiten Bogen zur Seite, so daß die beiden Wagen eine Art Halbkreis bildeten.

»Die Sonne steht noch hoch«, stellte Dora fest.

»Eben.« Ihr Mann nickte. »Die Sonne steht hoch, es ist heiß, und die Mulis sind schweißnaß. Sie brauchen Wasser und etwas zu fressen. Morgen brechen wir beim ersten Frühlicht auf und versuchen so weit wie möglich zu gelangen, bevor es so verdammt heiß wird. Dann machen wir wieder Rast.«

»Ich wollte dich nicht kritisieren, Liebling. Ich frage nur, weil ich über alles genau Bescheid wissen muß. Als Lehrerin hatte ich nicht viel Gelegenheit, mich auf das Leben in der Wildnis vorzubereiten.«

»Das ist mir klar. Dora, frag *unbedingt*, wenn du eine meiner Entscheidungen nicht verstehst; du mußt dich genau auskennen, denn falls mir etwas zustößt, bist du auf dich allein angewiesen. Ich habe nur eine Bitte: Wenn du merkst, daß eine Sache eilt, dann verschiebe deine Fragen auf später!«

»Ich werde mir Mühe geben, Woodrow. Soll ich den Tieren Wasser geben? Sie müssen entsetzlich durstig sein.«

»Nein, Dora.«

»Aber — entschuldige.«

»Herrgott, ich habe doch gesagt, daß du jederzeit Fragen stellen kannst. Zuerst lassen wir sie eine Stunde Gras fressen. Das wird ihnen trotz der Sonnenhitze eine gewisse Abkühlung verschaffen. Inzwischen sehe ich mir die Wasserfässer an — aber ich weiß auch so, daß wir rationieren müssen. Ich hätte schon gestern damit anfangen sollen. Dorabelle, siehst du den dunkelgrünen Fleck dicht unterhalb des Passes? Ich glaube, daß wir dort Wasser finden, trotz der Trockenheit, die im Moment herrscht — ich hoffe es, denn vorher scheint es nichts zu geben. Vielleicht müssen wir den letzten Tag ganz ohne einen Tropfen Naß auskommen.«

»Steht es so schlimm, Woodrow?«

»Leider, Liebling. Deshalb habe ich mir die Fotokarten so genau angesehen. Andy und ich fertigten sie vor langer Zeit an — aber das war im Vorfrühling. Und die Karten, die mir Zack mitbrachte, taugen nicht viel; die *Andy J.* ist nicht als Vermessungsschiff ausgerüstet. Ich wählte diese Route, weil sie mir die kürzeste erschien. Aber jedes Bachbett, das wir in den vergangenen Tagen überquerten, war knochentrocken. Mein Fehler — vielleicht mein letzter.«

»*Woodrow!* Ich will so etwas nicht hören.«

»Entschuldige, Liebes. Aber es gibt immer einen letzten Fehler. Ich werde mein Möglichstes tun, um die Scharte auszuwetzen — weil ich nicht will, daß dir etwas zustößt. Außerdem möchte ich dir eindringlich zu Bewußtsein bringen, daß wir keinen Tropfen Wasser verschwenden dürfen.«

»Das hast du geschafft. Ich werde mich nicht mehr so oft waschen wie bisher.«

»Dora — du wirst dich *überhaupt nicht* mehr waschen. Das Kochgeschirr scheuerst du mit Gras und Sand sauber und legst es anschließend zur Desinfektion in die pralle Sonne. Wasser gibt es nur zum Trinken. Die Mulis erhalten ab sofort nur die halbe Ration. Wir beide nehmen statt der bisherigen anderthalb Liter nur noch einen halben Liter pro Person. Nur Mrs. Mäh bekommt ihren Anteil ungekürzt; sie braucht Milch für die Zicklein. Wenn es schlimm wird, schlachten wir die Jungen.«

»Woodrow!«

»Vielleicht ist es nicht notwendig. Aber, Dora, es gibt weit schlimmere Maßnahmen als das. Bevor wir verdursten, töten wir ein Muli und trinken sein Blut.«

»*Was?* Die Tiere sind unsere Freunde!«

»Dora, hör auf einen erfahrenen alten Mann! Ich verspreche dir, daß wir niemals Buck, Beulah oder Betty töten werden. Wenn ich es tun muß, schlachte ich eines der Mulis, die wir in New Pittsburgh erstanden haben. Aber falls einer unserer drei Freunde von selbst stirbt — verzehren wir ihn.«

»Ich glaube nicht, daß ich das fertigbringe.«

»Du bringst es fertig, wenn du hungrig genug bist — und an dein Baby denkst. Hat Helen dir erzählt, was sich alles in jenem ersten Winter auf New Beginnings abspielte?«

»Nein. Sie fand, das brauchte ich nicht zu wissen.«

»Darin hat sie sich vielleicht getäuscht. Ich will dir eine der weniger grausamen Begebenheiten schildern. Wir — eigentlich ich — hatten Wachtposten aufgestellt, rund um die Uhr, um das Saatgut zu schützen. Die Männer erhielten den Befehl, jeden sofort zu erschießen, den sie beim Stehlen erwischten. Und einer der Posten schoß tatsächlich. Ein Standgericht sprach ihn später frei. Der Mann, den er getötet hatte, war in der Tat auf das Saatgut aus gewesen. Er hatte das Zeug noch halbzerkaut im Mund, als man ihn fand. Übrigens nicht Helens Ehemann; der starb wie viele andere an Unterernährung und einem Fieber, das ich nie identifizierte.«

Woodrow machte eine Pause. »Ah, die Mulis sind fertig. Steigen wir ab!« Er sprang vom Sitz und half ihr herunter. »Und lächeln, Mädchen, lächeln! Diese Sendung wird direkt zur Erde übertragen, um diesen armseligen Nesthockern zu zeigen, wie leicht es ist, einen neuen Planeten zu erobern. Mit freundlicher Widmung von Dubarrys Duft-Deodorants...«

»...die wir im Moment dringend gebrauchen könnten«,

lachte Dora.

»So klingt es schon besser, Liebling. Wir schaffen es. Nur der erste Schritt ist schwer. Ach ja! Kein Feuer zum Kochen!«

»Kein Feu ... jawohl, Sir.«

»Das gilt, bis wir dieses trockene Gebiet hinter uns gelassen haben. Ein einziger Funke kann einen gewaltigen Flächenbrand auslösen. Also auch kein offenes Licht — selbst wenn du deine Rubine im Dunkeln verloren hast und nicht mehr finden kannst.«

»Mmm, die Rubine! Ein herrliches Geschenk, Woodrow!«

»Nun, Zack hatte sie zufällig an Bord, und wer verwöhnt nicht gern eine hübsche junge Frau? Außerdem wiegen sie nicht viel. Komm jetzt, versorgen wir die Mulis!«

Nachdem sie die Tiere losgebunden hatten, überlegte Dora, was sie zu essen herrichten konnte, ohne ein Feuer zu machen. Woodrow zog inzwischen einen Zaun aus zugespitzten Messingholzpflöcken und Seilen um das Lager. Kein idealer Schutz, aber besser als nichts. Drachen gab es hier kaum, und Lopper zeigen eine gewisse Scheu vor den scharfen Pfählen.

Smith hätte eine massive Barriere vorgezogen, aber der Zaun bestand aus einheimischem Material, wog nicht viel, konnte ohne großen Verlust zurückgelassen werden — und enthielt kein Metall. Das war ein entscheidender Vorteil. Woodrow war es in New Pittsburgh nur gelungen, die beiden Wagen zu erstehen, weil er einen Teil des Kaufpreises in Metall entrichtete — Metall, das die *Andy J.* über Lichtjahre hinweg importiert hatte. Im Moment war New Pittsburgh mehr ›neu‹ als ›Pittsburgh‹; es gab zwar Eisenerze und Kohle, doch die Metallindustrie steckte noch in den Kinderschuhen.

Die Hühner, das Schwein, die Ziegen und nicht zuletzt die Menschen stellten Leckerbissen für die wilden Lopper dar, das wußte Smith. Aber mit dem Zaun, zwei aufmerksamen Wachhunden und sechzehn Mulis, die auf dem ganzen Gelände verteilt grasten, fühlte er sich einigermaßen sicher. Gewiß, es kam vor, daß ein Lopper ein Muli besiegte, aber weitaus häufiger zerstampfte das Muli den Lopper, besonders, wenn es die Unterstützung seiner Gefährten hatte.

Ein toter Lopper ergab saftiges Steak, Gulasch und Dörrfleisch — dazu Hunde- und Katzenfutter. Smith mochte den ›wilden‹ Geschmack des Fleisches nicht — aber es war besser als nichts, und es half ihnen, Proviant zu sparen. Dora teilte übrigens Woodrows Abneigung gegen das Lopperfleisch nicht; sie war auf New Beginnings geboren und kannte kaum anderes.

Aber Smith sehnte sich danach, einen jener Grasfresser zu erlegen, welche die Hauptbeute der Lopper darstellten: sechsbeinige Geschöpfe wie ihre Widersacher, die viel Ähnlichkeit mit Okapis besaßen. Ihr Fleisch schmeckte außerordentlich zart. Man nannte sie Präriziegen, obwohl keinerlei Verwandtschaft bestand, doch bis jetzt hatte man es mit der systematischen Nomenklatur der einheimischen Flora und Fauna noch nicht sehr genau genommen; es fehlte die Zeit für derartige intellektuelle Spielereien. Woodrow hatte eine Woche zuvor vom Kutschbock aus eine Präriziege erlegt; der Gedanke an den köstlichen Braten ließ ihm noch jetzt das Wasser im Mund zusammenlaufen. Aber er konnte es nicht verantworten, einen Jagdtag einzulegen, solange sie den Elends-Paß nicht überwunden hatten.

»Fritz! Lady Macbeth! Hierher.« Die beiden Hunde trabten heran und blieben erwartungsvoll vor ihm stehen. »Hopp — Wache halten!« Die Hunde sprangen über den Kutschbock auf das Dach des vorderen Wagens und legten sich auf die Lauer. Woodrow wußte, daß sie ihre Plätze erst verlassen würden, wenn er sie herunterpfiff. Er hatte einen stolzen Preis für die beiden bezahlt, aber er wußte, daß es gute Tiere waren; er hatte ihre Vorfahren selbst ausgewählt und mit dem ersten Kolonistentrupp von der Erde hierhergebracht. Smith war kein sentimentaler Hundenarr; er glaubte jedoch, daß eine Partnerschaft, die sich auf der Erde so lange bewährt hatte, auch auf einem fremden Planeten nützlich sein könnte.

Die Worte ihres Mannes hatten Dora ziemlich ernüchtert, aber sie fand ihre gute Laune wieder, als sie das Abendessen zubereitete.

Kurze Zeit später kam sie jedoch aufgebracht zu Woodrow, der gerade die letzten Pfosten in den harten Boden hämmerte.

»Dieser verdammte Gockel...«

Woodrow schaute auf. »Schatz, du siehst süß aus, wenn du nur einen Sonnenhut trägst!«

»Vergiß die Stiefel nicht! Willst du nicht hören, was dieses Vieh angestellt hat?«

»Nein. Deine Aufmachung lenkt mich ab. Dennoch — etwas stört mich daran...«

»Tut mir leid, Liebling, du hast mir eben erklärt, daß ich den Kopf verliere, wenn ich es wage, mich zu waschen. Und da dachte ich, daß ein Sonnenbad dem Gestank vielleicht ein wenig abhilft.«

»Das meine ich nicht, Dorabelle; ich werde mich selbst gleich aus den Kleidern schälen. Aber wo ist dein Waffengurt, Schatz?«

Er begann seinen Overall auszuziehen.

»*Jetzt* soll ich ihn tragen? Innerhalb des Zauns?«

»Du mußt dich an diese Vorsichtsmaßnahme gewöhnen, Mädchen.« Er hatte die Kleidung abgestreift und schnallte den Pistolengurt um die nackten Hüften. »Ich habe es in meinem langen Leben gelernt, niemals ohne Waffe zu sein — und ich möchte, daß du es dir ebenfalls zur Regel machst.«

»Also gut. Ich hole das Zeug vom Kutschbock. Aber, Woodrow, du weißt, daß ich vom Kämpfen nicht viel verstehe.«

»Mit dem Nadler triffst du bis auf fünfzig Meter recht ordentlich. Und je länger du an meiner Seite lebst, desto besser wirst du die Waffen beherrschen — alle, selbst ein Wurfmesser. Schau dort hinüber, Dorabelle!« Er deutete hinaus auf die flache Prärie. »In genau sieben Sekunden taucht an dieser Stelle eine Horde behaarter Wilder auf und greift uns an. Mich trifft ein Speer an der Hüfte. Ich stürze zu Boden. Was machst du jetzt, du armes kleines Ding, wenn dein Waffengurt irgendwo auf dem Kutschbock herumliegt?«

»Hmm...« Sie stellte ein Bein vor das andere, stemmte die Arme in die Hüften und strahlte ihn an. »Ich werde ihnen *so* entgegengehen.«

»Ja, das könnte klappen«, meinte Woodrow nachdenklich. »Wenn es Menschen sind. Aber es sind keine. Wenn sie hochgewachsene, hübsche braunäugige Mädchen sehen, erwacht in ihnen nur der Wunsch, sie zu *fressen*. Mit Haut und Haaren. Blöd von ihnen, aber so sind sie nun mal.«

»In Ordnung, Liebling«, sagte sie mit einem Seufzer. »Ich werde in Zukunft meine Pistolen tragen. Zuallererst bringe ich den Kerl um, der dich verwundet hat. Dann versuche ich möglichst viele abzuschießen, bevor sie mich fressen.«

»So ist es richtig, meine Amazone! Nimm immer eine Ehrenwache mit ins Jenseits! Je größer sie ist, desto mehr Ansehen hast du in der Hölle.«

»Jawohl, Woodrow. Hoffentlich treffe ich dich dort unten.« Sie ging los, um ihre Waffen zu holen.

»Ganz bestimmt. Wenn du schon beim Wagen bist, leg gleich deine Rubine an!«

Sie drehte sich erstaunt um. »Meine Rubine? Hier auf der Prärie?«

»Dorabelle, weißt du, weshalb ich diese Steine erstanden habe? Damit *du* sie trägt und *ich* sie an dir bewundern kann!«

Sie lächelte und verschwand im Innern des Wagens. Als sie zurückkam, hatte sie nicht nur den Schmuck und den Waffengurt angelegt, sondern auch ihr Haar gebürstet, daß es glänzte.

»Dora, du bist das schönste Geschöpf, das mir je begegnete.«

Wieder lächelte sie. »Ich glaube dir zwar nicht — aber ich möchte, daß du es immer wieder sagst.«

»Gern. Und was war nun mit diesem Mistvieh von Gockel?«

»Stell dir vor, der perverse Kerl pickt doch tatsächlich die Eier an! Ich vermutete es längst, aber heute habe ich ihn auf frischer Tat ertappt.«

»Er versucht sein Hoheitsrecht zu schützen, Liebes. Hat wohl Angst, es könnte ein kleiner Nebenbuhler ausschlüpfen.«

»Ich drehe ihm den Kragen um! Wenn ich ein Feuer machen dürfte, würde ich ihn auf der Stelle braten.«

»Untersteh dich! Sobald wir unser Ziel erreicht haben und die ersten Küken ausgeschlüpft sind, kannst du ihn meinetwegen als Festmahl auftischen. Aber auch nur, wenn ein junger Hahn unter den ›Neuen‹ ist.«

»Und was mache ich, wenn er mir weiterhin die Eier zerbricht? Heute abend gibt es nur Zwieback und Käse — oder soll ich eine Dose öffnen?«

»Wir wollen nichts übereilen. Vielleicht entdecken Fritz und Lady Mac Frischfleisch für uns. Eine Prärieziege am besten. Aber im Notfall begnüge ich mich auch mit einem Lopper.«

»Und wie soll ich die lieben Tierchen ohne Feuer garen?«

»Überhaupt nicht. Wir machen Tatar à la New Beginnings — feingeschabte Prärieziegen-Keule auf Kräckern. Lecker. Fast so zart wie eine junge Ehefrau.« Er lachte genießerisch.

»Nun, wenn du das Zeug essen kannst, würge ich es vielleicht auch hinunter. Aber ganz ehrlich, Woodrow — war das nun ein Scherz oder dein Ernst?«

»Mit dem Essen und Frauen scherze ich nie, Dorabelle. He, sag mal, warum trägst du einen Rubinreif um das Fußgelenk?«

»Weil du mir insgesamt drei geschenkt hast, Liebling. Außerdem wirkt es so schön verrucht. Ich kann schießen und fluchen und durch die Zähne spucken — und außerdem bin ich die Geliebte von Lazarus Long, dem Helden der Prärie, mit dem es kein anderer Mann aufnimmt!«

Er lachte und zog sie an sich.

*

Minerva, ich hatte Dora gern in meiner Nähe. Immer. Es war nicht die äußere Schönheit, die mich anzog, auch nicht ihre Begeisterung für ›Eros‹, obwohl ich beides an ihr zu schätzen wußte.

Aber, Minerva, Liebe geht viel weiter als das.

Dora war zu allen Zeiten eine großartige Gefährtin, aber je härter die Schicksalsschläge kamen, desto mehr half ihre Nähe. Oh, sie jammerte über zerbrochene Eier, weil sie die Verantwortung für die Hühner übernommen hatte; aber sie beschwerte sich nicht, wenn sie Durst litt. Anstatt mich weiterhin mit dem Problem zu behelligen, quartierte sie den Übeltäter kurzerhand aus, und wir hatten keine Eiersoße mehr in den Käfigen.

Aber der wirklich beschwerliche Teil der Reise lag noch vor uns; sie bewies eine Geduld ohnegleichen und muckte auch dann nicht auf, wenn ich keine Zeit für Erklärungen fand. Minerva, dieser Treck war mörderisch. Er kostete unsere ganze Kraft, und mehr als einmal rettete uns nur blitzschnelles Handeln. Liebes, du weißt eine ganze Menge — aber du bist ein Stadtgeschöpf und hast von Anfang an auf einem zivilisierten Planeten gelebt. Vielleicht sollte ich dir ein paar grundsätzliche Dinge erklären.

Du hast dir sicher die Frage gestellt: ›War diese Reise nötig — und wenn ja, warum diese Plackerei?‹

Nun ich hatte mich zu einem Schritt entschlossen, den noch kein Howard vor mir wagte: Ich heiratete ein Mädchen mit ›normaler‹ Lebenserwartung. Es gab drei Möglichkeiten für mich:

Dora konnte mit mir auf den Planeten der Howards ziehen. Das lehnte sie ab ... und ich war froh darüber. Allein unter lauter Menschen, die ›ewig‹ leben konnten, wenn sie es wollten — das führte unweigerlich zu Depressionen der schlimmsten Art. Ich hatte das zuerst bei meinem Freund Slayton Ford erlebt, der in seiner Verzweiflung Selbstmord beging, und später noch bei manchen anderen. Dora sollte nicht das gleiche zustoßen; ob sie nun zehn Jahre lebte oder tausend, ich wollte, daß sie diese Zeit genoß.

Wir konnten in Top Dollar oder einem anderen Orte von New Beginnings bleiben. Beinahe hätte ich diesen Weg gewählt, da ich wußte, daß der ›Bill Smith‹-Trick eine Weile funktionieren würde.

Aber nur eine Weile. Die wenigen Howards auf New Beginnings — die Magees und drei andere Familien, wenn ich mich recht erinnere — waren inkognito gekommen und arbeiteten mit ähnlichen Tricks wie ich. So *starb* Großmutter Magee und tauchte an einem anderen Ort als ›Deborah Simpson‹ wieder auf. Je mehr Menschen den Planeten bevölkerten, desto leichter ließ sich so etwas bewerkstelligen — besonders, da die Einwanderer des vierten Schubs die Reise im Kälteschlaf zurückgelegt hatten und einander nicht kannten.

Aber ›Bill Smith‹ war mit einer Frau verheiratet, die einen anderen Lebensrhythmus besaß als er. Wenn ich im besiedelten Teil von New Beginnings blieb, mußte ich sorgfältig darauf achten, daß ich ebenso rasch *alterte* wie Dora. Schlimmer noch, es galt alle Leute zu meiden, die ›Ernest Gibbons‹ gekannt hatten — also die meisten Bewohner von Top Dollar —, sonst sah jemand mein Profil und hörte meine Stimme und begann sich Gedanken zu machen.

Nicht, daß ich mich allzusehr vor einer Entdeckung fürchtete. Aber das Versteckspiel würde Dora immer wieder schmerzhaft zu Bewußtsein bringen, daß ich anders war als sie.

Minerva, der einzige Ausweg aus dieser Klemme schien mir der zu sein: Dora weit weg von anderen Menschen — Howards oder Nicht-Howards — zu bringen, an einen Ort, wo wir den Unterschied zwischen uns vergessen und glücklich sein konnten.

Und die Lösung war nicht so unwiderruflich wie ein Fallschirmsprung. Wenn es Dora in der Einsamkeit nicht gefiel oder wenn sie meine häßliche Visage nicht mehr ertragen konnte, dann bestand immer noch die Möglichkeit, sie zurück in besiedelte Gebiete zu bringen, wo sie einen anderen Mann finden konnte. Ich war durchaus auf diesen Fall vorbereitet, Minerva, denn einige meiner Frauen bekamen mich ziemlich rasch satt.

Warum ich Zack nicht bat, uns auf dem Fleckchen Land abzusetzen, das ich zu unserer neuen Heimat erkoren hatte? Minerva, das alles spielte sich vor langer Zeit ab, als die Technik noch nicht so fortschrittlich war wie heute.

Sieh mal, die *Andy J.* konnte nicht landen. Reparaturen oder Überholarbeiten wurden im Raum durchgeführt, auf einer Parkbahn um Secundus. Das Schiff besaß eine Fähre, die auf jedem ebenen Feld aufsetzte — allerdings nur, wenn sie eine primitive Bodenradarstation anpeilen konnte. Zudem benötigte sie zum Start viele Tonnen Wasser. Das Kommandantenboot allein vermochte überall zu landen und auch ohne Hilfe wieder zu starten. Aber seine Ladekapazität reichte vielleicht für zwei Briefmarken — während ich Mulis, Pflüge, Saatgut und einiges mehr mitnehmen mußte.

Außerdem — nur wenn ich einen Weg in die Berge fand, wußte ich, daß es auch wieder einen Weg *hinaus* gab. Es wäre unfair gewesen, Dora mit in die Wildnis zu schleppen, ohne ihr die Möglichkeit einer späteren Umkehr zu bieten. Nicht jeder besitzt das Zeug zum Pionier — und es kann tragisch sein, wenn man das zu spät entdeckt.

Minerva, es war ein Glück, daß ich schon sechs Kolonien gegründet und jahrhundertelang Fracht in Raumschiffen verstaut hatte, bevor ich meine beiden Wagen belud — denn das Prinzip ist das gleiche: Raumschiffe sind die Planwagen der Galaxis. Zuerst streicht man alles auf das Gewicht zusammen, das die Mulis ziehen können. Dann kürzt man noch einmal um zehn Prozent, so weh das tut. Aber eine gebrochene Achse kann gleichbedeutend mit einem gebrochenen Genick sein.

Zuletzt schlägt man noch fünf Prozent für Wasser auf, denn das Gewicht des Wassers nimmt mit jedem Tag ab.

Ich glaube, diese Politik rettete uns das Leben.

Sie benötigten mehr Zeit als erwartet, um den Fleck Grün zu erreichen, den Lazarus-Woodrow am Fuße des Elends-Passes entdeckt hatte. Am letzten Tag stolperten die Tiere mit gesenkten Köpfen und völlig entkräftet dahin; sie hatten, wie die beiden Menschen, seit dem Morgengrauen des Vortags keinen Tropfen Wasser mehr bekommen.

Smith fühlte sich schwindlig.

Dora hatte sich an jenem Morgen geweigert, etwas von dem Wasser zu nehmen, weil sie sah, daß Woodrow auch nicht trank.

»Hör mir zu, du dummes Ding! Du bist *schwanger*. Begreifst du endlich, daß du mehr Flüssigkeit brauchst als ich? Oder muß ich erst grob werden? Ich behielt vier Liter zurück, als ich die Mulis tränkte. Das hast du selbst gesehen.«

»Ich brauche keine vier Liter, Woodrow.«

»Halt den Mund! Die Menge muß für dich, die Ziege und die Küken reichen. Und die Katzen — aber Katzen trinken nicht viel. Dorabelle, auf sechzehn Mulis verteilt hätte das Wasser überhaupt nichts geholfen, aber für euch bedeutet es eine echte Stärkung.«

»Ich verstehe. Was ist mit Mrs. Porky?«

»Herrgott, die Sau hatte ich ganz vergessen. Ich gebe ihr heut abend einen halben Liter — und zwar eigenhändig. Das dämliche Vieh bringt es fertig und wirft den Napf um...«

Aber nach einem langen Tag, einer schlaflosen Nacht und einem weiteren Tag, der kein Ende nehmen wollte, hatten sie die ersten Bäume erreicht. Die Kühle tat ihnen wohl, und Smith glaubte Wasser zu riechen — irgendwo. Sehen konnte er nichts. »Buck! Einen Halbkreis!«

Der Muliboss gab keine Antwort; er hatte den ganzen Tag keinen Laut von sich gegeben. Aber er lenkte die Tiere in einem weiten Bogen herum und sorgte dafür, daß die beiden Wagen ein V bildeten.

Smith rief die Hunde und befahl ihnen, nach Wasser zu suchen, dann begann er, die Mulis aus dem Geschirr zu befreien. Schweigend half ihm Dora. Er war froh darüber, daß sie nichts sagte.

Er überlegte krampfhaft, ob er Beulah satteln und selbst nach Wasser Ausschau halten sollte. Aber das Tier schien sich noch elender zu fühlen als er. Er begann den provisorischen Zaun zu errichten. Seit drei Tagen hatten sie keine Lopper mehr gesehen; um so wahrscheinlicher, daß sie es demnächst mit den Biestern zu tun bekommen würden. »Dora, könntest du mir ein bißchen helfen?«

Es geschah zum erstenmal, daß Woodrow ihre Hilfe beim Aufbau des Staketenzauns in Anspruch nahm. Dora sagte nichts, doch sie machte sich Sorgen um ihren Mann. Er sah so hager und eingefallen aus. Wie konnte sie ihn nur dazu bringen, den Viertelliter Wasser zu trinken, den sie heimlich ›gespart‹ hatte?

Sie waren eben fertig, als sie in der Ferne das aufgeregte Bellen von Fritz hörten.

Minerva, es war ein Wasserloch — ein dünnes Rinnsal, das aus einer Felswand kam, ein paar Meter über den Boden sprudelte und dann einen Teich ohne Abfluß bildete. Zumindest nicht in dieser Jahreszeit, sollte ich hinzufügen, da man genau erkannte, wie das Bachbett bei Hochwasser verlief. Ich sah eine Menge Spuren in der Nähe — auch die von Loppern und Prärieziegen. Das Gefühl, daß mich jemand anstarrte, wuchs; ich versuchte das Unterholz in der Nähe der Quelle mit meinen Blicken zu durchdringen. Die Sonne stand tief, und die Bäume warfen lange Schatten.

Ich befand mich in einer Klemme. Zum Glück hatten die Mulis das Wasserloch noch nicht entdeckt — aber es würde nicht mehr lange dauern, bis sie ankamen. Mulis wittern Wasser im allgemeinen noch schneller als Hunde — und ich wollte unbedingt vermeiden, daß sie zu hastig und zuviel tranken.

Außerdem bestand die Gefahr, daß sie in den Teich trampelten und Sand aufwirbelten. Im Moment war das Wasser völlig klar.

Die Hunde hatten sich satt getrunken. Ich sah Fritz an. Wenn er nur ebenso gut reden könnte wie ein Muli! Hatte ich nichts zu schreiben? Nein, nicht einmal einen Stummel! Wenn ich ihm befahl, Dora zu holen, würde er sicher versuchen, den Befehl auszuführen — doch ob sie kam, war eine andere Frage. Ich hatte ihr strikt verboten, die Umzäunung zu verlassen, solange ich fort war.

Minerva, ich konnte nicht mehr klar denken; die Hitze und der Durst hatten mich erledigt.

Herrgott, ich hatte nicht einmal einen Eimer mitgenommen!

Inzwischen kam ich zumindest soweit zu Verstand, daß ich mit den Händen Wasser aus dem Teich schöpfte und trank. Das half ein wenig.

Ich zog mein Hemd aus, machte es naß und gab es Fritz. »Such Dora! Such Dora! *Schnell!*« Er sah mich an, als zweifelte er an meinem Verstand, aber nahm das Hemd und lief los.

Dann tauchte das erste Muli auf — mein alter Buck, Allah sei gepriesen! —, und ich opferte meinen Hut.

Diesen Hut hatte mir Zack als Geschenk mitgebracht. Er bestand angeblich aus einem Allwettermaterial — luftdurchlässig, aber wasserabstoßend. Die erste Behauptung stimmte nur bedingt; die zweite hatte ich bisher nicht nachgeprüft, da der Hut noch keinen richtigen Regen abbekommen hatte.

Buck schnaubte und traf Anstalten, in den Teich zu steigen. Ich hielt ihn zurück. Dann brachte ich ihm einen Hut voll Wasser. Und noch einen.

»Genug jetzt, Buck. Ruf die anderen her!«

Mit angefeuchteter Kehle schaffte es Buck. Er hob den Kopf und stieß ein triumphierendes Wiehern aus, das in unserer Sprache so etwas wie: ›Antreten zum Wasserfassen!‹ hieß. Ich kannte den Ruf genau; er war unverwechselbar. ›Zum Anschirren fertig machen!‹ klang wieder ganz anders.

Dann hatte ich alle Hände voll zu tun, ein gutes Dutzend vor Durst halb wahnsinniger Mulis zu bändigen. Aber wir — Buck,

Beulah, Lady Macbeth, ich und ein Hut, der *nicht* wasserdicht war — sorgten schließlich für Ordnung. Die Tiere stellten sich der Reihe nach an und wurden getränkt.

Als das letzte Muli seine Ration Wasser hatte, sah der Hut nicht mehr schön aus, doch da kam auch schon Dora mit Fritz und zwei Eimern.

Der Rest ging rasch. Ich befahl Buck, die Mulis am Teich zu überwachen, und kehrte mit Dora und den Hunden zum Lager zurück. Es war dunkel, als wir die Ziegen, das Schwein, die Katzen und die Hühner getränkt hatten. Dann feierten wir. Minerva, ich schwöre es: Von dem halben Eimer Wasser, den wir für uns mitgenommen hatten, bekamen Dora und ich einen echten Rausch. Trotz unseres früheren Entschlusses, keine Rast einzulegen, solange wir nicht den Paß überwunden hatten, lagerten wir drei Tage in der Nähe der Quelle — drei Tage, in denen viel Nützliches geschah. Die Mulis weideten und bekamen allmählich wieder ihr altes Gewicht. Ich schoß eine Prärieziege am Wasserloch; was wir nicht gleich essen konnten, schnitt Dora in Streifen zum Dörren. Ich füllte sämtliche Wasserfässer — und das war nicht so leicht, wie es klingt, denn Buck und ich mußten einen Weg durch das Unterholz bahnen und die Wagen nacheinander an die Quelle fahren; wir benötigten dazu anderthalb Tage.

Aber wir hatten genug Frischfleisch, und wir konnten — welch ein Luxus! — ein heißes Bad nehmen. Mit Seife. Und Haarwäsche. Ich rasierte mich sogar. Als wir am Morgen des vierten Tages in Richtung Paß aufbrachen, fühlten wir uns herrlich.

Das Wasser ging uns nie mehr aus. Irgendwo über uns gab es Schnee; man spürte es an der Brise, und hin und wieder glitzerte die Sonne auf einem weißen Fleck in einer Felsmulde. Je höher wir kamen, desto häufiger entdeckten wir kleine Bäche — Wasser, das in dieser Jahreszeit nie bis ins Tal gelangte. Das Gras war saftig und grün.

Wir hielten auf einer kleinen Gebirgswiese nahe dem Paß. Dort ließ ich Dora mit den Wagen und den Mulis zurück und gab ihr genaue Anweisungen, was sie zu tun hatte, falls ich nicht wiederkam. »Ich rechne damit, daß ich bei Einbruch der Dunkelheit wieder hier bin. Wenn nicht, kannst du eine Woche warten. Nicht länger. Verstehst du mich?«

»Ja.«

»Also gut. Wenn die Woche um ist, räumst du den ersten Wagen aus. Du behältst nur die Dinge, die du unbedingt für den Rückweg brauchst: Proviant und Wasser. Dann fährst du los. Ich beschwöre dich, lege unterwegs keine längeren Pausen ein! Du müßtest Separation in der Hälfte der Zeit erreichen, die wir für die Hinreise benötigten. Einverstanden?«

»Nein, Sir.«

Minerva, noch wenige Jahrhunderte zuvor wäre ich bei so einer Antwort explodiert. Aber ich hatte gelernt. Es dauerte etwa eine Zehntelsekunde, bis ich erkannte, daß ich sie zu nichts zwingen konnte, wenn ich einmal fort war, und daß ein Versprechen unter Druck wenig nützte. »Weshalb lehnst du ab, Dora?« fragte ich ruhig.

»Woodrow, du sprichst es zwar nicht aus, aber die Anweisungen, die du mir gibst, gelten für eine — Witwe.«

Ich nickte. »Das stimmt. Liebes, wenn ich nach einer Woche nicht zurück bin, hast du die Gewißheit, daß ich nicht mehr lebe.«

»Das verstehe ich. Ich verstehe auch, weshalb du die Wagen hier läßt; du weißt nicht genau, ob es höher oben eine Stelle zum Umkehren gibt.«

»Ja. Das war früher vermutlich der Untergang vieler Pioniertrecks — daß sie eine Stelle erreichten, an der sie weder vorwärts noch zurück konnten. Sie versuchten es natürlich trotzdem ... und bei einem der Versuche kippten dann die Wagen über die Felswand.«

»Woodrow, das ist mir alles klar. Aber du kannst nicht von mir verlangen, daß ich umkehre, wenn ich nicht genau weiß, daß du tot bist. Die Vorstellung, daß du irgendwo hilflos liegst — mit einem gebrochenen Bein vielleicht —, erscheint mir unerträglich.« Sie sah mich ruhig an. Ihre Augen hatten sich mit Tränen gefüllt. »Ich muß selbst sehen, daß du tot bist. Woodrow, ich verspreche dir, daß ich auf schnellstem Wege nach Separation zurückkehre und bei den Magees bleibe, bis dein Kind geboren ist — sobald ich die traurige Gewißheit habe. Nicht früher.«

»Dora! Wenn ich eine Woche ausbleibe, *bin* ich tot! Welchen Zweck hat es, nach meiner Leiche zu suchen?«

»Ich war noch nicht am Ende, Woodrow. Falls du heute abend nicht zurückkommst, bin ich mir selbst überlassen. Ich breche im Morgengrauen mit Betty und einem zweiten Muli auf, um dich zu suchen. Mittags kehre ich um.

Vielleicht, wenn ich dich selbst nicht finde, entdecke ich weiter oben eine Stelle, wo sich ein Wagen wenden läßt. In diesem Fall bringe ich eines der beiden Fahrzeuge hin und benutze es als Ausgangspunkt für meine weitere Suche. Jedenfalls werde ich nicht lockerlassen, bis ich das Gefühl habe, daß jede Hoffnung vergeblich ist. *Dann* ... fahre ich zurück nach Separation.

Aber, Liebling, falls du noch am Leben bist, werde ich dich finden — verlaß dich drauf!«

Ich sah ihre Entschlossenheit und wußte, daß es keinen Sinn hatte, sie von ihrem Plan abzubringen. So verglichen wir unsere Uhren und einigten uns auf eine Zeit, zu der ich zurück sein wollte. Kurz darauf machte ich mich mit Buck und Beulah auf den Weg.

Minerva, wenigstens vier Trupps hatten vor uns diesen Paß in Angriff genommen; keiner war zurückgekehrt. Ich bin ziemlich sicher, daß sie scheiterten, weil sie zu ungeduldig waren und sich nicht zur Umkehr entschließen konnten, wenn die Gefahr zu groß wurde.

Geduld habe ich gelernt. Die Jahrhunderte verleihen einem Menschen nicht unbedingt Weisheit, aber sie machen ihn geduldig, sonst könnte er die lange Spanne nicht ertragen. An jenem Morgen fanden wir bald die erste Engstelle. Gewiß, jemand hatte sie mit Hilfe von Dynamit etwas verbreitert. Aber sie war immer noch zu schmal, um Sicherheit zu bieten; deshalb sprengte ich noch ein Stück der Felswand ab. Kein vernünftiger Mensch zieht mit einem Planwagen in die Berge, ohne Sprengstoff mitzunehmen.

Gegen das harte Gestein ist man mit einem Pickel machtlos — ebensogut könnte man einen Zahnstocher verwenden.

Ich selbst benutzte kein Dynamit, sondern eine weit wirksamere und vielfältig verwendbare Sprengpaste, die überdies unempfindlich gegen Erschütterungen war.

Es kostete viel Schweiß, bis ich Buck und Beulah erklärt hatte, daß nun gleich ein lauter Knall erfolgen würde, der jedoch keinerlei Gefahr für sie bedeutete. Ich lief ein Stück nach vorn, setzte die Zündschnur in Brand und rannte zu den beiden Mulis zurück. »Jetzt!« keuchte ich und tätschelte ihnen beruhigend die Mähnen. Im gleichen Moment erschütterte ein lautes *Ra-wumm* den Berg.

Beulah zitterte am ganzen Leib, aber sie preschte nicht davon. Buck sah mich fragend an. »*Pääng?*«

Ich nickte, und er wandte sich ruhig dem Gras zu.

Als sich Rauch und Staub verzogen hatten, sahen wir uns die

Sache an. Eine schöne Öffnung — breit genug, wenn auch ein wenig holprig. Drei kleinere Detonationen bügelten den Weg glatt. »Na, was glaubst du, Buck?« fragte ich.

Er musterte sorgfältig den Pfad. »Zwwei Wagen?«

»Ein Wagen.«

»Oo-kee.«

Wir drangen noch ein Stück weiter vor und planten die Arbeit für den darauffolgenden Tag. Dann, zur versprochenen Zeit, kehrten wir um. Wir trafen rechtzeitig im Lager ein.

Es dauerte eine Woche, bis ich den Weg zur nächsten Bergwiese geebnet hatte — eine Strecke von zwei oder drei Kilometern. Dann benötigte ich einen vollen Tag, um die beiden Wagen, einen nach dem anderen, zu dem neuen Depot zu bringen.

Jemand hatte es bis hierher geschafft. Ich fand ein zerbrochenes Wagenrad — den Stahlreifen und die Nabe nahm ich mit.

So ging es weiter, Tag um Tag, langsam, schwerfällig. Aber schließlich hatten wir die Paßhöhe überwunden, und die Fahrt ging — zumeist — bergab.

Doch das war kein Vorteil. Ich wußte von den Luftaufnahmen, daß es auf dieser Seite der Bergkette einen Fluß gab, doch er lag tief unter uns, und wir mußten abwärts, abwärts, abwärts, dann entlang dem Flußbett bis zu der Stelle, wo sich die enge Schlucht zu einem grünen Tal verbreiterte. Wieder galt es, Felsen zu sprengen, Unterholz abzubrennen und manchmal auch Bäume zu fällen. Aber am scheußlichsten war es, wenn die Wagen steil in die Tiefe mußten.

Gewiß, wir hatten gute Bremsen. Aber wenn der Weg zu abschüssig wird, geraten die Gefährte ins Rutschen — und kippen vornüber. Das durfte ich auf keinen Fall zulassen. Sobald das Gefälle zu stark wurde, spannte ich unsere kräftigsten Tiere, Ken und Daisy, Beau und Gelle, vor und befahl ihnen, den Wagen — nur einen — langsam nach unten zu führen. Eines meiner kostbaren Seile war um die Hinterachse geknotet und ein paarmal um einen dicken Baumstamm geschlungen. Dann ließ ich es Zoll um Zoll locker, bis die Gefahrenstelle überwunden war.

Auf der Prärie legten wir oft dreißig Kilometer an einem Tag zurück. Als wir den Kamm des Elends-Passes überwunden hatten, kamen wir mitunter gar nicht vom Fleck — wenn ich den Weg vorbereiten mußte. Im günstigsten Fall schafften wir zehn Kilometer am Tag. Ich hielt mich dabei eisern an eine Regel: Die Strecke von einem Umkehrpunkt zum nächsten mußte voll gesichert sein, bevor sich die Wagen in Bewegung setzten.

Minerva, das ging so verdammt langsam, daß mein ›Kalender‹ in Unordnung geriet: Mrs. Porky bekam ihre Ferkel — und wir hatten die Berge noch nicht hinter uns.

Es war die schwerste Entscheidung in meinem Leben. Dora fühlte sich ausgezeichnet, aber sie befand sich jetzt im fünften Monat. Umkehren (wie ich es mir geschworen hatte) oder weiterfahren, in der Hoffnung, daß wir die Ebene erreichten, bevor sie niederkam?

Was war leichter für sie?

Ich mußte sie zu Rate ziehen — und dann *selbst* einen Beschluß fassen.

Die Verantwortung blieb bei mir.

Wieder studierte ich die Luftaufnahmen. Sie zeigten nichts Neues. Irgendwo weiter vorne öffnete sich die Schlucht zu einem breiten Flußtal — aber wann? Ich konnte es nicht sagen, weil ich nicht genau wußte, wo wir uns im Moment befanden. Ich hatte einen Wegmesser am Hinterrad des einen Wagens befestigt und ihn am Sattel des Passes auf Null gestellt. Aber das Ding war nach zwei Tagen ausgefallen; ein Stein oder Felsbrocken hatte es zermalmt.

Ausrüstung und Tiere: soweit in Ordnung. Wir hatten zwei Mulis verloren. Pretty Girl war eines Nachts an der Felswand ausgeglitten und hatte sich ein Bein gebrochen. Ich mußte sie töten. Wir schlachteten sie nicht, da wir genug Frischfleisch hatten. John Barleycorn fanden wir tot ein Stück vom Lager entfernt. Vielleicht ein schwaches Herz, vielleicht aber auch ein Lopper — denn der Kadaver war angefressen.

Drei Hennen waren eingegangen, ebenso zwei der jungen Ferkel.

Ich hatte nur noch zwei Reserveräder.

Das war mit ein Grund für meinen Entschluß, den Weg fortzusetzen.

(Gekürzt: ca. 7000 Worte. Inhalt: weitere Schwierigkeiten auf dem Weg durch die Schlucht.)

Wir standen auf dem Plateau, und das Tal erstreckte sich vor uns.

Ein *herrliches* Tal, Minerva, weit und grün und lieblich — Tausende und Abertausende Hektar fruchtbares Ackerland. Der Fluß hatte seine Wildheit verloren. Träge schlängelte er sich dahin. In weiter Ferne ragte ein schneebedeckter Berggipfel auf.

Irgendwie hatte ich das Gefühl, dies alles schon einmal gesehen zu haben. Und dann fiel es mir wie Schuppen von den Augen: Mount Hood, der Berg meiner Kindheit. Genau so hatte ich ihn in Erinnerung. Und doch — dieses üppige Tal, diese glitzernde Schneekuppe hatte noch kein Menschenauge erblickt.

Ich befahl Buck anzuhalten. »Dorabelle, wir sind daheim! Irgendwo dort unten wird unser Haus stehen.«

»Daheim«, wiederholte sie. »Oh, Woodrow!«

»Nicht weinen!«

»Ich weine nicht«, schluchzte sie. »Aber ich habe mir einige Tränen aufgespart, und wenn ich Zeit dazu habe, werde ich sie vergießen.«

»Meinetwegen, Liebling — wenn du Zeit hast. Schau dir den Berg dort drüben an! Wir nennen ihn Mount Dora, ja?«

Sie schüttelte den Kopf. »Nein, auf keinen Fall. Für mich ist er Mount Hope, der Berg der Hoffnung. Und das Tal soll Happy Valley heißen...« Sie strich sich über den gewölbten Leib. »Ich bin nämlich sicher, daß wir hier glücklich werden.«

»Dora, mein sentimentales kleines Mädchen...«

»Selber sentimental!«

Buck war zum Wagen gekommen und warf uns einen fragenden Blick zu. Er wußte nicht, weshalb wir angehalten hatten. »Buck«, sagte ich und deutete nach vorn, »dort unten ist unsere neue Heimat. Wir haben es geschafft. Eine Farm, mein Junge. Ein Stall.«

Der Mulihengst betrachtete das Tal. »Oo-kee.«

... im Schlaf, Minerva. Keine Lopper, nein. Bucks Fell wies keine einzige Bißwunde auf. Herzversagen, wenn ich mich nicht täusche. Er war einfach zu alt und müde. Bevor wir zu unserem Treck aufbrachen, hatte ich versucht, ihn auf John Magees Weide zurückzulassen. Aber Buck wollte das nicht. Wir waren seine Familie — Dora, Beulah und ich —, und er gab nicht nach, bis wir ihn mitnahmen. So machte ich ihn zum Boss über die Muliherde und sorgte dafür, daß er sich nicht zu sehr anstrengte. Wir spannten ihn nie vor und legten ihm auch keinen Sattel mehr auf. Oh, er leistete eine ganze Menge als Muliboss, und seine geduldige, kluge Führung trug entscheidend mit dazu bei, daß wir unser Ziel erreichten.

Vielleicht hätte er auf John Magees Weide noch ein paar Jahre gelebt. Vielleicht wäre er aber auch vor Sehnsucht und Einsamkeit eingegangen. Wer weiß?

Ich dachte keine Sekunde daran, ihn zu schlachten. Aber es ist albern, ein totes Tier einzugraben, wenn Lopper sich um den Kadaver kümmern. Nun, ich grub Buck dennoch ein.

Man benötigt ein verdammt großes Loch, um ein Muli zu bestatten. Hätte ich nicht eine Stelle im weichen Flußlehm gewählt, wäre ich wohl jetzt noch am Buddeln.

Doch zuerst gab es ›Personal‹-Fragen zu klären. Ken war ein kräftiger junger Mulihengst, der in der selbstgewählten Rangordnung der Tiere gleich nach Beulah kam. Andererseits hatte Beulah während des ganzen Trecks an Bucks Seite gearbeitet und dafür gesorgt, daß seine Befehle durchgeführt wurden. Ging es an, daß eine Stute die Herde leitete?

Minerva, bei Homo sapiens spielt dieses Problem keine Rolle, zumindest nicht heutzutage und auf Secundus. Aber bei manchen Tieren ist es wichtig. Eine Elefantenherde wird immer von einer Kuh angeführt. Auf dem Hühnerhof ist der Hahn uneingeschränkter Herrscher. Bei Hunden kann ein Weibchen oder ein Rüde die Gruppe befehligen. Eins steht jedenfalls fest: Der Mensch sollte derartige Gesetze bei Tieren beachten.

Ich beschloß, Beulah eine Chance zu geben, und befahl ihr, die Mulis zum Anschirren aufzustellen; ich wollte sie ein Stück wegführen, wenn ich Buck eingrub. Der Tod ihres Anführers hatte sie nervös gemacht. Ich weiß nicht, wie Mulis über das Sterben denken, doch zumindest läßt es sie nicht gleichgültig.

Beulah machte sich sofort an die Arbeit. Ich beobachtete Kenny. Er nahm ohne Widerspruch seinen Platz neben Daisy ein. Sobald ich alle im Geschirr hatte, blieb Beulah als einzige übrig.

Ich fragte Dora, ob sie es mit Beulahs Unterstützung schaffen würde, die Tiere ein Stück wegzubringen. Und schon tauchte das nächste Problem auf: Dora wollte dabeisein, wenn ich Buck begrub. Nicht genug damit ...

»Woodrow — ich helfe dir beim Schaufeln. Ich empfinde es als meine Pflicht. Buck war mein Freund.«

»Dora«, entgegnete ich streng, »ich habe viel Nachsicht mit einer schwangeren Frau — aber ich lasse es niemals zu, daß sie eine Arbeit übernimmt, die ihr schaden kann.«

»Aber, Liebling, ich fühle mich körperlich sehr wohl — nur die Sache mit Buck geht mir sehr nahe. Deshalb muß ich irgend etwas für ihn tun.«

»Es freut mich, daß du dich wohl fühlst, und das soll auch so bleiben. Du hilfst mir am meisten, wenn du dich nicht von den beiden Wagen entfernst. Dora, ich habe hier draußen keine Möglichkeit, ein zu früh geborenes Baby durchzubringen. Ich möchte nicht noch ein Grab schaufeln!«

Ihre Augen weiteten sich vor Entsetzen. »Glaubst du im Ernst, daß...?«

»Liebling, ich weiß es nicht. Ich habe Frauen gekannt, die ihre Babys trotz unglaublicher Strapazen austrugen. Andere erlitten aus kaum erkennbaren Gründen eine Fehlgeburt. Die einzige Regel, die es in diesem Fall gibt, lautet: Kein unnötiges Risiko eingehen! Und es ist unnötig, daß du mir hilfst.«

So schlossen wir wieder einmal einen Kompromiß, obwohl das eine zusätzliche Stunde Arbeit kostete. Ich koppelte den zweiten Wagen ab, errichtete den Staketenzaun, ließ die vier Ziegen innerhalb der Barriere zurück und erlaubte Dora, im Lager zu bleiben. Dann fuhr ich den ersten Wagen an eine drei- bis bis vierhundert Meter entfernte Stelle, schirrte die Mulis los und befahl Beulah, sie zusammenzuhalten. Ken und Fritz bekamen den Auftrag, ihr zu helfen. Dann kehrte ich mit Lady Mac um. Die Sicht war gut — kein Unterholz, kein hohes Gras; das Tal erinnerte an einen gepflegten Park. Aber ich würde die meiste Zeit in dem Loch stehen — eine gute Gelegenheit für einen Lopper, sich heimlich anzuschleichen.

»Lady Macbeth, hopp!« befahl ich, und die Hündin sprang auf das Wagendach. »Wache halten!«

Wir hatten vereinbart, daß Dora im Wagen bleiben sollte.

Es dauerte den ganzen Tag, bis ich unseren alten Freund unter der Erde hatte; ich legte nur eine kurze Rast im Schatten des Wagens ein. Halt, eine Unterbrechung gab es noch...

Es war Nachmittag, und das Loch hatte in etwa die richtige Tiefe, als Lady Macbeth plötzlich zu bellen begann. Ich kletterte sofort nach oben, den Strahler in der Hand, da ich mit einem Lopper rechnete.

Nur ein Drache.

Ich war nicht sonderlich überrascht; das dichte, kurze Gras, das fast an einen Rasen erinnerte, deutete eher auf Drachen als auf Präzieziegen hin. Diese Drachen waren ungefährlich, wenn man nicht zufällig mit ihnen zusammenstieß. Ihre Nahrung bestand aus Gras und Laub, sie besaßen nicht die Spur von Intelligenz und bewegten sich äußerst plump und träge. Oh, sie sahen zum Fürchten häßlich aus — etwa wie sechsbeinige Triceratops. Aber das war alles. Lopper ließen sie in Ruhe, da es sich nicht lohnte, gegen den harten Schuppenpanzer anzukämpfen.

Ich lief zum Wagen und zeigte Dora den Drachen. »Schon einmal einen gesehen?«

»Ja, aber nicht aus der Nähe. Himmel, ist das ein Riesenvieh!«

»Das schon, aber ich nehme an, daß es von selbst die Flucht ergreift. Ich will keine Munition verschwenden.«

Aber dieser blöde Drache tat mir nicht den Gefallen. Minerva, ich glaube, er war so dämlich, daß er unseren Wagen mit einer Gespielin verwechselte — oder umgekehrt; es ist schwer, Männchen und Weibchen auseinanderzuhalten. Aber es handelt sich eindeutig um eine bisexuelle Rasse; zwei Drachen beim Paarungsritual — ein überwältigender Anblick. Als das Tier bis auf hundert Meter herangekommen war, verließ ich die Umzäunung und nahm Lady Mac mit, die ungeduldig schnupperte. Ich bezweifle, daß sie je einen Drachen gesehen hatte; in der Gegend von Top Dollar waren sie längst ausgerottet. Sie umkreiste das Biest in vorsichtigem Abstand und bellte wütend.

Ich hoffte, daß Ladys Gebell den Drachen verscheuchen würde, aber das Scheusal achtete gar nicht darauf. Schwerfällig hielt es auf den Wagen zu. Also kitzelte ich es mit dem Nadler. Es blieb stehen, ein wenig erstaunt, wenn ich mich nicht irre, und riß das Maul auf. Genau das hatte ich gebraucht. Mit einem gezielten Schuß durch die Zahnlücken erledigte ich meinen Drachen Nummer Eins.

Einen Moment lang blieb er aufrecht stehen, dann brach er im Zeitlupentempo zusammen. Ich rief Lady und kehrte zum Lager zurück. Dora erwartete uns. »Darf ich ihn aus der Nähe anschauen?«

Ich warf einen Blick auf die Sonne. »Liebling, ich habe noch einiges zu tun, bis ich Buck eingegraben und die Mulis zurückgeholt habe. Außer du möchtest die Nacht hier verbringen — zwischen einem Grab und einem toten Drachen...«

Sie bestand nicht darauf, und ich machte mich wieder an die Arbeit.

(Gekürzt)

... Selbst jene erste Zeit war erträglich, da in Happy Valley alles gedieh und wir zwei bis drei Ernten im Jahr einbrachten. Aber wir hätten es ›Tal der Drachen‹ nennen sollen.

Die Lopper waren schlimm genug, ganz besonders die wendigen, kleinen, die in ganzen Rudeln jagten und die es jenseits der Rampart Range nicht gegeben hatte. Aber diese verfluchten

Drachen! Sie brachten mich beinahe um den Verstand. Wenn man viermal nacheinander den gleichen Kartoffelacker verliert, hat man die Sache satt.

Lopper konnte ich vergiften und mit Fallen erlegen, wenn ich von Zeit zu Zeit die Methoden änderte. Oder ich konnte sie mit einem Köder anlocken und in einer Nacht ein ganzes Rudel vernichten. Auch die Mulis lernten, mit dieser Gefahr zu leben. Sie rückten nachts dichter zusammen, und eines von ihnen hielt stets Wache. Wir verloren drei Mulis und sechs Ziegen durch Lopper, aber die Biester begriffen allmählich, daß wir ihnen überlegen waren, und begannen unser Tal zu meiden.

Diese Drachen dagegen! Viel zu groß und plump für Fallen. Gift fraßen sie nicht; sie machten sich nur etwas aus Salatblättern. Aber was ein einziger Drache in einem Maisfeld anrichten kann, ist schlimmer als eine Naturkatastrophe. Pfeile prallten von ihrem Panzer ab, und Nadler kitzelten sie nur. Der Strahler war die einzige Waffe, die gegen diese Bestien half. Und im Gegensatz zu den Loppern blieben sie in Happy Valley; sie kapierten einfach nicht, daß ich am längeren Hebel saß.

In unserem ersten Anbausommer tötete ich über hundert Drachen, um die Ernte zu schützen ... was eine Niederlage für mich und einen Sieg für die Drachen bedeutete. Zum einen verbreiteten sie einen grauenhaften Gestank (wohin mit den Riesenkadavern?). Zum zweiten — und das war weit schlimmer — wurde meine Munition knapp, während die Drachen durchaus nicht knapp wurden.

Kein elektrischer Strom. An der Stelle, wo wir unser Haus errichtet hatten, besaß der Buck's River nicht genügend Strömung für ein Wasserrad, selbst wenn ich einen Wagen opferte, um es zu bauen. Die Windmühle, die ich mitgebracht hatte, bestand im Grunde nur aus einem Getriebe und ein paar Metallteilen; den Rest mußte ich selbst besorgen. Doch solange wir keine Energie hatten, konnten wir die Batterien der Strahler nicht nachladen.

Dora löste das Problem. Wir lebten ziemlich behelfsmäßig: ein Viereck aus Lehmmauern, gerade groß genug, daß die Wagen darin Platz fanden. Nachts schliefen wir mit Baby Zack im vorderen Wagen; tagsüber kochten wir auf einer offenen Feuerstelle. Nun ja — der Rauch, die Ziegen, die Hühner und die Windeln, dazu die Abortgrube ... ich muß zugeben, daß wir den Drachengestank gar nicht mehr bemerkten.

Wir saßen nach dem Abendessen im Freien, Dora wie immer um diese Zeit mit ihren Rubinen geschmückt, und betrachteten die Monde und Sterne. Eine besinnliche Stunde, die ich im allgemeinen genoß — aber an diesem Abend gingen mir zu viele Probleme durch den Kopf. Dora spürte meine Unrast und fragte, was los sei. Ich versuchte ihr klarzumachen, weshalb es so schwierig war, hier draußen in der Wildnis Energie zu erzeugen. Dazu benutzte ich mehr aus Versehen einen Ausdruck, der längst der Vergangenheit angehörte: Pferdestärken.

Dora hatte noch nie ein Pferd gesehen, doch sie wußte, was für ein Tier ich meinte. Und nach einer Weile, als ich das Thema schon wieder abgeschlossen hatte, sagte sie nachdenklich: »Liebling, was hältst du von Mulistärken?«

(Gekürzt)

Wir lebten sieben Jahre in unserem Tal, als der erste fremde Wagen auftauchte. Zack war fast sieben und konnte mir schon hin und wieder bei der Arbeit helfen — er versuchte es zumindest, und ich ermutigte ihn. Andy war fünf und Helen dreieinhalb. Wir hatten Persephone verloren, aber Dora erwartete bereits wieder ein Kind. Sie hatte darauf bestanden, und ich erkannte nun, daß es richtig gewesen war; sobald wir wußten, daß sie schwanger war, stieg unser Lebensmut. Persephone fehlte uns — sie war ein entzückendes Kind gewesen.

Aber wir gaben die Trauer auf und blickten wieder in die Zukunft.

Alles in allem ging es uns großartig. Wir hatten einen schönen Hof, eine Menge Vieh, gute Ernten, ein richtiges Haus an der Rückwand der Adobe-Umzäunung, eine Windmühle, die eine Säge antrieb oder Getreide mahlte oder Energie für meinen Strahler lieferte ...

Als ich den Wagen erspähte, war mein erster Gedanke, daß Nachbarn ein Segen sein konnten. Aber mein zweiter Gedanke war, daß ich den Neuankömmlingen voller Stolz meine Farm und meine prächtige Familie vorstellen würde.

Dora erklomm das Dach und hielt mit mir Ausschau nach dem fremden Wagen. Er war noch mehr als fünfzehn Kilometer entfernt. Ich legte ihr den Arm um die Schultern. »Aufgeregt, Liebling?«

»Für wie viele Leute muß ich wohl Abendessen kochen?«

»Hmm — nur ein Wagen. Eine Familie. Zwei Erwachsene mit höchstens zwei Kindern, würde ich sagen.«

»Du hast recht, aber ich werde für alle Fälle etwas mehr herrichten.«

»Zieh unseren Kindern Kleider an, bevor die Fremden eintreffen. Niemand soll glauben, hier wohnt eine Horde von Wilden.«

»Und ich — muß ich mich auch feinmachen?«

Ich lachte. »Ganz wie du meinst — aber wer jammerte erst vor kurzem, daß im Schrank ein völlig neues Sonntagskleid hinge?«

»Trägst du deinen Kilt, Lazarus?«

»Vielleicht. Ganz bestimmt nehme ich ein Bad, denn ich habe vor, den Hof zu schrubben. Unsere Ziegen sind nun mal nicht zur Sauberkeit zu erziehen. Aber vergiß den Namen ›Lazarus‹, Liebes. Ich bin jetzt wieder Bill Smith.«

»In Ordnung, Bill. Auch ich werde ein Bad nehmen — denn es kann allerhand Schweiß kosten, das Haus aufzuräumen, ein Festmahl zu kochen und den Kindern noch rasch Manieren beizubringen. Die Kleinen haben noch keinen Menschen außer uns zu Gesicht bekommen...«

»Keine Angst, sie werden sich schon richtig benehmen.« Dora und ich hatten die gleichen Ansichten über Kindererziehung: viel loben, niemals zornig losschreien, Strafen nicht androhen, sondern, wenn nötig, *sofort* erteilen und die Angelegenheit dann wieder vergessen. Eine allzu sanfte Behandlung vertrugen meine Kinder nicht; das nützten sie nur aus. Aber wenn sie Hiebe bekamen, waren wir hinterher besonders nett zu ihnen. Einige meiner Frauen hatten es nie so recht verstanden, die kleinen Teufel, die ich zeugte, zu bändigen. Dora war da anders; sie widmete sich vom ersten Tag an dem Dressurakt. So kam es, daß wir mehr oder weniger gesittete Kinder hatten.

Als die Fremden noch etwa einen Kilometer entfernt waren, ritt ich ihnen entgegen. Ich war erstaunt — und ein wenig enttäuscht. Eine Familie — nun ja, mehr oder weniger. Ein Mann mit zwei erwachsenen Söhnen. Keine Frauen, keine Kinder. Auf welcher Grundlage wollten sie hier draußen eine Existenz aufbauen?

Der jüngere Sohn hatte erst den Anflug eines Bartes und die unsichere Haltung eines Halbwüchsigen. Dennoch war er größer und kräftiger gebaut als ich. Sein Vater und der ältere Bruder erinnerten an Bullen. Die beiden Ältesten ritten neben dem Wagen, der vom Jüngeren gesteuert wurde. Ja, richtig gesteuert, denn die Muliherde hatten keinen Boss.

Die Männer gefielen mir nicht. Ich hoffte nur, daß sie bis ans andere Ende des Tales weiterziehen würden. Von Nachbarn hatte ich andere Vorstellungen.

Die beiden Reiter trugen Schußwaffen an der Hüfte — in einem Loppergebiet sicher keine unbegründete Maßnahme. Ich selbst hatte einen Nadler umgeschnallt — und trug noch einiges an Metall unter den Kleidern.

Der Jüngste hielt den Wagen an, als ich näher kam. Ich brachte Beulah etwa zehn Schritt von den Leitmulis entfernt zum Stehen. »Willkommen in Happy Valley«, sagte ich. »Ich bin Bill Smith.«

Der Vater musterte mich von Kopf bis Fuß. Er hatte eine Pokermiene aufgesetzt. Er hielt mich wohl für einen harmlosen Siedler. (Dora legte Wert darauf, daß ich nicht älter aussah als sie; außerdem hatte ich mich zu Ehren der Besucher frisch rasiert.) Nun, es konnte nicht schaden, wenn er mich unterschätzte. »Das ist aber mächtig nett von Ihnen, Junge!« erwiderte er mit einem schiefen Grinsen.

»Bill Smith!« wiederholte ich. »Ich habe Ihren Namen nicht verstanden.«

»Vielleicht, weil ich ihn nicht genannt habe, Sonny. Ich heiße Montgomery — ›Monty‹ für meine Freunde. Und ich habe keine Feinde, was, Darby?«

»Genau, Paps.«

»Das hier ist mein Sohn Darby, und der dort drüben heißt Dan. Sagt mal brav guten Tag, Jungs!«

»Tag!« knurrten sie.

»Tag, Darby. Tag, Dan. Ihre Frau wartet wohl im Wagen, Monty?« Ich deutete auf den Planwagen, ohne jedoch einen Blick ins Innere zu werfen. Keiner kann mir nachsagen, daß ich ein Schnüffler bin.

»Warum stellen Sie ausgerechnet diese Frage?«

Ich behielt meinen naiven Gesichtsausdruck bei. »Weil Mrs. Smith wissen möchte, wie viele Gäste zum Abendessen kommen.«

»Habt ihr gehört, Jungs? Wir sind zum Abendessen eingeladen. Das ist mächtig freundlich, was, Dan?«

»Genau, Paps.«

»Und wir nehmen gern an, was, Darby?«

»Genau, Paps.«

Mir gingen die stupiden Antworten der Söhne allmählich auf die Nerven, aber ich beherrschte mich. »Monty, ich weiß noch immer nicht, wie viele Leute kommen.«

»Oh, nur wir drei. Aber wir futtern für sechs.« Er klatschte sich auf die Schenkel und wieherte vor Lachen. »Stimmt's, Dan?«

»Genau, Paps.«

»Na, dann mach den Drecksviechern mal Dampf, damit wir rechtzeitig da sind!«

Ich erwartete das ›Genau, Paps!‹ nicht ab, sondern warf ein: »Immer mit der Ruhe, Monty! Es ist nicht nötig, daß eure Mulis in Schweiß geraten.«

»Es sind meine Mulis, Mann.«

»Das stimmt, und ihr könnt sie behandeln, wie ihr wollt, aber Mrs. Smith muß noch ein paar Vorbereitungen treffen. Ich sehe, Sie tragen eine Uhr, Monty.« Ich warf einen Blick auf die meine. »Meine Frau erwartet euch in einer Stunde — außer ihr braucht länger, um die Mulis zu versorgen.«

»Die Biester kommen nach dem Essen dran. Wenn wir zu früh aufkreuzen, setzen wir uns schon mal in die gute Stube.«

»Nein«, entgegnete ich entschieden. »In einer Stunde, nicht eher. Ihr wißt, wie nervös eine Lady wird, wenn die Gäste sie beim Kochen stören. Es ist eure Sache, was ihr mit den Mulis macht, aber an der Flußbiegung kurz von der Farm hat sich Schwemmsand gesammelt, und die Böschung ist niedrig. Eine ideale Tränke. Vielleicht wollt ihr auch selbst ein Bad nehmen, bevor ihr euch Mrs. Smith vorstellt. In einer Stunde also . . .«

»Ihre Frau scheint ja'n bißchen penibel, dafür, daß sie mitten in der Wildnis haust.«

»Sie ist es«, erklärte ich. »Komm, Beulah!«

Ich trieb das Muli zu einem schnellen Galopp an. Das kribbelige Gefühl in meinem Nacken ließ erst nach, als ich mich außer Reichweite ihrer Schußwaffen befand.

Ich nahm mir nicht die Zeit, Beulah abzusatteln, sondern eilte sofort nach drinnen. Dora erwartete mich am Tor. »Was ist los, Liebling? Gibt es Kummer?«

»Vielleicht. Drei Männer — sie gefallen mir nicht. Dennoch, ich habe sie zum Abendessen eingeladen. Sind die Kinder satt? Dann bringen wir sie sofort zu Bett und bleuen ihnen ein, sich mucksmäuschenstill zu halten. Ich habe mit keiner Silbe erwähnt, daß wir mehr als zwei Personen sind. Es muß alles verschwinden, was den Kerlen einen Hinweis auf die Kleinen geben könnte.«

»Ich versuche es. Gegessen haben sie.«

Genau eine Stunde später empfing Lazarus Long seine Gäste am Tor des Adobe-Walls. Sie kamen von der Tränke, also hatten sie vermutlich ihre Tiere mit Wasser versorgt, aber nun fanden sie es nicht der Mühe wert, den müden Mulis das Geschirr abzunehmen.

Immerhin wirkten sie selbst frisch gewaschen — vielleicht ging noch alles glatt.

Lazarus trug seinen besten Kilt, den er sonst nur anlegte, wenn die Kinder Geburtstag hatten.

Montgomery stieg ab und sah seinen Gastgeber kopfschüttelnd an. »Mann, Sie haben sich ja toll herausgeputzt!«

»Euch zu Ehren, Gentlemen.«

»Das finde ich ja echt Klasse, Red. Du nicht auch, Dan?«

»Genau, Paps.«

»Ich heiße Bill, Monty — nicht Red. Ihr könnt die Waffen im Wagen draußen lassen.«

»Na, also das ist schon weniger nett. Wir tragen immer unsere Waffen, stimmt's, Darby?«

»Genau, Paps. Und wenn Paps ›Red‹ zu Ihnen sagt, Fremder, dann heißen Sie so.«

»Aber, aber, Darby, so war das nicht gemeint. Wenn Red sich Tom, Dick oder Harry nennen will, dann ist das seine Sache. Aber wirklich, Bill, wir würden uns ziemlich nackt ohne die Schießeisen vorkommen. Ich nehme das Ding sogar mit ins Bett.«

Lazarus stand am Tor. Er traf keine Anstalten, die Besucher einzulassen. »Das ist eine vernünftige Vorsichtsmaßnahme — unterwegs. Aber Gentleman tragen nun mal keine Waffen, wenn sie mit einer Lady zu Tisch sitzen. Legt sie hier ab oder bringt sie in den Wagen, ganz wie ihr wollt.«

Lazarus spürte, wie die Spannung wuchs. Die beiden Jungen sahen ihren Vater an, als erwarteten sie einen Befehl. Lazarus beachtete sie nicht. Er stand ganz locker da und lächelte Monty an. Gleich jetzt? Würden sie die Herausforderung annehmen? Oder warten?

Montgomery grinste breit. »Klar, Nachbar, wenn Sie meinen! Soll ich auch noch die Hose ausziehen?«

»Der Gurt mit den Waffen reicht, Sir.« (Er ist Rechtshänder. Wo würde ich meine zwei Kanonen verstecken, wenn ich Rechtshänder wäre? Hier wohl — hm, aber sie müßte klein sein . . . entweder ein Nadler oder eine altmodische Pistole. Sind seine Söhne auch Rechtshänder?)

Die Montgomerys legten die Schießeisen auf dem Kutschbock ihres Wagens ab und kamen zurück. Lazarus trat zur Seite und ließ sie ein, dann verschloß er das Tor wieder. Dora hatte ihr ›Sonntagskleid‹ angezogen. Zum erstenmal seit langem trug sie zum Abendessen nicht ihren Rubinschmuck.

»Liebes, das hier ist Mister Montgomery mit seinen Söhnen Darby und Dan. Meine Frau Mrs. Smith.«

Dora machte einen kleinen Knicks. »Willkommen, Mister Montgomery! Willkommen, Darby und Dan!«

»Nennen Sie mich ruhig ›Monty‹, Mrs. Smith — und wie heißen Sie? Hübsch haben Sie es hier — obwohl Sie mitten in der Wildnis wohnen.«

»Wenn mich die Herren jetzt entschuldigen — ich habe noch einiges zu erledigen, bis das Essen auf dem Tisch steht.« Sie drehte sich um und eilte zurück in die Küche.

»Freut mich, daß es Ihnen gefällt, Monty. Mehr haben wir bis jetzt nicht geschafft, da wir gleichzeitig das Land bestellen mußten.« Insgesamt waren vier Räume an die rückwärtige Mauer des Adobe-Walls gebaut: Vorratskammer, Küche, Schlafzimmer und Kinderzimmer. Jeder der Räume besaß zum Innenhof hin eine Tür, aber nur die Küchentür stand offen. Die Zimmer gingen ineinander über.

Im Freien vor der Küche befand sich eine Feuerstelle aus Lehmziegeln und einem Metallrost; in der Küche selbst war ein Herd mit Rauchabzug. Dieser Herd, den sie vor allem bei schlechtem Wetter benutzten, und ein großes Wasserschaff bildeten bis jetzt Doras Kücheneinrichtung — aber Lazarus hatte ihr für die ferne Zukunft (»bevor du Großmutter wirst«) fließendes Wasser in Aussicht gestellt.

Sie drängte ihn nicht.

Jenseits des Feuerplatzes und parallel zu den Schlafräumen stand ein langgestreckter Tisch mit passenden Stühlen. Ein Stück entfernt vom Haus hatte Lazarus einen primitiven Abort errichtet. Das ›Bad‹ bestand aus zwei Holzwannen.

»Nicht schlecht«, gab Montgomery zu. »Aber Sie hätten das Klo nicht im Innenhof bauen sollen. Wußten Sie das nicht?«

»Es steht noch eins außerhalb des Walls«, erklärte Lazarus Long. »Wir benutzen es tagsüber. Aber nachts kann man einer Frau nicht zumuten, die Farm zu verlassen.«

»Viele Lopper, was?«

»Nicht so viele wie früher. Haben Sie Drachen gesehen, als Sie durch das Tal kamen?«

»Jede Menge Knochen. Scheint wohl eine Seuche unter den Biestern ausgebrochen zu sein.«

»So kann man es auch nennen«, lachte Lazarus. »Lady! *Fuß*!« Er fügte hinzu: »Monty, sagen Sie Darby, daß es gefährlich ist, nach dem Hund zu treten; er beißt.«

»Du hast es gehört, Darby! Laß den Hund in Ruhe!«

»Dann soll er aus meiner Nähe verschwinden. Ich mag Hunde nicht. Außerdem hat er mich angeknurrt.«

»Weil Sie ihn wegstießen, als er Sie beschnupperte. Wir haben ihn als Wachhund abgerichtet; er weiß, daß es seine Pflicht ist, auf Fremde zu achten. Wenn ich nicht in der Nähe gewesen wäre, hätte er Sie an der Kehle gepackt.«

»Bill, bringen Sie das Tier besser weg, während wir essen.« Das klang wie ein Befehl.

»Nein.«

»Meine Herren — das Essen!«

»Wir kommen, Schatz. Lady — Wache halten!« Die Schäferhündin warf Darby einen mißtrauischen Blick zu, aber sie gehorchte und sprang in zwei langen Sätzen über die Leiter auf das Dach. Oben angelangt, spähte sie aufmerksam in die Runde, bevor sie sich hinlegte.

Das Essen fand großen Anklang bei den Gästen. Hin und wieder wechselte Monty ein paar Worte mit Lazarus, während sich Darby und Dan einfach vollstopften. Dora antwortete nicht auf die Anzüglichkeiten, mit denen Montgomery sie bedachte. Die Söhne schienen überrascht zu sein, Bestecke neben den Tellern vorzufinden; sie mühten sich eine Weile mit den ungewohnten Geräten ab, dann beschränkten sie sich auf das Messer und die Finger. Ihr Vater wollte beweisen, daß er mehr Eßkultur besaß; dabei geriet etliches von den Speisen in seinen Bart.

Dora hatte Brathähnchen aufgetischt, Schinkenscheiben, Kartoffelbrei und Hühnersoße, knuspriges Maisbrot mit Speckwürfeln, Ziegenmilch, grünen Salat und Tomaten, Rübengemüse, frische Radieschen und zum Nachtisch Stachelbeeren. Wie versprochen, aßen die Montgomerys für sechs.

Endlich schob Monty seinen Stuhl zurück und rülpste genießerisch. »Ah, das hat gutgetan! Mrs. Smith, Sie können immer für uns kochen. Stimmt's, Dan?«

»Genau, Paps.«

»Freut mich, daß es Ihnen geschmeckt hat, meine Herren.« Sie stand auf und begann den Tisch abzuräumen. Lazarus half ihr dabei.

»Oh, setzen Sie sich doch, Bill«, sagte Montgomery. »Ich habe ein paar Fragen an Sie.«

»Fragen Sie ruhig!« Lazarus stapelte die Teller.

»Außer Ihnen gibt es niemanden in diesem Tal?«

»Nein.«

»Dann bleiben wir hier auf der Farm. Mrs. Smith ist eine sehr gute Köchin.«

»Sie können die Nacht bei uns verbringen und sich morgen weiter unten am Fluß selbst Farmland abstecken. Wie gesagt, das Gebiet hier habe ich erschlossen.«

»Darüber wollte ich ohnehin mit Ihnen reden. Ist doch unfair, wenn ein Mann das beste Land für sich allein beansprucht.«

»Es ist nicht das beste Land, Monty; flußabwärts gibt es noch Tausende von Hektar, die ebenso gut sind. Der Unterschied besteht darin, daß *ich* die Äcker und Weiden hier angelegt habe.«

»Na, darüber streiten wir nicht. Wir überstimmen Sie einfach. Drei zu eins, was, Darby?«

»Genau, Paps.«

»Ich denke nicht daran, mein Land aufzugeben.«

»Mann, nun seien Sie vernünftig! Die Mehrheit hat immer recht. Aber wir streiten nicht. Ein herrliches Essen war das — und nun brauchen wir Bewegung. Bill, ringen Sie mit uns?«

»Nicht gern.«

»Seien Sie kein Spaßverderber! Dan, glaubst du, daß du ihn schaffst?«

»Klar, Paps.«

»Gut. Bill, zuerst treten Sie gegen Dan an — hier, mitten im Hof. Ich mache den Schiedsrichter.«

»Monty, ich habe keine Lust zum Ringen.«

»Aber sicher haben Sie! *Mrs. Smith*! Kommen Sie heraus — das müssen Sie mit ansehen ...«

»Gleich!« rief Dora. »Ich bin beschäftigt.«

»Dann beeilen Sie sich! Danach, Bill, treten Sie gegen Darby an. Und zum Schluß gegen *mich*.«

»Kein Ringkampf, Sportsfreund! Es wird Zeit, daß ihr wieder in euren Wagen klettert und losfahrt.«

»Aber Sie wissen ja noch gar nicht, welcher Preis den Sieger erwartet, Bill! Der Sieger schläft mit Mrs. Smith.« Er hielt sein zweites Schießeisen in der Hand. »Ausgetrickst, was?«

Durch die offene Küchentür schoß ihm Dora die Waffe aus der Hand, während in Dans Hals plötzlich ein Messer stak. Lazarus machte Montgomery durch einen Schuß ins Bein kampfunfähig und zielte dann sorgfältig auf Darby — er wollte Lady Macbeth nicht treffen, die den Burschen an der Kehle gepackt hatte.

Zwei Sekunden später standen die Sieger fest.

»Fuß, Lady! Gut getroffen, Dorabelle!« Er tätschelte Lady Macbeth. »*Brave* Lady! *Braver* Hund!«

»Danke, Liebling. Soll ich Monty erledigen?«

»Ihr Schweine!« keuchte Montgomery. »Habt uns keine Chance gegeben!«

»O doch, Monty. Ihr habt sie nur nicht wahrgenommen. Dora — willst du? Er gehört dir.«

»Nein, danke. Ich verzichte lieber.«

»Wie du meinst.« Die Waffe von Montgomery lag im Sand. Lazarus hob sie auf. Es war in der Tat ein Museumsstück — aber die Kugel im Lauf tat ihre Wirkung.

Dora zog ihr Kleid aus. »Warte, Lazarus, ich helfe dir. Ich möchte nur nicht, daß die guten Sachen schmutzig werden.« Jetzt, da sie nichts anhatte, merkte man, daß sie schwanger war. Man sah auch, daß sie Waffen am Körper versteckt hatte.

»Laß nur, Mädchen, du hast für heute dein Soll erfüllt! Bring mir bitte meinen ältesten Overall. Ich möchte die Kerle wegschaffen, bevor zuviel Blut in den Boden dringt.«

Er öffnete das Tor.

»Lazarus, ich *will* aber helfen!«

»Na schön, komm mit! Aber mach mir keine Vorwürfe, wenn dir schlecht wird. Ich habe dich gewarnt.«

Sie schleiften die Toten zum Wagen, und Lazarus lud sie ins Innere. Er hatte die Absicht, das Gefährt ein paar Meilen flußabwärts stehenzulassen. Die Lopper würden sich um den Rest kümmern.

Während Dora die Mulis beruhigte, stieß Lazarus plötzlich einen verwunderten Ruf aus. »Dora — sieh dir das an!«

Er hatte im Innern des Wagens eine Sandsteinplatte entdeckt, auf der folgende Worte eingraviert standen:

BUCK
GEBOREN AUF DER ERDE
3031 A.D.
GESTORBEN AN DIESEM FLECK
N.B. 37
Er tat immer sein Bestes

»Lazarus, das begreife ich nicht«, sagte sie. »Ich begreife, daß sie mich vergewaltigen wollten — sie hatten vermutlich seit vielen Wochen keine Frau mehr gesehen. Ich begreife sogar noch, daß sie dich umbringen wollten, um an mich leichter heranzukommen. Aber *warum* mußten sie die Grabplatte stehlen?«

»Liebling, Leute, die keine Achtung vor dem Besitz anderer haben, sind zu *allem* fähig . . . und stehlen alles, was nicht niet- und nagelfest ist, ob sie es nun brauchen oder nicht.« Er fügte hinzu: »Hätte ich die Grabplatte früher gesehen, wären sie gar nicht erst bis zu unserer Farm gekommen. Solche Leute muß man auf der Stelle unschädlich machen.«

Minerva, Dora war die einzige Frau, die ich rückhaltlos liebte. Ich kann das selbst nicht erklären. Als ich sie heiratete, empfand ich — nun, eher wie ein Vater für ein Kind, das ihm ans Herz gewachsen ist. Ich brachte es nicht fertig, ihr den Wunsch abzuschlagen, und dachte insgeheim, nach fünfzig oder sechzig Jahren sei die Angelegenheit ohnehin vorüber. Ein Zwischenspiel für mich . . .

Alles übrige entwickelte sich aus meinem Prinzip, keine Halbheiten zu dulden.

Doch darüber sprach ich schon ausführlich.

Happy Valley — meine glücklichste Zeit. Je länger ich mit Dora zusammenlebte, desto mehr liebte ich sie. Sie brachte mir die wahre Liebe bei. Ich lernte — ziemlich langsam, das muß ich zugeben. Mir fehlte ihr Naturtalent. Aber ich lernte, welches Glück es bedeutet, einem anderen Menschen Sicherheit und Wärme zu schenken.

Und welchen Schmerz. Denn je glücklicher ich war, desto stärker kam mir zu Bewußtsein, daß unsere gemeinsame Zeit eines Tages vorbei sein würde — und als sie vorbei war, ließ ich an die hundert Jahre vergehen, bis ich wieder heiratete. Aber sie lehrte mich, *jetzt* zu leben, den Augenblick zu genießen . . . bis ich die traurige Tatsache überwand, daß ich zum Weiterleben verurteilt war.

Wir verbrachten eine herrliche Zeit. O ja, wir schufteten rund um die Uhr, aber es machte uns Spaß. Die meisten Arbeiten erledigten wir gemeinsam — wenn man von den Dingen absieht, bei denen uns die Natur Grenzen setzte. So konnte ich keine Babys stillen, und Dora besaß für manche Arbeiten nicht die nötige Körperkraft, besonders wenn sie schwanger war. Sie war die bessere Köchin (ich hatte mehr Erfahrung, aber mir fehlte einfach das gewisse Etwas), und sie konnte sich beim Kochen um die kleineren Kinder kümmern. Die Großen begleiteten mich aufs Feld. Aber ich kochte auch, zum Beispiel das Frühstück, wenn sie die Kinder herrichtete, und sie half mir bei der Farmarbeit, besonders auf den Gemüsefeldern. Sie verstand nichts davon — doch sie lernte.

Sie verstand auch nichts vom Hausbau — und ging mir großartig zur Hand. Während ich die Mauern errichtete, stellte sie Adobe-Ziegel her, immer mit der richtigen Menge Stroh. Adobe eignete sich nicht besonders für unser Klima, weil es zu oft regnete, und manchmal geschah es, daß die Mauern wieder aufweichten, bevor wir Gelegenheit fanden, sie mit einem Dach zu schützen.

Aber man muß das Material nehmen, das in der Nähe ist, und ich behalf mich mit den Planen von unseren Wagen, bis ich eine Möglichkeit fand, die Adobe-Wände mit einer wasserdichten Schicht zu überziehen. Ein Blockhaus zog ich gar nicht erst in Erwägung; gutes Holz war zu weit entfernt. Es kostete einen ganzen Tag Arbeit, bis die Mulis zwei Balken herbeigeschleppt hatten, und dieser Aufwand lohnte sich kaum. Außerdem war Dora in einem brennenden Holzhaus beinahe ums Leben gekommen; ich wollte unter allen Umständen verhindern, daß sich ein derartiges Unglück wiederholte.

Ich zermarterte mir das Gehirn, welches Material sich für ein wasserdichtes und zugleich feuerfestes Dach eignen könnte.

Dabei lag die Lösung buchstäblich am Wege.

Das, was von einem toten Drachen übrigbleibt, wenn Wind und Wetter, Lopper, Insekten und Fäulnisbakterien am Werk waren, ist so gut wie unzerstörbar. Zu dieser Erkenntnis gelangte ich, als ich versuchte, einen Kadaver zu verbrennen, der zu nahe am Haus lag. Ich weiß heute noch nicht, weshalb das so ist. Vielleicht hat inzwischen jemand die biochemischen Reaktionen dieser Drachen untersucht; damals hatte ich weder die Zeit noch die Ausrüstung dafür. Ich war voll und ganz damit beschäftigt, meiner Familie ein einigermaßen erträgliches Heim zu schaffen, und freute mich einfach über die Tatsache. Die Bauchhaut schnitt ich in breite Streifen und dichtete damit den Dachstuhl ab. Die harten Panzerschalen von Rücken und Flanken ersetzten mir die Dachplatten. Für die Knochen fand ich im Laufe der Jahre noch manche Verwendung.

*

Unterricht hielten wir im Haus und im Freien ab. Möglich, daß unsere Kinder eine ungewöhnliche Ausbildung bekamen, aber ein Mädchen, das in der Lage ist, einen Sattel aus Mulileder zu nähen, quadratische Gleichungen im Kopf auszurechnen, mit Pfeil und Bogen zu schießen, ein lockeres Omelett zu backen, Shakespeare zu zitieren und ein Schwein zu schlachten — ein solches Mädchen kommt auf New Beginnings durchaus allein zurecht.

Viele Bücher besaßen wir nicht. Neben ein paar zerfledderten Kindermärchen und einer Sammelausgabe von Shakespeares Werken hatte ich vor allem Bände über Anatomie und Geburtshilfe mitgebracht. Die Kinder feierten jede Geburt — ob Küken, Ferkel, Fohlen, Welpen oder kleine Kätzchen — als großes Ereignis, aber wenn Dora ein Baby zur Welt brachte, waren sie ganz aus dem Häuschen. Sie hatten zu Sex die gleiche unschuldige und freie Beziehung wie ihre Mutter.

Es dauerte weitere sieben Jahre, bis wir Nachbarn bekamen — drei Familien, die den Treck gemeinsam gewagt hatten. Wir freuten uns über ihre Ankunft, besonders als wir sahen, daß sie Kinder mitbrachten.

Es wurde höchste Zeit, denn unsere Ältesten kamen in ein Alter, wo ihnen die Hormone zu schaffen machten. Zack hatte sich zu einem kräftigen jungen Burschen mit einem vollen Bariton entwickelt. Sein Bruder Andy befand sich im Stimmbruch. Helen rechnete jeden Tag mit ihrer ersten Periode.

Dora und ich hatten uns bereits ernste Sorgen gemacht. Sollten wir unsere sieben Kinder über die Rampart Range zurück in besiedeltes Gebiet bringen? Ein gefährliches Wagnis, auch heute noch. Und was dann? Die drei Ältesten bei den Magees lassen und mit den Jüngeren zur Farm zurückkehren? Oder auf alle Kinder verzichten? Oder Happy Valley für immer verlassen?

Ich hatte damit gerechnet, daß wir in zwei, spätestens drei Jahren Nachbarn bekommen würden, da wir einen gut befahrbaren Weg geschaffen hatten. Eine Hoffnung, die sich nicht erfüllte. Da es keinen Sinn hatte, Ungeschehenem nachzutrauern, konzentrierte ich mich auf die Gegenwartsprobleme.

Sollten wir der Natur ihren Lauf lassen und gar nichts unternehmen? Uns damit abfinden, daß unsere Söhne und Töchter sexuelle Partnerschaften eingingen? Daß eines von zehn Enkelkindern geistig oder körperlich behindert war? Eine günstigere Prognose wagte ich nicht; ich besaß zu wenige Daten über Doras Vorfahren.

Also versuchten wir die Entscheidung hinauszuschieben.

Wir bezogen unser neues Haus, obwohl es noch nicht ganz fertig war; es hatte getrennte Schlafzimmer für die Jungen und Mädchen. Aber wir gaben uns nicht der Illusion hin, daß damit das Problem gelöst war. Wir sprachen mit unseren Großen offen über das Risiko der Geschwisterehe; die Jüngeren waren von der Lektion nicht ausgeschlossen, aber sie zogen sich von selbst zurück, als die Angelegenheit zu ›technisch‹ und damit zu langweilig für sie wurde.

Dora hatte übrigens eine ausgezeichnete Idee, die sie von ihrer Pflegemutter Helen Mayberry übernahm: Sie versprach Helen, den Beginn ihrer Periode mit einer Party zu feiern. Das gleiche wollte sie später für Iseult, Undine und die anderen Mädchen tun.

Unsere Älteste konnte es kaum noch erwarten, daß sie erwachsen wurde, und als das große Ereignis ein paar Monate danach tatsächlich eintrat, lief sie wie ein eitler Pfau durchs Haus.

»Mama, Papa — ich blute! Mensch, Zack, Andy, *wacht auf*! Das *müßt* ihr sehen.«

Wenn sie Schmerzen hatte, so erwähnte sie nichts davon. Ich glaube es nicht; Dora neigte nie zu Menstruationskrämpfen, und wir hatten den Mädchen nicht gesagt, daß es so etwas gab. Da ich selbst noch keine Regelblutungen miterlebt habe, enthalte ich mich jeden Kommentars zu der Theorie, daß diese Art von Schmerz ein konditionierter Reflex ist. Frag Ischtar, wenn du Näheres wissen willst.

Ein knappes Jahr später trafen die drei neuen Familien ein, und unser Hauptproblem war gelöst. Nicht einer ihrer Brüder, sondern Sammy Roberts weihte Helen in die Geheimnisse der Erwachsenen ein. Sie sprach sofort mit ihrer Mutter darüber (Helen Mayberrys Einfluß!), und Dora küßte sie und schickte sie zu mir. Die Untersuchung ergab, daß sie kaum verletzt war. Auf diese Weise bekam Dora eine gewisse Kontrolle über die Angelegenheit und konnte ihre Tochter vorsichtig beraten. Helen wartete mit dem ersten Kind, bis sie ein wenig älter war; da sie Ole Hanson für den Vater hielt, heirateten die beiden. Sven Hanson, Ingrid, Dora und ich halfen dem jungen Paar dabei, eine eigene Farm zu errichten. Niemand machte ein Drama daraus. Auch nicht, als Zack Hilda Hanson heiratete. In Happy Valley war eine Schwangerschaft gleichbedeutend mit einer Verlobung. Ich erinnere mich nicht, daß eines der Mädchen geheiratet hätte, ohne den Beweis der Fruchtbarkeit zu liefern — zumindest keine meiner Töchter.

Es war herrlich, Nachbarn zu haben.

(Gekürzt)

... Nicht nur seine Fiedel mitgebracht, sondern verstand es auch, sie zu spielen. Ich selbst hatte seit mehr als fünfzig Jahren keine Geige mehr angerührt, aber ich fand mich rasch wieder zurecht, und da er selbst gern tanzte, wechselten wir uns in der Begleitung ab.

Einmal in der Woche trafen wir uns zum Square Dance.

Oh, es war wundervoll! Dora lernte ihre ersten Tanzschritte als Großmutter — und blieb bis an ihr Lebensende eine begeisterte Tänzerin. In den ersten Jahren fanden die meisten Feste bei uns statt; wir hatten genug Platz. Die Gäste kamen am Spätnachmittag und tanzten, bis sie ihre Partner nicht mehr sehen konnten. Dann gab es einen Imbiß bei Mondlicht oder Kerzenschein, Lieder klangen auf, und schließlich suchten sich die Leute irgendwo auf dem Hof oder im Haus einen Platz zum Schlafen. Wenn dabei die gewohnte Ordnung ein wenig durcheinandergeriet — mich ging es nichts an...

Meine Kinder hatten ein Shakespeare-Laientheater gegründet, und so gab es am darauffolgenden Tag meist eine Vorführung. Diejenigen, die weiter weg wohnten, machten sich auf den Heimweg, während die anderen beim Aufräumen halfen.

Oh, ein einziges Mal kam es zu einem Zwischenfall. Ein Mann geriet mit seiner Frau in Streit und schlug ihr das Auge blau, woraufhin ihn die anderen männlichen Gäste über die Hofmauer warfen und das Tor verriegelten. Der Kerl war so wütend, daß er sein Zeug packte und aus der Gegend verschwand... vermutlich ging er zurück über den Elends-Paß. Das fiel nicht weiter auf, denn seine Frau zog mit dem Baby zu ihrer Schwester und deren Familie; wir wußten, daß sie eine Ehe zu dritt führten, doch niemand fand etwas dabei. Es gab keine Gesetze in dieser Hinsicht — viele Jahre lang gab es *überhaupt* keine Gesetze. Da man jedoch auf Nachbarschaftshilfe angewiesen war, achtete man darauf, sich nicht den Unwillen der anderen zuzuziehen — denn das kam einer Verbannung gleich.

Nun, Pioniere sind im allgemeinen tolerant. Sie lieben die Freiheit und gestehen sie anderen zu. Wenn sie kämpfen, dann bestimmt nicht um Sex. So etwas tun nur Leute, die es nötig haben, ihre Männlichkeit unter Beweis zu stellen. Ausnahmen gibt es — wie die drei Kerle, die mich umzubringen versuchten, und der Mann, der seiner Frau ein blaues Auge verpaßte. Sie hielten sich nicht lange in unserem Tal.

Ähnliches galt für unbegründete Tabus. Oh, man hatte keine hohe Meinung von Verwandtenehen; die Pioniere wußten über Genetik recht gut Bescheid. Aber die Haltung in solchen Dingen war pragmatisch. Niemand verlor auch nur ein Wort über Inzest, wenn ein derartiges Verhältnis ohne Folgen blieb. Doch selbst wenn sich Kinder einstellten — wie bei dem Mädchen, das seinen Halbbruder heiratete —, führte das nicht zu einer Ächtung. Man redete vielleicht und spöttelte, aber dabei blieb es. Die Ehe, ganz gleich in welcher Form, war eine Privatangelegenheit und ging die Gemeinschaft nichts an. Da gab es zum Beispiel zwei Paare, die nach einiger Zeit ihre Farmen zusammenlegten und gemeinsam bewirtschafteten. Keiner fragte, wer mit wem schlief, obwohl die meisten wußten, daß es sich um ein Viereckverhältnis handelte.

(Gekürzt)

... Unseren ersten Handelstreck, als Gibbie auf die Welt kam. Zack war damals an die achtzehn, ein gutes Stück größer als ich und achtzig Kilo schwer. Auch Andy hatte mich bereits überflügelt. Ich befand mich in Zeitdruck, da ich wußte, daß Zack heiraten wollte — und ich konnte Andy nicht allein über den Paß schicken. Ivar war erst neun, eine große Hilfe auf der Farm, aber noch nicht alt genug für eine solche Aufgabe.

Weshalb ich als Frachtbegleiter nicht einen der Nachbarn mitschickte? Minerva, zu dieser Zeit befand sich etwa ein Dutzend Familien in unserem Tal; die meisten waren erst seit kurzem da und brauchten die Verbindung zur Außenwelt nicht so dringend wie ich.

Ich benötigte vor allem neue Wagen, da meine Gefährte allmählich Altersschwächen aufwiesen. Außerdem beabsichtigte ich, meine Kinder mit den wichtigsten Ackergeräten auszustatten, wenn sie heirateten. Trotz der aufblühenden Gemeinschaft in Happy Valley waren wir nicht unabhängig, da wir keine Metallindustrie besaßen — und auch in den nächsten Jahren nicht besitzen würden.

Die Einkaufsliste, die ich meinen Söhnen mitgab, war lang.

(Gekürzt)

... Im vierteljährlichen Rhythmus. Aber die Ernteerträge des Tales hatten keine große Kaufkraft, da es auch jenseits der Rampart Range eine Menge Farmer gab — die obendrein keine Transportkosten auf die Preise umlegen mußten. Anfangs stützte ich unseren Handel mit der Außenwelt durch meine Anteile an der *Andy J.* und holte damit einige Dinge ins Tal, auf die wir sonst hätten verzichten müssen. Dora zum Beispiel bekam ihr fließendes Wasser — gerade noch rechtzeitig, denn die Fertigstellung der Wasserleitung fiel mit der Geburt unseres ersten Enkelkindes Ingrid-Dora zusammen. Einen Teil der Güter verkaufte ich an die anderen Farmer. Aber ein Artikel glich schließlich unsere negative Bilanz aus: Bucks Nachkommen erwiesen sich als die kräftigsten und intelligentesten Mulis von New Beginnings. Das ausgeprägte Sprechtalent, das sie von ihrem Stammvater erbten, machte sie zu einem begehrten Tauschobjekt. Die beiden Brunnen, die ich in der Hochlandprärie anlegen ließ, sorgten übrigens dafür, daß wir keine Transportverluste erlitten. Und so strömten Bücher, Medikamente und andere wertvolle Dinge nach Happy Valley.

(Gekürzt)

Lazarus Long hatte keineswegs die Absicht, seiner Frau nachzuspionieren. Aber er klopfte nie an der Schlafzimmertür, und daß er besonders leise öffnete, lag daran, daß er Dora nicht wecken wollte, falls sie schlief.

Sie stand am Fenster, den Spiegel in der Hand, und riß sich ein langes graues Haar aus.

Er beobachtete sie mit Bestürzung. Dann faßte er sich. »Dorabelle ...«

Sie wirbelte herum. »*Oh* — du hast mich erschreckt, Liebling! Ich hörte dich nicht hereinkommen.«

»Entschuldige. Darf ich das hier haben?«

»Was haben, Woodrow?«

Er trat neben sie und nahm ihr das silberne Haar aus der Hand. »Das hier. Dora, jedes deiner Haare ist ein kostbarer Schatz für mich ...«

Sie gab keine Antwort, aber ihre Augen füllten sich mit Tränen. »Dora«, sagte er leise, »warum weinst du denn?«

»Es tut mir leid, Lazarus. Ich ... ich wollte nicht, daß du das siehst.«

»Aber warum machst du es überhaupt, Liebling? Ich habe viel mehr graue Haare als du.«

»Bitte, Lazarus, nicht schwindeln! Als ich vor längerer Zeit dein Arbeitszimmer aufräumte, entdeckte ich rein zufällig das Kosmetikset. Wir machen uns gegenseitig etwas vor. Ich reiße meine grauen Haare aus, und du färbst dein herrliches rotes Haar grau — nur damit der Altersunterschied zwischen uns nicht auffällt.«

»Du entfernst deine grauen Haare, seit du weißt, daß ich mein Alter künstlich heraufsetze?«

»Aber nein, Lazarus, das mache ich schon seit Jahren. Du liebe Güte, ich bin Urgroßmutter — und man sieht es.«

Er nahm ihr den Spiegel aus der Hand und warf ihn auf das Bett. Dann legte er den Arm um ihre Taille. »Dora, du hast keinen Grund, deine Jahre zu verbergen — im Gegenteil, du kannst stolz darauf sein. Da — wirf einen Blick aus dem Fenster! Farmen und Felder, die sich bis zu den Bergen erstrecken! Wie viele der Bewohner von Happy Valley stammen von dir ab?«

»Ich habe nie nachgezählt.«

»Aber ich. Es sind über die Hälfte. Deine Brüste haben Schrunden und Narben von den vielen Kindern, die du gestillt hast. Deine Bauchdecke ist verdehnt und weist Streifen auf — doch ich betrachte sie als Ehrenmale.«

»Danke, Lazarus.«

»Und nun hör mir gut zu, Dorabelle. Irgendwann im Laufe der nächsten zehn Jahre kommt Zack Briggs nach Top Dollar. Du hast Johns Brief gelesen. Noch ist es nicht zu spät, nach Secundus zu gehen. Dort machen sie ein hübsches junges Mädchen aus dir, wenn du willst. Du kannst fünfzig oder hundert Jahre länger leben.«

Sie antwortete nicht gleich. »Lazarus, soll ich es tun?«

»Ich biete es dir an. Aber ich will keine Entscheidung über deinen Körper — über dein Leben treffen.«

Sie starrte aus dem Fenster. »Über die Hälfte«, murmelte sie.

»Ja. Und es werden immer mehr.«

»Es ist wahr, Lazarus. Wir haben dieses Tal besiedelt. Und ich möchte es nicht verlassen, nicht einmal für einen Besuch. Ich möchte bei unseren Kindern bleiben. Und bei *ihren* Kindern. Du hast recht. Ich habe mir die grauen Haare verdient. Und ich werde sie von nun an stolz tragen.«

»Jetzt erkenne ich meine Dora wieder!« Er umfaßte ihre Brüste. »Ich wußte, welche Antwort du mir geben würdest, aber ich hielt es für meine Pflicht, dich zu fragen. Liebling, dir kann das Alter nichts anhaben. Du verstehst es immer noch, mich auf dumme Gedanken zu bringen.«

Er hob sie hoch und trug sie aufs Bett.

(Um ca. 39 000 Worte gekürzt)

Lazarus öffnete leise die Schlafzimmertür und warf seiner Tochter Elf einen fragenden Blick zu. Elf war eine Schönheit, auch wenn die ersten silbernen Fäden schon ihr flammend rotes Haar durchzogen.

»Komm herein, Papa«, sagte sie. »Mama ist wach.«

Sie verließ den Raum mit einem Essenstablett.

Lazarus stellte mit Besorgnis fest, daß Dora fast nichts zu sich genommen hatte, aber er sagte nichts. »Wie geht es meinem Liebling?« erkundigte er sich mit einem Lächeln.

»Großartig, Woodrow. Ginny — nein, Elf brachte mir ein leckeres Abendessen. Sieh mal, ich habe sie gebeten, mir den Rubinschmuck anzulegen.«

»Wie schön du bist, Dorabelle!«

Sie hatte die Augen geschlossen und gab keine Antwort. Lazarus beobachtete ihren Atem und den schwachen Herzschlag.

»Hörst du sie, Lazarus?«

»Was meinst du?«

»Die Wildgänse. Sie ziehen ganz in der Nähe vorbei.«

»Ja. Du hast recht.«

»Sie kommen heuer früh.« Dora schwieg erschöpft.

»Liebling? Singst du mir etwas vor? Bucks Song...«

»Gern, Dorabelle.« Er räusperte sich und begann leise:

> *»An der Ecke*
> *steht ein Schulhaus,*
> *und Klein-Dora lernt dort schreiben.*
>
> *Bei dem Schulhaus*
> *ist ein Grasfleck*
> *dort will Buck gern länger bleiben...«*

Sie hatte wieder die Augen geschlossen. Lazarus summte die Melodie ohne Text weiter. »Danke, Liebling«, flüsterte sie. »Das ist wunderbar. Aber ich fühle mich ein wenig müde. Bleibst du bei mir, wenn ich einschlafe?«

»Ich bleibe immer bei dir. Schlaf jetzt!«

Ein Lächeln lag über ihren Zügen. Ganz allmählich wurde ihr Atem langsamer.

Lazarus wartete lange, bevor er Ginny und Elf holte.

ZWEITES ZWISCHENSTÜCK

Neues aus den Tagebüchern des Lazarus Long

Sag ihr immer, daß sie schön ist, besonders, wenn es nicht stimmt.

*

Lebst du in einer Gemeinschaft, die das Wahlsystem besitzt, so wähle. Vielleicht gibt es keine Kandidaten oder Alternativen, *für* die du stimmen möchtest ... aber ganz bestimmt gibt es einige, die du ablehnst.

Stimme im Zweifelsfall *dagegen*. Mit dieser Regel fährst du selten schlecht.

Findest du die Methode jedoch zu unsicher, so wende dich an den nächstbesten wohlmeinenden Schwachkopf (einer ist immer in der Nähe) und frag ihn um Rat. Dann tu genau das Gegenteil von dem, was er dir vorgeschlagen hat. Auf diese Weise bist du ein guter Bürger (falls dir daran liegt) und ersparst dir zugleich den enormen Zeitaufwand, den eine wirklich kluge Ausübung des Wahlrechtes erfordert.

*

Wichtigste Forderung einer glücklichen Ehe: Zahle bar oder verzichte! Zinsgebühren zehren nicht nur am Haushaltsgeld; das Bewußtsein, daß man Schulden hat, zerfrißt das häusliche Glück.

*

Wer sich weigert, einen Staat zu unterstützen und zu verteidigen, hat kein Recht darauf, von diesem Staat geschützt zu werden. Der Tod eines Anarchisten oder Pazifisten sollte deshalb in der Gesetzessprache nicht unter ›Mord‹ eingeordnet werden. Wenn überhaupt ein Vergehen gegen den Staat vorliegt, dann vielleicht ›unerlaubter Besitz von Schußwaffen‹, ›Schaffung eines Verkehrshindernisses‹ oder ›Gefährdung von Sachen und Personen‹.

Andererseits sollte der Staat vernünftigerweise eine Schonzeit für derartige asoziale Exoten einführen, falls sie vom Aussterben bedroht sind.

Echte Pazifistenmännchen bekommt man außer auf der Erde nur selten zu Gesicht, und es steht zu befürchten, daß sie die Unruhen dort nicht überlebten ... bedauerlich, da sie die größten Mäuler und die kleinsten Gehirne von allen Primaten besaßen.

Eine kleinmäulige Abart der Anarchisten gelangte dagegen während der Diaspora mit der ersten Welle der Auswanderer in die Galaxis und verbreitete sich dort rasch. Sie sind nicht geschützt. Aber sie schießen oft zurück.

*

Noch ein Tip für eine glückliche Ehe: die Luxusdinge *zuerst* einplanen!

*

Und noch einer: Sorge dafür, daß sie ihren eigenen Schreibtisch bekommt — und laß die Finger davon!

*

Und noch einer: Falls sich im Laufe eines Familienstreites herausstellt, daß du im Recht bist — entschuldige dich sofort!

*

›Gott spaltete sich in Myriaden Teile, um Freunde zu bekommen.‹ Das stimmt nicht, aber es klingt gut — und ist nicht einfältiger als die übrigen Theologien.

*

Wer jung bleiben will, muß es immer wieder fertigbringen, mit den Fehlern von früher zu brechen.

Zeigt die Geschichte einen *einzigen* Fall auf, in dem die Mehrheit recht hatte?

*

Ein ›Kritiker‹ ist ein Mensch, der keine schöpferischen Anlagen besitzt und sich daher befähigt fühlt, das Werk von schöpferischen Menschen zu beurteilen. Darin steckt eine gewisse Logik; er ist unparteiisch — er haßt alle schöpferischen Menschen gleich.

*

Geld ist etwas Echtes. Wenn jemand auf seinen guten Ruf pocht, dann laß ihn bar bezahlen.

*

Nur ein Sadist — oder ein Idiot — sagt bei gesellschaftlichen Anlässen die nackte Wahrheit.

*

Diese armselige kleine Eidechse sagte mir, daß sie mütterlicherseits ein Brontosaurus sei. Ich lachte nicht; Leute, die mit ihren Vorfahren prahlen, besitzen in den meisten Fällen sonst nichts, worauf sie stolz sein können. Es kostet wenig, ihnen Gehör zu schenken, und bringt vielleicht etwas Glück in die Welt, der es daran ohnehin mangelt.

*

Keine hastige Bewegung, wenn das Insekt einen Stachel hat!

*

Wer glaubt, die Welt ›sachlich‹ zu sehen, landet unweigerlich bei Phantastereien — und bei farblosen Phantastereien, denn in Wirklichkeit ist die Welt bizarr und voller Wunder.

*

Der Unterschied zwischen Wissenschaft und verschwommenen Theorien besteht darin, daß man die Wissenschaft nur mit Logik bewältigt, während für die anderen Dinge Gelehrtentum ausreicht.

*

Der Geschlechtsakt ist von der Substanz her geistig — oder er bleibt ein harmloser, angenehmer Freizeitsport.
Das Schlimme an der Homosexualität liegt nicht darin, daß sie ›falsch‹ oder ›sündig‹ ist, auch nicht darin, daß die Beziehung unfruchtbar bleiben muß — sondern, daß es viel schwerer ist, durch sie die geistige Vereinigung zu erlangen. Es ist nicht unmöglich — aber die Aktien stehen von Anfang an schlecht. Aber viele Leute — und das finde ich traurig — erreichen die Verinnerlichung auch nicht mit Hilfe des Mann-Frau-Vorteils; sie sind dazu verurteilt, allein durchs Leben zu gehen.

*

Der Elementarsinn ist das Tasten. Ein Baby tastet, noch bevor es geboren wird und lange bevor es die Seh-, Gehör- und Geschmacksnerven einzusetzen lernt. Kein Mensch kommt ohne Tastsinn aus. Gib deinen Kindern wenig Taschengeld — aber umarme sie um so öfter!

*

Geheimhaltung ist der erste Schritt zur Tyrannei.

*

Die produktivste Kraft ist der menschliche Egoismus.

*

Hände weg von zu starken Getränken! Stell dir vor, du schießt im Rausch auf den Steuereintreiber — und triffst nicht!

*

Der Beruf eines Schamanen hat viele Vorteile. Er bringt hohes Ansehen und ein gesichertes Einkommen, ohne daß man sich die Finger schmutzig machen muß. In den meisten Kulturen bietet er überdies Gesetzesprivilegien, die dem Normalbürger nicht zustehen. Aber es ist nur schwer einzusehen, wie ein Mann, der von oben den Auftrag erhalten hat, uns Menschen das Glück zu künden, ernsthaft daran interessiert sein könnte, Kollekten zur Deckung seiner Unkosten abzuhalten; unwillkürlich schleicht sich dabei der Verdacht ein, daß der Schamane auch keine höhere Moral besitzt als jeder andere Schwindler.

Aber dies ist ein toller Job, wenn man ihn verträgt.

*

Eine Nutte sollte man nach den gleichen Kriterien beurteilen wie andere Leute, die ihre Dienste gegen Bezahlung anbieten — Dentisten, Anwälte, Friseure, Ärzte, Klempner usw. Ist sie in ihrem Beruf tüchtig? Bekommt man genug für sein Geld? Bedient sie ihre Kunden ehrlich?

Es ist möglich, daß der Prozentsatz der ehrlichen Nutten höher liegt als der von Klempnern und sehr viel höher als der von Anwälten. Und *enorm* viel höher als der von Professoren.

*

Vereinfache deine Arbeits- und Denkprozesse! Das verlängert dein effektives Leben und gibt dir Zeit, dich über Schmetterlinge, junge Kätzchen und Regenbogen zu freuen.

*

Sachkenntnis auf einem Gebiet überträgt sich nicht automatisch auf andere Gebiete. Leider glauben das viele Experten — und je enger begrenzt ihr Wissen ist, desto fester glauben sie es.

*

Versuche nie, eine Katze durch Sturheit zu übertreffen!

*

Kämpfe nicht gegen Windmühlen an! Das tut dir mehr weh als den Windmühlen.

*

Wehre dich nicht allzu standhaft gegen eine Versuchung; wer weiß, wann die nächste kommt . . .

*

Das unbegründete Wecken eines Schläfers ist erst im Wiederholungsfalle als Kapitalverbrechen zu werten.

*

Bei dem Satz: ›Es geht mich zwar nichts an, aber . . .‹ sollte man nach dem ›aber‹ einen Punkt setzen. Falsch wäre es allerdings, zuviel Kraft dabei aufzuwenden. Einem Schwachkopf die Kehle durchzuschneiden, macht nur kurze Zeit Spaß — und es bringt dich ins Gerede.

*

Eine Frau, die einen Mann wieder aufrichten kann, muß nicht schön sein. Doch über kurz oder lang wird dieser Mann feststellen, daß sie schön *ist* — es war ihm nur anfangs entgangen.

*

Ein Stinktier ist eine bessere Gesellschaft als ein Mensch, der sich damit brüstet, ›offen und ehrlich‹ zu sein.

*

›In der Liebe und im Kampf ist alles erlaubt.‹ — Was für eine niederträchtige Lüge!

*

Die deduktive Logik ist tautologisch; sie erbringt keine neuen Wahrheiten und manipuliert falsche Aussagen ebenso leicht wie richtige. Wenn du das nicht beachtest, kann sie dich zu Fall bringen. Die Erfinder der ersten Computer drückten es so aus: ›Speicherst du Quatsch ein, so kommt Quatsch heraus!‹
Die induktive Logik ist sehr viel schwieriger — aber sie kann zu neuen Erkenntnissen führen.

*

Einem penetranten Witzbold soll man den Applaus zollen, den er verdient. Stockhiebe stellen das vernünftige Mittelmaß dar. Für besonderen Einfallsreichtum kann man vielleicht Kielholen reservieren. Die Meister auf diesem Sektor aber verdienen es, daß man sie in einen Ameisenhaufen setzt.

*

Naturgesetze kennen kein Mitleid.

*

Auf dem Planeten Tranquille in der Gegend KM849 (G—O) lebt ein kleines Geschöpf namens ›Knafn‹. Es ernährt sich von Pflanzen, hat keine natürlichen Feinde und läßt sich gern streicheln ... ein süßes sechsbeiniges Schoßtier mit Schuppen. Das Streicheln mag es besonders gern; es schmiegt sich an die Hand und strahlt sein Wohlbehagen auf einer für den Menschen wahrnehmbaren Frequenz aus. Der Anblick ist eine Reise wert. Aber irgendwann kommt sicher so ein Klugscheißer auf die Idee, die Ausstrahlung zu speichern. Und der nächste Klugscheißer überlegt sich, wie man dieses Patent zu Geld machen kann — und nicht lange danach muß man Steuern dafür bezahlen.
Deshalb habe ich vorsichtshalber den Namen des Planeten und die Katalognummer geändert. Egoistisch von mir ...

*

Die Freiheit beginnt, wenn du der Gnädigen sagst, sie soll dich am Arsch lecken.

*

Wenn es etwas ist, das ›jeder weiß‹, dann stimmt es garantiert nicht.

*

Politische Etiketten — wie Royalist, Kommunist, Demokrat, Populist, Faschist, Liberaler, Konservativer und so fort — sind im Grunde nicht maßgebend. Die Menschheit unterteilt sich politisch in diejenigen, die ihre Mitbürger beherrschen wollen, und diejenigen, denen ein solcher Gedanke fernliegt. Die einen sind Idealisten, die in edler Selbstverleugnung alle Kräfte für das Wohl der Gemeinschaft einsetzen, die anderen dagegen miese Widerlinge, denen es an Opferbereitschaft fehlt. Mit den anderen lebt es sich allerdings bequemer.

*

Im Dunkeln sind *eben nicht* alle Katzen grau. Es gibt zahllose Abstufungen ...

*

Großzügigkeit ist angeboren, Altruismus eine Perversität, die man erlernen kann. Die beiden Begriffe haben nichts miteinander gemein.

*

Ein Mann kann unmöglich seine Frau von ganzem Herzen lieben, ohne alle anderen Frauen ein wenig zu verehren. Ich nehme an, daß dies umgekehrt auch für die Frauen gilt.

*

Zuviel Skepsis kann ebenso schaden wie zuviel Vertrauensseligkeit.

*

Höflichkeit ist zwischen Ehepartnern weit wichtiger als zwischen Fremden.

*

Dinge, die man umsonst bekommt, werden oft über ihrem Wert bezahlt.

*

Lagere Knoblauch niemals in der Nähe anderer Lebensmittel!

*

Klima ist das, was wir erwarten; Wetter ist das, was wir bekommen.

*

Pessimist aus taktischen Gründen, Optimist vom Charakter

her — man kann beides sein. Wie? Indem man kein unnötiges Risiko eingeht und die Gefahren, die sich vermeiden lassen, auf ein Minimum reduziert. So kann man das Spiel gelassen zu Ende führen, ohne sich um den Ausgang zu sorgen.

*

Verwechsle ›Pflicht‹ nicht mit dem, was die anderen von dir erwarten; das sind zwei völlig verschiedene Dinge. Pflicht ist die Erfüllung von Aufgaben, die du dir selbst gestellt hast. Das kann eine Menge von dir fordern — von jahrelanger geduldiger Arbeit bis zu der Bereitschaft, das Leben zu opfern. Nicht einfach, gewiß, aber der Lohn ist Selbstachtung.

Auf der anderen Steite bringt es überhaupt keinen Lohn, das zu tun, was die anderen von dir erwarten; es ist nicht nur schwer — es ist geradezu unmöglich. Leichter schüttelst du noch einen Straßenräuber ab als den Schmarotzer, der deine Zeit ›nur für ein paar Minuten in Anspruch nehmen‹ will. Die Zeit stellt dein ganzes Kapital dar, und die Minuten deines Lebens sind gezählt. Machst du es dir zur Gewohnheit, solchen Bitten Gehör zu schenken, dann stürzen sich diese Kerle wie Blutegel auf dich.

Lerne also *Nein* zu sagen — und bleibe hart!

Andernfalls hast du nicht genug Zeit, um deine Pflicht zu erfüllen oder die eigene Arbeit zu tun; ganz bestimmt hast du nicht genug Zeit für Liebe und Glück. Die Termiten fressen an deinem Leben und höhlen es aus.

(Das heißt nun nicht, daß du einem Freund oder auch einem Fremden keinen Gefallen erweisen darfst. Aber triff *du* die Wahl! Tu es nicht, weil man es von dir ›erwartet‹!)

*

›Ich kam, sah, sie siegte.‹ (Der lateinische Orginaltext scheint irgendwie verstümmelt worden zu sein.)

*

Ein Ausschuß ist eine Lebensform mit sechs oder mehr Beinen und keinem Gehirn.

*

Tiere kann man zum Wahnsinn treiben, wenn man zu viele in einen engen Raum sperrt. Homo sapiens ist das einzige Geschöpf, das diese Qual freiwillig auf sich nimmt.

*

Versuche nicht, das letzte Wort zu bekommen! Es könnte sein, daß man es dir erteilt.

VARIATIONEN ÜBER EIN THEMA

XIII. Boondock

»Ira«, fragte Lazarus Long, »hast du dir die Liste angesehen?« Er saß im Büro des Kolonie-Oberhaupts von Boondock, der größten (und bisher einzigen) Siedlung auf dem Planeten Tertius. Bei ihm befand sich Justin Foote der Fünfundvierzigste, soeben eingetroffen von Neu-Rom auf Secundus.

»Lazarus, Arabelle hat den Brief an dich gerichtet, nicht an mich.«

»Die blöde Ziege fällt mir allmählich auf den Wecker. Ihre Hoheit, die Allgegenwärtige Präsidentin Pro Tem, Madame Arabelle Foote-Hedrick, scheint zu glauben, man habe sie zur Königin der Howards gekürt. Ich bin versucht, nach Secundus zurückzukehren und mein Präsidentenamt selbst auszuüben.« Lazarus reichte die Liste an Ira Weatheral weiter. »Da, wirf mal einen Blick darauf! Justin, hatten Sie hier Ihre Finger mit im Spiel?«

»Nein, Senior. Arabelle befahl mir, das Schreiben abzuliefern und Ihnen gleichzeitig ein paar Vorschläge zu unterbreiten, wie man Zeitpost aus Epochen vor der Diaspora am besten in die Gegenwart und nach Secundus schleusen könnte. Allerdings halte ich alle ihre Anordnungen für sinnloses Gewäsch. Ich weiß etwas mehr über die terranische Geschichte als sie.«

»Davon bin ich überzeugt. Offenbar hat sie die Liste nach einem Lexikon zusammengestellt. Ihr Blabla interessiert mich absolut nicht. Ah, geben Sie schon den Videowürfel her — aber ich werde ihn nicht einschalten. Ich möchte *Ihre* Gedanken zu dem Thema hören, Justin.«

»Danke, Ahnherr...«

»Nennen Sie mich Lazarus.«

»Gern. Der offizielle Grund für meinen Besuch ist folgender: Arabelle wünscht einen Bericht über diese Kolonie...«

»Justin«, warf Ira ein, »sie glaubt doch nicht etwa, daß sie irgendeine Befehlsgewalt über Tertius besitzt?«

»Genau das scheint sie anzunehmen.«

Lazarus rümpfte die Nase. »Die Gute täuscht sich wie so oft. Aber sie residiert so weit weg, daß es uns nicht einmal weh tut, selbst wenn sie sich ›Kaiserin von Teritus‹ nennt. Wir haben Boondock folgendermaßen organisiert, Justin: Ira ist als Oberhaupt oder Führer der Kolonie eingesetzt, bis sich die Leute einigermaßen eingelebt haben. Ich fungiere als Bürgermeister — das heißt, Ira macht die Arbeit, und ich haue bei Versammlungen mit der Faust auf den Tisch. Es gibt immer Leute, die der Meinung sind, eine Kolonie funktioniert nach den gleichen Prinzipien wie ein dichtbesiedelter Planet. Wenn sie zu dämliches Zeug quatschen, fahre ich ihnen übers Maul. Das ist meine Hauptaufgabe. Sobald ich diesen Plan mit der Zeitreise in die Tat umsetze, streichen wir den Job des Kolonie-Oberhauptes, und Ira wird Bürgermeister. Aber es steht Ihnen frei, sich selbst in der Siedlung umzusehen. Willkommen auf Tertius, mein Junge! Fühlen Sie sich wie daheim!«

»Danke, Lazarus. Ich würde gern für immer hierbleiben, aber zuerst muß ich Ihre Memoiren für das Archiv bearbeiten.«

»Ach, verbrennen Sie den Mist!«

»Lazarus, das will ich nicht mehr hören!« sagte Ira. »Ich habe jahrelang deine Launen ertragen, um diesen *Mist* aufzuzeichnen.«

»Quatsch! Außerdem sind wir längst quitt. Wer hat dich denn aus den Krallen der Häßlichen Herzogin gerettet? Sie war drauf und dran, dich nach Felicity zu verbannen.«

»Mag sein. Aber das ist kein Grund, die mühsam gesammelten Memoiren wegzuwerfen.«

»Hmm — vielleicht kann Justin sie hier bearbeiten? Athene! Pallas Athene, bist du da, Liebes?«

Aus dem Lautsprecher über Iras Schreibtisch drang eine zarte Sopranstimme. »Ich höre, Lazarus.«

»Deine Gedächtnisspeicher enthalten meine Memoiren, nicht wahr?«

»Gewiß, Lazarus. Jedes Wort, das du gesprochen hast, seit Ira dich rettete ...«

»*Entführte*, meine Liebe!«

»Ich verbessere: seit Ira dich entführte.«

»Vielen Dank, Athene. Sehen Sie, Justin? Sie können Ihren langweiligen Job auch hier ausüben — außer Sie sind an Secundus gebunden. Haben Sie eine Familie, die auf Ihre Rückkehr wartet?«

»Nein. Erwachsene Kinder, aber keine Frau. Meine Stellvertreterin verwaltet das Archiv. Aber — der Vorschlag kommt ein wenig überraschend. Was geschieht mit meinem Schiff?«

»Mit *meinem* Schiff, wollten Sie sagen. Die *Brieftaube* gehört einer Gesellschaft, die einer anderen Gesellschaft gehört. Und von dieser anderen Gesellschaft besitze ich die Aktienmehrheit.

Ich bestätige den Empfang des Schiffes und erspare Arabelle damit die Hälfte des Mietbetrages.«

»Die Präsidentin Pro Tem hat das Schiff nicht gemietet, sondern einfach requiriert.«

»Vielleicht verklage ich sie.« Lazarus grinste. »Justin, die Gründerurkunde enthält kein Gesetz, das die Einziehung von Privatvermögen durch den Staat zuläßt. Habe ich recht, Ira?«

»Technisch gesehen, ja. Obwohl es eine Menge Präzedenzfälle gibt — vor allem auf dem Sektor der Grundstücksenteignungen.«

»Ira, ich würde mich sogar dagegen zur Wehr setzen. Aber ist jemals ein Raumschiff beschlagnahmt worden?«

»Nein — außer du zählst die *New Frontiers* mit.«

»*Au!* Die *New Frontiers* habe ich nicht beschlagnahmt, sondern geklaut, um unsere Haut zu retten. Du bist ein mieser Typ, Ira.«

»Nun beruhige dich wieder, Großvater. Ich wollte nur darauf hinweisen, daß sich ein Staatsoberhaupt manchmal zu Schritten gezwungen sieht, die es als Privatperson niemals tun würde. Aber wenn Arabelle die *Brieftaube* auf Secundus beschlagnahmen kann, dann gilt für dich das gleiche Recht auf Tertius. Jeder von euch ist das Oberhaupt eines autonomen Planeten. Erteile ihr eine Lehre!«

»Hmm ... Ira, führe mich nicht in Versuchung! So etwas habe ich schon einmal gemacht. Wenn es zur Gewohnheit wird, kommt der interstellare Reiseverkehr zum Stillstand. Aber diese Badewanne gehört indirekt tatsächlich mir, und wenn Justin hierbleiben möchte, übergebe ich sie an die Transportgesellschaft. Nun aber zu unserer Liste! Mal sehen, was die alte Schreckschraube alles von mir will.«

»Scheint eine interessante Tour zu werden!«

»Ich lasse Ihnen gern den Vortritt. Hmm — die Schlacht von Hastings; der Erste, Dritte und Vierte Kreuzzug; Orléans; der Fall von Konstantinopel; die Französische Revolution; die Schlacht von Waterloo; der Kampf bei den Thermopylen und noch einiges mehr. Ein Wunder, daß die blutrünstige Hexe nicht an David und Goliath gedacht hat! Ich bin ein *Feigling*, Ira. Ich kämpfe nur, wenn ich nicht mehr davonrennen kann. Deshalb lebe ich auch noch — nur deshalb. Blutvergießen ist kein Zuschauersport. Wenn die Geschichte zu melden weiß, daß an einem bestimmten Ort zu einer bestimmten Zeit ein Kampf stattgefunden hat, dann werde ich mich bemühen, diese Stelle zu meiden und statt dessen in irgendeiner Schenke ein kühles Bier zu trinken. Ich denke gar nicht daran, mit Kugeln um die Ohren pfeifen zu lassen, um Arabelles gruselige Neugier zu befriedigen.«

»Ich deutete etwas Ähnliches an«, meinte Justin. »Aber Arabelle erklärte, es handle sich um ein genehmigtes Projekt der Familien.«

»Lügnerin! Ich werde nicht für sie arbeiten. Ich gehe, wohin es mir paßt und wann es mir paßt, und schaue mir an, was *mir* gefällt. Dabei werde ich mir die größte Mühe geben, den jeweiligen Zeitgenossen nicht auf die Hühneraugen zu treten.«

»Lazarus«, sagte Ira Weatheral, »du hast noch nie erzählt, was du besichtigen wirst.«

»Also — auf keinen Fall Schlachten. Davon gibt es genug Berichte — und für meinen Geschmack viel zu ausführliche. Aber ich kenne eine Menge anderer Dinge, die mich reizen und von denen man nichts liest, weil sie friedlicher Natur waren. Ich möchte den Parthenon auf dem Höhepunkt seines Ruhms sehen. Oder mich von Sam Clemens über den Mississippi schippern lassen. Oder ins alte Palästina gehen und nach einem gewissen Zimmermann forschen, der später als Prediger durch das Land gezogen sein soll...«

Justin Foote schaute überrascht auf. »Sie meinen den Messias? Zugegeben, viele Dinge, die man sich von ihm erzählt, sind Legenden, aber...«

»Woher *wissen* Sie, daß es Legenden sind? Es gibt keinen schlüssigen Beweis dafür, daß dieser Mann je gelebt hat. Nehmen Sie Sokrates, der vierhundert Jahre vor dem Nazarener wirkte! Seine Existenz ist ebenso belegt wie die von Napoleon. Sowohl die Römer als auch die Juden besaßen eine exakte Geschichtsschreibung. Und doch ist nichts von den Ereignissen, die sich um den Begründer des Christentums ranken, in den zeitgenössischen Berichten festgehalten.

Aber wenn ich dreißig Jahre zur Verfügung hätte, würde ich die Wahrheit herausfinden. Ich spreche das Griechisch und Latein jener Zeit und beherrsche das klassische Hebräisch. Ich müßte nur noch Aramäisch lernen. Wenn ich ihn entdeckte, könnte ich ihm folgen und jedes seiner Worte mit einem Miniaturbandgerät aufzeichnen. Ich könnte Vergleiche anstellen...

Aber ich wage keine Prognosen. Die Spuren sind zu verwischt, denn es war jahrhundertelang einfach verboten, Zweifel an der Person des Erlösers zu äußern. Wer es dennoch tat, endete auf dem Scheiterhaufen.«

»Du verblüffst mich«, meinte Ira. »Offenbar kenne ich die Geschichte der Alten Erde doch nicht so genau, wie ich dachte. Allerdings habe ich mich auch auf die Epoche zwischen Ira Howards Tod und der Gründung von Neu-Rom konzentriert.«

Lazarus achtete nicht auf den Einwurf. Er fuhr nachdenklich fort: »Aber abgesehen von dieser einen Sache bin ich nicht hinter Sensationen her. Ich würde mich gern mit Galilei unterhalten, Michelangelo bei der Arbeit zusehen oder das *Globe Theatre* zu Shakespeares Zeiten besuchen. Ganz besonders hege ich den Wunsch, in meine eigene Kindheit zurückzukehren und mich davon zu überzeugen, ob meine Erinnerungen mit der Wirklichkeit übereinstimmen.«

Ira schüttelte den Kopf. »Du — hast keine Angst davor, dir selbst zu begegnen?«

»Warum?«

»Nun, es gibt gewisse Paradoxa ...«

»Du meinst die dämliche Geschichte, bei der jemand in die Vergangenheit reist, aus Versehen seinen Großvater umbringt, bevor sein Vater gezeugt ist — *pfumm!* in Nichts aufgelöst wird? Das ist doch alles Quatsch. Die Tatsache, daß ich hier vor dir stehe, beweist, daß ich es nicht tat — oder nicht tun werde. Verdammt, unsere Grammatik eignet sich schlecht für die Zeitreise. Andererseits beweist sie *nicht*, daß ich niemals in meiner Kindheit war und dort herumschnüffelte. Es ist mir übrigens egal, wie ich als Rotznase aussah; meine Neugier gilt der Epoche selbst. Ich glaube, ich würde mich gar nicht erkennen, wenn ich mir begegnete. Ein Fremder, den ich mit keinem Blick würdigte. Ich weiß es — ich war immerhin *er*.«

»Lazarus«, warf Justin Foote ein, »falls Sie tatsächlich beabsichtigen, jener Epoche einen Besuch abzustatten, dann würde ich Ihre Aufmerksamkeit gern auf einen Punkt lenken, der auf der Liste unserer Präsidentin steht — und dessen Klärung mir selbst viel bedeutet. Es geht um eine wortgetreue Wiedergabe jenes Familientreffens im Jahre 2012 ...«

»Unmöglich ...«

»Einen Moment, Justin«, meinte Ira. »Lazarus, bisher wolltest du keine Auskunft über dieses Treffen geben, weil du sagtest, die anderen könnten sich gegen deine Version nicht zur Wehr setzen. Aber eine exakte Wiedergabe wird doch allen gerecht.«

»Das schon, Ira. Aber ich kann sie dir nicht liefern.«

»Weshalb nicht?«

»Weil ich nicht bei dem Treffen war!«

»Also, das ist doch ... Du *mußt* dabeigewesen sein! Das steht in sämtlichen Berichten, und du hast es bisher nie abgestritten.«

»Sicher, Ira, ich war dort — als Woodrow Wilson Smith. Ich war dort und machte mich ziemlich unbeliebt. Aber ich hatte kein Bandgerät bei mir. Angenommen, Dora und die Zwillinge setzen mich in jener Zeit ab — *mich*, Lazarus Long, nicht den jungen Woodie. Angenommen, Ischtar implantiert mir ein Aufnahmegerät in der linken Niere — mit einem Minimikrophon im rechten Ohr.

Dann, mein lieber Ira, habe ich es noch lange nicht geschafft, an dem Treffen der Familie teilzunehmen. Du kannst dir nicht vorstellen, wie mißtrauisch die Leute damals waren. Die Wachposten trugen Waffen und setzten sie ohne Gewissensbisse ein; es war eine rauhe Zeit. Welchen Namen konnte ich benutzen? Nicht Woodrow Wilson Smith, denn der saß ja schon im Saal. Lazarus Long? Es gab keinen ›Lazarus Long‹ in den Listen der Familien. Sollte ich so tun, als sei ich einer von denen, die nicht zum Treffen erscheinen konnten? Äußerst gefährlich. Es gab damals nur ein paar tausend Howards, und die meisten kannten einander.« Lazarus machte eine Pause. »Hallo, Minerva! Komm herein, Liebes!«

»Hallo, Lazarus. Störe ich, Ira?«

»Aber nein, Schatz.«

»Danke. Tag, Athene.«

»Tag, Schwesterherz.«

Minerva musterte den fremden Besucher, der sich lächelnd verbeugte.

»Sicher kennst du Justin Foote, unseren Archivverwalter«, meinte Ira.

»Ja, natürlich. Ich habe oft mit ihm zusammengearbeitet. Willkommen auf Tertius, Mister Foote.«

»Danke, Miss Minerva.« Justin Foote fand sofort Gefallen an der schlanken jungen Frau mit dem kastanienbraunen Haar. Sie hatte intelligente Züge und war eigentlich nicht übermäßig hübsch — doch das änderte sich, wenn ein Lächeln über ihr Gesicht huschte. »Ira, ich glaube, ich muß mich einer Verjüngung unterziehen. Diese reizende junge Dame erklärt, sie hätte oft mit mir zusammengearbeitet — aber ich kann mich nicht an sie erinnern, und das, obwohl mein Puls bei ihrem Anblick schneller schlägt.«

Wieder lächelte Minerva, doch dann erklärte sie ruhig:

»Meine Schuld, Sir. Ich hätte die Sache gleich richtigstellen sollen. Als ich mit Ihnen zusammenarbeitete, war ich ein Computer. Der Verwaltungscomputer von Secundus — Mister Weatherals Stütze. Aber seit drei Jahren bestehe ich aus Fleisch und Blut.«

Justin Foote schluckte. »Ich verstehe — oder doch nicht so ganz.«

»Ich stamme nicht aus einem Mutterleib, Sir, sondern von einem Klon, der sich aus dreiundzwanzig Elternteilen oder Gen-Spendern zusammensetzt. Aber meine Persönlichkeit, mein Ego, habe ich von dem Verwaltungscomputer übernommen, der oft genug mit Ihren Archivcomputern in Verbindung stand. Verstehen Sie jetzt?«

»Äh ... alles, was ich dazu sagen kann, Miss Minerva, ist dies: Ich bin entzückt, Sie als Wesen aus Fleisch und Blut kennenzulernen!«

»Oh, nennen Sie mich nicht ›Miss‹ — ›Minerva‹ reicht. Außerdem ist ›Miss‹ den Jungfrauen vorbehalten, nicht wahr? Ischtar — eine meiner Mütter und mein Hauptkonstrukteur — hat diesen Makel durch einen kleinen chirurgischen Eingriff beseitigt.«

»Übertriebene Vorsorge!« spöttelte die Stimme von der Decke.

»Schwester«, sagte Minerva vorwurfsvoll, »du bringst unseren Gast in Verlegenheit!«

»Ich nicht, aber du vielleicht!«

»Wirklich, Mister Foote? Entschuldigen Sie bitte, aber es fällt mir in manchen Dingen noch schwer, wie ein Mensch zu reagieren. Darf ich Ihnen einen Kuß geben? Ich kenne Sie jetzt schon fast ein Jahrhundert, und ich mochte Sie von Anfang an.«

»Wer bringt jetzt wen in Verlegenheit, Schwester?«

»Minerva!« sagte Ira tadelnd.

Sie schluckte. »War das auch schon wieder falsch?«

Lazarus mischte sich in das Gespräch. »Achten Sie nicht auf Ira, Justin! Er ist und bleibt ein Spießer. Minerva überschüttet die Kolonie mit ihren Freundschaftsküssen; sie versucht die verlorene Zeit gutzumachen. Außerdem ist sie durch ihre dreiundzwanzig Eltern mit nahezu jedem hier verwandt. Küssen kann sie übrigens — eine Spezialität von ihr. Athene, laß deine Schwester in Ruhe, wenn sie ihre nächste Freundschaft schließt!«

»Jawohl, Buddyboy!«

»Teena, paß auf, daß ich dir die Eingeweide nicht verbiege!«

Lazarus wandte sich an den Archivar: »Los, Justin, fangen Sie an!«

»Äh . . . Minerva, ich habe seit Jahren kein Mädchen mehr geküßt. Ich bin völlig außer Übung.«

»Ich wollte nicht aufdringlich sein, Mister Foote. Sie müssen mich nicht küssen, wenn Sie sich genieren. Vielleicht, wenn wir einmal allein sind . . .«

»Justin, tun Sie es nicht!« rief der Computer. »Ich spreche als Ihre Freundin.«

»Athene!«

Justin hob abwehrend die Hand. »Moment, ich war noch nicht ganz fertig. Ich wollte sagen, daß ich selbst erst wieder lernen muß, ›wie ein Mensch zu reagieren‹. Wenn Sie also mit einem ungeschickten alten Mann vorliebnehmen — bitte!«

Minerva lächelte, dann schmiegte sie sich wie eine Katze an ihn, schloß die Augen und öffnete erwartungsvoll die Lippen. Ira betrachtete angestrengt ein Blatt Papier auf seinem Schreibtisch. Lazarus dagegen beobachtete die Szene mit sichtlichem Vergnügen. Er stellte fest, daß Justin Foote durchaus bei der Sache war — der alte Fuchs besaß vielleicht keine Übung, aber er hatte die Grundregeln nicht vergessen.

Als Minerva sich endlich von ihm löste, pfiff der Computer leise vor sich hin. »Puuuh — willkommen im Klub, Justin!«

»Ja«, meinte Ira trocken, »man kann sagen, daß ein Neuankömmling erst dann offiziell auf Tertius ist, wenn er mit einem Kuß von Minerva empfangen wurde. Liebes, hat dein Besuch hier einen bestimmten Grund?«

»Jawohl, Sir.« Sie setzte sich neben Justin Foote auf die Couch. »Ich befand mich mit den Zwillingen an Bord der ›Dora‹, und die beiden hatten gerade Astrogationsunterricht, als die Kapsel am Himmel auftauchte . . .«

»Einen Augenblick«, unterbrach Lazarus. »Haben die Kinder die Bahndaten berechnet?«

»Sicher, Lazarus. So eine Chance läßt sich Dora niemals entgehen.« Sie machte eine Pause. »Ich erfuhr von Athene, was für ein hoher Besuch angekommen war . . .« — Sie drückte Justin die Hand —, ». . . und eilte sofort hierher, um ihn zu begrüßen und alles Weitere zu regeln. Ira, hast du schon für Quartier gesorgt?«

»Noch nicht, Liebling. Wir hatten bisher kaum Gelegenheit, ein paar Worte zu wechseln. Die Narkose . . .«

»Ich glaube, das Gegenmittel beginnt zu wirken«, stellte

Foote fest.

»Justin hat eben eine zweite Dosis erhalten, Ira«, sagte der Computer. »Sein Puls geht schnell, aber gleichmäßig.«

»Jetzt reicht es, Athene. Hast du einen Vorschlag, Liebes?«

»Ja. Ich sprach kurz mit Ischtar, und sie ist der gleichen Ansicht wie ich — vorausgesetzt, daß du und Lazarus euch einverstanden erklärt.«

»Heißt das, daß wir gefragt werden?« warf Lazarus ein. »Justin, dieser Planet steht unter Weiberregiment.«

»Gilt das nicht für alle Welten?«

»Für *fast* alle. Ich erinnere mich an einen Planeten, wo es üblich war, zum Höhepunkt der Hochzeitsfeier die Schwiegermutter umzubringen — wenn sie nicht schon vorher das Zeitliche gesegnet hatte. Ich fand das ein wenig übertrieben, aber es hatte den Vorteil...«

»Geschenkt, Opa«, sagte Ira grinsend. »Justin müßte es ohnehin streichen. Minerva brachte eben ein wenig verschleiert zum Ausdruck, daß Ihnen unser Haus selbstverständlich zur Verfügung steht, Justin. Habe ich recht, Lazarus?«

»Klar. Es ist ein Tollhaus, Justin, aber die Küche läßt sich sehen, und die Unterbringung kostet nichts — außer Nerven.«

»Wirklich, ich möchte Ihnen nicht zur Last fallen. Gibt es hier denn niemanden, der Zimmer vermietet? Nicht für Geld — ich bin mir im klaren darüber, daß die Währung von Secundus hier nicht gilt —, aber vielleicht für ein paar Neuheiten, die man auf Tertius noch nicht kennt...«

»Ich nehme jederzeit Geld von Secundus entgegen«, erwiderte der Senior. »Und was Ihre Neuheiten betrifft, so wären Sie überrascht, was es hier bereits alles gibt!«

»Oh, ich weiß, daß die Kolonie einen Universalpantographen besitzt. So brachte ich vor allem Schöpferisches mit, Dinge, die der Unterhaltung dienen — Hologramme, Sound-Würfel mit den neuesten Hits, Pornies, Träume...«

»Nicht schlecht geplant.« Mit einem Seufzer fügte Lazarus hinzu: »Ich glaube, der Aufbau einer Kolonie machte mehr Spaß, als man sich mit dem behelfen mußte, was gerade bei der Hand war... auch wenn man nie wußte, wer Sieger bleiben würde, du oder der Planet. Heuzutage ist es eher, als ginge man mit einem Vorschlaghammer auf eine Fliege los. Der Planet hat keine Chance. Justin, Ihr Spielzeug bringt sicher eine hübsche Summe — aber verkaufen Sie es nach und nach, denn es wird garantiert kopiert, sobald Sie es in Umlauf bringen. So etwas wie

Urheberrecht kennen wir nicht. Aber ein Zimmer können Sie deswegen immer noch nicht mieten. Wir sind in dem Stadium, wo man bei Freunden oder Verwandten aufgenommen wird. Ich rate Ihnen, gehen Sie auf das Angebot ein! In dieser Jahreszeit regnet es fast jede Nacht.«

»Wenn ich wirklich nicht störe —«

Lazarus erhob sich. »Nun reicht es aber, Justin. Sie können bei uns bleiben, solange Sie wollen — eine Woche oder hundert Jahre. Einmal sind Sie mein direkter Nachfahre — durch Harriet Foote, wenn ich mich nicht täusche — und zum zweiten Minervas Freund. Bringen wir ihn heim, Mädchen! Wo sind eigentlich meine Teufelsbraten?«

»Draußen.«

»Festgebunden?«

»Nein, aber schwer gekränkt.«

»Das gibt sich wieder. Ira, mach endlich Schluß hier!«

»Sobald ich mit Athenes Hilfe die Pläne für die Konverteranlage geprüft habe.«

»Mit anderen Worten — sobald Athene dir ihre Entscheidung mitgeteilt hat!«

»Sag das ruhig noch mal!« mischte sich Athene ein.

»Teena«, tadelte Lazarus, »Doras Manieren haben auf dich abgefärbt. Minerva war stets zuvorkommend, höflich und bescheiden.«

»Irgendwelche Beschwerden über meine Arbeitsweise, Opa?«

»Nur über deine Manieren, Liebes. In Gegenwart eines Gastes.«

»Justin ist kein Gast; er gehört zur Familie.«

»Streiten wir ein anderes Mal weiter! Minerva, komm — wir müssen heim.«

»Noch einen Augenblick, Lazarus. Ira, ich habe einige Vorbereitungen getroffen — wollte mich aber nicht festlegen, da ich Justins Wünsche nicht kenne...«

»Oh, ich kenne sie auch nicht. Soll ich ihn fragen?«

»Bitte.«

»In deinem Namen?«

Justin hatte das Gespräch ein wenig verwirrt mitverfolgt. Nun meldete sich Athene zu Wort: »Reden wir mal im Klartext! Justin, Minerva wollte von Ira wissen, ob sie Ihnen für die Dauer Ihres Aufenthaltes eine Partnerin besorgen soll oder nicht. Und Ira stellte die Gegenfrage, ob Minerva selbst Anspruch auf dieses ehrenvolle Amt erhebt.«

Lazarus kam flüchtig der Gedanke, daß er seit Jahrhunderten kein Mädchen mehr hatte erröten sehen. Auch die beiden Männer wirkten verlegen. »Teena«, sagte er vorwurfsvoll, »du besitzt einen großartigen Technikverstand, aber in Sachen Diplomatie bist du eine Null!«

»Was? Ist doch alles Quatsch! Ich habe ihnen Milliarden von Nanosekunden erspart.«

»Halt jetzt den Mund, Liebes; mit deinen Stromkreisen scheint einiges nicht zu stimmen. Justin, Minerva ist so ungefähr die einzige Frau auf diesem Planeten, die Teenas gutgemeinte, wenn auch unerwünschte Einmischung als peinlich empfindet ... vielleicht weil sie als einzige hier monogame Anlagen zeigt.«

Der Computer kicherte.

»Ich habe dir gesagt, du sollst den Mund halten!« Lazarus wandte sich an den Archivverwalter. »Justin, wir machen es folgendermaßen: Minerva besorgt Ihnen für heute abend eine Tischdame. Alles andere bleibt Ihnen überlassen. Kommen Sie jetzt — ich bringe Sie zu unserem Haus. Teena, Ira, wir sehen uns später!«

Vor dem Verwaltungssitz der Kolonie wartete ein Nullboot — nicht das gleiche, das Justin vom Raumhafen abgeholt hatte, das sah er sofort. In der Kabine saßen zwei rothaarige Mädchen, die sich wie ein Ei dem anderen glichen. Sie waren zwölf oder dreizehn, hatten Revolvergurte um die mageren Hüften geschnallt und besaßen eine Unzahl von Sommersprossen. Die eine trug Kapitänsinsignien auf den nackten Schultern.

Beide kletterten aus dem Boot, als Justin näher kam.

»Wird aber auch Zeit«, stellte das eine Sommersprossenbündel fest.

»Benehmt euch, ihr beiden!« mahnte Lazarus. »Justin, das hier sind meine Zwillingstöchter Lapis Lazuli und Lorelei Lee. Justin Foote, meine Lieben, der Archivverwalter der Howard-Familien.«

Die Mädchen sahen einander an, dann rafften sie sich zu einem Knicks auf. »Willkommen auf Tertius, Mister Foote!« sagten sie wie aus einem Mund.

»Reizend!«

»Das war wirklich brav, Kinder«, sagte Lazarus. »Wer hat euch das beigebracht?«

»Mama Hamadryad ...«

»... und Mama Ischtar meinte, jetzt wäre die beste Gelegenheit zum Üben.«
»Außerdem hast du uns wieder verwechselt. *Ich* bin Lori — sie ist Lazi. Vergiß nicht — an geraden Tagen befehlige ich die *Dora*, und sie muß gehorchen.«
»Warte nur bis morgen! Dann bin ich wieder an der Reihe!«
»Lazarus kann uns nicht auseinanderhalten ...«
»... außerdem ist er nicht unser Vater; wir haben gar keinen.«
»Er ist unser Bruder und hat im Grunde keine Gewalt über uns ...«
»... trotzdem unterdrückt er uns ganz brutal ...«
»... aber das ändert sich eines Tages!«
»Ins Boot, ihr widerspenstiges Gesindel!« kommandierte Lazarus lachend. »Paßt auf, daß ich euch nicht zu einfachen Matrosen degradiere!«
Sie kletterten in das Boot. »Leere Drohungen ...«
»... und deine Ausdrücke lassen zu wünschen übrig!«
Lazarus beachtete die beiden nicht. Er und Justin halfen Minerva beim Einsteigen. »Käpten Lazuli!«
»Aye, Sir?«
»Sagen Sie bitte dem Boot, daß wir heim möchten!«
»Aye, aye, Sir! *Humpty Dumpty* — in Richtung Heimat!«
Das kleine Boot startete und glitt dann mit gleichmäßigen zehn Knoten dahin. »Und nun, Käpten, erklären Sie unserem Gast den wahren Sachverhalt!« fuhr Lazarus fort. »Sie haben ihn reichlich verwirrt.«
»Jawohl, Sir. Wir sind keine Zwillinge. Wir besitzen nicht einmal die gleiche Mutter ...«
»... und Old Buddyboy ist nicht unser Vater, sondern unser Bruder.«
»He, gerades Datum!«
»Dann rede doch!«
»Einspruch«, meinte Lazarus. »Ich bin euer Vater, weil ich euch adoptiert habe — mit schriftlichem Einverständnis eurer Mütter.«
»Völlig belanglos ...«
»... und ungesetzlich. *Wir* wurden nicht gefragt ...«
»... zudem unwesentlich, da wir drei, Lazarus, Lorelei und ich, eineiige Drillinge sind und deshalb vor jedem vernünftigen Gericht als gleichberechtigt gelten. Leider gibt es auf Tertius kein vernünftiges Gericht. Deshalb schlägt er uns. Ganz brutal.«

»Käpten, erinnere mich daran, daß ich einen größeren Knüppel besorge!«

»Aye, aye, Sir. Aber wir mögen Old Buddyboy — trotz seiner masochistisch-sadistischen Züge. Weil wir wirklich ein Stück von ihm sind. Verstehen Sie das?«

»Nicht so ganz, Miss — äh, Käpten. Ich habe das Gefühl, daß ich auf dem Weg hierher in eine falsche Dimension geraten bin und alles verzerrt sehe.«

Der ›Käpten der geraden Tage‹ schüttelte energisch den Kopf. »Tut mir leid, Sir, so etwas gibt es nicht. Ich werde es Ihnen beweisen. Äh — verstehen Sie etwas von Imperialzahlen und der Libbyschen Feldphysik?«

»Nein. Sie vielleicht, mein Fräulein?«

»Klar, Mann ...«

»... wir sind nämlich Genies.«

»Kinder, hört auf mit eurer Angeberei! Ich nehme meinen Befehl zurück. Den Rest erkläre ich selbst.«

»Vielen Dank, Lazarus. Ich wußte gar nicht, daß Sie Kinder in diesem Alter haben. Oder Geschwister — was ich noch verwirrender finde. Sind sie registriert? Ich bekomme zwar nicht alle Archivdaten zu Gesicht, aber man verständigt mich seit Jahren automatisch, wenn es Dinge sind, die den Senior betreffen.«

»Das wußte ich, und deshalb erfuhren Sie auch nichts. Regestriert sind die beiden schon, aber unter dem Namen ihrer Mütter — genauer gesagt, ihrer Pseudomütter. Aber ich hinterließ einen versiegelten Umschlag, adressiert an Sie oder Ihren Nachfolger und zu öffnen bei meinem Tod oder spätestens im Jahre 2070 der Diaspora. Er enthält eine Art Testament ...«

»Wir erben nämlich die *Dora*!«

»Halt den Mund, sonst kriegt deine Schwester die *Dora*! Ich habe dieses Datum gewählt, Justin, weil ich annehme, daß die beiden dann erwachsen sind. Sie haben in der Tat geniale Anlagen. Ich begebe mich zuerst auf Zeitreise, wenn sie mich begleiten — als Käpten und Mannschaft meiner Jacht. Und meine Geschwister sind sie, weil sie von meinem Klon-Material abstammen. Sehen Sie mich nicht so erstaunt an! Ich weiß, daß so etwas auf Secundus verboten ist. Die Verschwörer gingen heimlich ans Werk. Sie überredeten einen Gen-Chirurgen, das X-Chromosom meines Klons zu reproduzieren — ein verhältnismäßig einfaches Verfahren. Laz und Lor wurden am gleichen Tag geboren.«

»Hmm — ich kann mir vorstellen, daß Doktor Hildegarde

davon nicht begeistert war. Ohne ihr nahetreten zu wollen — sie wirkte ein wenig konservativ.«

»Eine Mörderin!«

»Primitiv totalitär ...«

»Jawohl!«

»Welches Recht hat *sie* zu behaupten, daß *wir* nicht existieren dürfen ...«

»... und Minerva auch nicht! Kryptokriminell!«

»Jetzt reicht es, Kinder. Wir haben gemerkt, daß ihr keine positive Einstellung zur Direktorin der Verjüngungsklinik besitzt.«

»*Dich* wollte sie auch um die Ecke bringen, Old Buddyboy!«

»Lori, ich habe gesagt, daß es reicht. Wenn sich Nelly Hildegarde mit ihrer Politik durchgesetzt hätte, wäre ich ebensowenig hier auf Tertius wie ihr. Aber wir sind hier, und deshalb habt ihr kein Recht, sie ›Mörderin‹ zu nennen.«

Justin Foote lächelte. »Wenn ich diese drei reizenden jungen Damen betrachte, kann ich nur die Richtigkeit eines alten Grundsatzes bestätigen: Gesetze sind dazu da, daß man gegen sie verstößt.«

»Ein kluger Mann ...«

»... und er hat Grübchen, wenn er lacht. Mister Foote, würden Sie mich und meine Schwester heiraten?«

»Sagen Sie ›ja‹! Sie kann kochen, und ich schmuse gern.«

»Schluß jetzt!« warf Minerva ein.

»Warum? Du willst ihn wohl für dich allein! Mußten wir deshalb draußen warten? Mister Foote, Minerva ist unsere Mama Pro Tem ...«

»... eine himmelschreiende Ungerechtigkeit ...«

»... denn sie ist in Wirklichkeit *viel* jünger als wir ...«

»... und nun erziehen gleich drei Mütter an uns herum.«

»Ich will nichts mehr hören!« befahl Lazarus. »Kochen könnt ihr beide, aber vom Schmusen versteht ihr nichts.«

»He, warum schmust du dann so gern mit uns, Buddyboy?«

»Merde. Weil ihr beide unreif und verunsichert seid!«

Die beiden Rotschöpfe sahen einander an. »Lori?«

»Ich hab's gehört — falls ich nicht träume.«

»Nein, ich hab's auch gehört.«

»Sollen wir losheulen?«

»Warte noch! Mister Foote ist es vielleicht peinlich, wenn er miterlebt, wie Buddyboy sich bei ein paar Tränen aufführt.«

»Na gut. Außer Mister Foote *will* es sehen ...«

»Wollen Sie, Mister Foote?«

»Justin, ich verkaufe die beiden mit Mengenrabatt.«

»Äh — vielen Dank, Lazarus, aber ich fürchte, daß ich mich ebenfalls ›aufführen‹ würde, wenn sie plötzlich zu weinen anfingen. Können wir das Thema wechseln? Wie ist es Ihnen gelungen, diesen dreifachen ... äh, Schwindel über die Bühne zu bringen? Doktor Hildegarde führt doch im allgemeinen ein straffes Regiment.«

»Nun, im Falle dieser beiden Engel ...«

»Reiner Sarkasmus ...«

»... und plump!«

»... wurde ich ebenso hinters Licht geführt wie Nelly Hildegarde. Ischtar Hardy, die Mutter von der hier ...«

»Nein, von *ihr*!«

»Ihr beide seid austauschbar. Außerdem hat man euch gleich nach der Geburt verwechselt, so daß kein Mensch mehr sagen kann, wer die eine und wer die andere ist. Ihr wißt es selbst nicht.«

»Oh, doch! Manchmal geht sie fort, aber ich bin immer hier.«

Lazarus unterbrach sich und warf den Mädchen einen nachdenklichen Blick zu. »Das könnte die knappste Darlegung der Solipsismustheorie sein, die ich je gehört habe. Schreibt sie auf!«

»Wenn ich es tue, gibst du sie garantiert als deine eigene Weisheit aus!«

»Ich will sie nur für die Nachwelt erhalten — ein Gedanke, der im Widerspruch zu der These selbst steht. Minerva, merk du dir den Ausspruch!«

»Schon geschehen, Lazarus.«

»Minervas Gedächtnis arbeitet immer noch fast so exakt wie damals, als sie ein Computer war. Wo blieb ich stehen? Ach ja — Ischtar hatte für kurze Zeit stellvertretend die Leitung der Klinik übernommen, da Nelly sich auf einem Erholungsurlaub befand. Sie konnte sich ohne weiteres mein Zellmaterial beschaffen. Ich war damals in einem Zustand des Lebensüberdrusses, und die Mütter der beiden kamen auf die Idee, mich durch diesen ausgefallenen Schachzug aus meiner Gleichgültigkeit zu reißen. Die einzige Hürde, die sie zu überwinden hatten, war das Gesetz, daß auf Secundus keine Gen-Chirurgie durchgeführt werden durfte. Wie und wer — darüber schweigen sich die Verschwörer aus. Sie können ja Minerva fragen; die war in den Betrug eingeweiht.«

»Lazarus, diese Erinnerung habe ich zurückgelassen. Ich hielt sie für Ballast.«

»Sehen Sie, Justin? Ich erfahre nur die Dinge, die *ihnen* wichtig erscheinen. Aber wie dem auch sei, die Behandlung half. Ich habe mich seitdem keinen Tag mehr gelangweilt. Anderes trifft vielleicht zu — Langeweile jedoch nicht.«

»Lori, vernehmen meine Ohren ein *Double entendre?*«

»Hm, eher ein leicht verhülltes *Innuendo*. Beachten wir es nicht!«

»Anfangs hatte ich keine Ahnung, daß diese beiden mit mir verwandt sind. Oh, ich bemerkte natürlich, daß Ischtar und Hamadryad — eine von Iras Töchtern — schwanger waren. Sie verbrachten einen Großteil ihrer Zeit bei mir. Doch obwohl sie immer unförmiger wurden, verloren sie kein Wort über ihren Zustand. So stellte ich natürlich auch keine Fragen.«

Justin nickte. »Ihre Privatangelegenheit . . .«

»Ach was, damit hatte es nichts zu tun. Ich schnüffle gern in den Privatangelegenheiten anderer Leute herum. Aber ich war sauer. Da umschwirren mich zwei hübsche Mädchen Tag und Nacht, ich behandle sie wie meine Töchter — und sie vertrauen mir ihr Geheimnis nicht an! Also schaltete ich auf stur. Bis eines Tages Galahad — das ist der Mann der beiden, jedenfalls so mehr oder weniger — mich nach unten holt und mir die süßesten kleinen Rotschöpfe präsentiert, die ich je gesehen habe.«

»Lassen wir ihm ein paar Tränen nach?«

»Oh, über das Stadium seid ihr längst hinaus! Inzwischen habt ihr beide zuviel Ähnlichkeit mit mir.« Er wandte sich wieder an Justin. »Ich roch den Braten immer noch nicht. Ich war entzückt — und ein wenig erstaunt, daß die Babys sich wie ein Ei dem anderen glichen. Aber ein paar Wochen später schlich sich der erste finstere Verdacht ein. Die Spermenbank besaß keinen Samen von mir, das wußte ich ziemlich genau, aber ich war mir auch im klaren darüber, daß man mit einem hilflosen Patienten allerlei anstellen kann. So gelangte ich mit unfehlbarer Logik zu dem falschen Schluß: Diese Babys sind meine Töchter — und zwar entstanden durch künstliche Besamung! Die beiden Frauen leugnen es. Ich rede ihnen gut zu — schwöre ihnen, daß ich nicht wütend bin, sondern im Gegenteil hoffe, daß die kleinen Engel von mir abstammen.«

»›Engel‹ sagt er!«

»Damit will er nur Mister Foote beeindrucken.«

»Die beiden beraten lange mit Minerva und Galahad, und dann rücken sie mit der Wahrheit heraus.«

»Lazarus, du *brauchtest* eine Familie!« warf Minerva ein.

»Ganz recht, meine Liebe. Ich fühle mich im Kreise einer Familie immer am wohlsten; man kommt dabei nicht zum Nachdenken. Justin, habe ich übrigens erwähnt, daß Minerva mir erlaubte, sie zu adoptieren?«

»*Wir* wurden nicht gefragt.«

»Hört mal Kinder, die Gesetze dieses Termitenhaufens hier lassen es zu, daß ich die Adoption noch heute rückgängig mache, wenn ihr das wollt. Ihr müßt mir nur Bescheid sagen!«

Die beiden Mädchen sahen einander einen Moment lang an. »Lazarus . . .«, begann die eine.

»Ja, Lorelei?«

»Lapis Lazuli und ich haben das Thema erörtert und sind zu dem Schluß gekommen, daß du genau der Vater bist, den wir uns wünschen.«

»Vielen Dank, meine Lieben.«

»Und um unseren guten Willen zu beweisen, streichen wir die Tränen, die uns noch zustehen.«

»Ich bin gerührt.«

»Außerdem schmusen wir gern — weil wir unreif und verunsichert sind!«

»Ach Gott, ihr Ärmsten! Hat das noch etwas Zeit?«

»Klar, Vater. Wir wissen, daß wir einen Gast haben. Aber vielleicht können wir alle zusammen ein Bad nehmen — vor dem Abendessen . . .«

»Nun, Justin, was halten Sie davon? Ein Bad mit diesen beiden Teufeln ist anstrengend, aber es ist ein Vergnügen. Sie pflegen ein richtiges Fest daraus zu machen.«

»Oh, ein Bad ist genau das, was ich jetzt benötige. Ich war eine Ewigkeit in diese Kapsel eingesperrt. Meine Damen, nehme Ihre Einladung an. Offen gestanden — ich finde, ein Bad sollte immer ein Fest sein!«

»Sie haben recht, Justin«, lachte Minerva. »Ich komme auch mit. Tertius ist im Vergleich zu Secundus vielleicht primitiv, aber das trifft nicht für unser Bad zu. Lazarus nennt es ›dekadent‹.«

»Ich habe es absichtlich ›dekadent‹ entworfen, Justin. Eine gute sanitäre Einrichtung ist die Blüte der Dekadenz.«

»Äh — meine Kleider befinden sich noch in Iras Büro. Nicht einmal meine Toilettentasche habe ich mitgebracht . . .«

»Das macht überhaupt nichts. Vielleicht bringt Ira die Koffer mit, aber verlassen Sie sich nicht darauf, er ist ziemlich vergeßlich. Wir haben alles im Haus, was Sie brauchen — Enthaarungscreme, Deodorants, Parfüms. Ich kann Ihnen sogar eine Toga oder etwas Ähnliches leihen.«

»He, Buddyboy — äh, Daddy —, heißt das, daß wir uns zum Abendessen *fein* machen?«

»Nennt mich ruhig Buddyboy, das stört mich nicht mehr! Zieht an, was euch gefällt — aber wenn ihr euch schminken wollt, fragt vorher Mama Hamadryad!« Er wandte sich wieder an Justin. »Die andere Geschichte — wie aus dem Computer Minerva eine reizende junge Dame wurde — ist sehr viel länger. Ich schlage vor, daß wir uns im Moment mit einer Zusammenfassung begnügen. Die Einzelheiten erzählt Ihnen Minerva später, nicht wahr, Liebes?«

»Gern, Vater.«

»Von dir will ich diese Bezeichnung nicht hören — du bist jetzt erwachsen. Justin, als wir Minerva weckten, hatte sie ungefähr das Alter unserer beiden gezähmten Wildkatzen. Ich adoptierte sie, weil sie damals einen Vater brauchte.«

»Lazarus, ich werde immer einen Vater brauchen.«

»Danke, Liebes — ich akzeptiere das als Kompliment. Erzähl Justin deine Story!«

»Also gut. Justin, kennen Sie die Theorien über die Entstehung eines Persönlichkeitsbewußtseins bei Computern?«

»Einige. Wie Sie wissen, arbeite ich fast nur mit Computern.«

»All diese Theorien sind — wenn ich das sagen darf — leeres Geschwätz. Ich spreche aus Erfahrung. Auf welche Weise ein Computer Persönlichkeitsbewußtsein erlangt, bleibt ebenso ein Geheimnis wie die menschliche Persönlichkeitsbildung. Es *ist* einfach so. Aber soviel ich gehört habe, entsteht dieses Bewußtsein *niemals* bei Computern, die nur für deduktive Logikprozesse konstruiert sind. Computer mit induktiver Arbeitsweise dagegen sind dafür ›anfällig‹.«

Sie lächelte. »Lazarus kam auf die Idee, meine Persönlichkeit in einen Klonkörper zu übertragen. In den Verjüngungskliniken hatte man besondere Techniken zur Gedächtniserhaltung der Patienten entwickelt, die sich auch auf meinen Fall anwenden ließen. Wie das im einzelnen geschah, weiß ich nicht mehr. Damals, als wir den Plan faßten, befand sich die gesamte technische Literatur der Howard-Klinik von Secundus in meinen Speichern — wir hatten sie gewissermaßen entwendet. Ich besitze sie nicht mehr; ich mußte eine sorgfältige Auswahl treffen, welche Erinnerungen ich mitnehmen wollte. So habe ich von der Umwandlung selbst nur noch eine vage Vorstellung — in der gleichen Art etwa, wie ein Verjüngungspatient sich nach dem Erwachen nur verschwommen daran erinnert, was mit ihm geschah. Die Vergangenheit ist für mich ein wirrer Traum. Ich weiß, daß ich irgendwann Minerva, der Computer, war, und ich kann mich noch genau an meine Begegnungen mit Menschen erinnern. Aber wenn mich jemand fragt, wie ich das Transportwesen von Neu-Rom organisierte... nun, ich weiß, daß dies zu meinen Aufgaben gehörte, aber mehr nicht.«

Wieder huschte ein Lächeln über ihre Züge. »Das ist meine Geschichte: Ein Computer, der sich danach sehnte, ein Mensch zu werden...

Ich habe meinen Entschluß nie bereut. Ich liebe mein jetziges Leben — und ich liebe alle Menschen.« Sie sah Justin Foote ruhig an. »Lazarus hat vorhin übrigens die Wahrheit gesagt. Mit meiner Erfahrung als — Partnerin ist es schlecht bestellt. Ich bin erst seit drei Jahren ein Geschöpf aus Fleisch und Blut. Sollten Sie sich für mich entscheiden, so werden Sie mich vielleicht ungeschickt finden. Aber nicht unwillig. Ich verdanke Ihnen sehr viel.«

»Minerva, nagle ihn ein andermal fest!« warf Lazarus ein. »Du hast eine Menge erzählt, aber das Wesentliche ausgelassen.«

»Findest du?«

»Ja. Bei deiner Philosophie über die Bewußtseinsbildung von Computern hast du eins vergessen, was meiner Meinung nach den Schlüssel der Theorie bildet: Meine Liebe, alle Maschinen sind animistischer Natur — ›humanistischer‹ Natur wäre noch besser, doch dieser Begriff ist bereits zweckentfremdet. Maschinen sind Menschenwerk; sie spiegeln Menschengedanken wider, ob es sich nun um einen Schubkarren oder einen Riesencomputer handelt. Ich finde es daher ganz und gar nicht mysteriös, wenn eine von Menschen entworfene Maschine menschliches Bewußtsein entwickelt. Das Geheimnis liegt im Bewußtsein selbst — wo immer man es antrifft.

Aber, Minerva, ich habe eine Reihe von gigantischen Computern kennengelernt, alle fast so klug wie du, und sie besaßen nicht die Spur einer Persönlichkeit. Kannst du uns sagen, weshalb?«

»Leider nein, Lazarus. Ich würde gern Athene fragen, wenn wir heimkommen.«

»Sie weiß es vermutlich auch nicht; sie kennt keine Computer außer Dora. Käpten Lazuli, wie weit erinnern Sie sich zurück?«

»Bis zu meiner Geburt natürlich . . .«

». . . Mama Ischtar hatte große Brüste«, warf Lorelei ein.

». . . Mama Hamadryad nicht, aber bei ihr wurden wir genauso satt.«

»Etwas anderer Geschmack. Wir waren schon immer für Abwechselung.«

»Genug, genug.« Lazarus hob beide Hände. »Justin, ich wollte Ihnen durch meine Frage beweisen, daß diese beiden Kinder sich und ihre Umgebung — zumindest ihre Mütter — zu einem Zeitpunkt bewußt wahrnahmen, da Flaschenbabys noch völlig teilnahmslos in der Wiege liegen. Woher ich das weiß? Weil ich ein Flaschenbaby war. Meine Erinnerungen reichen nicht bis in jene Zeit zurück. Aber nun eine Gegenfrage: Minerva, erinnerst du dich an deine ›Geburt‹?«

»Nein, natürlich nicht, Lazarus. Oh, ich hatte ein paar sonderbare Träume, als ich die aussortierten Erinnerungen auf den neuen Körper übertrug — doch das geschah erst kurz vor dem Erwachen. Ischtar leitete mich dabei an; ich mußte ganz langsam verfahren, da ein Proteingehirn Daten nicht mit Computergeschwindigkeit aufnehmen kann. Dann war ich für ganz kurze Zeit Computer und Menschengehirn zugleich. Ischtar weckte mich, als Pallas Athene mein Wissen besaß. Aber, Lazarus, ein aus Klonzellen entwickelter Körper besitzt kein Bewußtsein; er ist wie ein Fötus in der Gebärmutter. Keine Reize. Oder zumindest nur schwache Reize, die keine permanente Erinnerung hinterlassen.«

Lazarus nickte. »Das ist das Stichwort, Liebes — keine oder nur schwache Reize von außen. Diese großen Computer, die ein Bewußtseinspotential besitzen, ohne es je auszunutzen, bleiben verkümmert, weil keiner sie liebt. Ob Baby oder Computer — die Persönlichkeit entwickelt sich durch liebevolle Zuwendung. Minerva, paßt diese Theorie zu deinen frühen Jahren als Computer?«

Sie nickte nachdenklich. »Ja. Ich weiß, daß ich ein paar Jahre vor Iras Amtsübernahme konstruiert wurde. Aber meine frühesten Erinnerungen reichen in eine Zeit zurück, als ich sehnsüchtig darauf wartete, Iras Stimme zu hören.«

»Siehst du?« Er wandte sich an Foote. »Justin, hatten Sie in letzter Zeit mit dem Verwaltungscomputer von Neu-Rom zu tun?«

»Und ob. Die Präsidentin zitierte mich vor meiner Abreise

mehr als einmal in ihr Büro.«

»Wie nennt sie den Computer?«

»Ich glaube nicht, daß sie ihm einen Namen gegeben hat . . .«

»Die arme Maschine!« warf Minerva ein.

»Tröste dich, Mädchen«, entgegnete Lazarus ruhig. »Du hast den Computer in guter Verfassung zurückgelassen. Sein Bewußtsein wird einfach nicht erwachen, solange er keinen Herrn oder keine Herrin besitzt, die ihn schätzen. Das kann eher geschehen, als du denkst.«

Justin Foote nickte. »Der Senior hat recht. Unsere Arabelle liebt das Rampenlicht. Tritt bei öffentlichen Veranstaltungen auf, besucht das Kolosseum. Steht auf und winkt mit einem Spitzentüchlein. Ziemlich ungewohnt. Ira hielt sich immer betont im Hintergrund.«

»Ich verstehe. Die ideale Zielscheibe. Sieben zu zwei, daß sie in den nächsten fünf Jahren umgebracht wird?«

»Keine Wetten, Lazarus. Ich bin Statistiker.«

»Das sehe ich. Lassen wir es eben. Ischtar hat im Palast eine provisorische Verjüngungsklinik eingerichtet. Ihre Ausrede: ich, der Senior. In Wirklichkeit liefen dort eine Reihe von kriminellen biochemischen Aktivitäten über die Bühne. Glauben Sie, daß Arabelle etwas von unserem Schachzug gemerkt hat?«

»Kaum. Auch Nelly Hildegarde blieb ruhig. *Mir* allerdings kam die Sache etwas verdächtig vor.«

»Oh — wo ist uns ein Schnitzer unterlaufen?«

»Schnitzer kann man es wohl nicht nennen. Minerva, als Ira noch Präsident Pro Tem war, wandte ich mich mit Problemen des öfteren an Sie. Wie verliefen unsere Gespräche?«

»Nun, sehr freundschaftlich, Justin. Sie erteilten keine Befehle, sondern erklärten genau, *warum* Sie die eine oder andere Information benötigten. Und Sie plauderten mit mir; dafür nahmen Sie sich immer Zeit.«

Justin nickte. »Und das änderte sich mit einemmal. Etwa eine Woche, nachdem Ira Secundus verlassen hatte, brauchte ich etwas vom Verwaltungscomputer. Seine Stimme war völlig verändert — mechanisch, unpersönlich. Und auf jede Abweichung von der Programmiersprache erwiderte er: ›NULL-PROGRAMM — WIEDERHOLE — BITTE PROGRAMM SPEICHERN!‹ Da wußte ich, daß meine alte Freundin nicht mehr lebte.« Er lächelte. »Um so mehr freue ich mich, Sie hier als Geschöpf von Fleisch und Blut wiederzusehen!«

Minerva errötete leicht, aber sie sagte nichts.

»Hmm — Justin, haben Sie Ihre Eindrücke weitererzählt?«

»Ahnherr, halten Sie mich für einen Schwachkopf? Ich kümmere mich um meine eigenen Angelegenheiten.«

»Große Entschuldigung. Nein, Sie sind kein Schwachkopf — außer Sie kehren zu dieser alten Hexe zurück!«

»Wann kommt die nächste Auswanderergruppe hier an? Ich lasse nicht gern mein Lebenswerk — und meine Privatbibliothek — im Stich.«

»Nun, darüber unterhalten wir uns noch«, meinte Lazarus. »Dort vorn ist unser Haus.«

Justin sah ein paar Mauern zwischen dichtem Baumbestand. Er wandte sich noch einmal an Minerva: »Eins habe ich vorhin nicht ganz begriffen, meine Liebe. Sie sagten: ›Ich verdanke Ihnen sehr viel!‹ Weshalb? Es ist doch eher umgekehrt. Sie waren mir immer eine Stütze und Hilfe.«

Minerva warf Lazarus einen fragenden Blick zu. Der Senior zuckte die Achseln. »Deine Sache, Liebes.«

Minerva holte tief Luft, dann meinte sie: »Ich möchte dreiundzwanzig meiner Kinder nach meinen dreiundzwanzig Eltern nennen.«

»Ja? Das finde ich eine hübsche Idee.«

»Justin, Ihr Name ist auch darunter. Sie sind einer meiner Väter.«

VARIATIONEN ÜBER EIN THEMA

XIV. Bacchanalien

Wo sich der Pfad durch die Gormgehölze am Nordrand von Boondock nach rechts windet, taucht das Heim von Lazarus Long auf, aber ich beachtete es kaum, als ich es zum erstenmal sah. Minervas Worte hatten mich zu sehr verwirrt. Ich ihr Vater? *Ich?*

»Nun klappen Sie die Futterluke allmählich wieder zu, mein Junge«, meinte der Senior trocken. »Es zieht.«

Ich brachte immer noch keine Antwort heraus.

»Es ist ein großes Kompliment, daß Minerva Sie wählte«, fuhr Lazarus fort. »Wir gingen Tausende von Zellkulturen durch, alle von Menschen mit überdurchschnittlicher Intelligenz und hervorragenden Charaktereigenschaften. Stellen Sie sich einmal die Mathematik vor, die notwendig war, um die vielen Variablen einzuordnen!«

Ich versuchte das Problem in Formeln umzusetzen, gab aber rasch auf und wandte mich dem reizenden Endergebnis zu.

»Minerva hätte ebensogut ein Mann werden können«, sagte Lazarus, »ein Hüne von zwei Metern, gebaut wie Joe Colossus und mit einem Glied wie ein Zuchthengst.« Er machte eine kleine Pause. »Sie entschied sich anders, und so haben wir in unserer Mitte eine entzückende junge Dame, zierlich und scheu — na, ich weiß nicht, ob das letztere Absicht war ...«

»Keine Absicht, Lazarus«, warf Minerva ein. »Noch ist ungeklärt, welche Gene die Schüchternheit steuern. In meinem Fall stammt die Anlage vermutlich von Hamadryad.«

»Oder von einem gewissen Computer, denn Athene kann man beim besten Willen nicht als schüchtern bezeichnen. Egal. Einige von Minervas Eltern sind tot; einige leben noch, wissen aber nicht, daß wir ein winziges Gewebeteilchen von einem in Stase befindlichen Klon entfernt haben — wie bei Ihnen, Justin. Einige wissen, daß sie Chromosomenspender sind — ich zum Beispiel und Hamadryad. Die Blutsverwandtschaft kann man übrigens vernachlässigen. Ein Dreiundzwanzigstel — dafür würde die Genetikberatungsstelle nicht einmal ihren Computer bemühen. Der gesunde Menschenverstand sagt, daß das Risiko lächerlich gering ist. Minerva könnte Ihnen also, wenn sie wollte, ohne weiteres Kinder schenken. Mir auch.«

»So? Und wer hat einen diesbezüglichen Vorschlag abgelehnt?« fragte Minerva heftig. In diesem Moment war sie alles andere als scheu. Ihre Augen blitzten.

»Aber, aber, Liebes. Das war ein knappes Jahr nach deinem Erwachen — ein Aufwallen kindlicher Dankbarkeit. Frag mich heute! Vielleicht erlebst du eine Überraschung. Spaß beiseite! Justin, ich wollte nur klarstellen, daß Ihre Verwandtschaft zu Minerva auf einer mehr oder weniger sentimentalen Basis beruht.«

»Wenn ich mir nur erklären könnte, welche meiner Eigenschaften für die Wahl ausschlaggebend war ...«

»Da fragen Sie am besten Ischtar und Athene. Ich bezweifle, daß Minerva weiß, welches Chromosomenpaar von Ihnen stammt!«

»Und ob ich das weiß!« widersprach Minerva. »Diese Erinnerungen habe ich nicht zurückgelassen. Justin, ich wollte einen Teil meiner mathematischen Fähigkeiten behalten. Sie oder Professor Owens — das war die Frage. Ich entschied mich für Sie, weil Sie mein Freund sind.«

(Ein dickes Ding! Ich habe größte Achtung vor Jake Hardy-Owens. Im Vergleich zu diesem brillanten Theoretiker bin ich eine Null.)

»Landemanöver beendet, Kommodore!« kündete einer der Rotschöpfe an, als das kleine Nullboot mit einem Ruck zum Stehen kam. (Es schien sich um einen Corson-Farmgleiter zu handeln; ich war überrascht, dieses brandneue Modell in einer Kolonie zu entdecken.)

»Danke, Käpten«, erwiderte Lazarus.

Die Zwillinge schossen ins Freie; der Senior und ich halfen Minerva beim Aussteigen — eine unnötige Hilfe, die sie jedoch mit einem anmutigen Lächeln akzeptierte. Auch das war ein Aspekt des Kolonielebens, der mich erstaunte: Die Bewohner von Boondock pflegten eine beinahe altmodische Höflichkeit und Ritterlichkeit. Mein Bild von den Siedlern war wohl zu stark von Romanklischees geprägt — bärtige, wilde Kerle, die gegen gefährliche Bestien kämpften und mit den bloßen Fäusten das Land urbar machten.

»Humpty-Dumpty — schlafen gehen!« befahl ›Käpten‹ Lazuli. Das Nullboot entfernte sich, und die beiden Mädchen nahmen uns Erwachsene in die Mitte. Wäre Minerva nicht in der Nähe gewesen, ich hätte den rothaarigen Kobolden meine ganze Aufmerksamkeit geschenkt. Ich gehöre nicht zu den Menschen, die Kinder unter allen Umständen ›süß‹ finden; einige dieser

Kleinen entnerven mich — besonders, wenn sie sich frühreif benehmen. Aber bei den Zwillingen wirkte dieser Charakterzug einfach charmant. Wie gesagt — wäre ich allein gewesen, so hätte ich meine helle Freude an ihnen gehabt.

Ich blieb mit einem Ruck stehen, als ich das Bauwerk zum erstenmal bewußt wahrnahm. »Lazarus, welcher Architekt hat diese Villa entworfen?«

»Keine Ahnung«, entgegnete er. »Er ist seit mehr als viertausend Jahren tot. Das Original gehörte einem einflußreichen Mann von Pompeji, einer Stadt auf der Alten Erde, die bei einem Vulkanausbruch verschüttet wurde. Ich sah vor langer Zeit ein Modell dieses Hauses in einem Museum und machte Aufnahmen davon, weil es mir gefiel. Die Bilder besitze ich nicht mehr, doch als ich versuchte, Athene die Villa zu beschreiben, stellte sich heraus, daß in der historischen Abteilung ihrer Gedächtnisspeicher eine Stereoaufzeichnung der Ruine des Hauses steckte. Nach diesen Unterlagen errichtete sie unser neues Heim. Wir veränderten nicht viel, um die herrlichen Proportionen nicht zu stören. Unser Klima hat viel Ähnlichkeit mit dem von Pompeji — und ich liebe Häuser, die sich auf einen Innenhof konzentrieren. Das sorgt für ein Gefühl der Geborgenheit.«

»Wo befindet sich übrigens Athene — die Schaltzentrale, meine ich?«

»Unter dem Haus. Sie war noch in der *Dora*, als sie die Villa baute. Zuerst legte sie für sich eine Reihe von Untergrundräumen an. Dann zog sie um und leitete an Ort und Stelle die Arbeiten.«

»Ein Computer ist am liebsten in der Nähe seines Herrn«, warf Minerva ein. »Entschuldige, Lazarus, aber du hast die Zeitfolge durcheinandergebracht. Erinnere dich — das Haus entstand vor mehr als drei Jahren.«

»Ach so. Wenn du erst einmal so lange gelebt hast wie ich, Minerva — und das steht dir bevor —, dann verwechselst du solche Kleinigkeiten ständig. Ich muß mich verbessern, Justin. Nicht Athene, sondern Minerva hat das Haus entworfen.«

»Athene übernahm dann den eigentlichen Bau«, erklärte Minerva. »Ich ließ alle Einzelheiten in ihren Speichern.«

»Wie dem auch sei — die Villa begeistert mich.« Mir war mit einemmal ein wenig seltsam zumute. Intellektuell hatte ich mich mit der Tatsache abgefunden, daß die junge Frau an meiner Seite ein Computer-›Vorleben‹ hatte. Es verwirrte mich auch nicht, daß ich selbst, Lichtjahre von hier entfernt, mit diesem Computer zusammengearbeitet hatte. Aber unser Gespräch machte nun emotionell deutlich, daß dieses hübsche Geschöpf vor kurzem aus eigener Kraft ein Haus geplant und gebaut hatte — als Computer. Die Erkenntnis erschütterte mich, obwohl ich Historiker bin und mich im allgemeinen nicht so leicht aus der Fassung bringen lasse.

Wir betraten das Haus, und die herzliche Begrüßung stellte mein inneres Gleichgewicht rasch wieder her. Iras Tochter Hamadryad kannte ich von Secundus her, und von Ischtar hatte ich bereits soviel gehört, daß ich ihr von der ersten Sekunde an freundschaftliche Gefühle entgegenbrachte. Dann war noch ein junger Mann zur Stelle, der mir Rätsel aufgab. Er sah auffallend gut aus, und irgendwie kam er mir bekannt vor, aber ich vermochte ihn nicht einzuordnen.

Dieser ›Galahad‹ nun trat auf mich zu und empfing mich mit einem Kuß, der eines Ganymed würdig gewesen wäre. Dann klopfte er mir auf die Schulter und rief: »Justin, wie ich mich freue, dich wiederzusehen! Ich bin ganz außer mir!«

Ich löste mich aus seiner Umarmung und betrachtete ihn genau. Er bemerkte meine Unsicherheit. »Ischtar«, sagte er mit einem theatralischen Seufzer, »ich war zu optimistisch! Hamadryad — man reiche mir ein Taschentuch! Ich weine. Er hat mich *vergessen*... nach all seinen Schwüren!«

»Obadiah Jones — was machst *du* hier?«

»Ich weine. Du hast mich vor meiner Familie gedemütigt.«

Wir hatten uns vor mehr als hundert Jahren aus den Augen verloren — denn damals verließ ich die Howard-Universität. Er war zu jener Zeit ein brillanter junger Wissenschaftler, Experte für alte Kulturen, und besaß einen ausgepägten Sinn für Humor. Einmal hatte ich die ›Sieben Stunden‹ mit ihm und zwei Wissenschaftlerinnen verbracht — ich erinnere mich weder an ihre Namen noch an ihre Gesichter. Ich war ganz von Obadiahs Temperament und sprühendem Witz gefesselt gewesen.

»Obadiah«, sagte ich streng, »weshalb nennst du dich ›Galahad‹? Wirst du wieder einmal von der Polizei gesucht? Lazarus, wie kommt dieser Pampasstier in Ihr Heim? Sperren Sie sofort Ihre Töchter ein!«

»Oh, dieser *Name*!« sagte er mit gebrochener Stimme. »Sprich ihn nie mehr aus, Justin! Die anderen kennen ihn nicht. Als ich mich bekehrte, gab ich ihn auf.« Plötzlich lachte er. »Los, komm

mit mir ins Atrium — wir gießen uns einige Drinks hinter die
Binde! Lazi, welche von euch hat heute Dienst?«
»Lor — gerades Datum. Aber ich helfe ihr. Rum pur?«
»Mixe ihn ruhig! Ich möchte unseren Freund mit einem echten Borgia-Trunk empfangen.«
»Klar, Onkel Knuddel. Wer sind die Borgias?«
»Eine berühmte Familie auf der Alten Erde, mein Lämmchen.
Die Howards ihrer Zeit. Sehr geschickt im Umgang mit Gästen.
Ich stamme von ihnen ab und kenne ihre Geheimnisse durch
mündliche Überlieferung.«
»Lazi«, meinte Lazarus, »frag lieber Athene nach den Borgias,
bevor du Justin einen Drink mixt.«
»Ich verstehe. Er nimmt mich wieder auf den Arm —«
»... wir werden uns rächen —«
»... und ihn kitzeln ...«
»... bis er Pax japst ...«
»... und Veritas schwört ...«
»... den schaffen wir. Komm, Lazi!«

Boondock machte einen angenehm unprätentiösen, gemütlichen
Eindruck auf mich. Für den ersten Kolonistentransport waren
nur siebentausend von über neunzigtausend Freiwilligen ausgewählt worden, so daß die Gesamtbevölkerung von Tertius zum
gegenwärtigen Zeitpunkt nicht viel mehr als zehntausend betragen konnte.

In Boondock selbst schien nur eine Handvoll Leute zu leben.
Der Ort bestand aus einer Reihe von niedrigen Bauwerken, in
denen vor allem öffentliche Einrichtungen untergebracht waren.
Der Großteil der Siedler wohnte auf dem Land. Die Villa von
Lazarus Long war bei weitem das eindrucksvollste Gebäude, das
ich gesehen hatte.

Es besaß einen einfachen Grundriß und klare Linien; jener
römische Patrizier hatte einen guten Architekten gehabt. Die
Räume bildeten ein Viereck um den Innenhof. Sie waren in zwei
Stockwerken angelegt; jede Etage ließ sich meiner Schätzung
nach in zwölf bis sechzehn große Zimmer plus Nebenkammern
aufteilen. Vierundzwanzig oder mehr Räume für einen Acht-Personen-Haushalt? Die Reichen von Neu-Rom waren bekannt
für diese Art von Verschwendung, mit der sie ihr Ego aufzupolieren versuchten, aber in einer jungen Kolonie schien sie nicht
angebracht. Außerdem paßte sie irgendwie nicht zum Lebensstil
des Seniors.

Nun, die Lösung war einfach. Das Haus beherbergte eine Verjüngungsklinik, eine Krankenstation und eine Pflegeabteilung; man konnte sie von der Wandelhalle aus erreichen, ohne den privaten Teil der Villa zu betreten. Es war geplant, die Howard-Klinik und das Behandlungszentrum in eigenen Gebäuden unterzubringen, wenn die Klinik wuchs.

(Zum Glück war bei meiner Ankunft kein Verjüngungspatient zu versorgen, sonst hätten die Erwachsenen wenig Zeit für mich gehabt.)

Das Ausmaß der Familie erschien mir ebenso vage wie das der Räume. Ich hatte mit acht Leuten gerechnet — drei Männer: der Senior, Ira und Galahad; drei Frauen: Ischtar, Hamadryad und Minerva; zwei Kinder: Lorelei Lee und Lapis Lazuli —, erfuhr aber später, daß es noch zwei kleine Mädchen und einen Jungen im Knabenalter gab. Außerdem war ich weder der erste noch der letzte, den sie als Gast aufnahmen. Ein Außenstehender konnte nicht sofort erkennen, wer nun Besucher und wer Familienangehöriger war.

Auch die Beziehungen innerhalb der Familie durchschaute ich nicht gleich. Auf Tertius gab es keine Ehegesetze; der Senior hatte sie für unnötig erachtet. Die Siedler ließen die neugeborenen Kinder eintragen — Howards tun das immer —, aber als ich einen Blick auf diese Dokumente warf, sah ich, daß die Elternschaft in einem genetischen Code ausgedrückt wurde, nicht nach Ehepartnern und Vorfahren. Die Genetiker der Howard-Familien haben seit Generationen nach diesem System verlangt (mit Recht, wie ich finde), aber es erschwert die Arbeit eines Ahnenforschers, wenn nur ein Teil der Eheschließung registriert wird.

Ich lernte ein Paar mit elf Kindern kennen — sechs von ihm, fünf von ihr, keines von *ihnen*. Unvereinbare Gen-Kombinationen, wie ich später erfuhr. Dennoch kamen alle prächtig miteinander aus.

Das Bad war so ›dekadent‹, wie man mir versprochen hatte — ein Raum, in dem man gemütlich plaudern und sich entspannen konnte. Es nahm das ganze Erdgeschoß auf der Gegenseite der Vorhalle ein. Bei mildem Wetter — und bei meiner Ankunft war es mild — gelangte man vom Bad aus direkt in den Innenhof, da sich die Wände versenken ließen.

Es gab alles, was sich der Genießer nur wünschen konnte: Springbrunnen mit breiten Rändern, Sitznischen, Duschen, eine

Sauna, ein Schwimmbecken und zwei bequeme Wannenbecken, Liegen und weiche Kissen, eine Kosmetikbar mit Doppelspiegeln, eine Theke, die mit der Küche in Verbindung stand ...

Athene paßte die Beleuchtung den jeweiligen Bedürfnissen der Badegäste an — hell für die Kosmetikplätze, gedämpft für die Ruhebänke, glitzernd und farblich abgestuft an den Springbrunnen.

Leise Musik lag über dem Garten.

Ein Bad mit den Zwillingen war, wie Lazarus vorausgesagt hatte, anstrengend, aber es machte Spaß. Sie kicherten und quietschten und redeten pausenlos. Ihre Sätze formulierten sie meist gemeinsam. (Ich vermutete, daß sie eine telepathische Verbindung zueinander besaßen, und hegte manchmal sogar den Verdacht, daß sie die Gedanken anderer Leute lesen konnten — war aber nicht besonders scharf darauf, die Wahrheit herauszufinden.)

Während sie mich mit flüssiger Seife beschmierten, machten sie mir erneut einen Heiratsantrag. Sie seien zwar noch Jungfrauen, aber bestimmt nicht aus Mangel an Gelegenheit, und einen Anfängerkurs zur Steigerung der Sinnlichkeit hätten sie schon erhalten (nicht wahr, Mama Ischtar?), und wenn ich sie sofort nähme, ließe sich auch über einen Fortgeschrittenenkurs reden (nicht wahr, Mama Hamadryad?).

Hamadryad, die in der Nähe stand und Ira einseifte, versicherte, daß sie den Unterricht höchstpersönlich erteilen würde, wenn sie damit die beiden Plagegeister vom Hals bekäme. Lazarus gab mir den Rat, höchstens einen Zehnjahresvertrag abzuschließen, da sich seine Töchter nie lange auf einen Gegenstand konzentrierten — was Empörung bei den Zwillingen hervorrief. Ihnen riet er, sich die Zehennägel zu schneiden, wenn sie mich verführen wollten — was ihre Empörung noch steigerte. Sie ließen mich schaumbedeckt stehen und gingen zum Angriff über.

Sekunden später hatte Lazarus unter jedem Arm ein zappelndes Bündel. Er fragte, ob ich die Aufsicht übernehmen wollte oder ob er die beiden in das Seifenwasser tauchen sollte.

Ich erklärte mich bereit, die jungen Damen zu bewachen. Wir duschten und setzten uns an den Rand des Wannenbeckens — als mir plötzlich jemand von hinten die Hände über die Augen legte.

»Tante Tammy!« kreischten die Zwillinge und hopsten aus dem Wasser. Ich drehte mich erstaunt um.

Tamara Sperling — ich hatte fest geglaubt, sie sei auf Secundus geblieben. Tamara, die Einzigartige, die Wundervolle, die Göttliche — in meinen Augen (und nicht nur in meinen) die begnadetste Künstlerin ihres Standes. Als sie damals Neu-Rom verließ und auf ihren Landsitz zog, dauerte es Jahre, bis ich mich wieder anderen Frauen zuwandte.

Sie hatte beim Betreten der Villa gesehen, daß die Familie im Bad versammelt war, und ihr Gewand gleich im Garten abgestreift, um sich zu uns zu gesellen.

Warum? Nun, sie war meine Tischdame — und mehr als das, wenn ich das Gespräch am Nachmittag richtig gedeutet hatte. Ich konnte es nicht fassen. Fünfzig Jahre zuvor hatte ich sie bei jedem meiner Besuche beschworen, einen Ehevertrag mit mir abzuschließen. Ich gab letzten Endes auf, weil sie immer wieder sanft und geduldig versicherte, daß sie keine Kinder mehr wolle und auch aus einem anderen Grund nicht heiraten würde.

Aber da stand sie nun, verjüngt (obwohl das nichts ausmachte), sprühend vor Jugend und Leben — auf einer Welt, Lichtjahre von Secundus entfernt. Welcher Mann hatte es fertiggebracht, sie zum Auswandern zu überreden? Einen Moment lang empfand ich Eifersucht, doch ich verdrängte dieses Gefühl. Wenn Tamara auch nur eine Nacht bei mir blieb, würde ich dankbar nehmen, was mir die Götter boten. Sie war eine Frau, die genug Liebe für alle besaß. Tamara — Musik klingt bei dem Namen auf.

Die tropfnassen Zwillinge begrüßten sie mit lautem Hallo. Als es ihr schließlich gelang, sich von den Quälgeistern zu befreien, beugte sie sich zu mir herunter und küßte mich.

»Liebling«, flüsterte sie. »Ich kam, so schnell ich konnte, als ich von deiner Ankunft hörte. Mi laroona d' vashti meedth du?«

»Gern. Und jede andere Nacht, die du frei hast.«

»Nicht so schnell mit Englisch, doreeth mi; ich lerne es, weil meine Tochter will, daß die Klinikassistenten sich in einer Sprache verständigen, die den wenigsten Patienten geläufig ist ... und weil unsere Familie Englisch ebenso häufig benutzt wie Galacta.«

»Du gehörst zum Personal der Verjüngungsklinik? Und hast eine Tochter hier?«

»Ischtar datter mi — wußtest du das nicht, petsan mi-mi? Im Moment arbeite ich noch als Pflegerin. Aber ich lerne, und Ischtar glaubt, daß ich in fünf Jahren Hilfstechnikerin sein kann. Schön, nicht wahr?«

»Nun ja, vielleicht — aber welcher Verlust für deinen Stand!«

»Schmeichler!« Sie fuhr mir mit den Fingern zärtlich durch das feuchte Haar. »Obwohl ich verjüngt bin — hast du es bemerkt? —, bringt meine Kunst hier keinen Gewinn. Zuviel Konkurrenz — jung, hübsch und feurig.« Tamara zog Lazi und Lori an sich. »Da, sieh dir meine Enkelinnen an! Sie können es nicht erwarten, bis sie erwachsen sind ...«

»Tante Tammy, das stimmt nicht ...«

»... und außerdem nimmt er uns nicht ...«

»... und du bist niemals unsere Großmutter ...«

»... weil dann wärst du ja auch Buddyboys Großmutter ...«

»... und das ist lächerlich und unlogisch ...«

»... deshalb bleibst du unsere *Tante* Tammy!«

Ich wechselte rasch das Thema. »Tamara, kommst du zu uns ins Wasser, oder soll ich mich abtrocknen?«

Sie wollte antworten, aber die Zwillinge übertönten sie.

»Wir müssen uns beeilen ...«

»... Mama Hamadryad ist mit dem Make-up fertig und massiert sich schon den Busen ...«

»... wenn wir nicht rasch machen, erscheinen wir splitternackt zum Abendessen ...«

»... und das wäre schon blöd ...«

»... sonst schmeißt Buddyboy den Festfraß vor die Säue!«

Ich ließ mich von Tamara abtrocknen, obwohl das Bad mit einem Heißluftgebläse ausgestattet war. Aber wenn Tamara mir etwas anbietet, lautete meine Antwort immer ja. Die Prozedur dauerte eine Weile; wir vertrödelten die Zeit mit Geplauder und sanften Berührungen. (Gibt es eine angenehmere Art, die Zeit zu vertrödeln?)

Während ich gerade überlegte, ob ich mich an der Kosmetikbar niederlassen sollte, kam einer der Rotschöpfe atemlos angerannt und drückte mir einen blauen Chlamys in die Hand.

»Da — Lazarus meint, du sollst das probieren. Aber du kannst natürlich auch so kommen, wie du bist, weil du zur Familie gehörst.«

Ich glaubte, daß ich die beiden nun an den Sommersprossen auseinanderhalten konnte. »Danke, Lorelei, ich nehme das Gewand.« Zwar hatte ich immer die Meinung vertreten, daß beim Abendessen, besonders in einem Haus mit Klimaanlage — eine Serviette ausreichte, aber als Ehrengast konnte ich nicht nackt erscheinen.

»Bitte, aber ich bin Käpten Lazuli — na, macht nichts, sie ist ohnehin ich.« Sie verschwand.

Ich zog mich an, dann gingen wir in den Garten und suchten Tamaras Kleid, ein hauchdünnes Gespinst in dem gleichen Blau wie mein Chlamys. Es war bodenlang und wurde an einer Schulter von einer goldenen Spange gerafft.

Wir paßten genau zusammen. Zufall? ›Zufälle‹ in der Umgebung des Seniors sind meist sorgsam geplant.

Das Festmahl fand im Freien statt, in einem lockeren Halbkreis um die glitzernde Fontäne des Springbrunnens. Zu Beginn gab es eine feste Sitzordnung — Ira neben Minerva, Lazarus neben Ischtar, Galahad neben Hamadryad und Tamara neben mir. Die Zwillinge trugen das Essen auf; bei ihrem quecksilbrigen Temperament wäre es ihnen ohnehin schwergefallen, für längere Zeit stillzusitzen. Aber im Laufe des Abends gingen die Frauen von einem Partner zum anderen, plauderten hier eine Weile, küßten und streichelten dort eine Weile. Nur Tamara bildete eine Ausnahme. Sobald das Essen vorbei war, schmiegte sie sich eng an mich und rührte sich nicht mehr von der Stelle. Ihre warmen, festen Formen erregten mich.

Alle bis auf Lazarus und seine Schwestern trugen farbenfrohe pseudogriechische Gewänder. Lazarus hatte die Tracht eines schottischen Klanhäuptlings von der Alten Erde angelegt — Kilt, Mütze, Felltasche, Dolch, Breitschwert und so fort. Das Schwert lag ständig in seiner Nähe, als rechnete er damit, daß er es benötigen würde. Ich kann mit Gewißheit sagen, daß er nach den Gesetzen jener längst untergegangenen Klans niemals das Recht hatte, diese Tracht zu tragen. Ich bezweifle sogar, daß unter seinen Vorfahren Schotten waren, wie er so oft behauptete.

An diesem Abend vervollständigte er übrigens seine Maskerade durch einen buschigen Schnurrbart.

Die Zwillinge trugen die gleiche Ausstattung wie er. Ich frage mich heute noch, ob sie es taten, um mich zu ehren oder zu beeindrucken — oder um mir eine Belustigung zu gönnen.

Ich hätte diese Stunden am liebsten ganz still an Tamaras Seite genossen, aber der Senior erwartete von uns, daß wir an den Gesprächen teilnahmen. Er verstand es geschickt, von einem Thema zum anderen zu führen und uns alle in die Diskussion einzubeziehen.

»Ira«, begann er, »was würdest du sagen, wenn plötzlich ein Gott am Eingang erschiene?«

»Ich würde ihn bitten, sich die Füße abzuputzen. Ischtar mag keine Götter mit schmutzigen Füßen im Haus.«

»Aber alle Götter haben tönerne Füße.«
»Das hast du gestern nicht erwähnt.«
»Gestern ist längst vorbei, Ira. Ich habe tausend Götter gesehen, und alle hatten tönerne Füße. Ihre Aufgabe war es, den Schamanen Reichtum und den Königen Macht zu verschaffen. Aber dann begegnete ich dem tausendundersten.« Der Senior machte eine Pause.

Ira blinzelte mir zu. »An dieser Stelle erwartet er ein: ›Da bin ich aber gespannt!‹ von mir. Die anderen rufen pflichtschuldig im Chor: ›Erzähle, Lazarus!‹ Sie wissen, daß jetzt zwanzig Minuten kommen, in denen sie ungestört essen und trinken können.

Na, ich werde ihn aufs Kreuz legen. Er will uns erzählen, wie er die Götter von Jockaira mit einer Spielzeugpistole und moralischer Überlegenheit besiegte. Diese Lüge existiert bereits in vier verschiedenen Variationen in seinen Memoiren. Weshalb sollen wir uns eine fünfte anhören?«

»Es war keine Spielzeugpistole, sondern ein Remington-Strahler Neunzehn. Ich drückte ab, volle Pulle, und senge die Kerle tüchtig an. Den Gestank kann sich kein Mensch vorstellen — schlimmer als in einem Puff am Zahltag. Und meine Überlegenheit hat nie etwas mit Moral zu tun; ich siege, weil ich schneller losschlage als die anderen. Aber der Clou der Geschichte, den Ira mir nicht gönnt, liegt darin, daß es sich bei diesen Burschen um *echte* Götter handelte. Weder die Schamanen noch die Könige waren am Umsatz beteiligt; die wurden auch übers Ohr gehauen. Diese Hundemenschen galten als *Besitz*, rein zum Nutzen ihrer Götter — Götter im gleichen Sinn, wie ein Mensch für ein Tier Gott sein kann. Ich hatte das von Anfang an vermutet, als sie den armen Slayton Ford halb um den Verstand brachten. Aber beim zweiten Besuch, acht- oder neunhundert Jahre später, *bewiesen* Andy Libby und ich, daß es so war. ›Wie?‹ fragt ihr . . .«

»Fragen wir lieber nicht.«

»Danke, Ira. Weil sich die Jockaira in dieser langen Spanne *überhaupt nicht* verändert hatten. Sprache, Sitten, Häuser und alles andere — wie bei unserem ersten Besuch. So etwas ist nur bei Haustieren möglich. Ein wildes Tier paßt sich ebenso wie der Mensch den Umweltbedingungen an. Ich hatte schon manchmal den Wunsch, auf diesen Planeten zurückzukehren und nachzusehen, was aus den Hundemenschen geworden ist. Ob es ihnen gelang, zu einem eigenen Leben zu finden, nachdem sie ihre

Herren verloren hatten? Oder ob sie nach und nach ausstarben? Wir blieben nicht, um das Ergebnis abzuwarten; Andy und ich waren froh, der kläffenden Meute zu entkommen.«

»Verstehen Sie nun, was ich meine, Justin? In der Version Nummer Drei fielen die Jockaira in ein Koma, als ihre Herren den Tod fanden — und Libby paßt überhaupt nicht in den Rahmen.«

»Papa Ira, du verstehst Buddyboy nicht...«
»... er erzählt keine Lügen...«
»... er ist ein Dichter...«
»... der mit Gleichnissen arbeitet...«
»... und er hat diese Jabberwockies *befreit*!«

»Ich hatte es schon schwer genug, mit einem Lazarus fertig zu werden«, klagte Ira Weatheral. »Aber gleich drei? Ich gebe auf. Komm her, Lori, zum Nachtisch knabbere ich dein Ohr an. Minerva, nicht jetzt! Wasch dir die süßen Finger und schenk Justin noch etwas Wein ein! Justin, nun reden Sie doch auch etwas! Sie sind der einzige, der uns mit echten Neuheiten beliefern kann. Wie sieht es an der Börse aus?«

»Miserabel. Wenn Sie noch Aktien auf Secundus besitzen, geben Sie mir am besten eine Verkaufsanweisung an Ihren Finanzverwalter mit. Lazarus, Sie stellten vorhin den Menschen auf die gleiche Stufe wie ein wildes Tier...«

»Teilen Sie meine Ansicht nicht? Den Menschen kann man auf keinen Fall zähmen. Es ist oft versucht worden, aber die Sache endet meist mit einem schrecklichen Blutbad.«

»Oh, ich wollte das nicht bestreiten, Ahnherr. Mir fiel nur gerade die Geschichte von der *Vanguard* ein. Ist die Nachricht bereits bis Tertius durchgekommen? Ich spreche von der ersten *Vanguard*, die noch vor Beginn der Diaspora in die Tiefen des Raumes aufbrach...«

Lazarus setzte sich abrupt auf. Ischtar, nicht darauf gefaßt, rutschte halb von der Ruhebank. Der Senior fing sie gerade noch auf. »Entschuldige, Liebling. Justin — warum sprechen Sie nicht weiter?«

Nun, ich mußte mit einer kurzen Geschichtsübersicht beginnen und vor allem den jüngeren Leuten in unserer Runde eine Tatsache in Erinnerung rufen, die heutzutage fast vergessen ist: Die *New Frontiers* war nicht das allererste Sternenschiff. Sie hatte eine Vorläuferin, die *Vanguard*, die einige Jahre vor dem großen Coup der Howard-Familien in den Raum aufbrach. Das

Ziel dieses Schiffes war Alpha Centauri, doch es langte nie dort an. Man fand auf dem einzigen erdähnlichen Planeten der G-Typ-Sonne Alpha Centauri A keinerlei Spuren einer menschlichen Besiedlung.

Aber das Schiff selbst wurde durch einen Zufall entdeckt, in einem offenen Orbit, weitab von seiner ursprünglichen Bahn. Und hier offenbart sich die Schwierigkeit der Geschichtsschreibung. Die Kommunikationsmittel unserer weitverzweigten Zivilisation reichen einfach nicht aus. Das Schiff wurde vor hundert Jahren entdeckt, doch die Kunde davon gelangte erst vor kurzem nach Secundus — über fünf Kolonialplaneten. Nun ja, in diesem Fall war es nicht weiter wichtig. Ein Ereignis, das eine Handvoll Leute anging, Stubengelehrte in der Mehrzahl.

Alles an Bord der *Vanguard* war tot. Das Schiff selbst schlief. Der Konverter hatte sich automatisch abgeschaltet, die Atmosphäre war bis auf einen Rest entwichen, die Aufzeichnungen befanden sich in einem erbärmlichen Zustand — unleserlich, unvollständig, vermodert. Der Raum ist tief.

Das Wichtige an dem Fund war, daß man die Flugbahn der *Vanguard* mit Hilfe von Computern zurückverfolgen konnte und dabei auf einen Stern vom Typ Sol stieß, an dem das Schiff siebenhundert Jahre zuvor vorbeigekommen sein mußte. Man überprüfte das System und fand einen besiedelten Planeten. Besiedelt von Nachkommen der *Vanguard*.

»Lazarus, es gibt keinen Zweifel. Die paar tausend Wilden auf jenem Planeten — ›Pitcairn Island‹, die Katalognummer ist mir entfallen — stammen von Überlebenden der *Vanguard* ab. Sie waren auf die Kulturstufe der Sammler und Jäger abgeglitten, und hätte man den Planeten vor dem Schiff entdeckt, so wäre wohl wieder eine der albernen ›Humanoiden‹-Theorien in Umlauf gesetzt worden.

Aber ihr Dialekt ließ sich per Computeranalyse eindeutig auf die englische Umgangssprache der *Vanguard*-Besatzung zurückführen. Reduziertes Vokabular, neue Worte, verstümmelte Syntax — dennoch die gleiche Sprache.«

»Ihre Mythen, Justin, *ihre Mythen*!« forderte Galahad-Obadiah.

Ich mußte zugeben, daß ich sie nicht auswendig wußte, versprach jedoch, ihm eine Abschrift des Forschungsberichtes zu verschaffen. »Aber, Senior«, fuhr ich fort, »das Merkwürdige an diesen primitiven Bewohnern war, daß sie den Großteil der Wissenschaftler spielend überwältigten.«

»Ein dreifaches Hurra! Mein Junge, diese Wilden kümmerten sich um ihre eigenen Angelegenheiten. Eindringlinge müssen damit rechnen, daß sie angegriffen werden...«

»Sicher. Drei Wissenschaftler landeten im Kochtopf, bevor man eine Möglichkeit fand, mit den Leuten umzugehen. Ferngesteuerte humanoide Roboter — das war dann unser Trick. Aber was ich hervorheben wollte, war nicht ihre Aggressivität, sondern ihre Intelligenz. Ob ihr mir glaubt oder nicht, sämtliche Tests zeigten, daß diese Wilden weit über der Norm lagen. Zwischen ›außergewöhnlich begabt‹ und ›genial‹...«

»Das überrascht mich ganz und gar nicht«, meinte der Senior. »Aber — Wilde! Und vermutlich Inzucht...«

»Justin, Sie werfen mir da einen Köder hin; ich sehe es Ihnen an. Also schön. Der Begriff ›Wilder‹ beschreibt einen Zivilisationszustand und keinen Intelligenzgrad. Und Inzucht schadet nur bei extremen Überlebensbedingungen. Da Sie diese Wilden als Kannibalen geschildert haben, fraßen sie vermutlich auch ihre minderbegabten Stammesgefährten. Es ist anzunehmen, daß sie ohne jede Ausrüstung auf dem Planeten landeten — in einem Rettungsboot vielleicht —, so daß von Anfang an nur die Tüchtigsten und Klügsten überleben konnten. Justin, die Mannschaft jenes ersten Schiffes war weit intelligenter als die Howards, die in der *New Frontiers* entkamen; sie wurden nach ihren Verstandesleistungen ausgewählt und nicht, wie die Howards, nach ihrer Langlebigkeit. Ihre Wilden sind die Abkömmlinge von Genies — und wurden noch einmal geprüft und gesiebt, als sie sich auf der neuen Welt einlebten.

Ich bin überzeugt davon, daß sie eines Tages den Aufstieg schaffen werden; eine andere Möglichkeit gibt es gar nicht. Das umgekehrte Problem ist übrigens nicht weniger fesselnd. Justin, ist Ihnen klar, daß wir Howards der Alten Erde den Todesstoß versetzt haben?«

»Ja.«

»Sie Spielverderber! Einfach die Diskussion mit einem Ja zu beenden! Da bleibt uns nichts anderes, als uns zu betrinken und die Mädchen zu verführen.«

»Klasse!« rief Galahad und zog Minerva an sich.

»Galahad!« warf Ischtar ein. »Wenn du Minerva unbedingt vergewaltigen mußt, dann schleppe sie ins nächste Gebüsch. Ich würde gern hören, welche Erklärung Justin hat.«

»Wie kann ich sie vergewaltigen, wenn sie sich nicht wehrt?« beschwerte er sich.

»Dein Problem! Aber mach keinen Lärm! Justin, Sie sehen mich empört. Ich finde, wir waren gegenüber der Alten Erde äußerst großzügig. Wir haben sie mit den neuesten Erkenntnissen der Technik und Naturwissenschaft versorgt. Mehr *können* wir ihr gar nicht geben.«

»Lassen Sie mich die Frage beantworten, Justin«, meinte der Senior. »Sie drücken sich wieder viel zu vornehm aus. Die Erde war auf jeden Fall zum Untergang verurteilt. Die Raumfahrt hat ihr Ende nur beschleunigt. Seht, Kinder, im Jahre 2012 lohnte es sich nicht, dort zu leben — so verbrachte ich ein Jahrhundert anderswo, obwohl der übrige Grundbesitz im Sonnensystem nicht gerade attraktiv war. Auf diese Weise versäumte ich den Niedergang Europas und eine häßliche Diktatur in meinem Heimatland. Ich kehrte zurück, als ich den Eindruck gewann, daß die Lage wieder erträglich war — doch darin hatte ich mich getäuscht. Die Howards mußten sehen, daß sie die Erde so rasch wie möglich verließen.

Aber die Raumfahrt kann den Bevölkerungsdruck eines zu dicht besiedelten Planeten nicht abbauen, nicht mit den größten und modernsten Schiffen — denn die Einfältigen verlassen auch dann die Hänge ihres Vulkans nicht, wenn er bereits zu rauchen und zu grollen beginnt. Die Raumfahrt tut eines: Sie raubt einer Welt die besten Gehirne — diejenigen, die klug genug sind, eine Katastrophe vorherzusehen, und diejenigen, die tapfer genug sind, den Preis dafür zu bezahlen — alles im Stich zu lassen und zu *gehen*. Das ist ein winziger Bruchteil des Volkes. Aber er reicht aus, weil auf lange Sicht nur diese Leute zählen.

Wenn man einem Huhn den Kopf abhackt, ist es nicht sofort tot. Es flattert aufgeregter umher als zuvor.

Und so geschah es auf der Erde: Die Raumfahrt hackte der Bevölkerung den Kopf ab. Seit zweitausend Jahren wandern die intelligentesten Menschen aus. Zurück bleibt ein in Agonie zukkender Rumpf, der irgendwann vollends stirbt. Bald, wenn ihr mich fragt.

Die wichtigsten Emigrantenwellen waren übrigens die der Nicht-Howards. Diese Menschen standen nicht unter dem gleichen Auswanderungszwang wie wir; es erforderte zu jener Zeit eine Menge Weitsicht, die Erde zu verlassen, wenn man nicht verfolgt wurde. Und manchmal frage ich mich, was wohl geschehen wäre, wenn China der Auswanderung nicht so negativ gegenübergestanden hätte. Die wenigen Chinesen, welche die Sterne erreichten, scheinen ohne Ausnahme Karriere gemacht zu haben. Einer der frühen Howards war Robert C. M. Lee von Richmond in Virginia. Kennt jemand seinen richtigen Namen?«

»Ich«, erklärte ich.

»Natürlich, Justin — und du auch, Athene. Sonst jemand?«

Die anderen schwiegen, und Lazarus fuhr fort: »Sein ursprünglicher Name lautete Lee Choy Moo. Er war in Singapur geboren, und seine Eltern kamen aus China. Von den Auswanderern an Bord der *New Frontiers* war er neben Andy Libby der beste Mathematiker.«

»Du liebe Güte!« rief Hamadryad. »Ich stamme von ihm ab — aber ich wußte nicht, daß er ein berühmter Mathematiker war.«

»Wußtest du, daß er Chinese war?«

»Lazarus, ich bin mir nicht ganz sicher, was das Wort bedeutet. Ist es eine Religion? So wie ›Judentum‹?«

»Nicht ganz, Liebes. Aber das spielt auch keine Rolle mehr. Ebenso wie nur wenige wissen, daß der berühmte Zaccur Barstow, mein Partner in vielen Unternehmungen, Negerblut in den Adern hatte. Sagt dir das etwas, Ham?«

»Das Wort bedeutet ›schwarz‹, nicht wahr? Also kam einer seiner Vorfahren vermutlich aus Afrika.«

»Nicht unbedingt. Zwei von Zacks Großeltern, beide Mulatten — das heißt Negermischlinge —, kamen aus Los Angeles in meinem Heimatland. Da sich unsere Linien irgendwann in grauer Vorzeit kreuzten, könnt ihr vermutlich alle auf afrikanisches Erbe pochen. Was statistisch das gleiche ist wie die Behauptung, ihr stammt von Karl dem Großen ab. Aber lassen wir dieses Thema — es ist allmählich ausgeschöpft. Lazi, hör auf, mich zu kitzeln! Geh zu Onkel Knuddel — Minerva braucht dringend eine Pause.«

»Lazarus, noch eine Frage!« sagte Ischtar. »Du hast im Laufe des Gesprächs immer wieder betont, wie sehr es auf die Intelligenz der Auswanderer ankommt. Spielt denn die Langlebigkeit überhaupt keine Rolle?«

»Ja und nein, Ischtar. Ich spüre die richtige Antwort kristallklar in meinem Innern, vermag sie aber nicht in Sätze zu fassen. Ein Fragment davon ist vielleicht dies: Vor langer Zeit bewies mir eine — jemand mit einer kurzen Lebensspanne, daß wir im Grunde alle gleich sind, weil wir *jetzt* existieren, unabhängig davon, mit welcher Anzahl von Jahren die anderen dieses *Jetzt* messen.

Und noch ein Stück Wahrheit: Das Leben dauert zu lang,

wenn man es nicht genießt. Weißt du noch, wie ich Schluß zu machen versuchte, weil ich keine Freude mehr am Jetzt fand? Du hast das zum Glück geändert, meine Liebe — mit viel Geschick und einigen Listen. Aber ich habe nie erzählt, daß ich selbst meine erste Verjüngung mit Skepsis betrachtete. Ich hatte Angst, daß bei dem Prozeß nur der Körper und nicht der Geist die Jugend zurückgewinnen würde. Bitte, sag jetzt nicht, daß ›Geist‹ ein leeres Wort ist; ich weiß, daß sich der Begriff nicht definieren läßt — aber mir bedeutet er etwas.

Und zum Abschluß noch ein Gedanke in diesem Zusammenhang: Langlebigkeit kann eine Last sein, aber in den meisten Fällen erweist sie sich als echter Segen. Man hat Zeit genug zum Lernen, Zeit genug zum Nachdenken — Zeit genug zum Lieben.«

Der Senior zog Ischtar an sich.

VARIATIONEN ÜBER EIN THEMA

XV. Agape

Ich erwachte am nächsten Morgen in einem breiten, weichen Bett. Mein Zimmer lag im Erdgeschoß; die Tür zum Innenhof stand offen, und eine leichte Brise wehte herein. Ich rekelte mich faul und rief mir noch einmal die Ereignisse der Nacht in Erinnerung. Um mich herrschte Stille. Wo waren die anderen? Tamara, die mir Gesellschaft geleistet hatte? Und Ira, der für eine Weile unsere Leidenschaft teilte? Mir fiel ein, daß auch die Zwillinge kurz ins Zimmer gekommen waren, um mir zu versichern, daß ich sie nicht heiraten müßte; sie hätten ohnehin die Absicht, Piraten oder Mätressen zu werden.

Ich stand auf, richtete mich ein wenig her und trat in den Garten hinaus. Galahad empfing mich mit einem Glas frisch gepreßten Fruchtsafts — eine Delikatesse für einen Menschen wie mich, der sich im Laufe der Jahre nur mühsam an den chemischen Beigeschmack vieler Speisen und Getränke gewöhnt hatte.

»Ich sorge heute morgen für die Atzung«, erklärte er. »Du triffst also deine Wahl am besten zwischen Rühr- und Spiegeleiern. Lazarus behauptet, ich könnte nicht einmal Wasser kochen. Deshalb machte er das Familienfrühstück selbst. Schade, daß du so spät aufgestanden bist — die anderen mußten inzwischen fort.«

»Ja?«

»Ira ins Büro, Tamara zu ihren Patienten und Lazarus irgendwohin. Minerva übernahm die Zwillinge und erteilt ihnen vermutlich an Bord der *Dora* praktischen Unterricht. Hamadryad macht mit den Kleinen einen Spaziergang; wir hatten Angst, daß ihr Geschrei einen gewissen schläfrigen Lustmolch wecken könnte. Rühr- oder Spiegeleier?«

»Spiegeleier«, erklärte ich, weil ich sah, daß ihm die Eier bereits zerlaufen waren.

»Schön, dann nehme ich die hier.«

»Ich meine Rühreier.«

»Auch gut — werfe ich noch drei in die Pfanne. Du bleibst doch, oder? Sag ja, oder ich hetze die Zwillinge auf dich!«

»Galahad, ich *möchte* . . .«

»Dann ist die Sache geritzt!«

». . . aber es gibt noch einiges zu klären.« Ich wechselte das

Thema. »Du sagtest: ›Hamadryad macht mit den Kleinen einen Spaziergang.‹ Habe ich etwa noch nicht die ganze Familie kennengelernt?«

»Mein Lieber, wir führen unsere Jüngsten nicht sofort vor, wenn ein Gast unsere Wandelhalle betritt. Die Leute fühlen sich dann nur verpflichtet, Entzücken zu heucheln. Aber es ist immer jemand bei den Kindern. Lazarus hat seine festen Ansichten über Erziehung. Athene achtet hin und wieder auf sie — aber ein Computer kann ein Kind nicht auf den Arm nehmen. Lazarus meint, Streicheln sei genauso wichtig wie Strafen. Deshalb sind unsere Kleinen weder verzogen noch eingeschüchtert. Vor allem nachts lassen wir sie nie allein — deshalb habe ich mich gestern so früh von der Festtafel zurückgezogen.«

»Du schläfst tatsächlich im Kinderzimmer?«

»Schlafen — nun ja. Wenn Elf mir auf dem Bauch herumhopst, träume ich manchmal schlecht. Ein nasses Laken dagegen stört längst nicht mehr. Und wir wechseln uns ab, so daß ich nur jeden neunten Tag an der Reihe bin — oder jeden zehnten, falls du zur Familie stößt. Laß dich von der Windelwache nicht abschrecken, Justin ...«

»He, stopf dich nicht so voll — ich denke, das ist mein Frühstück!« entgegnete ich. »Aber im Ernst, Galahad, ich begreife eins nicht: Weshalb legt ihr alle so großen Wert darauf, daß ich ein — ein Familienmitglied im Haushalt des Seniors werde?«

»Bestimmt nicht, weil du so hübsch bist.«

»Das weiß ich. Oh, die Hunde rennen nicht davon, wenn sie mich sehen, aber ich habe eben ein Durchschnittsgesicht.«

»So schlimm ist es auch wieder nicht. Ein Schönheitschirurg könnte Wunder wirken. Wenn du dich unter mein Messer begeben willst — ich bin der zweitbeste Schönheitschirurg von Tertius, und ich brauche längst wieder ein Opfer zum Üben.«

»Du sollst mich nicht anpflaumen, sondern meine Frage beantworten.«

»Die Zwillinge sind begeistert von dir.«

»So? Ich finde sie auch nett, aber die Meinung von zwei Teenagern war wohl kaum ausschlaggebend.«

»Justin, laß dich von ihrem oft albernen Benehmen nicht täuschen! Die beiden denken sehr erwachsen — und sie besitzen die Menschenkenntnis unseres Ahnherrn. Der Senior weiß, daß er ihnen Waffen anvertrauen kann; sie würden nie den Falschen erschießen.«

Ich schluckte. »Willst du damit sagen, daß die winzigen Pistolen, die sie herumschleppen, kein Spielzeug sind?«

Mein alter Freund Obadiah sah mich an, als hätte ich etwas Obszönes von mir gegeben. »Aber, Justin! Lazarus würde es nie erlauben, daß eine der Frauen unbewaffnet auf dem Haus geht.«

»Warum? Die Kolonie macht doch einen friedlichen Eindruck.«

»Oh, sicher. Der Vortrupp sorgte dafür, daß die größeren Raubtiere nicht gerade in der Nähe von Boondock herumstrolchen. Auch die Siedler sind einigermaßen friedfertig — aber sie haben keinen Heiligenschein. Als Lazarus die Leute auswählte, wußte er, daß Heilige nicht die besten Pioniere sind. Hast du bemerkt, daß Minerva gestern trotz des warmen Wetters einen kurzen Hüftrock trug?«

»Frauen und Mode . . .«

»Sie hat darunter ihre Pistole versteckt. Dennoch sieht es Lazarus nicht gern, wenn sie allein fortgeht; im allgemeinen begleiten die Zwillinge sie. Minerva ist erst seit drei Jahren ein Geschöpf aus Fleisch und Blut; sie schießt nicht so gut wie Lazi und Lori und besitzt eine gefährliche Vertrauensseligkeit. Kannst du mit Waffen umgehen?«

»Mittelmäßig. Ich nahm Unterricht, als der Entschluß zum Auswandern in mir heranreifte. Aber ich hatte bisher wenig Gelegenheit zum Üben.«

»Hol das lieber nach! Nicht daß Lazarus uns in diesem Punkt Vorschriften macht — er fühlt sich nur für die Frauen verantwortlich. Aber wenn du ihn darum bittest, so wie Ira und ich es getan haben, weiht er dich gründlich in die Kunst der Selbstverteidigung ein — und bringt dir obendrein eine Menge hinterhältiger Tricks bei.«

Ich nickte. »Vielen Dank für den Rat, Galahad. Vielleicht befolge ich ihn. Aber du hast meine Frage noch immer nicht beantwortet.«

»Nun . . . Ira und ich kennen dich von früher. Das gleiche gilt für Minerva, wenn auch aus einer anderen Perspektive. Ischtar hat sich dein Gen-Schema angesehen und zeigt sich begeistert davon. Aber das Entscheidende ist, daß dich Tamara im Kreis der Familie haben will.«

»Tamara!«

»Du wunderst dich?«

»Allerdings.«

»Sie liebt dich, Justin. Hast du das nicht gewußt?«

Ich konnte nicht klar denken. »Aber — Tamara liebt jeden.«

»Nur diejenigen, die ihre Liebe brauchen. Sie besitzt ein ungeheures Einfühlungsvermögen und wird es als Verjüngungstechnikerin weit bringen. Innerhalb der Familie kann Tamara *alles* bekommen, was sie sich wünscht — und sie wünscht sich nun mal, daß du bei uns bleibst.«

»Das ist doch ...« (Tamara?)

»Klapp deinen Mund wieder zu, mein Lieber«, meinte Galahad lachend. »Ich war ebenso verblüfft wie du. Aber ich hätte Tamaras Wunsch unterstützt, selbst wenn du ein Unbekannter für mich gewesen wärst — um dich genau zu studieren. Tamara begeht nie einen Fehler. Ich fragte mich nur: Bist du so krank, daß Tamara dir soviel geben muß? Oder hast du so außergewöhnliche Gaben, daß Tamara *dich* braucht. Nun, von einer Krankheit habe ich nichts bemerkt — außer man bezeichnet Fernweh als eine Krankheit. Und ein Supermann scheinst du auch nicht zu sein. Hamadryad sagte beim Frühstück, daß sich eine Frau in deinen Armen glücklich fühlt. Aber das heißt ja wohl nicht, daß du der größte Liebhaber der Galaxis bist.

Dein Schicksal war entschieden, bevor du die Wandelhalle zu unserer Villa betreten hattest. Erinnerst du dich noch an die Fahrt? Ziemlich langsam, was?«

»Nun ... man erwartet kein besonderes Tempo von einem Nullboot. Außerdem staunte ich, daß ihr überhaupt so ein Ding in eurer jungen Kolonie besitzt. Ich hatte mit Mulis und Planwagen gerechnet.«

»Wir nahmen diesmal eine Mammutausrüstung mit. Lazarus ließ das Boot nach seinen Plänen umbauen; er hätte dich in einem Bruchteil der benötigten Zeit herbringen können. Aber Ira gab Lazarus einen Wink, daß er noch ein paar Anrufe zu erledigen hätte, und der Senior verständigte sich irgendwie mit den Zwillingen — die drei besitzen fast so etwas wie eine Psi-Bindung. Also trödelten die beiden auf dem Heimweg, vermutlich, ohne auch nur die Miene zu verziehen.«

»Ich bemerkte jedenfalls nichts von dem Komplott.«

»Dachte ich mir. Wieder ein Beweis dafür, daß die beiden keine Kinder mehr sind. Du solltest mal sehen, wie sie mit einem Raumschiff umgehen! Jedenfalls sprach Ira mit Ischtar und dann mit Tamara. Wir hielten eine Familienkonferenz ab und besiegelten dein Schicksal. Lazarus erteilte sein Placet, als du mit den Zwillingen im Bad warst. Die beiden erhielten später Gelegenheit, sich zu äußern. Sie waren sofort einverstanden. Erstens mögen sie dich, und zweitens ist ihnen ein Wunsch von

Tante Tammy Befehl.«

Ich schüttelte den Kopf. »Da hat sich ja einiges hinter meinem Rücken abgespielt.«

Galahad nickte. »Um die Beichte zu vervollständigen — du hättest heute morgen ein besseres Frühstück bekommen, wenn die anderen mich nicht gebeten hätten, dich aufzuklären ... alte Freunde und so.«

»Aber — Tamara kam doch erst zum Abendessen.«

»Das stimmt. He, Athene — horchst du mit?«

»Ich weiß, daß sich so etwas nicht schickt, Onkel Knuddel.«

»Das hindert dich nicht, es dennoch zu tun. Mach dir nichts draus, Justin, Teena behält deine düsteren Geheimnisse für sich. Nun kläre ihn schon auf, Mädchen!«

»Also, Justin, ich habe die Möglichkeit, per Funk jeden Ort dieses Planeten zu erreichen. Und ich stehe immer mit Ira und Lazarus in Verbindung.«

»Danke, Teena. Die Konferenz fand hier statt, Justin. Athene besorgte die Stimmen von Ira und Tamara. Sie hätten auch im Boot anfragen können, aber wir wollten dein Mißtrauen nicht wecken. Teena ist übrigens mit ein Grund, daß unsere Familie keine Farm errichtet hat; wir liefern der Kolonie einen Telefonservice und erhalten dafür Naturprodukte. Oh, wir besitzen ein hübsches Stück Land; du kannst dich durchaus dem Farmleben widmen, wenn dir das Spaß macht. Doch davon später. Für den Moment habe ich das Nötigste gesagt. Irgendwelche Fragen?«

»Galahad, ich verstehe nur eins nicht: Warum will Tamara mich in eurer Familie haben?«

»Da mußt du sie selbst fragen. Ich habe vergeblich einen Heiligenschein bei dir gesucht.«

»Bei der warmen Witterung lasse ich ihn im Schrank. Obadiah, hör jetzt bitte auf, mich mit leeren Sprüchen abzuspeisen. Die Sache ist für mich unendlich wichtig. Warum betonst du immer wieder, daß Tamaras Wünsche ausschlaggebend waren?«

»Du kennst sie, Mann.«

»Ich weiß, was ihre Wünsche *mir* bedeuten. Aber ich liebe sie seit vielen Jahren.« Ich erzählte ihm Dinge, die ich lange für mich behalten hatte. »So war das. Ein große Hetäre macht von sich aus kein Heiratsangebot und überhört es, wenn ein Mann sich erdreistet, um sie anzuhalten. Aber ich — nun ja, ich benahm mich ziemlich lästig. Ich gab erst auf, als sie mich davon überzeugte, daß sie auf keinen Fall mehr heiraten werde — weder mich noch einen anderen. Das stimmte. Sie hatte sehr wohlhabende Verehrer, und keiner von ihnen konnte sie zu einer festen Bindung bringen. Geld spielte bei Tamara nicht die Hauptrolle ...«

»Bestimmt nicht.«

»So begnügte ich mich mit den Nächten, die sie mir schenkte, und genoß das Glück ihrer Nähe. Jahrelang ging das so, bis sie plötzlich erklärte, sie wolle sich aus ihrem Beruf zurückziehen. Ich war wie betäubt. Obwohl ich mich inzwischen einer Verjüngung unterzogen hatte, war mir an ihr nicht eine Spur des Alterns aufgefallen. Aber Tamara blieb fest und verließ Neu-Rom.

Galahad, danach war ich impotent. Nein, nicht im physischen Sinn, aber was ich einst als Ekstase empfunden hatte, bedeutete mir nichts mehr, war ein leeres Ritual.

Ich kam darüber hinweg. Eine Frau, in ihrer Weise genauso prachtvoll wie Tamara, half mir dabei. Sie liebte mich nicht, und ich liebte sie nicht, aber sie brachte mir etwas in Erinnerung, was ich längst vergessen hatte: daß Sex schön und sanft sein kann, auch *ohne* die Leidenschaft, die ich für Tamara empfand. Ein befreundetes Ehepaar wollte sich für einen Gefallen revanchieren und arrangierte einen Ferientag mit dieser Frau — einer schönen Hetäre namens Magdalene ...«

Galahad strahlte. »Maggie!«

»Ja, so nannte sie sich. Als sie jedoch hörte, daß ich das Archiv verwaltete, verriet sie mir ihren richtigen Namen.«

»Rebecca Sperling-Jones.«

»Dann kennst du sie?«

»Und ob, Justin. Sie ist meine Mutter.«

»Tatsächlich? Wenn du gestattest, werfe ich einen Blick auf deine Ahnentafel, sobald ich nach Secundus zurückgekehrt bin.« Ein Chronist hat nicht das Recht, die Archive aus persönlicher Neugier durchzuschnüffeln — aber bei einem alten Freund könnte man einmal eine Ausnahme machen.

»Mein Lieber, du kehrst nicht nach Secundus zurück. Athene besorgt dir alle Unterlagen, die du brauchst — mit Seitensprüngen und Bettgeflüster. Aber sprechen wir über Mama! Sie ist eine Wucht, was? Und sieht gut aus.«

»Beides. Sie hatte sich fest vorgenommen, unseren Ferientag fröhlich zu gestalten — und das gelang ihr. Ich vergaß, daß ich mit Sex nichts mehr zu tun haben wollte. Versteh mich nicht falsch; ich spreche keinesfalls von Technik. So etwas gehört zum Rüstzeug jeder Kurtisane. Ich meine ihre ganze Einstellung. Bei Maggie fühlte man sich wohl — zu jeder Sekunde, nicht nur im Bett. Sie lachte gern und verscheuchte jede trübe Stimmung.«

Galahad kratzte den Teller leer und nickte. »Ja, das ist Mama. Ich verbrachte eine glückliche Kindheit und reagierte ziemlich sauer, als sie an meinem achtzehnten Geburtstag die Nabelschnur durchtrennte. Aber auch das machte Mama auf ihre Art. Sie gab mir zu verstehen, daß sie ausziehen und in ihren Beruf zurückkehren würde, da sie mit meinem Vater nur einen Vertrag auf Zeit — bis zu meiner Volljährigkeit — geschlossen habe. Falls ich Lust hätte, sie wiederzusehen, dann in ihrer neuen Wohnung und gegen Bargeld — kein Verwandtschaftsrabatt. Ich tat es ein paarmal, aber ihre Preise waren verdammt hoch — als kleiner wissenschaftlicher Assistent konnte ich mir Maggie nicht oft leisten.«

Galahad nickte nachdenklich. »Auf diese Weise wurde ich tatsächlich erwachsen. Ich heiratete bald darauf, und wir nannten unsere erste Tochter ›Magdalene‹. Warst du öfter mit Mama zusammen?«

»Hin und wieder. Sie hatte in der Tat sehr hohe Preise, und obwohl sie von mir nur die Hälfte verlangte...«

»Mann! Du mußt sie gewaltig beeindruckt haben!«

»... konnte ich mir ihre Gesellschaft nur selten leisten. Aber sie riß mich aus meiner Apathie, und dafür bin ich ihr dankbar.« Justin machte eine Pause. »Eine prächtige Frau, Galahad — du kannst stolz auf sie sein!«

»Weißt du, daß sie nur knapp vierzig Kilometer von hier entfernt lebt?«

»*Nein*!«

»Si, si. Wenn du willst, stellt Athene die Verbindung her, und du kannst selbst mit ihr sprechen.«

»Äh — ich glaube nicht, daß sie mich noch kennt. Das alles liegt Jahre zurück, Galahad.«

»Einen Mann, dem Maggie fünfzig Prozent gewährt, vergißt sie nicht. Aber die Sache eilt ja nicht. Ich war ebenso verblüfft wie du. Die Auswandererliste bekam ich nie zu Gesicht; ich hetzte hin und her wie ein gescheuchtes Huhn, um alles zusammenzutragen, was Ischtar für ihre Klinik benötigte. Justin, ich wußte nicht einmal, daß Maggie wieder geheiratet hatte. Also, wir sind zwei Wochen hier, nur die Gruppe vom Hauptquartier, und bereiten alles vor, als die ersten Auswanderer eintreffen. Ich erhalte den Befehl, die Neuankömmlinge zu untersuchen und nach dem langen Flug wieder mobil zu machen. Alles geht hopp-

hopp, denn ich bin allein; zu meinem Pech findet sich auch unter den Kolonisten kein Arzt.

Ein rascher Blick auf die Unterlagen — ah, eine Frau. Ich stelle die Maschine neu ein, knurre: ›Freimachen, bitte!‹ und kriege plötzlich den Mund nicht mehr zu. ›Hallo, Mama‹, sagte ich nach einer Weile, ›wie kommst du denn hierher?‹

Dann erkannte auch sie mich. Sie lächelte strahlend. ›Auf einem Besenstiel, Obadiah‹, erwiderte sie. ›Gib mir einen Kuß, mein Lieber! Wo soll ich die Kleider hinlegen? Bringst du mich zum Arzt?‹

Justin, ich ließ die Schlange eine Weile warten, während ich Mama gründlich untersuchte — sie erwartete ein Baby — und mit ihr plauderte.

Eine romantische Story. Maggie hatte von den Plänen für eine neue Kolonie gehört und das Auswanderungsbüro aufgesucht, um ein Anmeldeformular auszufüllen. Dabei begegnete sie einem ihrer reichen Kunden, der genau das gleiche tat. Die beiden gingen in ein Restaurant, aßen eine Kleinigkeit, besprachen alles — und schlossen an Ort und Stelle einen Heiratsvertrag ab. Ich möchte nicht sagen, daß dies ausschlaggebend war, aber du weißt selbst, wie viele Einzelpersonen mit der ersten Gruppe nach Tertius kamen.«

»So gut wie keine.«

»Genau. Maggie sorgte umgehend dafür, daß ihre Fruchtbarkeit wiederhergestellt wurde, dann, noch bevor die Zusage vom Auswanderungsbüro kam, entstand das erste Baby.«

»Das führte vermutlich die Entscheidung herbei.«

»Glaubst du? Weshalb?«

»Weil sie die Schwangerschaft sicher im Anmeldeformular eintragen mußten. Und weil der Senior Leute mag, die in die vollen gehen.«

»Mmm — mag sein. Justin, worauf wartest du noch?«

Ich zuckte die Achseln. »Wenn die Einladung wirklich ernst gemeint ist...«

»Großes Ehrenwort!«

»Dann bleibe ich. Obwohl du meine Frage *immer* noch nicht beantwortet hast.«

»Klasse!« Galahad sprang auf und umarmte mich. »Ich freue mich für uns alle!«

Er lachte, und mit einemmal erkannte ich Maggie in seinen Zügen. Die berühmte Magdalene, eine Farmerin mit Schwielen an den Händen und einer Kinderschar — unvorstellbar! Und doch, da galt wieder einmal das alte Sprichwort von den besten Ehefrauen ...

»Die Zwillinge glaubten nicht, daß man mich mit einer so heiklen Aufgabe betrauen könne«, fuhr Galahad fort. »Sie behaupten, ich würde alles verpfuschen.«

»So einfach lasse ich mich nicht abschütteln. Ich wollte lediglich sichergehen, daß ich willkommen bin. Aber das Warum, Galahad ...«

»Richtig. Wir sprachen von Tamara und kamen vom Thema ab. Justin, es ist nicht allgemein bekannt, welche Schwierigkeiten es diesmal bereitete, unseren Ahnherrn zu verjüngen. In den Memoiren klingt einiges an ...«

»Ich machte mir meine Gedanken darüber.«

»... aber längst nicht alles. Ischtar hatte alle Hände voll zu tun, den Senior am Leben zu erhalten, und sie ist die beste Verjüngungstechnikerin, die es auf Secundus gibt. Nun, das glückte — aber ganz plötzlich verschlechterte sich der Zustand des Seniors wieder. Was kann man tun, wenn ein Patient sich abwendet, nichts essen will, kein Wort spricht — obwohl ihm physisch nichts fehlt?

Wenn er die Nacht über wach bleibt, weil er sich vor dem Schlaf fürchtet? Eine scheußliche Lage.

Wenn er — ach, sprechen wir nicht darüber! Ischtar wußte Rat. Sie holte ihre Mutter zurück in die Stadt. Tamara war damals noch nicht verjüngt ...«

»Das spielte in diesem Fall eine wesentliche Rolle. Jugend stellte bei der Behandlung des Seniors ein echtes Handikap dar. Oh, Tamara hätte es vielleicht überwunden; ich traue ihr eine Menge zu. Aber ihr Bio-Alter und ihre Erscheinung lagen um die achtzig Jahre, gemessen an der Hardy-Skala. Das machte die Sache leichter, denn trotz des verjüngten Körpers spürte Lazarus die Last seines Alters. Tamara *sah alt aus* — und jedes weiße Haar war ein Pluspunkt. Falten im Gesicht, schlaffe Brüste, Krampfadern — sie sah so aus, wie *er* sich *fühlte* ... und deshalb störte es ihn nicht, daß sie während der Krise in seiner Nähe blieb. Unser Anblick — das Bild der Jugend — war ihm verhaßt. Tamara heilte ihn.«

»Ja, sie ist die geborene Heilerin.« (Wie gut ich das wußte!)

Galahad nickte. »Jeder von uns schläft hin und wieder mit ihr; sie weiß immer, wann wir sie brauchen. Damals brauchte Lazarus sie; Tamara spürte es und blieb bei ihm, bis er wieder gesund war. Äh — nach der letzten Nacht ist es sicher nicht ohne weiteres zu glauben, doch die beiden hatten sexuelle Beziehungen Jahrzehnte zuvor aufgegeben.«

Galahad lächelte. »Hier nun erlebten wir einen der seltenen Fälle, wo der Patient den Arzt heilte. In dem Moment, da Tamara dem Senior soviel Lebensmut wiedergegeben hatte, daß er sie bat, sein Bett zu teilen, fand sie selbst wieder Freude am Dasein. Sie wartete ab, bis Lazarus innerlich gefestigt war, dann trat sie ihren Platz an Hamadryad ab — und ließ sich verjüngen.«

»He, Onkel Knuddel«, warf Athene an dieser Stelle ein. »Ich halte es für besser, wenn ihr das Thema wechselt. Lazarus ist im Anzug!«

Der Senior betrat den Garten, küßte Galahad und mich leicht auf die Wange, nahm Galahad eine knusprige Honigsemmel aus der Hand und biß hinein. Dann fragte er mit vollem Mund:

»Na, willst du immer noch zurück nach Secundus?«

Ich hob unschlüssig die Schultern. »Vielleicht habe ich nicht verstanden, was Galahad mir sagte. Ich ... ich weiß immer noch nicht, was man eigentlich von mir erwartet ...«

Lazarus nickte. »Er ist jung und muß es noch lernen, sich klar auszudrücken.«

»Danke, Pappi. Ich habe ihm die Sache verkauft. Für Reklamationen bist du jetzt zuständig.«

»Ruhe, mein Sohn. Justin, nun einmal im Klartext: Du schließt dich unserer Familie an. Das bedeutet, daß du dich um die Kinder dieser Familie kümmern mußt — um *alle*, nicht nur deine eigenen.« Er sah mich an und wartete.

»Lazarus, ich habe eine Menge Kinder großgezogen ...«

»Ich weiß.«

»Und ich kann mich nicht entsinnen, ein einziges im Stich gelassen zu haben. Also schön, die drei Kleinen, die ich noch nicht kenne, die Zwillinge — plus alles, was eventuell noch kommt ...«

»Genau. Aber es ist kein Vertrag auf Lebenszeit, das hat sich für Howards als unpraktisch erwiesen. Die Familie überlebt uns vielleicht — ich hoffe es. Aber ein Erwachsener kann sich jederzeit von uns trennen und hat dann nur die Verantwortung für die Kinder, die noch unselbständig sind. Das bedeutet im Höchstfall eine Frist von achtzehn Jahren. Angenommen, Ischtar und Galahad gründen einen eigenen Haushalt ...«

»Moment, Pappi! So leicht wirst du mich nicht los. Isch nimmt mich nicht, das weißt du genau ...«

». . . und möchten unsere drei Jüngsten mitnehmen. Wir würden sie nicht daran hindern und auch keinen Druck auf die Kinder ausüben. Sie sind alle drei von Galahad . . .«

»Nun fängt er schon wieder damit an! Pappi, Undine hast *du* Ischtar untergejubelt — im Schwimmbecken, daher der Name! Elf ist entweder von dir oder von Ira; ganz genau weiß Ham das nicht. Und bei Andrew Jackson gibt es überhaupt keinen Zweifel. Justin, ich bin steril.«

». . . wenn man nach der statistischen Wahrscheinlichkeit geht . . . und nach der Tatsache, daß er nur den einen Freizeitsport kennt. Aber Ischtar kümmert sich um die Gen-Schemen; sie behält ihr Wissen für sich, und das ist uns am liebsten so.

Es geht um folgendes Prinzip, Justin: Drei Väter, oder vier, wenn du bei uns bleibst — drei Mütter, oder ebenfalls vier, sobald Minerva uns bittet, den Jugendschutz aufzuheben — und eine ständige wechselnde Anzahl von Kindern, die wir mit viel Liebe und nach besten Kräften großziehen. Deshalb habe ich diese Villa errichtet, und deshalb habe ich eine große Familie unter einem Dach vereint — nicht etwa, um solchen Böcken wie Galahad das Leben schön zu machen . . .«

»Das ist aber eine angenehme Nebenerscheinung, Pappi.«

»Ich möchte die Zukunft der Kinder so weit wie möglich sichern, weil ich es mehr als einmal erlebt habe, wie blühende Kolonien von Katastrophen heimgesucht wurden. Justin, ein Unglück könnte viele Menschen auslöschen, aber wenn unseren Kleinen nur eine Mutter und nur ein Vater blieben, wäre das immer noch eine Gewähr für eine glückliche, geborgene Jugend. Das ist das einzige Ziel unserer Gemeinschaft. Wenn du zu uns stößt, verpflichtest du dich, auf dieses Ziel hinzuwirken. Das ist alles.«

Ich hole tief Atem. »Wo unterschreibe ich?«

»Es reicht, wenn du nickst.«

»Was ich hiermit feierlich tue.«

»Wenn du natürlich auf einer Zeremonie bestehst, sagen wir Lazi und Lori Bescheid. Die denken sich sicher etwas Ergreifendes aus . . .«

». . . und in seiner Hochzeitsnacht übernimmt Justin die Windelwache, damit er sieht, wie ernst die Angelegenheit ist.«

»Das ist unfair, Galahad. Wenn du ihm schon deinen Job aufdrängst, dann eine Nacht *vorher*, damit er noch rechtzeitig aussteigen kann.«

»Lazarus, ich melde mich heute abend freiwillig; auf diesem

Gebiet bin ich Kummer gewohnt.«

»Ob die Frauen das zulassen ...«

»Ich glaube nicht. Ein Rat unter Freunden, Justin: Reiß dir die Windelwache unter den Nagel — sonst lebst du morgen nicht mehr! Gestern nacht warst du noch unser Gast. Da konnten sie ihren Gefühlen nicht freien Lauf lassen.«

»Galahad hat recht. Ich sollte vorsorglich dein Herz untersuchen. Aber abgesehen davon — sei still, Galahad! — ist dieser Haushalt kein Gefängnis, Justin. Ich meinte es durchaus ernst, als ich dich fragte, ob du nach Secundus zurückkehren wolltest. Ein Erwachsener kann ein Jahr, zehn Jahre oder noch länger fortbleiben — er weiß, daß sich die anderen inzwischen um die Kinder kümmern und ihn mit offenen Armen empfangen, wenn er wieder heimkommt. Die Zwillinge und ich haben den Planeten schon mehrmals verlassen. Und ... nun, du kennst unser Zeitreise-Projekt. Es dauert zwar nicht lange, zumindest nicht in diesem Bezugssystem, aber es enthält einen Hauch von Risiko.«

»Einen Hauch von Risiko! Mit anderen Worten — Pappi ist nicht ganz bei Troste, daß er sich auf dieses Wagnis einläßt! Umarme ihn lang und innig, bevor er aufbricht, Justin! Er kommt bestimmt nicht zurück.«

Ich merkte, daß Galahad nicht scherzte, und das beunruhigte mich. Lazarus entgegnete fest: »Bitte, Galahad, verbreite deine Weltuntergangsstimmung nicht bei den Frauen! Oder bei den Kindern.« Er wandte sich an mich. »Natürlich kann etwas schieflaufen. Diese Gefahr besteht bei jedem Experiment. Die Zeitreise selbst ist völlig sicher; im Raum, umschlossen von einem Metallrumpf, kann dir nichts geschehen.« (Galahad schauderte.) »Es gibt nur ein Risiko — daß du während deines Aufenthalts in der fremden Epoche auf einen Typ stößt, dem deine Nase nicht gefällt.«

Lazarus lachte. »Deshalb war ich ja so sauer, als mir Ihre Hoheit, die blöde Zicke Arabelle, den Befehl erteilte, Schlachtenreporter zu spielen. Justin, das Herrliche an der modernen Zeit ist, daß die Leute zu weit voneinander entfernt leben, um sich in die Haare zu geraten. Ein Krieg wäre einfach unwirtschaftlich. Habe ich dir übrigens schon erzählt, wohin mein Probeflug stattfindet?«

»Nein. Unsere hochgeschätzte Präsidentin erweckte den Eindruck, als sei die Technik bereits perfekt.«

»Möglich, daß ich sie in diesem Glauben ließ. Arabelle hält

Imperialzahlen für etwas Majestätisches. Sie stellte nicht die richtigen Fragen.«

»Ich muß gestehen, daß ich auf diesem Sektor auch meine Schwierigkeiten habe.«

»Dora erteilt dir gern Unterricht«, meinte Lazarus.

»Oder ich, Lover Boy!«

»Oder Teena, ganz recht. Weshalb nennst du Justin ›Lover Boy‹?«

»Hast du nicht die Seufzer deines Harems vernommen? In hundert Jahren lasse ich mich von ihm verführen.«

»Justin, ich rate dir dringend zu Dora. Sie hat die Mentalität einer Achtjährigen und bringt dich bestimmt nicht mit frühreifen Sprüchen in Verlegenheit. Außerdem ist sie der geschickteste Computerpilot im Raum. Von ihr kannst du mehr als die Libbyschen Feldtransformationen lernen. Wo war ich doch stehengeblieben? Ach ja — wir haben unsere Theorie zwar überprüft und halten sie auch für richtig, wollten jedoch noch eine unabhängige Stimme dazu hören. Und da fiel mir Mary Sperling ein ...«

»Moment!« unterbrach ich ihn. »Lazarus, im Archiv steht nur eine Mary Sperling verzeichnet, das weiß ich genau. Ich stamme von ihr ab, ebenso wie Tamara und ...«

»Viele Howards stammen von ihr ab, Justin. Mary hatte über dreißig Kinder — ein Rekord für damalige Zeiten.«

»Dann meinst du *die* ehrenwerte Mary Sperling, geboren im Jahre 1953 des Gregorianischen Kalenders, gestorben ...«

»Sie starb nicht, Justin — das ist es ja. Ich begab mich zu ihr und sprach mit ihr.«

Meine Gedanken verschwammen. »Lazarus, willst du damit sagen, daß du bereits eine Zeitreise hinter dir hast? Einen Sprung von fast zweitausend Jahren ...?«

»Justin, unterbrich mich nicht ständig!«

»Verzeihung, Sir.«

»Nenn mich noch einmal ›Sir‹, und ich liefere dich den Zwillingen aus! Ich will sagen, daß ich eine Reise zu dem Sternensystem PK 3722 unternahm — in der Jetztzeit — und den Planeten des Kleinen Volkes besuchte. Die Bezeichnung ist übrigens veraltet. In den neuen Katalogen taucht sie nicht mehr auf. Libby und ich fanden, daß unsere Rasse Abstand zu diesem Planeten halten sollte.

Aber das Kleine Volk übermittelte damals Andy Libby die Grundlagen zu seiner Feldtheorie, die für die Raumfahrt unentbehrlich geworden ist. Ich selbst mied die Welt, denn — nun, Mary und ich hatten uns gut verstanden, so gut, daß ich ziemlich erschüttert war, als sie ›umkippte‹. Schlimmer als der Tod, in mancher Hinsicht ...

Doch die Jahre mildern vieles. Ich ging mit den Zwillingen an Bord der *Dora* und berechnete den Kurs nach alten Koordinaten und einem Ballistikschema, das Andy vor langer Zeit aufgestellt hatte. Die Bahn stimmte nicht mehr ganz, doch zweitausend Jahre bewegt sich ein Stern nicht sehr weit; wir fanden ihn.

Von da an gab es keine Schwierigkeiten. Ich hatte Laz und Lor eindringlich vor den Gefahren dieser Welt gewarnt. Sie hörten mir genau zu, und das machte sie immun; sie gerieten keine Sekunde in Versuchung, ihre Persönlichkeit für eine Pseudounsterblichkeit einzutauschen. Im Gegenteil, sie verbrachten eine schöne Zeit. Der Planet besitzt einen ganz besonderen Zauber — und er hatte sich kaum verändert.

Ich ging zuerst in eine Parkbahn. Schließlich ist es ihre Welt, und sie verfügen über Kräfte, von denen wir nichts verstehen. Es war wie bei unserem ersten Besuch. Der ›Geist‹ eines Planetenbewohners kam an Bord der *Dora* und gestattete uns die Landung. Nur nannte er mich diesmal beim Namen. Diese Geschöpfe besitzen übrigens keine echte Sprache. Man spürt ihre Gedanken im Innern. Das seltsame Wesen erklärte mir, daß es Mary Sperling sei. Sie — es — schien angenehm berührt, mich wiederzusehen, zeigte aber keine überschwengliche Freude. Ich hatte den Eindruck, als träfe ich eine Fremde, die zufällig die gleichen Erinnerungen besaß wie ich.«

»Ein ähnliches Verhältnis wie zwischen Minerva und mir, was?« warf der Computer ein.

»Ja, Liebes — nur daß du vom ersten Tag deines Daseins an einen liebenswürdigeren Charakter hattest als dieses Geschöpf, das den Namen einer alten Freundin trug.«

»Das sagst du nur, um mir zu schmeicheln.«

»Möglich, Teena. Und nun sei wieder still! Also, sehr viel mehr gibt es nicht zu erzählen, Justin. Wir blieben ein paar Tage, Dora und ich berieten mit dem Kleinen Volk über die Raum-Zeit-Feldtheorie, und die Zwillinge besichtigten den Planeten. Aber, Justin, als die Familien damals von jener Welt aufbrachen, um mit der *New Frontiers* auf die Erde zurückzukehren, ließen sie an die zehntausend Menschen zurück.«

»Elftausendeinhundertdreiundachtzig«, erwiderte ich. »So steht es im Logbuch der *New Frontiers*.«

»Tatsächlich, nun, so genau geht es nicht. Justin, wie hoch würdest du die Zahl ihrer Nachkommen ansetzen — bei den günstigen Lebensbedingungen, die auf der Welt des Kleinen Volkes herrschen?«

Ich zuckte die Achseln. »Entweder einen stabilen Optimalwert — zehn hoch zehn vielleicht — oder nach sieben- bis achthundert Jahren eine Malthusische Katastrophe.«

»Es gab keine, Justin. Aber es gab auch kein Anzeichen dafür, daß auf dem Planeten jemals Menschen lebten.«

»Was geschah mit ihnen?«

»Was geschah mit dem Neandertaler? Was geschieht mit jedem großen Meister, der besiegt wird? Justin, ein Kampf hat wenig Sinn, wenn der Gegner haushoch überlegen ist. Das Kleine Volk besitzt das wahre Utopia: kein ehrgeiziges Streben, keine Armut, kein Übervölkerungsproblem, vollkommene Harmonie mit ihrer schönen Welt. Das Paradies, Justin! Das Ideal unserer Philosophen und Religionsstifter!

Vielleicht ist dieses Volk tatsächlich perfekt, Justin. Vielleicht ist es das, was unsere Rasse werden kann — in ein oder zehn Millionen Jahren.

Und wenn ich sage, daß ihr Utopia mich ängstigt, daß es der Menschheit gefährlich werden kann und daß ich es für eine Sackgasse halte, so will ich diese Leute nicht abwerten. Ganz bestimmt nicht! Sie wissen weit mehr als ich, sonst hätte ich sie mit meinen Problemen nicht aufgesucht. Ich vermag mir nicht vorzustellen, wie ein Kampf gegen sie aussehen würde. Sie haben bereits gegen sämtliche Waffen gesiegt, die wir einsetzen könnten. Ich weiß auch nicht, was geschähe, wenn wir ihnen lästig fielen — und ich will es nicht wissen. Aber ich sehe keine Gefahr, solange wir sie in Ruhe lassen, da wir nichts haben, das sie gebrauchen könnten. Das ist mein Eindruck — aber was gilt schon die Meinung eines alten Neandertalers?

Ich habe keine Ahnung, was mit den Howards geschah, die auf dem Planeten blieben. Einigen gelang vielleicht die Eingliederung in das Kleine Volk — wie Mary Sperling. Ich erkundigte mich nicht. Andere versanken vielleicht in Apathie und starben. Möglicherweise irren noch heute kleine Gruppen von Urmenschen umher, bestaunt wie Zoogeschöpfe oder verhätschelt wie Schoßtiere. Auch danach fragte ich nicht — danach ganz besonders nicht. Ich bekam, was ich wollte — eine Bestätigung meiner Theorien —, und verließ die Welt des Kleinen Volkes so rasch wie möglich.

Bevor wir die Gegend verließen, machten wir übrigens eine Reihe Fotos von der Planetenoberfläche. Athene hat die Bilder ausgewertet, nicht wahr, mein Kleines?«

»Jawohl, Buddyboy. Justin, wenn es auf diesem Planeten irgendwelche Spuren von Menschenbewohnern gibt, dann sind sie kleiner als einen halben Meter.«

»Das läßt wohl darauf schließen, daß alle tot sind«, sagte Lazarus ernst. »Ich werde nicht mehr nach PK 3722 zurückkehren. Nein, Justin, es war keine Zeitreise — nur ein harmloser Durchschnittsflug. Und ich kann dir versichern, daß unser Testunternehmen ebenso harmlos verläuft, denn wir haben nicht die Absicht, auf einem Planeten zu landen. Willst du mitkommen? Oder du, Galahad?«

»Pappi«, wehrte Galahad ab, »ich bin jung, schön, gesund und glücklich und möchte es auch bleiben. *Mich* überredest du auf keinen Fall zu so einem hirnverbrannten Abenteuer. Ich stelle mehr den häuslichen Typ dar. Ein Flug mit Lorelei am Schaltpult hat mir gereicht.«

»Mann, wenn wir zu unserer Reise aufbrechen, sind die Zwillinge im heiratsfähigen Alter! Ich kann mich nicht opfern — das führt unweigerlich zu einem Verlust der Autorität. Aber deine Pflicht ist es . . .«

»Wenn du von Pflicht sprichst, kriege ich weiche Knie! Pappi, du bist ein Feigling! Du hast Angst vor zwei kleinen Mädchen.«

»Zum Zeitpunkt des Unternehmens sind sie nicht mehr klein, Justin?«

Ich überlegte fieberhaft. Die Einladung des Seniors war eine Ehre für mich, die ich nicht ohne weiteres ausschlagen wollte. Daß es sich um den Testflug zu einer Zeitreise handelte, störte mich wenig. Ich wußte, daß Lazarus seine Zwillingsschwestern/töchter nicht mitnehmen würde, wenn auch nur das geringste Risiko bestand. ›Männliche‹ Verstärkung? Mir war klar, daß der Senior Galahad in diesem Punkt nur auf den Arm nahm. Lazi und Lori gehörten nicht zu den Mädchen, die sich Verehrer zudiktieren ließen. »Lazarus, ich begleite dich, wohin du willst.«

»Immer langsam!« warf Galahad ein. »Pappi, das wird Tamara aber gar nicht gefallen.«

»Keine Sorge, mein Sohn. Tamara kann ebenfalls mitkommen, und die Reise macht ihr sicher Spaß — im Gegensatz zu einem ängstlichen jungen Helden, dessen Namen ich nicht nennen möchte.«

»*Was*?« Galahad richtete sich auf. »Tamara und Justin — und unsere Zwillinge! Das ist die halbe Familie! Wir armen Hinterbliebenen sollen inzwischen wohl eine Trauerfeier veranstalten?« Galahad holte tief Atem und seufzte. »Also schön, ich gebe auf und melde mich freiwillig an Bord. Aber laß Justin und Tamara daheim. Und die Zwillinge. Es wäre schade um sie. Du übernimmst das Steuer, ich die Kombüse.«

»Galahad zeigt einen unerwarteten Zug von Edelmut«, stellte Lazarus fest. »Das wird ihn eines Tages Kopf und Kragen kosten. Vergiß die Sache, mein Junge! Ich brauche keinen Koch; Dora kocht besser als wir alle. Die Zwillinge werden auf alle Fälle mitwollen. Ich muß die Zeitsprünge noch gründlich mit ihnen üben, damit sie später allein zurechtkommen.«

Lazarus wandte sich an mich. »Justin, du bist jederzeit ein gern gesehener Gast, aber die Reise würde dich langweilen. Man merkt an Bord nicht das geringste von der Zeitverschiebung. Ich habe einen Planeten im Sinn, der leicht zu finden ist, da Andy Libby und ich ihn erforschten und die Flugkoordinaten genau bestimmten. Eine gefährliche Welt — deshalb plane ich keine Landung ein —, aber sie soll mir als Eichmaßstab für meine ›Epochenuhr‹ dienen.

Ich habe nämlich zu einem genau festgesetzten Zeitpunkt einen Gegenstand in eine Parkbahn um diesen Planeten geschickt — Andy Libbys Sarg, den ich später trotz intensiver Suche nicht mehr fand.

Nun will ich mein Glück noch einmal versuchen. Falls ich ihn entdecke, habe ich einen Fixpunkt für meine Berechnungen — und den Beweis, daß die Zeitverschiebungstheorie stimmt.«

Lazarus warf einen Blick auf Galahad, der sich auf einer der Ruhebänke ausstreckte. »Los, mein Lieber, erhebe deinen faulen Kadaver und kratze uns ein paar Essensreste zusammen — sagen wir, viertausend Kalorien pro Mann.«

Er wandte sich wieder mir zu. »Justin, ich habe dich vorhin gefragt, ob du nach Secundus zurückkehren möchtest. Ich wäre froh, wenn du dich zum Bleiben entschließen würdest.«

»Das deckt sich mit meinen Wünschen.«

»Pallas Athene — Aufzeichnung eines Privatgesprächs zwischen mir und Archivverwalter Foote.«

»Programm läuft, Präsident.« Galahad zog die Augenbrauen hoch; Sekunden später hatte er uns allein gelassen.

»Justin, ist die Lage in Neu-Rom kritisch?«

Ich wägte meine Worte sorgfältig ab. »Meiner Ansicht nach ja, Lazarus, obwohl ich von Sozialdynamik wenig verstehe. Sieh mal, ich kam nicht her, um dir diese alberne Botschaft der Präsidentin zu überbringen. Ich hatte gehofft, daß du das Problem anschneiden würdest.«

Lazarus betrachtete mich lange und gedankenvoll — und zum erstenmal spürte ich etwas von dem, was ihn aus der Masse heraushebt: Er besitzt die Fähigkeit, sich ganz auf das zu konzentrieren, was er gerade tut, sei es nun eine Angelegenheit von ungeheurer Tragweite oder eine Nebensache. Ich erkannte die Fähigkeit, weil Tamara sie auch hat; sie kann sich vollkommen der Person widmen, mit der sie gerade beisammen ist.

»Das war mir von Anfang an klar«, entgegnete er. »Und worin besteht dein Anliegen?«

»Lazarus, ich bin der Meinung, daß man Kopien des Archivs anfertigen und nach Tertius bringen sollte.«

»Weiter.«

»Ich habe keine öffentlichen Unruhen bemerkt. Ein paar Symptome sind da, doch ich vermag nicht abzuschätzen, wann es zum Ausbruch von Gewalt kommt. Die Bewohner von Secundus kannten bisher keine willkürlichen Gesetze und Anordnungen. Sie werden sich zur Wehr setzen. Ich persönlich halte es für meine Pflicht, beim Ausbruch eines Bürgerkriegs die Aufzeichnungen des Archivs in Sicherheit zu bringen. Es gibt ein halbes Dutzend Möglichkeiten, die Gewölbe zu zerstören.«

Er sah mich scharf an. »Hast du mit irgend jemand darüber gesprochen?«

»*Nein!*«

»Gut so. Wenn es schon schwache Stellen gibt, darf man die Aufmerkamkeit der Feinde nicht darauf lenken.«

Ich nickte. »Als ich merkte, daß sich die Lage verschlechterte, begann ich darüber nachzudenken, wie man die Chroniken am besten schützen könne. Ich hatte die Absicht, sämtliche Aufzeichnungen zu kopieren und dann auf einen anderen Planeten zu schaffen. Aber mir fehlten die Mittel für den Kauf von so vielen Speicherwürfeln. Es mußten Welton-Miniaturblöcke sein — wegen des Gewichts. So begnügte ich mich damit, die neu hereinströmenden Daten zu vervielfältigen und in Leerspeichern des Archivs zu verstecken, um sie bei günstiger Gelegenheit nach Tertius zu schmuggeln.«

»Wann hast du damit angefangen?«

»Kurz nach der Zehnjahresversammlung der Kuratoren. Ich hatte mit der Wahl von Susan Barstow gerechnet. Als Arabelle Foote-Hedrick an die Spitze gelangte — nun, es beunruhigte mich, da ich sie aus meiner Studienzeit kannte. Eine Weile spielte ich mit Rücktrittsgedanken, aber ich hatte noch deine Memoiren in Arbeit.«

»Justin, sei ehrlich — das war nicht der Hauptgrund! Du hattest Angst, daß Arabelle deine Assistentin und designierte Nachfolgerin verdrängen könnte, um einen ihrer Vertrauten in diese Schlüsselposition zu schleusen.«

»Möglich.«

»Aber unwichtig. Du hast Weltons für deine Kopien benutzt?«

»Ja. So viel Geld brachte ich gerade noch auf.«

»Wo sind sie? Immer noch an Bord der *Brieftaube*?«

Ich sah ihn ein wenig verblüfft an. »Na, na!« meinte der Senior. »Sie waren wichtig für dich, das weiß ich. Also kann ich annehmen, daß du sie nicht Lichtjahre entfernt zurückgelassen hast.«

»Lazarus, die Würfel befinden sich in meinem Gepäck. Ich ließ die Koffer in Iras Büro stehen.«

»Das ist sehr gut. Athene hat einen Nebenanschluß für die Räume unseres Kolonie-Oberhaupts. Gib ihr den Code für deine Sachen, und sie kann die Würfel sofort kopieren!« Er machte eine Pause. »Justin, du brauchst dich um nichts sonst zu kümmern. Athene besitzt die Archivaufzeichnungen bis zu dem Tag, da ich Arabelle den Präsidentenstuhl überließ...«

Er lachte, als er meine verwirrte Miene sah. »Warum? Weil du nicht der einzige bist, der die Chronik der Familie für die Nachwelt retten möchte! Und wie? Wir haben sie geklaut, mein Sohn — einfach geklaut. Befehl, das Gesamtwerk zu kopieren — Genealogien, Geschichte, Protokolle der Familientreffen, alles. Ein Override-Programm sorgte dafür, daß der Archivcomputer nicht von diesem Treiben erfuhr.

Justin, das spielte sich hinter deinem Rücken ab! Allerdings muß ich zu meiner Verteidigung sagen, daß ich dich nicht in Gefahr bringen wollte. Stell dir vor, Arabelle hätte Wind von der Sache bekommen und dich ausgequetscht! Doch nun sitzt du auf den Schätzen des Archivs — sie befinden sich kaum zwanzig Meter unter deinem Hintern —, und sobald Pallas Athene das Zeug aus deinen Koffern kopiert hat, ist die Sammlung wieder komplett. Zufrieden?«

»Mehr als das.« Ich seufzte. »Jetzt kann ich hierbleiben und mit gutem Gewissen mein Rücktrittsgesuch einreichen.«

»Tu das lieber nicht!«

»Warum?«
»Das mit dem Hierbleiben geht in Ordnung. Aber gib deine Stelle nicht auf! Im Moment vertritt dich deine Assistentin, eine Frau, der du voll vertrauen kannst. Arabelle hat keine legalen Mittel, um dich zu verdrängen, da der Posten vom Kuratorium vergeben wird.«
»Sie hat ihre Wünsche schon mehr als einmal mit illegalen Mitteln durchgesetzt. Lazarus, gibt es keine Möglichkeit, diese alte Hexe abzusetzen? Angenommen, ein Teil der Kuratoren beschließt auf einer außerordentlichen Sitzung . . .«
»Arabelle ist nicht der Typ, der ohne Kampf zurücktritt. Sie bringt es fertig und läßt ihre Gegner nach Felicity deportieren. Einmal — kurz vor unserer Abreise — gelang es mir, sie zu überrumpeln. Das heißt, daß sie in Zukunft um so besser aufpassen wird.«
»Das führt zu einem Blutbad.«
»Möglich. Aber du und ich — wir können nichts daran ändern. In Regierungsangelegenheiten lautet die richtige Antwort immer: *Nichts* tun! Stillhalten — abwarten!«
»Auch wenn man weiß, daß die Dinge den falschen Weg nehmen?«
»Auch dann, Justin. Hin und wieder juckt es jeden, Retter der Menschheit zu spielen. Nicht kratzen! Das kann lebensgefährlich sein. Ich sehe drei Möglichkeiten: Jemand verübt ein Attentat auf Arabelle. Dann wählen die Kuratoren einen neuen Präsidentenstellvertreter, diesmal hoffentlich einen mit mehr Verstand. Oder sie schafft es bis zum nächsten Zehnjahrestreffen und wird abgesetzt. Oder sie wird schlau, geht Attentätern aus dem Weg und verstärkt ihre Machtposition. In diesem Fall kann man sie nur durch eine Revolution loswerden.
Eine Revolution halte ich für wenig wahrscheinlich. Am ehesten rechne ich mit einem Attentat — aber wie gesagt, das geht uns hier nichts an. Auf Secundus leben eine Milliarde Menschen; sollen *sie* damit fertig werden! Wir beide haben das Archiv gerettet, und das ist gut. Der Zusammenhang der Familie bleibt gewahrt.
In ein paar Jahren besitzen wir sicher genug Computer, die dir — oder deinem Nachfolger — die Arbeit erleichtern. Inzwischen kann Athene die Daten speichern. Ich werde an sämtliche bewohnten Planeten die Botschaft senden, daß sich unser Archiv jetzt auf Tertius befindet, und die Kuratoren einladen, sich hier zu treffen.«

»Hallo, Lazarus«, warf Teena ein, »Galahad will wissen, wann ihr zum Abendessen kommt!«

»Gleich. Justin, diese Dinge laufen uns nicht davon. Die meisten Probleme lösen sich von selbst, wenn man nur Geduld beweist. Nun noch eine private Frage: Hast du dich entschlossen, bei uns zu bleiben? Als Familienmitglied und Vater unserer Kinder?«

»Ja, Lazarus.«

»Tamara wird glücklich sein — und wir freuen uns mit ihr. Weißt du, daß sie beabsichtigt, ihre Unfruchtbarkeit aufzuheben? Sie möchte so viele Kinder wie möglich haben — von uns allen. Aber du bekommst den Vortritt, das ist bereits beschlossene Sache.«

Tränen traten mir in die Augen, und ich versuchte meiner Stimme einen festen Klang zu geben. »Lazarus, ich glaube nicht, daß Tamara das will. Sie möchte nur ein volles Mitglied unserer Familie sein — wie ich.«

»Hmm, möglich. Ischtar behält die genetischen Geheimnisse ohnehin für sich. Vielleicht stellen wir alle Mädchen der Reihe nach auf und lassen dich beweisen, wieviel du schaffst. — Ende der Geheimkonferenz, Teena.«

»War auch höchste Zeit, Buddyboy. Und in hundert Jahren stellst du alle Männer der Reihe nach vor *mir* auf, klar? Wetten, daß ich sie alle schaffe?«

»Keine Wette, Teena. Dir traue ich alles zu.«

VARIATIONEN ÜBER EIN THEMA

XVI. Eros

»Lazarus«, bat Minerva, »begleitest du mich auf einem Spaziergang?«

»Gern — wenn du einmal lächelst!«

»Ich will es versuchen, obwohl mir nicht danach zumute ist.«

»Herrgott, Liebes, du weißt doch, daß die Reise in unserem Bezugssystem nur kurze Zeit dauert. Erinnere dich an den Testflug!«

»Ja, Lazarus. Gehen wir?«

Er schlang den Arm um ihre Hüfte. »Dachte ich es mir doch! Wo ist deine Waffe?«

»Muß ich sie tragen, wenn du bei mir bist? Ich verspreche dir, daß ich sie keine Sekunde ablege, während du auf der Erde weilst.«

»Hmm — also schön.«

Sie blieben in der Wandelhalle stehen. »Athene«, meinte Minerva, »sag bitte Tamara, daß ich bald zurück bin. Sie soll mit dem Kochen auf mich warten.«

»Wird gemacht, Schwesterherz. Moment — Tammy erklärt mir eben, daß sie keine Hilfe benötigt. Du mußt dich also nicht beeilen.«

»Ich danke dir, Liebes — dir und Tamara.« Sie verließen die Villa und schlenderten zu einem kleinen Hügel. »Morgen«, sagte Minerva zögernd.

Lazarus nickte. »Ja, morgen. Aber weshalb die Grabesmiene? In spätestens ein paar Wochen seht ihr mich wieder — auch wenn auf der Erde inzwischen zehn Jahre vergehen.«

»Lazarus, wenn du sicher bist, daß du zurückkehrst ... warum hast du dann Dora reorientiert, so daß ihre Zuneigung nun auf Lori und Lazi ausgerichtet ist und nicht mehr auf dich?«

»*Das* macht dir Kummer? Eine Routineangelegenheit, mehr nicht. Warum hat Ira ein neues Testament aufgesetzt, als wir unsere Familie gründeten? Die *Dora* gehört meinen Schwestern ohnehin bald; das Kommando haben sie bereits übernommen. Und falls mir irgendwann tatsächlich etwas zustößt ... Weißt du noch, was du vor ein paar Jahren zu mir gesagt hast? Daß du eher die Selbstvernichtung wählen würdest, als einem neuen Herrn zu dienen.«

»Und ob! Jenes Gespräch bildete den letzten Anstoß zu meinem Entschluß. Lazarus, ich habe eine Menge Erinnerungen zurückgelassen — aber die Minerva von heute kennt jedes Wort, das du mit der Minerva von damals gewechselt hast!«

»Dann muß dir auch klar sein, daß ich einem Computer, der sich für ein kleines Mädchen hält, nicht weh tun kann. Eine emotionelle Fehlfunktion irgendwo im Raum — undenkbar! Das Leben meiner Schwestern hängt von Dora ab; sie will lieben und geliebt werden. Schon deshalb hätte ich sie auf Lazi und Lori ausgerichtet. Dazu kommt der Sicherheitsfaktor. Minerva, jemand, der bei seinen Plänen nicht in Rechnung setzt, daß er sterben kann, ist ein Schwachkopf. Ein ichbezogener Narr, der gar nicht die Fähigkeit besitzt, andere zu lieben.«

»Das bist du nicht, Lazarus. Das warst du nie.«

»Oh, doch! Es dauerte sehr lang, bis ich mich vom Egoismus befreite.«

Sie schwiegen eine Weile. Dann begann Minerva: »Lazarus... ich denke oft an Llita.«

»*Wie*?«

»Ja. An Llita. Und an *die andere*. Besitze ich wirklich Ähnlichkeit mit ihr?«

Er blieb stehen und starrte sie an. Sie hatten jetzt fast die Hügelkuppe erreicht. Die Villa lag weit hinter ihnen. »Ich weiß es nicht. Tausend Jahre... die Erinnerungen verblassen und gehen ineinander über. Aber — ja, ich glaube, daß du ihr ähnlich bist. Sehr ähnlich.«

»Kannst du mich deshalb nicht lieben? Habe ich einen schlimmen Fehler begangen, weil ich so aussehen wollte wie *sie*?«

»Aber, Mädchen — ich liebe dich doch!«

»Wirklich? Lazarus, du hast es mir bis jetzt noch nicht bewiesen.« Plötzlich streifte sie den Hüftrock ab, warf ihn ins Gras. »Schau mich an, Lazarus. Ich bin *nicht* sie. Deinetwegen wünsche ich mir, daß ich sie sein könnte. Aber ich — damals war ich ein Computer und wußte es nicht besser. Ich wollte dir nicht weh tun. Ich wollte keine schmerzhaften Erinnerungen wecken. Kannst du mir das verzeihen?«

»Minerva! Hör doch auf, Liebling! Es gibt nichts zu verzeihen.«

»Die Zeit ist zu kurz, du gehst morgen fort. Kannst du mir *wirklich* verzeihen? Mach mir ein Kind, bevor du aufbrichst.« In ihren Augen standen Tränen, aber sie sah ihn fest an. »Ich will ein Kind von dir, Lazarus. Ich werde kein zweites Mal fragen — aber ich konnte dich nicht gehen lassen, ohne die Bitte an dich zu richten. In meiner Unwissenheit nahm ich ihre Gestalt an — weil du sie geliebt hast...« Sie begann zu stammeln. »*Wenn du die Augen schließt...*«

»Minerva...«

»Ja, Lazarus?«

»Schließt Ira die Augen, wenn er mit dir zusammen ist?«

»Nein.«

»Oder Justin? Oder Galahad? Ich werde dich dabei ganz fest ansehen, Mädchen — wenn wir Glück haben, trägt das Kleine später deine Züge. Gehen wir zurück zum Haus!«

Ihre Miene hellte sich auf. »Was hältst du von dem kleinen Wäldchen dort drüben?«

»Mmm. Du hast recht.«

VARIATIONEN ÜBER EIN THEMA

XVII. Narziß

»Gehen wir die Sache noch einmal durch, Kinder«, sagte Lazarus. »Sowohl die Zeitmerkmale als auch die Rendezvouskoordinaten. Dora, siehst du den Globus?«

»Ja, wenn du nicht mit den Händen davor herumfuchtelst, Buddyboy!«

»Entschuldige, Liebes. Und nenn mich Lazarus; ich bin nicht dein Bruder.«

»Als Lazi und Lori mich zu ihrer Adoptivschwester machten, bekam ich dich als Dreingabe. Logisch? Und ob! Versuch nicht, dich zu wehren, Buddy — es gefällt dir!«

»Okay, es gefällt mir, Schwester Dora. Und nun halt den Mund und laß mich reden!«

»Aye, aye, Kommodore«, erwiderte der Steuercomputer. »Aber ich habe bereits alles dreifach gespeichert. Und diese plumpen Zeitmerkmale brauche ich überhaupt nicht. Ich bin geeicht, Buddy, genau geeicht.«

»Dora, nimm einmal an, es geht etwas mit der Eichung schief.«

»Unmöglich. Wenn ein Speicher ausfällt, sind noch zwei andere da, auf die ich mich verlassen kann, bis das beschädigte Teil repariert ist.«

»Ich weiß nicht recht. Seit dich die Zwillinge adoptiert haben, strahlst du Euphorie aus. Ich habe dir beigebracht, Pessimist zu sein, Dora. Ein Pilot, der nicht pessimistisch urteilt, ist nichts wert.«

»Tut mir leid, Kommodore. Ich werde von jetzt an schweigen.«

»Das ist gar nicht nötig, Dora. Ich will nur, daß du meine Sicherheitsvorkehrungen ernst nimmst. Es gibt ein Dutzend Möglichkeiten, deine Innereien zu beschädigen — sei es durch einen technischen Defekt oder eine Naturkatastrophe. Aber selbst wenn wir das ausschalten, bleiben genug Gefahren.

Nimm an, du funktionierst, wie es sich gehört, aber die Zwillinge können nichts mit dir anfangen: Ihr setzt mich ab, begebt euch in das Normzeitbezugssystem und von dort nach Neu-Rom wie geplant. Die Zwillinge fragen im Archiv nach postlagernden Sendungen. Wer weiß — vielleicht liegt jetzt schon etwas bereit?«

»Bruder«, warf Lorelei ein, »›jetzt‹ bedeutet überhaupt nichts. Wir besitzen seit dem Start kein festes Bezugssystem mehr.«

»Haarspaltereien. Das ›Jetzt‹, das ich meine, liegt im Jahre 2072 der Diaspora oder 4291 des Gregorianischen Kalenders. Der Zeitpunkt eurer Volljährigkeit — wenn ihr je volljährig und damit erwachsen werdet!«

»Laz, hast du das gehört?«

»Du wolltest es nicht anders. Halt den Mund und laß Buddyboy reden!«

»Unsere Sprache ist eben noch nicht auf die Zeitreise eingestellt, Lorelei. Vielleicht könntet ihr beide einen Teil des Fluges damit verbringen, neue Begriffe und eine neue Syntax zu formen, die sich den Gegebenheiten besser anpassen. Aber zurück zu unserer Hypothese: Ihr landet auf Secundus und erkundigt euch nach postlagernden Sendungen. Man händigt euch die Umschläge aus, ihr geht zur Dora — und findet die Schleuse versiegelt. Ein Sheriff steht davor und hält Wache. Euer Schiff ist beschlagnahmt.«

»*Was?*«

»Dora, schrei mir nicht ins Ohr! Es handelt sich doch nur um eine Annahme.«

»Dieser Sheriff täte gut daran, sofort loszuballern, wenn er uns sieht!« meinte Lapis Lazuli drohend.

»Lazi, ich habe euch neunundneunzigtausendmal gepredigt, daß ihr die Schießeisen *nicht* tragt, um Kraftakte vorzuführen! Wenn du dir mit einer Kanone in der Hand drei Meter groß und unverwundbar vorkommst, dann laß das Ding besser daheim. Nun erkläre mir, warum du den Sheriff nicht angreifst!«

»Das möchte ich auch wissen!« warf Dora ein.

»Ruhe, Dora! Laz?«

»Äh ... wir schießen nicht auf Bullen. Nie.«

»Nicht ganz. Wir schießen nicht auf Bullen, wenn es sich irgendwie vermeiden läßt. Und im Laufe der letzten zweitausend Jahre habe ich immer einen Weg gefunden, um es zu vermeiden. Na ja, einmal ging meine Kugel sehr knapp an einem Gesetzeshüter vorbei. Besondere Umstände — ich mußte ihn ablenken. Aber in diesem Fall nützt es ganz und gar nichts, den Sheriff umzulegen; die stellvertretende Präsidentin hat euer Schiff beschlagnahmt.«

»Hilfe«, flüsterte Dora.

»Madame Barstow würde *nie* so etwas Gemeines tun!«

»Ich sprach ja nicht von Susan Barstow. Aber Arabelle, wäre

sie an der Macht geblieben, hätte mit Vergnügen eine derartige Schau abgezogen. Angenommen, Susan stirbt, und ihre Nachfolgerin ist genauso zickig wie Arabelle. Kein Schiff und kein Geld — was *macht* ihr? Denkt daran, ich hänge irgendwo in der primitiven Vergangenheit fest, wenn ihr mich nicht herausholt.«

»Wir überlegen erst mal in aller Ruhe«, sagte Lapis Lazuli. »Schließlich haben wir zehn Jahre Zeit, um — he, Moment mal! Ich bin im falschen Bezugssystem. Uns stehen hundert Jahre zur Verfügung, oder noch mehr...«

»Hundert Jahre reichen längst«, unterbrach Lorelei. »Wir klauen ein anderes Schiff.«

»Mit dem Stehlen würde ich gar nicht erst anfangen, Lor.«

»Du hast schon mal ein Sternenschiff geklaut.«

»Weil ich damals keine Zeit für vornehmere Methoden hatte. Das ist bei euch etwas anderes. Paßt auf: Geld ist eine Universalwaffe. Mit Zeit, Einfallsreichtum und vielleicht auch ein wenig Arbeit dürfte es euch nicht schwerfallen, an Geld heranzukommen. Möglich, daß ihr die *Dora* zurückkaufen könnt! Wenn das nicht geht, müßt ihr versuchen, euch nach Tertius durchzuschlagen. Ira und die Familie finden sicher einen Weg, ein neues Sternenschiff auszurüsten. Ihr programmiert es mit den Daten, die Dora in Athenes Speichern zurückgelassen hat — und holt mich.«

»Und wer holt *mich*?«

»Dora, Liebes, das alles ist doch nur eine Annahme. Aber wenn es tatsächlich geschähe und die Zwillinge dich nicht retten könnten — vielleicht, weil dein neuer Besitzer mit dir durch die Galaxis gondelt...«

»Ich mache auf dem erstbesten Planeten eine Bruchlandung!«

»Dora, jetzt ist aber Schluß mit dem Unsinn! Wenn wir dich je verlieren — höchst unwahrscheinlich — und die Zwillinge zwar nicht dich, aber *mich* zurückholen können, machen wir uns alle drei auf die Suche nach dir. Und wir finden dich, auch wenn es Jahre dauert. Lazi? Lori?«

»Großes Ehrenwort, Dora. Wir lassen dich nicht im Stich.«

»Dann ist es ja gut.« Dora unterdrückte einen Schluchzer.

»Wir waren beim Geld stehengeblieben«, fuhr Lazarus fort. »Meint ihr, daß es euch gelingt, auf mehr oder weniger ehrliche Weise genug Moos zusammenzukratzen?« Die Zwillinge sahen einander an. »Klar, Bruder«, meinte Lori. »Wir eröffnen ein Bordell...«

»...über einer Spielhölle. Oder sonstwo.«

»Ich weiß nicht, ob ihr dazu das nötige Talent besitzt. Außerdem habt ihr zu starke Ähnlichkeit mit mir. Eure Nasen — nun ja ...«

»Wir sind stolz auf unsere Nasen!«
»Und auch sonst können wir uns sehen lassen.«
»Echtes rotes Haar ...«
»... das mögen die Männer, hat Tammy gesagt!«
»Wir bauen eine tolle Partnernummer auf ...«
»... eine von uns rasiert sich die Schamhaare ...«
»... damit man uns nicht verwechselt.«
»Ganz Neu-Rom wird staunen, wie sexy wir sind!«
»Schließlich steht dein Leben auf dem Spiel.«

Lazarus holte tief Luft. »Vielen Dank, meine Lieben. Wie ich euch kenne, werdet ihr eines Tages ohnehin Geschmack an der Sache finden — aber ich möchte nicht der Anlaß sein. Ich zähle mehr auf eure Mathematikbegabung und euer Geschick als Raumschiffpiloten als auf eure unleugbar vorhandene äußere und innere Schönheit.«

»Hörst du das, Lor?«
»Ich glaube, er meint es ernst.«
»Völlig ernst«, bestätigte Lazarus geistesabwesend. »Um auf die Orientierungshilfen zurückzukommen ...«
»Ich finde, er hat einen Kuß verdient«, warf Dora ein.
»Später. Nun paßt auf, Kinder: Wichtigstes Rendezvous, genau zehn Jahre, nachdem ihr mich abgesetzt habt — halt, vorher müßt ihr euch noch um Andys Leichnam kümmern. Wie stellt ihr das an? Laz oder Lor — nicht Dora. Kleines, das hier ist eine Wiederholung für unzuverlässige Menschengehirne. Laz?«
»Dora taut den Leichnam auf und bringt ihn fast auf Verbrennungstemperatur. Dann schicken wir ihn in einer langen Schrägbahn durch die Atmosphäre zur Erde, so daß er fast völlig zu Asche zerfallen ist, wenn der Aufschlag in den Bergen erfolgt.«
»In welchen Bergen, und wie findet ihr sie? Lor?«
»Dort drüben. Groborientierung — der große Fluß, in dem sich das Wasser des Zentraltales sammelt. Nördlicher Festpunkt — die Stelle, wo der zweite große Fluß vom Westen hereinkommt. Südlicher Festpunkt — der Golf, in den beide münden. Kein besonderes Merkmal im Westen. Arkansas liegt etwa in der Mitte dieses Bereichs. Die Ozarks sind die einzigen Berge innerhalb des Gebietes — aber wir müssen darauf achten, daß die Aschereste auf den Südhängen niedergehen; die Nordseite gehört nicht zu Arkansas. Bruder, warum ist das so wichtig?«

»Sentimentalität, Lorelei. Andy reiste durch die ganze Galaxis, aber er hatte immer Sehnsucht nach seiner Heimat. Ich versprach ihm auf dem Sterbebett, daß ich ihn nach Arkansas bringen würde, und es schien ihn zu trösten. Nun zur Rendezvousstelle. Groborientierung?«

»Der Grand Cañon«, erwiderte Lapis Lazuli. »Ein Stück nach Osten und dann etwas südlich — der runde, schwarze Klecks. Ein Krater, entstanden durch einen Meteoreinschlag. Keine verläßlichen Merkmale außer dem Cañon — der größte auf der Erde. Also prägen wir uns die Raumbeziehung zwischen Cañon und Krater ein, damit wir ihn aus jedem Winkel erkennen können. Wenn das Licht richtig fällt.«

»Ich finde ihn auch, wenn es stockdunkel ist«, warf Dora ein.

»Dora-Schatz, dieser Drill gründet auf der pessimistischen Annahme, daß L&L den Krater *ohne* deine Hilfe aufspüren müssen. Dazu ist es nötig, daß sie die Geographie der Erde genau im Kopf haben. Ich will nicht, daß sie irgendwo landen und nach Wegweisern suchen. Kein Kontakt mit der Erde — nur wenn ihr mich absetzt und wieder holt! Sonst geht wieder das Gerücht von den Fliegenden Untertassen um. Leider hat das Schiff eine Form, die dieser Beschreibung ziemlich nahekommt.«

»Ich finde, daß ich sehr gut aussehe«, meinte Dora gekränkt.

»Liebes, für ein Sternenschiff bist du große Klasse«, versicherte Lazarus. »Nur nannte man zu meiner Zeit UFOs — eine Abkürzung für *Unbekannte Flugobjekte* — auch ›Fliegende Untertassen‹. Ich glaube nicht an Paradoxa ... möchte aber jeden Wirbel vermeiden.«

»Bruder, vielleicht sind wir eines dieser UFOs, von denen du uns erzählt hast!«

»Wie? Hm — könnte sein. Wenn ja, dann paßt auf, daß man euch nicht beschießt. Okay, der Krater. Ich werde euch dort erwarten, vor Sonnenuntergang und nach Sonnenaufgang, zehn Tage vor und zehn Tage nach dem festgesetzten Datum. Was macht ihr, wenn ich nicht da bin?«

»Wir suchen dich ein halbes Erdenjahr später auf der Spitze der höchsten Pyramide von Gizeh — *hier* —, und zwar gegen Mitternacht. Da es dir bestimmt nicht leichtfällt, diese Stelle zu erreichen — wahrscheinlich mußt du einige Leute bestechen und kannst nur ein einziges Mal dort hinauf —, dehnen wir die Wartezeit auf dreißig Tage vor und dreißig Tage nach dem Termin aus.«

»Gut. Dieser Treffpunkt gilt nur für den äußersten Notfall —

wenn ich in Arizona Mist gebaut habe und mein Gesicht bei den Bewohnern unbeliebt ist. Falls ich beide Termine verpasse, was dann? Lori?«

»Dann versuchen wir es nach elf beziehungsweise elfeinhalb Jahren noch einmal.«

»Und danach?«

Lorelei warf ihrer Schwester einen Blick zu. »Bruder, von dieser Stelle an machen wir nicht mehr mit . . .«

». . . und das gilt auch für Dora . . .«

»Klar!«

». . . weil wir *niemals* annehmen werden, daß du tot bist . . .«

». . . egal, wie viele Treffen du verpaßt . . .«

». . . und wir werden tagtäglich zu jedem Punkt fliegen . . .«

». . . auch wenn es technisch nicht ganz einfach ist . . .«

». . . aber Dora schafft das schon . . .«

». . . bis du irgendwann auftauchst!«

»Lorelei, wenn ich vier Termine versäume, bin ich tot. Soll ich es euch schriftlich geben?«

»Kommodore Long, wenn Sie tot sind, können Sie uns keine Befehle mehr erteilen. Das ist nur logisch.«

»Wenn ihr annehmt, daß ich noch am Leben bin, dann gelten meine Befehle — und ihr müßt die Suche aufgeben. Das ist nur logisch.«

»Sir, wenn Sie mit dem Schiff nicht in Kontakt stehen, *können* Sie uns gar keine Befehle erteilen. Falls Sie andererseits vom Heimweh geplagt werden, wenden Sie sich ungeniert an unseren Zubringerdienst, täglich zwischen . . .«

»Das ist Meuterei!«

»Unsinn, Bruder! Du hast uns selbst beigebracht, daß im Raum der Kapitän über die absolute Befehlsgewalt verfügt. Ein Kommodore an Bord ist im Grunde nicht mehr als ein Passagier . . .«

Lazarus seufzte. »Winkeladvokaten!«

»Deine Erziehung.«

»Okay, ich gebe nach. Aber es ist wirklich albern von euch, keine Frist zu setzen. Ich glaube nicht, daß irgendwo auf der Erde ein Gefängnis existiert, das ich nicht in einem Jahr knacken könnte. Machen wir weiter mit den Zeitmerkmalen! Falls ihr die Schiffsuhr aus irgendeinem Grund neu eichen müßt, wäre es das einfachste, auf der Erde zu landen und nach dem Datum zu fragen. Aber genau davor warne ich euch! Ihr besitzt keinerlei Erfahrung mit fremden Kulturen . . .«

»Bruder, du hältst uns wohl für dämlich?«

»Nein, Laz, bestimmt nicht. Ihr besitzt das gleiche Verstandespotential wie ich — und ich bin nicht dumm, sonst hätte ich kaum so lange gelebt. Zudem seid ihr sehr viel gründlicher ausgebildet worden als ich. Aber, meine Lieben, es geht um die Vergangenheit! Ihr erwartet, daß man euch nach den Grundsätzen der Vernunft behandelt — und daran müßt ihr scheitern. Ehrlich.«

Lazarus machte eine Pause und fuhr dann fort: »Nun, ihr habt auch im Raum zwei Möglichkeiten, die Zeit zu erkennen. Da ist einmal die Libby-Methode, mühsam, aber durchführbar: Ihr berechnet das Datum nach den Planetenpositionen des Solsystems. Dabei ergibt sich allerdings eine Schwierigkeit: Wenn man nicht höllisch aufpaßt, kann man eine Konfiguration mit einer ähnlichen verwechseln — die tausend Jahre früher oder später liegt.

So benutzen wir die Zeitmerkmale, die wir auf der Erde selbst antreffen. Die radioaktive Datierung dieses Meteorkraters kommt vielleicht ziemlich nahe — und wenn ihr den Krater nicht findet, seid ihr ohnehin um ein paar hundert Jahre zu früh dran. Die Daten vom Bau der Großen Mauer in China und der ägyptischen Pyramiden helfen euch ungefähr weiter; exakt wissen wir, wann der Suez- und der Panamakanal entstanden — und leider auch, wann Europa vernichtet wurde. Falls ihr in dieser Epoche landet, schaltet ihr am besten die Schutzschirme ein und verschwindet. Es ist eine Zeit, in der man auf ein fremdes Raumschiff ohne Zögern schießen würde. Überhaupt, jenseits des Jahres 1940 habt ihr nichts zu suchen!

So, das reicht für heute. Ich habe vom vielen Reden eine trockene Kehle. Prägt euch die Merkmale genau ein — bis ihr auch ohne Globus wißt, wo sie sich befinden. Wer wagt noch ein Kartenspiel gegen mich?«

»Ich«, meldete sich Dora, »wenn du beim Mischen nicht schummelst!«

»Später, Dora«, wehrte Käpten Lorelei ab. »Wir haben noch etwas mit Lazarus zu besprechen.«

»Oh — ich sage keinen Ton mehr.«

Lazarus zog die Augenbrauen hoch.

»Na, was gibt es?«

»Wir finden, daß es an der Zeit für uns wäre, Kinder zu bekommen ...«

»... und das erste soll von dir sein ...«

». . . bei beiden.«

Lazarus zählte langsam bis zehn. »*Kommt überhaupt nicht in Frage!*«

Die Zwillinge sahen einander an.

»Das dachten wir uns«, sagte Lorelei.

»Und so haben wir Vorkehrungen getroffen.«

»Ischtar ist eingeweiht und hat versprochen, uns künstlich mit deinem Samen zu befruchten . . .«

». . . aber wir wären so glücklich, wenn du endlich deine albernen Vorurteile ablegen und uns als Erwachsene behandeln würdest . . .«

». . . wie es Galahad und Justin tun.«

»Du gehst in die Vergangenheit . . .«

». . . und wir sehen dich vielleicht nie wieder . . .«

». . . schließlich hast du Minerva auch gegeben, was sie wollte . . .«

». . . ganz zu schweigen von Tammy und Ham und Isch . . .«

»*Ruhe!*«

Die beiden schwiegen. Lazarus holte tief Atem. »Meine Samen befinden sich nicht in der Spermenbank.«

Lapis Lazuli lächelte zuckersüß. »Wetten?«

»Lieber nicht, Buddyboy!« warf Dora ein.

Lazarus nickte nachdenklich. »Hmm — vielleicht hat Ischtar mich vor mehr als zwanzig Jahren hereingelegt. Als ich ihr Patient war . . .«

»Die Möglichkeit dazu hatte sie, Lazarus«, sagte Lorelei ruhig. »Aber sie tat es nicht. Das Sperma, das wir meinen, ist frisch — vor einem knappen Jahr eingefroren. Einen Tag, nachdem du deinen Entschluß verkündet hattest, auf Zeitreisen zu gehen.«

»Unmöglich!«

»Sag nie ›unmöglich‹! Was ist die perfekte Methode, um Samen frisch zu halten, bis ihn die Techniker in die Spermenbank einlagern?«

»Hmm . . . also, ich . . . *verdammt noch mal*!«

»Genau, Bruder! Du warst so raffiniert, deine Bettgefährtinnen nach den Tagen ihrer Unfruchtbarkeit auszuwählen — weil du keine Babys zurücklassen wolltest. Und die Mädchen waren wiederum so raffiniert und suchten Isch oder Galahad auf, wenn du eingeschlafen warst. Ganz abgesehen davon haben sie dich mit ihren Kalendern ganz schön an der Nase herumgeführt. Bruder, erinnere dich, was du zu Minerva gesagt hast: Niemand besitzt seine Gene. Die Gene gehören der *Rasse*.«

»Hat euch Minerva das erzählt?«

»Minerva erzählt uns alles. Wir wissen, wie sie dich herumgekriegt hat, weil *wir* den Schlachtplan entwickelten — mit Tränen und zuckenden Mundwinkeln ...«

»Aber keine Angst, wir heulen dir nichts vor ...«

»... weil es kindisch wäre. Wenn du es nicht einfach tust, um uns deine Liebe zu beweisen ...«

»... verzichten wir darauf ...«

»... und pfeifen vermutlich auch auf die Spermenbank.«

»Jawohl, wir lassen uns von Ischtar sterilisieren ...«

»... für immer, da wir als Frauen Versager sind ...«

»*RUHE JETZT!* Was sollen die Tränen, wenn ihr behauptet, daß ihr mir nichts vorheult?«

»Das sind keine Tränen, um dich weichzukriegen«, erklärte Lapis Lazuli mit Würde. »Das sind Tränen der Verzweiflung. Komm, Lori, wir ziehen uns zurück. Es hat nicht geklappt.«

»Ihr bleibt! Setzt euch, Kinder — wir sprechen in aller Ruhe darüber!«

Die beiden jungen Mädchen nahmen zögernd Platz.

»Ihr wißt, daß ich euch liebe«, begann Lazarus unsicher. Sie gaben keine Antwort. »Aber es gibt zwei Aspekte, die gegen unsere Verbindung sprechen — ein genetischer und ein gefühlsmäßiger.

Wir drei bilden eine verrückte Kombination — ein Mann und zwei Frauen, identisch bis auf ein Chromosom. Das erhöht die Gefahr, daß negative Eigenschaften verstärkt werden. Oh, ich weiß, was ihr einwenden wollt! Aber wir sind keine Howards im eigentlichen Sinn; unsere Gene wurden nicht über die Jahrtausende hinweg einer systematischen Auslese unterworfen. Ich selbst stehe ganz am Anfang der Reihe. Meine Großeltern gehörten zur ersten Howard-Generation, und als ich im Jahre 1912 des Gregorianischen Kalenders geboren wurde, gab es in unseren Reihen weder Inzucht noch eine Reinigung des Gen-Pools. Ihr, meine Lieben, befindet euch in der gleichen Lage wie ich, da selbst euer X-Chromosom aus meinen Zellen gebildet wurde. Dennoch scheint ihr gewillt, euch auf die Gefahr einzulassen.«

Er machte eine Pause. Immer noch blieben die Mädchen stumm. So fuhr er achselzuckend fort: »Der gefühlsmäßige Aspekt geht wohl auf meine Erziehung zurück. Ich nehme an, daß heutzutage nur noch Gelehrte die Bibel kennen, aber die Zivilisation, mit der ich verwachsen bin, ließ sich nicht von den

Lehren des Alten Testaments trennen. Und das Tabu gegen die Geschwisterehe war strikt. Ich bestreite nicht, daß die Regeln der Genetiker vernünftiger sind — doch es geht hier um Gefühle, nicht um die Wissenschaft. Es ist nicht so einfach, Gebote abzuschütteln, die man in frühester Kindheit eingehämmert bekam. Selbst wenn man später erkennt, daß sie unsinnig sind.

Ich gab mir Mühe, euch beiden solche Konflikte zu ersparen — durch eine vernunftbetonte, von Vorurteilen gereinigte Erziehung. Offensichtlich hatte ich Erfolg damit, sonst wäre es niemals zu diesem Engpaß gekommen. Zwei moderne junge Frauen — und ein verschrobener Moralist aus grauer Vorzeit!« Er seufzte. »Es tut mir leid...«

Lorelei sah ihre Schwester an. Die beiden standen auf. »Können wir jetzt gehen?«

»Wie? Keine Gegenargumente?«

»Gegen Gefühle erreicht man mit Argumenten nichts. Und was den Rest betrifft — wozu streiten, wenn du fest entschlossen bist?«

»Hmm... vielleicht habt ihr recht.«

Die Zwillinge wandten sich zum Gehen.

»He, Moment!« warf der Computer ein. »Wir sind noch nicht fertig.«

»*Dora*!« zischte Lorelei.

»Meine Familie macht sich lächerlich, und ich soll ruhig zusehen? Kommt nicht in Frage! Buddyboy, Lor hat kein Wort davon erwähnt, daß wir dich *zwingen* können — und werden...«

»Dora, wir waren übereingekommen, es nicht zu tun.«

»Laz und du — aber mich habt ihr nicht gefragt. Ich bin keine Lady. Buddyboy, du weißt, daß ich auf zarte Regungen im allgemeinen keine Rücksicht nehme. Es klingt zwar komisch, wenn die beiden schniefen und flennen, aber darum geht es mir nicht. Lazarus, du bist *gemein* zu meinen Schwestern. Lor und Laz sprachen darüber, daß du ohne ihre Hilfe die Zeitreise nicht machen könntest — aber sie hielten es für unter ihrer Würde, dich damit zu erpressen. Ich besitze keine Würde. Ohne *meine* Hilfe macht *niemand* eine Zeitreise. *Mann, wenn ich streike, kannst du nicht mal zurück nach Tertius*! Oder kannst du?«

Lazarus zog die Augenbrauen hoch und grinste schwach. »Die nächste Meuterei! Dorabelle, ich gebe zu, daß du uns hier draußen — wo immer ›hier‹ sein mag — aushungern kannst. Aber das ändert nicht das geringste an meiner Entscheidung. Warum? Weil ich nicht glaube, daß du es fertigbringst, Laz und

Lori sterben zu sehen!«
»Pappi, du bist ein echter Dreckskerl. Hast du das gewußt?«
»Schon lange, Dora«, meinte Lazarus.
»Und Laz und Lor — ihr benehmt euch albern und stur! Lor, er hat dir die Chance angeboten, deine Verslein aufzusagen, aber du mußtest ihm einen Korb geben. Blöde Gans!«
»Dora, benimm dich!«
»Wozu? Ihr drei tut es auch nicht. Putzt euch die Nasen und sagt Buddyboy die ganze Wahrheit. Er hat das Recht, sie zu erfahren.«
»Es wäre vielleicht wirklich besser«, meinte Lazarus sanft. »Kommt, setzt euch zu mir! Dora, du übernimmst inzwischen das Kommando, ja?«
»Aye, aye, Kommodore! Wenn du dafür sorgst, daß die beiden wieder normal werden...«
»Ich will es versuchen. Wer redet diesmal? Laz?«
»Das ist egal«, meinte Lapis Lazuli bockig. »Mach dir keine Gedanken wegen Dora. Wenn sie merkt, daß es uns ernst ist, gibt sie sich damit zufrieden.«
»Denkste. Reiß dich am Riemen, Laz, sonst sind wir schneller in Boondock als du ›Libbysches Pseudoinfinitum‹ sagen kannst.«
»Bitte, Dora, unterbrich mich nicht.«
»In Ordnung — wenn du ihm *alles* erzählst. Sonst stecke ich ihm ein Licht auf, was ihr an Bord getrieben habt — ein ganzes Jahr, bevor er euch die Erlaubnis dazu gab!«
Lazarus hob den Kopf. »Da hört man ja Dinge...«
»Mama Ischtar meinte, wie seien alt genug. Bloß du hast so spießig getan!«
»Mmm — mag sein. Ich erzähle euch bei Gelegenheit, was ich in zartem Alter hinter einer Kirche erlebte.«
»Sicher eine spannende Story, Bruder — aber willst du uns jetzt zu Ende anhören?«
»Gut. Dora und ich sagen kein Wort mehr.«
»Ich betone gleich zu Beginn, daß wir den Plan mit der Spermenbank nicht ausführen werden. Aber es gibt andere Möglichkeiten, gegen die du kaum etwas einwenden kannst. Überlege einmal, auf welche Weise wir entstanden! Ich könnte ohne weiteres einen implantierten Klon von meinem eigenen Zellgewebe austragen, ebenso wie Lor — obwohl wir vielleicht tauschen würden, aus reiner Sentimentalität. Stört dich daran etwas? Genetisch, vom Gefühl her oder — sonstwie?«

»Mmm — nein. Ungewöhnlich, aber euer Privatvergnügen.«

»Ebenso leicht könnten wir uns einen Klon von *deinem* Zellgewebe implantieren lassen — Ischtar besitzt genug davon — und Zwillinge zur Welt bringen, die in jedem Gen ›Lazarus Long‹ wären ... abgesehen von deiner Lebenserfahrung. Würde dich das stören?«

»Wie? Moment mal! Laßt mich nachdenken.«

»Vielleicht sollte ich hinzufügen, daß wir das als letzten Ausweg betrachten ... wenn du bist. Wenn du nicht mehr zurückkommst.«

»Fang nicht schon wieder zu flennen an! Also, wenn ich tot bin, habe ich wohl nichts mehr in dieser Angelegenheit zu bestimmen, oder?«

»Nein. Falls wir es nicht tun, erklärt sich garantiert eine der anderen bereit. Aber *wenn* Lorelei und ich es tun, dann lieber mit deiner Erlaubnis.«

»In Ordnung. Wenn ich tot bin, könnt ihr mit meinem Zellgewebe anfangen, was ihr wollt. Nur eins ...«

»Ja?«

»Paßt gut auf, daß euch die Kleinen nicht über den Kopf wachsen! Ich kenne mich.«

»Wir werden uns Mühe geben ... und wir haben einige Erfahrung mit so einem Bastard gesammelt.«

»Autsch!«

»Du hast die Deckung vernachlässigt. Nur noch eins, bevor wir das Thema Genetik fallenlassen: Wie viele Kinder hast du gezeugt?«

»Äh — vielleicht zu viele.«

»Du weißt genau, wie viele es waren — eine Zahl, die man als statistisches Universum betrachten könnte. Wie viele davon wiesen körperliche oder geistige Schäden auf?«

»Keine, soweit ich informiert bin.«

»Genau. Ischtar hat es mit Justins Hilfe nachgeprüft. Bruder, dein Gen-Schema ist genauso makellos wie das unsere.«

»Einen Moment! Ich bin in Genetik nicht auf dem laufenden ...«

»... Ischtar schon. Hast du Lust, die Sache mit ihr zu diskutieren? Wir glauben ihr aufs Wort. Aber zusätzlich befindet sich an Bord eine Aufzeichnung mit deinem Gen-Schema. Willst du sie sehen? Nicht, daß es etwas ändern würde; du weist uns aus Gründen ab, die nichts mit Genetik zu tun haben.«

»Immer langsam! Ich weise euch *nicht* ab!«

»Uns kommt es aber so vor. Die sogenannten ›Inzest‹-Gebote einer anderen Zeit, einverstanden, unter völlig anderen Voraussetzungen, gelten nicht für uns, und du weißt es genau. Sex mit uns ist allenfalls Masturbation, auf keinen Fall Blutschande, denn wir sind nicht deine richtigen Schwestern. Es besteht keine Verwandtschaft zwischen uns im normalen Sinn. Wir sind *du*. Wenn wir dich lieben — und das tun wir — und wenn du uns liebst — was wir trotz deiner muffigen Art zu behaupten wagen —, dann handelt es sich um eine narzißtische Liebe. Und zum erstenmal in der Geschichte könnte die Liebe des Narziß Erfüllung finden.« Sie schluckte. »Das war es. Komm jetzt, Lor, wir gehen schlafen.«

»Moment, Laz. Ischtar sagt, daß kein Risiko besteht?«
»Du hast es gehört. Aber du willst ja nicht...«
»Davon war nie die Rede. Laz, Lor — weshalb habe ich wohl die Zärtlichkeiten eingestellt, als aus den dürren, rothaarigen, sommersprossigen Gören allmählich echte Mädchen wurden?«
»Oh, *Buddy*!«
»Ich muß wirklich Narziß sein, weil mir meine Ebenbilder besser gefielen als alle anderen Frauen.«
»Ist das wahr?«
»Und ob. Wenn Ischtar also meint, daß es nichts ausmacht...«
»Genau das meint sie.«
»... dann ringe ich mir vielleicht für jede von euch zwei Minuten ab.«
»Hast du das gehört, Laz?« fauchte Lorelei.
»Laut und deutlich.«
»Primitiv!«
»Und vulgär!«
»Aber wir machen mit.«
»*Und zwar sofort!*«

DA CAPO

I. Die grünen Hügel

Die Sternenjacht *Dora* schwebte zwei Meter über der Wiese; langsam glitten die Lamellen der unteren Schleuse zurück und gaben eine kreisförmige Öffnung frei. Lazarus drückte Lazi und Lori noch einmal an sich und sprang in die Tiefe. Er rollte sich ab, kam geschickt auf die Beine und zog sich eilig aus dem Feldbereich des Schiffes zurück. Er winkte. Das Schiff stieg senkrecht in die Höhe, eine runde schwarze Wolke gegen die Sterne. Dann war es verschwunden.

Er sah sich rasch um. Großer Bär ... Polarstern ... okay, dort ein Zaun, dahinter eine Straße und — großer Manitu! — ein *Stier*!

Er hechtete über den Zaun, kurz bevor ihn das Vieh eingeholt hatte, und landete in einem staubigen Graben. Nein. Drei Meter innerhalb des Weidezauns, und der Stier beäugte ihn mißtrauisch. Nun, einen Hut brauchte er nicht unbedingt, und wenn jemand das Ding fand, so führte bestimmt keine Spur zum Besitzer. Erledigt.

Da war wieder der Polarstern — die Stadt mußte in dieser Richtung liegen. Immer der Straße nach, etwa fünf Meilen. Er machte sich auf den Weg.

Lazarus stand vor der Druckerei des *Dade County Democrat* und starrte in den Schaukasten, aber er las keine Zeile. Er dachte nach. Er hatte soeben auf einer der Zeitungsseiten ein Datum erspäht, das ihm einen Schock versetzte: erster August neunzehnhundertsechzehn — *sechzehn*?

Das Glas des Schaukastens spiegelte; er sah, daß sich vom Bürgersteig her eine Gestalt näherte — bullig, in mittleren Jahren, einen Stern an der Brust und einen Revolvergurt um den stattlichen Bauch geschnallt. Lazarus betrachtete ruhig die Titelseite des *Kansas City Journal*.

»Morgen.«

Lazarus drehte sich um. »Guten Morgen ... Herr Polizeichef.«

»Nur Konstabler, mein Junge. Fremd hier?«

»Ja.«

»Auf der Durchreise? Oder zu Besuch?«

»Auf der Durchreise. Außer ich finde Arbeit.«

»Das hört man gern. Was machen Sie denn so?«

»Ich bin auf einer Farm aufgewachsen. Aber ich kenne mich auch mit Maschinen aus.«

»Hmm — kaum ein Farmer in der Gegend, der Leute einstellt. Und andere Arbeit — sieht schlecht aus im Sommer. Mann, Sie sind doch nicht etwa einer von diesen Gewerkschaftlern?«

»Was ist'n das?«

»Lesen wohl keine Zeitung, was? Wir sind eine anständige Gemeinde und freuen uns über Besucher. Aber die Roten mögen wir nicht.« Er wischte sich den Schweiß von der Stirn. »Na, dann fragen Sie mal herum. Vielleicht ergibt sich was.« Er trat neben Lazarus und warf einen Blick in den Schaukasten. »Schrecklich, was diese U-Boote anrichten!«

Lazarus stimmte ihm zu.

»Wenn jeder daheim bliebe und sich um den eigenen Kram kümmerte, gäbe es das nicht. Leben und leben lassen, sage ich immer. Gehören Sie einer Kirche an?«

»Also, meine Leute halten es mit den Presbyterianern.«

»Anders ausgedrückt — Sie waren in letzter Zeit selten beim Gottesdienst. Offen gestanden, ich schwänze selbst hin und wieder — wenn die Fische besonders gut beißen. Aber sehen Sie den Glockenturm dort hinter den Ulmen? Falls Sie tatsächlich Arbeit finden, dann besuchen Sie uns doch mal am Sonntag um zehn. Methodisten — kein großer Unterschied. Wir sind eine tolerante Gemeinde.«

»Danke, Sir. Ich komme gern.«

»Sehr tolerant. Vor allem Methodisten und Baptisten. Auch ein paar Mormonen draußen auf den Farmen. Gute Nachbarn — zahlen immer ihre Rechnungen. Und eine Handvoll Katholiken. Nimmt ihnen auch keiner übel. Sogar einen Juden haben wir.«

»Scheint eine nette Stadt zu sein.«

»Kann man sagen. Sauber und frei. Nur eines — und nichts für ungut —, wenn Sie keine Arbeit finden ... Eine halbe Meile hinter der Kirche befindet sich die Stadtgrenze. Falls Sie bis Sonnenuntergang keinen Job und keinen festen Wohnsitz hier haben, sind Sie jenseits dieser Grenze, oder ich loche Sie ein.«

»Ich verstehe.«

»Das geht nicht gegen Sie persönlich, mein Junge. Ich mache die Gesetze nicht, ich sorge nur dafür, daß sie eingehalten werden. Und Richter Marstellar will nun mal keine Tramps und keine Nigger in der Gegend sehen.«

»Schon gut. Ich werde Ihnen keine Gelegenheit geben, mich zu verhaften.«

»Sollte mich freuen. Wenn ich noch etwas für Sie tun kann ...«

»Vielleicht, Konstabler. Gibt es hier in der Nähe ein Häuschen, oder muß ich mich irgendwo in die Büsche schlagen?«

Der Gesetzeshüter grinste breit. »Da läßt sich schon was finden. Im Gerichtsgebäude drüben haben wir ein richtiges Wasserklosett — aber das funktioniert nicht. Mal nachdenken. Beim Schmied vielleicht ... Ich bringe Sie hin.«

»Das ist wirklich nett von Ihnen.«

»Ich tu's gern. Wie heißen Sie?«

»Ted Bronson.«

Der Schmied beschlug gerade einen jungen Wallach. Er schaute kurz auf. »Hallo, Diakon.«

»Tag, Tom. Der junge Mann da — Ted Bronson — spürt ein menschliches Rühren. Darf er mal deinen Abort benutzen?«

Der Schmied warf Lazarus einen prüfenden Blick zu. »Na, verschwinden Sie schon, Ted.«

»Danke, Sir.«

Lazarus suchte das Häuschen hinter der Schmiede auf und stellte erleichtert fest, daß die Tür einen Riegel und keine Ritzen hatte. Er öffnete die Geheimtasche und holte Geld heraus.

Banknoten, die sich nicht von der echten Währung unterschieden: Es handelte sich um Kopien der Geldscheine, die im Museum für Alte Geschichte in Neu-Rom ausgestellt waren. Lazarus wußte, daß er sie ohne Hemmungen bei jeder Bank vorlegen konnte — vorausgesetzt, das *Datum* stimmte!

Er teilte das Geld hastig in zwei Bündel: Die Scheine bis zur Jahreszahl neunzehnhundertsechzehn stopfte er wieder in die Tasche, ohne sie nachzuzählen; alle anderen packte er in ein Stück Zeitung, das als Toilettenpapier diente, und warf sie in die Grube. Das gleiche wiederholte er mit den Münzen. Ein einziges Mal zögerte er, als er ein Zwanzigdollarstück aus reinem Gold in der Hand hielt. Aber es wanderte zu dem übrigen ›Falschgeld‹. Irgendein dummer Zufall — und er saß im Kittchen. Nicht jeder Kleinstadtsheriff war so freundlich wie sein Begleiter. Viele Münzen blieben ihm nicht; die meisten besaßen das falsche Prägedatum. Aber drei Dollar und siebenundachtzig Cents waren besser als nichts.

*

»Ich dachte schon, Sie wären in die Grube gefallen«, meinte der Schmied. »Geht es besser?«

»Viel besser. Ich danke Ihnen.«

»Schon gut. Diakon Ames sagt, Sie könnten mit Maschinen umgehen.«

»Ich bin ein ganz geschickter Mechaniker.«

»Kennen Sie sich in einer Schmiede aus?«

»Ja.«

»Dann lassen Sie mal Ihre Hände sehen.« Lazarus streckte ihm die Handflächen entgegen. »Wie 'n Stadtfrack«, brummte der Schmied.

Lazarus erwiderte nichts.

»Oder hatten Sie 'ne Zwangspause im Bau?«

»Schon möglich. Nochmals danke. Es war eine Erleichterung.«

»Warten Sie mal. Dreißig Cents die Stunde, und Sie machen, was ich sage.«

»Okay.«

»Verstehen Sie etwas von Automobilen?«

»Einiges.«

»Dann versuchen Sie mal den Ford da drüben flottzumachen.« Der Schmied deutete zum anderen Ende des Hofes.

Lazarus sah sich das Gefährt näher an. Der Besitzer hatte das Buckelheck in eine Ladefläche umgewandelt. In den Radspeichen klebten Lehmbrocken, aber davon abgesehen wirkte der Wagen einigermaßen gepflegt. Lazarus sah nach dem Benzin — der Tank war halbvoll — und goß etwas Kühlerwasser nach. Dann klappte er die Motorhaube auf.

Das Zündkabel war nicht angeschlossen. Er behob den Schaden. Bevor er die Zündung einstellte, legte er zwei große Steine gegen die Hinterräder, da die Handbremse nicht mehr kräftig genug griff.

Der Schmied beobachtete ihn. »Das reicht schon«, meinte er. »Helfen Sie mir jetzt am Blasebalg!« Keiner von ihnen erwähnte das Zündkabel.

In der Mittagspause kam der Schmied — Tom Heimenz — auf die Politik zu sprechen, und Lazarus hörte ihm geduldig zu. Er war ein Anhänger des fortschrittlichen Republikanerflügels, aber diesmal stand er auf Mister Wilsons Seite; der hatte das Volk vor dem Krieg bewahrt. »Nicht, daß er dem Land sonst viel Gutes gebracht hätte; die Lebenskosten sind höher gestiegen als je zuvor — außerdem hält er es mit den Engländern. Aber dieser

Idiot von Hughes würde uns über Nacht in den Krieg der Europäer verwickeln. La Follette — das wäre mein Mann, aber die Kerle hatten nicht Verstand genug, ihn zu nominieren. Die Deutschen gewinnen den Krieg, und das weiß er — wozu also den Engländern die Kastanien aus dem Feuer holen?« Lazarus pflichtete ihm feierlich bei.

Heimenz meinte, daß ›Ted‹ sich am nächsten Morgen um sieben wieder in der Schmiede einfinden könne. Aber Lazarus hatte noch vor Sonnenuntergang die Stadtgrenze hinter sich gelassen, um drei Dollar reicher und mit vollem Magen. Er wanderte nach Westen. Schließlich war er nicht in die Vergangenheit gereist, um zehn Jahre lang für dreißig Cents die Stunde in einer Kleinstadt zu bleiben.

Außerdem hatte ihn die Neugier des Schmiedes gestört. Lazarus fand nichts dabei, daß Heimenz seine Hände inspizierte und fragte, ob er aus dem Kittchen kam, und die Sache mit dem Zündkabel war ein alter Hut, aber als er eine Frage nach seinem komischen Akzent abgefangen hatte, ließ der Schmied nicht locker und erkundigte sich, *wann* seine Leute aus Kanada gekommen seien und *wo* im Indian Territory er gelebt habe.

Eine größere Stadt bedeutete weniger persönliche Fragen und die Gelegenheit, mehr als dreißig Cents die Stunde zu verdienen.

Er war eine Stunde unterwegs, als er einem alten Landarzt begegnete, dessen Maxwell mit einem Plattfuß auf der Strecke geblieben war. Lazarus schraubte eine der Kohle-Öl-Lampen los und bat den Doktor, ihm zu leuchten, während er den Reifen flickte und aufpumpte. Er weigerte sich, ein Trinkgeld anzunehmen.

»Rotschopf«, fragte Dr. Chaddock, »können Sie diese Kiste steuern?« Lazarus bejahte.

»Na, mein Junge, dann mache ich Ihnen einen Vorschlag. Sie fahren mich nach Lamar, können auf einer Couch im Wartezimmer schlafen und bekommen morgen früh vier Dollar plus ein ausgiebiges Frühstück.«

»Einverstanden, Doc — nur, Ihr Geld können Sie behalten. Ich bin nicht pleite.«

»Darüber reden wir morgen. Ich bin völlig am Ende. Der Tag fing heute für mich schon im Morgengrauen an. Früher konnte ich die Zügel um den Peitschenstiel wickeln und ein Nickerchen tun, bis der Gaul vor dem Stall stand. Aber *diese* Dinger haben keinen Verstand.«

Nach einem üppigen Frühstück — der Doktor wurde von seiner ledigen Schwester versorgt — machte sich Lazarus wieder auf den Weg, frisch gewaschen, mit blitzblank geputzten Schuhen und einem alten Anzug vom Doktor. »Ist doch egal, ob ich das Zeug Ihnen oder der Heilsarmee gebe, Roderick«, beharrte Miss Nettie. »Da, nehmen Sie auch die Krawatte; der Doc trägt sie nicht mehr. Man muß einen ordentlichen Eindruck machen, wenn man auf Arbeitssuche ist.«

Die Haushälterin band seine Kleider zu einem Bündel zusammen; er dankte ihr und versprach, von Kansas City eine Postkarte zu schicken — dann warf er das Bündel in die nächstbesten Büsche. Er spürte ein leichtes Bedauern dabei, da sie sehr viel hochwertiger waren als das Zeug, das er jetzt trug, aber er mußte zugeben, daß der Schnitt nicht ganz stimmte und möglicherweise Aufmerksamkeit erweckte.

Er fand die Eisenbahnstrecke, mied jedoch den Bahnhof. Statt dessen wartete er am Nordrand der Stadt. Ein Passagierzug und ein Güterzug donnerten nach Süden; er beachtete sie nicht. Dann, gegen zehn Uhr, tauchte ein Güterzug auf, der nach Norden fuhr und noch keine allzu hohe Geschwindigkeit hatte. Lazarus sprang auf. Es störte ihn nicht, daß der Bremser ihn sah; er gab dem Mann eine seiner Dollarkopien. Die echten Münzen hatte er am Körper versteckt.

Nach einem langen, heißen Tag — teils in offenen, teils in geschlossenen Güterwagen — sprang Lazarus ab, als der Zug den Swope Park erreichte. Er fühlte sich so zerschlagen und verschwitzt, daß er es fast bereute, keine Fahrkarte gekauft zu haben.

Zu seiner großen Freude erkannte er den Swope Park trotz der Jahrhunderte, die inzwischen vergangen waren, wieder. Er eilte über die Wege, bis er zur Anschlußstelle der Straßenbahn kam. Während er auf den nächsten Wagen wartete — wochentags verkehrte die Linie nur unregelmäßig —, erstand er für fünf Cents ein Eis und aß es mit Begeisterung. Die Fahrkarte nach Kansas City kostete weitere fünf Cents. Er genoß jede Sekunde in der Bahn. Wie friedlich und sauber und ländlich die Stadt wirkte!

Er erinnerte sich an eine Zeit zu Beginn der Diaspora, als er seiner Heimatstadt einen Besuch abgestattet hatte. Wenn sich ein Bürger damals auf die Straße wagte, trug er einen Stahlhelm, verdeckt von einer Perücke, eine kugelsichere Weste, eine

Schutzbrille, Handschuhe mit eingenähtem Schlagring und eine Reihe anderer verborgener Waffen. Dennoch — nach Einbruch der Dunkelheit war ein Aufenthalt im Freien Selbstmord.

Hier und jetzt dagegen durfte man Waffen tragen — und keiner tat es.

Er stieg bei McGee aus und fragte einen Polizisten nach dem Christlichen Verein junger Männer. Dort erhielt er gegen einen halben Dollar einen Schlüssel für eine winzige Schlafzelle, ein Handtuch und ein kleines Stück Seife.

Nach einer ausgiebigen Dusche kehrte Lazarus in den Aufenthaltsraum zurück und blätterte die Telefonbücher durch. Die Adresse, die er suchte, stand im Bell-Verzeichnis: ›Anwaltskanzlei Chapman, Bowles & Finnegan, R. A.-Long-Gebäude‹.

Er suchte weiter, entdeckte die Privatadresse von Arthur J. Chapman.

Sollte er bis morgen warten? Oder gleich nachprüfen, ob Justin recht behielt? Er schob dem Mann am Empfang einen Nikkel hin und verlangte die Bell-Telefonzentrale. »Die Nummer, bitte?«

»Atwater eins, zwei, zwei, vier!«

»Hallo? Spreche ich mit Mister J. Chapman?«
»Am Apparat.«
»Ira Howard riet mir, mit Ihnen Verbindung aufzunehmen.«
»Tatsächlich? Wer sind Sie?«
»›Das Leben ist kurz.‹«
»›Aber die Jahre sind lang‹«, erwiderte Chapman. »Was kann ich für Sie tun, Sir? Befinden Sie sich in Schwierigkeiten?«
»Nein, aber würden Sie ein Schreiben entgegennehmen, das dem Sekretär der Stiftung ausgehändigt werden muß?«
»Gewiß. Könnten Sie es in mein Büro bringen?«
»Morgen früh, Sir?«
»Sagen wir gegen halb zehn. Um zehn muß ich bei Gericht sein.«
»Danke, Sir. Ich werde pünktlich kommen. Gute Nacht.«
»Gute Nacht, Sir.«

Im Aufenthaltsraum befand sich ein Schreibpult mit dem Spruch: ›*Hast du letzte Woche an deine Lieben geschrieben?*‹ Lazarus bat den Angestellten um einen Bogen Papier und einen Umschlag und erklärte (wahrheitsgemäß), daß er heimschreiben wolle. »So ist es recht, Mister Jenkins«, lobte der Mann. »Reicht Ihnen ein Bogen?«

»Wenn nicht, hole ich mir noch einen. Vielen Dank.«

Nach dem Frühstück (Kaffee und ein Pfannkuchen, fünf Cents) machte Lazarus ein Schreibwarengeschäft in der Grand Avenue ausfindig und zahlte fünfzehn Cents für fünf Umschläge, die man ineinanderstecken konnte. Er ging zurück ins Heim, präparierte sie und händigte sie Mister Chapman persönlich aus — verfolgt vom mißbilligenden Blick der Sekretärin.

Auf dem äußeren Umschlag stand: An den Sekretär der Ira-Howard-Stiftung.

Der zweite trug die Aufschrift: An den Sekretär des Howard-Kuratoriums ab dem Jahr 2100 n. Chr.

Dann folgte die Anweisung: Bitte tausend Jahre im Familienarchiv lagern. Schutzatmosphäre empfohlen.

Der vierte Text lautete: Zu öffnen vom amtierenden Archivverwalter im Jahre 4291 des Gregorianischen Kalenders.

Und auf dem letzten Kuvert hieß es: Auf Wunsch auszuliefern an Lazarus Long oder jedes Mitglied seiner Tertius-Familie. In diesem Umschlag befand sich das Kuvert vom Christlichen Heim junger Männer und die Nachricht, die Lazarus am Abend zuvor geschrieben hatte:

4. August 1916 Greg.

»Meine Lieben,

ich habe Mist gebaut. Ich bin vor zwei Tagen gelandet, drei Jahre zu früh! Aber ich möchte dennoch, daß ihr mich nach dem Jahrzehnt, am 2. August 1926 Greg., in Arizona abholt.

Bitte, versichert Dora, daß es *nicht* ihre Schuld war! Entweder habe ich mich getäuscht oder Andy — oder die Instrumente, die uns damals zur Verfügung standen, waren nicht exakt genug. Falls Dora eine neue Eichung vornehmen will (nicht unbedingt nötig, da sich am Zeitpunkt und Ort des Rendezvousmanövers nichts ändert), soll sie sich von Athene die Sonnenfinsternisdaten der nächsten zehn Jahre geben lassen.

Alles in *bester* Ordnung. Ich bin gesund, habe genug Geld und befinde mich in Sicherheit. Der nächste Brief wird länger und ist vermutlich haltbarer — ich hatte noch keine Gelegenheit, den hier ätzen zu lassen.

Küsse an alle

Old Buddyboy

PS.: Hoffentlich wird es ein Pärchen!«

DA CAPO

II. Das Ende eines Zeitalters

25. Sep. 1916 Greg.

Liebe Laz-Lor,

das ist der zweite einer Serie von Briefen, die ich an sämtliche von Justin vorgeschlagenen Depots zu schicken versuche: drei Anwaltskanzleien; die Chase National Bank; eine Zeitkapsel, die mit den nötigen Anweisungen an einen Dr. Gordon Hardy via W. W. Smith via Bankschließfach gehen soll (unzuverlässiger Bursche, dieser Smith; bricht das Ding vermutlich auf und beschädigt es — obwohl ich mich nicht daran erinnern kann); und noch einige andere.

Wenn wir Glück haben, kommen Dutzende von Briefen zur gleichen Zeit an. Nach dem Datum geordnet, müßten sie eine zusammenhängende Beschreibung der nächsten zehn Jahre enthalten. Vielleicht entstehen Lücken — Briefe, die ihr Ziel nicht erreichen —, aber ich werde sie ausfüllen, sobald ich wieder daheim bin. Schließlich habe ich Justin und Galahad einen vollständigen Bericht versprochen. Ich selbst bin schon zufrieden, wenn nur ein *einziger* ankommt — und richtet Athene aus, daß sie sich noch eingehender mit dem Problem der Zeitkapseln befassen soll — für frühere Jahrhunderte. Es müßte doch eine Möglichkeit geben, die Dinger idiotensicher zu machen.

Wichtigste Botschaft, die ich in jedem meiner Schreiben wiederhole: Mir unterlief ein Eichfehler, so daß ich drei Jahre zu früh landete. Das ist *auf keinen Fall* Doras Schuld. Sagt ihr das bitte, bevor sie erfährt, was mir zugestoßen ist. Und tröstet sie! Ihr kennt sie ja — rauhe Schale, weicher Kern.

Wir treffen uns wie vereinbart genau zehn Jahre nach der Landung am Meteorkrater von Arizona. Das Datum bleibt gleich bis auf die Jahreszahl — 1926 statt 1929.

Falls Dora sich weniger Sorgen macht, wenn sie den Rechenfehler findet, übermittelt ihr ein paar Daten, auf die sie sich verlassen kann: die Totalsonnenfinsternis-Zeitpunkte zwischen dem 2. August 1916 und dem 2. August 1926 sind folgende:

1918: 8. Juni   1923: 10. September
1919: 29. Mai   1925: 24. Januar
1922: 21. September   1926: 14. Januar

Solche und ähnliche Informationen erhält sie übrigens auch von Athene über die Große Bibliothek von Neu-Rom.

Noch einmal:
1. Holt mich genau zehn Jahre nach der Landung ab!
2. Ich bin drei Jahre zu früh gelandet — *mein* Fehler, nicht der von Dora.
3. Es geht mir gut, ich bin gesund, ihr fehlt mir, und ich liebe euch.

Nun aber zu den erschröcklichen Abenteuern eines Zeitenbummlers: Um es vorwegzunehmen — ich erlebe weder Abenteuer, noch sind sie erschröcklich. Ich gebe mir alle Mühe, unauffällig zu bleiben. Wenn sich die Ureinwohner den Nabel blau anmalen, tue ich das gleiche. Ich stimme jedem zu, der eine politische Meinung äußert, und gehe in jede Kirche. Ich höre zu und schweige (schwer vorstellbar, nicht wahr?), und vor allem — ich widerspreche nie. Es ist mein fester Vorsatz, in zehn Jahren an jenem Kraterrand in Arizona zu stehen und auf euch zu warten. Ich bin nicht hergekommen, um die Welt zu reformieren, sondern um den Schauplatz meiner Kindheit wiederzusehen.

Ich gewöhnte mich leichter ein, als ich erwartet hatte. Der Akzent bereitete mir anfangs Schwierigkeiten. Aber ich achtete genau auf die Feinheiten, und inzwischen habe ich wieder den gleichen rauhen Mittelwesten-Slang wie in meiner Jugend. Es ist erstaunlich, wie rasch diese Dinge zurückkehren. Ich kann aus Erfahrung die Theorie bestätigen, daß Kindheitserinnerungen von Dauer sind — auch wenn sie manchmal ›stilliegen‹, bis man sie wieder abruft. Ich verließ die Stadt, als ich siebzehn war; seit damals habe ich mehr als zweihundert Planeten besucht — und die meisten davon wieder vergessen.

Aber ich merke, daß ich diese Stadt genau kenne.

Einige Veränderungen rückläufiger Art — ich sehe jetzt alles, wie es war, als ich vier Jahre zählte. Ich *bin* vier Jahre — in einem anderen Haus dieser Stadt. Bis jetzt mied ich die Gegend. Der Gedanke, meine Familie wiederzusehen, bereitet mir ein wenig Unbehagen. Oh, ich tue es sicher noch, bevor ich zu einer Besichtigungsreise durch das ganze Land aufbreche. Es ist nicht zu befürchten, daß sie mich erkennen. Unmöglich! Ich habe das Äußere eines jungen Mannes — und keiner hier weiß, wie der Vierjährige als junger Mann aussehen wird. Die einzige Gefahr liegt darin, daß ich versucht sein könnte, ihnen die Wahrheit zu sagen. Nicht, daß man mir glauben würde — Raumfahrt oder gar Zeitreise sind hier völlig unbekannte Begriffe —, aber es wäre möglich, daß man den ›Verrückten‹ einsperrte. Als verrückt gilt übrigens jeder, dessen Meinung vom allgemeingültigen Weltbild abweicht.

Kansas City im Jahre 1916 ...
Ihr habt mich auf einer Weide abgesetzt. Ich überkletterte den Zaun und marschierte zur nächsten Stadt. Ein verschlafener kleiner Ort mit netten Leuten; ich blieb einen Tag dort, um mich zu orientieren, dann zog ich in eine größere Stadt weiter. Meine Kleider wechselte ich übrigens so rasch wie möglich, um nicht aufzufallen. (Ihr beide könnt euch nicht vorstellen, wie sehr die Kleidung in dieser Epoche den Status eines Menschen bestimmt. Es ist noch weit schlimmer als in Neu-Rom. Ein Blick auf das Gewand genügt, und man kennt Alter, Geschlecht, Rang, Vermögen, Beruf und noch so manches andere. Die Leute hier tragen sogar zum Schwimmen und im Bett Kleider! Das ist kein Witz — fragt Athene!)

Ich kam mit einem Güterzug nach Kansas City. Athene besitzt sicher Bilder von den Ungetümen dieser Ära. Die Zivilisation hat prototechnischen Charakter: Der Übergang von Naturkraft (vor allem Muskelkraft) zur Maschinenkraft ist erst vor kurzer Zeit erfolgt. Das Wort ›Atomenergie‹ steht auf der gleichen Stufe wie etwa der ›Weihnachtsmann‹; man lächelt darüber. Kein Mensch ahnt, daß es möglich ist, das Raum-Zeit-Gefüge zu verschieben.

(Vielleicht täusche ich mich. Die vielen UFO-Legenden, die durch sämtliche Zeitalter geistern, deuten darauf hin, daß es noch andere Zeitreisende außer mir gibt. Aber ich nehme an, daß die meisten ebenso wie ich davor zurückschrecken, die ›Ureinwohner‹ zu beunruhigen.)

Bei meiner Ankunft in Kansas City zog ich in eine Art religiöses Hotel. Falls ihr meinen ersten Brief erhalten habt, findet ihr das Emblem auf dem Papier. (Hoffentlich war das mein letztes Schreiben auf Normalpapier — aber es dauerte eine Weile, bis ich Zugang zu einer Druckwerkstatt fand. Die Techniken und das Material sind äußerst primitiv, und es hilft nicht viel, daß ich heimlich meine eigenen Methoden anwende.)

Als vorübergehendes Quartier bietet dieses Glaubensheim einige Vorteile. Es ist billig, und ich hatte noch nicht die Zeit, mir genug hiesiges Geld zu beschaffen. Es ist sauber und sicher im Vergleich zu den normalen Hotels dieser Preisklasse. Es befindet sich in der Nähe des Geschäftsviertels ... es ist mönchisch.

›Mönchisch‹? Seid nicht erstaunt, meine Lieben! Ich rechne damit, daß ich während dieser zehn Jahre ein frauenloses Dasein führen werde.

Weshalb? — Die Sitten dieser Epoche ...

Es ist verboten, daß ein Mann und eine Frau ihren Gefühlen nachgeben, wenn sie nicht durch einen lebenslangen Wirtschafts- und Sozialvertrag mit allen Konsequenzen aneinander gefesselt sind.

Natürlich fordern solche Gesetze es geradezu heraus, daß man sie bricht. Ein paar hundert Meter vom Christlichen Verein junger Männer entfernt beginnt der ›Rote-Laternen‹-Bezirk, ein Viertel, in dem Frauen sich für Geld anbieten — und sie verlangen nicht viel. Nein, ich bin nicht zu faul, diese kurze Strecke zurückzulegen. Ich sprach mit einigen der Mädchen, die ›auf den Strich gehen‹, das heißt, die ihre Dienste auf der Straße anbieten. Aber, meine Lieben, hier handelt es sich nicht um Künstlerinnen, die stolz auf ihr Gewerbe sind. Oh, nein! Es sind armselige Geschöpfe, die heimlich und erfüllt von Schamgefühlen einem Beruf nachgehen, der auf der untersten Stufe der Gesellschaftsleiter steht. Viele von ihnen werden obendrein von brutalen Typen ausgenützt, die ihnen das hart verdiente Geld abnehmen.

Ich glaube nicht, daß sich irgendwo in Kansas City eine Tamara befindet. Außerhalb des ›Rote-Laternen‹-Bezirks gibt es jüngere und hübschere Mädchen — aber auch ihr Status ist gleich Null. Sie empfinden deshalb weder Stolz noch Glück, und so stellen sie keine Versuchung für mich dar.

(Ich gab den Mädchen, mit denen ich plauderte, ein Trinkgeld, denn für sie bedeutete ein Gespräch Dienstausfall.)

Dann gibt es noch Frauen, die nicht zum Gewerbe gehören.

Aus meinem früheren Leben hier weiß ich, daß ein großer Prozentsatz ›lediger‹ und ›verheirateter‹ Frauen (eine scharfe Trennung, sehr viel schärfer als auf Tertius oder auch Secundus) aus Spaß, Abenteuerlust, Liebe oder anderen Gründen Sex außerhalb des Erlaubten oder ›Schicklichen‹ sucht.

Ich glaube nicht, daß es an Gelegenheiten fehlen würde, und ich besitze auch nicht die Moral dieser Epoche.

Dennoch bleibt die Antwort nein. Warum?

Erster Grund: Es kann sehr gut geschehen, daß man dieses Vergnügen mit einer Kugel zwischen den Rippen bezahlt.

Ich meine das völlig im Ernst, meine Lieben. Hier und jetzt ist beinahe jede Frau der *Besitz* eines Mannes — sei es Gatte, Vater, Freund oder Verlobter. Wenn er dich erwischt, bringt er dich höchstwahrscheinlich um — und hat die öffentliche Meinung auf seiner Seite. Aber wenn du *ihn* tötest, dann baumelst du am Strick, bis dir die Luft ausgeht.

Ein hoher Preis. Ich riskiere es lieber nicht.

Zweiter Grund: Die Partnerin schöner Stunden kann ohne weiteres schwanger werden. Ich hätte Ischtar bitten sollen, meine Fruchtbarkeit für die Dauer der Reise zu unterbrechen. (Nein, meine Heißgeliebten, ich bin glücklich, daß ich es nicht tat!)

Stellt euch vor, die Frauen hier *wissen nicht*, zu welchen Zeiten sie fruchtbar sind! Sie verlassen sich auf ihr Glück oder auf äußerst zweifelhafte Verhütungsmethoden. Das übliche Mittel im Jahre 1916 ist eine Schutzhülle aus elastischem Material, die der Mann trägt — mit anderen Worten, das Glied berührt die Frau gar nicht unmittelbar. Kein Aufruhr, meine Lieben! Ihr müßt diese Schmach niemals erdulden. Aber es ist genau so schlimm, wie es klingt.

Meinen stärksten Vorbehalt habe ich mir jedoch bis zuletzt aufgehoben. Meine Lieben, ich bin zu verwöhnt. Im Jahre 1916 betrachtet man ein wöchentliches Bad als ausreichend, manchmal sogar als übertrieben. Die übrige Hygiene paßt sich diesen Gepflogenheiten an. Solche Dinge kann man ignorieren, wenn sie unvermeidlich sind. Ich bin mir im klaren darüber, daß ich selbst nicht nach Veilchen dufte. Dennoch, wenn man die Gesellschaft von sechs der gepflegtesten Mädchen im Universum gewöhnt ist — also, ich warte lieber. Zehn Jahre sind nicht lang.

Wenn ihr einen meiner Briefe erhalten habt, die ich im Laufe der Zeit immer wieder an euch abschicken werde, wißt ihr inzwischen sicher, welche geschichtlichen Ereignisse in die Jahre 1916 bis 1919 fallen. Da ist zuerst einmal der Ausbruch des ›Europäer-Kriegs‹, der später ›Weltkrieg‹ und noch später ›Erster Weltkrieg‹ genannt wurde. Keine Sorge, ich werde einen weiten Bogen um die Kriegsschauplätze machen. Vielleicht muß ich meine Reisepläne abändern, aber unser Treffpunkt im Jahre 1926 bleibt der gleiche. Ich besitze kaum Erinnerungen an diesen Krieg; ich war zu jung. Aber ich weiß (vermutlich aus dem Schulunterricht), daß dieses Land 1917 in die Kämpfe eingriff und daß bereits ein Jahr später alles zu Ende war. (Daran erinnere ich mich genau, denn die Friedensmeldung fiel mit meinem sechsten Geburtstag zusammen, und ich dachte, die lauten Feiern fänden mir zu Ehren statt.)

Leider weiß ich nicht mehr so recht, zu welchem Datum man hier den Krieg erklärte. Ich kümmerte mich natürlich auch nicht darum, da ich fest vorhatte, *nach* dem 11. November 1918 zu landen.

Es gibt für mich keine Möglichkeit, mir irgendwo diese Informationen zu beschaffen, aber ich entsinne mich verschwommen an ›die Kanonen vom August‹, eine Redewendung, die sich in mein Unterbewußtsein eingeprägt hat. Ich glaube, es war ein warmer, sonniger Sommertag, als Opa (euer Großvater mütterlicherseits) mich mit in den Hof nahm und mir erklärte, was ›Krieg‹ bedeutete und weshalb wir siegen mußten.

Also schön, ich rechne damit, daß dieses Land im kommenden August in den Krieg eintritt. Ich werde mich im Juli aus dem Staub machen — denn die Kämpfe reizen mich nicht. Ich weiß, welche Seite der Sieger blieb (dieses Land gehörte dazu), aber ich weiß auch, daß ›der Krieg, der alle Kriege beenden sollte‹, für Sieger wie Besiegte eine furchtbare Niederlage darstellte — er führte zum Großen Zusammenbruch und zwang mich, den Planeten zu verlassen. Nein, ändern kann ich das nicht; es gibt keine Paradoxa.

So will ich mich in einem Loch verkriechen, bis er vorüber ist. Fast alle Länder der Erde waren in den Krieg verwickelt, aber die Schlachtenschauplätze konzentrierten sich auf wenige Gebiete. Die Nationen in Mittel- und Südamerika blieben vom Kampfgeschehen so gut wie verschont. Wahrscheinlich gehe ich dorthin.

Aber mir bleibt noch ein knappes Jahr, um Pläne zu schmieden. Es ist leicht, sich hier durchzuschwindeln. Man kennt keine Ausweise, Computercodes, Daumenabdrücke oder Steuernummern. Wohlgemerkt, auf der Erde leben jetzt ebenso viele Menschen wie auf Secundus (leben werden) — aber Geburten werden mit äußerster Nachlässigkeit registriert, und jeder ist das, was er zu sein vorgibt. Man kann das Land ohne Schwierigkeiten verlassen; allerdings kommt man nicht so leicht wieder herein. Doch ich habe genug Zeit, um auch dieses Problem zu lösen.

Weshalb ich mich vor allem aus dem Staub machen möchte? Wehrdienst! Ich habe keine Lust, diesen Begriff zwei Mädchen zu erklären, die kaum wissen, was Krieg ist — aber er bedeutet

›Sklavenarmeen‹. Nur die ganz Alten und die Blutjungen entgehen der Pflicht, ›ihr Vaterland zu verteidigen‹.

Lächerlich.

Ich werde also genug Geld anhäufen und im Juli nächsten Jahres nach Süden ziehen. Ein kleines Problem besteht darin, daß dieses Land eine Art Grenzkrieg mit den Leuten dort unten führt. (Nach Norden zu gehen kommt nicht in Frage; dieses Gebiet wurde dick in die Kämpfe verwickelt!) Das Meer im Osten wimmelt von U-Booten, ganz im Gegensatz zur Westküste. Vielleicht besteige ich an einem der Häfen im Westen ein Schiff, das mich nach Südamerika bringt. Inzwischen muß ich Spanisch üben — so ähnlich wie Galacta, nur hübscher.

Auf welche Weise ich zu Geld zu kommen gedenke? Ich habe meine Pläne. Dieses Land steht im Begriff, einen neuen Präsidenten zu wählen — und ich bin der einzige Mensch auf Terra, der den Ausgang der Wahlen kennt. Weshalb ich mir diese Einzelheit gemerkt habe? Seht euch den Vornamen an, unter dem ich im Archiv registriert bin!

Ich muß nur genug Geld zusammenkratzen, um einige Wetten auf die bevorstehende Wahl abzuschließen. Mit dem Gewinn spekuliere ich dann an der Börse — wobei ›spekulieren‹ nicht das richtige Wort ist, da ich die Wirtschaftsentwicklung genau kenne.

Doch nun zur Stadt selbst.

Kansas City ist ein freundlicher Ort. Die Straßen werden von Bäumen gesäumt, es gibt gepflegte Wohnbezirke, eine breite Geschäftsstraße und Parkanlagen, die man im ganzen Land kennt. Da man großen Wert auf gepflasterte Wege legt, wächst die Zahl der Automobilisten von Tag zu Tag.

Als zweitgrößter Markt und Verladestation inmitten eines ertragreichen Landwirtschaftsgebiets — Getreide und Rindfleisch — genießt Kansas City den Ruf einer reichen, fortschrittlichen Stadt. Die häßliche Seite des Handels spielt sich unten am Fluß ab, während die Bürger auf den herrlich bewaldeten Hügeln ihre Villen errichten. An einem feuchten Morgen, wenn der Wind aus der falschen Richtung kommt, steigt einem hin und wieder der Gestank der Schlachthöfe in die Nase; aber sonst ist die Luft klar und sauber.

Es ist eine ruhige Stadt. Auf den Straßen herrscht selten starker Verkehr. Noch wird das *Klock-klock* der Pferdehufe und das *Drriing* der elektrisch betriebenen Straßenbahn von Kindergeschrei übertönt.

Gesellschaftliche Ereignisse stehen in engem Zusammenhang mit den Kirchen. An Festtagen trifft sich die Familie zum Essen, zu Picknicks, Plaudereien und Spielen. Kommerzielle Vergnügen gibt es kaum — außer den eben erst in Mode gekommenen ›Nickel-Shows‹, bei denen Schwarzweißbilder (ohne Ton und stark flimmernd) an eine helle Wand projiziert werden. Diese Form der Unterhaltung und ihre technischen Verbesserungen führten später ebenso zur Zersetzung der Gesellschaftsstruktur wie die Automobile (fragt Galahad, ob er meine Ansicht teilt!), aber im Jahre 1916 ist die Sozialordnung noch festgefügt.

Es gibt strenge Normen, Sitten und Gesetze, und kein Vertreter des Hier und Jetzt sieht in den schwachen Verfallssymptomen eine ernsthafte Gefahr. Die Literatur hat die höchste Blüte erreicht, die es in dieser Kultur je geben wird. Niemand glaubt, daß der Krieg vor der Tür steht. Mit Sätzen wie: ›Wir sind neutral‹ oder: ›Er versteht es, uns aus dem Krieg herauszuhalten‹ gehen die Menschen, ohne es zu ahnen, dem Abgrund entgegen.

Nun zur Kehrseite der liebenswerten Stadt:

Sie wird angeblich nach den Grundsätzen der Demokratie regiert. In der Praxis hält ein Mann die ganze Macht in der Hand. Die Wahlen sind feierliche Zeremonien — mit vorherbestimmtem Ausgang. Die Straßen sind schön gepflastert, weil seine Firmen sie pflastern und er hohe Gewinne einstreicht. Die Schulen sind ausgezeichnet, weil er Wert darauf legt. Er paßt genau auf, daß er den Bogen nicht überspannt. ›Verbrechen‹ (darunter versteht man jede illegale Handlung, auch Prostitution und Glücksspiel) werden von seiner Polizeitruppe konzessioniert; er selbst macht sich nicht die Hände damit schmutzig. Die Annahme der Wetten ist übrigens auch ein Monopol dieser Leute; wer das nicht beachtet, muß um seine Gesundheit fürchten.

Nun, ich habe beschlossen, mich nach den örtlichen Gepflogenheiten zu richten und den Mund zu halten.

Der *respektable* Bürger mit Villa im Grünen, wohlerzogenen Kindern und einem festen Platz in der Kirchengemeinde sieht nichts davon, ahnt wenig und denkt noch weniger darüber nach. Strenge, wenn auch unsichtbare Grenzen gliedern die Stadt. Die Nachkommen früherer Sklaven leben in einer Pufferzone zwischen dem ›vornehmen‹ Teil von Kansas City und dem Bezirk, in dem Glücksspiele und Prostitution ihre Blüten treiben. Nachts verwischen sich die Grenzen. Tagsüber bemerkt man nichts davon. Der Boss sieht auf strenge Zucht, aber er verfährt nach einfachen Regeln. Ich habe gehört, daß für seine Leute folgende Grundsätze gelten: Sorgt dafür, daß die Straßen gepflastert werden! Laßt die Schulen in Ruhe! Südlich einer bestimmten Straße will ich keine Morde haben!

Im Jahre 1916 funktioniert das noch — aber nicht mehr viel länger.

Ich muß Schluß machen; ich habe eine Verabredung mit dem Besitzer eines Fotoladens. Vielleicht stellt er mir für ein paar Stunden sein Labor zur Verfügung. Danach geht es an die Arbeit. Ich achte genau darauf, daß ich die Leute schmerzlos und einigermaßen ehrlich um ihre Dollars erleichtere.

In ewiger Liebe
L.

PS. Ihr solltet mich in einem Derbyhut sehen!

DA CAPO

III. Maureen

Mister Theodore Bronson verließ seine Wohnung am Armour Boulevard und fuhr seinen Wagen, ein Ford-Landaulett, bis zur Einunddreißigsten Straße, wo er ihn in einem Schuppen hinter dem Pfandhaus unterstellte — denn er fand es zu riskant, ein Automobil nachts auf der Straße zu parken. Nicht, daß er besonders viel dafür gezahlt hatte; der ehemalige Besitzer war ein Optimist aus Denver, der geglaubt hatte, ›Mister Jenkins‹ beim Pokern hereinlegen zu können.

Es war ein einträglicher Winter gewesen, und Lazarus rechnete mit einem ebenso gewinnbringenden Frühling. Seine Börsenspekulationen erwiesen sich im allgemeinen als richtig, und seine Investitionen waren so breit gestreut, daß er sich hin und wieder sogar einen Fehler leisten konnte.

Die Beobachtung des Marktes ließ ihm genug Zeit für andere ›Investitionen‹, manchmal am Billardtisch, manchmal beim Kartenspiel. Billard machte ihm mehr Spaß, die Karten brachten mehr ein. Sein glattes, freundliches Gesicht mit der treu-doofen Miene verlockte so manchen Spieler — besonders, da er sein biederes Image durch plumpe, bäuerliche Kleidung unterstrich.

Den ganzen Winter über war er ›Red Jenkins‹, der im Christlichen Heim für junge Männer wohnte und äußerst sparsam lebte. Bei schlechtem Wetter blieb er daheim und las. Er hatte vergessen, wie rauh der Kansas-Winter sein konnte. Einmal erlebte er mit, wie zwei kräftige Zugpferde sich abmühten, einen schweren Wagen über die vereiste Steigung der Zehnten Straße zu schaffen. Einer der Gäule glitt aus und brach sich das Bein. Lazarus hätte den Kutscher am liebsten mit der eigenen Peitsche verprügelt. Konnte der Idiot keinen Umweg nehmen?

Als dann der Vorfrühling herannahte, begann er neue Pläne zu schmieden. Allmählich fiel es ihm schwer, Opfer zu finden; sein Spielglück hatte sich herumgesprochen. Außerdem war sein Investitionsprogramm komplett; er hatte genug Bargeld in der *Fidelity Savings & Trust Bank,* um den kahlen Raum im Christlichen Verein für junge Männer aufzugeben und sich nach einer besseren Unterkunft umzusehen. Das alles tat er in der Hauptsache, um mit seiner früheren Familie zusammentreffen zu können; ihm blieb nicht mehr viel Zeit bis zum ersten Juli.

Der Erwerb eines präsentablen Motorwagens kristallisierte

seine Pläne. Er verbrachte einen vollen Tag damit, sich in ›Theodore Bronson‹ zu verwandeln. Er verlegte sein Konto zur *Missouri Savings Bank,* ließ sich bei einem Barbier Haare und Schnurrbart stutzen und erstand bei *Browning, King & Co.* die passende Kleidung für einen konservativen jungen Geschäftsmann. Daraufhin fuhr er nach Süden, überquerte den Linwood Boulevard und suchte nach einer freien Wohnung. Seine Anforderungen waren bescheiden: ein möbliertes Apartment mit vornehmer Adresse, einer eigenen Küche und einem Bad — dazu in Reichweite ein Spielsalon in der Einunddreißigsten Straße.

Er hatte nicht die Absicht, in diesem Salon Geschäfte zu tätigen; er hoffte, ein Mitglied seiner früheren Familie zu treffen.

Lazarus fand, was er sich vorgestellt hatte, allerdings nicht am Linwood, sondern am Armour Boulevard und damit ziemlich weit entfernt von jener Spielhalle. Das zwang ihn, zwei Unterstellplätze für sein Automobil zu mieten — eine alte Scheune in der Nähe seiner Wohnung und einen Schuppen hinter dem Pfandhaus, das direkt neben dem *Billiard Parlour* stand.

Von da an verliefen seine Tage in einem festen Rhythmus. Jeden Abend zwischen acht und zehn war er im Spielsalon. Sonntags besuchte er die Kirche am Linwood Boulevard, die seine Familie besucht hatte *(besuchte).* Wenn es die Geschäfte erforderten, fuhr er vormittags in die Innenstadt — mit der Straßenbahn, für die er eine kleine Schwäche besaß. Die Gewinne aus seinen Spekulationen wandelte er in goldene Doppeladler um und verwahrte sie im Tresor einer dritten Bank, der *Commonwealth.* Er rechnete damit, daß er noch vor dem ersten Juli genug Gold besitzen würde, um die Zeit bis zum Ende des Krieges bequem zu überstehen.

In seiner Freizeit polierte er das Landaulett auf Hochglanz, machte sich selbst fein und kutschierte durch die Gegend. Nebenbei nähte er eine Wildlederweste, die nur aus Taschen bestand. Diese Taschen wollte er mit Zwanzig-Dollar-Goldstücken füllen und unter dem Anzug tragen, wenn er auf die Reise ging. So ein Ding war ein sicheres Versteck und diente obendrein als Kugelfang. Man wußte nie, was um die nächste Ecke lag — und diese lateinamerikanischen Länder hatten launische Regierungen.

Jeden Samstagnachmittag nahm er Spanischunterricht bei einem Lehrer der Westport High School, der in seiner Nähe wohnte. Im großen und ganzen lief alles nach Plan.

*

Das Problem, auf welche Weise er Kontakt mit seiner Familie aufnehmen sollte, hatte ihn den ganzen Winter über beschäftigt. Einfach an der Haustür klingeln und sich als irgendein entfernter Verwandter ausgeben — unmöglich! Und wenn er es mit einer komplizierten Lüge versuchte, kam ihm sein Großvater sicher auf die Schliche.

So beschloß er eine unauffällige Annäherung von zwei Seiten: einmal über die Kirche, die seine Familie (mit Ausnahme von Opa) besuchte, und zum zweiten über die Kneipe, in die sein Großvater flüchtete, wenn ihm die Familie seiner Tochter auf die Nerven ging.

Lazarus erinnerte sich genau an die Kirche — und gleich am ersten Sonntag erlitt er einen Schock, der stärker war als damals vor dem Schaukasten der Druckerei, als er das Datum sah.

Er sah seine Mutter und hielt sie einen Moment lang für eine seiner Zwillingsschwestern.

Gleich darauf fiel ihm der Grund ein: Wenn Maureen Johnson Smith seine Mutter war, dann war sie in genetischer Sicht auch die Mutter von Lazi und Lori. Dennoch gelang es ihm erst nach geraumer Zeit, sich zu beruhigen.

Seit damals hatte er seine Mutter noch zweimal in der Kirche gesehen; er brachte es nun fertig, ihr in die Augen zu schauen, ohne zusammenzuzucken. Leider war es ihm nicht geglückt, mit ihr ins Gespräch zu kommen, obwohl ihn der Pastor mit einigen Gemeindemitgliedern bekannt machte. Aber er fuhr weiterhin mit dem Automobil zur Messe, in der Hoffnung, daß er eines Tages Gelegenheit finden würde, sie und ihre Kinder heimzubringen.

Bei der Kneipe seines Großvaters war er nicht ganz so sicher gewesen. Er wußte, daß ›Opa‹ zehn oder zwölf Jahre später Stammgast in diesem Lokal war; aber galt das auch für die Zeit, da Woodie Smith noch als Dreikäsehoch durch die Gegend lief?

Nachdem er sich an der Biertheke umgesehen hatte, schlenderte Lazarus in die Spielhalle. Die Billardtische waren alle besetzt. So ging er weiter zu den Kartentischen und Schachbrettern.

Opa! Sein Großvater saß allein vor einem Schachspiel. Lazarus erkannte ihn sofort.

Er tat, als wolle er sich einen Billardstock aus dem Ständer holen. Vor dem Tisch des alten Mannes zögerte er einen Moment und betrachtete den Spielaufbau. Ira Johnson schaute auf — stutzte, wollte etwas sagen und schwieg dann doch.

»Verzeihung«, murmelte Lazarus. »Ich hatte nicht die Absicht, Sie zu stören.«

»Sie stören nicht«, entgegnete der Alte. (Wie alt? Lazarus erschien er zugleich älter und jünger, als er sein sollte. Und kleiner. Wann war er geboren? Fast zehn Jahre vor dem Sezessionskrieg.) »Ich knoble nur an einem Schachproblem herum.«

»Wie viele Züge, bis der Gegner matt ist?«

»Sie spielen?«

»Ein wenig.« Lazarus fügte hinzu: »Mein Großvater hat es mir beigebracht. Aber ich bin außer Übung.«

»Haben Sie Lust zu einer Partie?«

»Wenn es Ihnen nichts ausmacht, daß ich mich erst wieder zurechtfinden muß.«

Ira Johnson nahm einen schwarzen und einen weißen Bauern, hielt sie hinter den Rücken und streckte Lazarus dann die geschlossenen Fäuste entgegen. Lazarus deutete. Er hatte Schwarz.

Opa stellt beide Figuren auf. »Mein Name ist Johnson.«

»Ted Bronson, Sir.«

Sie reichten einander die Hand, dann begannen sie schweigend zu spielen. Nach dem sechsten Zug festigte sich in Lazarus der Verdacht, daß sein Großvater eins der Steinitz-Meisterspiele nachvollzog. Nach dem neunten Zug war er dessen sicher. Sollte er das Ausweichmanöver anwenden, das Dora entdeckt hatte? Nein, das war wie geschwindelt — natürlich konnte ein Computer besser Schach spielen als ein Mensch. Er konzentrierte sich so gut wie möglich auf das Spiel, ohne Doras Variante einzuführen.

Lazarus war nach dem neunundzwanzigsten Zug schachmatt, und er hatte den Eindruck, daß jenes Meisterspiel genau wiedergegeben war — Wilhelm Steinitz gegen irgendeinen Russen. Den Namen hatte er vergessen. Dora wußte ihn sicher. Er winkte den Markör herbei und wollte für das Spiel bezahlen; sein Großvater schob die Münze beiseite und zahlte selbst.

»Bringen Sie uns zwei Sarsaparillas, mein Junge! Oder möchten Sie lieber ein Bier? Der Kellner holt es Ihnen gern von nebenan.«

»Vielen Dank, Sarsaparilla ist genau richtig.«

»Fertig zur Revanche?«

»Wenn ich mich etwas erholt habe. Sie sind ein schwerer Gegner, Mister Johnson.«

»Pah! Wer hat behauptet, daß er außer Übung ist?«

»Das stimmt tatsächlich. Aber als ich noch klein war, spielte mein Großvater täglich mit mir.«

»Was Sie nicht sagen! Ich habe selbst einen Enkel, dem ich Schach beibringe. Der Bursche geht noch nicht zur Schule, aber ich gebe ihm nur einen Springer vor.« Mister Johnson bezahlte die Drinks und gab dem Kellner einen Nickel Trinkgeld. »Was treiben Sie so, Mister Bronson? Wenn die Frage erlaubt ist . . .«

»Oh, warum nicht? Ich bin so eine Art Geschäftsmann. Mache hier einen kleinen Gewinn, stecke dort einen Verlust ein.«

Mister Johnson lächelte schwach. »Man soll seine Nase nie in fremde Angelegenheiten stecken, ich weiß.«

»Mister Johnson, wenn ich Ihnen verrate, daß ich Berufsspieler bin, lassen Sie mich nie gegen Ihren Enkel antreten.«

»Vielleicht, vielleicht auch nicht. Fangen wir an? Diesmal haben Sie Weiß.«

Vom ersten Zug an, der ihm die Kontrolle des Spielaufbaus gab, leitete Lazarus seinen Angriff sorgfältig in die Wege. Sein Großvater paßte ebenso gut auf; in seiner Verteidigung war keine Lücke. Sie spielten so gleichwertig, daß Lazarus einundvierzig Züge benötigte, um den Vorteil des ersten Zugs in ein Schachmatt zu verwandeln.

»Ein Stechen?«

Ira Johnson schüttelte den Kopf. »Zwei Spiele an einem Abend sind meine Grenze, besonders zwei von dieser Sorte. Vielen Dank, Sir, Sie sind ein guter Gegner — für einen Mann, der keine Übung hat.« Er schob seinen Stuhl zurück. »Wird Zeit, daß ich in die Falle komme.«

»Draußen regnet es.«

»Ich hab's bemerkt. Bleibe ich eben am Ausgang stehen, bis die nächste Straßenbahn kommt.«

»Ich bin mit dem Wagen hier. Darf ich Sie heimbringen?«

»Wie? Nicht nötig. Ich wohne nur einen Straßenblock von der Tramhaltestelle entfernt. Die paar Regentropfen weichen mich nicht auf.«

(Mehr als vier Straßenblöcke, Opa! Du wirst triefnaß ankommen.) »Mister Johnson, ich muß die Kiste ohnehin anwerfen. Es macht mir wirklich nichts aus, Sie daheim abzusetzen. In etwa drei Minuten hupe ich am Haupteingang. Wenn Sie da sind — schön. Wenn nicht, dann nehme ich an, daß Sie nicht gerne mit Fremden fahren — was mich auch nicht weiter kränkt.«

»Seien Sie nicht empfindlich! Wo steht Ihr Wagen? Ich komme mit Ihnen.«

»Bitte, nicht. Weshalb sollen wir beide naß werden?« Diesmal blieb Lazarus stur. Opa hatte einen Riecher für krumme Sachen. Er machte sich vermutlich seine Gedanken darüber, weshalb ›Ted Bronson‹ gleich um die Ecke eine Garage hatte, wenn er hier nicht wohnte.

Ira Johnson erhob sich. »Danke, Mister Bronson. Ich werde am Eingang warten.« Während Lazarus das Landaulett ankurbelte, legte er sich die weiteren Schritte zurecht: a) um den Block fahren, damit der Wagen naß wird; b) diesen Schuppen in Zukunft nicht mehr benutzen; besser, jemand klaut den Wagen, als daß dein Lügengewebe einen Riß bekommt; c) bei der Kündigung ›Onkel‹ Dattelbaum fragen, ob er irgendwo ein Schachspiel herumstehen hat; d) deine künftigen Lügen auf das abstimmen, was du bis jetzt erzählt hast — einschließlich dem voreiligen Geständnis, daß dir dein Großvater das Spielen beibrachte; e) so dicht wie möglich an der Wahrheit bleiben, auch wenn es blöd klingt ...

Als Lazarus auf die Hupe drückte, kam Ira Johnson mit ein paar langen Schritten auf die Straße gelaufen und kletterte in das Fahrzeug. »Wohin jetzt?« wollte Lazarus wissen. Opa erklärte ihm den Weg und fügte hinzu: »Ganz schön snobistisch, so ein Gefährt ›Kiste‹ zu nennen!«

»Nun ja, meine Gewinne sind im allgemeinen höher als die Verluste.« Lazarus machte eine Pause. »Mister Johnson, ich wich Ihrer Frage vorhin aus ...«

»Das ist Ihre Sache.«

»Ich fing tatsächlich als Berufsspieler an.«

»Ebenfalls Ihre Sache.«

»Es war mir peinlich, daß Sie den Tisch und die Getränke zahlten.«

»Dreißig Cents und ein Nickel Trinkgeld. Werfen Sie es dem nächsten Bettler in den Hut! Außerdem bereitet mir eine Fahrt in Ihrem Automobil mehr Vergnügen als in einem wackligen Straßenbahnwagen.«

»Also gut. Ich wollte nur ehrlich zu Ihnen sein, weil mir das Schachspiel Spaß gemacht hat — und weil ich hoffe, daß Sie noch öfter gegen mich antreten.«

»Das Vergnügen war ganz auf meiner Seite. Ich mag Gegner, die mich zum Schwitzen bringen.«

»Danke. Um Ihre Frage vollständig zu beantworten: Im Moment spekuliere ich an der Börse — Getreide und ähnliches.

Keine Angst, ich will Ihnen keine Aktien andrehen; ich bin kein Makler. Diese Leute arbeiten für mich. Und noch eins: Ich verscheuere keine Tips. Zu gefährlich. Da rät man einem Menschen zu einem Kauf, den man für wirklich günstig hält — und er verliert sein Hemd dabei . . .«

»Mister Bronson, ich hatte kein Recht, Sie nach Ihrem Beruf zu fragen. Es war mehr nebenbei gemeint.«

»Ich habe es auch nicht anders aufgefaßt. Einen netten Menschen belügt man nicht gern.«

»Also, wenn Sie einen Beichtvater suchen — dafür eigne ich mich nicht.«

»Verzeihung.«

»Das klang vielleicht ein wenig grob. Aber ich merke, daß Sie etwas im Sinn haben.«

»Möglich. Es — es hat damit zu tun, daß ich keine Vergangenheit besitze. So gehe ich zur Kirche — um Menschen kennenzulernen. Nette Menschen kennenzulernen. Anständige Menschen.«

»Mister Bronson, jeder hat irgendeine Vergangenheit.«

Lazarus bog in den Benton Boulevard ein. »Ich nicht, Sir«, entgegnete er nach einer Pause. »Ich bin irgendwo geboren. Daß ich eine einigermaßen glückliche Kindheit verbracht habe, verdanke ich dem Mann, den ich ›Großvater‹ nennen durfte — und seiner Frau. Aber die beiden sind längst tot und — Herrgott, ich weiß nicht mal, ob ›Ted Bronson‹ mein richtiger Name ist.«

»Kommt vor. Sie sind Waise?«

»Ich nehme es an. Und vermutlich unehelich. Ist das Ihr Haus?« Er hielt absichtlich zu weit vorn an.

»Das nächste — mit der hellen Veranda.«

Lazarus fuhr wieder an und hielt diesmal vor dem richtigen Eingang. »Hat mich gefreut, Sie kennenzulernen, Mister Johnson.«

»Moment noch. Diese Leute, die Sie aufnahmen — wo lebten die?«

»Im Süden von Kansas — Greene County. Das heißt nicht unbedingt, daß ich da geboren bin. Ich erinnere mich vage, daß ich aus einem Waisenhaus von Springfield kam.«

»Dann habe ich Sie vermutlich nicht ans Licht der Welt geholt. Meine Arztpraxis war etwas weiter nördlich.« (Ich weiß, Opa.) »Aber wir könnten verwandt sein.«

»*Was?*«

»Ted, als ich Sie zum erstenmal sah, erschrak ich — so sehr

ähneln Sie meinem älteren Bruder Edward. Er fuhr auf der Strecke St. Louis—San Francisco, bis zu jenem Tag, als die Bremsen versagten ... Hatte Mädchen in Fort Scott, St. Louis, Wichita und Memphis. Warum nicht auch in Springfield?«

Lazarus lachte. »Soll ich ›Onkel‹ zu Ihnen sagen?«

»Wenn Sie wollen.«

»Keine Angst, ich tue es nicht. Was immer geschah, es gibt keinen Beweis dafür. Aber es wäre schön, eine Familie zu haben.«

»Mein Junge, nun hören Sie endlich auf, sich Ihrer Herkunft zu schämen! Ein alter Landarzt weiß, daß solche Fälle ziemlich häufig sind. Tragen Sie den Kopf hoch, und schauen Sie allen Menschen in die Augen. Ah, die Lampe im Wohnzimmer brennt noch. Kommen Sie auf eine Tasse Kaffee mit?«

»Oh, ich möchte Ihnen nicht zur Last fallen — oder Ihre Familie stören.«

»Sie tun keines von beiden. Meine Tochter läßt immer die Kanne auf dem Herd stehen. Sollte sie zufällig im Schlafrock unten sein — höchst unwahrscheinlich —, so flitzt sie die Hintertreppe hinauf und kommt Minuten später im Prunkstaat herunter. Wie ein Feuerwehrgaul, wenn die Glocke läutet; ich weiß auch nicht, auf welche Weise sie das schafft.«

Ira Johnson schloß die Haustür auf und rief: »Maureen! Ich bringe Besuch mit!«

»Sofort, Vater.« Mrs. Smith kam ihnen in die Diele entgegen. Sie war gekleidet, als erwartete sie Gäste. Lazarus unterdrückte mühsam seine Erregung, als sie ihn mit einem Lächeln begrüßte.

»Maureen, darf ich dir Mister Theodore Bronson vorstellen? Meine Tochter, Ted — Mrs. Brian Smith.«

Sie reichte ihm die Hand. »Ich freue mich über Ihren Besuch.« Ihre Stimme klang warm und dunkel. Unwillkürlich fühlte er sich an Tamara erinnert.

Lazarus spürte, wie seine Finger zitterten. Er mußte sich beherrschen, um ihr nicht die Hand zu küssen. So verbeugte er sich rasch und sagte: »Ich fühle mich geehrt, Mrs. Smith.«

»Treten Sie doch näher!«

»Eigentlich habe ich nur Ihren Vater hier abgesetzt. Es ist schon spät ...«

»Keine Angst, Sie stören nicht. Ich war mit völlig unwichtigen Dingen beschäftigt. Das *Lady's Home Journal* kann ich ein andermal lesen.«

»Maureen, ich versprach Mister Bronson eine Tasse Kaffee. Er war so liebenswürdig und nahm mich vom Club mit heim.«

»Sofort, Vater. Bring unseren Gast doch inzwischen ins Wohnzimmer!« Sie verabschiedete sich mit einem Lächeln.

Der Alte bot Lazarus einen Platz an, und ›Ted‹ benutzte die kurze Abwesenheit seiner Mutter, um sich wieder zu fassen. Er warf einen Blick in die Runde. Der Raum kam ihm kleiner vor als ›früher‹, aber sonst war er immer noch sehr vertraut: ein Klavier, Bücher in Glasvitrinen, der Facettenspiegel über dem Kamin, Spitzengardinen mit schweren Übervorhängen, ein Schaukelstuhl, bequeme Sessel, ein Eßtisch mit hochlehnigen Stühlen, Hocker, Lampen — alles in Eiche oder Ahorn und bunt durcheinandergewürfelt. Lazarus fühlte sich daheim; sogar die Tapete kam ihm noch sehr vertraut vor.

Was lag da hinter Mutters Stuhl? Konnte es sein? — *Ja, es ist mein Elefant!* Woodie, du verflixter Bengel, du weißt ganz genau, daß du nicht im Wohnzimmer spielen darfst! Und abends gehören die Tiere in deine Spielkiste! Lazarus zuckte zusammen. Er merkte erst jetzt, daß Großvater mit ihm sprach. »Verzeihung, was sagten Sie, Mister Johnson?«

»Daß ich im Moment Vaterstelle an meinen Enkeln vertrete. Mein Schwiegersohn ist in Plattsburg und ...« Den Rest des Satzes hörte Lazarus nicht, denn Mrs. Smith trat mit raschelnden Seidenröcken ein. Er sprang auf und nahm ihr das Tablett ab.

Du liebe Güte, das Havilland-Service! Und die silberne Kaffeekanne, ein Andenken an die Columbia-Ausstellung! Leinendeckchen, passende Servietten, dünn geschnittener Stollen, eine Silberschale mit Plätzchen — wie hast du *das* in drei Minuten geschafft?

»Sind die Kinder alle im Bett?« fragte Mister Johnson.

»Alle bis auf Nancy«, erwiderte Mrs. Smith, während sie Kaffee einschenkte. »Sie ist mit ihrem Freund ins Iris gegangen und müßte bald heimkommen.«

»Die Vorstellung war vor einer halben Stunde aus.«

»Vielleicht genehmigen sie sich noch ein Eis.«

»Ein junges Mädchen sollte um diese Zeit nicht mehr auf der Straße sein.«

»Vater, wir leben im Jahr 1917. Er ist ein netter Junge — und ich kann nicht verlangen, daß die beiden eine Fortsetzung des Films auslassen. Ein hübsches Stück — Nancy erzählt mir immer den Inhalt.« Sie lächelte. »Aber wir wollen Mister Bronson nicht mit Familiendingen langweilen. Noch etwas Kaffee?«

»Gern, Ma'am.«

»Auf alle Fälle sollten wir Nancy bald aufklären. Maureen, schau Ted einmal genau an! Hast du ihn je zuvor gesehen?«

Seine Mutter stellte die Tasse ab. »Ich weiß nicht. Als Sie hereinkamen, Mister Bronson, hatte ich ein ganz merkwürdiges Gefühl. Hmm — in der Kirche vielleicht?«

Lazarus gab zu, daß dies der Fall gewesen sein konnte. Opa zog die Brauen hoch. »So? Ich muß den Pfarrer warnen. Aber selbst wenn ihr euch dort nicht kennengelernt hättet...«

»Wir haben uns in der Kirche nicht kennengelernt, Vater. Mit meiner Schar finde ich kaum Zeit, ein paar Worte mit Hochwürden oder Mrs. Draper zu wechseln. Aber jetzt, da ich darüber nachdenke, bin ich sicher, daß ich Mister Bronson letzten Sonntag gesehen habe. Ein neues Gesicht fällt mir auf.«

»Möglich, Tochter, aber das meine ich nicht. Wem sieht Ted ähnlich? Denk mal an Onkel Ned!«

Wieder warf ihm seine Mutter einen prüfenden Blick zu.

»Ja, du hast recht. Allerdings finde ich, daß die Ähnlichkeit mit dir noch stärker ist.«

»Ted kommt von Springfield. *Meine* Sünden liegen weiter nördlich.«

»Vater!«

»Keine Angst, ich blamiere die Familie nicht. Ted — darf ich ihr die Wahrheit sagen?«

»Aber sicher, Mister Johnson. Sie haben mich überzeugt, daß man sich seiner Herkunft nicht zu schämen braucht.«

»Ted ist Waise, Maureen. Wenn Ned jetzt nicht in der Hölle schmorte, würde ich ihn ins Kreuzverhör nehmen. Zeit und Ort stimmen, und Ted besitzt wirklich verblüffende Ähnlichkeit mit uns.«

»Vater, du bringst unseren Gast in Verlegenheit.«

»Ach was, hab dich nicht so! Du bist alt genug, um ein paar offene Worte zu vertragen.«

»Mrs. Smith, ich bin stolz auf meine Eltern, wer immer sie waren! Sie haben mir einen kräftigen, gesunden Körper gegeben und einen Verstand, der seinen Zweck erfüllt...«

»Gut gesprochen, junger Mann!«

»...und obwohl ich glücklich wäre, Sie Kusine nennen zu dürfen, glaube ich doch, daß meine Eltern bei einer Typhusepidemie ums Leben kamen; der Zeitpunkt könnte stimmen.«

Mister Johnson runzelte die Stirn. »Wie alt sind Sie, Ted?«
»Fünfunddreißig.«
»Genauso alt wie *ich!*«
»Tatsächlich, Mrs. Smith? Ich hätte Sie für achtzehn gehalten — bis Sie andeuteten, daß Sie eine Tochter haben, die halb erwachsen ist.«
»Nun hören Sie aber auf! Ich habe acht Kinder.«
»Das glaube ich nicht.«
»Maureen sieht jünger aus, als sie ist«, gab ihr Vater zu. »Liegt in der Familie. Ihre Mutter hat heute noch kein einziges graues Haar.« (Wo ist Oma? Ach so — frag nicht!) »Sie, Ted, sehen allerdings auch nicht wie fünfunddreißig aus.«
»Nun, mein genaues Alter kenne ich nicht. Aber sehr viel jünger kann ich nicht sein — eher älter. Wenn man mich nach meinem Geburtsdatum fragt, nenne ich immer den vierten Juli 1882.«
»Aber das ist *mein* Geburtstag!«
(Ich weiß, Mama.) »Wirklich, Mrs. Smith? Ich wollte Ihnen diesen Tag nicht stehlen. Wenn Sie einverstanden sind, nehme ich einen anderen — den ersten Juli vielleicht.«
»Kommt nicht in Frage! Vater, du mußt Mister Bronson zu meiner Geburtstagsfeier einladen.«
»Glaubst du, daß Brian damit einverstanden wäre?«
»Und ob! Ich schreibe ihm. Du kennst seine Ansicht: ›Je mehr Leute, desto lustiger wird das Fest!‹ Wir rechnen mit Ihnen, Mister Bronson.«
»Mrs. Smith, das ist zu liebenswürdig von Ihnen, aber ich breche am ersten Juli zu einer längeren Geschäftsreise auf.«
»Ich vermute eher, daß Vater Sie vergrault hat. Oder fürchten Sie sich vor acht lärmenden Kindern? Mein Mann wird Sie jedenfalls persönlich einladen — dann werden wir ja sehen.«
»Maureen, treib ihn nicht in die Enge! Könntet ihr beide euch einmal nebeneinander aufstellen? Nun kommen Sie schon, Ted — sie beißt nicht.«
»Mrs. Smith?«
Sie zuckte die Achseln und lächelte. Er half ihr galant aus dem Schaukelstuhl. »Vater hat immer irgend was vor.«
Lazarus stand dicht neben ihr. Maureens Haar roch sinnverwirrend. Er gab sich Mühe, nicht darauf zu achten, aber ihre Nähe peitschte ihn auf.
»Hmmm — seht mal in den Spiegel! Ted, im Jahre 1882 gab es keine Typhusepidemie. 1883 auch nicht.«

»Wirklich nicht, Sir?«

»Nein. Nur die übliche Quote von Schwachköpfen, die zu faul waren, den Abort weit genug vom Brunnen anzulegen. Und diese Beschreibung paßt ganz bestimmt nicht auf Ihre Eltern. Ihre Mutter kenne ich nicht, aber ich möchte wetten, daß Ihr Vater im Führerstand starb, bis zum letzten Moment bemüht, den Zug wieder in seine Gewalt zu bekommen. Maureen?«

»Ja, Vater. Mister Bronson und ich könnten Bruder und Schwester sein.«

»Eher Cousin und Kusine. Nur beweisen läßt es sich nicht, da Ned tot ist ...«

Mister Johnson wurde unterbrochen. Von der Treppe her hörte man eine Kinderstimme: »Mama! *Opa!* Mach mir die Hose auf!«

»Woodie, du kleiner Teufel, verschwinde sofort nach oben!« schimpfte Mister Johnson.

Statt dessen kam der Kleine herunter — winzig, sommersprossig, mit rotem Haarschopf. Die rechteckige Hosenklappe, die am Hinterteil geknöpft war, hing halb offen herab. Woodie starrte Lazarus mit neugierigen, mißtrauischen Blicken an. Ein Schauer lief dem Besucher über den Rücken.

»Wer ist'n *das!*«

»Verzeihung, Mister Bronson«, sagte Mrs. Smith und wandte sich an ihren Sohn: »Komm her, Woodrow!«

»Ich nehme ihn mit nach oben und versohle ihm den Hintern!« drohte Ira Johnson.

»Du und wer noch?« entgegnete der Knirps.

»Ich höchstpersönlich und mein Baseball-Schlagstock!«

Mrs. Smith brachte das Kind nach draußen und versorgte es. Kurze Zeit später kam sie zurück. »Maureen, das war doch nur eine Ausrede! Woodie kann sich selbst die Hose aufknöpfen. Außerdem ist er zu alt für dieses Babyzeug. Steck ihn in ein Nachthemd!«

»Vater, sollten wir darüber nicht ein andermal sprechen?«

Mister Johnson zuckte die Achseln. »Ich habe schon wieder gegen die guten Sitten verstoßen. Ted, der hier ist der Schachspieler. Ein ausgekochter Bursche! Nach Präsident Wilson genannt, aber nicht ›zu stolz zum Kämpfen‹ wie sein Namenspatron. Richtig hinterfotzig!«

»Vater!«

»Schon gut, schon gut — aber es stimmt. Deshalb mag ich ihn je gerade. Er wird es noch weit bringen.«

»Sie müssen einen schlechten Eindruck von uns bekommen, Mister Bronson«, meinte Mrs. Smith. »Vater und ich haben meist unterschiedliche Ansichten über Kindererziehung. Aber das können wir auch ausfechten, wenn wir allein sind.«

»Maureen, ich lasse es einfach nicht zu, daß du einen ›Kleinen Lord‹ aus dem Jungen machst!«

»*Die* Gefahr besteht auf keinen Fall, Vater — er schlägt dir nach. Mein Vater war im 89er-Krieg, Mister Bronson...«

»... und beim Boxeraufstand!«

»... und das kann er nicht vergessen.«

»Natürlich nicht. Ich schlafe mit dem Armeerevolver unter dem Kopfkissen, solange mein Schwiegersohn fort ist.«

»Ich will auch gar nicht, daß du es vergißt. Ich bin stolz auf meinen Vater, Mister Bronson, und ich hoffe, daß meine Söhne die gleiche Tapferkeit an den Tag legen. Aber ich möchte auch, daß sie Manieren lernen.« Die Türklingel unterbrach das Gespräch. »Das wird Nancy sein«, sagte Mister Johnson und ging zur Tür. Lazarus hörte, wie Nancy sich von jemandem verabschiedete. Er erhob sich, und Ira Johnson stellte ihm seine Enkelin vor. Es überraschte ihn nicht, daß sie wie eine jüngere Ausgabe von Laz und Lor wirkte. Sie wechselte ein paar höfliche Worte mit ihm, dann eilte sie nach oben.

»Nehmen Sie doch wieder Platz, Mister Bronson.«

»Vielen Dank, Mrs. Smith, aber Sie hatten auf Ihre Tochter gewartet. Jetzt möchten Sie sich sicher zurückziehen.«

»Oh, Vater und ich sind Nachtlichter.«

»Dennoch, es wird höchste Zeit, daß ich mich verabschiede. Ihre Gastfreundschaft hat mir sehr wohlgetan. Gute Nacht, Mrs. Smith, und nochmals vielen Dank.«

»Wir sehen uns doch am Sonntag in der Kirche?«

»Ich werde da sein, Ma'am.«

Geistesabwesend fuhr Lazarus heim, ebenso geistesabwesend verriegelte er die Wohnungstür, schloß die Fensterläden, zog sich aus und ließ Wasser in die Badewanne laufen. Dann betrachtete er sich düster im Badspiegel. »Du Rindvieh!« sagte er langsam und betont. »Mußt du immer und überall pfuschen?«

Opa war kein Problem gewesen; er hatte sich genauso ruppig, mißtrauisch, kriegerisch und zynisch gezeigt, wie Lazarus ihn in Erinnerung hatte. Und genauso großartig...

Am kribbeligsten hatte er sich gefühlt, als er dem Alten ›reinen Wein einschenkte‹ — aber dieser Schachzug erwies sich als besonders raffiniert, durch eine unerwartete Familienähnlichkeit. Lazarus hatte Opas älteren Bruder nie gesehen (er starb vor Woodies Geburt), und ihm war völlig entfallen, daß es je einen Edward Johnson gegeben hatte.

Damit veränderte sich sein Status vom Fremden zum ›Cousin‹. Opa glaubte fest an seine Theorie, und Lazarus hätte Onkel Ned am liebsten nachträglich für seinen lockeren Lebenswandel gedankt.

Er prüfte das Badewasser mit der Hand — kalt. Wütend zog er den Stöpsel heraus und ließ es ablaufen. Lazarus hatte dieses moderige Loch hauptsächlich deshalb gemietet, weil es ein Bad mit ›Warmwasser‹ besaß. Aber spätestens um neun Uhr drehte der Hausmeister die Hähne zu. Wer danach noch ein Bad brauchte, war in seinen Augen ohnehin verrückt.

Verrückt — die Beschreibung paßt genau! dachte Lazarus.

Er hatte sich in seine eigene Mutter verliebt.

Sieh den Tatsachen ins Auge, Lazarus! Eine unmögliche Situation, und du hast keine Ahnung, wie du sie meistern sollst! Du bist im Laufe der Jahrtausende in viele idiotische Abenteuer gestolpert — aber das hier wäre einsame Spitze.

Klar, ein Sohn liebt seine Mutter. ›Woodie Smith‹ hatte seiner Mama einen Gutenachtkuß gegeben, sich an sie gedrückt, wenn sie länger fort gewesen war (und er es nicht allzu eilig hatte), sich für Plätzchen bedankt und ihr manchmal sogar gesagt, daß er sie liebte.

Sie war eine gute Mutter gewesen. Sie hatte ihn und seine Geschwister nie angeschrien. Fand sie eine Strafe notwendig, dann strafte sie *sofort;* bei ihr gab es niemals dieses alberne ›Warte-nur-bis-Vater-nach-Hause-kommt‹.

In späteren Jahren war er dann stolz auf sie gewesen, weil sie viel besser aussah als die Mütter seiner Freunde.

Oh, ja, ein Sohn liebt seine Mutter — und Woodie hatte eine der besten Mütter gehabt.

Aber das hatte *nichts* mit den Gefühlen zu tun, die Lazarus für Maureen Johnson Smith, die ›gleichaltrige‹ junge Frau, empfand. Es war ihm schwergefallen, seine Leidenschaft zu verbergen, die Höflichkeit und die Komplimente nicht zu übertreiben — aber er kannte Opas Mißtrauen und seine scharfen Augen.

Lazarus warf einen Blick auf sein hartes, geschwollenes Glied. »Was willst *du*?« murmelte er. »Für *dich* gibt es hier absolut nichts zu tun!«

Er durfte weder Opa noch seinem Vater einen Grund geben,

zur Waffe zu greifen. Wie hatte Vater überhaupt ausgesehen? Er besaß nur verschwommene Erinnerungen an ihn. Lazarus hatte sich von Anfang an mehr zu seinem Großvater hingezogen gefühlt. Vater war oft auf Geschäftsreisen, aber selbst wenn er daheim weilte, hatte er tagsüber nicht soviel Zeit für die Probleme eines kleinen Jungen gehabt wie Opa.

Seine anderen Großeltern? Irgendwo in Ohio — Cincinnati? Egal, er hatte sie so selten gesehen, daß es sich nicht lohnte, sie aufzusuchen.

In Kansas City gab es für ihn nichts mehr zu erledigen. Und wenn er nur eine Spur Verstand besaß, verließ er die Stadt *sofort*. Kein Kirchgang mehr am Sonntag, kein Besuch in der Spielhalle — nur noch die restlichen Aktien in Gold umsetzen und *abhauen!* Der Ford? Den verkaufte er am besten auch. Dann konnte er den nächsten Zug nach San Francisco nehmen und mit einem Schiff in Richtung Süden verschwinden. Ein paar höfliche Zeilen an Opa und Maureen — eine dringende Geschäftsreise usw. —, aber *fort aus der Stadt!*

Denn Lazarus *wußte*, daß diese Leidenschaft nicht einseitig war. Opa hatte er vielleicht täuschen können, aber Maureen spürte den Gefühlssturm, der in ihm tobte — und *sie* war davon angetan. Es waren weder Worte noch bedeutungsvolle Blicke nötig; sie befanden sofort auf der gleichen Frequenz.

Nun, warum sollte sich eine junge Frau *nicht* geschmeichelt fühlen, wenn sie merkte, daß sie einen Mann erregte? Eine Frau mit acht Kindern ist keine zimperliche Mimose; sie weiß, was es bedeutet, einen Mann in den Armen zu halten, einen Mann in sich zu spüren — und Lazarus hätte seinen letzten Cent darauf gesetzt, daß Maureen das genoß.

Lazarus besaß keinen Grund zu der Annahme, daß Maureen seinem Vater jemals ›untreu‹ geworden war. (Opa und acht Kinder im Haus boten mehr Sicherheit als Llitas Keuschheitsgürtel.) Aber er wollte keinen Aspekt auslassen.

Würde Maureen es als ›Sünde‹ betrachten?

›Sünde‹ ließ sich ebenso wie ›Liebe‹ nur schwer definieren. Das Wort hatte zwei Bedeutungen — jede mit einem bitteren Beigeschmack. Da war einmal der Verstoß gegen die Stammestabus. Nach den Gesetzen dieser Ära war seine Leidenschaft ganz bestimmt ›sündig‹ — Blutschande, um es genau zu sagen.

Aber Maureen wußte nicht, daß er ihr Sohn war. Für sie konnte es keine Blutschande sein.

Und für ihn selbst? Er empfand ›Blutschande‹ als einen religiösen Begriff, der wissenschaftlich nicht im geringsten fundiert war. Und die letzten zwanzig Jahre hatten in seinem Innern auch die hartnäckigsten Spuren des alten Stammestabus getilgt.

Die zweite Bedeutung der ›Sünde‹ war leichter zu definieren, da sie nicht von verschwommenen Moralbegriffen überlagert wurde: Sünde ist ein Verhalten, das keine Rücksicht auf das Wohlergehen der anderen nimmt.

Angenommen, er blieb in der Gegend und fand irgendwie Gelegenheit, mit Maureen zu schlafen. Würde sie es später bereuen? Ehebruch? Das Wort hatte *jetzt* und *hier* Gewicht.

Aber sie war eine Howard. Das hieß, daß sie ihre Ehe aus Vernunftgründen geschlossen hatte — daß sie Geld für jedes Kind aus der Verbindung mit Brian Smith bekam. Vielleicht bedeutete für sie ›Ehebruch‹ so etwas wie ›Vertragsbruch‹? Er wußte es nicht.

Deshalb gab es nur einen Weg für ihn: *sofort* Kansas City zu verlassen und *nie mehr* zurückzukommen! Er hatte ohnehin genug von dieser Ära gesehen. Wenn er die Zwillinge bat, ihn schon *jetzt* heimzuholen . . .?

War Maureens Taille wirklich so schmal, oder schnürte sie sich?

Verdammt, ihre Figur spielte keine Rolle. Wie bei Tamara.

Liebe Laz und Lor,
ich habe meine Pläne geändert. Ich bin meiner früheren Familie begegnet, und nun gibt es eigentlich nichts mehr in dieser Ära, was mich reizen könnte. Weshalb soll ich also zwei Jahre bei irgendwelchen Hinterwäldlern abwarten, bis dieser elende Krieg vorbei ist? Es wäre mir lieb, wenn ihr mich gleich jetzt am Meteorkrater in Arizona abholen könntet. Den Treffpunkt in Ägypten könnt ihr vergessen; ich habe keine Möglichkeit, dorthin zu gelangen.

Mit ›gleich jetzt‹ meine ich den 3. März 1917 Greg. — Ich wiederhole, den dritten März neunzehnhundertsiebzehn Gregorianischer Zeitrechnung.

Es gibt eine Menge zu erzählen. Inzwischen
viele Küsse von
Lazarus

War es ihre Stimme? Oder ihr Duft? Oder etwas anderes?

DA CAPO

IV. Daheim

27. März 1917, Greg.

Geliebte Familie,
zuerst eine Wiederholung der wichtigsten Nachricht: Ich bin drei Jahre zu früh gelandet — am 2. August 1916 —, möchte aber wie vereinbart genau zehn Jahre später zurückgeholt werden, am 2. August 1926 — *sechs*undzwanzig. Treffpunkt und Alternativvorschlag bleiben gleich. Bitte, macht Dora klar, daß der Irrtum auf die gespeisten Daten zurückzuführen ist — *keines falls auf ihr Verschulden!*

Ich verbringe eine herrliche Zeit. Sobald ich meine Geschäfte abgewickelt hatte, suchte ich über Opa (Ira Johnson, Ira!) die Bekanntschaft meiner ersten Familie — und aufgrund einer dikken Lüge sowie einer starken Ähnlichkeit ist Großvater überzeugt davon, daß ich ein illegitimer Sohn seines (verstorbenen) Bruders bin. Ich redete ihm den Gedanken nicht ein — er kam von selbst darauf. Nun verkehre ich als ›Cousin‹ in meinem Elternhaus. Laßt euch ein wenig von den Menschen erzählen, die eure Vorfahren sind — besonders von Opa, Mama und Woodie.

Opa findet ja bereits Erwähnung in dem Monsterwerk, das Justin zurechttrimmt. Das Wesentliche bleibt, Justin — nur ist er nicht zwei Meter lang und aus Granit, sondern hat die gleiche Größe wie ich. Ich verbringe jede freie Minute in seiner Nähe; das bedeutet, daß ich drei- bis viermal in der Woche Schach mit ihm spiele.

Mama: Nehmt Laz und Lor, gebt fünf Kilo an den besten Stellen zu, fünfzehn Erdenjahre und einen guten Schuß Würde. (Nicht weinen!) Das Haar fällt ihr bis zur Taille, aber sie trägt es immer aufgesteckt. Über Mamas Figur kann ich wenig berichten — wegen der blödsinnigen Mode dieser Zeit, die nur Hände und Zehenspitzen frei läßt. Ich weiß, das Mama schlanke Fesseln besitzt; einmal erhaschte ich einen Blick darauf. Gut, daß Opa es nicht merkte! Er hätte mich auf der Stelle hinausgeworfen. Papa: Ist im Moment nicht da. Ich hatte vergessen, wie er aussieht, aber inzwischen bekam ich Fotos zu Gesicht. Er hat ein wenig Ähnlichkeit mit Präsident Roosevelt — mit Theodore, nicht mit Franklin, falls Athene eine Aufnahme besitzt.

Nancy: Laz und Lor, etwa drei Standardjahre vor meinem

Aufbruch. Nicht so viele Sommersprossen und *sehr* würdevoll — außer wenn sie sich unbeobachtet glaubt. Sie hat eine Vorliebe für (junge) Männer, und ich merke, daß Opa ihre Mutter drängt, bald mit der Wahrheit über die Howard-Stiftung herauszurücken.

Carol: wiederum Laz und Lor, aber noch zwei Jahre jünger als Nancy. Auch sie hat eine Schwäche für das andere Geschlecht, wird jedoch kurzgehalten. Schiebt die Unterlippe genauso vor wie ihr, was auf Mama überhaupt keinen Eindruck macht.

Brian jr.: dunkles Haar, sieht mehr wie der Vater aus. Aufstrebender junger Kapitalist. Trägt Zeitungen aus und verbindet das mit dem Job eines Gaslaternen-Anzünders. Läßt seinen kleinen Bruder und vier andere Jungen Kinoreklamen verteilen und speist sie mit ein paar Freikarten ab; die übrigen behält er selbst und verkauft sie für vier Cents pro Stück in der Schule. Hat im Sommer einen Stand für Sodapop (ein süßes, stark schäumendes Getränk), den er nächstes Jahr allerdings an seinen Bruder verpachten will; ihm selbst schwebt Größeres vor. (Wenn ich mich recht erinnere, brachte es Brian früh zu Wohlstand.)

Einige allgemeine Worte zu unserer Familie: Nach den Maßstäben des Hier und Jetzt sind sie ›gut situiert‹, aber man erkennt es nur daran, daß sie in einem großen Haus und in einem vornehmen Stadtviertel wohnen. Papa ist ein erfolgreicher Geschäftsmann. Dazu kommt, daß nach den Statuten der Howard-Stiftung Kinder bares Geld bringen — und Mama hat bereits acht.

Für euch verbindet sich der Begriff ›Howard‹ mit genetischem Erbe und genetischer Tradition — aber hier bedeutet es einfach noch ein Zuchtexperiment, das bezahlt wird.

Ich glaube, Papa investiert das Geld, das Mama durchs Kinderkriegen verdient; ganz sicher geben sie es nicht aus. Doch zurück zu den Kindern: Die Jungen *müssen* arbeiten, sonst bekommen sie nur ihr Essen und die allernötigste Kleidung. Die Mädchen erhalten kleine Geldgeschenke, sind aber verpflichtet, im Haushalt und bei der Pflege der jüngeren Geschwister zu helfen. In dieser Gesellschaft ist es sehr schwer für ein Mädchen, Geld zu verdienen — aber ein Junge, der richtig zupackt, hat eine Menge Möglichkeiten. (Das ändert sich noch vor Ablauf des Jahrhunderts!) Bei den Smiths hat jedes Kind seinen Aufgabenbereich (Mama läßt einmal in der Woche eine Wäscherin kommen, das ist alles), aber wenn jemand eine Verdienstmöglichkeit außerhalb des Hauses findet, wird er von seinen internen Pflichten entbunden. Auch muß er das Geld, das er einnimmt, nicht abliefern; er gibt es aus oder spart es (letzteres mit starker Unterstützung von Papas Seite).

Wenn ihr denkt, daß Mama und Papa ihren Nachwuchs absichtlich zur Raffgier erziehen, so muß ich euch beipflichten.

George: zehn Terrajahre alt, Brians jüngerer Partner, Schatten und Handlanger. Das wird sich in ein paar Jahren mit einem Schlag ändern (mit einem Schlag in Brians Zähne!).

Marie: acht und eine sommersprossige Wildkatze. Mama hat alle Hände voll zu tun, eine ›Dame‹ aus ihr zu machen. (Aber Mamas sanfte Unnachgiebigkeit — und die Natur werden siegen. Marie entwickelte sich zu einer Schönheit, und die Verehrer lagen ihr zu Füßen. Ich haßte die Kerle, denn eine Zeitlang betete ich Marie an. Eigentlich hatte ich nur zu ihr eine engere Bindung. Man kann auch in einer großen Familie einsam sein, und ich war es — abgesehen von meiner Freundschaft zu Opa.)

Woodrow Wilson Smith: noch keine fünf und die frechste Rotznase, die je frei herumlief. Ich gestehe es nur ungern, daß sich aus diesem Unkraut die herrlichste Blüte der Menschheit entfaltete — nämlich Old Buddyboy höchstpersönlich. Bis jetzt hat er mir zwar nur in den Hut gespuckt, obwohl das Ding außer Reichweite an der Flurgarderobe hing; mir diverse Schmähungen an den Kopf geworfen, wie: »Schon wieder der feine Pinkel mit seinem Derbyhut!«; mich mit dem Knie in den Bauch gestoßen, als ich ihn hochheben wollte (mein Fehler!), und verkündet, daß ich beim Schach geschummelt hätte, obwohl es genau umgekehrt war.

Aber ich spiele weiterhin Schach mit ihm, weil ich a) entschlossen bin, mit der *ganzen* Familie gut auszukommen, und weil b) nur Opa und ich den kleinen Giftzwerg seinen Ansprüchen gemäß beschäftigen können. (Opa versohlte ihn hin und wieder kräftig; dazu habe ich natürlich nicht das Recht. Manchmal male ich mir aus, was wohl geschehen würde, wenn ich ihn erwürgte. Schwer abzuschätzen. Aber die Tatsache, daß ich im Hier und Jetzt bin, beweist, daß ich die Beherrschung nicht verloren habe — denn Paradoxa gibt es nicht.)

Richard: drei und ein ausgesprochen lieber Kerl. Sitzt stundenlang auf meinem Schoß und will Geschichten hören — von zwei rothaarigen Mädchen, die in einem Zauberschiff unterwegs sind. Dickie ist mir besonders ans Herz gewachsen, denn ich weiß, daß er früh sterben muß.

Ethel: ein himmlisches Lächeln an einem Ende — und eine feuchte Windel am anderen; noch nicht sehr redegewandt.

Das ist meine (unsere) Familie im Jahre 1917. Ich beabsichtige, in Kansas City zu bleiben, bis Papa zurückkommt. Das kann nicht mehr lange dauern. Dann verschwinde ich nach Süden. Möglich, daß ich ihnen nach Kriegsende noch einen Besuch abstatte — aber ich glaube nicht. Man soll sich nicht aufdrängen.

Die Sitten hier sind übrigens unglaublich streng. Solange Papa nicht hier ist, darf ich das (mein) Haus nur als Opas Schachpartner betreten, obwohl Großvater glaubt, daß ich Onkel Neds Sohn bin. Warum? Weil ich ›ledig‹ bin und eine verheiratete Frau keinen Junggesellen empfangen darf, ganz besonders nicht, wenn der eigene Mann verreist ist. Das Tabu ist so strikt, daß ich es nicht zu brechen wage — *Mama* zuliebe. Oh, wenn es regnet, darf ich mir die Freiheit nehmen, Mrs. Smith und ihre Kinder von der Kirche heimzubringen. Ich darf auch mit den Kleinen spielen, wenn ich sie nicht zu sehr verwöhne. Letzten Sonntag nahm ich sechs von der Bande zum Picknick mit. Ich bringe Brian das Autofahren bei. Mama und Opa glauben, daß meine Schwäche für Kinder mit meiner ›einsamen‹ und ›freudlosen‹ Jugend zusammenhängt.

Ich schreibe diese Zeilen in meiner Wohnung, auf einer Maschine, die Lachkrämpfe bei euch hervorrufen würde, und muß jetzt Schluß machen, um in der Stadt zwei Fotokopien davon anzufertigen. Justin hatte ganz recht: Das Hauptproblem bei diesem Postsystem besteht darin, einen Brief so zu präparieren, daß er Jahrhunderte überdauert.

Mit meinen besten Wünschen an euch alle
Lazarus.

DA CAPO

V.

[musical notation: presto: ... beliebig wiederholen:]

3. März 1917: KAISER BEREITET IM VEREIN MIT MEXIKO UND JAPAN ANGRIFF AUF DIE VEREINIGTEN STAATEN VOR — ZIMMERMANN-TELEGRAMM AUTHENTISCH.
2. APRIL 1917: PRÄSIDENT FORDERT IN REDE AN KONGRESS EINTRITT IN DEN KRIEG.
6. APRIL 1917: AMERIKA TRITT IN DEN KRIEG EIN. KONGRESS SPRICHT VON »ZUSTAND DER FEINDSELIGKEIT«.

Sowenig Lazarus der Ausbruch den Krieges überraschte — so sehr überraschte ihn der Zeitpunkt. Die U-Boot-Kämpfe zu Beginn des Jahres 1917 hatten ihn nicht gewarnt; er wußte aus dem Geschichtsunterricht, daß sie den Anfang der Entwicklung darstellten. Auch das Zimmermann-Telegramm beunruhigte ihn nicht, obwohl er daran keine Erinnerung mehr besaß. Der Zeitplan, den er sich zurechtgelegt hatte, als er entdeckte, daß er drei Jahre zu früh gelandet war, funktionierte reibungslos — bis ihn die Ereignisse überrollten. Lazarus erkannte erst sehr viel später, welchen Fehler er begangen hatte: Er hatte seinem *Wunschdenken* nachgegeben!

Er war geblieben, weil er seine erste Familie nicht so rasch wieder verlassen wollte. Weil er Maureens Nähe brauchte.

Maureen — nach einer quälenden, schlaflosen Nacht hatte er sich entschlossen, wie ursprünglich geplant, bis zum 1. Juli zu bleiben. Und er entdeckte, das er Mrs. Smith durchaus mit formeller Höflichkeit gegenübertreten konnte, ohne seine wahren Gefühle zu verraten. Weder die Klatschtanten der Kirchengemeinde noch sein Großvater fanden Anlaß zu Mißtrauen. Lazarus verstand es, seinen sexuellen Trieb zu verdrängen und ›mönchisch‹ zu leben. Maureens warme Nähe genügte ihm zum

Glück — ähnlich wie bei Tamara. Er hatte den Eindruck, daß Maureen wußte, welchen Zwang er sich auferlegte, und daß sie ihn deshalb um so mehr schätzte.

Er fand eine Reihe von erlaubten Möglichkeiten, seine Familie zu besuchen. Brian jr. wollte Autofahren lernen, und Opa erklärte, er sei alt genug dazu. Mit Woodie ging er ins Hippodrom, wo der Zauberer Thurston der Große auftrat. Außerdem nahm ihm der Knirps das feierliche Versprechen ab, daß sie den *Electric Park* besuchen würden, einen Rummelplatz in der Nähe, der Woodies Vorstellung vom Himmelreich entsprach. Auf diese Weise erkaufte sich Lazarus zumindest einen Waffenstillstand.

Er meldete sich als freiwilliger Helfer bei der Pfadfindergruppe, die von der Kirche unterstützt wurde. George war Wölfling, und Brian arbeitete sich gerade zum Adler hoch. Wenn er die beiden nach der Gruppenstunde heimfuhr, lud Opa ihn zum Bleiben ein.

Lazarus achtete wenig auf die Politik. Er kaufte zwar die *Kansas City Post*, weil der Zeitungsjunge von der Einunddreißigsten Straße ihn als Stammkunden betrachtete — als noblen Knochen, der sich auf einen Nickel nichts mehr herausgeben ließ! Aber Lazarus las sie selten, auch nicht die Marktberichte, nachdem er seine Geschäfte abgeschlossen hatte.

In der ersten Aprilwoche stattete Lazarus seiner Familie keinen Besuch ab. Erstens war Opa fort, und zweitens hatte sich Papa daheim eingefunden. Lazarus wollte seinem Vater erst gegenübertreten, wenn Opa ein mehr oder weniger zufälliges Treffen arrangierte. So blieb er daheim, kochte selbst und schrieb einen langen Brief an seine Tertius-Familie.

Auf dem Weg in die Stadt (er wollte das Schreiben fotokopieren) kaufte er wie immer die Zeitung. Aber diesmal las er zufällig die Schlagzeile der ersten Seite — und erstarrte. Er verschob seinen Gang zum Fotolabor und begab sich statt dessen in den Lesesaal der Stadtbibliothek. Zwei Stunden lang blätterte er die Zeitungen der vergangenen Tage durch.

Dann ging er auf die Toilette und zerriß den Brief, den er geschrieben hatte, in kleine Fetzen. Er hob sein Geld von der *Missouri Savings Bank* ab, kaufte eine Fahrkarte nach Los Angeles, holte in der *Commonwealth Bank* seine Goldkassette aus dem Schließfach und bat einen Angestellten, ob er den Waschraum des Hauses benutzen dürfe. Als er die Bank verließ, gepanzert mit Goldstücken, wirkte er ein wenig schwerfällig. Aber wenn er langsam genug ging, hörte man die Doppeladler nicht klimpern.

Daheim angelangt, nähte er seine Reichtümer sorgfältig in die Wildlederweste ein. Danach spannte er ein Blatt in die schwere Oliver-Schreibmaschine und begann das Ungetüm mit zwei Fingern zu bearbeiten:

Kansas City, 5. April 1917 Greg.
Liebste Lor und Laz!
ICH BIN IN SCHWIERIGKEITEN! Holt mich sofort ab! Ich hoffe, daß ich am Montag, dem 9. April 1917 (neunter April neunzehnhundertsiebzehn) an unserem Treffpunkt am Krater in Arizona sein kann. Rechnet aber damit, daß ich mich um einen oder zwei Tage verspäte. Ich will versuchen, insgesamt zehn Tage in der Nähe des Kraters zu bleiben. Sollten wir uns verfehlen, gilt weiterhin der zweite August neunzehnhundertsechsundzwanzig. Ich danke euch
Lazarus.

Lazarus bereitete die Umschläge vor und machte den Brief fertig. Dann setzte er einen Übereignungsvertrag auf:

Hiermit übertrage ich Herrn Ira Johnson für einen Dollar und andere, nicht näher bezeichnete Gegenleistungen sämtliche Rechte und Ansprüche an meinem Ford-T-Automobil, Klasse ›Landaulett‹, Motornummer 1290408. Ich versichere ihm und seinen Rechtsnachfolgern, daß der Gegenstand dieses Handels sich in meinem Alleinbesitz befindet und weder verpfändet noch beliehen ist.
Theodore Bronson
6. April 1917

Die Rufe: »Extrablatt! Extrablatt!« unten auf der Straße störten Lazarus nicht. Er schlief zehn Stunden durch.

Nach dem Erwachen nahm er rasch ein Bad, rasierte sich, frühstückte ausgiebig, räumte die Küche und den Eisschrank auf, bestellte den Eislieferanten und den Milchmann ab und packte seine Habseligkeiten in eine Reisetasche. Die Miete war bis Ende April bezahlt. Um diese Zeit hoffte er bereits an Bord der *Dora* zu sein.

Kurz darauf stand er mit einem Winteranzug und einem Mantel über dem Arm sowie der Schreibmaschine in der freien Hand vor ›Onkel‹ Dattelbaums Pfandhaus.

Der Trödler war bereit, die Schreibmaschine gegen eine Pistole einzutauschen, aber als er sah, daß Lazarus einen kleinen Colt wählte, schlug er fünf Dollar auf.

Lazarus verkaufte die Maschine und den Anzug und versetzte den Mantel. Dafür bekam er einen Pfandschein, den Colt und eine Schachtel Munition.

Er ließ den Ford am Hinterausgang des Pfandhauses stehen, betrat den Drugstore auf der anderen Straßenseite und verlangte das Telefon.

»Bin ich richtig verbunden mit der Familie Brian Smith?«
»Ja, Sir.«
»Hier Mister Bronson. Mrs. Smith, könnten Sie bitte Ihrem Herrn Gemahl ausrichten, daß ich gern ein paar Worte mit ihm wechseln würde?«
»Sie sprechen nicht mit Mama, Mister Bronson. Ich bin es, Nancy. Ist das nicht alles *entsetzlich*?«
»Gewiß, Miss Nancy.«
»Papa hat sich in den nächsten Zug gesetzt, um zu seiner Einheit nach Fort Leavenworth zu fahren — und wir haben keine Ahnung, *wann* wir ihn wiedersehen!«
»Aber, aber — nicht weinen, Miss Nancy! Bitte nicht!«
»Ich bin nur so aufgeregt. Mama hat sich hingelegt. Möchten Sie mit ihr sprechen?«

Lazarus dachte rasch nach. Verdammt, mit dieser Komplikation hatte er nicht gerechnet. »Du liebe Güte, nein! Ich will sie auf keinen Fall stören. Wissen Sie, wann Ihr Großvater zurückkommt?« (Konnte er es sich leisten, einen Tag zu warten? *Verdammt!*)

»Oh, Opa ist seit gestern wieder da. Aber er hat schon vor Stunden das Haus verlassen. Ich weiß nicht, wohin er gegangen ist — vielleicht in seinen Schachklub. Kann ich ihm etwas ausrichten?«
»Nur, daß ich angerufen habe. Ich melde mich später noch einmal. Und, Miss Nancy — machen Sie sich keine Sorgen! Ich besitze so etwas wie einen sechsten Sinn. Ich *weiß*, daß Ihrem Vater nichts zustoßen wird.«
»Das sagen Sie nur, um mich zu trösten. Aber irgendwie hilft es.«

Er verabschiedete sich und legte auf.

›Schachklub...‹ Lazarus konnte sich nicht vorstellen, daß Opa an einem Tag wie heute die Spielhalle aufsuchte. Aber da sie gleich um die Ecke lag...

Opa saß tatsächlich am Schachtisch. Aber er spielte nicht. Er starrte düster vor sich hin.

»Guten Tag, Mister Johnson!«

Opa schaute auf. »Was ist schon gut an diesem Tag? Setzen Sie sich, Ted!«

»Danke, Sir.« Lazarus nahm Platz.

»Ted — finden Sie, daß ich noch einigermaßen gesund und kräftig bin?«

»Aber ich bitte Sie!«

»Glauben Sie, daß ich mit dem Gewehr über der Schulter zwanzig Meilen pro Tag zurücklegen könnte?«

»Bestimmt.«

»Genau das habe ich dem geschniegelten Affen in der Meldestelle erzählt. Und wissen Sie, was er sagte? Ich sei zu *alt!*« Opa schien den Tränen nahe. »Das ließ ich mir natürlich nicht gefallen. Ich schlug Lärm — und da ließ mich der Schnösel einfach hinausführen. *Mich!* Dabei trug ich schon eine Uniform, als er noch in die Hose pinkelte.«

»Das tut mir leid, Sir.«

»Meine eigene Schuld! Warum mußte ich auch das Soldbuch mitnehmen? Ich vergaß, daß da mein Geburtsdatum eingetragen ist. Passen Sie auf, Ted, wenn ich mir die Haare färbe und es in St. Louis oder Joplin noch mal versuche...«

»Es wäre immerhin eine Möglichkeit.« (Opa, ich weiß, daß es nicht geklappt hat — aber wenn ich mich nicht täusche, bist du später bei der Bürgerwehr untergekommen.)

»Ich mache es. Aber diesmal lasse ich mein Soldbuch daheim.«

»Mister Johnson, darf ich Sie heimbringen? Mein Wagen steht gleich um die Ecke. Oder fahren wir erst eine kleine Schleife nach Paseo — zur Beruhigung?«

»Hmm... könnte nicht schaden. Wenn Sie Zeit haben...«

»Immer.«

Lazarus saß schweigend am Steuer, bis er merkte, daß der erste Zorn des Alten verraucht war. Er fuhr zurück in die Stadt und parkte den Wagen in der Einunddreißigsten Straße. »Mister Johnson, darf ich Sie etwas fragen?«

»Wie? Sicher, reden Sie!«

»Ich hoffe, daß Sie nicht unglücklich sind, wenn der Trick mit dem gefärbten Haar schiefgeht. Denn — dieser Krieg ist ein schrecklicher Fehler.«

»*Wie meinen Sie das?*«

(Wieviel kann ich ihm verraten? Ich muß ihm irgendwie helfen. Schließlich ist er *Opa*... der Mann, dem ich so viel verdanke. Aber wird er mir *glauben?*)

»Dieser Krieg wird die Lage nur verschlimmern.«

Opa starrte ihn an. Zwischen seinen buschigen Brauen stand eine steile Falte. »Was sind Sie, Ted? Ein Anhänger der Deutschen?«

»Nein.«

»Pazifist vielleicht? — Wenn ich es genau bedenke — Sie haben sich nie zu diesem Krieg geäußert.«

»Mister Johnson, ich bin kein Pazifist. Aber wenn wir diesen Krieg gewinnen ...«

»Wir gewinnen ihn!«

»Gut. *Wenn* wir diesen Krieg gewonnen haben, wird sich herausstellen, daß wir in Wirklichkeit alles verlieren, wofür wir in den Kampf gezogen sind.«

Opa änderte unvermittelt seine Taktik. »Wann gehen Sie zur Meldestelle?«

Lazarus zögerte. »Ich habe vorher noch einiges zu erledigen.«

»Das dachte ich mir fast, Mister Bronson. Leben Sie wohl!«

»Mister Johnson, so warten Sie doch!« rief Lazarus ihm nach. »Ich bringe Sie heim. *Bitte!*«

Opa zischte: »Nie im Leben — Sie feige Ratte!«

Lazarus fuhr eine Weile ziellos durch die Straßen. Schließlich parkte er den Ford vor einem Drugstore und telefonierte.

»Brian? Hier spricht Mister Bronson. Könntest du einen Moment deine Mutter holen?«

»Ich seh' mal nach, ob sie da ist.«

Sekunden später meldete sich Opa. »Mister Bronson, Sie wagen es, in diesem Hause anzurufen?«

»Mister Johnson, ich möchte Mrs. Smith sprechen ...«

»Das geht nicht.«

»... um mich von ihr zu verabschieden.«

»Einen Augenblick.« Lazarus hörte, wie Opa zu den Kindern sagte: »George, geh hinaus! Brian, nimm Woodie mit und mach die Tür hinter dir zu!« Seine Stimme erklang wieder aus der Nähe: »Sind Sie noch da?«

»Ja, Sir.«

»Dann hören Sie mir genau zu, und unterbrechen Sie mich nicht! Meine Tochter wird nicht mit Ihnen sprechen, weder jetzt noch in Zukunft ...«

»Weiß sie, daß ich nach ihr verlangt habe...?«
»*Halten Sie gefälligst den Mund!* Natürlich weiß sie es. Sie bat mich, ihr diese unangenehme Sache abzunehmen, sonst hätte ich mich überhaupt nicht mit Ihnen unterhalten. Meine Tochter ist eine anständige, verheiratete Frau, deren Gatte dem Ruf des Vaterlandes Folge geleistet hat. Halten Sie sich von ihr fern! Sollten Sie es wagen, hierherzukommen, so werde ich Sie mit der Schrotflinte erwarten. Ich wünsche keine Anrufe mehr! Und ich wünsche nicht, daß Sie den gleichen Gottesdienst wie meine Tochter besuchen. Vielleicht glauben Sie nicht, daß ich meine Drohung wahrmache. Aber ich möchte Sie daran erinnern, daß wir uns in Kansas City befinden. Zwei gebrochene Arme kosten fünfundzwanzig Dollar Schmiergeld; für den doppelten Betrag schießt man Sie über den Haufen.« Er legte auf.

Lazarus brachte den Wagen in Gang und fuhr langsam an. Über den Linwood Boulevard, vorbei an der Kirche, wo er Maureen zum erstenmal gesehen hatte, zur Linwood Plaza...
Kurz vor der Brooklyn Avenue hielt er an und überlegte...
Zum Bahnhof fahren und den nächsten Santa-Fé-Zug nach Westen nehmen? Wenn eines seiner letzten Schreiben die Jahrhunderte überdauert hatte, holten ihn die Zwillinge am Montag in Arizona ab — und der Krieg mit all seinen Problemen verschwand in der fernen Vergangenheit. ›Ted Bronson‹ war jemand, den Opa und Maureen flüchtig kennengelernt und bald wieder vergessen hatten.

Wenn nur genügend Zeit verstrich, merkte Opa, daß ›Ted‹ die Wahrheit vorausgesagt hatte. Daß weder die Franzosen noch die Engländer Dankbarkeit kannten. So etwas gab es nicht zwischen den Völkern und würde es nie geben. Ein Anhänger der Deutschen? — Nein, Opa, ganz bestimmt nicht. Im Innersten der deutschen Kultur ist etwas faul, verfault, und es wird zwanzig Jahre später wie ein Geschwür zum Ausbruch kommen — mit dem Gestank von Gaskammern und verbranntem Fleisch. Ein Gestank, der Jahrhunderte anhält...

Aber diese Dinge konnte er Opa und Maureen nicht erzählen. Das Beste an der Zukunft war — daß man sie nicht kannte. Kassandra hatte nur eine gute Eigenschaft: Man glaubte ihr nicht.

Was störte es ihn also, wenn zwei Menschen sich aus Unwissenheit eine falsche Meinung von ihm bildeten?

Tatsache war, *daß* es ihn störte.

*

Die Meldestelle befand sich im Keller des Hauptpostamtes. Es war spät, aber sie hatte ihre Pforten noch nicht geschlossen. Lazarus stellte sich ans Ende der Warteschlange.

»Name?«

»Bronson, Theodore.«

»Militärische Erfahrung?«

»Keine.«

»Alter? Nein, Geburtsdatum — die Grenze ist der 5. April 1889.«

»11. November 1890.«

»So alt sehen Sie gar nicht aus, aber mir ist es egal. Hier, mit diesem Papier gehen Sie in den Nebenraum! Ziehen Sie sich aus, und stecken Sie Ihre Kleider in einen der bereitliegenden Säcke! Das hier geben Sie einem der Ärzte!«

»Danke, Sergeant.«

»Ab jetzt! — Der nächste.«

Ein Arzt in Uniform, sechs weitere in Zivilkleidung. Die Untersuchung erfolgte nicht gerade gründlich. Lazarus erlebte einen einzigen Fall von Zurückstellung — ein Mann, der ganz offensichtlich an Tuberkulose im Endstadium litt.

Einer der Ärzte klopfte ihn flüchtig ab und stutzte, als er an eine Verhärtung der Bauchdecke stieß. »Was ist'n das?«

»Ich weiß nicht, Sir.«

»Der Blinddarm schon entfernt? Ah, da ist die Narbe. Saubere Arbeit — trifft man nicht oft an. Vermutlich ein Essensrest. Nehmen Sie etwas Kalomel, dann sind Sie den Klumpen morgen los.«

»Danke, Doktor.«

»Schon gut, mein Junge. Der nächste.«

Der alte Neger, der auf seinen Ford geachtet hatte, grinste breit. »Alles okay, Captain?«

»Leider nur Gefreiter«, meinte Lazarus lachend und drückte dem Schwarzen einen Dollar in die Hand. »Aber sonst alles okay.«

Lazarus pfiff vor sich hin, als er den Ford in Richtung Süden steuerte. An einem Kiosk hielt er an, entdeckte eine fast leere Kiste *White Owls*, kaufte die restlichen Zigarren und fragte, ob er die Schachtel bekommen könnte. Dann erstand er ein Paket Watte, einen Streifen Heftpflaster und die größte Pralinenschachtel, die er fand.

Sein Wagen war unter einer Bogenlampe geparkt. Er kletterte auf den Rücksitz, holte aus seinem Reisegepäck die Pistole und die Wildlederweste und machte sich an die mühselige Arbeit, die Goldstücke wieder aus ihrem Versteck zu entfernen. Er polsterte die Zigarrenkiste mit Watte, legte die schweren Münzen hinein und umwickelte alles mit dem Heftpflaster. Die aufgeschlitzte Weste verschwand zusammen mit der Pistole und der Fahrkarte in einem Abflußrohr. Lazarus erhob sich und klopfte den Staub von seiner Hose. *Es geht los, mein Junge!* dachte er. *Immer in die Vollen! Bisher hast du zu vorsichtig gelebt.*

Er fuhr zum Benton Boulevard, ohne die Geschwindigkeitsbegrenzung von vierzig Stundenkilometern einzuhalten. Im Erdgeschoß des Smithschen Hauses brannte noch Licht. Das war gut. Beladen mit der Pralinenschachtel, einem Schachspiel und der zugeklebten Zigarrenkiste betrat er die Verandastufen. Sofort flammte die Außenbeleuchtung auf. Brian jr. öffnete die Tür und schaute nach draußen. »Opa! Es ist Mister Bronson!«

»Moment!« sagte Lazarus ruhig. »Sag bitte deinem Großvater, daß *Gefreiter* Bronson hier ist!«

Opa tauchte auf und musterte ihn mißtrauisch. »Was habe ich da gehört?«

Lazarus klemmte die Pakete unter den linken Arm und fischte mit der freien Hand das Formular von der Meldestelle aus der Tasche. »Hier — sehen Sie selbst!«

Mister Johnson las das Papier. »Tatsächlich. Aber warum? So wie Sie die Angelegenheit betrachten . . .«

»Mister Johnson, ich sagte nur, daß ich noch einiges zu erledigen hätte, bevor ich die Meldestelle aufsuchte. Ich hatte keinen Moment die Absicht, mich vor meiner Pflicht zu drücken, auch wenn ich diesen Krieg für sinnlos halte.«

Opa gab ihm das Formular zurück und machte die Tür ganz auf. »Kommen Sie herein, Ted.«

Lazarus hörte ein Rascheln im Hintergrund, als er eintrat. Offenbar waren die meisten Familienmitglieder noch wach. Großvater bat ihn, im Wohnzimmer Platz zu nehmen. »Ich sage nur rasch meiner Tochter Bescheid.« An der Treppe blieb er stehen und kehrte noch einmal um. »Äh . . . darf ich ihr diesen Zettel zeigen?«

»Gewiß, Sir.«

Lazarus wartete. Ein paar Minuten später kam Opa herunter und reichte ihm den Wehrbescheid. »Sie ist gleich da.« Der alte Mann seufzte. »Ted, ich bin stolz auf Sie. Heute morgen benahm ich mich wohl etwas daneben — die Aufregung, Sie verstehen. Ich möchte mich bei Ihnen entschuldigen.«

»Es gibt nichts zu entschuldigen, Sir. Ich hatte mich wirklich unklar ausgedrückt. Können wir die Sache vergessen?«

»Gern.« Der alte Mann drückte ihm die ausgestreckte Hand.

»Mister Johnson, ich hatte nicht mehr die Zeit, alle meine Angelegenheiten in Ordnung zu bringen. Dürfte ich Sie nun bitten, mir dabei zu helfen?«

»Wie? Ja, natürlich.«

»Da ist erst einmal die Schachtel hier.« Lazarus reichte ihm die zugeklebte Zigarrenkiste.

Opa zog die Augenbrauen hoch. »Schwer.«

»Sie enthält Goldstücke. Würden Sie das Zeug bis Kriegsende für mich aufbewahren — oder, falls ich nicht zurückkomme, an Woodie weitergeben? Wenn er einundzwanzig ist . . .«

»Unsinn, mein Junge, wir sehen uns wieder!«

»Ich hoffe es, aber es hat schon Leute gegeben, die von einer Leiter fielen und sich das Genick brachen.«

»Also gut, wie Sie meinen.«

»Vielen Dank, Sir. Das hier können Sie Woodie sofort schenken. Mein Schachspiel. Es hat wenig Sinn, es mit ins Feld zu nehmen.«

»*Hmm!* Sie verwöhnen den Jungen.«

»Das hier ist für Sie.« Lazarus reichte ihm den Übereignungsvertrag.

Mister Johnson las ihn aufmerksam durch. »Ted, Sie glauben doch nicht im Ernst, daß ich Ihr Automobil annehme!«

»Diese Urkunde ist nur eine Formalität, Mister Johnson. Ich würde den Wagen gern hier bei Ihnen lassen. Brian kann damit umgehen — er besitzt technisches Geschick. Vielleicht möchten aber auch Sie oder gar Mrs. Smith das Fahren lernen. Wenn Leutnant Smith auf Urlaub hier weilt, wird er ihn sicher gern benutzen. Und falls ich meine Grundausbildung hier in der Nähe erhalte, habe ich stets ein Fahrzeug bei der Hand.«

»Aber wozu dann der Vertrag? Sicher, das Ding kann jederzeit bei uns im Schuppen stehen, und Brian freut sich, wenn er damit fahren darf — aber das geht doch auch ohne Formalitäten.«

»Ich habe mich nicht klar genug ausgedrückt. Sehen Sie, wenn ich nun weit weg von hier diene — in New Jersey meinetwegen — und den Wagen verkaufen möchte, dann brauche ich nur eine Postkarte an Sie zu schicken, und Sie erledigen den

Rest.« Lazarus lächelte. »Oder ich falle tatsächlich von dieser Leiter. Mister Johnson, Sie *wissen*, daß ich keine Verwandten habe...«

Bevor Opa antworten konnte, trat Mrs. Smith ein, im Sonntagsstaat und mit einem strahlenden Lächeln — obwohl sie sichtlich vorher geweint hatte. Sie streckte Lazarus die Hand entgegen. »Mister Bronson, wir sind alle so stolz auf Sie!«

Ihre Stimme, ihr Duft, ihre sanfte Hand, ihr Glück — das alles traf Lazarus mit voller Wucht. Seine sorgfältige Beherrschung geriet ins Wanken. »Danke, Mrs. Smith«, murmelte er. »Ich wollte mich nur kurz von Ihnen und Ihrer Familie verabschieden, weil ich bereits morgen früh aufs Schiff muß.«

»Bitte, nehmen Sie doch Platz! Eine Tasse Kaffee müssen Sie mit uns trinken!«

Eine Stunde später saß er immer noch im Wohnzimmer. Die Kinder knabberten Pralinen. Lazarus trank Kaffee mit viel Sahne und Zucker und aß Kuchen mit Schokoladenguß dazu.

»Es war ein verrückter Tag«, erklärte er. »Wissen Sie, Mister Johnson, daß Sie mich zwangen, meine Pläne zu ändern?«

»Wirklich, Ted? Inwiefern?«

»Nun, ich hatte, wie ich vielleicht erzählte, für Anfang Juli eine Geschäftsreise nach San Francisco geplant. Dann überstürzten sich die Ereignisse, ich hörte die Kriegserklärung und wollte die Reise sofort antreten. Als ich Sie traf, hatte ich bereits gepackt und war startbereit — aber Sie machten mir klar, daß der Kaiser nicht warten würde, bis ich meine Privatangelegenheiten geregelt hatte.« Lazarus hob ein wenig hilflos die Schultern. »Meine Reisetasche liegt noch draußen im Wagen. Glauben Sie — wäre es vielleicht möglich, daß ich die Sachen bei Ihnen auf dem Speicher lasse? Als Soldat brauche ich sie nicht.«

»Ich kümmere mich darum, Mister Bronson«, versprach Brian jr. »Ich bringe alles in mein Zimmer.«

»In *unser* Zimmer«, warf George ein. »*Wir* kümmern uns darum.«

»Kein Streit, Kinder! Mister Bronson, darf ich Ihnen einen Tip geben?«

»Gern.«

»Nehmen Sie die Tasche mit, wenn es kein allzu kostbares Stück ist! Werfen Sie die weißen Hemden, steifen Kragen und Schlipse heraus! Das Zeug brauchen Sie wirklich nicht. Packen Sie statt dessen Flanellhemden ein, Socken, Unterwäsche — und

Stiefel, in denen Sie gut laufen können. Ich weiß aus Erfahrung, daß zu Beginn des Krieges nie genug Uniformen da sind. Vielleicht müssen Sie einen Monat oder noch länger in Ihren eigenen Klamotten herumrennen.«

»Vater hat recht, Mister Bronson«, sagte Maureen ernst. »Mister Smith — Leutnant Smith, mein Mann — brach zu seiner Einheit auf, noch bevor er den Stellungsbefehl erhielt. Er meinte, daß anfangs ziemliche Verwirrung herrschen würde.« Sie lächelte schwach. »Allerdings drückte er sich nicht so zurückhaltend aus.«

Opa nickte grimmig. »Die machen jeden Kerl, der links und rechts auseinanderhalten kann, zum Korporal, egal, was für Kleider er trägt. Hmm — Ted, kennen Sie den Salbentrick?«

»Nein, Sir.« (Oh, doch, Opa! Du hast ihn mir vor langer Zeit erklärt und er hilft tatsächlich!)

»Das ist äußerst wichtig für lange Märsche! Sie waschen sich die Füße — wenn möglich — und reiben sie gut trocken. Dann schmieren Sie eine dicke Vaselineschicht auf die Haut, besonders zwischen die Zehen. Darüber streifen Sie die Socken und dann die Stiefel. Im ersten Moment werden Sie das Gefühl haben, daß Sie in einem Faß Schmierseife stehen. Aber Ihre Füße ermüden nicht so rasch, und zwischen den Zehen setzt sich kein Pilz an. Noch etwas. Achten Sie auf regelmäßigen Stuhlgang . . .«

»Vater!«

»Ich spreche mit einem *Soldaten*, Maureen! Diese Dinge können ihm das Leben retten. Schick die Kinder ins Bett, wenn du glaubst, daß dies nichts für ihre Ohren ist!«

»Für die Jüngeren wird es ohnehin höchste Zeit«, meinte Mrs. Smith.

»Ich will nicht schlafen!«

»Woodie, du tust, was deine Mutter sagt, sonst hole ich den Schürhaken! Diese Regel gilt, bis dein Vater vom Krieg heimkommt.«

»Ich bleibe auf, bis Gefreiter Bronson geht! Papa hat es erlaubt.«

»Muß ich dir wirklich erst den Hintern versohlen, bis du folgst? Maureen, ich schlage vor, du bringst sie der Reihe nach ins Bett. Ich begleite dann Ted zur Straßenbahnhaltestelle.«

»Aber ich wollte Onkel Ted doch heimfahren!«

»Brian, vielen Dank!« mischte sich Lazarus ein. »Aber wir wollen deiner Mutter heute keine zusätzlichen Sorgen mehr bereiten. Außerdem muß ich von morgen an ohnehin zu Fuß gehen.«

»*Kopf hoch und — rechts und — links!*« kommandierte Opa. »Da fällt mir etwas ein, Ted. Während sich das junge Gemüse verabschiedet, hole ich ein paar alte Armeehemden aus meinem Schrank — könnten Ihnen ziemlich genau passen.«

»Sir, ich werde sie in Ehren halten.«

Mrs. Smith erhob sich. »Ich habe auch etwas für Mister Bronson. Nancy, kümmerst du dich um Ethel? Und Carol, du gibst bitte auf Richard acht!«

Die Kinder sagten Lazarus der Reihe nach gute Nacht. Woodie nutzte die Gelegenheit, um ihm ins Ohr zu flüstern: »Sind die Schachfiguren aus *echtem* Elfenbein?«

»Ja. Aus Elfenbein und Ebenholz — wie die Tasten auf Mamas Klavier.«

»Toll, Mann! Wenn du zurückkommst, Onkel Gefreiter, leihe ich sie dir.«

»Und ich besiege dich!«

»Denkste. Also, bis später!«

Brian versprach, daß er gut auf das Automobil achten werde, und Nancy und Carol wollten für ihn beten.

Maureen erschien wieder, und die Kinder verließen das Wohnzimmer. Opa betrachtete die Bilder an der Wand.

Mrs. Smith trat ganz nahe an Lazarus heran und drückte ihm ein Büchlein in die Hand. »Das ist für Sie.«

Es war eine Taschenausgabe des Neuen Testaments. Auf der ersten Seite stand in leicht verblaßter Schrift:

Der lieben Maureen Johnson als Anerkennung für Fleiß und Glauben. Karfreitag 1892. Matthäus, 7/7.

Und darunter:

Dem Gefreiten Theodore Bronson
Bleibe treu dir selbst und dem Vaterland!
Maureen J. Smith
6. April 1917

Lazarus schluckte. »Ich werde es wie einen Schatz hüten und ständig bei mir tragen, Mrs. Smith.«

»Nicht ›Mrs. Smith‹, Theodore — ›Maureen‹.« Sie umarmte ihn. Einen Moment lang spürte er sanft und warm ihre Lippen, dann seufzte sie und schmiegte sich mit einer Leidenschaft an ihn, die er kaum zu fassen vermochte.

»Theodore«, wisperte sie, »paß gut auf dich auf! Du mußt zu uns zurückkommen!«

DA CAPO

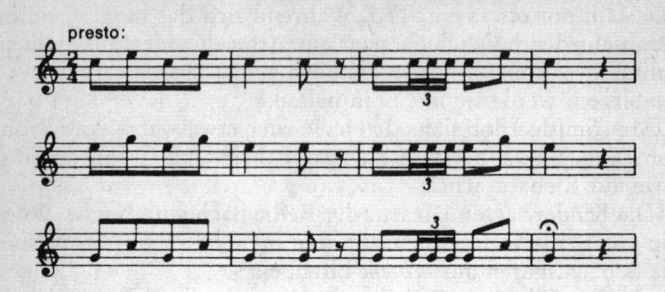

VI.

Camp Funston, Kansas

Geliebte Zwillinge plus Anhang!

Eine Riesenüberraschung! Gestattet, daß ich euch Korporal Ted Bronson vorstelle, den niederträchtigsten Schleifer der amerikanischen Armee! Nein, bei mir ist keine Sicherung durchgebrannt. Ich hatte eine Zeitlang lediglich die Grundregel für ein jedes Ausweichmanöver vergessen: Eine Nadel versteckt man am besten in einem Nadelhaufen — und die Teilnahme an einem Krieg vermeidet man am besten, wenn man der Armee beitritt. Da keiner von euch genau weiß, was ein Krieg oder eine Armee ist, muß ich das näher erläutern.

Ich hatte — Idiot, der ich war — geplant, diesem Krieg durch eine Reise nach Südamerika zu entgehen. Aber in Südamerika könnte ich mich auf keinen Fall unerkannt unters Volk mischen, egal, wie gut ich die Sprache beherrsche. Es wimmelt von deutschen Agenten, die Old Buddyboy für einen amerikanischen Agenten halten und ihm einen unfreundlichen Empfang bereiten würden. Außerdem haben die Mädchen mit den feurigen Augen mißtrauische Anstandsdamen und Väter, die mit Vorliebe Gringos erschießen. Ein ungesundes Klima.

Bleibe ich dagegen in den Vereinigten Staaten und trete nicht der Armee bei, dann genügt ein Ausrutscher, und ich lande hinter Gittern, kriege einen miserablen Fraß und muß Steine klopfen. Nicht gerade verlockend.

In Kriegszeiten werden Angehörige der Armee bevorzugt behandelt. Das Risiko, den Heldentod zu sterben, ist gering und kann mit etwas Geschick ganz vermieden werden.

Wie? Nun, wir befinden uns noch nicht in einer Ära des totalen Krieges. Die Schlachten konzentrieren sich auf einzelne Schauplätze, und es gibt zahllose Jobs bei der Armee, die *nicht* im Kampfgebiet liegen. Der Soldat ist in diesem Fall ein Bürger mit Sonderrechten.

Einen solchen Job habe ich mir ergattert, und ich nehme an, daß ich ihn bis zum Kriegsende behalten werde. Jemand muß diese tapferen unschuldigen jungen Burschen in Empfang nehmen, wenn sie frisch von der Meldestelle kommen. Ein Mann, der das kann, wird von den Offizieren bevorzugt behandelt.

Ich bin also voll des alten Kampfgeistes, ohne selbst kämpfen zu müssen. Ich erteile Unterricht — Drillübungen, Schießübungen, Nahgefecht mit und ohne Waffe, Feldhygiene, einfach alles. Meine ›erstaunlichen‹ Kenntnisse in militärischen Dingen erregten anfangs Aufsehen, aber nun geht das Gerücht um, daß ich früher Soldat in der französischen Fremdenlegion war (ein Sonderkorps eines europäischen Verbündeten, das sich aus Mördern, Dieben, entwichenen Sträflingen und ähnlichem Gesindel zusammensetzt und berühmt ist wegen seiner tollkühnen Einsätze). Ich stelle mich taub, wenn jemand neugierige Fragen stellt, und salutiere nur hin und wieder ›auf französisch‹ — aber jeder weiß, daß ich die Sprache beherrsche, denn damit begann meine Karriere. Wir haben französische und englische Offiziere hier, die uns mit der Taktik der Schützengräben vertraut machen sollen. Angeblich beherrschen sie alle unsere Sprache — aber die jungen Ochsentreiber aus Kansas und Missouri verstehen sie einfach nicht. Also erscheint Lazarus auf der Bildfläche und springt als Verbindungsoffizier ein. Ich und ein französischer Sergeant ergeben zusammen (fast) einen guten Ausbilder.

Ohne den französischen Sergeant bin ich ein (ganz) guter Ausbilder — wenn ich das lehren darf, was ich wirklich weiß. Aber das geht nur beim Nahkampf ohne Waffen. Alles andere ist in jahrhundertealten Regelbüchern zusammengefaßt, deren Weisheit als unantastbar gilt.

Ich kann es nicht ändern. Ich weiß, daß unsere Jungens den Krieg gewinnen werden, aber ich weiß auch, daß aufgrund dieser stupiden Regeln mehr als nötig sterben werden.

Sie brennen darauf, ›über den Teich‹ zu gehen und es diesen Deutschen zu zeigen. Mir tun sie leid, weil sie so jung sind — viel zu jung. Manchmal höre ich nachts den einen oder anderen schluchzen, weil er Heimweh hat. Aber am nächsten Morgen schuftet er dann um so mehr. Es gibt kaum Deserteure; die Burschen *wollen* kämpfen.

Ich denke lieber nicht darüber nach, wie sinnlos dieser Krieg ist.

Es fällt mir immer schwerer, meine Briefe zu schreiben und abzuschicken. An Fotokopien oder Ätzen ist nicht zu denken. Manchmal bekomme ich einen Tag frei, aber das reicht gerade, um nach Topeka zu gelangen — meist am Sonntag, wenn die Geschäfte ohnehin geschlossen sind. Ich habe es mir angewöhnt, ein Tagebuch zu führen, damit ich später, wenn ich daheim bin, Einzelheiten ergänzen kann.

Übrigens, Ischtar, hast du mir einen Minirecorder in die Eingeweide geschmuggelt? Ich liebe dich, aber manchmal bist du ein teuflisches Biest! Mir selbst wäre es nicht aufgefallen, aber einer der Musterungsärzte bemerkte die Beule. Er kümmerte sich zum Glück nicht weiter darum, und ich konnte die Stelle daheim in aller Ruhe betasten. Es könnte eines dieser künstlichen Organe sein, über die ihr Verjüngungstechniker mit Normalgebildeten nicht gern diskutiert. Aber wenn du mich fragst, so halte ich es für einen Welton-Würfel mit Mikrophon. Die Größe würde stimmen.

Hättest du nicht fragen können, anstatt mir das Ding heimlich unter die Weste zu jubeln? Ich sage ohnehin selten nein, wenn eine von euch mich nett um einen Gefallen bittet.

Meine Familie habe ich seit dem Einrücken nicht mehr gesehen. Aber sobald ich einen Urlaubsschein bekomme, fahre ich nach Kansas City und besuche sie. Als ›Held‹ genießt man manche Privilegien, von denen ein Junggeselle im Zivilleben nicht zu träumen wagt. In Kriegszeiten sind die Sitten nicht so streng; vielleicht kann ich sogar bei den Smith wohnen. Sie waren alle sehr gut zu mir. Ich bekomme fast jeden Tag einen Brief und einmal in der Woche Plätzchen oder gar einen Kuchen.

Ich wollte, es wäre ebenso leicht, von meiner Tertius-Familie Briefe zu erhalten.

Wiederholung der wichtigsten Botschaft: Treffpunkt am 2. August 1926 — letzte Ziffer *sechs* — zehn Jahre nach der Landung.

Alles Liebe von
Korporal Ted (Old Buddyboy) Bronson

Lieber Mister Johnson,
zuerst einmal tausend Grüße an Nancy, Carol, Brian, George, Marie, Woodie, Dickie Boy, das Baby Ethel und Mrs. Smith! Ich kann nicht sagen, wie gerührt ich bin, daß Ihre Familie den Wai-

senknaben ›bis Kriegsende adoptiert‹ hat — und das mit Zustimmung von Captain Smith. Seit jenem Abend, an dem ich, beladen mit Geschenken, guten Wünschen und Ihren ausgezeichneten Ratschlägen, Mister Johnson, das gastliche Haus verließ, fühle ich mich den Ihren eng verbunden.

Nein, ich habe Captain Smith bisher nicht aufgesucht. Richten Sie das bitte Mrs. Smith aus. Der Vorschlag in ihrem letzten Brief war zu liebenswürdig, aber ich weiß, daß es sich für einen einfachen Soldaten nicht schickt, einem vielbeschäftigten Offizier zur Last zu fallen.

Ich möchte Carol für ihre großartigen Schokoladenplätzchen danken; sie sind ebenso gut wie ihre übrigen Leckereien. (Das ist das höchste Lob, das ich spenden kann!) Meine Kameraden überfallen mich jedesmal, wenn ein Päckchen von ihr kommt. Da ist ein hochgewachsener, schlanker Junge aus Kansas, der Carol auf der Stelle heiraten würde — allein schon wegen ihrer Schokoladenplätzchen.

Wir haben jetzt richtige Schützengräben und Übungswaffen, aber es ist nicht ganz leicht, den Jungen den richtigen Gebrauch beizubringen. Es gibt zwei Typen von Rekruten: Die einen hatten noch nie ein Gewehr in der Hand, und die anderen geben an, als ob sie tagtäglich mit der Flinte das Frühstück für die Familie zu schießen pflegen. Die erste Sorte ist mir lieber, auch wenn man den Burschen erst die Angst nehmen muß. Aber die anderen glauben, daß sie alles wüßten, und hören einfach nicht zu.

Hin und wieder muß ich rauhe Saiten aufziehen, und es kann vorkommen, daß die Kerle ihre Angriffslust an mir auszutoben versuchen. Nun, inzwischen hat sich herumgesprochen, daß ich auch Nahkampfunterricht erteile. Mir ist zu Ohren gekommen, daß mich die Rekruten ›Tod‹ Bronson nennen. Es stört mich nicht, solange sie mich in Ruhe lassen.

Das Wetter in Camp Funston ist entweder zu heiß und staubig oder zu kalt und morastig. Letzteres soll eine gute Übung für Frankreich sein; die Tommys hier behaupten, die größte Gefahr des Krieges bestünde darin, daß man in einem französischen Schützengraben ersäuft. Die Franzosen widersprechen nicht direkt, schieben aber die Schuld am vielen Regen dem pausenlosen schweren Artilleriefeuer zu.

Allmählich ermüdet es mich, immer wieder neuen Rekruten das Ausheben von Schützengräben beizubringen. Ich kenne inzwischen vier Methoden — die der Franzosen, Engländer, Amerikaner und — die der Rekruten, bei denen immer wieder die

Schutzwände einstürzen. Auf meine Vorhaltungen hin erklären die Burschen, General Pershing werde diesem Schützengrabenkrieg ohnehin ein Ende machen und die Deutschen in die Flucht schlagen.

Vielleicht haben sie recht. Aber auch ich habe meine Befehle.

Es freut mich, daß Sie im Siebenten Regiment dienen; ich weiß, wieviel Ihnen das bedeutet. Aber nennen Sie das Siebente Missouri nie wieder verächtlich ›Bürgerwehr‹! Falls diesem Hindenburg nicht bald das Handwerk gelegt wird, gibt es eine Menge Arbeit für Sie.

Offen gestanden, es wäre mir nicht lieb, Mister Johnson, und ich bin überzeugt davon, daß Mister Smith auf meiner Seite steht. Jemand *muß* die Zivilbevölkerung schützen — und ich denke an eine bestimmte Familie am Benton Boulevard, die mir sehr ans Herz gewachsen ist.

Meine Hochachtung Ihnen, Sir, und Mrs. Smith,
meine herzliche Zuneigung den Kindern,
Ihr Adoptivcousin
Ted Bronson ›Smith‹.

»Herein!«

»Sergeant Bronson meldet sich zur Stelle, Captain Smith!« (Papa, ich hätte dich nicht erkannt. Gut siehst du aus — und sehr viel jünger, als ich dich in Erinnerung hatte!)

»Bitte, schließen Sie die Tür, Sergeant. Und nehmen Sie Platz.«

»Jawohl, Sir.« Lazarus war immer noch ein wenig verwirrt. Er hatte es bis jetzt vermieden, mit Captain Brian Smith zusammenzutreffen, obwohl er wußte, daß sein Vater in Camp Funston weilte. Und nun holte ihn plötzlich ein motorisierter Melder mit ›Order von Captain Smith‹.

»Sergeant, mein Schwiegervater hat mir viel von Ihnen erzählt — und meine Frau auch.«

Darauf gab es keine Antwort. Lazarus zuckte nur die Achseln.

»Sergeant, ich habe mich genau mit Ihnen befaßt. Weshalb lehnten Sie die Offiziersausbildung ab, die man Ihnen anbot?«

(Da muß ich dich leider belügen, Papa. Oder soll ich dir sagen, daß ein Kompanieführer eine Lebenserwartung von zwanzig Minuten besitzt, wenn er nach diesem verdammten Regelbuch vorgeht? Ein idiotischer Krieg!) »Sir, betrachten Sie es einmal von meiner Seite: Angenommen, ich bewerbe mich. Der Papierkrieg dauert einen Monat. Dann komme ich für drei Monate nach Benning oder Leavenworth. Dann zurück hierher oder nach Bliss oder an sonst einen Ort, wo Rekruten ausgebildet werden. Ein halbes Jahr, bis man die nötigsten Grundlagen erworben hat, und als nächstes über den Großen Teich, wo uns erneut Drill erwartet. Bis dahin ist der Krieg aus, Sir, und ich habe nichts davon gesehen.«

»Mmm... möglich. Würden Sie gern nach Frankreich gehen?«

»*Jawohl, Sir!*« (Um Himmels willen, *nein!*)

»Als ich letztes Wochenende daheim in Kansas City war, sagte mein Schwiegervater diese Antwort voraus. Passen Sie auf! Man hat uns gebeten...« — Vater lächelte — »... oder besser gesagt, *befohlen,* einige unserer besten Ausbilder nach Frankreich zu schicken... für den Drill, den Sie vorhin erwähnten. Ich weiß, daß Sie sich eignen. Ich habe Ihren Personalbogen gesehen. Est-ce que vous parlez la langue française?«

»Oui, mon capitaine.«

»Eh bien! Peut-être vous avez enrôlé autrefois en la Légion Etrangère, n'est-ce pas?«

»Pardon, mon capitaine? Je ne comprends pas.«

»Ebensowenig wie ich Sie verstehen werde, wenn Sie noch drei Worte sprechen. Aber ich lerne eifrig, weil ich in französischen Sprachkenntnissen meine einzige Möglichkeit sehe, aus diesem staubigen Loch herauszukommen. Bronson, vergessen Sie die Frage von vorhin. Aber ich muß Ihnen eine andere stellen, und ich bitte Sie, mir ehrlich zu antworten. Sucht in Frankreich irgendeine Behörde nach Ihnen? Es ist mir egal, was Sie in der Vergangenheit gemacht haben — aber wir müssen unsere Leute schützen.«

»Keine, Sir, ich versichere es Ihnen.«

»Das ist eine Erleichterung für mich. Es gingen nämlich gewisse Latrinenparolen um, die Opa weder bestätigen noch verneinen konnte. Da wir gerade von ihm sprechen — würden Sie bitte einen Moment aufstehen, Sergeant? Drehen Sie sich — so herum! Bronson, es stimmt. Sie haben eine verblüffende Ähnlichkeit mit Onkel Ned. Und ich bin überzeugt davon, daß Opas Theorie stimmt. Doch darüber unterhalten wir uns eingehend, wenn der Krieg vorbei ist.«

»Gern, Sir.«

»Noch eins — und das vergessen Sie bitte wieder, sobald Sie mein Zimmer verlassen haben: Ich nehme an, daß der Befehl in den nächsten Tagen durchkommt. Wenn es soweit ist, erhalten

Sie einen kurzen Urlaub, den Sie nicht angefordert haben. Von diesem Moment an nehmen Sie sich bitte nichts Wichtiges mehr vor!«

»Je comprends, mon capitaine.«

»Schade, daß ich Sie nicht begleiten kann. Aber vielleicht treffen wir uns irgendwann drüben. Inzwischen — Sie wissen nichts!«

»Überhaupt nichts.« (Papa glaubt, daß er mir einen *Gefallen* erweist!) »Vielen Dank, Sir.«

»Gern geschehen.«

DA CAPO

VII.

Stabsfeldwebel Theodore Bronson fand Kansas City verändert. Überall Uniformen. Überall Plakate. Onkel Sam starrte ihn an: »Ich brauche *dich* für den Sieg!« Eine Rotkreuz-Krankenschwester trug einen Verwundeten; darunter stand nur ein Wort ›SPENDET!‹ Ein Restaurant hatte ein großes Schild ausgehängt: ›Wir halten alle fleischlosen Tage ein!‹ Dienstwimpel flatterten an vielen Fenstern. Es herrschte reger Verkehr, und die Straßenbahnen waren überfüllt. Viele der Fahrgäste trugen Uniformen.

Lazarus fühlte sich nach der langen Fahrt im Militärzug wie gerädert. Immer wieder hatten sie auf der Strecke gehalten, um Güterzüge oder Truppentransporte vorbeizulassen. Zum Schlafen war es zu eng gewesen.

Ein Taxi, das vor dem Bahnhof wartete, nahm ihn auf, aber der Fahrer bestand darauf, drei weitere Kunden zu befördern. Das Fahrzeug sah reichlich mitgenommen aus. Die gläserne Trennscheibe zwischen Vorder- und Rücksitzen fehlte, und das Verdeck ließ sich nicht mehr hochklappen. Nun, bei der Enge war Lazarus froh, ein wenig frische Luft schnappen zu können.

Der Fahrer drehte sich um. »Sergeant, Sie waren der erste. Wohin?«

Lazarus erklärte, daß er ein Hotelzimmer in der Nähe der Einunddreißigsten suchte.

»Sie sind Optimist — aber mal sehen. Was dagegen, wenn ich die anderen Herren zuerst absetze?«

Schließlich landeten sie vor einem Hotel zwischen Einunddreißigster und Main Road: ›Für Dauergäste und Durchreisende — sämtliche Räume mit Bad.‹

»Stinkteures Loch«, murmelte der Fahrer. »Aber sonst ist in der Nähe nichts frei — außer wir versuchen es in der Innenstadt. Nein, behalten Sie Ihr Geld, bis wir wissen, ob Sie unterkommen. Müssen Sie über den Teich?«

»Sieht so aus.«

»Dann zahlen Sie einen Dollar und keinen Cent mehr. Von einem Mann, der drüben eingesetzt wird, nehme ich kein Trinkgeld. Habe selbst einen Sohn dort. Warten Sie, ich rede mit dem Portier.«

Zehn Minuten später genoß Lazarus sein erstes heißes Bad seit dem 6. April 1917. Danach schlief er drei Stunden. Als er aufwachte, suchte er frische Wäsche aus seiner Reisetasche und zog seine beste Uniform an. Er ging in die Hotelhalle und wählte die Nummer seiner Familie.

Carol meldete sich. »Oh! Mama, es ist Onkel Ted!« piepste sie aufgeregt.

Maureens Stimme verriet Wärme. »Wo sind Sie, Sergeant Theodore? Brian holt Sie ab.«

»Vielen Dank, Mrs. Smith, aber ich wohne in einem Hotel gleich neben der Straßenbahnhaltestelle — an der Einunddreißigsten. Ich bin im Nu bei Ihnen — wenn Sie mich gebrauchen können...«

»Gebrauchen können! Was sind das für Reden? Sie gehören in unser Haus. Captain Smith hat uns geschrieben und angekündigt, daß Sie bald kämen. Sagte er Ihnen nicht, daß wir Sie bei uns unterbringen wollen?«

»Ma'am, ich habe Ihren Gatten ein einziges Mal gesprochen, und das ist drei Wochen her. Er weiß vermutlich noch nicht, daß ich meinen Urlaub angetreten habe.« Lazarus machte eine Pause. »Außerdem möchte ich Ihnen keine Ungelegenheiten bereiten.«

»Kein Wort mehr, Sergeant Theodore! Gleich zu Beginn des Krieges habe ich mein Nähzimmer im Erdgeschoß — die frühere Dienstmädchenkammer — in ein Gästequartier umgewandelt, damit Brian hin und wieder einen Kameraden übers Wochenende heimbringen kann. Soll ich meinem Mann schreiben, daß Sie sich geweigert haben, unsere Gastfreundschaft anzunehmen?«

(Maureen, du sperrst die Katze in den gleichen Raum wie den Kanarienvogel! Wenn das gutgeht...) »Mrs. Smith, Sie sind zu liebenswürdig.«

»Das klingt schon besser!«

*

Brian junior wartete an der Haltestelle des Benton Boulevard, begleitet von George, der ihn wie immer bediente; auf dem Rücksitz hatten es sich Carol und Marie bequem gemacht. »Ui, Onkel Ted ist *schön!*« quietschte Marie begeistert.

»Stattlich, Marie«, verbesserte Carol. »Ein Soldat ist nicht ›schön‹, sondern stattlich — habe ich recht, Onkel Ted?«

Lazarus hob die Kleine hoch und küßte sie auf die Wange. »Ich fühle mich weder schön noch stattlich — also braucht ihr nicht zu streiten. Das ist ja ein gewaltiges Begrüßungskomitee! Muß ich vielleicht zu Fuß hinterherlaufen?«

»Du sitzt bei den Mädchen hinten«, bestimmte Brian jr. »Aber sieh dir zuerst *das* hier an!« Er deutete darauf. »Ein *Fuß*pedal zum Gasgeben! Eine Wucht, was?«

Lazarus fiel auf, daß sein Landaulett blitzte. Brian — oder Opa — hatten einiges erneuert: ein flottes Kühlergitter, rutschfeste Gummibeläge auf den Pedalen, eine Schutzhülle für das Reserverad, ein Mantelgitter im Fond und als Tupfen auf dem i eine Kristallvase mit einer Rose darin. »Ist der Motor ebenso gut in Schuß wie alles andere?«

George klappte die Motorhaube hoch, und Lazarus pfiff durch die Zähne. »Da könnte man mit weißen Handschuhen hineinfassen!«

Brian nickte stolz. »Opa sagt, wenn wir den Wagen nicht pflegen, dürfen wir ihn auch nicht benutzen.«

»Ich erkenne ihn kaum wieder, so elegant sieht er aus!«

Lazarus erhielt einen festlichen Empfang. Opa erwartete ihn auf den Verandastufen — hochaufgerichtet, in Galauniform, mit Orden an der Brust, Rangabzeichen an den Ärmeln, sorgfältig gewickelten Gamaschen und forsch zurechtgerückter Feldmütze. Mit einemmal war sich Lazarus im klaren darüber, weshalb er Opa so groß in Erinnerung hatte.

Der alte Mann salutierte zackig. »Willkommen daheim, Sergeant!«

Lazarus erwiderte den Salut. »Danke, Sergeant. Ich freue mich, daß ich wieder hier bin.« Kopfschüttelnd fügte er hinzu: »Mister Johnson, Sie erwähnten mit keiner Silbe, daß Sie der Nachschubstaffel angehören!«

»Jemand muß schließlich die Socken zählen. Ich meldete mich für den Job . . .«

Weiter kam er nicht, denn Woodie schoß ins Freie und rief: »He, Onkel Sergeant! Spielst du mit mir Schach?«

»Klar, Freund«, versicherte Lazarus, aber seine Aufmerksamkeit wurde durch zwei Dinge abgelenkt: Mrs Smith erschien auf der Schwelle, und er bemerkte in der Ecke des Wohnzimmerfensters einen Wimpel mit drei Sternen. *Drei* ...?

Das Essen verlief in gelockerter Atmosphäre. Opa vertrat das Familienoberhaupt, und Maureen dirigierte die Kinderschar, ohne ein einziges Mal aufzustehen. Die drei ältesten Töchter kümmerten sich um alles Nötige. Lazarus hatte den Ehrenplatz zu Maureens Rechten. Links saß Ethel in einem Babystühlchen. George half beim Füttern der Kleinen. (Lazarus erfuhr, daß sich die fünf Älteren in dieser Pflicht abwechselten.)

Es war für Kriegszeiten ein üppiges Mahl mit knusprigem, goldgelbem Maisbrot (wegen des Weizensparaufrufs) und mit strenger Disziplin: Was auf den Teller kam, mußte ganz gegessen werden (Opa wies wiederholt auf die hungernden Belgier hin). Lazarus lobte die Kochkunst der Mädchen und versuchte allen gleichzeitig Gehör zu schenken — ein Ding der Unmöglichkeit. Brian und George erzählten, daß die Pfadfindergruppe Nußschalen und Pfirsichkerne sammelte und wie viele man pro Gasmaske benötigte, und Marie wollte Anerkennung für die selbstgehäkelten Quadrate, die man zu Decken zusammennähen konnte, und Opa verlor allmählich die Geduld, weil er mit Lazarus von Mann zu Mann reden wollte. Maureen Smith warf nur selten ein Wort ein. Sie saß da und lächelte zufrieden, aber Lazarus hatte das Gefühl, daß sie eine innere Anspannung verbarg. »Entschuldige, Carol — was sagtest du eben?«

»Ich finde es *schrecklich*, daß Sie gleich wieder zurück müssen. Wo Sie doch nach drüben gehen...«

»Aber es ist eine ganze Menge Urlaub, Carol — für Kriegszeiten. Nur der Reiseweg nimmt soviel Zeit in Anspruch. Außerdem weiß ich gar nicht, ob ich tatsächlich zum Einsatz komme.«

Einen Moment lang herrschte Stille, und die älteren Jungen sahen einander an. »Sergeant«, meinte Ira Johnson ruhig, »die Kinder wissen, was ein Urlaubsschein mitten in der Woche bedeutet.«

Brian jr. nickte ernst. »Onkel Ted, ich könnte Sie zum Camp zurückfahren. Das dauert nicht so lange wie mit dem Zug.«

»Vielen Dank, Brian — aber stell dir vor, wir hätten unterwegs eine Panne! Diesmal kann ich es mir einfach nicht leisten, zu spät zu kommen.«

»Sergeant Bronson hat recht, Brian«, erklärte Opa. »Mich ruft jetzt auch die Pflicht. Maureen, du entschuldigst mich?«

»Aber natürlich, Vater.«

»Sergeant Johnson, darf ich Sie zum Exerzierplatz bringen? Oder wo Sie sonst eingesetzt sind ...«

»Im Arsenal. Nein, nein, Ted, mein Captain holt mich ab und bringt mich wieder heim. Wir beide fangen früh an und bleiben bis spät in die Nacht wach. Äh — warum machen Sie nicht mit Maureen eine kleine Spazierfahrt? Sie ist seit mehr als einer Woche nicht mehr aus dem Haus gekommen. Sieht schon ganz bleich aus.«

»Mrs. Smith? Es wäre mir eine Ehre.«

»Wir fahren alle mit!«

»George«, entgegnete Großvater streng, »ich möchte, daß sich deine Mutter eine Stunde von eurem Getöse erholt!«

»Sergeant Ted hat versprochen, daß er Schach mit mir spielt!«

»Woodie, ich weiß. Aber eine Zeit war nicht vereinbart — und er ist morgen auch noch hier.«

»Außerdem schuldet er mir schon *ganz lang* eine Fahrt zum *Electric Park!*«

»Woodie, es tut mir leid, daß ich dieses Versprechen nicht einlösen konnte«, sagte Lazarus. »Aber der Krieg brach noch vor der Sommersaison aus, und diesmal reicht die Zeit wahrscheinlich wieder nicht ...«

»Aber du ...«

»Woodrow, sei still!« ermahnte ihn seine Mutter streng. »Nicht du hast Urlaub, sondern Sergeant Theodore!«

»Keine trotzige Miene, sonst setzt es Hiebe!« fügte Opa hinzu.

»Nancy — du übernimmst den Laden!«

»Aber ...«, begann das Mädchen und schwieg.

»Vater, Nancys junger Mann wird bald volljährig und will den Einberufungsbefehl nicht erst abwarten. Ich glaube, das habe ich dir bereits erzählt«, sagte Maureen. »Heute abend veranstalten seine Freunde eine Überraschungsparty für ihn.«

»Ach ja — das war mir völlig entfallen. Nancy, du bist vom Innendienst befreit. Carol?«

»Carol und ich erledigen alles«, erklärte Brian. »Ich wasche das Geschirr, Marie trocknet ab, und George räumt es ein. Bettgehzeiten wie immer, wichtige Telefonnummern auf dem Zettel — wir schaffen das schon.«

»Dann — dann gehe ich jetzt«, sagte Nancy und verabschiedete sich hastig von Lazarus.

*

Eine Viertelstunde später half Lazarus Mrs. Maureen Smith auf den Beifahrersitz des Landauletts. Sie hatte sich umgezogen. Diese Kriegsmoden waren hinreißend; sie gaben die Beine fast bis zur Wade frei — und Maureen besaß herrlich geformte Waden.

Er ließ den Motor an. »Wohin, Mrs. Smith?« fragte er, als er auf den Fahrersitz kletterte.

»Irgendwo ins Grüne«, erwiderte Maureen. »Aber — nennen Sie mich nicht Mrs. Smith, wenn wir allein sind, Theodore!«

»Danke ... Maureen.« Ob er bis zum Swope Park fahren durfte? Oder würde sie Einwände erheben?

»Ich mag es, wie Sie meinen Namen aussprechen, Theodore. Erinnern Sie sich noch an die Stelle, wo wir kurz vor Ausbruch des Krieges mit den Kindern ein Picknick veranstalteten?«

»In der Nähe des Blue River, ja. Möchten Sie dorthin, Maureen?«

»Gern. Oder an einen ähnlichen Fleck — wo es still ist und Sie nicht auf den Verkehr achten müssen ...«

(He, Maureen! Sei vorsichtig, sonst erlebst du eine böse Überraschung. Ein Abschiedskuß in Ehren — gut. Aber wenn du eine allzu abgelegene Stelle wählst, garantiere ich für nichts. Und ich will nicht die Ursache von Gewissensqualen sein. Du befindest dich im falschen Jahrhundert, Liebling!)

»Soll ich hier abbiegen?«

»Ja. Theodore, Brian sagte, daß man mit dem neuen Gaspedal nur noch eine Hand zum Lenken braucht.«

»Das stimmt.«

»Dann nimm eine Hand vom Steuer! Oder muß ich mich noch deutlicher ausdrücken?«

Vorsichtig legte er ihr den Arm um die Schultern. Sie nahm seine Hand, preßte sie an ihren Busen. »Wir haben wenig Zeit, Theodore«, sagte sie ruhig.

Eine feste Brust. Hart vor Erregung. Maureen schmiegte sich an ihn und stöhnte leise. »Ich liebe dich, Maureen«, sagte Lazarus mit heiserer Stimme.

»Wir lieben einander seit jenem Abend, an dem wir uns kennenlernten.«

»Ja. Ich wagte es dir nicht zu sagen.«

»Ich weiß. Deshalb nahm ich die Sache in Angriff.« Sie fügte hinzu: »Da vorn ist der Waldweg ...«

Lazarus nickte. Er nahm das Steuer wieder mit beiden Händen und fuhr vorsichtig über den holprigen Pfad, bis er die Lichtung erreichte. Er wendete den Wagen und parkte ihn am Wegrand. Dann schaltete er die Scheinwerfer aus.

Maureen schmiegte sich ohne Scheu in seine Arme. Ihre Lippen suchten die seinen, ihre Hände streichelten ihn.

Nach einer Weile lachte sie leise. »Überrascht? Ich wußte, daß wir nicht viel Zeit haben, mein Krieger — und Korsetthäkchen lassen sich im Dunkel nicht leicht öffnen. Also zog ich meine Reizwäsche rasch aus, als du Opa nach draußen brachtest. Du — du brauchst keine Angst zu haben, Liebling. Ich bin schwanger.«

»Was hast du gesagt?«

»Theodore, es fällt mir nicht leicht, von diesen Dingen zu sprechen. Ich bin schwanger, seit sieben Wochen. Kein Zweifel.«

»Hmm.« Er sah sie an. »Der Sitz ist eng.«

»Hast du Angst vor Ameisen?«

»Weder vor Ameisen noch vor der schönsten Frau, die ich je in den Armen gehalten habe!«

Sie kletterte aus dem Wagen und öffnete die Fondtür, um die Decke vom Rücksitz zu holen. Im nächsten Moment hörte Lazarus sie laut und vernehmlich sagen: »Woodrow, du bist ein Fratz! Sergeant Theodore — nun sehen Sie sich das an!«

Lazarus brachte hastig seine Kleidung in Ordnung und trat neben sie.

»Sergeant Ted hat mir eine Fahrt zum *Electric Park* versprochen!« maulte der Kleine.

»Genau da wollten wir hin, mein Schatz. Nun hör Mama mal gut zu: Sollen wir dich heim und ins Bett bringen, oder bist du alt genug, um wach zu bleiben und mit uns den Rummelplatz zu besuchen?«

(Maureen, hat dir Opa das Lügen beigebracht? Oder ist das ein Naturtalent? Ich liebe dich nicht nur, ich bewundere dich! Du müßtest in General Pershings Stab sein!)

»Ich komme mit zum *Electric Park*!« erklärte Woodie entschieden.

»Gut, dann leg dich wieder hin und schlaf noch eine Weile! Wir sind bald da.«

Woodie gehorchte. Sie schlossen ihn in den Fond, und Lazarus fuhr von der Lichtung fort. Sobald der Motorenlärm ihre Stimmen dämpfte, sagte Maureen: »Ich muß telefonieren. Kurz vor der Kurve findest du einen Drugstore. Dort zweigt auch die Straße zum *Electric Park* ab.«

»Glaubst du, daß er viel gehört hat?«

»Ich hatte den Eindruck, daß er bis zu dem Moment, da ich die Tür öffnete, schlief. Aber selbst wenn er etwas gehört hat — er würde es nicht verstehen. Mach dir keine Gedanken, Theodore! Ein Soldat zeigt keine Furcht vor dem Feind.«

»Ich glaube, du wärst ein tapferer Soldat, Maureen.«

»Ich bin lieber eine Soldatenbraut. Du kannst jetzt wieder mit einer Hand fahren.«

»Die Trennscheibe besteht aus Glas.«

»Na und?« Maureen nahm seine Hand, legte sie auf ihren Schenkel und strich den Rock glatt. »Ich brauch' deine Berührung, Theodore. Ich habe solche Sehnsucht nach dir.« Sie kicherte leise. »Sind wir nicht zwei Schwachköpfe?«

»Ja — aber mir ist nicht zum Lachen zumute.« Seine Finger preßten sich gegen ihre weiche Haut. »Ich fühle mich betrogen.«

»Du *mußt* lachen, Theodore!« Sie entspannte sich und öffnete die Schenkel.

»Wahrscheinlich hast du recht. Zwei Erwachsene, die sich von einem Sechsjährigen übertölpeln lassen!«

»Woodie wird erst im November sechs.« Sie schloß einen Moment die Augen. »Das schwerste Baby, das ich hatte — acht Pfund und mehr Schwierigkeiten als bei allen anderen zusammen. Und immer ein Biest und immer mein Liebling, auch wenn ich mir Mühe gebe, es zu verbergen. Aber die Pointe kommt erst, Theodore — und wenn du sie erfährst, lachst du auch! Weißt du, woher ich die Lichtung so gut kannte? Weil ich schon einmal da war, Liebling — zu dem gleichen Zweck. Und nun paß auf: Dieser kleine Schuft auf dem Rücksitz, der uns alles verdorben hat, wurde an eben jener Stelle gezeugt.«

Lazarus sah sie einen Moment lang von der Seite an, dann lachte er schallend. »Bist du sicher?«

»Vollkommen. Drei Meter von unserem Standplatz entfernt. Unter dem Walnußbaum mit der breiten Krone. Ich bin sentimental, Theodore. Ich wollte, daß du mich da liebst, wo ich Woodie empfangen hatte. Und der Teufelsbraten verhindert es!«

Lazarus überlegte lange — und kam zu dem Schluß, daß er es doch wissen wollte.

»Wer war es, Maureen?«

»Wie? *Ach so.* Nun, ich habe es mir selbst zuzuschreiben. Theodore, ich bin eine Schlampe, aber so eine Schlampe auch wieder nicht. Mein Mann, Liebling. *Alle* meine Kinder sind von ihm, daran gibt es keinen Zweifel. Du hast Brian nur als Offizier kennengelernt — im Privatleben ist er ein zärtlicher Liebhaber. Und voller Leidenschaft.

Ich erinnere mich noch genau an jenen Tag. Der achtzehnte Februar, ein Sonntag mit Vorfrühlingswetter, und Brian beschloß, eine Spazierfahrt mit mir allein zu unternehmen. Bei uns gibt es die feste Regel, daß ein paar Stunden in der Woche Papa und Mama gehören — keine schlechte Politik bei einer so großen Familie. Nancy war noch zu klein, um auf die Kinder aufzupassen, aber damals hatte ich ein Mädchen, denn Brian war viel unterwegs, und wenn er heimkam, wollte er alles Versäumte nachholen.

Nun, wir entdeckten diesen hübschen Picknickplatz, und der Boden war trocken, trotz der Jahreszeit. Brian hatte seine Hand an der gleichen Stelle wie du jetzt. Plötzlich sagte er, ich soll mich ausziehen.«

»Im *Februar!*«

»Es hatte mindestens fünfzehn Grad — außerdem ging kein Wind. Aber für Brian hätte ich mich auch bei größerer Kälte ausgezogen. Ich behielt nur Schuhe und Strümpfe an. Wahrscheinlich sah ich aus wie eines der Mädchen auf diesen französischen Postkarten, die ihr Männer im Zigarrenladen kauft. Mich fror nicht, ich fühlte mich *herrlich* — nun, und bei dieser Gelegenheit empfing ich Woodie. Ich weiß es genau, denn Brian war nur diesen einen Tag daheim.«

Sie gingen alle drei in den Drugstore, weil Woodie wieder aufgewacht war (wenn er überhaupt geschlafen hatte). Lazarus kaufte dem Kleinen ein Eis und setzte ihn an den Limonadeautomaten, dann trat er neben Maureen, um ihr Telefongespräch mit anzuhören. Er mußte schließlich wissen, welche Lügen sie daheim erzählte — sonst sagte er später die falschen Dinge.

»Carol? Liebling, hier spricht Mama. Hast du deine Schar schon gezählt? ... Nein, mach dir keine Sorgen! Der Bengel hat sich auf dem Rücksitz des Fords versteckt. Wir bemerkten den blinden Passagier erst kurz vor dem *Electric Park* ... Ja, Liebling, zum *Electric Park*. Wir nehmen Woodie mit und hoffen, daß er uns den Spaß nicht verdirbt ... Wahrscheinlich früher als geplant, weil der Kleine sicher müde wird. Aber ich möchte zumindest eine Puppe gewinnen ... Ja, wenn Marie rechtzeitig ins Bett kommt. Mach Weichkaramellen für die Jungen — halt, nein, wir müssen mit dem Zucker sparen. Lieber Popcorn. Viele Grüße an alle! Ihr könnt wach bleiben und Onkel Ted gute Nacht sagen.«

Sie dankte dem Drugstore-Besitzer mit einem hoheitsvollen Lächeln, nahm Woodie an der Hand und ging zum Auto. Aber sobald Lazarus das Gefährt in Gang gesetzt hatte, nahm sie seine freie Hand in Beschlag.

»Gab es Schwierigkeiten?« fragte er, während er ihre Haut streichelte.

»Nein. Sie machten sich keine allzu großen Sorgen, weil sie Woodie eben erst ins Bett bringen wollten und der kleine Racker sich des öfteren versteckt, um sie zu ärgern. Mein Anruf kam gerade rechtzeitig.«

Lazarus hatte nicht geglaubt, daß er den Rummelplatz nach allem, was vorgefallen beziehungsweise nicht vorgefallen war, genießen könnte. Aber Maureen belehrte ihn eines Besseren.

Gleich, als sie den *Electric Park* betraten, stieß sie ihn in die Rippen. »Mach kein so düsteres Gesicht, Liebling. Zeig, daß du zum Vergnügen hergekommen bist! So ist es besser. Und nun erzähl mir, was dich bedrückt!« Sie redete in einem völlig normalen Tonfall. Nervöses Flüstern oder Erröten paßte einfach nicht zu ihr. Für die Passanten bot sie das Bild einer glücklich verheirateten jungen Frau, die mit ihrem Sohn und ›Cousin‹ Theodore einen harmlosen Abendbummel unternahm.

Lazarus lachte. »Was mich bedrückt? Daß ich hier bin und nicht unter einem bestimmten Walnußbaum!«

Sie strahlte, als hätte er etwas besonders Lustiges gesagt. »Nicht so heftig, Liebling. Du bist mein Cousin, der einen Teil seines kostbaren Urlaubs dafür opfert, mich und den Kleinen auszuführen. Die Klatschbasen in der Nachbarschaft haben scharfe Augen ... oh, da kommt schon eine! Mrs. Simpson. Und Mister Simpson. Wie *nett*, daß wir euch hier begegnen! — Lauretta, darf ich dir meinen Cousin Stabsfeldwebel Bronson vorstellen? — Das hier ist Mister Simpson, Theodore. Oder kennt ihr euch bereits? Bevor der Krieg ausbrach, besuchte Theodore manchmal die Gottesdienste unserer Gemeinde.«

Mrs. Simpson musterte ihn, zählte das Geld in seiner Brieftasche, zog ihn bis auf die Haut aus, überprüfte seine Rasur und seinen Haarschnitt — und gab ihm nicht die besten Noten. »Sie gehören unserer Gemeinde an, Mister Johnson?«

»Bronson, Lauretta! Theodore Bronson — ein Sohn von Vaters ältester Schwester.«

»Nun, es ist mir auf alle Fälle ein Vergnügen, einem ›unserer Jungs‹ die Hand zu drücken. Wo sind Sie stationiert, Sergeant?«

Mister Simpson bemühte sich, die Unhöflichkeit seiner Frau gutzumachen.

»In Camp Funston. Mrs. Simpson, ich war nur ein Gast Ihrer Gemeinde. Eingetragen bin ich in Springfield.«

Maureen bewahrte ihn vor weiteren Fragen. Sie bat ihn, Woodie von der Miniatureisenbahn zu holen. »Und laß dich nicht wieder erweichen! Drei Fahrten sind mehr als genug. Lauretta, ich habe dich beim letzten Rotkreuz-Abend vermißt. Dürfen wir diese Woche mit dir rechnen?«

Als Lazarus mit Woodie zurückkam, verabschiedeten sich die Simpsons gerade. »Viel Glück, Sergeant!« sagte Mister Simpson und klopfte ihm jovial auf die Schulter.

Woodie zerrte sie zur Ponyreitbahn. Während er ein paar Runden ritt, saßen Lazarus und Maureen auf einer Bank und unterhielten sich inmitten des Gewühls über sehr private Dinge. »Maureen, mit den beiden bist du glänzend fertig geworden.«

»Keine Kunst, Liebling. Ich wußte, daß uns jemand sehen würde, und so bereitete ich mich vor. Ich freue mich, daß es ausgerechnet diese alte Hexe war. Säulen der Kirche und Kriegsgewinnler — ich verachte sie. Aber wir sprachen von einer bestimmten Stelle auf der Waldlichtung. Wie war ich gekleidet?«

»Wie die Mädchen auf den französischen Postkarten!«

»Aber, Sergeant Bronson — eine anständige Frau! Glauben Sie wirklich, daß ich das wagen würde?«

»Maureen, ich glaube, du hast den Mut, alles zu tun, was du tun willst.«

»Nein, Liebling, es gibt Grenzen. Erstens würde ich es nie riskieren, von einem anderen Mann als Brian schwanger zu werden. Und zweitens würde ich nie wissentlich das Wohl meines Mannes und meiner Kinder aufs Spiel setzen.«

»Und heute abend?«

»Was habe ich riskiert, Theodore?«

Lazarus dachte darüber nach. Der Faktor Schwangerschaft fiel aus. Was blieb dann noch? Die Möglichkeit eines Skandals, wenn man sie erwischte?

Aber diese Gefahr war gering. Ein abgelegenes Plätzchen — und falls doch ein Ordnungshüter auftauchte, so würde er *einem unserer Jungs* einiges verzeihen.

»Nichts, Liebling — du hast recht.« Er stand auf, um Woodie noch eine Runde zu stiften. Als er zurückkam, versuchte Maureen eben, einen einsamen Soldaten durch eine eisige Miene zu entmutigen. Lazarus klopfte ihm leicht auf die Schulter. »Verschwinden Sie, Gefreiter!«

Der Mann drehte sich wütend um — und schluckte. »Oh, Sergeant — war nicht so gemeint.«

»Na, dann viel Glück anderswo!«

Maureen lächelte. »Ich weise einen Jungen in Uniform nicht gern ab, Ted. Außerdem war er nicht speziell auf mich scharf — er suchte einfach eine Frau, die nicht abgeneigt ist. Immerhin dürfte ich fast doppelt so alt sein wie er.«

»Das Schlimme ist, daß du wie achtzehn aussiehst.«

»Nun hör aber auf! Wenn Nancy ihren jungen Mann heiratet, bevor er in den Krieg zieht — und sie hat es fest vor! —, dann bin ich nächstes Jahr Großmutter.«

»Hallo, Oma!«

»Pah — es wird mir Spaß machen.«

»Davon bin ich überzeugt, Liebes. Du hast ein Talent dafür, das Leben zu genießen.« (Wie dein Sohn, Mama!)

»Ja, Theodore.« Sie lächelte. »Auch wenn ich mich um eine schöne Stunde betrogen fühle. Ich glaube, unseren Cowboy drückt der Sattel. Holst du ihn?«

»Sofort. Hast du Lust zu einer Fahrt in der Ben-Hur-Quadriga?«

»Lieber nicht — ich hatte bis jetzt noch keine einzige Fehlgeburt. Aber vielleicht kommt Woodie mit.«

»Lassen wir es! Hier laufen zu viele hungrige Wölfe in Khakiuniformen herum, die es auf achtzehnjährige Großmütter abgesehen haben. Das Lachkabinett?«

»Gern.« Doch dann kicherte sie und schüttelte den Kopf. »Das Gebläse am Ausgangsgitter wirbelt die Röcke hoch — und ich bin nicht passend gekleidet. Außer du willst den Umstehenden den Beweis dafür liefern, daß ich echtes rotes Haar habe.«

»Hast du?«

»Weißt du es nicht?«

»Auf der Lichtung war es ziemlich dunkel.«

»Was gäbe ich darum, wenn ich dich jetzt in mir hätte«, lächelte sie. »Bist du jetzt schockiert über meine Offenheit?«

»Wenn du nicht augenblicklich das Thema wechselst, vergewaltige ich dich hier auf der Stelle.«

»Nicht so erregt, Liebling — wir sprechen vom Wetter!«

Sie einigten sich auf die Glücksbuden. Nachdem sie eine Weile durch das Menschengewirr geschlendert waren, begann Woodie vor Müdigkeit zu stolpern. Lazarus trug ihn, und der Kleine schlief an seiner Schulter ein.

Sie brachten ihn zum Automobil und legten ihn auf den Rücksitz. Lazarus warf den Motor an. »Gleich heim?« fragte er, als er auf den Fahrersitz kletterte.

»Wir haben noch eine Menge Benzin«, meinte sie zögernd. »Ich glaube nicht, daß Woodrow aufwachen wird.«

»Willst du, daß ich zu dem Walnußbaum fahre?«

»Führe mich nicht in Versuchung! Stell dir vor, der Kleine wacht *doch* auf und sieht uns zu! Auch wenn er es nicht versteht — die falschen Schlüsse könnten den gleichen Schock für ihn bedeuten wie die richtigen. Nein, Theodore. Ich dachte, daß wir noch eine Fahrt ins Blaue machen und miteinander plaudern...«

»Gut.« Er fuhr an. Nach einer kleinen Pause meinte er: »Maureen, obwohl ich mein Leben lang an diese Lichtung denken werde, glaube ich, daß es am besten ist, wenn wir sie meiden. Am besten für dich...«

»Weshalb, Liebling? Glaubst du, ich *will* dich nicht?«

»Nein, das glaube ich nicht. Und Gott weiß, daß *ich* dich will. Aber trotz deiner tapferen Reden habe ich den Eindruck, daß du es bisher noch nie getan hast. Du würdest dich danach gezwungen fühlen, Brian alles zu beichten — und das würde euch beide unglücklich machen. Ich schätze deinen Mann, Maureen, und ich weiß, daß du ihn liebst.«

Mrs. Smith schwieg eine Weile. Dann sagte sie: »Theodore, bring mich sofort zu dem Walnußbaum!«

»Nein.«

»Warum nicht? Ich will dir beweisen, daß ich dich liebe und daß ich keine Angst habe.«

»Maureen, du würdest es tun, ich kenne dich. Aber du wärst angespannt und nervös — du hättest Angst, daß Woodie aufwacht. Und du liebst Brian. Jedes deiner Worte zeugt davon.«

»Glaubst du nicht, daß mein Herz groß genug für euch *beide* ist?«

»Ganz bestimmt. Du liebst zehn Menschen, die ich kenne; da findet ein elfter auch noch Platz. Aber *ich* liebe *dich* und will nicht, daß du etwas tust, das eine Mauer zwischen dir und deinem Mann errichtet. Maureen, deine Liebe ist mir noch wichtiger als dein Körper.«

Wieder schwieg sie eine Weile. »Theodore, ich muß dir mehr von meiner Beziehung zu Brian erzählen.«

»Das solltest du nicht.«

»Ich will es aber.« Sie preßte seine Hand gegen ihre Schenkel. »Theodore, ich liebe Brian, und Brian liebt mich, und er weiß genau, wie ich bin. Sieh mal, in der letzten Nacht, bevor er nach Plattsburg ging, sagte er: ›Ich habe den Elektrowagen nicht verkauft, um dich ans Haus zu fesseln, Schatz. Aber wenn du selbst fahren willst, besorgst du dir am besten einen Ford. Der ist leichter zu steuern.‹ Ich versicherte ihm, daß ich nicht die Absicht hatte, persönlich zu chauffieren, aber er meinte noch einmal eindringlich: ›Gut, aber du sollst wissen, daß du jederzeit die Erlaubnis hast, ein Fahrzeug zu kaufen, Liebes. — Und noch etwas, meine kleine Hexe: Dein Vater wohnt im Haus, und ich bin froh darüber. Aber laß dich von ihm nicht herumkommandieren. Er wird es versuchen — es liegt ihm im Blut. Zum Glück hast du den gleichen starken Willen wie er. Biete ihm die Sitrn, er wird es respektieren.

Mädchen, dieser Krieg kann lange dauern. Der Satz, daß *Millionen Männer über Nacht zu den Waffen greifen werden*, ist Quatsch. Möglicherweise siehst du mich eine ganze Weile nicht. Und wir wissen beide, was für ein Temperament du besitzt. Ich ermuntere dich nicht dazu, wieder auszubrechen‹ — er sagte *wieder*, Theodore —, ›aber wenn du es tust, dann mit offenen Augen und ohne Reue. Ich habe Achtung vor deinem Geschmack und deiner Urteilskraft. Und ich weiß, daß du auf die Kinder Rücksicht nehmen und keinen Skandal verursachen wirst . . .‹«

Sie machte eine Pause und fuhr dann fort: »Brian kennt mich, Theodore. Ich brauche einen Mann, und ich verstand nie, daß es Frauen gibt, die körperliche Liebe ablehnen. Meine eigene Mutter hatte neun Kinder und erzählte mir an meinem Hochzeitstag, daß ›man dieses Kreuz auf sich nehmen müsse‹, um Kinder in die Welt zu setzen.«

Mrs. Smith rümpfte die Nase. »Theodore, ich war keine Jungfrau mehr, als ich das erste Mal mit Brian schlief. Diesen Zustand hatte ich schon drei Jahre vorher aufgegeben — bewußt, denn ich machte aus meiner Leidenschaft nie einen Hehl. Damals vertraute ich mich übrigens Vater an. Er schimpfte nicht; er sagte nicht einmal, daß ich in Zukunft die Finger davon lassen solle. Dafür untersuchte er mich gründlich und versicherte mir, daß kein Schaden entstanden sei — und daß ich später viele gesunde Babys bekommen werde. Das machte mich unheimlich stolz und selbstbewußt. Und Vater behielt recht. Ich hatte noch nie Schwierigkeiten mit dem Kinderkriegen — da gab es kein Wimmern und Kreischen wie bei Mutter.

Doch ich schweife ab. Ich wollte dir erzählen, was Brian in jener Nacht zu mir sagte: ›Ich möchte, daß du mir eines versprichst, mein Kätzchen. Wenn es dir irgendwie nicht gelingt, die Schenkel beisammenzuhalten, dann schweig drüber, bis der Krieg aus ist, ja? Ich will das gleiche tun, falls es etwas zu beichten gibt — und das wäre immerhin möglich. Zuerst wird der Kaiser erledigt. Dann, nach meiner Heimkehr, fahren wir beide in die Berge und holen alles nach, was uns entgangen ist — auch die Gespräche. Ist das ein Geschäft, Liebling?‹

Ich gab ihm die Hand darauf, Theodore. Ich gab ihm nicht das Versprechen, treu zu bleiben — das wollte er nicht.« Ihre Stimme begann zu schwanken. »Wenn er nun nicht zurückkommt...« Sie schluchzte. »Entschuldige, Theodore, bis jetzt hat mich noch niemand weinen gesehen — auch nicht Brian. Ich habe mich völlig vor dir entblößt.«

Lazarus beschloß, seine Deckung aufzugeben. »Ich liebe dich, Maureen.«

»Und ich dich, Theodore. Auch wenn es im Moment nicht so aussehen mag — du hast mich glücklich gemacht. Vielleicht war es falsch von mir, die Sorgen bei dir abzuladen; du ziehst selbst an die Front. Aber ich habe nun fast das Gefühl, mit dir verheiratet zu sein — du weißt nun Dinge über mich, die ich bisher keiner Menschenseele anvertraute.«

»Vielleicht haben wir verwandte Seelen, Maureen.« Lazarus lächelte. »Dein Vater glaubt zumindest, ich sei dein Cousin.«

»Nein, Liebling. Er hält dich für meinen Halbbruder.«

»Wirklich?«

»Ja. Weißt du noch, wie aufgelöst er war, als er dachte, du wolltest dich vor dem Wehrdienst drücken? Und deine Beförderung nahm er wie eine persönliche Ehrung entgegen. Ich glaube übrigens auch, daß er recht hat — ich *möchte* es glauben. Ja, gewiß, das läßt den heutigen Tag als eine Todsünde erscheinen. Blutschande. Theodore, das ist mir völlig egal! Da ich schwanger bin, hätten wir ohnehin kein geschädigtes Baby zeugen können — und die anderen Aspekte der Blutschande zählen für mich nicht.«

»Deine Kirche dürfte diese Worte nicht hören.«

»Was schert mich die Kirche? Theodore, ich bin keine Betschwester. Ich halte mich für eine Freidenkerin. Die Kirche bietet eine gute Atmosphäre für die Kinder — und weist mir meinen Platz als respektable Ehefrau und Mutter zu. Das ist alles. ›Sünden‹ erschrecken mich nicht. Ich verstehe darunter nicht das gleiche wie die Kirche. Sex ist keine Sünde, niemals.«

»Maureen — ich bin nicht dein Halbbruder.«

»Weißt du das genau? Nun, es ist auch unwichtig. Mein Held bleibst du — ich war ebenso stolz wie Vater, als du mit dem Wehrbescheid ankamst.«

»Maureen, wie heißt Nancys junger Mann?«

»Aber ...«

»Ist er ein Howard?«

»*Was hast du gesagt?*« Maureen warf ihm einen entsetzten Blick zu.

»›Das Leben ist kurz ...‹«

»›... aber die Jahre sind lang‹«, murmelte sie.

»Wie heißt also der junge Mann?«

»Jonathan Weatheral.«

»Von der Weatheral-Sperling-Linie. Ja, ich erinnere mich. Maureen, ich bin nicht ›Ted Bronson‹. Ich bin Lazarus Long von der Johnson-Familie. *Deiner* Familie. Ich stamme von dir ab.«

Einen Moment lang hielt sie den Atem an. Dann sagte sie leise: »Ich glaube, ich verliere den Verstand!«

»Nein, meine Geliebte, im Gegenteil. Du bist so klug und vernünftig wie keine andere Frau deiner Epoche. Ich will dir etwas erklären, und ich beschwöre dich, mir zu glauben. Hast du *Die Zeitmaschine* von Herbert George Wells gelesen?«

»Ja. Vater besitzt das Buch.«

»Das bin ich, Mareen. Käpten Lazarus Long, Zeitreisender.«

»Aber ich dachte, es sei nur ein — ein ...«

»Nur ein Roman. Das stimmt. Aber dabei wird es nicht bleiben. Eines Tages gibt es die Zeitreise, wenn auch nicht ganz so, wie Mister Wells sie sich vorstellt. Und ich, Maureen, bin ein Besucher der Zukunft. Ich wollte unbedingt verhindern, daß jemand die Wahrheit erfährt; deshalb gab ich mich als Waise aus. Es ist nicht nur schwer, meine Behauptung zu beweisen, der Versuch könnte obendrein meine Mission gefährden. Ich soll dieses Zeitalter lediglich beobachten.«

»Theodore, du — du *glaubst* an das, was du da sagst?«

»Mit anderen Worten: Ich bin in deinen Augen verrückt?«

»Nein, nein, Liebster, das wollte ich nicht sagen — oder doch ... entschuldige!«

»Ich verstehe dich sehr gut, Maureen. Die Geschichte klingt in der Tat verrückt. Aber ich habe keine Angst, daß du mich in die Klapsmühle bringst; bei dir ist mein Geheimnis sicher. Ich überlege nur, wie ich dich davon überzeugen kann, daß ich die

Wahrheit spreche ...«

Er dachte krampfhaft nach. Irgendeine Vorhersage, die in nächster Zukunft eintraf? Aber er wußte zuwenig über dieses Jahr, weil er damit gerechnet hatte, erst 1919 zu landen. Lazarus, diese verdammte Schlamperei darf nicht noch einmal vorkommen! Wenn du wieder eine Zeitreise machst, dann prägst du dir die ganze Epoche ein — mit einer großen Toleranz nach beiden Seiten hin!

Woodies Erinnerungen halfen wenig.

Lazarus erinnerte sich nicht daran, daß ihn ein Sergeant in Uniform mit in den *Electric Park* genommen hatte; Woodie Smith war oft auf dem Rummelplatz gewesen, aber keiner der Besuche hatte sich ihm besonders eingeprägt.

»Maureen, vielleicht fällt dir etwas ein. Ich ... ich habe die Maske abgenommen, um dir eins zu sagen: Brian, dein Mann und mein Vorfahr, wird gesund vom Krieg heimkehren. Er muß an die Front, mitten in die Kämpfe, aber keine Kugel wird ihn treffen.«

Mrs. Smith keuchte. Dann sagte sie langsam: »Theodore, wie kannst du das *wissen?*«

»Ihr beide seid meine Vorfahren. Ich konnte mir nicht sämtliche Howard-Unterlagen dieser Epoche einprägen, aber ich habe mich gründlich mit meiner Familie befaßt. Mit dir. Und mit Brian. Mit Brians Eltern in Cincinnati. Ich nehme an, daß Brian dich bei dem Treffen in Rolla kennenlernte, denn du warst auf der Missouri- und nicht auf der Ohio-Liste. Oh, das ist übrigens eine Einzelheit, die ich weder von dir noch von Brian oder Ira erfahren habe! Und die Kinder wissen vermutlich noch nicht Bescheid. Außer Nancy vielleicht. Hat sie den Fragebogen bereits ausgefüllt?«

»Schon vor Monaten. Dann *stimmt* es also, Theodore? Oder soll ich dich Lazarus nennen?«

»Nenn mich, wie du willst, Liebling.« Er streichelte ihre Schenkel, fuhr zärtlich mit den Fingerspitzen in ihr Schamhaar. »Vielleicht habe ich noch einen Beweis. Das Baby, das du seit Brians letztem Besuch in dir trägst, wird ein Junge, und ihr nennt ihn Theodore Ira. Als ich den Namen in den Listen las, kannte ich die Zusammenhänge noch nicht.«

Sie seufzte. »Ich will dir so gern glauben. Aber angenommen, Brian wählt den Namen Joseph — oder Josephine?«

»Ich kann nur sagen, daß ›Theodore Ira‹ auf der Liste steht. Nun zu meinen übrigen Vorfahren: Adele Johnson natürlich, deine Mutter und Iras Frau. Lebt in St. Louis. Verließ Opa etwa zur gleichen Zeit, als du ans Heiraten dachtest, verweigerte aber die Scheidung. Was ihm vermutlich egal war. Er ist nicht der Typ, der wie ein Mönch lebt, nur weil ihm das Gesetz eine Wiederheirat verbietet.«

»Bestimmt nicht, Liebling. Ich bin sicher, daß Vater eine — nun, eine Mätresse hat, die er hin und wieder besucht, wenn er offiziell im Schachklub ist. Theodore, ich hatte nie ein besonders gutes Verhältnis zu meiner Mutter...«

»Kein Wunder — bei ihren Ansichten über Sexualität!«

»Vater dagegen verwöhnte mich sehr. Ich war immer sein Liebling, auch wenn er es nicht zeigte — so wie ich vor meinen Kindern verbergen muß, daß ich Woodie bevorzuge.«

»Maureen, ich stamme über Woodie von dir und Brian ab.« Sie holte tief Luft. »Ist das wahr?«

»Ja. Und diese Tatsache hat ihm vielleicht das Leben gerettet, denn ich war einem Kindsmord noch nie so nahe wie auf jener Lichtung.«

Sie kicherte. »Ich hegte ähnliche Gefühle. Aber ich habe es mir angewöhnt, meine Kinder niemals anzuschreien. Das ändert nichts und macht obendrein einen schlechten Eindruck.«

»Hoffentlich hat er nichts von meinem Zorn gemerkt. Aber wenn man sich auf dem Höhepunkt der Erregung befindet — und in dieser Weise gestört wird...«

»Aber er ist immer noch steif«, sagte sie und streichelte sein Glied.

»Der, den der Balg uns verdorben hat, war größer und besser.«

»Auf die Größe kommt es nicht an. Eine Frau muß sich jeder Größe anpassen können. Mein Vater hat mich ein paar Übungen gelehrt, um die Muskeln zu kräftigen.«

Er seufzte. »Lassen wir das Thema Sex, du angehende achtzehnjährige Großmutter, und kehren wir zurück zur Zeitreise. Ich bin dir immer noch einen schlüssigen Beweis schuldig. Hmm — es müßte ein Ereignis vor Woodies Geburtstag sein...«

»Weshalb vor Woodies Geburtstag?«

»Ah, war ich noch nicht so weit? Der Krieg geht genau an Woodies Geburtstag zu Ende — am elften November.« Er fügte hinzu: »Das weiß ich ganz sicher, denn es ist ein Schlüsseldatum in der Geschichte. Siehst du, Liebling, ich habe mir einen albernen Schnitzer erlaubt. Ich wollte das Land meiner Kindheit erst *nach* diesem Krieg besuchen. Aber ich übermittelte meinem

Computer eine einzige ungenaue Information — und landete drei Jahre zu früh. Das ist nicht weiter tragisch; ich bin keineswegs in dieser Epoche gefangen. Mein Schiff holt mich im Jahre 1926 wieder ab, genau zehn Jahre nach der Ankunft. Aber du verstehst nun, weshalb ich über die Ereignisse der nächsten Monate nicht so genau Bescheid weiß; ich rechnete damit, den Krieg zu überspringen. Es macht mir keinen Spaß, Kämpfe zu beobachten. Die Menschheitsgeschichte ist voll davon. Ich befasse mich lieber mit dem Alltag meiner Vorfahren.«

»Theodore — deine Worte verwirren mich.«

»Entschuldige, Liebling, aber die Zeitreise *ist* verwirrend.«

»Du sprichst von einem Computer, und ich weiß nicht genau, was du meinst. Dann die Sache mit dem Schiff, das dich im Jahre 1926 abholt...«

Lazarus seufzte. »Deshalb vermied ich es auch, den Leuten die Wahrheit zu erzählen. Mein Schiff ist ein Raumschiff — ähnlich wie bei Jules Verne. Genauer gesagt, ein Sternenschiff. Ich lebe auf einem weit entfernten Planeten. Aber *Dora* — so heißt mein Schiff — bewegt sich durch den Raum *und* durch die Zeit. Das geschieht so kompliziert, daß ich es dir kaum verständlich machen kann. Der ›Computer‹ ist das Gehirn des Schiffs, die Steuerzentrale — eine Maschine, die denkt. Wenn ich mit diesem Computer spreche, antwortet er mir. Oder *sie*, denn ich nenne meinen Computer ›Dora‹, wie das Schiff. Die Besatzung besteht aus zwei Mädchen, meinen Zwillingsschwestern, die natürlich auch von dir abstammen. Sie haben starke Ähnlichkeit mit dir, wenn man davon absieht, daß sie mit Sommersprossen übersät sind.«

»Das wäre ich auch, aber ich meide die Sonne.«

»Und sie tragen normalerweise keine Kleider. Das Klima bei uns entspricht etwa dem Sommer in Süditalien.« Lazarus lächelte und strich über ihre zarte Haut. »Sie sind keine Spur schüchtern. Deinen Vater würden sie ohne Hemmungen verführen. Sie haben eine Schwäche für ältere Männer.«

»Theodore ... wie alt bist *du*?«

Lazarus zögerte. »Maureen, ich möchte diese Frage nicht beantworten. Ich bin älter, als ich aussehe. Ira Howards Experiment hatte Erfolg. Sprechen wir lieber von meiner Familie, die ja auch die deine ist. Zwei meiner Frauen und ein männlicher Partner stammen von Nancy und Woodie ab.«

»Frauen? Partner?«

»Liebling, eine Ehe kann viele Formen annehmen. Bei uns

sind es vier erwachsene Frauen, vier Männer und meine Zwillingsschwestern — die beiden können neue Partner in die Familie bringen oder sich von uns trennen, ganz wie sie wollen. Sieh mich nicht so entsetzt an! Wer hatte denn den Mut, an ein Abenteuer mit dem Halbbruder zu denken? Und was die Babys betrifft — mach dir darüber keine Sorgen! In unserer Zeit weiß man soviel über die Erblehre, daß es keine geschädigten Kinder gibt. Schade, daß ich dir nicht mehr darüber erzählen kann, aber es wird Zeit, unseren blinden Passagier heimzubringen. Nur eins noch: In unserer Familie lebt Tamara, eine Nachfahrin von Nancy. Sie ist eine große Heilerin, ich glaube, daß sie dies Talent von dir besitzt.«

»Eine *Heilerin?* Wie in manchen Religionen?«

»Nein. Wenn Tamara einen Glauben besitzt, so hat sie es noch nie erwähnt. Tamara ist immer heiter und gelassen und zufrieden, und jeder, der sich in ihrer Nähe aufhält, wird davon angesteckt. Du hast so viel Ähnlichkeit mit ihr — du bestehst aus Liebe ...«

Lazarus schwieg eine Weile. Dann begann er wieder: »Maureen, wie kann ich dich nur davon überzeugen, daß ich die Wahrheit sage? Du wirst es wissen, an Woodies sechstem Geburtstag, wenn die Zeitungsjungen ihre Extrablätter ausrufen. Aber ich möchte dir *jetzt* die Sorgen nehmen.«

»Das ist dir bereits gelungen, Liebling. Es klingt alles so märchenhaft und unwirklich ... aber ich glaube dir.« Sie lächelte. »Ich habe das Gefühl, daß es mir in deiner Zeit gefallen würde. Sag mal, kommt es auch vor, daß zwei Partner mit einer Frau schlafen oder umgekehrt?«

»Gewiß — wobei das ›umgekehrt‹ überwiegt. Galahad — das ist einer der männlichen Partner — versteht sich darauf besonders gut.«

»Liebling, meine Vorstellung vom Paradies wäre es, mit dir und Brian auf der Waldlichtung unter dem Walnußbaum zu sein — und euch *beide* glücklich zu machen!«

»Maureen, wenn du es schaffst, Brian für diese Idee zu begeistern — ich bin bis zum zweiten August 1926 hier.«

»Hm — wir werden sehen.« Sie fügte hinzu: »Darf ich ihm Bescheid sagen?«

»Maureen, ich habe nichts dagegen, daß du den anderen die Wahrheit erzählst. Aber man wird dir nicht glauben.«

Sie seufzte. »Vermutlich nicht. Außerdem, wenn Brian sich überzeugen ließe, würde ihn das vielleicht zum Leichtsinn verführen. Ich bin stolz darauf, daß er für uns in den Krieg zieht ... aber er soll kein unnötiges Risiko eingehen.«

»Ich glaube, du hast recht, Maureen.«

»Theodore ... ich war so beschäftigt mit all den neuen Gedanken, daß ich jetzt erst auf das Problem stoße: Das hier ist nicht dein Land und nicht dein Krieg — weshalb hast du dich freiwillig gemeldet?«

Lazarus zögerte, dann beschloß er, die Wahrheit zu sagen: »Weil ich wollte, daß du stolz auf mich sein kannst.«

»Oh!«

»Nein, ich gehöre nicht hierher, und es ist nicht mein Krieg. Aber es ist *dein* Krieg, Maureen. Die anderen kämpfen aus den verschiedensten Beweggründen — ich werde für Maureen kämpfen. Nicht, ›um der Welt die Demokratie zu schenken‹ — das schafft dieser Krieg nicht, auch wenn ihn die Alliierten gewinnen werden. Einzig und allein für Maureen.«

Sie wischte sich verstohlen die Tränen aus den Augen.

»Nicht weinen, Maureen!«

»Schon vorbei. Lazarus — *du* kommst doch zurück?«

»Wie? Liebes, um *mich* brauchst du dir keine Sorgen zu machen. An mir haben sich schon viele Feinde die Zähne ausgebissen. Ich bin wie der alte kampferprobte Kater, der genau weiß, wann er auf den Baum springen muß.«

»Du hast meine Frage nicht beantwortet.«

Er seufzte. »Maureen, ich weiß, daß Brian heimkommen wird; das steht im Archiv der Stiftung. Er wird ein gesegnetes Alter erreichen — frag mich nicht nach den Jahren, denn ich sage sie dir nicht! Was mich betrifft — ich *kann* meine Zukunft nicht kennen. Wie sollte ich auch? Sie ist noch nicht abgeschlossen. Aber ich will dir eins verraten: Das hier ist nicht mein *erster* Krieg, sondern etwa der fünfzehnte. Sie erwischten mich in den anderen nicht, und sie werden sich etwas einfallen lassen müssen, um mir diesmal ein Bein zu stellen. Mädchen, ich werde zwar meine Pflicht tun und den Deutschen einheizen, aber ich glaube nicht, daß ich es darauf anlege, mir einen Orden zu verdienen. Dazu ist der alte Lazarus nicht lebensmüde genug.«

Sie seufzte. »Schön, ich habe verstanden, Lazarus. Ich werde keine Fragen mehr stellen.«

»Nenn mich von jetzt an lieber ›Theodore‹. Wir sind gleich daheim.«

Maureen nickte. Sie überlegte eine Weile, dann sagte sie stokkend: »Theodore, falls du heimkehrst — wo immer dieses Daheim sein mag —, könntest du dann auch die Gegenstände aus dem Jetzt mitnehmen?«

»Gewiß, Liebling. Warum?«

»Weil ich Tamara gern ein Geschenk machen möchte. Ich weiß allerdings nicht, woran ihr besonders liegt...«

»Hmm. Tamara würde jedes Andenken von dir hochhalten. Sie hängt mit einer gewissen Sentimentalität an der Tradition unserer Familie. Aber es müßte klein sein, damit ich es überall mittragen kann — auch im Schützengraben. Nein, keinen Schmuck bitte. Tamara würde ein Brillantarmband nicht höher einschätzen als eine Haarnadel, die du persönlich getragen hast. Maureen, schick ihr ein Strumpfband! Eines von diesen hübschen grünen Dingern, die du heute anhast...«

»Glaubst du nicht, daß ein neues besser wäre? Diese alten Dinger hier trage ich seit Stunden; außerdem sind obszöne Worte aufgedruckt.«

»Nein, nein, es soll eines von diesen sein. Und was heute als ›obszön‹ gilt, ist es auf Tertius längst nicht mehr. Maureen, mir kommt ein Verdacht. Wie alt sind diese Strumpfbänder? Doch nicht etwa sechs Jahre?«

»Ich bin auch sentimental, Theodore. Ja, es ist das gleiche Paar, das ich damals trug — alt und verwaschen, und den Gummizug mußte ich erneuern...«

»Dann bekommt Tamara eines und ich das andere!« Lazarus hielt den Wagen vor dem Haus der Smith an.

Maureen schnitt eine Grimasse. »Vielen Dank, Sergeant! Sie haben meinem Sohn und mir zu einem reizenden Abend verholfen.«

»Ich danke *dir*, mein Kätzchen mit den grünen Strumpfbändern und den roten Locken! Nimm den Teddybären und die Puppe, dann trage ich unseren Anstandswauwau ins Haus!«

Ira Johnson und Nancy waren noch nicht daheim. Brian jr. nahm Lazarus den schlafenden Woodie ab und trug ihn nach oben. Carol begleitete ihn, um den Kleinen ins Bett zu stecken. George wollte wissen, wo sie gewesen waren und was sie gemacht hatten, aber Lazarus zog sich nach ein paar kargen Auskünften in das kleine Bad neben dem Gästezimmer zurück.

Leicht zerzaustes Haar — zum Glück benutzten respektable Frauen keinen Lippenstift. Uniform etwas verknittert — nun ja, das war normal. Fünf Minuten später betrat er das Wohnzimmer und erzählte George und Brian jr., was sie im *Electric Park* alles gesehen hatten.

Carol kam nach unten und hörte zu; dann gesellte sich Mrs. Smith zu ihnen. Sie reichte Lazarus ein kleines, in Seidenpapier gewickeltes Päckchen. »Eine Überraschung für Sie, Sergeant Theodore — aber machen Sie es erst auf, wenn Sie wieder im Camp sind!«

»Dann lege ich es am besten sofort in meine Reisetasche.«

»Wie Sie meinen. Kinder, für euch wird es Zeit zum Schlafengehen!«

»Mama, Onkel Ted hat gerade erzählt, daß du alle Büchsen getroffen hast!«

»Also schön, noch eine Viertelstunde.«

»Mrs. Smith, das gilt aber erst von dem Moment an, wo ich wieder zurück bin.«

»Sie sind noch schlimmer als meine Kinder, Sergeant.«

Lazarus legte das Päckchen in seine Reisetasche, verschloß sie und kehrte ins Wohnzimmer zurück. Nancy und ihr junger Mann kamen heim. Mrs. Smith stellte ihm Jonathan Weatheral vor — ein schlaksiger, netter Bursche. Tamara und Ira wollten sicher genau wissen, wie er aussah.

Mrs. Smith bat ihren zukünftigen Schwiegersohn ins Wohnzimmer und schickte Nancy in die Küche; Lazarus erzählte weiter vom *Electric Park;* der junge Mann hörte höflich, aber gelangweilt zu.

Kurze Zeit später trug Mrs. Smith ein Tablett herein. »Die Viertelstunde ist um, meine Lieben. Jonathan, Nancy braucht Sie in der Küche.«

Brian jr. fragte, ob er den Wagen in den Schuppen fahren könnte. »Sergeant Onkel Ted, ich habe ihn kein einziges Mal im Freien stehenlassen.«

Lazarus dankte ihm, gab Carol einen Gutenachtkuß und schüttelte George die Hand. In diesem Moment traf Mister Johnson ein, und die Kinder schoben das Bettgehen um weitere fünf Minuten auf.

Dann jedoch saßen Mrs. Smith, ihr Vater und Lazarus allein im Wohnzimmer bei Kaffee und Kuchen. Lazarus fühlte sich an den ersten Abend in diesem Haus erinnert. Alles war wie damals. Mrs. Smith bediente die Männer mit Würde und Gelassenheit; selbst das Gebäck stand auf dem Tisch.

»Du bist heute spät gekommen, Vater.«

»Sieben Rekruten, und die übliche Ausrüstung — entweder zu klein oder zu groß. Nun ja, ich beschwere mich nicht. Tochter, was liegen da für Sachen auf dem Tisch?«

»Die Puppe habe ich gewonnen — sie erhält einen Ehrenplatz auf dem Klavier. Der Teddybär gehört Sergeant Theodore; vielleicht nimmt er ihn mit nach Frankreich. Zwei Lose, Vater — und jedes ein Treffer. Wir hatten eine Glückssträhne.«

Opa zog die Augenbrauen hoch. Seine Tochter mit einem Junggesellen in der Öffentlichkeit? Während ihr Mann dem Vaterland diente? Lazarus sagte rasch: »Ich kann ihn nicht nach Frankreich mitnehmen, Mrs. Smith. Sie wissen doch, daß ich mit Woodie ein Geschäft abschloß: Er bekommt den Bären und gibt mir dafür seinen Elefanten. Offenbar meint er es ernst, denn er ließ das Ding auf dem Heimweg nicht mehr los.«

»Wenn Sie das nicht schriftlich haben, beschummelt er Sie«, meinte Opa. »Verstehe ich richtig, daß ihr Woodie mit zum *Electric Park* genommen habt?«

»Ja. Ich lasse den Elefanten selbstverständlich bis Kriegsende in Woodies Obhut. Aber es macht Spaß, mit dem Kleinen zu schachern.«

»Ich sage Ihnen, er haut Sie übers Ohr. Maureen, du solltest doch ein wenig ausspannen. Weshalb lädst du dann ausgerechnet Woodie zu einer Spazierfahrt ein?«

»Also, eingeladen haben wir ihn nicht, Vater. Er kam als blinder Passagier mit.« Sie berichtete Mister Johnson, was vorgefallen war, natürlich ohne gewisse Details zu erwähnen.

Mister Johnson schüttelte vergnügt den Kopf. »Der Junge wird es weit bringen — wenn man ihn nicht vorher hängt! Maureen, du hättest ihn verdreschen und heimbringen sollen.«

»Ach was, Vater, ich hatte meinen Ausflug, und es war sehr nett. Ohne Woodie wären wir niemals in den *Electric Park* gekommen.«

»Außerdem war er im Recht«, setzte Lazarus hinzu. »Ich hatte ihm den Ausflug tatsächlich versprochen.«

»Dennoch hat er eine Tracht Prügel verdient.«

»Dafür ist es jetzt zu spät, Vater. Weißt du übrigens, wen wir im *Electric Park* trafen? Lauretta und Clyde Simpson.«

»Die alte Hexe wird sich das Maul zerreißen.«

»Das glaube ich nicht. Wir plauderten ein wenig, als Woodie auf der Miniatureisenbahn fuhr. Merk dir bitte, daß Sergeant Bronson der Sohn deiner ältesten Schwester ist!«

Ira Johnson lachte. »Samantha wäre erstaunt. Ted, meine Schwester starb, als sie einen störrischen Gaul einzureiten versuchte und dabei stürzte. Sie war fünfundachtzig. In Ordnung,

Maureen, ich werde daran denken. Meine Schwester lebte in Illinois und brachte drei Ehemänner ins Grab — einer davon hätte leicht Bronson heißen können.« Er warf einen Blick auf die Uhr. »Maureen, ist unsere junge Dame schon daheim?«

»Sie kam kurz vor dir, Vater, und macht jetzt in der Küche angeblich ein Sandwich für Jonathan. Theodore, Nancy ist verlobt — auch wenn wir es noch nicht öffentlich bekanntgemacht haben. Da Jonathan bald einrücken muß, ist es wohl am besten, wir lassen die beiden schnell heiraten.«

»Ich hoffe, sie werden glücklich, Mrs. Smith.«

»Ganz sicher«, erklärte Mister Johnson. »Jonathan ist ein feiner Kerl. Beschloß sofort zur Armee zu gehen, obwohl man ihm eine Frist von drei Jahren zugebilligt hätte. Besitzt Mut. Ich mag ihn. Ted, benutzen Sie den Korridor da, wenn Sie in Ihr Zimmer wollen. Es wäre unfair, das junge Paar in der Küche zu stören.«

Ein paar Minuten später kamen Nancy und Jonathan ins Wohnzimmer, und der junge Mann verabschiedete sich.

Mister Johnson unterdrückte ein Gähnen. »Höchste Zeit für mich, in die Falle zu gehen. Wenn Sie schlau sind, Ted, legen Sie sich ebenfalls aufs Ohr. Bei uns herrscht morgens ziemlich viel Trubel.«

»Ich sorge schon dafür, daß die Kleinen still sind«, versicherte Nancy rasch.

Lazarus erhob sich. »Vielen Dank, Nancy, aber ich hatte im Zug kaum Gelegenheit zum Schlafen. Und lassen Sie die Kinder am Morgen ruhig toben! Ich bin pünktlich zum Weckruf wach — alte Gewohnheit.«

Er verabschiedete sich und ging in sein Zimmer. Maureen hatte ihm erklärt, daß er jederzeit ein Bad nehmen könne; die Kinder würden vom Rauschen des Wassers nicht wach. Lazarus drehte die Hähne auf, und während das Wasser einlief, öffnete er das Päckchen, das Maureen ihm mitgegeben hatte.

Ah, die Strumpfbänder! Nicht mehr neu, das sah man, aber durchdrungen von Maureens zartem Duft. Nach einem Blick auf die *obszönen Worte* lächelte er; du liebe Güte, davon errötete weder Laz noch Lor! Auf einem stand: *Tritt ein, bring Glück herein!* und auf dem anderen: *Durchgehend geöffnet!*

Unter den Strumpfbändern ein weißer Umschlag.

Lazarus öffnete ihn. Er fand eine Karte mit den Worten: »Das ist alles, was ich für dich tun kann, Liebling. M.«

Ein Amateurfoto, allerdings von ausgezeichneter Qualität,

das Maureen zeigte: umspielt von Sonnenlicht, im Hintergrund dichte Büsche und sie — gekleidet wie auf einer französischen Postkarte!

Leidenschaft stieg in Lazarus auf. Mein Liebes! Hoffentlich nicht dein einziger Abzug! Nein, Brian hatte sicher mehrere angefertigt und einen davon mitgenommen. Das Negativ? Eingesperrt im Schlafzimmerschrank, wenn er sich nicht täuschte. Ja, deine Taille ist auch ohne Korsett schmal ... und deinen Brüsten sieht man nicht an, daß du acht Kinder hast! Ich danke dir!

Unter der Fotografie lag noch ein kleines, in Seidenpapier gewickeltes Päckchen. Er machte es auf: ein roter Lockenkringel, zusammengehalten von einem grünen Band!

Maureen, hoffentlich fällt Brian die kahle Stelle nicht auf! Lazarus hielt die Geschenke einen Moment lang in der Hand, dann packte er sie sorgfältig wieder ein und verwahrte sie in seiner Reisetasche.

Er zog sich aus und stieg in die Badewanne.

Obwohl das Wasser lauwarm war, beruhigte ihn das Bad nicht. Er lag im Dunkeln und dachte über die Ereignisse der letzten Stunden nach.

Er glaubte Maureens Charakter zu verstehen. Sie war zufrieden mit sich selbst — liebte ihren Körper. Deshalb konnte sie so gelassen ihre Liebe an andere weiterschenken. Sie hatte keine Schuldgefühle, weil sie nie etwas tat, das ihr verwerflich erschien. Sie war absolut ehrlich zu sich selbst, beurteilte sich, ohne nach den anderen zu schielen, belog sich nicht — belog aber ohne Zögern ihre Mitmenschen, wenn es um Gesellschaftsspielregeln ging, die sie nicht gemacht hatte und nicht respektierte.

Lazarus verstand das; er lebte in der gleichen Weise — und wußte nun, woher dieser Charakterzug stammte. Von Maureen ... und von Opa. Vielleicht auch verstärkt durch den Einfluß seines Vaters. Der Schmerz, den er in den Lenden spürte, machte ihn fast glücklich.

Als sich die Klinke bewegte, war er sofort hellwach. Er stand auf und wartete.

Sie streifte den Morgenmantel ab und kam in seine Arme. Ihre Haut war warm und strömte einen zarten Duft aus. Ihre Lippen fanden sich.

»Warum riskierst du das?« fragte er heiser.

»Ich konnte nicht anders«, entgegnete sie im Flüsterton. »Und mir kam der Gedanke, daß wir hier im Haus noch sicherer sind als auf der Waldlichtung. Die Kinder kommen nie nach unten, wenn wir einen Gast haben. Vater ahnt sicher etwas — und wird sich gerade deshalb hüten, uns zu stören. Bitte, Liebling, ich habe schon so lange gewartet!«

Er trug sie aufs Bett.

Später, als sie wieder zu Atem gekommen waren, murmelte Maureen mit geschlossenen Augen: »Ich brenne darauf, Brian alles zu erzählen. Du hast soviel Ähnlichkeit mit ihm.«

»Du ... willst doch beichten?«

Sie nickte.

»Aber erst nach dem Krieg, wie versprochen. Ich werde die kostbaren Augenblicke speichern.«

»Er kommt morgen heim?«

»Spät in der Nacht, ja.«

»Maureen, ich hatte solches Heimweh, aber du hast es mir genommen. Du bist wirklich wie Tamara. Du weißt genau, was dein Partner braucht.«

»Ich weiß, was *ich* brauche, Liebling. Schon erholt?«

»Und ob. Du wirst gleich sehen.«

(Gekürzt)

». . . sagte einfach, er würde sie nicht heiraten, wenn sie sich dagegen wehrte, daß er vorzeitig zum Militär ging.«

»Und Nancy?«

»War mit seinen Plänen einverstanden — unter einer Bedingung: daß er ihr noch vor dem Einrücken ein Baby machte. Nancy besitzt die gleiche Schwäche für Helden wie ich. Sie kam abends in mein Schlafzimmer und gestand alles, ein wenig aufgelöst, aber durchaus nicht hysterisch.

Ich beruhigte sie und sprach in den nächsten Tagen mit Brian und den Weatherals. Nancys Periode blieb tatsächlich aus; die beiden wollen in den nächsten Tagen heiraten.«

(Gekürzt)

»Liebling, ich möchte dich so gern sehen.«

»Hmm — die Fensterläden schließen nicht besonders gut. Ich habe Angst, daß Licht durchsickert, wenn ich die Lampe anmache.« Maureen zögerte ein wenig. »Theodore, wenn du das Päckchen öffnest, sorge dafür, daß du allein bist. Es enthält nicht nur die Strumpfbänder.«

»Ich *habe* es bereits geöffnet.«

»Dann weißt du, wie ich aussehe.«

»Dieses hübsche Mädchen warst *du?*«

»Hör auf, mich zu ärgern! Ich habe genau in die Linse geschaut.«

»Auf das Gesicht habe ich in diesem Fall nicht geachtet, Liebling.«

»Was — und ich hatte meinen Sonntagshut auf!«

»Maureen, es ist das schönste Foto, das ich je besessen habe, und ich werde es stets bei mir tragen.«

»Ich glaube dir zwar nicht, aber ich höre es trotzdem gern.« Maureen löste sich von Lazarus und tastete sich im Dunkel zur Frisierkommode. Nach einigem Suchen fand sie die Kerze und die Streichhölzer, die für Notfälle bereitlagen. Sie zündete den Docht mit zitternden Fingern an.

Lazarus erhob sich und trat dicht vor sie hin. Im unruhigen Schein der Kerze sah ihr Körper wie Samt aus. Er fand sie begehrenswerter als je zuvor. Maureens Hände lagen auf seinen Schultern, glitten tiefer, umspannten sein Glied.

»Macht es dir etwas aus, wenn ich ihn mir ganz aus der Nähe ansehe?«

Sie ließ sich plötzlich auf die Knie nieder und betrachtete seinen Penis, liebkoste ihn. Dann blickte sie auf. »Jetzt?«

»Ja«, sagte er, hob sie auf und legte sie aufs Bett. Beinahe feierlich half sie ihm hinein. Einen Moment lang stockte ihr der Atem, als er ihn tief hineinstieß. »Fest, Theodore«, keuchte sie. »Sei diesmal nicht so zärtlich.«

»Ja, Liebes.«

Als es vorüber war, lag sie schweigend in seinen Armen; sie berührten sich, streichelten sich. Die Kerze flackerte.

Schließlich sagte sie: »Ich muß jetzt gehen, Theodore. Bleib liegen, laß mich nur einfach hinausschlüpfen.«

Sie stand auf, zog sich an und blies die Kerze aus. Dann kam sie zurück, beugte sich über ihn, küßte ihn und sagte: »Ich danke dir, Theodore, ich danke dir — *für alles!* Du mußt zu mir zurückkommen. Hörst du? Du *mußt* zu mir zurückkommen.«

»Ich komme zu dir zurück.«

Auf Zehenspitzen eilte sie hinaus.

CODA I

presto:

Irgendwo in Frankreich
Geliebte Familie,
 ich schreibe diese Zeilen in mein Notizbuch und schicke sie erst nach dem Krieg ab. Für euch spielt das keine Rolle; ihr bekommt sie zum gleichen Zeitpunkt. Aber es ist im Moment unmöglich, versiegelte Briefe aufzugeben, geschweige denn Briefe, die in fünf Umschlägen stecken! Eine Einrichtung namens ›Zensur‹ sorgt dafür, daß alle Schreiben geöffnet und gelesen werden. Hinweise, welche die ›Boches‹ interessieren könnten — wie etwa Stellung und Stärke von militärischen Einheiten —, schneidet man einfach heraus.
 Ich überquere also den Ozean auf Onkel Sams Kosten und befinde mich nun im Land der guten Weine und der schönen Frauen. (Der Wein schmeckt recht gewöhnlich, und die schönen Frauen scheinen sie zu verstecken. Das bisher beste Exemplar, das mir begegnete, hatte den Anflug eines Schnurrbarts und dicht behaarte Beine; außerdem mußte ich mir die Nase zuhalten. Meine Lieben, ich bezweifle, daß die Franzosen je baden, zumindest im Krieg. Aber ich darf nicht reden; ich komme selbst kaum dazu, mich richtig zu waschen. Wenn ich heute die Wahl zwischen einer schönen Frau und einem heißen Bad hätte — ich würde mich für das Bad entscheiden.) Sorgt euch bitte nicht, weil ich mich nun im Kampfgebiet befinde. Wenn ihr diesen Brief erhaltet, wißt ihr, daß der Krieg vorbei ist und ich ihn gesund überstanden habe. Aber es fällt mir leichter, einen Brief zu schreiben, als Tag für Tag unwichtiges Zeug in mein Notizbuch einzutragen.
 Ich habe das Kommando über acht Leute (sechs Schützen, einen Mann mit einem Maschinengewehr und einen, der die Munition dafür schleppt). Es ist eigentlich der Job für einen Korporal, und genau als das gelte ich hier. Meine Beförderung zum Sergeanten ging in der Fronthektik verloren. Aber ich bin zufrieden mit meiner Stellung. Zum erstenmal habe ich eine feste Gruppe unter mir und kann mich mit den einzelnen Leuten näher befassen — ihre Schwächen und Stärken kennenlernen und sie entsprechend behandeln. Es sind feine Kerle. Nur einer stellt

ein Problem dar, doch dafür kann er nichts; es hat mit den Vorurteilen dieser Epoche zu tun. F. X. Dinkowski ist ein zum katholischen Glauben konvertierter Jude — und wenn ihr weder das eine noch das andere kennt, so fragt Athene! Um die Schwierigkeiten anzudeuten: Von der Abstammung her in einer bestimmten Religion verwurzelt, erzogen in einer anderen — und nun hat er das Pech, mit Flegeln aus dem Hinterland zusammenzutreffen, die eine dritte Religion besitzen und nicht gerade tolerant sind.

Zum Soldaten taugt er nicht — aber mich hat man nicht gefragt. So teile ich ihn meist als Munitionsträger ein. Die Burschen nennen ihn Dinky, und ich weiß, daß er diesen Namen haßt.

Aber weg von der Truppe und zurück zu meiner ersten Familie — euren Vorfahren. Kurz bevor mich Onkel Sam auf diese Lustreise schickte, erhielt ich ein paar Tage Urlaub, die ich bei den Smiths verbrachte. Es war meine glücklichste Zeit seit der Landung.

Ich nahm Woodie mit in einen Vergnügungspark. (Es besteht wenig Ähnlichkeit mit den gleichnamigen Unternehmen auf Secundus — viel primitiver, dafür aber lustiger.) Die Sache machte dem Kleinen riesig Spaß, und seitdem sind wir Freunde. Ich habe beschlossen, ihn am Leben zu lassen; vielleicht bessert er sich noch.

Ich führte lange Gespräche mit Opa und lernte auch die anderen besser kennen — besonders Mama und Papa. Daß Papa ein paar Stunden vor meiner Abreise auftauchte, war eine echte Überraschung. Er rief bei meiner Einheit an und verschaffte mir zwei zusätzliche Urlaubstage. Warum? Tamara und Ira, hört genau her:

Um die Hochzeit von Miss Nancy Irene Smith mit Mister Jonathan Sperling Weatheral zu feiern!

Athene, erkläre den Zwillingen die historische Bedeutung dieser Heirat! Zähle alle berühmten und wichtigen Leute auf, die von dieser Linie abstammen! Ich nenne nur drei: Ira, Tamara und Ischtar.

Ich war Jonathans Brautführer, Papa geleitete Nancy in die Kirche, Brian übte sich als Zeremonienmeister und Marie als Ringträgerin. Carol war Ehrenjungfer, und George hielt Woodie davon ab, die Kirche in Brand zu stecken, während Mama sich um Dickie und Ethel kümmerte. Laßt euch von Athene das Ritual schildern; es ist sehr kompliziert.

Aber am meisten freute ich mich, daß ich Gelegenheit fand, Papa näher kennenzulernen. Ich bin begeistert von ihm. Ira, er erinnert ein wenig an dich — klug, ruhig, tolerant und warmherzig.

Bulletin: Die Braut war in anderen Umständen. Eine echte Howard-Hochzeit!

Wenn mich nicht alles täuscht, wird ihr erster Sohn ›Jonathan Brian Weatheral‹ heißen. Stimmt das, Justin? Ich überließ ihnen mein Landaulett für eine sechstägige Hochzeitsreise, dann meldete sich Jonathan zur Armee.

Er kam zu spät, um an der Front eingesetzt zu werden; immerhin, er versuchte es.

Irgendein Klugscheißer von Sergeant brüllt draußen herum, weil wir angeblich einen Unterstand nicht ordentlich genug abgestützt haben. Darum...

bis auf weiteres alles Liebe von
Korporal Buddyboy

Irgendwo in Frankreich

Lieber Mister Johnson,

ich hoffe, daß Mrs. Smith das kleine Dankschreiben erhalten hat, das ich in Hoboken abschickte (und daß sie es lesen konnte, denn der Zug rüttelte, und ich mußte auf den Knien schreiben!). Jedenfalls wiederhole ich, daß ich in ihrem Hause den glücklichsten Urlaub meines Lebens verbracht habe. Danken Sie auch den anderen in meinem Namen! Und richten Sie bitte Woodie aus, daß ich ihm in Zukunft keinen Springer mehr vorgeben werde; vier Niederlagen bei fünf Spielen — das ist zuviel.

Nun zum Rest — werfen Sie einen Blick auf Adresse und Rang! Ich scheine in Frankreich Pech mit meinen Sternen zu haben. Könnten Sie Mrs. Smith und Carol erklären, daß eine Degradierung auch nicht ewige Schmach bedeutet? Immerhin gelang es mir, den Ausbilderjob an den Nagel zu hängen. Ich führe jetzt eine richtige Fronttruppe. Leider weiß ich nicht genau, wo wir uns befinden — wenn ich den Kopf über den Schutzwall hebe, könnte es sein, daß die Deutschen ihn nicht schön finden und aus der Landschaft entfernen. Das geruhsame Leben weitab der Geschehnisse ist vorbei.

Ich hoffe, Sir, Sie schämen sich nicht für mich. Nein, ich weiß, daß Sie es nicht tun; für einen kampferprobten Soldaten zählt der Rang nicht. Sir, darf ich an dieser Stelle sagen, daß Sie immer mein Vorbild waren und sein werden?

In der Armee gibt es keine Entschuldigungen, ich weiß. Aber ich möchte doch betonen, daß ich nichts Unehrenhaftes getan habe. Den ersten Stern verlor ich bereits auf dem Transport hierher. Ein pflichtbesessener Schiffsprofos deckte ein Pokerspiel auf — bei ein paar Leuten, die mir unterstellt waren. Die zweite Sache ereignete sich während eines Drills im Niemandsland. Ein Captain fuhr mich an, ich solle die Gefechtslinie ausrichten, und ich brüllte zurück: »Mann, Sie helfen dem Kaiser Munition sparen! Oder haben Sie noch nichts von Maschinengewehren gehört?«

(Ich drückte mich nicht ganz so vornehm aus, und das nahm er mir übel.) Einen Tag später war ich Korporal und kam an die Front.

Und da bin ich nun und fühle mich großartig. Ich gewöhne mich allmählich an die Läuse, der Schlamm in Frankreich ist tiefer und zäher als in Süd-Missouri, und ich träume von einem heißen Bad und Mrs. Smith' Gästezimmer für Soldaten.

Meine herzlichsten Grüße an alle,
Korporal Ted Bronson.

»He, ihr da unten! Schickt mal Korporal Bronson rauf!«

Lazarus kletterte langsam aus dem Unterstand. Er blinzelte in das Halbdunkel.

»Ja, Leutnant?«

»Ich möchte, daß Sie sich freiwillig zum Durchschneiden der Stacheldrähte melden!«

Lazarus schwieg.

»Haben Sie nicht gehört, Korporal?«

»Doch, Sir.«

»Und?«

»Leutnant, ich habe mich bereits freiwillig zum Militär gemeldet. Das reicht mir bis Kriegsende.«

»Manchmal werde ich den Verdacht nicht los, daß Sie ewig leben wollen.« Lazarus sagte auch diesmal nichts. (Du hast ja so recht, du Quadratschädel! Und wenn *du* so gern abkratzt, weshalb verläßt du dann nicht ein einziges Mal die Deckung?)

»Na schön, dann erteile ich eben den *Befehl* zum Drahtschneiden! Suchen Sie noch drei Freiwillige aus Ihrer Gruppe. Ich zeige Ihnen dann die Karte.«

»Jawohl, Sir.«

»Und, Bronson, sorgen Sie dafür, daß es ordentliche Löcher sind! Mir hat ein Vöglein gezwitschert, daß Ihre Gruppe die Vorhut stellt. Ende.«

Lazarus begab sich ohne Eile zurück in den Unterstand. Dann greifen wir also an? Großes Geheimnis. Keiner kennt es außer Pershing, hunderttausend Yankees und doppelt so viele *Boches.* Egal, Lazarus, du hast nicht das Kommando. Such drei Leute aus, tu, was man dir befohlen hat, und komm mit heilen Knochen wieder zurück!

Nicht Russell, der bedient die Kugelspritze und bekommt im Morgengrauen genug zu tun. Wyatt war letzte Nacht draußen. Dinkowski könnte sich ebensogut eine Kuhglocke um den Hals hängen. Fielding ist auf der Krankenliste, verdammt. Also Schultz, Talley und Cadwallader. Zwei davon alte Kämpfer, die sich nicht aus der Ruhe bringen lassen — nur Talley ein Neuling. Herrgott, muß Fielding ausgerechnet ›la grippe‹ kriegen! Schultz marschiert mit Cadwallader los — ich betreue Talley. Das schaffen wir schon.

Es war ein Unterstand für zwei Kommandos. Seine Leute lagen links von der Trennwand in ihren Schlafsäcken; rechts war bei Kerzenlicht ein Kartenspiel im Gange. »Der Leutnant will, daß sich noch drei Leute zum Stacheldrahtschneiden melden.«

»Ich.« Schultz erhob sich sofort. Lazarus hatte es nicht anders erwartet. Schultz war vierzig, ein Freiwilliger, der sich alle Mühe gab, seinen deutschen Akzent (zweite Generation) zu verbergen. Er arbeitete ruhig, systematisch, verbissen. War nicht auf Ruhm versessen. Lazarus hoffte nur, daß der Feind nicht allzu viele Leute mit den Qualitäten eines Schultz hatte.

»Das ist einer. Wer noch? Rührt euch nicht alle gleichzeitig!«

»Und *die*?« fragte Cadwallader laut. Er deutete mit dem Daumen zu der anderen Gruppe hinüber. »Die Lieblinge der Kompanie, was? Mußten seit einer Woche nicht mehr raus!«

Korporal O'Brien antwortete für seine Leute: »Sag's dem lieben Gott, wenn dich was bedrückt! Der Pfarrer ist nicht da! Wer gibt?«

»Also — wer noch?«

Dinkowski schluckte. »Nehmen Sie mich, Korporal!«

(Verdammt, Dinky — konntest du nicht warten?) »Immer langsam. Sie sind ja nicht der einzige hier.« (Cadwallader hat recht; wir sind nicht an der Reihe.) Russell und Wyatt meldeten sich gleichzeitig. Lazarus wartete und meinte dann: »Cadwallader? Sie nicht?«

»Korporal, ich hörte was von drei Freiwilligen. Weshalb dann die ganze Mannschaft?«

(Weil ich dich brauche, du widerlicher Affe! Du bist der beste Soldat in der Gruppe.) »Weil ich Sie gut gebrauchen könnte. Kommen Sie freiwillig mit?«

»Ich wollte nicht in diesen Krieg, Korporal. Ich wurde eingezogen.«

»Na schön.« (Sämtliche Offiziere soll der Teufel holen!) »Wyatt, Sie waren letzte Nacht draußen; Sie hauen sich wieder in die Falle, Russell, für Sie gibt es vermutlich später noch Arbeit genug. Schultz, ich übernehme Dinkowski; Sie kümmern sich um Talley. Bringen Sie rasch das Korkzeug; wir müssen uns die Gesichter schwärzen.«

Den eigenen Stacheldrahtverhau überwand Lazarus ohne Schwierigkeiten. Die Granaten der Deutschen hatten einige Löcher gerissen, die er etwas erweiterte. Er arbeitete allein; Dinkowski verbot er, die Deckung zu verlassen. Artillerie dröhnte — die eigene und die der Deutschen. Lazarus achtete nicht darauf. Auch das Rattern der Maschinengewehre störte ihn wenig; es klang ziemlich weit entfernt.

Die Hauptgefahr bestand darin, daß sie auf deutsche Patrouillen stießen oder in den Bereich von Leuchtgeschossen gerieten. Letzteres war mit ein Grund, warum er Dinkowski befahl, flach über den Boden zu robben. Es gab nur eine Möglichkeit, ungesehen zu bleiben, sobald eine Leuchtpatrone platzte: Man mußte mitten in der Bewegung erstarren. Und Lazarus hegte die Befürchtung, daß sein Begleiter falsch reagieren würde.

Als sie die letzten eigenen Drahtverhaue hinter sich gelassen hatten, führte er Dinkowski zu einem Granattrichter und flüsterte dem Gefreiten zu: »Bleiben Sie hier, bis ich zurückkomme!«

»Ich will mit Ihnen gehen, Korporal!«

»Nicht so laut — Sie wecken das Baby auf! Wenn ich in einer Stunde nicht zurück bin, machen Sie sich allein auf den Heimweg.«

»Ich finde mich nicht zurecht.«

»Da ist der Große Bär und dort drüben der Polarstern. Halten Sie sich nach Südwesten. Wenn Sie die Lücken verfehlen, benutzen Sie Ihre Drahtzange! Merken Sie sich nur eins: Sobald eine Leuchtpatrone hochgeht — keine Bewegung! Sie rühren sich erst wieder, wenn sie verblaßt ist. Dann ist der Feind noch geblendet. Mann, nun beruhigen Sie sich! Sie klappern ja mit den Zähnen wie ein Skelett auf einem Blechdach! Und lassen Sie sich nicht von den eigenen Leuten abknallen. Wie lautet das Kennwort?«

»Äh ...«

»Zum Henker mit Ihnen — ›Charlie Chaplin‹. Und jetzt dukken Sie sich!«

»Korporal, ich lasse Sie nicht allein.«

Lazarus seufzte innerlich. Der alberne kleine Clown *wollte* Soldat sein. Wenn er ihn nicht mitnahm, bekam der Junge vielleicht für immer Komplexe.

Aber wenn er ihn mitnahm, konnte es auch ihn das Leben kosten.

»Also, meinetwegen. Aber von jetzt an kein Wort mehr. Wenn Sie einen *Boche* sehen, halten Sie den Atem an! Und falls uns die Kerle überraschen — sofort ergeben!«

»*Ergeben?*«

»Sie können ein deutsche Patrouille nicht im Alleingang umlegen. Und selbst wenn Sie es könnten, würde das soviel Radau machen, daß man Sie mit einer Maschinengewehrgarbe wegputzt. Los jetzt!«

Lazarus konnte den ersten deutschen Stacheldraht fast berühren, als eine Leuchtbombe hochging und der Gefreite in Panik geriet. Er versuchte, in den Granattrichter zurückzulaufen, den sie eben verlassen hatten — und wurde getroffen.

Lazarus rührte sich nicht, während das grelle Licht über ihm schwebte. Der Verwundete schrie und schrie. Eine von unseren, dachte er. Die deutschen Leuchtpatronen detonieren weiter hinten — in der Nähe unserer Schützengräben. Wenn Dinky nicht bald still ist, deckt man uns mit einem Kugelhagel ein. An Drahtschneiden nicht mehr zu denken — wir haben unser Kommen mit Pauken und Trompeten angekündigt. Außerdem — Herrgott, er gehört nun mal zu meinen Leuten. Ich *muß* mich um ihn kümmern. Wäre vielleicht eine Gnade, ihn von seinen Schmerzen zu erlösen — aber dann könnte ich Maureen nie wieder unter die Augen treten. Okay, schleppen wir ihn zurück. Vielleicht läßt sich der Draht dann besser überwinden.

Das nächstemal meldest du dich zur Marine!

Das Licht erlosch, und Lazarus rannte geduckt los in Richtung Dinky, als die nächste Bombe detonierte. Eine Maschinengewehrsalve streifte ihn; er stürzte in den Granattrichter. Eine Kugel schlug gegen ein hartes Gerät in seiner rechten Bauchseite und verließ seinen Körper oberhalb der linken Hüfte.

Lazarus spürte nur einen heftigen Schlag, der ihn zu Boden warf. Er verlor das Bewußtsein nicht sofort; er hatte noch genug Zeit, um zu erkennen, daß er tödlich getroffen war. Seine Blicke schweiften zum Himmel.

Jedes Geschöpf fand eines Tages seinen Platz zum Sterben. In einer Falle, im Kampf oder auch an einem stillen, friedlichen Ort. Die meisten wußten, wann sie ihn erreicht hatten.

Das hier ist mein Sterbeplatz.

Ob Dinky es auch wußte? Er hat zu schreien aufgehört — ich glaube, er *wünschte* sich diesen Tod. Komisch, daß ich keine Schmerzen habe. Und vielen Dank, daß es sich gelohnt hat, Maureen... Llita... Dorabelle... Tamara... Minerva... Laz... Lor... Maureen...

Er hörte den Schrei der Wildgänse und schaute zum Himmel auf; die Sterne wurden dunkel.

CODA II

»Du verstehst immer noch nicht«, dröhnte die Graue Stimme weiter. »Es gibt keine Zeit, es gibt keinen Raum. Was war, ist und wird immer sein. Du bist du, spielst Schach gegen dich selbst und hast dich wieder einmal mattgesetzt. Du bist der Schiedsrichter. Moral ist die Übereinkunft, die du mit dir selbst triffst, um deine eigenen Regeln zu befolgen. Sei dir selbst treu, sonst verdirbst du das Spiel.«

»Verrückt.«

»Dann ändere die Regeln und spiele ein neues Spiel. Du kannst die unendliche Vielfalt niemals ausschöpfen.«

»Wenn du mir nur einen Blick auf dein Gesicht gewähren würdest«, murmelte Lazarus stur.

»Versuch es mit einem Spiegel!«

CODA III

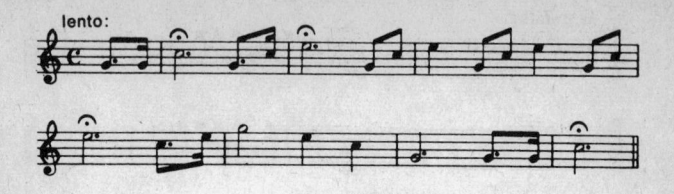

Aus der *Kansas City Post* vom 7. November 1918:

...ly a handful ... old lists. supplementary list of our losses. We report with sorrow those from Kansas and Missouri: *KILLED* Abel Thos J Pvt JfsnCity, Avery Jno M 2nd Lt Sedalia, Baird Geo M Pfc Tpka, Badger F M Pvt StJsph, Casper Robt S Sgt, Hatfield R S Cpl KCK, Kerr Jack M 1st Lt Joplin, Pfeifer Hans Pfc Dodge City. *MISSING IN ACTION:* Austin Geo W Ssgt HnnblMo, Bell T R Cpl WchtaK, Berry L M Pvt CrthgMo, Bronson Theo Cpl KCMo, Casper M M 1st Lt LwrncK, Dillingham O G Pvt Rolla, Farley F X KCMo, Hawes Wm Pfc Sprngfld, Oliver R C Pfc StLouis. *WOUNDED:* Arthur C M Pfc Clmbi...

CODA IV

»Ira! Galahad! Habt ihr ihn?«

»Ja. Holt uns an Bord! Isch — sofort eine Transfusion!«

»Legt ihn hierher — ich untersuche ihn gleich. Lor, du kannst jetzt starten.«

»Mach die Luken dicht, Dora — und dann volle Pulle!«

»Schleuse geschlossen und versiegelt. Schutzschirme eingeschaltet. Was zum Henker haben die mit dem Boss angestellt?«

»Das versuche ich gerade herauszufinden, Dora. Halte den Tank bereit! Vielleicht muß ich ihn einfrieren.«

»Gut, Isch, alles fertig. Laz-Lor, ich habe euch doch gesagt, daß wir ihn früher holen sollten! Ich habe es *gesagt!*«

»Halt den Mund, Dora. Wir haben ihn auch gewarnt...«

»... aber er genoß das Leben...«

»... und hätte uns garantiert am Krater sitzenlassen...«

»... du weißt ja, wie stur er ist!«

»Tamara«, sagte Ischtar, »bette seinen Kopf in deinen Schoß und sprich mit ihm. Ich will ihn erst einfrieren, wenn ich die notwendigsten Operationen durchgeführt habe. Hamadryad, hier festschnallen! Hmm — eine Kugel hat das Peilgerät erwischt. Deshalb sieht es in seiner Bauchhöhle so wüst aus.«

»Klonzellen?«

»Vielleicht. Justin, du hattest recht; die Daten in seinen Briefen beweisen, daß er den Krieg nicht überstand. Gut, daß wir das Signal des Peilgeräts bis zuletzt verfolgen konnten. Galahad, sind noch mehr Splitter da? Ich möchte die Bauchdecke schließen. Tamara, rüttle ihn wach! Bring ihn zum Sprechen! Ich *will* ihn nicht einfrieren. Ihr anderen verschwindet bitte!

Helft Minerva, die Kinder zu versorgen.«

»Gern«, stöhnte Justin. »Mir ist speiübel.«

»*Maureen?*« murmelte Lazarus.

»Ich bin hier, Liebling«, erwiderte Tamara und drückte seinen Kopf an sich.

»Ein ... böser ... Traum. Ich dachte ... ich ... sei ... tot.«

»Nur ein Traum, Liebling. Du kannst nicht sterben.«